药 物 分 析 化 学

（第 2 版）

主编　王志群
编者　（按姓氏笔画排序）
　　　　王宇春　王志群　叶宝芬
　　　　周大顺　蒋淑敏
主审　倪坤仪

东 南 大 学 出 版 社
· 南 京 ·

内容提要

本书以分析化学的理论、方法为主线，以药物为分析对象，把基础分析化学和专业药物分析内容整合起来。全书分化学分析法、仪器分析法和药物分析三部分内容，并附有二十个双语实验，供各校选用。本书系统性强，内容全面，适合作为医药院校药学国际经济与贸易、药学工商管理、医药信息管理、药学英语等专业和高等医药专科学生的教材，也适合药学科研部门、管理部门、药检所、医药企业等单位有关人员参考和作为培训教材。

图书在版编目(CIP)数据

药物分析化学 / 王志群主编 . —2 版 . —南京:东南大学
出版社,2009.12
高等医药院校药学专业教材
ISBN 978 - 7 - 5641 - 1948 - 5

Ⅰ. 药…　Ⅱ. 王…　Ⅲ. 药物分析－分析化学－医学院校
－教材　Ⅳ. R917

中国版本图书馆 CIP 数据核字(2009)第 216563 号

东南大学出版社出版发行
(南京四牌楼 2 号　邮编 210096)
出版人:江　汉
江苏省新华书店经销　　南京玉河印刷厂印刷
开本:787 mm×1092 mm　1/16　印张:28　字数:699 千字
2009 年 12 月第 2 版　2009 年 12 月第 7 次印刷
ISBN 978 - 7 - 5641 - 1948 - 5
印数:10001~13000　定价:49.00 元

(凡因印装质量问题,可直接向我社发行科调换。电话:025－83792327)

前　言

　　随着教育事业的发展,医药院校开设了一系列新的专业,如药学国际经济与贸易、药学工商管理、医药信息管理、药学英语等,为配合教学需要,编写了本教材。本书在编写过程中,强调基本知识、基本思维、基本实验技能与其科学性、先进性、启发性等,力求使本教材适应课程教学的要求。本书也适合高等医药专科、药学科研部门、管理部门、药检所、医药企业等单位有关人员参考和作为培训教材。

　　本书以分析化学的理论、方法为主线,以药物为分析对象,把基础分析化学和专业药物分析内容整合起来,故书名为药物分析化学。全书分化学分析法、仪器分析法和药物分析三部分内容。化学分析部分重点介绍各类滴定分析法,阐述各方法的基本理论、反应条件、结果计算等。随着现代科学技术的迅猛发展,仪器分析方法在药学领域的应用逐年扩大,本书仪器分析部分主要对电位法和永停滴定法、紫外—可见分光光度法、红外分光光度法、液相色谱法、气相色谱法和高效液相色谱法的基本原理、定性定量分析方法等进行了较为全面、系统的阐述。在此基础上,结合药典,精选一些典型的药物介绍分析化学的各种方法在药物分析中的应用。药物分析部分包括全面控制药物质量的科学管理,药物杂质检查的基本原理和方法,药物的化学结构和分析方法之间的关系(贯穿于分析方法各章中),制剂分析及药物质量标准的制定等。每章附有思考题和习题,并将习题答案附于书后,便于学生复习参考。

　　本书附有分析化学实验基本操作和二十个双语实验,可供各校根据具体情况选用。

　　本书由王志群编写1～4章、10～12章、17、18章,王宇春编写5、16章,蒋淑敏编写6、7章,叶宝芬编写8、9章,周大顺编写13～15章,实验由叶宝芬、周大顺共同编写,研究生杨慧、霍宗利、谭明娜、汪维鹏、黄琦、贾沪宁、卢小玲、王露露、王慧、尹菁、王丹丹、伍小勇等参加了大量的资料查阅和校对工作,倪坤仪教授对全书进行了仔细的审阅。在编写过程中,得到了中国药科大学教务处、基础部以及分析化学、药物分析教研室老师的大力支持和帮助,在此一并表示感谢! 书中错误和不当之处,恳请读者批评指正。

编　者

2009 年 10 月

目　录

1 概 论

1.1 药物质量的评价

1.1.1 药物质量的评价

药品是指用于预防、治疗、诊断人的疾病,有目的地调节人的生理机能并规定有适应证和用法、用量的物质,包括化学原料药、抗生素、生化药品及其制剂,放射性药品,血清疫苗,血液制品,诊断药品,中药材和中成药等。

药物质量的优劣,既直接影响预防与治疗的效果,又密切关系到人民的健康与生命安危,因此必须保证药物有科学合理的分析方法和严格的质量标准,同时必须对药物生产、储存、使用各环节进行全面质量控制,除了在技术上完成外,还要进行科学管理,为此我国先后于 1985 年和 1992 年颁布了《中华人民共和国药品管理法》和制订了《药品生产管理规范》,2001 年 2 月又颁布了新修订的《药品管理法》以加强药品监督管理,确保药品质量,维护人民身体健康。

药物的质量要求,首先要考虑药物本身的有效性和安全性。药物的有效性是发挥治疗效果的必要条件,疗效不确定或无效,即丧失其作为药物的基本条件。药物的安全性是保证药物充分发挥作用而又减少损伤和不良影响的因素。两者相辅相成。药物的有效性和安全性都是有条件的,有效是针对疾病的症状或致病因素而言,应对人的机体起到保护或改善作用,不起损伤作用,因而是安全的。对药物性质的充分了解是评价药物安全性的先决条件。

药物的质量要求,还要考虑其中的杂质和降解产物对人体的危害性和不良反应。对化学试剂只考虑杂质是否会引起化学变化,是否会影响使用目的和范围,不考虑生理效应,因此化学试剂不能供药用。药物的纯度一般不要求达到百分之百,而要求达到一定的纯度范围。对于杂质和降解产物则要限制在一定的限度内,其含量对治疗和预防无不良影响即可。对于药物制剂的要求是其活性成分和赋形剂质量必须符合规定,进而还要考虑药物制剂的等效性与生物利用度等。故评价一个药物质量的优劣,不仅要控制它的性状、鉴别、纯度检查、含量等质量指标,而且要掌握其在体内吸收、分布、消除及其生物利用度等药物的有效性、等效性与安全性才能确定。

1.1.2 药物分析学的性质、任务与发展

药物分析学是研究、鉴定药物的化学组成和测定药物组分含量的原理和方法的一门应用学科,也是药学中的一门分支学科。药物分析的研究对象是药物,为了全面控制药物的质量,保证用药的安全、合理、有效,在药品的生产、保管、供应、调配以及临床使用过程中都应该经过严格的分析检验。如在药品生产中,为了保证成品的质量,必须对药品的原料及其中间体、成品的质量进行检验。在研究改进生产工艺时,也需要对原料、中间体进行检验,并应

用药物分析技术控制反应程度，选择各种条件，以使生产不断向优质高产方向发展，对质量不稳定的产品及新产品需做留样观察等。在药品的供销、储存中，药品必须经检验合格才能销售，商业部门按药品出厂合格检验报告单进行验收，必要时进行复检，并对易失效药品作必要的定期检验，以确保药品安全、有效。

根据药品的质量标准规定，评价一个药物的质量一般包括性状、鉴别、检查与含量测定四个方面。性状是记载药物的外观、臭、味、溶解度以及物理常数等；鉴别就是依据药物的化学结构与理化性质进行某些化学反应或测试某些物理常数来判断药物的真伪；检查主要是对生产或储存过程中可能产生或引进的杂质，按照规定项目进行检查，判断药物的纯度是否符合限量的规定要求；含量测定一般采用化学分析的方法或仪器分析的方法，通过测定可以确定药物的有效成分是否符合规定的含量标准。判断一个药物的质量是否符合要求，必须全面考虑质量标准每个项目的检验结果。只要有任何一项不符合规定要求，那么，这个药品即为不合格产品。

药物分析学科除了研究发展有关药品质量标准外，还应为相关学科的研究提供必要的配合，并应用分析化学的理论和方法来解决该学科中的某些问题。例如，药物化学中的药物分子结构和生物活性的关系，药物分子与作用受体的关系，进行分子设计、定向合成以及生产工艺的优化等，药剂学中的药物代谢动力学、生物利用度、溶出度等，药理学中的药物分子的理化性质和药理作用的关系、体内代谢情况的考察等，中草药化学中有效成分的分离、鉴定和测定，中成药质量的综合评价等都离不开现代分离、分析方法。

目前，以计算机应用为主要标志的信息时代的来临，给科学技术的发展带来了巨大的推动力，特别是生命科学、环境科学的发展，促进了医学、药学各领域学科的发展。对药物分析的要求不再局限于常规检查，而要求提供更多更全面的药物质量信息，人们不单要分析药物的结构，还要测定药物的晶型；不但要进行静态的检验，还要深入到生物体内、反应过程中进行动态的分析监控。要完成好这些任务，必须进一步提高药物分析方法的灵敏度、准确度和选择性，发展快速、自动和遥测分析方法。广泛地应用电子计算机，利用计算机控制分析操作，处理数据，可以获得更多的信息，实现分析仪器的自动化、智能化。要求高效率、微观化、微量化、综合化，是现代药物分析的特色。

1.2 药品质量和药品质量标准

为了控制药品质量，保证用药安全、有效，在药品生产、储存、供应及使用过程中应有一个统一的质量标准，以便定期进行严格的检查。因此药品质量标准应能完全地反映药品生产、储藏、供应和使用等各个环节中有关质量变化的情况，包括药品研究的问题和结果。对不同来源的同一药品应根据各自的工艺特点而作出相应规定。

药品质量标准可分为法定的药品质量标准和非法定的药品质量标准两大类。法定的药品质量标准是指"国家对药品质量规格及检验方法所做的技术规定，是药品生产、供应、使用、检验和管理部门共同遵守的法定依据"。我国法定的药品质量标准有《中华人民共和国药典》（简称《中国药典》）和《国家药品标准》（1998 年以前为《中华人民共和国卫生部药品标准》，简称部颁标准）。它们是药品质量管理的依据，具有法律意义。一般说来，《中国药典》收载的品种必须是疗效确切、副作用小、生产稳定、质量优良、国内已有生产，并且规定的标准规格能控制或检定其质量的品种，应为防病、治病、诊断、计划生育，特别是影响广大人民健康的常见病、多发病、地方病、职业病、流行病等使用的重要药品；《国家药品标准》收载的品种应是疗效较好、在国内广泛使用，准备今后过渡到药典的药品，或国内有多处生产、需由国家药品监督管理部门制定统一的质量标准共同遵守的品种。

非法定标准是指药品研制和生产等单位自己制定的药品质量标准，一般称为企业标准。为了保证药品质量，有些企业制定的内控质量标准比国家标准还严格，因此正常情况下，药品生产可以采用企业自己制定的非法定标准检验和控制药品质量，但当对某种药品的质量发生争议时，必须以国家法定的药品质量标准为准。

1.3　国家药典

1.3.1　药典的内容

药典的内容一般分为凡例、正文、附录3部分。凡例部分叙述药典中有关术语（如溶解度、温度、度量单位）及其正文与附录的说明。为了正确地理解和使用药典，对凡例部分应逐条地阅读和弄懂。正文部分记载药品或制剂的质量标准，其主要内容包括药品的性状、鉴别、检查、含量测定、作用与用途、用法与用量、储藏方法以及其制剂等。附录部分收载了制剂通则，物理常数测定法，一般鉴定方法，一般杂质检验方法，分光光度法，色谱法，化学分析法，放射性药品检定法，试剂、指示剂、缓冲液和滴定液等配制法，生物测定法和生物测定统计法等。另组织编写了有关临床用药问题的《中国药典临床用药须知》一书，指导临床用药。红外光谱亦有专集《药品红外光谱集》。

1.3.2　中国药典

我国现代药典编纂始自1931年出版的《中华药典》。1949年新中国成立后，至今已编《中华人民共和国药典》（简称《中国药典》，英文名为Chinese Pharmacopoeia，简称ChP）1953、1963、1977、1985、1990、1995、2000和2005年版，共8个版次。从1963年版起，我国药典分一、二两部出版，一部收载中医常用的中药材和中成药方制剂，二部收载化学药品、生化药品、抗生素和生物制品等。1985年出版了第4版《中国药典》，以后以5年间隔对现行药典药品标准进行制定和修订后予以再版。从2005年版药典开始，药典分一部、二部和三部。药典三部收载生物制品，首次将《中国生物制品规程》并入药典。2005年版药典中现代分析技术得到进一步广泛运用。表1-1比较了二部各版次药典使用的含量测定方法。

《中国药典》（2005年版）收载的品种有较大幅度的增加，共收载3 214种，其中新增525种。药典一部收载品种1 146种，其中新增154种、修订453种；药典二部收载品种1 967种，其中新增327种、修订522种；药典三部收载品种101种，其中新增44种、修订57种。本版药典收载的附录亦有较大幅度的增加，药典一部为98个，其中新增12个、修订48个、删除1个；药典二部为137个，其中新增13个、修订65个、删除1个；药典三部为140个。一、二、三部共同采用的附录分别在各部中予以收载，并进行了协调统一。现代分析技术得到进一步扩大应用。药典一部品种中薄层色谱法用于鉴别的已达1 523项，用于含量测定的为45项；高效液相色谱法用于含量测定的达479种，涉及518项；气相色谱法用于鉴别和

表 1-1 历版药典含量测定方法比较(二部)

分析方法	年 份							
	1953	1963	1977	1985	1990	1995	2000	2005
滴定分析法	232	375	429	394	479	730	698	705
重量分析法	65	62	27	18	21	20	21	16
紫外分析法	0	38	155	191	242	408	425	415
荧光分析法	0	0	0	0	5	3	3	1
旋光度测定法	2	4	6	8	7	4	12	12
高效液相色谱法	0	0	0	8	56	113	270	493
气相色谱法	0	0	0	2	4	8	9	6
其他	38	71	77	61	105	124	116	126

含量测定的品种有 47 种。药典二部品种中采用高效液相色谱法的有 848 种(次),较 2000 年版增加 566 种(次),其中复方制剂、杂质或辅料干扰因素多的品种多采用高效液相色谱法,采用高效液相色谱法作含量测定的品种增订 223 种;增订红外鉴别的品种达 70 种;增订溶出度和含量均匀度检查的品种分别为 93 种和 37 种;增订有关物质检查的品种 226 种,系统适用性要求也更为合理;在通过方法学验证的前提下,用细菌内毒素方法取代热原方法的品种有 73 种;在保证药品纯度的前提下,删除异常毒性检查的品种有 42 种。

1.3.3 国外药典

目前世界上很多国家都有其本国的药典,我们要熟悉了解某些国外药典,在国外药品贸易中,有时需按国外药典标准检验,药物分析工作中经常参考的国外药典主要有以下几部:

1. 美国药典(The United States Pharmacopoeia, USP)　1820 年出版第一部美国药典,至今已有 180 多年的历史,至 1942 年后每 5 年修订 1 版,已出至 24 版(2000 年)。从 2002 年开始,每年修订一次,出一版,到 2009 年为止,已出版至 32 版。美国食品药品管理局(Food and Drug Administration of USA, FDA)是美国药品管理的官方机构。

2. 英国药典(British Pharmacopoeia, BP)　英国药典 1998 年出版到 16 版,从 1999 年开始,改为每年修订一次,出一版。目前,最新版为英国药典 2009 年版。

3. 日本药典(Japan Pharmacopoeia, JP)　日本药典又称日本药局方,始于 1886 年,至今已出 15 版,目前版本为 2006 年版,即日本药局方第 15 改正版。

4. 欧洲药典(European Pharmacopoeia, EuropP)　由欧共体成员国共同出版欧洲药典,至今已出版 6 版,第 1 版分 3 卷:第 1 卷(1969 年),第 2 卷(1973 年),第 3 卷(1975 年)及第 3 卷增补本(1977 年)。第 2 版一部于 1980 年出版,二部又出版许多分册。第 3 版于 1997 年出版,1998 年、1999 年和 2000 年均出增补本。现行版是第 6 版,2008 年出版。欧洲药典对其成员国,与本国药典具有同样约束力,并且互为补充。

1.3.4 国家药品标准和副药典

国家药品标准的性质与药典相同,亦具有法律约束力。它收载了中国药典未收载的但还常用的药品及制剂,从 1989 年至 1997 年,颁布了《中华人民共和国卫生部药品标准》多部,其中有中药材、中药成方制剂、化学药品及制剂、抗生素等分册。新药被批准后其生产用质量标准经过两年试行期后,即直接转为国家药品标准。

按照修订的《药品管理法》的规定,截至 2002 年 12 月 1 日,我国已完成了全部上市药品的国家药品标准的制定工作,取消了地方标准,实现了《药品管理法》所规定的药品必须符合国家药品标准这一目标。

其他国家如英国、美国则编撰副药典以补充国家药典的不足。英国的副药典简称 BPC（British Pharmacopoeia Codex）；美国的副药典简称 NF（National Formulary）。

1.4　药品质量的科学管理

药品是防病治病、维护人民健康的特殊商品。为确保药品的质量,国家和各级政府制订药品的质量标准,作为管理的依据。一个合乎实际的、有科学依据的质量标准应该是从药物的研究试制到临床使用整个工作过程的成果概括。因此,药品质量的全面控制涉及药物的研究、生产、供应、临床以及检验各环节。

1.4.1　新药研究和管理

新药系指我国未生产过的药品,已生产的药品改变剂型、改变给药途径、增加新的适应证或制成新的复方制剂的,亦按新药管理。

国家对新药的研制、生产实行了严格的科学管理。国家食品药品监督管理局主管全国新药审批工作。新药经国家食品药品监督管理局批准后才可进行临床研究或生产上市。

新药临床前研究的内容包括制备工艺、理化性质、纯度、检验方法、处方筛选、剂型、稳定性、质量标准、药理、毒理、动物药代动力学等。

按 2002 年执行的《药品注册管理办法》(试行),化学药品分 6 类:

1. 未在国内外上市销售的药品。

2. 改变给药途径且尚未在国内外上市销售的制剂。

3. 已在国外上市销售但尚未在国内上市销售的药品。

4. 改变已上市销售盐类药物的酸根、碱基(或者金属元素),但不改变其药理作用的原料药及其制剂。

5. 改变国内已上市销售药品的剂型,但不改变给药途径的制剂。

6. 已有国家药品标准的原料药或者制剂。

新药研究是包括多学科的系统工程,需投入较大人力、物力,周期较长。据国外资料表明,国外先进国家创制 1 种新药,需投入上亿美元,十多年周期,成功率为万分之一。由于我国是发展中国家,财力有限,目前由我国自己独创的 1 类新药较少,研究开发的 2,4 类新药较多。随着我国科学技术水平的发展、国力的增长,在不远的将来,我国会创制出越来越多的新药,造福全人类。

新药的申报与审批分为临床研究和生产上市两个阶段。初审由省级食品药品监督管理部门负责,复审由国家食品药品监督管理局负责。

新药的临床研究包括临床试验和生物等效性试验。临床试验分为 Ⅰ、Ⅱ、Ⅲ、Ⅳ 期。

Ⅰ期临床试验:初步的临床药理学及人体安全性评价试验。观察人体对于新药的耐受程度和药代动力学,为制定给药方案提供依据。

Ⅱ期临床试验:治疗作用初步评价阶段。其目的是初步评价药物对目标适应证患者的治疗作用和安全性,也包括为Ⅲ期临床试验研究设计和给药剂量方案的确定提供依据。

Ⅲ期临床试验:治疗作用确证阶段。其目的是进一步验证药物对目标适应证患者的治疗作用和安全性,评价利益与风险关系,最终为药物注册申请的审查提供充分的依据。

Ⅳ期临床试验:新药上市后应用研究阶段。其目的是考察在广泛使用条件下的药物的疗效和不良反应。

生物等效性试验,是指用生物利用度研究的方法,以药代动力学参数为指标,比较同一种药物的相同或者不同剂型的制剂,在相同的试验条件下,其活性成分吸收程度和速度有无统计学差异的人体试验。

新药一般在完成Ⅲ期临床试验后经国家食品药品监督管理局审核批准,即发给新药证书,同时发给符合 GMP 有关要求的企业批准文号,取得批准文号的单位方可生产新药。

1.4.2　假药与劣药

药品是一类极为特殊的商品,是人类与疾病斗争不可缺少的武器。"药到病除"既是对医生具有高超医术的评价,也是对药品具有良好质量的评价。由于我国尚处于社会主义市场经济的初级阶段,医药市场的发育尚不健全,市场行为还不够规范,尽管多年来食品药品监督管理部门和工商行政管理部门等密切配合,认真开展专项治理,但是假劣药品仍然屡禁不止,制售假劣药品案件时有发生。仅 1998 年查处的影响比较大的假药案就有河南的假"胞二磷胆碱"93 万支,货值 170 多万元;海南某公司进口的所谓德国"克菌"胶囊,金额达到7 000 多万元。还有发现用土豆粉假冒"诺氟沙星",用假"硫酸卡那霉素注射液"、假"小诺霉素注射液"致数人死亡的案例。

近年来,齐齐哈尔假药事件与欣弗假药事件在社会上引起了广泛关注。

2006 年齐齐哈尔第二制药有限公司生产的假药"亮菌甲素注射液"事件,由于不法商人销售假冒药用辅料,将工业原料二甘醇假冒药用辅料丙二醇,出售给"齐二"药,化验人员严重违反操作规程,未将其检测的红外图谱与"药用标准丙二醇红外图谱"进行对比鉴别,并在发现检验样品"相对密度"值与标准严重不符的情况下,将其改为正常值,签发合格证,投放市场。广州某些医院使用此假药后,13 名患者出现急性肾功能衰竭并死亡。

同年,安徽华源生物药业有限公司在生产"欣弗"(克林霉素磷酸酯葡萄糖注射液)过程中,违反规定生产,未按批准的工艺参数灭菌、降低灭菌温度、缩短灭菌时间等,影响了灭菌效果,"无菌""热原"不合格,造成 11 人死亡和 81 人有严重不良反应。

1.4.2.1　假药

根据《中华人民共和国药品管理法》第四十八条规定,有下列情况之一的为假药:

(一)"药品所含成分与国家药品标准规定的成分不符的"为假药。假如曾检验到 1 批中药青黛,经检验,样品中未能检出 2005 年版《中国药典》规定的青黛所应该含有的成分,于是被判定为假药。

(二)"以非药品冒充药品或者以他种药品冒充此种药品的"为假药。这种情况在被各级食品药品监督检验部门查处的假药中占有很高的比例。例如有不法之徒,把兽药冒充药品,用淀粉压片冒充各种药片。

有下列情况之一的按假药处理:

(一)"国务院药品监督管理部门规定禁止使用的"按假药处理。如卫生部公布淘汰的,在规定的停止使用日期后仍被销售使用的各种药品,如维生素 U 片、针剂,灭虫宁片剂,驱虫净片剂和黄连素眼药水等等。

(二)"依照本法必须批准而未经批准生产、进口,或者依照本法必须检验而未经检验即销售的"按假药处理。如某制药厂未经批准加工所谓的科研药剂"神经活化素";某医院夏某打着祖传秘方的旗号非法生产并向病人高价出售的"夏氏糖浆散"等。

(三)"变质的"按假药处理。

(四)"被污染的"按假药处理。

(五)"使用依照本法必须取得批准文号而未取得批准文号的原料药生产的"按假药处理。

(六)"所标明的适应证或者功能主治超出规定范围的"按假药处理。"××固本口服液"的广告手册中写明具有治疗 7 种癌症、脑血栓、高血压、糖尿病等多达 69 种的疾病,甚至除了能保证没病没灾,还能使生命延长。查验发现,国家食品药品监督管理局批准的该药的主治功能仅为益气养血、健脾固肾、安神。显然该"××固本口服液"所做的虚假宣传存在"所标明的适应证或者功能主治超出规定范围",按假药处理。

1.4.2.2 劣药

根据《中华人民共和国药品管理法》第四十九条规定,"药品成分的含量不符合国家药品标准的,为劣药"。如药品标准规定洋参丸的总皂苷含量应为 5.0%～10.0%。如某药厂生产的洋参丸,批号为 070620,经药品检验所检验,总皂苷含量达不到 5.0%,为不合格,则该批号的洋参丸应判为劣药。

有下列情况之一的为劣药:

(一)"未标明有效期或者更改有效期的"。

(二)"不注明或者更改生产批号的"。

(三)"超过有效期的"。如某药厂生产的洋参丸,批号为 060403,保质期为 2 年,有效期应至 2008 年 4 月 3 日。如果超过这个日期还在销售或使用,应判为劣药。

(四)"直接接触药品的包装材料和容器未经批准的"。

(五)"擅自添加着色剂、防腐剂、香料、矫味剂及辅料的"。

(六)"其他不符合药品标准规定的"。如某进口药品系口服液,在法定进口检验时,含量测定合格,但卫生学检查不合格,最后结论为不符合规定。这种药品也属劣药,不允许进口。

1.4.3 药品质量的科学管理

根据《药品管理法》规定,为提高药品质量,保障人民用药安全有效,我国自 1988 年实施了《药品生产管理规范》(Good Manufacturing Practices,简称 GMP)制度。随着改革开放的不断深入和社会主义市场经济的发展,国际药品市场的竞争愈发激烈,药品经济格局不断变化,同时世界高科技飞速发展,制药水平逐步提高。为了促进我国制药工业的发展,积极参与国际药品市场竞争,我国于 1992 年修订了药品 GMP,其制度与内容遵循了 WHO 药品

GMP 原则，学习吸收了发达国家药品 GMP 经验，又基本适合中国的国情。

GMP 的主要精神是对全部生产过程进行质量管理，从人员、厂房、设备、原辅料、工艺、质监、卫生、包装、仓储和销售等各环节均需严格控制，实行全过程质量控制，重视预防，力求消除生产不合格产品的隐患，严格检验制度，根据科学数据作出判断，采取措施，务必使产品达到最佳质量。有关质量问题具体内容有：应依据质量标准编制原辅料、包装材料、中间体或半成品、成品的检验规程和抽样办法；中心化验室应建立质量留样观察制度；正式生产的药品必须建立质量档案；检验的仪器、仪表、衡器应由专人保管、使用、维修和定期校验，并记录、签名；由专人负责滴定液、标准品、化学试剂和检定菌种的管理。

我国目前执行的 GMP 规范，是由 WHO 制定的适用于发展中国家的 GMP 规范，偏重对生产硬件比如生产设备的要求，标准比较低。而美国、欧洲和日本等国家执行的 GMP，它的重心在生产软件方面，比如规范操作人员的动作和如何处理生产流程中的突发事件等。硬件系统、软件系统和人员，这三个要素的内在要求上有差别，我国 GMP 对硬件要求多，美国 GMP 对软件和人员的要求多。这是因为药品的生产质量根本上来说取决于操作者的操作，因此，人员在美国 GMP 管理中的角色比厂房设备更为重要，对人员的职责规定严格细致，这样的责任制度很大程度上保证了药品的生产质量。

从中美 GMP 比较可以发现的另一个不同点是样品的收集和检验，特别是检验。中国 GMP 只规定必要的检验程序，而在美国的 GMP 里，对所有的检验步骤和方法都规定得非常详尽，最大限度地避免了药品在各个阶段，特别是在原料药阶段的混淆和污染，从源头上为提高药品质量提供保障。中国企业要让自己的产品打入国际市场，就必须从生产管理上与国际接轨，借鉴美国食品药品监督管理局（FDA）、欧盟以及世界卫生组织的标准，完善企业软件管理规范，才能获得市场的认可。

为进一步加强药品生产监督管理，切实做好药品 GMP 认证工作，全面提高认证工作质量，国家食品药品监督管理局 2007 年颁布了修订的《药品 GMP 认证检查评定标准》，于2008 年 1 月 1 日开始执行，新标准主要强化了对人员的要求以及对生产过程管理、生产验证等软件的要求，进一步加强对药品生产企业质量管理薄弱环节的监管，提高了企业准入门槛。

工业发达国家在药品生产和质量管理方面都实行了较高要求的管理方法，除 GMP 外，还有以下规范：

《药品临床试验》（Good Clinical Practices，简称 GCP），此文件对涉及新药临床的所有人员都明确规定了责任，以保证临床资料的科学性、可靠性和重现性。还制定了在新药研究中保护志愿受试者和病人的安全和权利的条文。

《药品实验研究规范》（Good Laboratory Practices，简称 GLP），从各个有关方面明确规定了任何科研单位或部门必须按照 GLP 的规定开展工作，严格控制药物研制的质量，以确保实验数据的准确可靠，从而研制出安全、有效的药物。

《药品经营和质量管理条例》（Good Supply Practices，简称 GSP），药品经营部门必须按照 GSP 的规定进行工作，保证药品在运输、储存和销售过程中的质量。

《中国药品检验标准操作规范》（Standard Operation Procedures for Drug Control，简称SOPDC），该规范使全国实验室操作进一步标准化和规范化，可使全国各地药检所之间检验数据、结果与结论可靠和一致，按规范进行药检实验室认证，指导新药研究、开发、生产、质量控制,上市药品的监督管理检验,进出口药品的检验,药品质量仲裁、复核,以及药品质量评价和合理应用。

目前我国药品生产企业已发展到七千多家,药品经营的批发企业已发展到一万多家。我国医药工业蓬勃发展,在世界上已有一定地位。我国药品质量管理工作的总目标是:形成能适应国民经济与社会发展需要的监督管理体系,实现对药品研制、生产、流通、使用价格和广告等环节的法制化、科学化、规范化管理;药品生产和质量管理企业全面达到药品 GMP要求,提高药品质量和安全有效性;药品临床实验达到 GCP 要求;药品研究和药品检验实验室达到 GLP 要求;建立系统化、完整化的药品再评价机制,提高药品标准的质量;完善以《国家基本药物》为基础的基本药物制度和处方药、非处方药分类管理制度,提高合理用药水平;药品经营和质量管理达到 GSP 要求,实现良好的药品供应,充分发挥药品在预防、医疗和保健中的作用,促进人人享有保健目标的实现,提高全民健康水平。

思考题

1. 药典的内容分哪 3 部分? 药品质量标准有关质量控制部分分哪几个项目?

2. 中国药典、美国药典、日本药典和英国药典的缩写如何表示? 并说出最新版的版数或年份。

3. 什么药品称为新药? 化学药品新药分哪几类?

4. 什么是假药? 什么是劣药?

5. 对于药物的质量要求,首先要考虑药物的哪两方面?

6. 中国药典(2005 年版)共分三部,这三部分别收载什么类别的药品?

7. 什么是药典? GMP 又是什么名称的缩写?

8. 比较中国药典 2005 年版与 2000 年版的头孢唑啉钠质量标准有何差别。

2 药物的纯度检查和鉴别方法

2.1 药物的理化常数测定

在进行药物分析时,药物的鉴别是首项工作,首先要对供试品进行鉴别,辨明真伪,确定是不是这一药品。药物具有一定的结构和性质,鉴别工作的主要根据就是药物的化学结构和理化性质。在药物质量标准中药品的鉴别试验实际上是包括性状和鉴别两个项目,性状包括这一药品应具有一定外观,例如色泽、臭味、溶解度,以及其他的各项物理常数,如熔点、沸点、相对密度、折光率、比旋度和吸收系数等。一般固体药品须测定熔点、吸收系数、溶解度、晶型等。液体药品要测定馏程、相对密度、黏度、折光率等。具有手性中心的药品,如天然产物提取的单体或合成拆分得到的单一旋光物,应测定比旋度并证明其光学纯度。油脂类药物,除相对密度、折光率、熔点、凝点等物理常数外,还要测出它的酸值、碘值、羟值、皂化值等一些化学常数。测得这些常数,不仅对药物有鉴别意义,而且也反映其纯杂程度或含量,是评价药品质量的主要指标之一。

2.1.1 溶解度

溶解度是药物的物理常数之一,可在一定程度上反映药物的纯度。《中国药典》(1977年版)在凡例中首次规定了溶解度测定方法,统一了溶解度的标准。

溶解度测定法:准确称取研成细粉的供试品或量取液体供试品(准确度为±2%),加入一定量的溶剂,在25℃±2℃下,每隔5 min强力振摇30 s,观察30 min内的溶解情况,如看不到溶质颗粒或液滴时,即视为完全溶解。

药物的近似溶解度以极易溶解、易溶、溶解、略溶、微溶、极微溶解以及几乎不溶或不溶表示,它们分别指溶质1 g(ml)能在溶剂不到1 ml、1~10 ml、10~30 ml、30~100 ml、100~1 000 ml、1 000~10 000 ml中溶解以及在溶剂10 000 ml中不能完全溶解。

易于溶解的样品,取样可在1~3 g之间,贵重药品及剧毒药可酌情减量,可用逐渐加入溶剂方法。在溶剂品种的选择上,应尽量选用与该药品溶解特性密切相关,配制制剂、制备溶液或精制操作所需用的常用溶剂。一般常用的溶剂有水、乙醇、乙醚、氯仿、甘油、无机酸和碱等。

极性溶质易溶于极性溶剂。水是极性溶剂,盐类、电解质、醇类、糖类以及其他含极性基团多的药物均易溶于水。

非极性物质一般不能被极性溶剂溶解,而溶于非极性溶剂中。例如一些甾体激素如雌二醇、黄体酮等,一些脂溶性维生素如维生素A和维生素D等,在实际中均以油作为溶剂制成制剂。同样,由于非极性溶剂不能减弱电解质中离子间的吸引力,介电常数很小,也不能与极性物质形成氢键,所以离子型和极性物质不溶或微溶于非极性溶剂中。

然而,非极性溶剂也能溶解一些含有1个极性基团的醇类、胺类物质。例如醇可溶于苯中,这是由于苯分子受到醇分子的影响而引起诱导偶极,以至产生偶极间缔合的缘故。

非极性物质的溶解,通常是通过克服溶质由分子间力所保持的内聚力来实现的。

中等极性溶剂,如酮和醇,在非极性溶剂分子中引入某种程度的极性,可作为中间溶剂,使极性与非极性溶剂混溶。例如,丙酮能增加醚在水中的溶解度;醇可做水和蓖麻油的中间溶剂;丙二醇能增加薄荷油在水中的溶解度。对于固体药物,中间溶剂也能增加其在水中的溶解度。例如丙二醇能增加利血平及氯霉素在水中的溶解度。

多数药品都具有足够大的溶解度供治疗用,但有不少药品的饱和溶液往往低于治疗所需的浓度,因此,增加难溶性药品的溶解度是药物制剂中的重要问题。增加药品的溶解度,除了用改变溶剂或改变溶剂组成的方法外,还可以通过增溶作用、助溶作用、制成盐类以及改变部分化学结构等方法来完成。

2.1.2 吸光系数

吸光系数(吸收系数)是吸光物质在单位浓度及单位厚度时的吸光度。在一定的条件下(单色波长、溶剂、温度等),吸收系数是物质的特性常数,可作为定性的依据。中国药典1977 年版开始在收载品种的性状项下增加吸收系数这一项物理常数,所收载的吸收系数是比吸收系数或称百分吸收系数,用 $E_{1cm}^{1\%}$ 来表示,是指浓度为 1%(g/ml),光路长度为 1 cm 时的吸收度。将吸收系数列入性状项下,不仅可考察该原料药的质量,并可作为其制剂含量测定中选用以 $E_{1cm}^{1\%}$ 值计算的依据。因此,凡制剂的含量测定采用以 $E_{1cm}^{1\%}$ 值计算的分光光度法,而其原料药的含量测定又因精密度的要求而改用其他方法的品种,可在原料药的性状项下列出"吸收系数"范围,并应尽可能采用其制剂含量测定中的条件,使原料药的质量标准能与其制剂相适应。测定药物吸收系数所采用的溶剂,除应满足该药物光学特性的需要外,还要考虑"易得、廉价、低毒"的原则,避免使用甲醇等低沸点、易挥发的溶剂。对于极性化合物,水是一种最为廉价的溶剂,但因易受溶质的影响而使其溶液的 pH 不稳定,进而影响某些药物的紫外吸收光谱特征时,可考虑用 0.1 mol/L 的盐酸、氢氧化钠溶液或缓冲溶液。若该制剂质量标准项下有溶出度检查,同时溶出度测定也用紫外分光光度法时,则含量测定所用的溶剂最好与溶出度所用溶剂相同。

吸收系数的测定方法应按药典委员会规定的方法进行,方法简述如下:

(1) 必须用 5 台或 5 台以上的不同型号的紫外分光光度计测试,同时所使用的分光光度计都应参照中国药典附录分光光度法项下的仪器校正检定方法进行全面校正检定。所用的天平、砝码、容量瓶、移液管均应经过校正。

(2) 在测定供试品前,应先检查所用的溶剂,再测定供试品所用的波长附近是否符合要求,不得有大的干扰吸收。

应以配制供试品溶液的同批溶剂为空白,并应在规定的吸收峰波长 ±1 nm～±2 nm 处再测试几点吸收度,以核对供试品的吸收峰波长位置是否正确,并以吸收度最大的波长作为测定波长。

吸收池应于临用前配对。样品测定前应干燥,如系不稳定的样品,可用原供试品测定(再另取样测定干燥失重后扣除),样品溶液应配成吸收度读数在 0.6～0.8 之间,然后用同批溶剂将溶液稀释 1 倍,再在 0.3～0.4 吸收度间测定,也可配制成吸收度在 0.1～0.8 间梯度浓度溶液测定。样品应同时测定两份,注明测定时的温度。同一台仪器测定的两份结果的偏差不应超过1%。之后对各台仪器测得的平均值进行统计。相对标准偏差不得超过1.5%。将平均值确定为该品种的吸收系数。

称取样品时，应称准至所称重量的0.2%，例如，称取10 mg时应准至0.02 mg，则需用十万分之一的分析天平来称量。称量达100 mg时，才可使用万分之一的天平。

吸收系数测定示例（盐酸蒽丹西酮）

样品处理：未干燥称样，另取样在125℃干燥至恒重，减失重量为9.65%。

样品称取量：① 41.33 mg；② 42.18 mg。

溶剂和样品稀释法：用0.1 mol/L盐酸液稀释至250 ml，再精密吸取5 ml两份，分别在50 ml和100 ml容量瓶中定容，配成浓、稀两种供试品溶液。

测定时温度：25℃。

吸收池：1 cm石英池，使用前配对。

测定结果如表2-1：

表2-1　吸收系数测定

仪器型号	λ_{max}/nm	$E_{1cm}^{1\%}$					
		浓			稀		
		1	2	平均值	1	2	平均值
上分752型	309	450.2	451.8	451.0	449.3	453.1	451.2
上分751G型	310	458.3	457.9	458.1	459.5	457.1	458.3
上分7520型	310	444.8	446.2	445.5	450.6	446.8	448.7
岛津2100	309.5	448.7	450.8	449.8	448.9	447.8	448.4
Lambda2	311.4	455.4	457.0	456.2	454.0	456.1	455.1
平均值				452.1			452.3
RSD				1.1%			0.95%
总平均值$E_{1cm}^{1\%}$310nm				452			

2.1.3　熔点

熔点为固态有机药物重要的物理常数，测定熔点可作为简单而可靠的鉴别手段。

固态药物多数是晶体。晶体中原子、离子或分子通常排列得非常规则，每个原子、离子或分子都占有一定的空间位置，这些分子、离子间存在相互的作用力，并把这些微粒约束在一定的空间位置上，形成晶格，这种引力称为晶格能。当物质受热，动能增加到足以克服各微粒间的晶格能，晶格即崩溃涣散，这时的温度即为固体的熔点。每种纯的有机化合物都有自己独特的晶型结构和分子间的引力，所以每种固体物质都有自己特定的熔点。熔点在一定程度上也反映了物质固态时的晶格能的大小，晶格能越大，其熔点也越高。分子中引入能形成氢键的官能团时，其熔点升高；同系物中，熔点随分子量（相对分子质量，下同）的增大而升高；分子结构越对称，越有利于排成整齐的形式，形成更大的晶格能，则熔点也越高。

药物熔点测定要严格按药典所规定的要求操作，因为测定熔点的装置、升温速度、药品放入传温液中时的温度、熔点测定管内径的大小、药物的干燥程度、传温液、观察的要求等不同都会影响熔点的测定结果。

《中国药典》要求观察与报告初熔与终熔两个读数。初熔是指毛细管内固体粉末开始局部液化出现明显液滴时的温度。供试品受热出现"发毛"、"收缩"及"软化"等变化过程,均不作初熔判断。以上过程后形成的"软质柱状物"尚未有液滴出现,亦不作初熔判断。供试品全部液化时的温度作为全熔温度。供试品初熔前的变化阶段过长,反映供试品质量较差。药典的化学药品的熔点范围一般为 3~4℃,而熔距一般不超过 2℃。

测定熔融同时分解的药物熔点,要注意必须严格按药典规定,在比初熔温度尚低 10℃时放入,升温速度控制在每分钟升温 2.5~3℃。供试品开始局部液化或开始产生气泡时的温度作为初熔温度,供试品固相消失全部液化时的温度作为全熔温度。有时固相消失不明显,应以供试品分解并开始膨胀上升时的温度作为全熔温度。由于各物质熔融分解时情况不一致,某些药品无法分辨初熔和全熔时,可记录其发生突变时的温度作为熔融分解温度。

差示扫描量热法(Differential Scanning Calorimetry,DSC)是在程序控制温度下测量输入待测物和参比物的功率差与温度关系的一种热分析技术。当物质在加热过程中发生了伴有热效应的某种变化(如熔融、失去结晶水、升华等相变过程),会出现向下的吸收峰。DSC图谱上外推始点(Onset)常作为定性的特征温度,其熔融温度即为 DSC 测定的固态药物的熔点,可作为药典方法测定熔点的辅佐。使用 DSC 测定熔点,可精确控制升温速度,精度达 0.1 ℃/min,结果准确性好,精度高,并能对药物的纯度作出定性和定量的判别,是控制分析药品质量的手段之一。

2.1.4 晶型

固态物质分晶体与非晶体两大类。晶体物质的外部形态称为晶态。结晶分子可因结晶条件(如溶媒种类、浓度、冷却速度及杂质含量多少等)不同而不能均匀达到晶面,从而形成不同的晶态。

晶体物质不但具有不同晶态,而且其内部结构也具有各种类型。晶体物质的内部结构称为晶型。药物中常见的晶型又分为无定型、多晶型、假多晶型等。在晶体中,分子或原子在三维空间作周期性的有序排列,形成所谓点阵结构。有些化合物存在不止一种点阵结构。虽然在一定温度和压力下,只有一种晶型在热力学上是稳定的,但由于从亚稳态变为稳态的过程常非常缓慢,因此,许多结晶质药物常存在多晶现象。除同质多晶外,许多化合物还能形成溶剂化物,此时,溶剂分子参与晶体的点阵结构,称为假多晶型。假多晶型具有一定的结晶形状,组成固定不变,属于化学计量加成物。

药物的晶型不同,其理化性质、溶解度、稳定性、生物利用度等都可能不同,对药品质量与临床疗效可能有影响,因此研究药物晶型已成为日常控制药物生产和新药剂型确定前所必不可少的重要步骤。

药物的晶型鉴别方法主要是粉末 X-射线衍射谱法,每一种晶体的粉末 X-射线衍射谱,几乎同人的指纹一样,它的衍射线的分布位置和强度有着特征性的规律,它在药物晶型的鉴别与质量控制上起着决定性作用。美国药典自 19 版通则中列入粉末 X-射线衍射谱法,中国药典 2000 年版附录也已列入粉末 X-射线衍射谱法。此外,不同晶型的药物,红外图谱、热分析图谱、熔点等有可能不同,这些方法也可用来鉴定某些药物的不同晶型。

2.2 药物的鉴别方法

药物的鉴别试验是指用理化方法或生物学方法来证明药品真实性的方法,而不是对未知物进行定性分析,因此只要求专属性强、重现性好、灵敏度高,以及操作简便、快速等。常用的方法有光谱法、色谱法、呈色或沉淀反应以及常见盐基或酸根的一般鉴别实验等。

2.2.1 光谱方法

2.2.1.1 红外光谱

红外光谱是专属性高的鉴别方法,特征性强,用于鉴别组分单一、结构明确的有机原料药,是一种首选的方法,尤其适用于用其他方法不易区分的同类药物,如磺胺类、甾体激素类和半合成抗生素类药品。绘制红外光谱易受粉末细度、吸水程度、试样的处理和制备等多种因素干扰,影响光谱形状,所以应采用标准品与样品同时测试,这样结果更为可靠。因辅料对测定有较大干扰,一般红外光谱不能直接用于制剂的鉴别,除非其他鉴别方法操作过于繁琐。使用红外光谱鉴别时,要注意制剂的药物提取方法和所用的溶剂,避免辅料的干扰和晶型的改变。

2.2.1.2 紫外光谱

紫外光谱较为简单、平坦,曲线形状的变化不大,用作鉴别的专属性远不如红外光谱。制剂的鉴别一般不采用红外光谱,而采用紫外光谱鉴别比较方便。一般可测定2~3个特定波长处的吸收度比值,以提高专属性,或同时测定供试液的最大和最小吸收波长,以及在最大吸收波长处的吸收度(一定浓度时)等。

2.2.2 色谱法

色谱法原理是将药品与对照品在相同色谱条件下进行色谱分离,比较保留值,若检测结果与保留行为分别一致,可作为鉴别药品真伪的依据。制剂的主药含量低微,用色谱法作为鉴别方法,其灵敏度、专属性都能符合要求。常用于鉴别试验的色谱法为薄层色谱法。在中成药和中药制剂的鉴别试验中,薄层色谱法得到了广泛的应用,但需根据鉴别对象选定适宜的对照品进行对照试验。

2.2.3 化学反应

利用药物分子结构中的某一基团或酸根等与反应试剂发生特殊的呈色或沉淀反应,依此来鉴别药物。其操作简便,在鉴别试验中比较常用,但尽量要选用反应明显、专属性较强的方法。在药典附录中收载了"一般鉴别试验",其化学反应可供制订药品质量标准时参考使用。

2.3 药物的纯度检查

药物的质量即药物的真伪与优劣,可以从3方面进行考查,即真实性、纯度和品质优良度。真实性通过来源、性状和鉴别项目来考查;纯度通过有关检查项目来考查;品质优良度由含量测定来衡量。药物的纯度反映了药物质量的优劣,主要通过检查药物中的杂质来评定,当药物中含有超限量的杂质时,药物理化常数也可能会有变化,外观性状产生变异,并影响药物的稳定性。杂质增多也使药物含量偏低或活性降低,毒副作用显著增加。所以药物的杂质检查是控制药物纯度的一个非常重要的方面,含量测定数据和理化常数也是表示药物纯度的主要标志。

药物中的杂质是指药物中存在的无治疗作用或影响药物的稳定性和疗效,甚至对人体健康有害的物质。杂质检查要根据生产使用的原料,生产工艺中可能引入的杂质和贮存过程中可能分解的产物,有的放矢,区别对待。对危害人体健康,影响疗效,影响成品稳定性的杂质要严格控制。

杂质的来源,一是由生产过程中引入,由于使用原料不纯或一部分原料未反应完全,以及反应中间产物与反应副产物的存在,在精制时未能完全除去,带入最后的产品中。二是在贮藏过程中受外界条件的影响,引起药物理化性质发生变化而产生。贮藏过程中,在温度、湿度、日光、空气等外界条件影响下,或因微生物的作用,引起药物发生水解、氧化、分解、异构化、晶型转变、聚合、潮解和发霉等变化,使药物中产生有关杂质,不仅使药物的外观性状发生改变,更重要的是降低了药物的稳定性和质量,甚至失去疗效或对人体产生毒害。

药物的杂质大体上分为一般杂质和特殊杂质。杂质检查法也相应分为一般杂质检查法和特殊杂质检查法。一般杂质系指那些在自然界分布较广,在多种药物生产和贮存过程中较易引入的杂质,因而药典对这些杂质大都在药典附录中加以规定,称为一般杂质检查法,如酸碱度、溶液颜色与澄清度、炽灼残渣、水分、氯化物、硫酸盐、铁盐、重金属和砷盐等。特殊杂质指某一药物中特殊存在的杂质,系在制备过程或贮存过程中根据其合成方法和性质可能产生的某些杂质,而非其他药物均能产生的。这种杂质在药典中列入每种药品的有关物质项下,如原料、中间体、降解物、异构体、副产物、残留溶剂等。

杂质按其结构,又可分为无机杂质和有机杂质两类。前面所述的一般杂质多指无机杂质,特殊杂质多半是有机杂质。

2.3.1 药物杂质检查方法和其限量计算

药典中的杂质检查按照操作方法不同,分为下述 3 种类型。

2.3.1.1 对照法

对照法又叫限量检查法(Limit test),系指取限度量的待检杂质的对照物质配成对照液,另取一定量供试品配成供试品溶液,在相同条件下处理,比较反应结果(比色或比浊),从而判断供试品中所含杂质是否符合限量规定。如氯化钠中溴化物的检查:取本品 2.0 g,加水 10 ml 溶解后,加盐酸 3 滴与氯仿 1.0 ml,边振摇边滴加新制的 2%氯胺 T 溶液 3 滴;氯仿层如显色,与标准溴化钾溶液(每 1 ml 相当于 1.0 mg 的 Br^-)1.0 ml 在平行原则操作下制成的对照液比较,不得更深(限量为 0.05%)。

由于杂质不可能完全除尽,所以在不影响疗效和不发生毒性的原则下,既保证药物质量,又便于制造、贮藏和制剂生产,对于药物中可能存在的杂质允许有一定限量。杂质限量是指药物中所含杂质的最大允许量,通常用百分之几或百万分之几来表示。

限量检查法的特点是:只需通过与对照液比较即可判断药物中所含杂质是否符合限量规定,不需测定杂质的准确含量,是各国药典的杂质检查所采用的主要方法。杂质限量(L)

可用下式计算：

$$杂质限量 = \frac{允许杂质存在的最大量}{供试品量}$$

由于供试品(m)中所含杂质的量是通过与一定量标准溶液进行比较，所以杂质量在数值上应是标准溶液的体积(V)与标准溶液的浓度(c)的乘积。因此，上式又可写成：

$$杂质限量 = \frac{标准溶液的体积 \times 标准溶液的浓度}{供试品量}$$

即

$$L = \frac{V \times c}{m} \times 100\%$$

例 2-1　对乙酰氨基酚中氯化物的检查：取本品 2.0 g，加水 100 ml，加热溶解后，冷却，滤过，取滤液 25 ml，依法检查[中国药典(2005 年版)附录ⅧA]，与标准氯化钠溶液 5.0 ml（每 1 ml 相当于 10 μg 的 Cl⁻）制成的对照液比较，浊度不得更大。问氯化物限量为多少？

$$L = \frac{5 \times 0.01}{2 \times 1\,000 \times \frac{25}{100}} \times 100\% = 0.01\%$$

例 2-2　葡萄糖中重金属的检查：取本品 4.0 g，加水 23 ml 溶解后，加醋酸盐缓冲液(pH3.5)2 ml，依法检查[中国药典(2005 年版)附录ⅧH 第一法]，含重金属不得超过 5×10^{-6}。问应取标准铅溶液多少毫升（每 1 ml 相当于 10 μg 的 Pb）？

$$5 \times 10^{-6} = \frac{V \times 0.01}{4 \times 1\,000}$$

$$V = \frac{2 \times 10^{-2}}{1 \times 10^{-2}} = 2.0(ml)$$

例 2-3　溴化钠中砷盐的检查：本品依法检查[中国药典(2005 年版)附录ⅧJ 第一法，应取标准砷溶液 2.0 ml（每 1 ml 相当于 1 μg 的 As）制备标准砷斑]，含砷量不得超过 4×10^{-6}。问应取供试品多少？

$$4 \times 10^{-6} = \frac{2 \times 0.001}{m \times 1\,000}$$

$$m = \frac{2 \times 10^{-3}}{4 \times 10^{-3}} = 0.50(g)$$

例 2-4　磷酸可待因中吗啡的检查：取本品 0.10 g，加盐酸溶液(9→1 000)使溶解成 5 ml，加亚硝酸钠试液 2 ml，放置 15 min，加氨试液 3 ml，所显颜色与吗啡溶液[取无水吗啡 2.0 mg，加盐酸溶液(9→1 000)使溶解成 100 ml]5.0 ml 用同一方法制成的对照液比较，不得更深。问其限量为多少？

$$L = \frac{5 \times 0.02}{0.10 \times 1\,000} \times 100\% = 0.10\%$$

2.3.1.2 灵敏度法

灵敏度法系指在供试品溶液中加入试剂,在一定反应条件下,不得有正反应出现,从而判断供试品中所含杂质是否符合限量规定。如溴化钠中碘化物的检查:取本品 0.5 g,加水 10 ml 溶解后,加三氯化铁试液数滴与氯仿 1 ml,振摇,静置俟分层,氯仿层不得显紫堇色。本法的特点是,以该检测条件下的灵敏度来控制杂质限量,不需对照品。

2.3.1.3 吸光度限度法

吸光度限度法系指取供试品一定量依法检查,测得待检杂质的吸收度,与规定的限量比较,不得更大。如盐酸去氧肾上腺素中酮体的检查:取本品,加水制成每 1 ml 中含 2.0 mg 的溶液,以水为空白,在 310 nm 的波长处测定吸收度,不得大于 0.20。本法的特点是,准确测得杂质的吸收度,与规定限量比较,不需对照品。

对危害人体健康、影响药物稳定性的杂质,必须严格控制其限量。如砷对人体有毒,其限量规定较严,一般不超过 $0.001\%(1\times10^{-5})$;重金属(以铅为主)易在体内积蓄中毒,并影响药物的稳定性,其限量规定一般不超过 $0.005\%(5\times10^{-5})$。

2.3.2 一般杂质检查

2.3.2.1 氯化物检查法

氯化物广泛存在于自然界中,在药品的原料或生产过程中极易被引入。微量的氯化物对人体无害,但通过对氯化物控制,可同时控制与氯化物结合的一些阳离子以及某些同时生成的副产物。因此,氯化物的控制对其他杂质的控制亦具有特殊意义,可以从氯化物检查结果显示药品的纯度,间接考核生产、贮藏过程是否正常。因而,氯化物又被认为是一种"指示性杂质"。

1. 原理 药物中微量的氯化物在硝酸酸性条件下与硝酸银反应,生成氯化银的胶体微粒而显白色浑浊,与一定量的标准氯化钠溶液在相同条件下产生的氯化银浑浊程度比较,判定供试品中氯化物是否符合限量规定。

$$Cl^- + Ag^+ \longrightarrow AgCl\downarrow$$

2. 操作方法 取供试品,加水溶解使成 25 ml,再加稀硝酸 10 ml,置 50 ml 纳氏比色管中,加水使成约 40 ml,摇匀得供试溶液。另取标准氯化钠溶液,置 50 ml 纳氏比色管中,加稀硝酸 10 ml,加水使成约 40 ml,摇匀得对照溶液。于供试溶液及对照溶液中,分别加入硝酸银试液 1.0 ml,用水稀释使成 50 ml,摇匀,在暗处放置 5 min,比浊。

每 1 ml 标准氯化钠溶液相当于 10 μg 的 Cl^-。

加入硝酸可加速氯化银的生成,并产生较好的乳光浑浊,又可避免碳酸银、氧化银及磷酸银沉淀的形成。本法以 50 ml 供试液中含稀硝酸 10 ml 为宜,过多会增大氯化银的溶解度,使浊度降低。

2.3.2.2 硫酸盐检查法

药品中存在的微量硫酸盐杂质也是一种指示性杂质。

1. 原理 药物中微量的硫酸盐在稀盐酸酸性条件下与氯化钡反应,生成硫酸钡的微粒而显白色浑浊,与一定量的标准硫酸钾溶液在相同条件下产生的硫酸钡浑浊程度比较,判定供试品中硫酸盐是否符合限量规定。

$$SO_4^{2-} + Ba^{2+} \longrightarrow BaSO_4 \downarrow$$

2. 操作方法　取供试品,加水溶解使成约 40 ml,置 50 ml 纳氏比色管中,加稀盐酸 2 ml,摇匀即得供试溶液;另取标准硫酸钾溶液,置 50 ml 纳氏比色管中,加水使成约 40 ml,加稀盐酸 2 ml,摇匀即得对照溶液;于供试溶液与对照溶液中分别加入 25% 氯化钡溶液 5 ml,用水稀释成 50 ml,摇匀,放置 10 min,比浊。

每 1 ml 标准硫酸钾溶液相当于 100 μg 的 SO_4^{2-}。

加入盐酸可防止碳酸钡或磷酸钡等沉淀的生成。溶液的酸度对浊度有影响,本法以 50 ml 供试液中含稀盐酸 2 ml 为宜,溶液 pH 值约为 1,酸度过高会增大硫酸钡的溶解度使反应灵敏度降低,应严格控制。

2.3.2.3　铁盐检查法

药物中微量铁盐的存在可能会加速药物的氧化和降解,因此需要控制铁盐的存在量。

中国药典和美国药典均采用硫氰酸盐法检查铁盐。

1. 原理　铁盐在盐酸酸性溶液中与硫氰酸盐作用生成红色可溶性的硫氰酸铁配离子,与一定量标准铁溶液用同法处理后进行比色。

$$Fe^{3+} + nSCN^- \rightleftharpoons [Fe(SCN)_n]^{3-n} \quad (n = 1 \sim 6)$$

2. 操作方法　取供试品,加水溶解使成 25 ml,移置 50 ml 纳氏比色管中,加稀盐酸 4 ml 与过硫酸铵 50 mg,用水稀释使成 35 ml 后,加 30% 硫氰酸铵溶液 3 ml,再加水适量稀释成 50 ml,摇匀。如显色,立即与标准铁溶液一定量制成的对照溶液(取标准铁溶液,置 50 ml 纳氏比色管中,加水使成 25 ml,加稀盐酸 4 ml 与过硫酸铵 50 mg,用水稀释使成 35 ml,加 30% 硫氰酸铵溶液 3 ml,加水至 50 ml,摇匀)比较。

用硫酸铁铵[$FeNH_4(SO_4)_2 \cdot 12H_2O$]配制标准铁贮备液,并加入硫酸防止铁盐水解,使易于保存。标准铁溶液为临用前取贮备液稀释而成,每 1 ml 标准铁溶液相当于 10 μg 的 Fe^{3+}。

加入盐酸可防止 Fe^{3+} 水解,并避免弱酸盐如醋酸盐、磷酸盐、砷酸盐等的干扰。以 50 ml 供试液中加稀盐酸 4 ml 所生成的红色最深。

加入过硫酸铵氧化供试品中 Fe^{2+} 生成 Fe^{3+},同时可防止由于光照使硫氰酸铁还原或分解褪色。

$$2Fe^{2+} + (NH_4)_2S_2O_8 \xrightarrow{H^+} 2Fe^{3+} + (NH_4)_2SO_4 + SO_4^{2-}$$

某些药物如葡萄糖、糊精、碳酸氢钠和硫酸镁等,在检查过程中加硝酸处理,则不再加过硫酸铵,但必须加热煮沸除去氧化氮,因硝酸中可能含亚硝酸,能与硫氰酸根离子作用,生成红色亚硝酰硫氰化物,影响比色。

$$HNO_2 + SCN^- + H^+ \longrightarrow NO \cdot SCN + H_2O$$

2.3.2.4　重金属检查法

重金属系指在实验条件下能与硫代乙酰胺或硫化钠作用显色的金属杂质。如银、铅、汞、铜、镉、铋、锑、锡、砷、镍、钴、锌等。由于生产中遇到铅的机会较多,铅在体内又易积蓄中毒,所以检查时以铅为代表。重金属影响药物的稳定性及安全性。

实验条件是指溶液 pH 值,溶液 pH 值直接影响重金属与显色剂反应是否完全,从而影响测定的准确度。一般来讲,能溶于水、稀酸及乙醇的药物以硫代乙酰胺为显色剂,pH 值应为 3.0～3.5;溶于碱而不溶于稀酸或在稀酸中产生沉淀的药物以硫化钠为显色剂。

中国药典(2005 年版)附录中规定了下列 4 种方法:

第 1 法   适用于溶于水、稀酸和乙醇的药物,此法为最常用的方法。

1. 原理   硫代乙酰胺在弱酸性(pH 值为 3.5 的醋酸盐缓冲液)条件下水解,产生硫化氢,与重金属离子(以 Pb^{2+} 为代表)生成黄色到棕黑色的硫化物混悬液,与一定量标准铅溶液经同法处理后所呈颜色比较。

$$CH_3CSNH_2 + H_2O \xrightarrow{pH3.5} CH_3CONH_2 + H_2S$$

$$Pb^{2+} + H_2S \xrightarrow{H^+} PbS\downarrow + 2H^+$$

2. 操作方法   取 25 ml 纳氏比色管两支,甲管中加一定量标准铅溶液与醋酸盐缓冲液(pH 值为 3.5)2 ml 后,加水或规定的溶剂稀释成 25 ml,乙管中加入供试液 25 ml;再在甲、乙两管中分别加硫代乙酰胺试液各 2 ml,摇匀,放置 2 min,比色。

用硝酸铅配制标准铅贮备液,并加入硝酸防止铅盐水解,使易于保存。标准铅溶液应临用前取贮备液稀释而成,每 1 ml 标准铅溶液相当于 10 μg Pb。配制和贮存用的玻璃容器均不得含铅。

第 2 法   适用于含芳环、杂环以及不溶于水、稀酸及乙醇的有机药物。

重金属可与药物的芳环、杂环形成较牢固的价键,所以本法先行炽灼破坏,使与有机分子结合的重金属游离,再按第 1 法进行检查。操作时将样品置瓷坩埚中,采用硫酸作为有机破坏试剂,需注意炽灼温度应控制在 500～600℃,使完全灰化(约需 3 h),温度太低,灰化不完全,温度过高,重金属挥发损失,如铅在 700℃经 6 h 炽灼,损失达 68%。所得炽灼残渣加硝酸,使有机物进一步分解破坏完全,必须蒸干除尽氧化氮,否则亚硝酸可氧化硫代乙酰胺水解产生的硫化氢而析出乳硫,影响比色。蒸干后残渣加盐酸使重金属转化为易溶于水的氯化物,蒸干赶除残留盐酸后加水溶解,以氨试液调至溶液对酚酞呈中性,再加醋酸盐缓冲液 2 ml,使溶液 pH 值在 3.0～3.5 之间,符合第 1 法检查条件。应取同样用量的配制供试品溶液的试剂(如硫酸、硝酸、盐酸、氨试液等)置瓷坩埚中蒸干后,加醋酸盐缓冲液、水及标准铅溶液一定量作为对照管,以消除试剂中可能夹杂的重金属的影响。含钠盐及氟的有机药物在炽灼时能腐蚀瓷坩埚而引入重金属,应改用铂坩埚或硬质玻璃蒸发皿,如中国药典(2005 年版)中头孢他啶、头孢曲松钠、甲硫咪唑和布美他尼等药物中重金属的检查。

第 3 法和第 4 法   参阅中国药典(2005 年版)二部附录。

2.3.2.5 砷盐检查法

砷为毒性杂质,须严格控制其限量。常用 3 种方法:古蔡氏法、二乙基二硫代氨基甲酸银法和白田道夫法。下面介绍古蔡氏法(Gutzeit):

中国药典(2005 年版)及 BP(2009 年版)主要采用此法检查药物中的微量砷盐。

1. 原理   利用金属锌与酸作用产生新生态的氢,与药物中微量砷盐反应生成具挥发性的砷化氢,遇溴化汞试纸产生黄色至棕色的砷斑,与同条件下一定量标准砷溶液所生成的砷斑比较,判断砷盐的含量。

$$As^{3+}+3Zn+3H^+ \longrightarrow 3Zn^{2+}+AsH_3$$
$$AsO_3^{3-}+3Zn+9H^+ \longrightarrow 3Zn^{2+}+3H_2O+AsH_3$$
$$AsO_4^{3-}+4Zn+11H^+ \longrightarrow 4Zn^{2+}+4H_2O+AsH_3$$
$$AsH_3+3HgBr_2 \longrightarrow 3HBr+As(HgBr)_3(黄色)$$
$$2As(HgBr)_3+AsH_3 \longrightarrow 3AsH(HgBr)_2(棕色)$$
$$As(HgBr)_3+AsH_3 \longrightarrow 3HBr+As_2Hg_3(棕黑色)$$

2. 操作方法 仪器装置见图 2-1。测试时,于导气管 C 中装入醋酸铅棉花,于旋塞 D 的顶端平面上放一片溴化汞试纸,盖上旋塞盖 E 并旋紧,即得。

标准砷斑的制备:精密量取标准砷溶液 2 ml,置 A 瓶中,加盐酸 5 ml 与水 21 ml,再加碘化钾试液 5 ml 与酸性氯化亚锡试液 5 滴,室温放置 10 min,加锌粒 2 g,立即将装好的导气管 C 密塞于 A 瓶上,并将 A 瓶置 25~40℃水浴中反应 45 min,取出溴化汞试纸,即得。

检查法:取供试液置 A 瓶中,照标准砷斑的制备,自"再加碘化钾试液 5 ml"起,依法操作。将生成的砷斑与标准砷斑比较,不得更深。

在反应液中加入还原剂酸性氯化亚锡及碘化钾将供试品中可能存在的 As^{5+} 还原为 As^{3+}。因为 As^{5+} 生成砷化氢的速度慢,氧化生成的碘又被氯化亚锡还原为碘离子,与反应中产生的锌离子形成稳定的配离子,使生成砷化氢的反应不断进行。

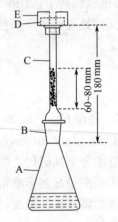

图 2-1 古蔡氏检砷装置
A. 砷化氢发生瓶;
B. 中空磨口塞;
C. 导气管;
D. 具孔有机玻璃旋塞
(孔径与导气管内径一致);
E. 具孔有机玻璃旋塞盖。

$$AsO_4^{3-}+2I^-+2H^+ \longrightarrow AsO_3^{3-}+I_2+H_2O$$
$$AsO_4^{3-}+Sn^{2+}+2H^+ \longrightarrow AsO_3^{3-}+Sn^{4+}+H_2O$$
$$I_2+Sn^{2+} \longrightarrow 2I^-+Sn^{4+}$$
$$4I^-+Zn^{2+} \longrightarrow ZnI_4^{2-}$$

氯化亚锡与碘化钾还能有效地抑制微量锑的干扰(100 μg 锑的存在也不致干扰测定),防止锑化氢与溴化汞试纸作用生成锑斑;又能促进锌与盐酸的反应,即纯锌与纯盐酸作用甚慢,加入氯化亚锡,锌置换出锡沉积在锌表面,形成局部电池,加快锌与盐酸作用,使氢气均匀而连续地发生。

醋酸铅棉花用于吸收供试品及锌粒中可能含有的少量硫化物在酸性条件下产生的硫化氢气体,避免了硫化氢与溴化汞试纸作用产生的硫化汞色斑干扰试验结果。醋酸铅棉花用量太少,可能不能将硫化氢除尽,太多或塞得太紧会阻碍砷化氢的通过。所以药典规定取醋酸铅棉花 60 mg,装管高度为 60~80 mm,则在 1 000 μg S^{2-} 存在下也不干扰测定。导气管中的醋酸铅棉花应保持干燥,如被打湿,应重新操作。

标准砷溶液是用三氧化二砷配制贮备液,临用前稀释而成。每 1 ml 标准砷溶液相当于 1 μg As。标准砷斑过深或过浅都会影响比色的准确性,药典规定标准砷斑为 2 ml 标准砷溶液制成。药物含砷限量不同,可按规定限量改变供试品取用量,不可改变标准砷溶液量。如药典规定某药物含砷量不得超过 1×10^{-6},则应取供试品 2.0 g 与标准砷斑比较,而不是取供试品 1.0 g 与标准砷溶液 1 ml 所产生的砷斑进行比较。

2.3.2.6 酸碱度检查法

纯净的药物在加水溶解或制成过饱和的混悬液后,其水溶液的 pH 值应较为恒定,否则显示其受到酸、碱物质的污染,或有水解现象产生。因此,进行酸碱度检查是保证药品质量的一项措施。中国药典有酸度、碱度、酸碱度和 pH 值来衡量药物中的酸碱性杂质。凡检查时采用碱液进行滴定或规定的 pH 值小于 7.0 的称"酸度";采用酸液进行滴定或规定的 pH 值大于 7.0 的称"碱度";检查时先后用酸液和碱液分别进行滴定或规定的 pH 值范围包括 7.0 上下两侧的称"酸碱度";液体制剂的酸碱度检查以 pH 值表示。

检查时一般以新沸放冷的蒸馏水为溶剂,不溶于水的药物可用中性乙醇等有机溶剂溶解,或将药物与水混摇,使所含酸碱性杂质溶解,滤过,取滤液检查。中国药典(2005 年版)采用下述 3 种方法。

1. 酸碱滴定法 在一定指示液下,用酸或碱滴定液滴定供试品溶液中碱性或酸性杂质,以消耗酸或碱滴定液的体积(ml)作为限度指标。如检查氯化钠的酸碱度:取本品 5.0 g,加水 50 ml 溶解后,加溴麝香草酚蓝指示液(pH 值 6.0～7.6,黄～蓝)2 滴,如显黄色(示为酸性),加氢氧化钠滴定液(0.02 mol/L)0.10 ml,应变为蓝色;如显蓝色或绿色(示为碱性),加盐酸滴定液(0.02 mol/L)0.20 ml,应变为黄色。所得结果表明本品 100 g 中所含酸性杂质的限量为 0.04 mmol 或所含碱性杂质的限量为 0.08 mmol。

2. 指示液法 将一定量指示液的变色 pH 值范围作为供试液中酸碱性杂质的限度指标。如检查纯化水的酸碱度:取本品 10 ml,加甲基红指示液(pH 值 4.2～6.3,红～黄)2 滴,不得显红色(以控制其酸度);另取 10 ml,加溴麝香草酚蓝指示液(pH 值 6.0～7.6,黄～蓝)5 滴,不得显蓝色(以控制其碱度)。即蒸馏水的 pH 值应为 4.2～7.6。

3. pH 值测定法 用电位法测定供试品溶液的 pH 值,衡量其酸碱性杂质是否符合限量规定。本法准确度高,药典中的注射液、供配制注射剂用的原料药以及酸碱性大小明显影响稳定性的药物,大多采用本法检查酸碱度。如注射用水中的 pH 值按"pH 值测定法"检查应为 5.0～7.0。

2.3.2.7 澄清度检查法

澄清度是检查药品溶液中的微量不溶性杂质,在一定程度上可反映药品的质量和生产工艺水平,对于供制备注射液的原料药物的纯度检查尤为重要。

利用硫酸肼与乌洛托品(六次甲基四胺)反应制备浊度标准液。其反应原理为:乌洛托品在偏酸性条件下水解产生甲醛,甲醛与肼缩合生成甲醛腙,不溶于水,形成白色浑浊。

$$(CH_2)_6N_4 + 6H_2O \rightleftharpoons 6HCHO + 4NH_3$$

$$\underset{H}{\overset{H}{H-C=O}} + H_2N-NH_2 \longrightarrow \underset{H}{\overset{H}{H-C=N-NH_2}} \downarrow + H_2O$$

中国药典(2005 年版)附录规定用 1.0% 硫酸肼水溶液(放置 4～6 h 后使用,以保证制得的浊度稳定)和 10.0% 乌洛托品水溶液等容量混合,摇匀,于 25℃ 避光静置 24 h,形成白色浑浊液,为浊度标准贮备液。本液置冷处避光保存,可在 2 个月内使用,用前摇匀。取一定量浊度标准贮备液加水稀释即得浊度标准原液(应在 24 h 内使用,用前摇匀)。临用时,取浊度标准原液与水按表配制,即得不同级号的浊度标准液(使用前充分摇匀),见表 2-2。

表 2-2　浊度标准液的制备

浊度标准液	级号				
	0.5	1	2	3	4
浊度标准原液/ml	2.50	5.0	10.0	30.0	50.0
水/ml	97.50	95.0	90.0	70.0	50.0

检查时,将一定浓度的供试品溶液与规定级号的浊度标准液分别置于配对的比浊用玻璃管中,装入液面的高度为 40 mm。在浊度标准液制备后 5 min,同置黑色背景上,在漫射光下,从比浊管上方向下观察、比较,或垂直于伞棚灯下,从水平方向观察、比较,判断该供试品澄清度是否符合规定。当供试品溶液的澄清度与所用溶剂相同或未超过 0.5 级浊度标准液时,称为澄清。当供试品溶液的乳色比 0.5 级明显,而不及 1 级时,称为浊度 0.5 级。其余依此类推,分别称为浊度 1,2,3 级。

多数药物的澄清度检查以水为溶剂,但也有用酸、碱或有机溶剂(如甲醇、乙醇、丙酮)作溶剂的。有机酸的碱金属盐类药物强调用"新沸过的冷水",因为若水中溶有二氧化碳将影响其澄清度。若检查后的溶液还需供"酸度"检查用时,也应强调用"新沸过的冷水"。

BP(2009)用同样方法进行澄清度检查,对照混悬液Ⅰ、Ⅱ、Ⅲ及Ⅳ分别与我国药典浊度标准液 1,2,3 及 4 号相当,未超过Ⅰ号对照混悬液即作为澄清,限量较我国稍宽。

2.3.2.8　溶液颜色检查法

溶液颜色检查法是控制药品在生产过程或贮存过程中产生的有色杂质限量的方法。中国药典(2005 年版)采用 3 种检查方法。

1. 目视比色法　取一定量的供试品,加水溶解,置纳氏比色管中,加水稀释至 10 ml,溶液呈现的颜色与规定色调号的标准比色液比较,不得更深。观察方式规定有两种:① 色泽较浅时,于白色背景上自上而下透视;② 色泽较深时,于白色背景前平视观察。操作中应遵循平行原则。药典规定用重铬酸钾液(每 1 ml 含 0.800 mg $K_2Cr_2O_7$)为黄色原液,氯化钴液(每 1 ml 含 59.5 mg $CoCl_2 \cdot 6H_2O$)为红色原液,硫酸铜液(每 1 ml 含 62.4 mg $CuSO_4 \cdot 5H_2O$)为蓝色原液。按一定比例配成黄绿色、黄色、橙黄色、橙红色和棕红色五种色调标准贮备液。每种色调液又按一定比例加水稀释成 10 种色号,共计 50 种标准比色液。具体配制方法见药典附录。配制比色用硫酸铜液所用的五水合硫酸铜结晶,由于风化,其结晶水含量可能发生变化,因此,要先用碘量法测定出硫酸铜原液中 $CuSO_4 \cdot 5H_2O$ 的含量,根据测定结果,在剩余的原液中加入适量溶剂,使成规定浓度。采用盐酸(1→40)为溶剂,可防止铜盐水解。配制比色用氯化钴原液时,同样先用配位滴定法测定出氯化钴原液中 $CoCl_2 \cdot 6H_2O$ 的含量。根据测定结果,在剩余的原液中加入适量溶剂使成规定浓度,采用盐酸(1→40)为溶剂以防止钴盐水解。当供试液的色调与标准比色液不一致时,可由上述 3 种比色原液按规定方法配制对照液,如烟酸中检查碱性溶液的颜色,或者采用分光光度法。

例 2-5　盐酸异丙嗪

溶液的澄清度与颜色　取本品 1.0 g,加水 10 ml 溶解后,溶液应澄清无色;如显浑浊,与1号浊度标准液比较,不得更深;如显色,与黄色2号标准比色液比较,不得更深。

2. 分光光度法　测定吸收度更能反映溶液颜色的变化。本法系取一定量供试品加水溶解使成10 ml,必要时滤过(除去不溶性杂质对吸收度测定的干扰),滤液于规定波长处测定吸收度,不得超过规定值。

例2-6 华法林钠中检查丙酮溶液的澄清度与颜色　取本品0.20 g,加丙酮10 ml溶解后,溶液应澄清无色;如显浑浊,与1号浊度标准液比较,不得更浓;如显色,置4 cm吸收池中,采用第二法(即分光光度法)检查,在460 nm波长处测定的吸收度不得超过0.12。

3. 色差计法　本法是通过色差计直接测定溶液的透射三刺激值,对其颜色进行定量表述和分析的方法。当目视比色法较难判定时,应考虑采用本法进行测定与判断。

2.3.2.9　炽灼残渣检查法

有机药物经炭化或无机药物加热分解后,加硫酸湿润,先低温再高温(700～800℃)炽灼,使完全灰化,有机物分解挥发,残留的非挥发性无机杂质(多为金属的氧化物或无机盐类)成为硫酸盐,称为炽灼残渣(BP称硫酸灰分),称重,判断是否符合限量规定。炽灼残渣含量的计算见下式。

$$炽灼残渣含量 = \frac{残渣及坩埚重 - 空坩埚重}{供试品重} \times 100\%$$

供试品的取用量应根据炽灼残渣限量和称量误差决定。过多,炭化和灰化时间太长;过少,加大称量误差。一般应使炽灼残渣量为1～2 mg,残渣限量一般为0.1%～0.2%,如限量为0.1%者,取样约1 g;若为0.05%,取样约2 g;限量为0.1%以上者,取样可在1 g以下。

供试品应先缓缓加热,为了避免供试品骤然膨胀而逸出,可采用坩埚斜置方式直至完全炭化(不产生烟雾),放冷,加硫酸后低温加热,温度过高易使供试品飞溅,影响测定结果。含氟的药品对瓷坩埚有腐蚀,应采用铂坩埚。重金属于高温下易挥发,故若需将炽灼残渣留作重金属检查时,炽灼温度必须控制在500～600℃。置高温炉内炽灼前,务必蒸发除尽硫酸,以免硫酸蒸气腐蚀炉膛,造成漏电事故。瓷坩埚编号可采用蓝墨水与$FeCl_3$溶液的混合液涂写,烘烤,恒重后使用。

2.3.2.10　干燥失重测定法

干燥失重系指药品在规定的条件下,经干燥后所减失的量,以百分率表示。主要指水分,也包括其他挥发性物质,如残留的挥发性有机溶剂等。测定方法有下列几种。

1. 常压恒温干燥法　本法适用于受热较稳定的药物。将供试品置相同条件下已干燥至恒重的扁形称瓶中,于烘箱内在规定温度下干燥至恒重(即供试品连续两次干燥或炽灼后的重量差异在0.3 mg以下),以减失的重量和取样量计算供试品的干燥失重。干燥温度一般为105℃,干燥时间除另有规定外,根据含水量的多少,一般在达到指定温度±2℃干燥2～4 h,再称至恒重为止。为了使水分及挥发性物质易于挥散,供试品应平铺于扁形称瓶中,其厚度不超过5 mm。如为疏松物质,厚度不超过10 mm。如为大颗粒结晶,应研细至粒度约2 mm。有的药物含结晶水,在105℃不易除去,可提高干燥温度,如枸橼酸钠在180℃烘至恒重。某些药物中含有较大量的水分,熔点又较低,如直接在105℃干燥,供试品即融化,表面结成一层薄膜,使水分不易继续挥发,应先在低温下干燥,使大部分水分除去后,再于规定温度下干燥。如硫代硫酸钠,先在40～50℃逐渐升高温度至105℃并干燥至恒重。供试品如为膏状物,先在称瓶中置入洗净的粗砂粒及一小玻棒,在规定条件下干燥至恒重后,称入一定量的供试品,用玻棒搅匀,进行干燥,并在干燥过程中搅拌数次,促使水分挥发,直至恒重。某些受热逐渐分解而达不到恒重的药物,采用一定温度下干燥一定时间减失的重量代表干燥失重,如右旋糖酐 40 的干燥失重(105℃干燥 6 h)不得超过 5.0%。

2. 干燥剂干燥法　本法适用于受热分解且易挥发的供试品。方法为将供试品置干燥器中,利用干燥器内的干燥剂吸收水分干燥至恒重。常用的干燥剂有无水氯化钙、硅胶和五氧化二磷。其中五氧化二磷的吸水效力、吸水容量和吸水速度均较好,但其价格较贵,且不能反复使用。使用时,将五氧化二磷铺于培养皿中,置干燥器内,如发现表层已结块或出现液滴,应将表层刮去,另加新的五氧化二磷再使用。弃去的五氧化二磷不可倒入下水道,应埋入土中。硅胶的吸水效力仅次于五氧化二磷,又由于其使用方便、价廉、无腐蚀性且可重复使用,所以为最常用的干燥剂。变色硅胶是加有氯化钴的硅胶,干燥后生成无水氯化钴而呈蓝色,吸水后生成含两分子结晶水的氯化钴而呈淡红色,可在 140℃以下干燥除水(温度超过 140℃,硅胶裂碎成粉,破坏毛细孔,影响吸水作用)。1 g 变色硅胶吸水约 20 mg 开始变色,吸水 200 mg 时完全变色,吸水 300～400 mg 达饱和;水分以外的溶剂(如乙醇、氯仿)被吸收后,颜色不变。

3. 减压干燥法　本法适用于熔点低、受热不稳定及难赶除水分的药物。在减压条件下,可降低干燥温度和缩短干燥时间。使用减压干燥器或恒温减压干燥箱,压力应在 2.67 kPa(20 mmHg)以下。减压干燥器初次使用时,应用厚布包好再进行减压,以防炸裂伤人。开盖时,因器外压力大于内压,必须先将活塞缓缓旋开,使空气缓缓进入,勿使气流太快将称量瓶中的供试品吹散,在供试品取出后应立即关闭活塞。

2.3.3　特殊杂质检查

药物除检查无机杂质外,还需检查可能存在的有机杂质。有机杂质药典中称有关物质,是有机药物在生产和贮存过程中由于其生产工艺或性质有可能引入的杂质,如原料、中间体、降解物、异构体、副产物、残留溶剂等,其中有些是严重影响用药安全有效的杂质,是质量控制中的主要检查内容,应严格控制其含量。

随着分离检测技术的提高,人们对药物纯度考察能力也进一步提高,如盐酸杜冷丁(盐酸派替啶)在 20 世纪 40 年代已广泛应用,并收载入药典,直至 20 世纪 70 年代气相色谱的兴起,才分离出杜冷丁(Ⅰ)中的两个副产物(Ⅱ、Ⅲ),这两个副产物是原料中的杂质起反应生成的杂质。

两种杂质无生理活性,不加控制有时可高达 20%。中国药典(2005 年版)用薄层色谱控制有关杂质,限度为 2%。目前我国《药品注册管理办法》(试行)中规定,进行新药研究,必须对药物的纯度和稳定性等进行实验研究,考查可能引入的杂质,并尽可能对杂质进行分离,研究其结构;进行药物的稳定性考查,了解药物变质的因素、降解机理和降解产物结构,并对降解产物的毒性进行研究,研究检测方法,以保证药物的质量和疗效。

2.3.3.1 原料与中间体

由于分离不完全,成品中可能混入少量原料或中间体。

例 2-7 肾上腺素类药物中中间体酮体的检查 肾上腺素、去甲肾上腺素、盐酸去氧肾上腺素、盐酸异丙肾上腺素等药物在合成过程中都是经过酮体氢化还原而得。若氢化不完全,可能引入酮体杂质,所以药典规定应检查酮体。

盐酸去氧肾上腺素可由下列反应制成:

$$\text{(苯环)} \xrightarrow{\text{COCH}_2\text{Br},\ \text{OH}} \xrightarrow{CH_3NH_2} \text{(苯环)}\ \text{COCH}_2\text{NHCH}_3,\ \text{OH} \xrightarrow[\text{Pt}]{[H]}$$

$$\text{(苯环)}\ \text{CHCH}_2\text{NHCH}_3,\ \text{OH},\ \text{OH} \xrightarrow{HCl} \text{(苯环)}\ \text{CHCH}_2\text{NHCH}_3 \cdot \text{HCl},\ \text{OH},\ \text{OH}$$

检查原理系利用酮体在 310 nm 波长处有最大吸收,而药物本身在此波长几乎没有吸收。上述 4 种肾上腺素类药物均用此法检查酮体,限度为 0.05%～0.20%。

2.3.3.2 副产物

副产物往往是生产过程中的一些副反应的产物,如由于原料不纯,原料中的异构体、同系物也与试剂反应,最后的产物混入产品中,这些杂质与药品本身较相似,一般均需经过色谱法加以分离检查。

例 2-8 阿司匹林的杂质检查 阿司匹林(Acetylsalicylic Acid, ASA)中含有的杂质研究得较多,可能有几种副产物、原料和降解产物。

1. 原料水杨酸(SA) 可能引入药品中,游离水杨酸对人体有毒,且分子中酚羟基在空气中逐渐被氧化成一系列的醌型有色物质,呈淡黄、红棕甚至深棕色,使阿司匹林变色。游离水杨酸不仅来自于未反应的原料,而且也是阿司匹林的降解产物,阿司匹林经水解生成水杨酸。

$$\text{(苯环)}\ \text{COOH},\ \text{OCOCH}_3 \xrightarrow{H_2O} \text{(苯环)}\ \text{COOH},\ \text{OH} + CH_3COOH$$

在原料和制剂中均需检查游离水杨酸的量,其原料限量为 0.1%,制剂限度为 0.3%～1.5%。ChP 和 USP 等药典检查方法利用 ASA 无酚羟基不与高铁盐溶液作用,而 SA 则可与之反应生成紫堇色,用水杨酸制成对照液,目视比色测定其含量限度。

2. 副产物 由于原料水杨酸可能带有苯酚,苯酚可能与醋酸、SA、ASA 分别生成醋酸苯酯、水杨酸苯酯和乙酰水杨酸苯酯这些副产物。控制这些酯类杂质,药典采用阿司匹林与杂质酯类溶解度不同而用溶液澄清度检查。

药典规定检查以上杂质,仍未能完全防止临床上使用阿司匹林时的药物反应,如过敏性荨麻疹、哮喘、胃肠出血、鼻息肉等。随着仪器分析的进展,用色谱法从阿司匹林中又分离出除上述杂质外的几种水杨酸衍生物,如乙酰水杨酸酐(ASAN),乙酰水杨酰水杨酸(ASSA)和水杨酰水杨酸(SSA)等,这些杂质可由生产过程中引入,如 ASAN 是因生产过程中加入过量的醋酐进行乙酰化时生成以下副反应的产物。

ASA   ASAN

在有机溶剂中加热,ASA 也有可能转成为 ASAN。通过动物试验证明以上杂质具有免疫活性,可导致过敏。所以 ASA 在临床上的药物反应是由于存在以上杂质所引起的。含 ASAN 的量在 0.003% 以下方可免于致敏。这就需要在生产上注意改进工艺,最大限度减少以上杂质的引入,加强对阿司匹林的质量控制。

2.3.3.3 降解产物

药物在贮存过程中,由于外界条件的影响,如温度、湿度、日光、空气和微生物等,可能导致水解、氧化、分解、聚合、异构化、晶型转化、潮解和发霉等变化而产生杂质。水解是药物变质的重要因素,酯、内酯、酰胺、卤代烃及苷类药物在水分存在下容易被水解,如盐酸普鲁卡因注射液可水解产生对氨基苯甲酸和二乙胺乙醇;青霉素水溶液遇碱易水解为青霉酸,受热可进一步降解为 D-青霉胺和青霉醛。氧化是药物变质的另一重要因素,具有酚羟基、巯基、亚硝基以及醚、醛、长链共轭双键等结构的药物在空气中容易被氧化,如麻醉乙醚易被氧化分解为醛及有毒的过氧化物;维生素 B_2 遇光降解为感光黄素。

药物受光照、温度、湿度和酸碱的影响可引起异构化、晶型转变。异构化和晶型转变对药物的有效性和安全性也有影响。如四环素在酸性条件下发生差向异构化生成毒性高、活性低的差向四环素;双羟萘酸噻嘧啶的反式体遇紫外光能转化为驱虫效果极弱的顺式体;重酒石酸去甲肾上腺素左旋体效力比右旋体大 27 倍,温度升高可引起消旋化,从而降低疗效;无味氯霉素存在多晶型现象,其 B 晶型为活性型,A 晶型和 C 晶型为非活性型,B 晶型在室温下稳定,温度升高会缓慢转变为非活性型。

思考题

1. 固体药物的理化常数一般需测定哪些?

2. 药物的鉴别方法主要有哪些?

3. 药物的质量可以从哪三方面考查?它们在质量标准中又是通过哪些项目来衡量的?

4. 简述药物中杂质的来源及分类。

5. 一般杂质检查有哪些项目?它们各自的检查方法和原理是什么?

习　题

1. 尼司刹米中氯化物检查,是取本品 5.0 g,依法检查,如发生浑浊,与标准氯化钠溶液 7 ml 制成的对照液比较,不得更浓,试计算其限度。

2. 维生素 B_1 中重金属检查,是取本品 1 g,加水 25 ml 溶解后,依法检查,含重金属不得过 10×10^{-6},试计算应取标准铅溶液多少毫升。

3. 葡萄糖酸钙中砷盐检查,是取本品 1 g,加盐酸 5 ml 与水 23 ml 溶解后,依法检查,含砷量不得过 2×10^{-6},试计算应取标准砷溶液多少毫升。

4. 硫酸钡中砷盐检查法,是取本品适量,加水 23 ml 与盐酸 5 ml,加标准砷溶液 2 ml,依法检查,含砷量不得过 1×10^{-6}。试计算应取本品多少克。

3 药物分析方法的设计和验证

3.1 药物分析方法的分类和设计

药物分析方法按照测定原理和操作方法的不同可分为两大类:化学分析法和仪器分析法。按照试样用量的多少,分析方法可分为常量分析、半微量分析、微量分析和超微量分析。

3.1.1 化学分析法

以物质的化学反应为基础的分析方法称为化学分析法。化学分析法历史悠久,是分析化学的基础,所以又称经典分析法。

在化学定量分析中都包含一个与被测组分定量地起作用的化学反应。例如:

$$mC + nR \longrightarrow C_mR_n$$
$$\quad X \qquad V \qquad\qquad W$$

C 为被测组分,R 为试剂,可根据生成物 C_mR_n 的量 W,或与组分 C 反应所需的试剂 R 的量 V,求出组分 C 的量 X。如果我们用称量方法求得生成物 C_mR_n 的重量,我们称这种方法为重量分析。如果我们从与组分反应的试剂 R 的浓度和体积求得组分 C 的含量,我们称这种方法为滴定分析或容量分析。

化学分析的应用范围广泛,所用仪器简单,结果准确。但化学分析不够灵敏,对于试样中极微量的杂质的定性定量分析受到一定的限制。

3.1.2 仪器分析法

以物质的物理和物理化学性质为基础的分析方法称为物理和物理化学分析法。由于这类方法都需要较特殊的仪器,故一般称为仪器分析法。仪器分析灵敏、快速、准确,发展很快,应用日趋广泛,仪器分析可分为以下几种。

3.1.2.1 光学分析

光学分析主要包括吸收光谱分析法(如紫外可见分光光度法、红外分光光度法、原子吸收分光光度法、核磁共振光谱法等),发射光谱法(如荧光分光光度法、火焰分光光度法等),质谱法,旋光分析法,折光分析法等。

3.1.2.2 色谱分析

色谱分析主要包括高效液相色谱法,气相色谱法,薄层色谱法,纸色谱法,经典柱色谱法等。

3.1.2.3 电化学分析

电化学分析主要包括电位滴定法,电流滴定法等。

3.1.2.4 热分析

热分析主要包括热重分析法,差示扫描量热法等。

仪器分析常在化学分析的基础上进行。如试样的溶解、干扰物质的分离等,都是化学分析的基本步骤。同时,仪器分析大都需要化学纯品作标准,而这些化学纯品的成分,多半需用化学分析方法来确定。而且在进行复杂物质的分析时,往往不是用一种而是综合应用几种方法。因此化学分析和仪器分析是相辅相成的,在使用时可以根据具体情况,取长补短,互相配合。

3.1.3 常量分析和微量分析

根据试样的用量及操作方法不同,可分为常量、半微量和微量分析,如表 3-1 所示。

在经典定量化学分析中,一般采用常量分析法;在无机定性分析中,一般采用半微量分析方法;在仪器分析中,一般采用微量分析或超微量分析。

表 3-1　各种分析方法的试样用量

方法	试样重量/mg	试液体积/ml
常量分析	$100 \sim 1\,000$	$10 \sim 100$
半微量分析	$10 \sim 100$	$1 \sim 10$
微量分析	$0.1 \sim 10$	$0.01 \sim 1$
超微量分析	<0.1	<0.01

3.1.4 药物分析方法的选择原则

生产和科学技术的发展对分析工作者提出了更多更高的要求,同时也为药物分析提供了更多更好的测定方法。当一个药物分析课题确定后,一般可用几种方法测定。因此在工作中就有一个选择方法的问题,其选择原则可考虑以下几个方面。

3.1.4.1 应与被测组分的含量相适应

测定常量组分时,多数采用滴定分析法,相对误差为千分之几。滴定分析法准确、简便、迅速,原料药的含量测定首选滴定分析法;重量法虽很准确,但操作费时,已不多用于药物的含量测定,在药品中进行杂质检查时,炽灼残渣和干燥失重两项测定方法属于重量法。测定微量组分时,则采用仪器分析法,灵敏度高,如紫外可见分光光度法、荧光分光光度法、原子吸收分光光度法等,这些方法的相对误差一般是百分之几。药物制剂的含量测定、含量均匀度或溶出度检查往往首选紫外分光光度法。对有干扰组分的制剂,须分离后才能测定,此时用色谱法较为合适。

例如复方氢氧化铝片的含量测定。复方氢氧化铝片主要含两种组分,氢氧化铝和三硅酸镁,含量较高,均为无机物,可用滴定分析法,利用镁和铝与二乙胺四乙酸配合能力不同,可选用不同的酸度和指示剂分别滴定铝和镁。在醋酸—醋酸铵缓冲液(pH 值 6.0)条件下,加定量过量的乙二胺四乙酸二钠滴定液,用锌滴定液回滴,二甲酚橙指示液指示终点,氢氧化铝含量按三氧化二铝计算。三硅酸镁按氧化镁计算,测定镁时要除去铝的干扰,在弱碱性条件下,除去大部分的氢氧化铝,再用三乙醇胺掩蔽剩余的铝,在氨试液条件下,用铬黑 T 为指示剂,以乙二胺四乙酸二钠滴定液滴定,具体操作见中国药典 2005 年版二部 432 页。

3.1.4.2 应考虑被测组分的性质

一般来说,测定方法都是基于被测组分的性质。对被测组分性质的了解,可帮助我们更好地选择测定方法。例如,试样具有酸性或碱性,其含量纯度又高,就可以考虑用酸碱滴定法测定;试样具有氧化性或还原性,其含量纯度又较高,就可考虑用氧化还原滴定法测定。对复杂样品,需先分离,一般用色谱法测定,具有一定挥发性的药物及其制剂可用气相色谱法,非挥发性的有机药品可采用高效液相色谱法或薄层色谱法,同时根据被测组分的性质进一步考虑检测方法。

以抗痛风药苯溴马隆为例(结构式如下),说明根据该药品的结构,可以采用不同的方法来测定。

1. 非水酸量法 该药物结构中具有酚羟基,在酚羟基邻位存在具有吸电子性的两个溴原子,使酚羟基酸性增强,可使用非水酸量法测定,甲醇钠或氢氧化四丁基铵标准液均可做滴定剂,以二甲基甲酰胺为溶剂,偶氮紫为指示剂。

2. 紫外分光光度法 该药物结构中具有较长的共轭体系,有 K 带、B 带、R 带,同时 K 带、B 带有较高的吸光系数,可用紫外分光光度法对该药物进行定性和定量。

3. 三氯化铁比色法 该药物结构中具有酚羟基,可与三氯化铁试液显色,该法可用于测定药物的含量,也可以用做该药物的鉴别反应。

4. 高效液相色谱法 该药物可用反相色谱法对其进行定量和定性,填料为十八烷基键合硅胶,流动相为甲醇—水系统,紫外检测器检测。

5. 薄层色谱法 该药物可用薄层色谱法对其进行药物鉴别检查,同时可用于检查生产过程中引入的杂质和降解产物。用硅胶 GF$_{254}$ 为吸附剂,紫外灯检测。

上述测定方法各有其优缺点,可根据测定的目的和对象分别加以选择。苯溴马隆原料药的含量测定首选非水酸量法,准确度高。苯溴马隆制剂的测定,若赋形剂不干扰,可选用紫外分光光度法测定含量和用于溶出度检查。薄层色谱法主要可用于检查药品的杂质,同时也可用于制剂中的鉴别检查项目。高效液相色谱法主要检查原料及制剂中难于用其他色谱法分离的性质相似的物质,也可用于因杂质干扰,或赋形剂干扰的原料药和制剂的含量测定。三氯化铁比色法可用于原料药的鉴别反应,当有赋形剂干扰而不能用紫外分光光度法时,也可用该法来测定制剂中的药物含量。

3.1.4.3 应与测定的具体要求相适应

由于药物分析所涉及的面很广,分析的对象也多,因此对分析的要求各不相同。例如:药物成品分析、仲裁分析,对方法的准确度要求高;中间体分析、环境检测,要求快速简便;微量和痕量分析,如体内药物分析,对方法的灵敏度要求高。

3.1.4.4 应考虑干扰物质的影响

在选择测定方法时,必须考虑到干扰物质对测定的影响,改变分析的条件,选择适当的分离方法或加入掩蔽剂,排除各种干扰以后,才能进行准确测定。如上述的复方氢氧化铝片测定中,测定镁要求排除铝的干扰。

综上所述,药品种类繁多,测定要求各不相同,一个完整无缺的适用于任何药品、任何剂型、任何要求的测定方法是不存在的。因此我们必须根据药物的结构、性质和含量、测定要求、存在的干扰组分情况和现有设备与技术条件,根据准确、专属、灵敏、快速、简便等项要求选用适宜的测定方法。

3.2 药物分析方法的验证

近年来,国外对药物分析方法的质量控制已进行了较深入的研究,美国药典 22 版首次以法定形式将"药物分析方法验证"列入附录。药物分析方法的质量控制近年在国内已引起关注,药品质量标准分析方法验证收载于中国药典 2005 年版二部附录 XIX A。

药物分析方法的验证,针对不同分析类型必须考核不同的验证参数,这些验证参数包括准确度、精密度、专属性、检测限和定量限、线性和线性范围、重现性、稳定性等。本节主要介绍精密度、准确度和重现性,其他验证参数在本书其他章节中介绍。

3.2.1 误差及其分类

分析任务中的大部分都属于定量分析,而定量分析的任务是准确测定试样中组分的含量,因此分析结果必须具有一定的准确度。但在定量分析中,由于受分析方法、测量仪器、所用试剂和分析工作者的主观因素等方面的限制,使得测量结果不可能与真实值完全一致。即使是技术娴熟的分析工作者,用最完善的分析方法和最精密的仪器,对同一样品进行多次测量,也不能得到完全一致的结果。这说明分析过程中误差是客观存在的。

我们认为被测的量有一个真值,而实际分析测得值与被测量的真值之间的差称为误差。若测得值大于真值,误差为正;反之,误差为负。误差的大小是衡量一个测量值的不准确性的尺度,误差越小,测量的准确性越高。

3.2.1.1 绝对误差和相对误差

测量误差主要有两种表示方法:绝对误差和相对误差。

测量值与真值之差称为绝对误差,可用式(3-1)表示:

$$\delta = x - \mu \tag{3-1}$$

式中:δ 为绝对误差;x 为测量值;μ 为真值。绝对误差与测得值的单位相同。

绝对误差与真值的比值称为相对误差,它没有单位,通常以％或‰表示。

$$相对误差 = \frac{\delta}{\mu} \times 100\% \tag{3-2}$$

例 3-1 测得药品 $BaCl_2$ 的百分含量为 99.52％,而其真实含量(理论值)应为 99.66％。计算测定结果的绝对误差和相对误差。

解 绝对误差＝99.52％－99.66％＝－0.14％

相对误差＝$\dfrac{99.52\% - 99.66\%}{99.66\%} \times 1\,000‰ = -1.4‰$

当真值未知,但知道测量的绝对误差时,可用测量值代替真值计算相对误差。实际工作中,通常不知道真值,可用多次平行测量值的算术平均值 x 作为真值的估计值带入计算。

3.2.1.2 系统误差和随机误差

根据误差的性质和产生的原因,可将误差分为系统误差和随机误差(也称偶然误差)。

（一）系统误差

系统误差也称可定误差。系统误差是由某种确定的原因引起的,一般有固定的方向和大小,重复测定时重复出现。根据系统误差的产生原因不同,可把它分为方法误差、仪器和试剂误差及操作误差三种。

(1) 方法误差:方法误差是由于不适当的实验设计或所选择的分析方法不恰当所引起的。例如,在重量分析中,由于沉淀的溶解损失、共沉淀现象而产生的误差,在滴定分析中,反应进行不完全、干扰离子的影响、滴定终点和化学计量点不符合等,都会产生方法误差。方法误差的存在,使测定值偏高或者偏低,但误差的方向固定。

(2) 仪器和试剂误差:仪器和试剂误差是由仪器未经校准或试剂不合格所引起的。例如,天平砝码不准、容量仪器刻度不准及试剂不纯等,均能产生这种误差。

(3) 操作误差:操作误差是由于分析工作者操作不熟练或操作不规范所造成的。例如,滴定速度太快,洗涤沉淀时洗涤过分或不充分,灼烧沉淀时温度过高或过低,坩埚未完全冷却就称重以及仪器操作不当等。

在一个测定过程中这三种误差都可能存在。因为系统误差是以固定的方向和大小出现,并具有重复性,所以可用加校正值的方法予以消除,但不能用增加平行测定次数的方法减免。

系统误差还可以用对照实验、空白实验和校准仪器等办法加以校正。详细讨论见后。

（二）随机误差

随机误差又称不可定误差,是由不确定原因引起的,可能是测量条件,如室温、湿度或电压波动等。

随机误差大小、正负不定,看似无规律。但人们经过大量实践发现,随机误差符合正态分布的统计规律:绝对值相同的正负偶然误差出现的概率大致相等;大偶然误差出现的概率小,小偶然误差出现的概率大。偶然误差的这种规律性可用正态分布曲线描述。

无限多个随机误差的代数和必相互抵消为零,因此常采用多次平行测定取平均值的方法来减小随机误差。

系统误差和随机误差有时不能绝对区分。此外,有时还可能由于分析工作者的粗心大意或不按操作规程,如溶液溅失、加错试剂和读错刻度等原因产生不应有的过失。分析过程中,应查明原因,将由过失所得的测量结果弃去不用。

3.2.2 准确度和精密度

3.2.2.1 精确度

准确度(Accuracy)表示分析结果与真实值接近的程度。测量值与真实值越接近,就越准确。准确度的大小用绝对误差或相对误差表示。误差越大,准确度越低;反之,准确度越高。例如,一个物体的真实重量是 10.000 g,某人称为 10.001 g,另一人称为 10.008 g。前者的绝对误差是 0.001 g,后者的绝对误差是 0.008 g。10.001 g 比 10.008 g 的绝对误差小,所以前者比后者称得更准确,或者说前一结果比后一结果的准确度高。

在分析工作中,用相对误差衡量分析结果比绝对误差更常用。例如,用分析天平称某两个样品,一个是 0.004 5 g,另一个是 0.553 7 g。两样品称量的绝对误差都是 0.000 1 g,但相对误差分别为:

$$\frac{0.000\ 1}{0.004\ 5} \times 100\% = 2\%$$

$$\frac{0.000\ 1}{0.553\ 7} \times 100\% = 0.2\text{‰}$$

可见,当被测量较大时,相对误差就比较小,测定的准确度也比较高。因此,在相对误差要求固定时,测高含量组分时,称样量可偏小,并可选灵敏度较低的仪器;而对低含量组分的称量,则称样量要比较大,且应选用灵敏度较高的仪器。

进行多次平行测量时,以它们的算术平均值与真实值接近的程度判断准确度。评价一种分析方法的准确度,常用加样回收率(相对误差)衡量。

3.2.2.2 精密度

平行测量的各测量值(实验值)之间互相接近的程度,称为精密度(Precision)。各测量值间越接近,精密度就越高,越精密;反之,精密度低。

精密度可用偏差、相对平均偏差、标准偏差与相对标准偏差表示,实际工作中多用相对标准偏差。

偏差(Deviation, d) 是指测量值与平均值之差。偏差越大,精密度越低。若令 x 代表一组平行测定的平均值,则单个测量值 x_i 的偏差 d 为:

$$d = x_i - \bar{x} \tag{3-3}$$

d 值有正、有负,与测量值单位相同。各单个偏差绝对值的平均值称为平均偏差(Average deviation),即:

$$\bar{d} = \frac{\sum\limits_{i=1}^{n} |x_i - \bar{x}|}{n} \tag{3-4}$$

式中:n 表示测量次数。应当注意,平均偏差都是正值。

相对平均偏差(Relative average deviation) 定义如下式:

$$\text{相对平均偏差} = \frac{\bar{d}}{\bar{x}} \times 100\% = \frac{\sum\limits_{i=1}^{n} |x_i - \bar{x}| / n}{\bar{x}} \times 100\% \tag{3-5}$$

有时亦用‰值表示。

标准偏差或称标准差(Standard deviation, S) 定义如式(3-6)所示。使用标准偏差是为了突出较大偏差的影响。

$$S = \sqrt{\frac{\sum\limits_{i=1}^{n}(x_i - \bar{x})^2}{n-1}} \quad \text{或} \quad S = \sqrt{\frac{\sum\limits_{i=1}^{n} x_i^2 - \frac{1}{n}(\sum\limits_{i=1}^{n} x_i)^2}{n-1}} \tag{3-6}$$

相对标准偏差(Relative standard deviation, RSD) 或称变异系数(Coefficient of variation),算式如下:

$$RSD = \frac{S}{\bar{x}} \times 100\% = \frac{\sqrt{\dfrac{\sum\limits_{i=1}^{n}(x_i - \bar{x})^2}{n-1}}}{\bar{x}} \times 100\% \tag{3-7}$$

实际工作中都用 RSD 表示分析结果的精密度。

例 3-2 4 次标定某溶液的浓度,结果为 0.204 1、0.204 9、0.203 9 和 0.204 3 mol/L。计算测定结果的平均值 (x),平均偏差 $(\overline{d})$,相对平均偏差 $(\overline{d}/x)$,标准偏差 (S) 及相对标准偏差 (RSD)。

平均值 $=(0.204\ 1+0.204\ 9+0.203\ 9+0.204\ 3)/4=0.204\ 3(\text{mol/L})$

平均偏差 $=(0.000\ 2+0.000\ 6+0.000\ 4+0.000\ 0)/4=0.000\ 3(\text{mol/L})$

相对平均偏差 $=(0.000\ 3/0.204\ 3)\times 1\ 000\text{‰}=1.5\text{‰}$

标准偏差 $S=\sqrt{\dfrac{(0.000\ 2)^2+(0.000\ 6)^2+(0.000\ 4)^2+(0.000\ 0)^2}{4-1}}=0.000\ 4(\text{mol/L})$

相对标准偏差 $RSD=(0.000\ 4/0.204\ 3)\times 100\%=0.2\%$

重复性与重现性是精密度的常见别名,两者稍有区别。一个分析工作者,在一个指定的实验室中,用同一套给定的仪器,在短时间内,对同一样品的某物理量进行反复测量,所得测量值接近的程度称为重复性或室内精密度。由不同实验室的不同分析工作者和仪器,共同对同一样品的某物理量进行反复测量,所得结果接近的程度,称为重现性或室间精密度。

3.2.2.3 准确度与精密度的关系

系统误差是定量分析中误差的主要来源,它影响分析结果的准确度;偶然误差影响分析结果的精密度。现举例说明定量分析中的准确度与精密度的关系。有 4 个人对同一样品进行测定,每人都测定 6 次。样品的真实含量为 10.00%。他们的测定结果如图 3-1 所示。

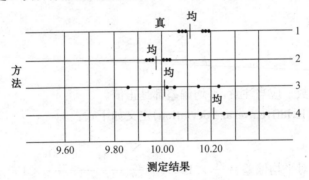

图 3-1 定量分析中的准确度与精密度

由图可以看出,第 1 人测量结果的精密度好,准确度不好;第 2 人的精密度、准确度都好;第 3 人的精密度不好,准确度好;第 4 人的精密度、准确度都不好。

从上述例子可以得出结论:① 精密度是保证准确度的前提条件,没有好的精密度就不可能有好的准确度。因为事实上,准确度是在一定的精密度下,多次测量的平均值与真值相符的程度。② 一组测量值的精密度高,其平均值的准确度未必也高。这是因为每个测量值中可能都包含一种恒定的系统误差,而使测量值偏高或偏低。这说明精密度好的测量值,可以用加校正值的方法减免系统误差。精密度与准确度都好的测量值才可取。并且,只有在消除了系统误差的情况下,才可用精密度表达准确度。测量值的准确度表示测量结果的正确性,测量值的精密度表示测量结果的重复性或重现性。

3.2.2.4 提高分析准确度的方法

要想得到准确的分析结果,就必须设法减少分析过程中带来的各种误差。下面简单地介绍一些减少分析误差的主要方法。

（1）选择适当的分析方法

不同分析方法的灵敏度和准确度是不相同的。重量分析法和滴定分析法的灵敏度不高，不能直接测定微量或痕量组分，但对高含量组分的测定，却能获得较为准确的结果，相对误差一般是千分之几。而仪器分析法对于微量或痕量组分的测定灵敏度较高。虽然其相对误差较大，但绝对误差不大，能符合准确度要求。因此，仪器分析法主要用于微量或痕量组分的分析，而化学分析法则主要用于常量组分的分析。选择分析方法时，还必须考虑共存组分的干扰问题。总之，必须根据分析对象、样品情况及对分析结果的要求，选择恰当的分析方法。

（2）减小测量误差

为了保证分析结果的准确度，必须尽量减小各步的测量误差。一般分析天平的称量误差为$\pm 0.000\ 1$ g，减重法称量两次可能的最大误差是$\pm 0.000\ 2$ g。为了使称量的相对误差小于$1‰$，称样量就必须大于0.2 g。在滴定分析中，一般滴定管读数有± 0.01 ml的误差，一次滴定需要读数两次，可能造成的最大误差为± 0.02 ml，为了使误差小于$1‰$，消耗滴定剂的体积必须大于20 ml。

（3）消除测量中的系统误差

① 做对照试验：用纯净物质或已知含量的标准试样作为样品，用同一方法，在同样条件下，用同样试剂进行分析，由分析结果与已知含量的差值便可求出分析的误差并加以校正。

② 做回收试验：在没有标准对照品或试样的组分不清楚时，可以向样品中加入一定量的被测纯物质，用同一方法进行定量分析。根据加入的被测纯物质的测定准确度来估算出分析的系统误差，以便进行校正。

③ 校正仪器：对砝码、移液管、滴定管及分析仪器等进行校准，可以减免仪器误差。

④ 做空白试验：在不加样品的情况下，按照测定样品相同的方法、步骤进行定量分析，所得结果称为空白值，从样品的分析结果中扣除。这样可以消除试剂误差。

3.3 药物分析中的有效数字

药物分析的一个重要任务就是测定药物的含量。要完成一个定量分析工作，通常包括以下几个步骤：取样、试样的预处理、测定及计算分析结果。

在定量分析中，通常要求分析结果具有一定的准确度。一般说来，在分析操作的前3个步骤中，操作者往往都很注意准确度问题，但在最后计算分析结果时，有时会由于计算中取位不当而降低了分析报告数值的准确度。

3.3.1 有效数字

有效数字是指分析工作中所能测量到的有实际意义的数字。记录数据和计算结果时究竟应该保留几位数字，须根据测定方法和使用仪器的准确程度来确定。在记录和计算结果时，所保留的有效数字中，只有最后1位是欠准的，其误差是末位数的± 1个单位。因此有效数字也可解释为包括全部可靠数字及一位不准确数字在内的有意义的数字。例如用万分之一分析天平称物体，能称准小数点后第3位，小数点后第4位是欠准的，因此用万分之一分析天平记录称量值,应记录至小数点后第 4 位,如 0.528 3 g,0.528 是准确的,最后一位"3"是欠准的,误差为±0.000 1 g。所以,用万分之一天平称量能记录到小数点后第 4 位数字。滴定管上刻度一般刻至 0.1 ml,所以一般滴定管应读至小数点后第 2 位,如 21.25 ml。如用 25 ml 的移液管量取溶液,应表示为 25.00 ml,即可能有±0.01 ml 的误差。但如改用量筒量取,则应表示为 25 ml,只能有两位有效数字,可能存在±1 ml 的误差。

确定有效数字时,应注意以下几点:

(1)"0"在数据中位置不同,作用也不同。它可能是有效数字,也可能不是有效数字。例如在 1.000 2 g 中,3 个"0"都是有效数字,所以 1.000 2 有 5 位有效数字。而在 0.098 0 g 中,"8"后面的"0"是有效数字,"9"前面的则不是有效数字,仅起定位作用,所以 0.098 0 有 3 位有效数字。另外,还应注意,像 2 000 这样的数字,写成 2×10^3,2.0×10^3,2.00×10^3,2.000×10^3 分别表示有 1,2,3,4 位有效数字。

(2)处理好数据中的倍数或分数关系。分析化学中,常会遇到倍数或分数关系,如

$$\frac{M_{K_2Cr_2O_7}}{6} = \frac{294.18}{6} = 49.03$$

分母上的"6"并不意味着只有 1 位有效数字,它的自然数非测量所得,可视之为有无限多的有效数字。

(3)pH,logK 等数值的有效数字的位数仅取决于小数部分数字的位数,其整数部分只说明该数的方次。如 pH=11.02,$[H^+]=9.6 \times 10^{-12}$ mol/L,有效数字为 2 位,不是 4 位。

(4)若数值的首位大于 8,有效数字可多取 1 位。例如,9.48 虽然只有 3 位,但它已接近 10.00,故可认为它是 4 位有效数字。

(5)表示准确度和精密度时,一般只取一位有效数字即可,最多取两位有效数字。

3.3.2 有效数字的修约规则

在多数情况下,测量数据本身并非最终要求的结果,一般需再经一系列运算后才能获得所需的结果。在计算一组有效数字位数不同的数据前,按照确定了的有效数字将多余的数字舍弃,不但可以节省计算时间,而且可以避免误差累计。这个舍弃多余数字的过程称为"数字修约"。数字修约所遵循的规则称为"数字修约规则"。过去习惯上用"四舍五入"规则修约数字,为了减少因数字修约人为引入的舍入误差,现在按照"四舍六入五成双"规则修约。该规则规定:测量值中被修约数等于或小于 4 时,舍弃;等于或大于 6 时,进位。例如,在要求保留三位有效数字时,12.349 和 25.461 应分别修约为 12.3 和 25.5。测量值中被修约数等于 5 时,若进位后测量值的末位数变成偶数,则进位;若进位后,变成奇数,则舍弃。例如,将 1.55 和 1.65 修约为两位有效数字,应分别修约为 1.6 和 1.6。

"四舍六入五成双"规则是逢 5 有舍有入,使由 5 的舍、入引起的误差可以自相抵消,从而多次舍入误差的期望值为零。因此,在数字修约中多采用此规则。

在运用"四舍六入五成双"规则时,还有几点要注意:

(1)修约应该一次完成,而不能分次修约。例如,2.347 修约为两位数,应得到 2.3。而不能先修约为 2.35,再修约为 2.4。

(2)在计算过程中,原来的数据在舍弃多余数字时,可以暂时多保留一位,待计算完成

后,再将计算结果中不属于有效数字的数字弃去,以避免多次取舍而引起误差累积。

（3）进行偏差、标准偏差或不确定度计算时,大多数情况下只需取一位或两位有效数字。在修约时,一般采用只进不舍的办法。例如,某标准偏差为 0.021 2,修约为两位有效数字应为 0.022,修约为一位应为 0.03。即修约的结果应使准确度的估计值变得更差一些。

3.3.3 有效数字的运算规则

在数据处理过程中,各测量值的有效位数可能不同,每个测量值的误差都要传递到分析结果中去。必须根据误差传递规律,按照有效数字的运算法则合理取舍,才能保证计算结果中的所有数字也都是有效的,只具有一位不确定的数字。常用的基本规则如下。

3.3.3.1 加减法运算

加减法的和或差的误差是各个数值绝对误差的传递结果。所以,当几个测量值相加减时,它们的和或差的有效数字的保留,应以小数点后位数最少(即绝对误差最大的)的数据为准,例如计算 $50.1+1.45+0.581\ 2$：

原数	修约为
50.1	50.1
1.45	1.4
＋）0.581 2	＋）0.6
52.131 2	52.1

在左式中,三个数据的绝对误差不同,以第一个数据的绝对误差最大,为 ±0.1。计算结果的有效数字的位数应由绝对误差最大的那个数据决定,即三位有效数字,应为 52.1。即结果的绝对误差也保持为 ±0.1。实际计算时,可先按绝对误差最大的数据修约其他数据,而后再计算。如可先以 50.1 为准,将其他两个数据修约为 1.4 和 0.6,再相加,结果相同而简便。

3.3.3.2 乘除法运算

乘除法的积或商的误差是各个数据相对误差的传递结果。所以,许多测量值相乘除时,它们的积或商的有效数字的保留,应以有效数字最少(即相对误差最大的)的那个测量值为准。例如,求 $\dfrac{32.5\times5.103\times60.06}{139.8}$,四个数的相对误差分别为：

$$\frac{\pm0.1}{32.5}\times100\%=\pm0.3\%$$

$$\frac{\pm0.001}{5.103}\times100\%=\pm0.02\%$$

$$\frac{\pm0.01}{60.06}\times100\%=\pm0.02\%$$

$$\frac{\pm0.1}{139.8}\times100\%=\pm0.07\%$$

四个数中相对误差最大的是 32.5,有效数字有 3 位,结果保留三位有效数字。

$$\frac{32.5\times5.103\times60.06}{139.8}=71.3$$

3.3.4　药物含量测定结果的表达法

药物含量测定结果有效数字的保留取决于仪器的精确度。因此在综合考虑所用的仪器的精确度和样品的取用量等固定因素之后，才能决定最后结果的有效数字的位数。如滴定分析和重量分析，用万分之一的天平，称样量大于 0.1 g，用滴定管消耗体积大于 10 ml 时，所称重量和所取体积都为 4 位有效数字，所以滴定分析和重量分析都取 4 位有效数字。紫外分光光度法，虽称样可达 4 位有效数字，使用的容量瓶、移液管等也有 4 位有效数字，但紫外分光光度计的读数只有 3 位有效数字，因此结果也只能有 3 位有效数字。同样，液相色谱仪因采用紫外检测器，测定结果也只能有 3 位有效数字。一般来说，仪器分析法测定的结果都只能有 3 位有效数字，如气相色谱法、液相色谱法。生物检定法也至多有 3 位有效数字。

为了得到准确的分析结果，不仅要准确地测量，而且要正确地记录和计算。测量值的记录，必须与测量的准确度相符合。

讨论有效数字的目的，就是要合理地表达分析测试数据。在进行分析操作时，不至于对准确度要求较高的测量选用精密度不高的仪器，或对准确度要求较低的测量选用高精密度的仪器。

思考题

1. 药物分析方法可以如何分类？
2. 药物分析方法的选择原则需考虑哪些方面？
3. 简述准确度与精密度的定义以及它们之间的关系。
4. 什么叫有效数字？如何正确运用有效数字的运算规则来表示分析结果？

习　题

1. 根据有效数字运算规则，计算下列各式的结果。

(1) $7.9936 \div 0.9967 - 5.02$

(2) $0.414 \div (31.3 \times 0.05307)$

(3) $(1.276 \times 4.17) + 1.7 \times 10^{-4} - (0.0021764 \times 0.0121)$

(4) $\dfrac{2.52 \times 4.10 \times 15.04}{6.15 \times 10^4}$

(5) $\dfrac{51.0 \times 4.03 \times 10^{-4}}{2.512 \times 0.002034}$

(6) $pH = 1.05$，求 $[H^+]$

2. 用重铬酸钾法测得 $FeSO_4 \cdot 7H_2O$ 中铁的百分含量为 20.03%，20.04%，20.02%，20.05% 和 20.06%。计算：(1) 分析结果的平均值；(2) 平均偏差；(3) 相对平均偏差；(4) 标准偏差；(5) 相对标准偏差。

3. 一个气相色谱的新手要确定他注射样品技术的精密度，他注射了 10 次，每次 0.5 μL，测得色谱峰高分别为 142.1，147.0，146.2，145.2，143.8，146.2，147.3，150.3，145.9，151.8 mm。试

计算峰高的平均值、标准偏差和相对标准偏差。

4. 甲、乙 2 人同时分析一矿物试样中含硫量,每次称取试样 3.5 g,分析结果报告为:

甲:0.042%,0.041%;

乙:0.040 99%,0.042 01%;

问哪一份报告是合理的,为什么?

5. 在消除系统误差后,两个化验员测定样品中组分 A 的百分含量,甲化验员测得 4 次结果:68.25%,68.77%,68.33%,68.35%,乙化验员测得 9 次结果:68.20%,68.21%,68.21%,68.22%,68.25%,68.26%,68.26%,68.27%,68.27%。试比较这两个化验员所得结果的精密度(计算相对标准偏差)。

4 滴定分析法概论

4.1 概述

4.1.1 滴定分析法

滴定分析法(Titrimetric analysis)是将一种已知准确浓度的试剂溶液(标准溶液)滴加到被测物质的溶液中,直到所加的试剂与被测物质按化学计量定量反应为止,然后根据试剂溶液的浓度和体积,通过定量关系计算被测物质的含量,是化学分析法中的重要分析方法之一。因为这类方法是以测量标准溶液的容积为基础,故也称为"容量分析法"(Volumetric analysis)。

这种已知准确浓度的试剂溶液称"滴定剂",将滴定剂从滴定管加到被测物质溶液中的过程叫"滴定"。当加入的滴定剂与被测物质完全作用时,反应达到了化学计量点即等量点,在计量点时一般借助指示剂的变色来确定,将指示剂变色点称为滴定终点。滴定终点与计量点不一定恰好符合,两者之间的误差称之为终点误差。

滴定分析法操作简便、快速、准确度高,在一般情况下相对误差在±0.2%以下,本法通常用于常量组分的测定,有时也可用于微量组分的测定,因此,在生产实践和科学实验中适用范围较广,具有很大的实用价值。

滴定分析是以化学反应为基础的分析方法,而化学反应的类型很多,并不是所有的反应都能用于滴定分析,适用于滴定分析的化学反应必须满足下列几个条件:

(1) 反应应有一定的化学计量关系,并要定量地完成,要求达到99.9%以上,这是定量计算的基础。

(2) 反应速度要快,即反应要求瞬间完成,对于速度较慢的反应,可以通过加热或加入催化剂等方法提高反应速度。

(3) 必须有合适的确定滴定终点的方法。

根据标准溶液和被测物质发生的反应类型不同,滴定分析法可分为酸碱滴定法、沉淀滴定法、配位滴定法和氧化还原滴定法。

多数滴定分析在水溶液中进行,当被测物质在水中溶解度较小或其他原因不能以水为溶剂时,可采用水以外的溶剂为滴定介质,称为非水滴定法。

4.1.2 滴定方式

滴定分析常用的滴定方式有以下4种。

4.1.2.1 直接滴定法

凡是能够满足上述要求的反应,都可以用标准溶液直接滴定被测物质,这类滴定方式称为直接滴定法。例如,以 HCl 标准液滴定氢氧化钠和以 $KMnO_4$ 标准溶液滴定 Fe^{2+} 等等,都属于直接滴定法。

当标准溶液与被测物质的反应不完全符合上述要求时,无法直接滴定,此时可采用下述几种方式进行滴定。

4.1.2.2 返滴定法

返滴定法又称剩余滴定法或回滴定法。当反应较慢或反应物难溶于水时,加入等量的标准溶液后,反应不能立即完成。此时,可先加入一定量的过量的标准溶液,待反应完成后,再用另一种标准溶液滴定剩余的标准溶液。例如,用盐酸测定氧化锌,氧化锌难溶于水,可先加入定量过量盐酸标准溶液,然后再用氢氧化钠标准液返滴定剩余的酸。反应式如下:

$$ZnO + 2HCl \Longrightarrow ZnCl_2 + H_2O$$
（定量、过量）
$$HCl + NaOH \Longrightarrow NaCl + H_2O$$
（剩余）

4.1.2.3 置换滴定法

对于不按确定的反应式进行(伴有副反应)的反应,可以不直接滴定被测物质,而是先用适当试剂与被测物质起反应,使其置换出另一生成物,再用标准溶液滴定此生成物,这种滴定方法称为置换滴定法。例如,硫代硫酸钠不能直接滴定重铬酸钾及其他强氧化剂,因为这些强氧化剂不仅能将 $S_2O_3^{2-}$ 氧化为 $S_4O_6^{2-}$,还会将一部分 $S_2O_3^{2-}$ 氧化为 SO_4^{2-},因此没有确定的计量关系。但是,如在酸性 $K_2Cr_2O_7$ 溶液中加入过量 KI,使产生一定量的 I_2,从而就可以用 $Na_2S_2O_3$ 标准溶液进行滴定。其反应式如下:

$$Cr_2O_7^{2-} + 6I^- + 14H^+ \Longrightarrow 3I_2 + 2Cr^{3+} + 7H_2O$$
$$I_2 + 2Na_2S_2O_3 \Longrightarrow 2NaI + Na_2S_4O_6$$

4.1.2.4 间接滴定法

除了返滴定法和置换法,还可采用其他的一些间接滴定方式。如 Ca^{2+} 的测定,可利用 $C_2O_4^{2-}$ 使其沉淀为 CaC_2O_4,将沉淀过滤洗涤后溶于 H_2SO_4,用 $KMnO_4$ 标准溶液滴定生成的 $C_2O_4^{2-}$ 从而间接测定 Ca^{2+} 的含量。其反应式如下:

$$Ca^{2+} + C_2O_4^{2-} \Longrightarrow CaC_2O_4 \downarrow$$
$$CaC_2O_4 + H_2SO_4 \Longrightarrow CaSO_4 + H_2C_2O_4$$
$$2MnO_4^- + 5C_2O_4^{2-} + 16H^+ \Longrightarrow 2Mn^{2+} + 10CO_2 \uparrow + 8H_2O$$

4.2 标准溶液

4.2.1 标准溶液的配制

标准溶液是指已知其准确浓度的试剂溶液,药典中称滴定液。这种溶液的配制方法,可根据物质的性质来选择。通常有两种方法,即直接配制法和间接配制法(又称标定法)。

4.2.1.1 直接配制法

准确称取一定量的基准物质,溶解后,定量转移至量瓶中,用蒸馏水稀释至刻度,根据称取物质的重量和量瓶的体积即可算出该标准溶液的准确浓度。能用直接法配制成溶液的物质,一般应符合"基准物质"的要求。凡是基准物质应具备下列条件:

(1) 物质的组成与化学式相符:若含有结晶水,例如 $H_2C_2O_4 \cdot 2H_2O$、$Na_2B_4O_7 \cdot 10H_2O$ 等,其结晶水的含量也应与化学式符合。

(2) 物质的纯度较高(99.9%以上),杂质含量少到可以忽略的程度。

(3) 物质性质稳定:如干燥时不分解,称量时不吸湿、不吸收空气中的水分及 CO_2 等,常用的基准物质有邻苯二甲酸氢钾、$H_2C_2O_4 \cdot 2H_2O$、$K_2Cr_2O_7$ 等。

(4) 具有较大的摩尔质量,可以增大取样量,减少称量误差。

4.2.1.2 间接配制法(标定法)

许多物质不符合基准物质的条件,不能用直接法配制,而采用标定法,即先按需要配制成近似浓度的溶液,然后用基准物质或另一种已知准确浓度的溶液来确定配制溶液的浓度。利用基准物质(或用已知准确浓度的溶液)来确定标准溶液浓度的方法,称为"标定"。

4.2.2 标准溶液浓度的表示方法

4.2.2.1 物质的量浓度

法定计量单位规定浓度以物质的量浓度(简称浓度)表示。B 的物质的量浓度(c_B)系指单位体积溶液中所含溶质 B 的物质的量(n_B),即

$$c_B = \frac{n_B}{V} \tag{4-1}$$

式中:V 为溶液的体积(L 或 ml);n_B 为溶液中溶质 B 的物质的量(mol 或 mmol);B 的物质的量浓度 c_B 的单位为 mol/L 或 mmol/ml。

若物质 B 的质量为 m_B,其摩尔质量为 M_B,可求得 B 的物质的量 n_B,即

$$n_B = \frac{m_B}{M_B} \tag{4-2}$$

由此可导出溶质的质量 m_B 与物质的量浓度 c_B,溶液的体积 V_B 和摩尔质量 M_B 间的关系:

$$c_B = \frac{m_B}{M_B \cdot V_B} \tag{4-3}$$

或

$$m_B = c_B \cdot V_B \cdot M_B \tag{4-4}$$

例 4-1 已知浓盐酸的密度为 1.19 g/ml,其中 HCl 含量为 37%(g/g),求每升浓盐酸中所含的 n_{HCl} 及 HCl 溶液的浓度和 HCl 溶质的质量。

解 根据式(4-2),(4-3)和(4-4)得

$$n_{HCl} = \frac{m_{HCl}}{M_{HCl}} = \frac{1.19 \text{ g/ml} \times 1\,000 \text{ ml} \times 37\%}{36.46 \text{ g/mol}} \approx 12 (\text{mol})$$

$$c_{HCl} = \frac{n_{HCl}}{V_{HCl}} = 12 (\text{mol/L})$$

$$m_{HCl} = c_{HCl} \cdot V_{HCl} \cdot M_{HCl} = n_{HCl} \cdot M_{HCl} = 12 \text{ mol} \times 36.46 \text{ g/mol} \approx 440(g)$$

4.2.2.2 滴定度

滴定度有两种表示方法。

1. 以每毫升标准溶液中所含溶质的质量表示。例如 $T_{HCl} = 0.003\ 646$ g/ml，表示每毫升 HCl 溶液中含 HCl 的质量为 0.003 646 g。

2. 在药物分析中，滴定度常指每毫升标准溶液相当于被测物质的质量，以 $T_{A/B}$ 表示，A 为滴定剂，B 为被测物质 例如 $T_{NaOH/HCl} = 0.003\ 646$ g/ml，表示每毫升 NaOH 标准溶液恰能与 0.003 646 g HCl 反应。知道了滴定度，再乘以滴定中用去的标准溶液体积，就可以直接得到被测物质的质量。如用 $T_{NaOH/HCl} = 0.003\ 646$ g/ml 的 NaOH 标准溶液滴定盐酸，消耗 NaOH 标准溶液 22.00 ml，则试样中 HCl 的质量为：

$$m_{HCl} = V_{NaOH} \times T_{NaOH/HCl} = 22.00 \text{ ml} \times 0.003\ 646 \text{ g/ml} = 0.080\ 21(g)$$

在生产实践中经常需要滴定分析大批试样中某组分的含量，应用滴定度可省去许多计算，很快得出分析结果，应用起来非常方便。

4.3 滴定分析法的计算

滴定分析中要涉及一系列的计算，如标准溶液的配制和标定、标准溶液和被测物质间的计算关系以及测定结果的计算等等。其计算依据是当两反应物完全作用时，它们的物质的量之间的关系恰好符合其化学反应式所表示的化学计量关系（物质的量之比）。现分别讨论如下。

4.3.1 滴定分析法计算的依据

对于任一滴定反应：

$$aA + bB \longrightarrow P$$

这里 A 为滴定剂，B 为待测物质，P 为生成物。当滴定达到化学计量点时，a mol A 恰好与 b mol B 完全作用，即

$$n_A : n_B = a : b$$

标准溶液 A 所消耗的物质的量 $n_A = \dfrac{a}{b} n_B$。

若标准溶液的浓度为 c_A(mmol/ml)，消耗的体积为 V_A(ml)，被测物 B 称取的质量为 m_B(g)，物质 B 的毫摩尔质量为 $M_B/1\ 000$(g/mmol)，则：

标准溶液 A 的物质的量 n_A(mmol)计算式为

$$n_A = c_A V_A$$

被测物 B 的物质的量 n_B(mmol)计算式为

$$n_B = \frac{m_B}{\dfrac{M_B}{1\ 000}} = \frac{m_B}{M_B} \times 1\ 000$$

因标准溶液 A 与被测物 B 反应达化学计量点时有下列关系：

$$n_A = \frac{a}{b} n_B, \quad 故 \quad c_A V_A = \frac{a}{b} \times \frac{m_B}{1\,000}$$

根据标准液浓度 c_A、消耗的体积 V_A(ml)，则可以计算被测物质 B 的质量 m_B(g)：

$$m_B = \frac{b}{a} c_A V_A \times \frac{M_B}{1\,000} \tag{4-5}$$

若称取试样 S g，测得被测物 B 的质量为 m_B g，则被测物 B 的百分含量为：

$$B\% = \frac{m_B}{S} \times 100\%$$

在滴定分析中，由式(4-5)，被测物 B 的百分含量可用下式计算：

$$B\% = \frac{\dfrac{b}{a} c_A V_A \cdot \dfrac{M_B}{1\,000}}{S} \times 100\% \tag{4-6}$$

4.3.2　滴定分析法计算实例

1. $m_B = \dfrac{b}{a} c_A V_A \cdot \dfrac{M_B}{1\,000}$ 用来计算配制一定浓度标准溶液应称取的试剂的质量，也可用于估算应称取被测试样的质量，在标定标准溶液浓度时，用于计算标准溶液的浓度或者估算消耗标准溶液的体积。

例 4-2　欲配制 500 ml 浓度为 0.05 mol/L 的 EDTA-2Na 溶液，应称取 EDTA-2Na·2H$_2$O 多少克？($M_{\text{EDTA-2Na·2H}_2\text{O}} = 372.3$)

解　$cV = \dfrac{m}{M/1\,000}$

$$m_{\text{EDTA-2Na·2H}_2\text{O}} = 0.05 \times 500 \times \frac{372.3}{1\,000} = 9.3(\text{g})$$

例 4-3　用 Na$_2$CO$_3$ 标定 0.2 mol/L HCl 标准溶液时，若使用 25 ml 滴定管，问应称取基准物 Na$_2$CO$_3$ 多少克？

解　$2\text{HCl} + \text{Na}_2\text{CO}_3 =\!=\!= 2\text{NaCl} + \text{CO}_2 \uparrow + \text{H}_2\text{O}$

$$n_{\text{Na}_2\text{CO}_3} = \frac{1}{2} n_{\text{HCl}}$$

$$m_{\text{Na}_2\text{CO}_3} = \frac{1}{2} c_{\text{HCl}} \cdot V_{\text{HCl}} \cdot \frac{M_{\text{Na}_2\text{CO}_3}}{1\,000}$$

使用 25 ml 滴定管，通常消耗标准溶液应在 20～24 ml 之间，可按 22 ml 计算所需基准物质的量。所以

$$m_{\text{Na}_2\text{CO}_3} = \frac{1}{2} \times 0.2 \times 22 \times \frac{106.0}{1\,000} = 0.23(\text{g})$$

用分析天平称量时一般按 ±10% 为允许的称量范围，故 Na$_2$CO$_3$ 的称量范围为 0.23 g±

$0.23\ \text{g}\times10\%=0.23\ \text{g}\pm0.02\ \text{g}$，即 $0.21\sim0.25\ \text{g}$。

例 4-4 用硼砂（$Na_2B_4O_7\cdot10H_2O$）作为基准物质，标定 HCl 溶液。精密称取硼砂 $0.441\ 0\ \text{g}$，溶解后，用 HCl 溶液滴定，终点时消耗 HCl 溶液 $22.58\ \text{ml}$，计算盐酸溶液的浓度 c_{HCl}。

解 反应式 $2HCl+Na_2B_4O_7+5H_2O=\!=\!=2NaCl+4H_3BO_3$

则 $n_{HCl}=2n_{Na_2B_4O_7}$

所以 $c_{HCl}\times22.58=2\times\dfrac{0.441\ 0}{\dfrac{381.4}{1\ 000}}$

$$c_{HCl}=\frac{2\times0.441\ 0\times1\ 000}{22.58\times381.4}=0.102\ 4(\text{mol/L})$$

2. 被测物的百分含量可按(4-6)式计算。

例 4-5 测定药用碳酸钠的含量，称取试样 $0.123\ 0\ \text{g}$，溶解后，以甲基橙为指示剂，用 $0.100\ 6\ \text{mol/L}$ 盐酸标准溶液滴定至甲基橙变色，消耗盐酸标准溶液 $23.00\ \text{ml}$，求试样中碳酸钠的百分含量。（$M_{Na_2CO_3}=106.0$）

解 反应式 $2HCl+Na_2CO_3=\!=\!=2NaCl+H_2O+CO_2\uparrow$

滴定到终点时，$n_{Na_2CO_3}=\dfrac{1}{2}n_{HCl}$，则：

$$m_{Na_2CO_3}=\frac{1}{2}c_{HCl}\cdot V_{HCl}\cdot\frac{M_{Na_2CO_3}}{1\ 000}$$

$$Na_2CO_3\%=\frac{\dfrac{1}{2}c_{HCl}\cdot V_{HCl}\cdot\dfrac{M_{Na_2CO_3}}{1\ 000}}{S}\times100\%$$

$$=\frac{\dfrac{1}{2}\times0.100\ 6\times23.00\times\dfrac{106.0}{1\ 000}}{0.123\ 0}\times100\%=99.70\%$$

4.3.3 以滴定度计算被测物质的质量

4.3.3.1 滴定度与物质的量浓度的关系

如前所述，滴定度 $T_{A/B}$ 表示每 1 ml 标准溶液相当于被测物质的质量。根据公式

$$m_B(\text{g})=\frac{b}{a}c_A\cdot V_A\cdot\frac{M_B}{1\ 000}$$

当 $V_A=1\ \text{ml}$ 时，则 $m_B=T_{A/B}$，即

$$T_{A/B}=\frac{b}{a}c_A\times\frac{M_B}{1\ 000}$$

由此可见，若知道某标准溶液相当于某物质的滴定度，即可计算被测物质的质量。

4.3.3.2 用滴定度计算被测试样的百分含量

例 4-6 用 $0.102\ 0\ \text{mol/L}$ 盐酸标准溶液滴定碳酸钠试样，称取 $0.125\ 0\ \text{g}$，滴定时消耗 $22.50\ \text{ml}$ 盐酸标准溶液，问该盐酸液对 Na_2CO_3 的滴定度为多少？碳酸钠试样的百分含量又为多少？（$M_{Na_2CO_3}=106.0$）

解 反应式 $2HCl+Na_2CO_3=\!=\!=2NaCl+H_2O+CO_2\uparrow$

$$n_{Na_2CO_3}=\frac{1}{2}n_{HCl}$$

$$T_{HCl/Na_2CO_3}=\frac{1}{2}c_{HCl}\cdot\frac{M_{Na_2CO_3}}{1\,000}=\frac{1}{2}\times0.102\,0\times\frac{106.0}{1\,000}=0.005\,406(g/ml)$$

Na_2CO_3 试样的百分含量：

$$Na_2CO_3\%=\frac{0.005\,406\times22.50}{0.125\,0}\times100\%=97.31\%$$

例 4-7 称取阿司匹林(乙酰水杨酸)样品重 0.400 5 g 用 0.100 5 mol/L NaOH 标准溶液进行滴定,消耗 NaOH 标准液体积 22.03 ml,求该样品的百分含量是多少。[药典规定 1 ml 的 NaOH 滴定液(0.1 mol/L)相当于 18.02 mg 的 $C_9H_8O_4$]

解 反应式

药典规定每 1 ml 0.1 mol/L NaOH 标准液相当于 18.02 mg $C_9H_8O_4$。今标准液浓度为 0.100 5 mol/L,滴定度需进行浓度校正。

$$0.1:18.02=0.100\,5:T_x$$

$$T_x=\frac{0.100\,5\times18.02}{0.1}=18.11(mg)$$

即 $T_x=0.100\,5\times18.02\times10$

测得样品中阿司匹林质量 $m=V\times T_x=22.03\times0.100\,5\times18.02\times10$

$$阿司匹林\%=\frac{m}{S}\times100\%=\frac{22.03\times0.100\,5\times18.02\times10}{0.400\,5\times1\,000}\times100\%=99.62\%$$

4.3.4 标示量及标示量%的计算

标示量(即规格量)仅是表示制剂中各成分含量的理论值,以便于药物使用时计算用量,但由于药品在制备过程中,不可能做到使制剂中各成分含量与标示量完全一致。为确保制剂质量,常规定其含量的下限与上限,一般用标示量的百分值来控制含量。其范围根据分析方法、药理作用及药物的性质而定,一般为 $100\%\pm(5\%\sim10\%)$。

计算公式通则为：

$$标示量\%=\frac{实际测得的含量}{标示量}\times100\%$$

4.3.4.1 片剂标示量%计算

$$标示量\%=\frac{\dfrac{b}{a}\times cV\times\dfrac{M}{1\,000}\times平均片重}{供试品重\times标示量}\times100\%$$

或

$$标示量\%=\frac{VT\times平均片重}{供试品重\times标示量}\times100\%$$

例 4-8 氨茶碱片中乙二胺含量测定:精密称取研细的粉末 0.554 8 g,加水 50 ml,微温使溶解,放冷,加茜素磺酸钠指示液(1→100)8 滴,用盐酸液(0.107 0 mol/L)滴定,消耗

19.81 ml。每毫升的盐酸液（0.1 mol/L）相当于 3.005 mg 的 $C_2H_8N_2$。本品平均片重为 0.111 5 g，标示量为 0.1 g，计算乙二胺标示量％。

解 $C_2H_8N_2$ 标示量％ $= \dfrac{19.81 \times 0.107\,0 \times 0.003\,005 \times 10 \times 0.111\,5}{0.554\,8 \times 0.10} \times 100\% = 12.80\%$

4.3.4.2 注射剂标示量％计算

$$标示量\% = \dfrac{\dfrac{b}{a} \times c \times V \times M/1\,000}{供试品的体积(ml) \times 每毫升的标示量} \times 100\%$$

或

$$标示量\% = \dfrac{V \times T}{供试品的体积(ml) \times 每毫升的标示量} \times 100\%$$

例 4-9 维生素 C 注射液含量测定：精密量取本品 2.00 ml，用碘液（0.101 6 mol/L）滴定至终点，消耗 22.24 ml［每 1 ml 的碘液（0.1 mol/L）相当于 8.806 mg 的 $C_6H_8O_6$］。计算维生素 C 标示量％［本品标示量为 5 ml：0.5 g（0.1 g/ml）］。

解 $C_6H_8O_6$ 标示量％ $= \dfrac{\dfrac{0.106\,0}{0.1} \times 22.24 \times 0.008\,806}{2.00 \times \dfrac{0.5}{5}} \times 100\% = 99.49\%$

思考题

1. 法定单位规定物质的量用"mol"表示的优点是什么？

2. 能用于滴定分析的化学反应必须具备哪些条件？作为基准物质的试剂又应具备什么条件？

3. 在滴定分析中，何谓化学计量点、滴定终点及滴定终点误差？

4. 若将硼砂 $Na_2B_4O_7 \cdot 10H_2O$ 基准物长期保存在有硅胶的干燥器中，当用它标定 HCl 溶液浓度时其结果是偏高还是偏低？

习题

1. 已知浓硫酸的相对密度为 1.84，其中含 H_2SO_4 约为 96％（g/g），求其浓度为多少。若配制 0.15 mol/L H_2SO_4 液 1 L，应取浓硫酸多少毫升？

2. 标定 0.1 mol/L NaOH 溶液 20～24 ml，应称取基准物质邻苯二甲酸氢钾的质量范围为多少？（$M_{邻苯二甲酸氢钾} = 204.2$）

3. 已知盐酸标准溶液的滴定度 $T_{HCl} = 0.004\,374$ g/ml，试计算：(1) 相当于 NaOH 的滴定度；(2) 相当于 CaO 的滴定度。（$M_{NaOH} = 40.00$，$M_{CaO} = 56.08$）

4. 试计算 $K_2Cr_2O_7$ 标准溶液（0.020 00 mol/L）对 Fe、FeO、Fe_2O_3 和 Fe_3O_4 的滴定度。

5. 精密称取重铬酸钾 0.112 8 g，溶解后，加酸酸化，加入过量 KI，待反应完全后，用 $Na_2S_2O_3$ 标准溶液滴定，消耗 22.40 ml，计算 $Na_2S_2O_3$ 溶液的浓度（mol/L）（$M_{K_2Cr_2O_7} = 294.2$）。

6. 滴定 0.160 0 g 草酸试样,消耗 NaOH 液(0.110 0 mol/L)22.90 ml,试求草酸试样中 $H_2C_2O_4$ 的百分含量。

7. 将 0.550 0 g 不纯 $CaCO_3$ 溶于 HCl 液(0.502 0 mol/L)25.00 ml 中,煮沸除去 CO_2,过量 HCl 液用 NaOH 液返滴定,耗去 4.20 ml NaOH 液,若用 NaOH 液直接滴定 HCl 液 20.00 ml,消耗 NaOH 液 20.67 ml,计算试样中 $CaCO_3$ 的百分含量。

8. 称取仅含 Fe 和 Fe_2O_3 的试样 0.225 0 g,溶解后将 Fe^{3+} 还原为 Fe^{2+},再用 0.019 82 mol/L 的 $KMnO_4$ 标准溶液滴定,耗去 37.50 ml,计算试样中 Fe 及 Fe_2O_3 的百分含量。

提示:$MnO_4^- + 5Fe^{2+} + 8H^+ \Longrightarrow Mn^{2+} + 5Fe^{3+} + 4H_2O$

9. 用 30.00 ml $KMnO_4$ 溶液恰能氧化一定重量的 $KHC_2O_4 \cdot H_2O$,同样重量的 $KHC_2O_4 \cdot H_2O$,恰能被 0.200 0 mol/L KOH 溶液 25.20 ml 中和。问 $KMnO_4$ 的浓度是多少?(提示:$2MnO_4^- + 5C_2O_4^{2-} + 16H^+ \Longrightarrow 2Mn^{2+} + 10CO_2\uparrow + 8H_2O$)

10. 取布洛芬片 20 片(标示量为 100 mg)称得重量为 2.200 g,再精密称取片粉 0.480 0 g,经处理后,以酚酞为指示剂,用 0.101 0 mol/L NaOH 为标准溶液进行滴定,滴定至终点消耗 NaOH 标准液 21.20 ml,求布洛芬片的标示量百分含量。(每毫升 0.1 mol/L NaOH 标准液相当于 20.63 mg 的 $C_{13}H_{18}O_2$)

5 酸碱滴定法

酸碱滴定法(Acid-base titrations)是以水溶液中的质子转移反应为基础的滴定分析方法。一般酸、碱以及能与酸碱直接或间接发生质子转移反应的物质,几乎都可以用酸碱滴定法测定,应用十分广泛,有统计表明,约有一半以上药物可用酸碱滴定法测定其含量。

5.1 酸碱质子理论

5.1.1 酸碱的定义

根据质子理论,凡能给出质子(H^+)的物质是酸,能接受质子的物质是碱。其酸碱关系如下:

$$HA \rightleftharpoons H^+ + A^-$$
$$酸 \qquad 质子 \quad 碱$$

此反应式中,HA 为酸,当它给出质子后,剩余部分(A^-)对质子有一定的亲和力,因而是一种碱,这就构成了一个酸碱共轭体系,酸(HA)与碱(A^-)处于一种相互依赖关系中,即 HA 失去质子转化为它的共轭碱(A^-),A^- 得到质子后,转化为它的共轭酸(HA),则 HA 与 A^- 被称为共轭酸碱对。例:

$$酸 \qquad\qquad 碱$$
$$H_2O \rightleftharpoons H^+ + OH^-$$
$$HCl \rightleftharpoons H^+ + Cl^-$$
$$HSO_4^- \rightleftharpoons H^+ + SO_4^{2-}$$
$$NH_4^+ \rightleftharpoons H^+ + NH_3$$
$$H_2CO_3 \rightleftharpoons H^+ + HCO_3^-$$
$$HCO_3^- \rightleftharpoons H^+ + CO_3^{2-}$$

由此可见,酸碱可以是中性分子,也可以是阴离子或阳离子;酸碱又是相对的。离子(HCO_3^-)在 H_2CO_3-HCO_3^- 共轭体系中为碱,而在 HCO_3^--CO_3^{2-} 共轭体系中却是酸。同一物质由于与它共存的物质彼此间给出质子能力相对强弱不同,而使它在某些场合是酸,而在另一些场合是碱。

5.1.2 酸碱反应的实质

酸碱质子理论认为,酸碱反应的实质是质子的转移,而质子的转移是通过溶剂合质子来实现的。溶剂合质子是 H^+ 在溶剂中的存在形式,若以 SH 表示溶剂分子,HA 代表酸,酸和溶剂作用生成溶剂合质子的过程可表示为:

$$HA \quad + \quad SH \Longrightarrow SH_2^+ \quad + \quad A^-$$

若是在水溶液中进行的酸碱反应,则质子的转移即是通过水合质子 H_3O^+ 来实现的。例如,盐酸与氨在水溶液中的反应:

$$HCl \quad + \quad H_2O \Longrightarrow H_3O^+ \quad + \quad Cl^-$$
$$NH_3 \quad + \quad H_3O^+ \Longrightarrow NH_4^+ \quad + \quad H_2O$$
$$\text{总式} \quad HCl \quad + \quad NH_3 \Longrightarrow NH_4^+ \quad + \quad Cl^-$$
$$\qquad\qquad 酸1 \qquad 碱2 \qquad\quad 酸2 \qquad\quad 碱1$$

在水溶液中,酸(HA)碱(B)反应可用下式表示:

$$HA \quad + \quad H_2O \Longrightarrow A^- \quad + \quad H_3O^+$$
$$B \quad + \quad H_3O^+ \Longrightarrow BH^+ \quad + \quad H_2O$$
$$\text{总式} \quad HA \quad + \quad B \Longrightarrow BH^+ \quad + \quad A^-$$
$$\qquad\qquad 酸1 \qquad 碱2 \qquad\quad 酸2 \qquad\quad 碱1$$

酸碱反应是两个酸碱对相互作用,酸(HA)失去质子,变成其共轭碱(A^-),碱(B)获得质子,变成其共轭酸(BH^+)。质子由酸 HA 转移给碱 B,反应的结果是各反应物转化成它们各自的共轭碱或共轭酸。

在质子论的酸碱反应中没有盐的生成。盐的水解和电解质的解离过程都是酸碱质子转移反应。例如:

$$CO_3^{2-} \text{ 的水解}: CO_3^{2-} + H_2O \Longrightarrow HCO_3^- + OH^-$$
$$HAc \text{ 的解离}: HAc + H_2O \Longrightarrow H_3O^+ + Ac^-$$

在 CO_3^{2-} 的水解中,由于 CO_3^{2-} 夺取质子的能力比 H_2O 强,所以 H_2O 是酸,CO_3^{2-} 是碱。在 HAc 的解离中,由于 HAc 给出质子的能力比 H_2O 强,所以 H_2O 是碱,HAc 是酸。由此可见,水是一种两性物质。

5.1.3 溶剂的质子自递反应

水是两性物质,在水分子间也可发生酸碱反应,即 1 个水分子作为碱接受另 1 个水分子的质子。

$$H_2O \quad + \quad H_2O \Longrightarrow H_3O^+ \quad + \quad OH^-$$
$$\quad 酸1 \qquad\quad 碱2 \qquad\quad 酸2 \qquad\quad 碱1$$

这种发生在溶剂分子之间的质子转移反应,称为溶剂的质子自递反应。反应的平衡常数称为溶剂的质子自递常数,以 K_s 表示。水的质子自递常数又称为水的离子积,以 K_w 表示。

$$K_w=[H_3O^+][OH^-]=1.0\times10^{-14}(25℃) \tag{5-1}$$

即
$$pK_w=pH+pOH=14$$

5.1.4　酸碱的强度

在水溶液中,酸碱强度决定于酸将质子给予水分子或碱从水分子中夺取质子的能力,通常用其在水中的解离常数 K_a、K_b 的大小来衡量。酸(碱)的解离常数愈大,其酸(碱)性愈强。例如:

$$HCl+H_2O\Longrightarrow H_3O^++Cl^- \qquad K_a=1.55\times10^6$$
$$HAc+H_2O\Longrightarrow H_3O^++Ac^- \qquad K_a=1.75\times10^{-5}$$
$$NH_4^++H_2O\Longrightarrow H_3O^++NH_3 \qquad K_a=5.5\times10^{-10}$$

这 3 种酸的强弱顺序是 $HCl>HAc>NH_4^+$。

在水溶液中共轭酸碱对 HA 和 A^- 的解离反应及其解离常数可表示为:

$$HA+H_2O\Longrightarrow A^-+H_3O^+ \qquad K_a=\frac{[A^-][H_3O^+]}{[HA]}$$

$$A^-+H_2O\Longrightarrow HA+OH^- \qquad K_b=\frac{[HA][OH^-]}{[A^-]}$$

$$K_a\cdot K_b=\frac{[A^-][H_3O^+]}{[HA]}\cdot\frac{[HA][OH^-]}{[A^-]}=[H_3O^+][OH^-]=K_w \tag{5-2}$$
$$pK_a+pK_b=pK_w=14.00 \quad (25℃)$$

可见酸的强度与其共轭碱的强度成反比关系。酸愈强(K_a 值愈大),其共轭碱愈弱(K_b 值愈小),反之亦然。只要知道酸(碱)的解离常数,便可算出其共轭碱(酸)的解离常数。

多元酸在水中逐级解离,其水溶液中存在着多个共轭酸碱对。如三元酸 H_3A 在水中的解离:

$$H_3A+H_2O\Longrightarrow H_3O^++H_2A^- \qquad K_{a_1}$$
$$H_2A^-+H_2O\Longrightarrow H_3O^++HA^{2-} \qquad K_{a_2}$$
$$HA^{2-}+H_2O\Longrightarrow H_3O^++A^{3-} \qquad K_{a_3}$$

其对应的碱的解离:

$$H_2A^-+H_2O\Longrightarrow H_3A+OH^- \qquad K_{b_3}$$
$$HA^{2-}+H_2O\Longrightarrow H_2A^-+OH^- \qquad K_{b_2}$$
$$A^{3-}+H_2O\Longrightarrow HA^{2-}+OH^- \qquad K_{b_1}$$

由各对共轭酸碱解离关系可看出:

$$K_{a_1}\cdot K_{b_3}=K_{a_2}\cdot K_{b_2}=K_{a_3}\cdot K_{b_1}=K_w \tag{5-3}$$

5.1.5　酸的浓度和酸度

酸的浓度和酸度在概念上是不同的。酸度是指溶液中 H^+ 的浓度,正确地说,是指 H^+ 的活度,常用 pH 值表示。酸的浓度又叫酸的分析浓度,它指 1 L 溶液中所含某种酸的物质的量,即酸的总浓度,包括未解离的酸的浓度和已解离的酸的浓度。

同样,碱的浓度和碱度在概念上也是不同的。碱度用 pOH 表示。

本书采用 c 表示酸或碱的分析浓度,而用[H^+]和[OH^-]表示溶液中 H^+ 和 OH^- 的平衡浓度。浓度单位用 mol/L。

5.2 酸碱指示剂

5.2.1 指示剂的变色原理

酸碱指示剂一般是有机弱酸或有机弱碱,其酸式和其共轭碱式具有不同的颜色,当溶液 pH 值改变时,指示剂共轭酸碱对发生相互改变,由于结构上的变化从而引起颜色变化。

例如,酚酞是 1 种有机弱酸,$pK_a=9.1$,其解离平衡如下:

酸式(无色)　　　　　　　　　　碱式(红色)

为简便起见,以 HIn 表示酚酞指示剂的酸式,以 In$^-$ 表示酚酞指示剂的碱式,则上式可简写为:

$$HIn \Longrightarrow H^+ + In^-$$
无色　　　　　红色

由平衡关系可以看出,在酸性溶液中酚酞无色,但当溶液中加入碱时,溶液中 In$^-$ 的浓度不断增加,当增到一定程度时,溶液显红色。即指示剂的变色点与溶液的 pH 值有关系。

5.2.2 指示剂的变色范围

指示剂的作用是指示滴定反应的化学计量点。指示剂在什么 pH 值变色,对于酸碱滴定分析来讲是非常重要的。只有知道了指示剂变色的 pH 值范围,才有可能用它指示终点。因此必须讨论指示剂变色与溶液 pH 值的关系。

以弱酸型指示剂为例来讨论,其在溶液中的解离平衡如下:

$$HIn \Longrightarrow H^+ + In^-$$

$$K_{HIn} = \frac{[H^+][In^-]}{[HIn]}$$

$$\frac{[In^-]}{[HIn]} = \frac{K_{HIn}}{[H^+]} \tag{5-4}$$

由此可见，比值 $\dfrac{[\text{In}^-]}{[\text{HIn}]}$ 是 $[\text{H}^+]$ 的函数。当溶液 pH 值改变时，$\dfrac{[\text{In}^-]}{[\text{HIn}]}$ 随之改变，则溶液的颜色也随之改变。由于人眼对颜色分辨力有一定限度，溶液中虽含有带不同颜色的 HIn 与 In$^-$，两者浓度相差 10 倍以上时，才能分别看出 HIn 与 In$^-$ 的颜色。若 $[\text{In}^-]/[\text{HIn}] \geqslant$ 10，可看到 In$^-$ 的颜色；$[\text{In}^-]/[\text{HIn}] \leqslant \dfrac{1}{10}$，可看到 HIn 的颜色；而在 $10 > [\text{In}^-]/[\text{HIn}] > \dfrac{1}{10}$，看到的则是 HIn 和 In$^-$ 的混合色；$[\text{In}^-]/[\text{HIn}] = 1$，pH $= \text{p}K_{\text{HIn}}$，称为指示剂的理论变色点。

$$\frac{[\text{In}^-]}{[\text{HIn}]} \geqslant 10 \text{ 时，} [\text{H}^+] \leqslant \frac{K_{\text{HIn}}}{10}，\text{pH} \geqslant \text{p}K_{\text{HIn}} + 1，\text{呈 In}^- \text{颜色}$$

$$\frac{[\text{In}^-]}{[\text{HIn}]} \leqslant \frac{1}{10} \text{ 时，} [\text{H}^+] \geqslant 10K_{\text{HIn}}，\text{pH} \leqslant \text{p}K_{\text{HIn}} - 1，\text{呈 HIn 颜色}$$

当溶液 pH 值由 $\text{p}K_{\text{HIn}} - 1$ 变到 $\text{p}K_{\text{HIn}} + 1$，就能明显地看到指示剂由酸式色变为碱式色。所以 pH $= \text{p}K_{\text{HIn}} \pm 1$ 就是指示剂的变色范围。

由指示剂变色范围可知，在 $\text{p}K_{\text{HIn}}$ 附近两个 pH 单位内指示剂变色，不同的指示剂 $\text{p}K_{\text{HIn}}$ 不同，所以变色范围也不同。但是由于人的眼睛对各种不同颜色的敏感程度不同，加上两种颜色相互掩盖，所以实际观察结果与理论结果有差别。例如，甲基橙 $\text{p}K_{\text{HIn}} = 3.4$，理论变色范围是 2.4～4.4，但实测范围是 3.1～4.4。这是由于人的肉眼对红色比对黄色更敏锐的缘故。几种常用的酸碱指示剂列于表 5-1。

表 5-1　几种常用的酸碱指示剂

指示剂	变色范围 pH 值	颜色 酸色	颜色 碱色	$\text{p}K_{\text{HIn}}$	浓　　度	用量 滴/10 ml 试液
百里酚蓝	1.2～2.8	红	黄	1.7	0.1%的 20%乙醇溶液	1～2
甲基黄	2.9～4.0	红	黄	3.3	0.1%的 90%乙醇溶液	1
甲基橙	3.1～4.4	红	黄	3.5	0.05%的水溶液	1
溴酚蓝	3.0～4.6	黄	紫	4.1	0.1%的 20%乙醇溶液或其钠盐的水溶液	1
溴甲酚绿	3.8～5.4	黄	蓝	4.9	0.1%的醇溶液	1～3
甲基红	4.4～6.2	红	黄	5.1	0.1%的 60%乙醇溶液或其钠盐的水溶液	1
溴百里酚蓝	6.2～7.6	黄	蓝	7.3	0.1%的 20%乙醇溶液或其钠盐的水溶液	1
中性红	6.8～8.0	红	黄橙	7.4	0.1%的 60%乙醇溶液	1
酚红	6.4～8.0	黄	红	8.0	0.1%的 60%乙醇溶液或其钠盐的水溶液	1
酚酞	8.0～10.0	无	红	9.1	0.5%的 90%乙醇溶液	1～3
百里酚酞	9.4～10.6	无	蓝	10.0	0.1%的 90%乙醇溶液	1～2

5.2.3　影响指示剂变色范围的因素

影响指示剂变色的因素是多方面的。指示剂的浓度对指示剂变色范围有影响。例如，单色指示剂酚酞，酸式无色，碱式红色。设人眼观察红色形式的最低浓度为 α，它应是固定不变的。今设指示剂的总浓度为 c，由指示剂的解离平衡式可以看出：

$$\frac{K_{\text{a}}}{[\text{H}^+]} = \frac{[\text{In}^-]}{[\text{HIn}]} = \frac{\alpha}{c - \alpha} \tag{5-5}$$

当 c 增大，因 K_a、α 是定值，所以 H^+ 就会相应增大，就是说，指示剂会在较低的 pH 值时变色。例如在 50～100 ml 溶液中加 2～3 滴 0.1% 酚酞，pH＝9 时出现微红，而在同样情况下加 10～15 滴酚酞，则在 pH＝8 时出现微红。

对于双色指示剂，例如甲基橙等，指示剂用量多一点或少一点，不会影响指示剂变色范围。但如果指示剂用量太多，色调变化不明显，指示剂本身也消耗一些滴定剂，带来误差。

溶液的温度对指示剂的变色范围也有影响。当温度改变时，指示剂的解离常数以及水的离子积都有变化，因此指示剂的变色范围也随之变动。例如，18℃时，甲基橙变色范围为 3.1～4.4，而在 100℃时为 2.5～3.7；18℃时，酚酞变色范围为 8.3～10.0，而 100℃时为 8.1～9.0。

其他如溶液的离子强度，溶液中是否有胶体以及滴定程序等，对指示剂的变色范围均有影响。

5.2.4　混合指示剂

上述所讨论的指示剂具有约 2 个 pH 值单位的变化范围。在酸碱滴定中，有时需将滴定终点限制在很窄的 pH 值范围内，这些指示剂就不能满足要求，此时可采用混合指示剂。混合指示剂利用颜色间的互补作用，具有颜色改变较为敏锐、变色范围较窄的特点。

混合指示剂的配制方法有两种。一种是在某指示剂中加入一种惰性染料。例如，甲基橙和靛蓝组成的混合指示剂，靛蓝在滴定过程中不变色，只作甲基橙变的背景，它与甲基橙的酸式色(红色)加和为紫色，与甲基橙的碱式色(黄色)加和为绿色。在滴定过程中，随 H^+ 浓度变化而发生如下颜色变化：

溶液的酸度	甲基橙的颜色	甲基橙＋靛蓝的颜色
pH≥4.4	黄色	绿色
pH＝4.0	橙色	浅灰色
pH≤3.1	红色	紫色

可见，单一甲基橙变色过程中有一过渡的橙色较难辨别；而混合指示剂由绿(紫)变到紫(绿)，不仅中间是几乎无色的浅灰色，而且绿色与紫色明显不同，所以变色敏锐，易于辨别。

另一种配法是两种或两种以上的指示剂混合而成。也可使指示剂变色敏锐，易于辨别。表 5-2 列出一些常用的混合指示剂。

表 5-2　混合酸碱指示剂

混合指示剂的组成		变色情况		变色点 pH 值	备　注
		酸色	碱色		
甲基红－亚甲蓝混合指示液	0.1%甲基红的乙醇液 20 ml 0.2%亚甲蓝水溶液 0.8 ml	红紫色	绿色	5.4	用于测定盐酸异丙嗪注射液
甲基红－溴甲酚绿混合指示液	0.1%甲基红的乙醇液 20 ml 0.2%溴甲酚绿的乙醇液 30 ml	灰紫色	蓝绿色	5.1	用于测定盐酸利多卡因注射液
甲基橙－二甲苯蓝混合指示液	0.1%甲基橙 0.1%二甲苯蓝乙醇液	紫色	黄绿		
甲基橙－亚甲蓝混合指示液	0.1%甲基橙水溶液 2 ml 0.15%亚甲蓝水溶液 1 ml	紫色	绿色	4.0 (灰色)	

混合指示剂的组成		变色情况		变色点 pH 值	备注
		酸色	碱色		
二甲基黄—溶剂蓝 19 混合指示剂	0.019％二甲基黄 0.015％溶剂蓝 19 氯仿溶液	绿色	红灰色		
溴甲酚紫—溴麝香草酚蓝	0.1％溴甲酚紫钠盐水溶液 3 ml 0.05％溴麝香草酚蓝水溶液 1 ml	黄色	紫灰		用于谷氨酸片分析
甲酚红—麝香草酚蓝	0.1％甲酚红钠盐水溶液 4 ml 0.1％麝香草酚蓝盐水溶液 1 ml	黄色	紫红色	8.3	用于呋喃苯胺酸测定

5.3　酸碱滴定曲线和指示剂的选择

在酸碱滴定中,最重要的是估计被测物质能否准确被滴定,滴定过程中溶液 pH 值变化情况如何,怎样选择最合适的指示剂来确定终点等。要解决这些问题,需计算滴定过程中溶液 pH 值随滴定剂体积增加而变化的情况,尤其是计量点前后±0.1％相对误差范围内溶液 pH 值变化情况。只有在这一 pH 值范围内产生颜色变化的指示剂才能用来确定终点。

5.3.1　强酸强碱的滴定

滴定的基本反应为:

$$H^+ + OH^- \Longrightarrow H_2O$$

以 0.100 0 mol/L NaOH 滴定 20.00 ml 0.100 0 mol/L HCl 为例讨论。滴定过程可分 4 个阶段:

(1)滴定前溶液的酸度等于 HCl 的原始浓度:

$$[H^+] = 0.100\ 0\ mol/L$$
$$pH = 1.00$$

(2)滴定开始到计量点前溶液的酸度取决于剩余 HCl 的浓度。

例如,当滴入 NaOH 溶液 19.98 ml 时:

$$[H^+] = \frac{0.100\ 0 \times 0.02}{20.00 + 19.98} = 5.0 \times 10^{-5} (mol/L)$$

$$pH = 4.30$$

(3)计量点时滴入 NaOH 溶液 20.00 ml,溶液呈中性。

$$[H^+] = [OH^-] = 1.00 \times 10^{-7}\ mol/L$$
$$pH = 7.00$$

(4)计量点后溶液的碱度取决于过量 NaOH 的浓度。例如滴入 NaOH 溶液 20.02 ml 时:

$$[H^+] = \frac{0.100\ 0 \times 0.02}{20.00 + 20.02} = 5.00 \times 10^{-5} (mol/L)$$

$$pOH = 4.30$$
$$pH = 14.00 - pOH = 14.00 - 4.30 = 9.70$$

如此逐一计算滴定过程中的 pH 值列于表 5-3。以 NaOH 的加入量为横坐标，以 pH 值为纵坐标绘制的曲线为酸碱滴定曲线(见图 5-1 实线)。

表 5-3　0.100 0 mol/L NaOH 滴定 0.100 0 mol/L HCl 溶液 pH 值变化(室温)

加入 NaOH		剩余的 HCl		$\dfrac{[H^+]}{mol \cdot L^{-1}}$	pH 值	
/%	/ml	/%	/ml			
0	0	100	20.00	1.0×10^{-1}	1.0	
90.0	18.00	10	2.00	5.0×10^{-3}	2.3	
99.0	19.80	1	0.20	5.0×10^{-4}	3.3	
99.9	19.98	0.1	0.02	5.0×10^{-5}	4.3	突跃范围
100.0	20.00	0	0	1×10^{-7}	7.0	
		过量的 NaOH		$[OH^-]$	计量点	
100.1	20.02	0.1	0.02	5.0×10^{-5}	9.7	
101	20.20	1.0	0.20	5.0×10^{-4}	10.7	

由表 5-3 和图 5-1(实线)可以看出，从滴定开始到加入 NaOH 溶液 19.98 ml，溶液 pH 值仅改变 3.30 个 pH 值单位。但在计量点附近加入 1 滴 NaOH 溶液(从 HCl 剩余 0.02 ml 到 NaOH 过量 0.02 ml)就使溶液的 pH 值由 4.30 急剧改变为 9.70，增大了 5.40 个 pH 值单位。这种计量点附近 pH 值的突变称为滴定突跃。突跃所在的 pH 值范围称为滴定突跃范围。此后再继续滴加 NaOH 溶液，溶液的 pH 值变化又愈来愈小。

滴定突跃有重要的实际意义。它是选择指示剂的依据。凡是变色范围全部或部分落在滴定突跃范围内的指示剂都可用来指示滴定终点。从图 5-1 可以看出，用 0.100 0 mol/L NaOH 滴定 0.100 0 mol/L HCl 时，其滴定突跃的 pH 值范围是 4.30～9.70。所以酚酞、甲基红、甲基橙等都可用来指示终点。

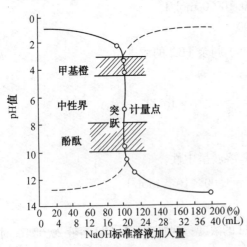

图 5-1　0.100 0 mol/L NaOH 滴定

0.100 0 mol/L HCl 溶液

(虚线表示用 0.100 0 mol/L HCl 滴定

0.100 0 mol/L NaOH 溶液)

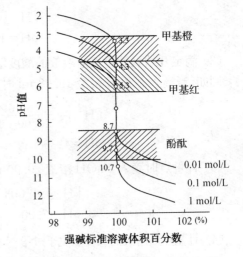

图 5-2　不同浓度的强碱滴定强酸的曲线

如果反过来用 0.100 0 mol/L HCl 滴定 0.100 0 mol/L NaOH 时,滴定曲线的形状与图 5-1 实线呈对称形,即 pH 值变化方向恰恰相反,见图 5-1 虚线表示。上述指示剂(酚酞、甲基红、甲基橙)仍可选用。

必须指出,滴定突跃的大小与溶液的浓度有关。如图 5-2,用 0.01 mol/L、0.1 mol/L、1 mol/L 3 种浓度的标准溶液进行滴定,它们的 pH 值突跃范围分别为 5.30~8.70、4.30~9.70、3.30~10.70。即溶液的浓度愈大,突跃范围愈大;溶液的浓度愈小,突跃范围愈小。在浓溶液滴定中可以使用的指示剂,在稀溶液中不一定适用。如用 0.01 mol/L NaOH 滴定 0.01 mol/L HCl,由于突跃范围减小到 5.30~8.70,因此,甲基橙不能使用。在一般测定中,不使用浓度太小的标准溶液,试样溶液也不能太稀。

5.3.2　一元弱酸(弱碱)的滴定

5.3.2.1　强碱滴定弱酸

用 NaOH 滴定一元弱酸的基本反应为:

$$HB + OH^- \rightleftharpoons B^- + H_2O$$

以 0.100 0 mol/L NaOH 滴定 0.100 0 mol/L 20.00 ml HAc 溶液为例,滴定反应为:

$$HAc + OH^- \rightleftharpoons Ac^- + H_2O$$

1. 滴定前　溶液是 0.100 0 mol/L HAc 溶液,溶液中 H^+ 浓度为:

$$[H^+] = \sqrt{K_a c} = \sqrt{1.8 \times 10^{-5} \times 0.100\ 0} = 1.34 \times 10^{-3} (mol/L)$$
$$pH = 2.87$$

2. 滴定开始至计量点前　溶液中未反应的 HAc 和反应产物 Ac^- 同时存在,组成 1 个缓冲体系。由 HAc 的解离平衡关系:

$$[H^+] = K_a \frac{[HAc]}{[Ac^-]}$$

当加入 NaOH 19.98 ml 时,剩余 0.02 ml HAc:

$$[HAc] = \frac{0.100\ 0 \times 0.02}{20.00 + 19.98} = 5.0 \times 10^{-5} (mol/L)$$

$$[Ac^-] = \frac{0.100\ 0 \times 19.98}{20.00 + 19.98} = 5.0 \times 10^{-2} (mol/L)$$

$$[H^+] = 1.8 \times 10^{-5} \times \frac{5.0 \times 10^{-5}}{5.0 \times 10^{-2}} = 1.8 \times 10^{-8} (mol/L)$$

$$pH = 7.74$$

3. 计量点时　HAc 全部被中和为 NaAc。由于 Ac^- 为一弱碱,由解离平衡得:

$$[OH^-] = \sqrt{K_b c} = \sqrt{\frac{K_w}{K_a} \cdot c} = \sqrt{\frac{10^{-14}}{1.8 \times 10^{-5}} \times 0.050\ 0} = 5.27 \times 10^{-6} (mol/L)$$

$$pOH = 5.28$$
$$pH = 14.00 - 5.28 = 8.72$$

计量点时,pH 值大于 7,溶液呈碱性。

4. 计量点后 由于 NaOH 过量,抑制了 Ac^- 解离,此时溶液 pH 值由过量的 NaOH 决定。其计算方法与强碱滴定强酸相同。例如滴入 NaOH 20.02 ml 时:

$$[OH^-]=\frac{0.100\ 0\times0.02}{20.00+20.02}=5.0\times10^{-5}(mol/L)$$

$$pOH=4.30, pH=9.70$$

如此逐一计算,将结果列于表 5-4,并绘制滴定曲线图 5-3。

表 5-4　0.100 0 mol/L NaOH 滴定 0.100 0 mol/L HAc(室温)

加入的 NaOH		剩余的 HCl		算式	pH 值
/%	/ml	/%	/ml		
0	0	100	20.00		2.9
50	10.00	50	10.00	$[H^+]=\sqrt{K_a\times c_{酸}}$	4.7
90	18.00	10	2.00		5.7
99.0	19.80	1	0.20	$[H^+]=K_a\times\dfrac{[HAc]}{[Ac^-]}$	6.7
99.9	19.98	0.1	0.02		7.7 ⎫
100	20.00	0	0	$[OH^-]=\sqrt{\dfrac{K_w}{K_a}\times c_{盐}}$	8.7 ⎬ 突跃范围
100.1	20.02	0.1	0.02	$[OH^-]=10^{-4.3},[H^+]=10^{-9.7}$	9.7 ⎭
101	20.20	0.2	0.20	$[OH^-]=10^{-3.3},[H^+]=10^{-10.7}$	10.7

从表 5-4 和图 5-3 可以看出,由于 HAc 的解离度要比等浓度的 HCl 的解离度小,所以滴定以前溶液 pH=2.87,比 0.100 0 mol/L HCl 的 pH 值约大 2 个 pH 值单位,滴定开始之后,曲线坡度比滴定 HCl 的更倾斜,这是由于滴定过程中生成 NaAc,由于 Ac^- 同离子效应,使 HAc 的解离度更加变小,因而 H^+ 浓度迅速降低,pH 值很快增大。当继续滴入 NaOH,由于 NaAc 不断生成,在溶液中构成缓冲体系,使溶液 pH 值变化缓慢,因此这一段曲线变化较为平坦。接近计量点时,溶液中 HAc 已很少,缓冲作用减弱,所以继续滴入 NaOH 时,溶液 pH 值的变化又逐渐加快。到计量点时,HAc 浓度急剧减小使溶液 pH 发生突变。应该注意,由于 Ac^- 是一种碱,在水溶液中解离产生相当数量的 OH^-,因而使计量点的 pH 值不是 7 而是 8.72,计量点在碱性范围内。计量点以后,溶液 pH 值的变化与强碱滴定强酸相同。再看滴定突跃的 pH 值是 7.74～9.70,比强碱滴定强酸时要小得多。这就是强碱滴定弱酸的特点。

显然,酸性范围内变色的指示剂,如甲基橙、甲基红等,都不能作 NaOH 滴定 HAc 的指示剂,否则将引起很大的滴定误差。而酚酞、百里酚酞等变色范围恰在突跃范围内,所以可作为这一滴定的指示剂。

由图 5-4,用 0.100 0 mol/L NaOH 滴定 0.100 0 mol/L 不同强度酸的滴定曲线可以看出:

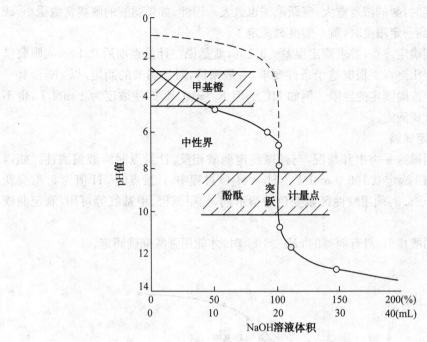

图 5-3   0.100 0 mol/L NaOH 滴定
0.100 0 mol/L HAc

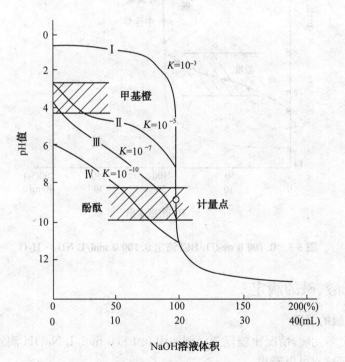

图 5-4   强碱滴定 0.100 0 mol/L 不同强度的酸

① 当酸的浓度一定时，K_a 愈大，即酸愈强时，滴定突跃范围也愈大。当 $K_a \leqslant 10^{-9}$ 时，已没有明显的突跃，无法利用一般的酸碱指示剂确定它的滴定终点。

② 当 K_a 一定时,酸的浓度愈大,突跃范围也愈大。因此,如果弱酸的解离常数很小,或酸的浓度很低,达到一定限度时,就不能准确滴定了。

如果用指示剂确定终点,要求滴定误差≤0.1%,就是说在计量点前后0.1%,人眼要借助指示剂准确判定出终点。根据这个条件要求,一般来讲,对于弱酸的滴定,以 $cK_a \geqslant 10^{-8}$ 作为判断弱酸能否准确滴定的界限。例如 HCN,因 $K_a \approx 10^{-10}$,即使浓度为 1 mol/L,也不能按通常的办法准确滴定。

5.3.2.2 强酸滴定弱碱

用强酸滴定弱碱这一类中和情况,与强碱滴定弱酸相反,计量点时溶液偏酸性。如以 0.100 0 mol/L HCl 滴定 0.100 0 mol/L $NH_3 \cdot H_2O$ 过程中,计量点时 pH 值为 5.3,突跃范围为 pH 值 4.3~6.3,须用酸性区域变色的指示剂,如甲基橙、甲基红等可用,滴定曲线如图 5-5。

和强碱滴定弱酸相似,只有弱碱的 $cK_b \geqslant 10^{-8}$ 时,才能用强酸准确滴定。

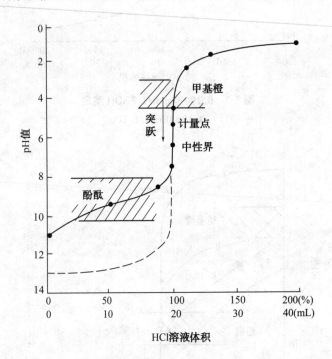

图 5-5　0.100 0 mol/L HCl 滴定 0.100 0 mol/L $NH_3 \cdot H_2O$

5.3.3　多元酸、碱的滴定

5.3.3.1 多元酸的滴定

用强碱滴定多元酸,情况比较复杂。例如用 0.100 0 mol/L NaOH 滴定 0.100 0 mol/L H_3PO_4。由各级解离可以看出:

$$H_3PO_4 \Longrightarrow H^+ + H_2PO_4^- \qquad K_{a_1} = 7.5 \times 10^{-3}$$

$$H_2PO_4^- \Longrightarrow H^+ + HPO_4^{2-} \qquad K_{a_2} = 6.3 \times 10^{-8}$$

$$HPO_4^{2-} \Longrightarrow H^+ + PO_4^{3-} \qquad K_{a_3} = 4.4 \times 10^{-13}$$

首先 H_3PO_4 被中和,生成 $H_2PO_4^-$,出现第一个计量点;然后 $H_2PO_4^-$ 继续被中和,生成 HPO_4^{2-},出现第二个计量点;HPO_4^{2-} 的 K_{a_3} 太小,$cK_{a_3} \leqslant 10^{-8}$,不能直接滴定。NaOH 滴定 H_3PO_4 的滴定曲线见图 5-6。准确计算多元酸的滴定曲线比较麻烦,这里不加介绍。下面只讨论计量点 pH 值的近似计算,以供选择指示剂时参考。

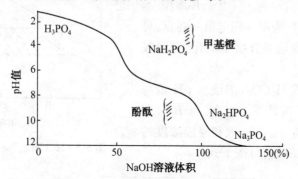

图 5-6　NaOH 滴定 H_3PO_4 的滴定曲线

第 1 计量点时,中和产物是 $H_2PO_4^-$,其 pH 值可用下式近似计算:

$$[H^+] = \sqrt{K_{a_1} K_{a_2}} \tag{5-6}$$
$$pH = \frac{1}{2}(pK_{a_1} + pK_{a_2}) = \frac{1}{2}(2.12 + 7.21) = 4.66$$

第 2 计量点时,滴定产物 HPO_4^{2-},其 pH 值可近似计算如下所述:

$$[H^+] = \sqrt{K_{a_2} \cdot K_{a_3}}$$
$$pH = \frac{1}{2}(pK_{a_2} + pK_{a_3}) = \frac{1}{2}(7.21 + 12.67) = 9.94$$

这两个计量点由于突跃范围比较小,可分别选用溴甲酚绿－甲基橙(变色点 pH = 4.3),酚酞－百里酚酞(变色点 pH = 9.9)混合指示剂确定终点。

通常,对于多元酸的滴定由以下两个原则判断:

① $c \cdot K_{a_n} \geqslant 10^{-8}$,判断第 n 个 H^+ 能否被准确滴定。

② $K_{a_n}/K_{a_{n+1}} \geqslant 10^4$,判断相邻两个氢离子能否分步准确滴定。

例如,草酸 $K_{a_1} = 5.9 \times 10^{-2}$,$K_{a_2} = 6.4 \times 10^{-5}$,$K_{a_1}/K_{a_2} \approx 10^3$,故不能准确进行分步滴定。但 K_{a_1}、K_{a_2} 均较大,可按二元酸 1 次被滴定,滴至终点时,有较大突跃。

5.3.3.2　多元碱的滴定

与多元酸的滴定类似,判断原则有两条:

① $c \cdot K_{b_n} \geqslant 10^{-8}$。

② $K_{b_n}/K_{b_{n+1}} > 10^4$,可准确分步滴定。

例如,Na_2CO_3 是二元弱碱,$K_{b_1} = K_w/K_{a_2} = 1.79 \times 10^{-4}$,$K_{b_2} = K_w/K_{a_1} = 2.38 \times 10^{-8}$。由于 K_{b_1}、K_{b_2} 都大于 10^{-8},且 $K_{b_1}/K_{b_2} \approx 10^4$,因此这个二元酸可用酸直接滴定。其滴定曲线见图 5-7。

当滴到第一计量点时,生成的 HCO_3^- 为两性物质,其 pH 值可按下式计算:

$$[H^+] = \sqrt{K_{a_1} K_{a_2}} = \sqrt{4.3 \times 10^{-7} \times 5.6 \times 10^{-11}}$$
$$= 4.9 \times 10^{-9} (mol/L)$$
$$pH = 8.31$$

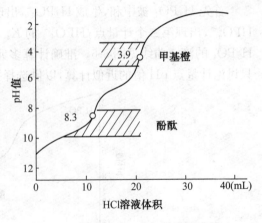

一般可选酚酞作指示剂。但由于 $K_{b_1}/K_{b_2} \approx 10^4$，故突跃不太明显。为准确判定第一终点，可选用甲酚红－百里酚蓝混合指示剂，可获得较好的结果。

第二计量点生成 H_2CO_3，溶液的 pH 值可由 H_2CO_3 的解离平衡计算。因 $K_{a_1} \gg K_{a_2}$，所以只需考虑一级解离，H_2CO_3 饱和溶液浓度约为 0.04 mol/L。其 pH 值可按下式计算：

图 5-7　HCl 滴定 Na_2CO_3 的滴定曲线

$$[H^+] = \sqrt{K_{a_1} \cdot c} = \sqrt{4.3 \times 10^{-7} \times 0.04} = 1.3 \times 10^{-4} (mol/L)$$
$$pH = 3.89$$

故可选甲基橙作指示剂。

应注意，由于接近第二计量点时容易形成 CO_2 的过饱和溶液前，滴定过程中生成的 H_2CO_3 只能慢慢地转变为 CO_2，而使溶液酸度稍稍增大，终点稍有提前，因此近终点时应剧烈振摇溶液或加热煮沸 2 min，逐出二氧化碳，消除 H_2CO_3 的干扰，滴定成为强酸、强碱的反应，可用甲基红作指示剂，终点更为敏锐，常用 Na_2CO_3 作为基准物质标定酸的标准溶液。

5.4　标准酸、碱溶液的配制及标定

酸碱滴定法使用的标准溶液都是强酸、强碱溶液，除个别乙醇溶液外都是水溶液，浓度一般在 0.01～1 mol/L 范围内，最常用的浓度是 0.1 mol/L。

5.4.1　酸标准溶液

常用的酸标准溶液有盐酸、硫酸标准溶液，其中尤以盐酸溶液用途较广，因为滴定反应生成氯化物，大都可溶于水，而部分硫酸盐难溶于水。

HCl 标准溶液一般用浓 HCl 采用间接法配制，即先配成大致浓度后用基准物质标定。中国药典标定盐酸采用的基准物质为无水碳酸钠。无水碳酸钠易制得纯品，价格便宜，但吸湿性强，用前应在 270～300℃ 干燥至恒重，置干燥器中保存备用。

酸标准溶液配制、标定方法详见中国药典附录和本书实验部分。

5.4.2　碱标准溶液

碱标准溶液常用氢氧化钠，也有少数使用氢氧化钾配制。NaOH 易吸潮，也易吸收空气中的 CO_2 生成 Na_2CO_3，因此用间接法配制。为了配制不含 CO_3^{2-} 的碱标准溶液，可采用浓碱法，即先用 NaOH 配成饱和溶液，在此溶液中 Na_2CO_3 溶解度很小，待 Na_2CO_3 沉淀后，取上层澄清液稀释成所需浓度，再加以标定。中国药典标定 NaOH 所用的基准物质为

邻苯二甲酸氢钾($K_{a_2} = 3.9 \times 10^{-6}$),其标定反应如下:

$$\text{邻苯二甲酸氢钾} \begin{array}{c}\text{COOH}\\\text{COOK}\end{array} + NaOH \rightleftharpoons \begin{array}{c}\text{COONa}\\\text{COOK}\end{array} + H_2O$$

碱标准溶液的配制和标定方法详见中国药典附录和本书实验部分。

5.5 酸碱滴定法的应用

酸碱滴定法的应用较为广泛。中国药典 2005 年版二部收载的药品(1 967种),约有140余种原料药和制剂采用酸碱滴定法测定含量,其测定方法可分为 5 种类型。

5.5.1 直接用标准酸液滴定(碱量法)

在水溶液中 $cK_b \geqslant 10^{-8}$,显示较强碱性的药物可直接用标准酸液滴定,用指示剂或电位法确定终点。

如碳酸氢钠(ChP 2005 P827)的含量测定,可用 HCl 滴定液直接滴定,反应式如下:

$$NaHCO_3 + HCl \rightleftharpoons NaCl + H_2CO_3 \longrightarrow CO_2 \uparrow + H_2O$$

因滴定中生成的碳酸在溶液中有少量溶解,致使终点提前,可通过煮沸或振摇除去 CO_2,再继续滴至终点。

测定方法:取本品约 1 g,精密称定,加水 50 ml 使溶解,加甲基红-溴甲酚绿混合指示液 10 滴,用盐酸滴定液(0.5 mol/L)滴定至溶液由绿色转变为紫红色,煮沸 2 min,冷却至室温,继续滴定至溶液由绿色变为暗紫色。每 1 ml 盐酸滴定液(0.5 mol/L)相当于 42.00 mg 的 $NaHCO_3$。

含量计算式:

$$NaHCO_3\% = \frac{c_{HCl} \cdot V_{HCl} \cdot \dfrac{84.01}{1\,000}}{S_{样}} \times 100\%$$

再如葡甲胺(ChP 2005 P690)其仲胺结构也可用标准酸液滴定。反应式如下:

$$
\begin{array}{c}
CH_2NHCH_3\\
H-C-OH\\
HO-C-H\\
H-C-OH\\
H-C-OH\\
CH_2OH
\end{array}
+ HCl \rightleftharpoons
\begin{array}{c}
CH_2NH_2^+CH_3\\
H-C-OH\\
HO-C-H\\
H-C-OH\\
H-C-OH\\
CH_2OH
\end{array}
+ Cl^-
$$

药典中采用碱量法测定含量的药物还有五氟利多及其片剂、丙戊酸钠、苯妥英钠片、消旋山莨菪碱片、苯甲酸钠(双相滴定)、甘油磷酸钠、双氯芬酸钠和氨溶液等。

5.5.2 直接用标准碱液滴定(酸量法)

在水溶液中 $cK_a \geqslant 10^{-8}$,显示较强酸性的药物,如一些具有羧酸结构的药物可直接用碱标准溶液滴定。

如芬布芬(ChP 2005 P225)的含量测定,即用氢氧化钠滴定液直接滴定,反应式如下:

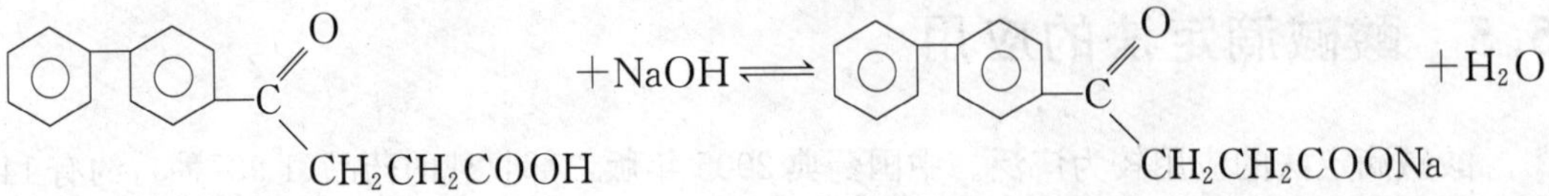

测定方法:取本品 0.4 g,精密称定,加中性乙醇 50 ml,置热水中使溶解,冷却至室温,加酚酞指示液 2 滴,用氢氧化钠滴定液(0.1 mol/L)滴定。每 1 ml 氢氧化钠滴定液(0.1 mol/L)相当于 25.43 mg 的 $C_{16}H_{14}O_3$。

含量计算式:

$$C_{16}H_{14}O_3\% = \frac{c_{NaOH} \cdot V_{NaOH} \cdot \dfrac{254.28}{1\,000}}{S_{样}} \times 100\%$$

中国药典 2005 年版用酸量法测定的药物还有十一烯酸、山梨酸、水杨酸、枸橼酸、苯甲酸、去氧胆酸及其片剂、萘普生、熊去氧胆酸及其片剂,冰醋酸、盐酸、烟酸及其片剂、双水杨酯及其片剂,丙谷胺及其片剂、胶囊剂、丙磺舒,布美他尼,布洛芬及其片剂,甲芬那酸及其片剂、胶囊剂、甲苯磺丁脲及其片剂、氯磺丙脲及其片剂、呋塞米、吲哚美辛、阿司匹林、谷氨酸及其片剂,青蒿琥酯片,格列本脲、酮洛芬及其胶囊、苯丁酸氮芥、硼砂、磷酸组胺、舒林酸、盐酸组氨酸等。

有时药物需通过配合反应、缩合反应、置换反应、酰化反应使之生成酸后,再以氢氧化钠滴定液滴定。

5.5.2.1 中国药典中硼酸(ChP 2005 P813)的含量测定

由于 H_3BO_3 是很弱的一元酸,$K_{a_1} = 7.3 \times 10^{-10}$,不能用 NaOH 标准溶液直接滴定。但 H_3BO_3 与多元醇(如甘油、甘露醇等)生成配合酸后能增强酸的强度。硼酸与甘露醇配合生成配合酸($K_{a_1} = 5.5 \times 10^{-5}$)可用 NaOH 滴定液直接滴定。其配合反应如下:

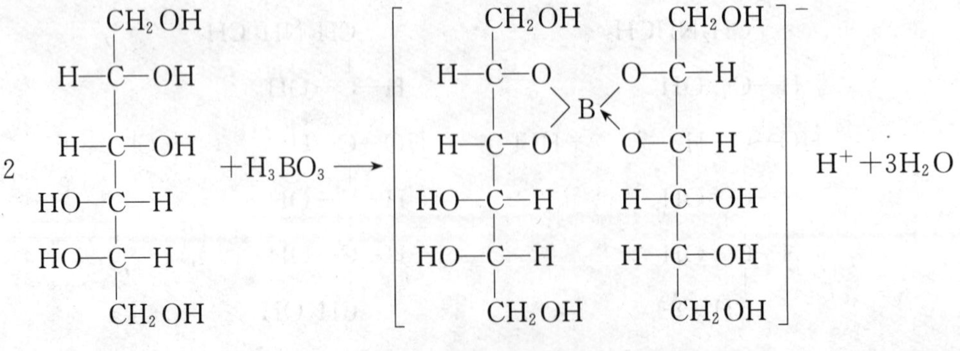

测定方法:取本品约 0.5 g,精密称定,加甘露醇 5 g 与新沸过的冷水 25 ml,微温使溶解,迅即放冷至室温,加酚酞指示液 3 滴,用氢氧化钠滴定液(0.5 mol/L)滴定至显粉红色,

每 1 ml 的 NaOH 滴定液(0.5 mol/L)相当于 30.92 mg 的 H_3BO_3。

5.5.2.2 甲巯咪唑的含量测定

甲巯咪唑中的巯基与硝酸银反应生成硝酸,可用标准碱液滴定。

$$HNO_3 + NaOH \rightleftharpoons NaNO_3 + H_2O$$

测定方法(ChP 2005 P128):取本品约 0.1 g,精密称定,加水 35 ml 溶解后,先自滴定管中加入氢氧化钠滴定液(0.1 mol/L)4 ml,摇匀后,滴加 0.1 mol/L 硝酸银溶液 15 ml,随加随振摇,再加入溴麝香草酚蓝指示液 0.5 ml,继续用氢氧化钠滴定液(0.1 mol/L)滴定,至溶液显蓝绿色,每 1 ml 的氢氧化钠滴定液(0.1 mol/L)相当于 11.42 mg 的 $C_4H_6N_2S$。

药典中茶碱和茶碱缓释片的测定亦类似上法。

5.5.2.3 药典中苯甲醇、苯丙醇等的含量测定

利用醇与醋酐发生酰化反应,生成定量醋酸,再用氢氧化钠滴定液滴定。反应式如下:

$$CH_3COOH + NaOH \rightleftharpoons CH_3COONa + H_2O$$

测定方法(ChP 2005 P322):取苯甲醇约 1.2 g,精密称定,精密加入醋酐—吡啶(1:7)混合液 15 ml,置水浴上,加热回流 30 min,放冷,加水 25 ml,加酚酞指示液 2 滴,用氢氧化钠滴定液(1 mol/L)滴定,并将滴定结果用空白试验校正。每 1 ml 的氢氧化钠滴定液(1 mol/L)相当于 108.1 mg 的 C_7H_8O。

5.5.3 剩余滴定法

在样品中加定量过量的酸或碱标准溶液,溶解或水解样品后,再用碱或酸标准液滴定剩余的酸或碱,根据加入的标准溶液的量和回滴定所消耗的标准溶液的量,可求得样品的含量。一般要作空白校正。

5.5.3.1 先加入定量过量酸标准液,再用标准碱液回滴定

如乌洛托品(ChP 2005 P54)的含量测定,利用乌洛托品在过量酸中加热水解为铵盐和甲醛,加热驱尽甲醛后,剩余的酸可用标准碱液回滴定。此法只要将甲醛赶尽,结果较稳定,终点也较明显。水解反应如下式。

$$(CH_2)_6N_4 + 2H_2SO_4 + 6H_2O \longrightarrow 2(NH_4)_2SO_4 + 6HCHO\uparrow$$

测定方法:取本品约 0.5 g,精密称定,置锥形瓶中,加水 10 ml 溶解后,精密加硫酸滴定液(0.25 mol/L)50 ml,摇匀,加热煮沸至不再发生甲醛臭,随时加近沸的水补足蒸发的水分,放冷至室温,加甲基红指示液 2 滴,用氢氧化钠滴定液(0.5 mol/L)滴定,并将滴定的结

果用空白试验校正。每 1 ml 的硫酸滴定液(0.25 mol/L)相当于 17.52 mg 的 $C_6H_{12}N_4$。

含量计算式：

$$(CH_2)_6N_4\% = \frac{\frac{1}{2}\times(c_{H_2SO_4}V_{H_2SO_4}-\frac{1}{2}c_{NaOH}V_{NaOH})\times\frac{140.2}{1\,000}}{S_{样}}\times100\%$$

若同时做空白试验校正,则含量可按下式计算：

$$(CH_2)_6N_4\% = \frac{\frac{1}{2}\times\frac{1}{2}c_{NaOH}(V_{空白}-V_{样})_{NaOH}\times\frac{140.2}{1\,000}}{S_{样}}\times100\%$$

药典中采用先加入过量酸,再以碱标准液回滴定测定含量的药物还有氧化镁、重质碳酸镁、消旋山莨菪碱、碳酸锂及其片剂。

5.5.3.2　先加入定量过量碱标准液,再用标准酸液回滴定

如一些含有酯基的药物,在过量碱的存在下,加热可完全水解,剩余的碱用标准酸液回滴定。如羟苯乙酯(ChP 2005 P910)的含量测定即采用此方法,其反应式如下：

$$2NaOH(过量)+H_2SO_4 \rightleftharpoons Na_2SO_4+2H_2O$$

测定方法：取本品约 2 g,精密称定,置锥形瓶中,精密加氢氧化钠滴定液(1 mol/L)40 ml,缓缓加热回流 1 h,放冷至室温,加溴麝香草酚蓝指示液 5 滴,用硫酸滴定液(0.5 mol/L)滴定；另取磷酸盐缓冲液(pH 值 6.5)40 ml,加溴麝香草酚蓝指示液 5 滴,作为终点颜色的对照液；并将滴定的结果用空白试验校正。每 1 ml 氢氧化钠滴定液(1 mol/L)相当于 166.2 mg 的 $C_9H_{10}O_3$。

中国药典中采用此法测定的药物还有阿司匹林片和肠溶片、甲醛溶液、水合氯醛、环扁桃酯及其胶囊剂、苯唑西林钠、非诺贝特、乳酸氯贝丁酯及其胶囊剂等。

5.5.4　提取容量法

一些药物的制剂可用与水不相混溶的有机溶剂将主药提取出来,蒸除溶剂后,再用直接滴定法或回滴定法测定。若为无机酸盐药物,则可将样品水溶液碱化后再用有机溶剂提取分离。如磷酸氯喹注射液(ChP 2005 P882)的含量测定。

测定方法：精密量取本品适量(约相当于磷酸氯喹 0.3 g),加水稀释至 30 ml,加 20%氢氧化钠溶液 3 ml,摇匀,用乙醚提取 4 次,每次 20 ml,合并乙醚液,用 10 ml 水洗涤,水洗涤液再用 15 ml 乙醚提取 1 次,合并前后两次的乙醚液,蒸发至近 2～3 ml 时,精密加盐酸滴定液(0.1 mol/L)25 ml,温热蒸去乙醚并使残渣溶解,冷却,加溴甲酚绿指示液数滴,用氢氧

化钠滴定液(0.1 mol/L)滴定。每 1 ml 盐酸滴定液(0.1 mol/L)相当于 25.79 mg $C_{18}H_{26}ClN_3 \cdot 2H_3PO_4$。

药典中采用此法测定的药物还有磷酸可待因片剂及糖浆、盐酸利多卡因胶浆、盐酸妥卡胺片、盐酸阿扑吗啡注射液、盐酸哌替啶片、盐酸美沙酮及其片剂、注射剂、鱼肝油酸钠注射液、硫酸苯丙胺、萘普生颗粒等。

5.5.5 凯氏定氮法

凯氏定氮法用于测定有机含氮化合物中氮的含量。此法操作简便,不需精密仪器,可多次重复地进行大批样品的分析,并能获得很好的准确度。因此,本法不仅可用于常规分析,而且也常用来作为含氮化合物定量方法探讨、设计时的标准对照法。药典附录中(附录 P43)规定了氮的常量测定方法(第一法)。取供试品适量(约相当于含氮量 25～30 mg),精密称定,供试品如为固体或半固体,可用滤纸称取,并连同滤纸置于干燥的 500 ml 凯氏烧瓶中;然后依次加入硫酸钾(或无水硫酸钠)10 g 和硫酸铜粉末 0.5 g,再沿瓶壁缓缓加硫酸 20 ml;在凯氏烧瓶口放一小漏斗并使烧瓶成 45°斜置,再直火缓缓加热,使溶液的温度保持在沸点以下,等泡沸停止,强热至沸腾,使溶液成澄明的绿色后,除另有规定外,继续加热 30 min,放冷。沿瓶壁缓缓加水 250 ml,振摇使混合,放冷后,加 40%氢氧化钠溶液 75 ml,注意使沿瓶壁流至瓶底,自成一液层,加锌粒数粒,用氮气球将凯氏烧瓶与冷凝管连接,另取 2%硼酸溶液 50 ml,置 500 ml 锥形瓶中,加甲基红-溴甲酚绿混合指示液 10 滴;将冷凝管的下端插入硼酸溶液的液面下,轻轻摆动凯氏烧瓶,使溶液混合均匀,加热蒸馏,至接受液的总体积约为 250 ml 时,将冷凝管尖端提出液面,使蒸气冲洗约 1 min,用水淋洗尖端后停止蒸馏;馏出液用硫酸滴定液(0.05 mol/L)滴定至溶液由蓝绿色变为灰紫色,并将滴定的结果用空白试验校正。每 1 ml 的硫酸滴定液(0.05 mol/L)相当于 1.401 mg 的 N。

综上所述,本法整个操作包括消解、蒸馏、测定 3 个过程。现分述如下。

5.5.5.1 消解(或称消化)

消解过程为本法的关键,如果消解不完全就不能得到准确的分析结果。消解时,用热的浓硫酸作为氧化剂和炭化剂来破坏有机分子,使其中的氮定量地转变为铵盐。与此同时,硫酸本身被还原为二氧化硫(并有部分硫酸分解为三氧化硫,故消解过程中有大量白烟发生)。加硫酸钾或硫酸钠,可以提高硫酸的沸点,以提高消解温度,加速消化。硫酸铜作为催化剂以加速消解速度,反应式如下:

$$2CuSO_4 \longrightarrow Cu_2SO_4 + SO_3 + [O]$$
$$Cu_2SO_4 + 2H_2SO_4 \longrightarrow 2CuSO_4 + 2H_2O + SO_2 \uparrow$$

5.5.5.2 蒸馏

消解完成后的溶液,有些药物经过水解后蒸馏有机胺,如吡嗪酰胺、甲硫酸新斯的明等,加水稀释,加入浓碱溶液碱化后,将释出的氨蒸馏。此操作中,既要掌握加入足够的碱液,使氨能够游离完全,同时要严防氨的逸失造成分析结果偏低。蒸馏的方法有直接蒸馏法与水蒸气蒸馏法,但以水蒸气蒸馏法为好,其装置如图 5-8 所示。蒸馏时应注意下列事项:

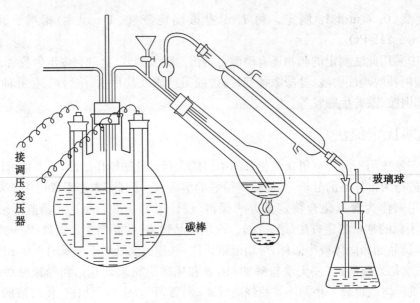

接调压变压器

碳棒

玻璃球

图 5-8　常量法凯氏定氮装置

1. 蒸馏前应沿器壁仔细地加入足够的碱液于消解液中,使自成一层,全部装置妥善后,再使其与酸液混合,否则强酸强碱中和时会发生大量的热而使氨逸出损失。加碱混匀后,溶液颜色由绿色硫酸铜明显地变为蓝色氢氧化铜[Cu(OH)$_2$]或有黑色的氧化铜(CuO)析出。否则,应继续加碱。

2. 为防止强碱过热后产生暴沸,常加入锌粒作为止暴剂。

3. 由于大部分的氨是在最初时间内蒸出,因此在蒸馏初期不可太快,以免蒸出的氨未被吸收而逸出。一般控制蒸馏时间在 1 h 以上,并控制馏出液的容积为原体积的 2/3。

5.5.5.3　氨的测定

1. 直接滴定法　此法以 2‰ 的硼酸为吸收液。硼酸的酸性极弱($K_1 = 7.3 \times 10^{-10}$),它只起固定氨的作用,而不能中和氨,故不干扰滴定。因此,即可直接以标准酸液滴定,以甲基红或新鲜混合的甲基红－溴甲酚绿指示液指示终点。此法仅需一个标准溶液。其反应过程为:

$$NH_3 + H_3BO_3 \longrightarrow NH_4BO_2 + H_2O$$
$$2NH_4BO_2 + H_2SO_4 + 2H_2O \longrightarrow (NH_4)_2SO_4 + 2H_3BO_3$$

2. 剩余滴定法　用定量过量的盐酸或硫酸吸收蒸馏出来的氨,然后用标准碱液回滴定剩余的酸,用甲基红－溴酚蓝、甲基红－亚甲蓝等混合指示剂指示终点。此法需两个标准溶液。

3. 甲醛法　此法可省略蒸馏操作。方法是将消化后的酸液先经中和,然后加中性甲醛溶液使生成六次甲基四胺(乌洛托品)及游离酸,再用标准碱液滴定游离酸。其反应如下:

$$2(NH_4)_2SO_4 + 6HCHO \longrightarrow (CH_2)_6N_4 + 2H_2SO_4 + 6H_2O$$
$$H_2SO_4 + 2NaOH \longrightarrow Na_2SO_4 + 2H_2O$$

采用本法时,应注意甲醛中常含有甲酸,应先用碱中和。中和时所用指示剂应与滴定样品时的指示剂相同。其次在加入甲醛以前,应反复调节溶液的 pH 值。本法常用酚酞为指示剂。

药典中定氮第二法系半微量法,方法原理同第一法,这里不再讨论。

2005 年版药典中用凯氏定氮法测定的药物和制剂有双氯非那胺、扑米酮、甲硫酸新斯的明及其注射液、吡嗪酰胺及其片剂和胶囊剂、氯噻酮、盐酸苯乙双胍片、硫酸胍乙啶片、氯硝柳胺片、尿素、尿激酶、盐酸甲氯芬酯胶囊、溴新斯的明片、氟尿嘧啶软膏、注射用亚锡依替菲宁、克罗米通等。

思考题

1. 指出下列共轭酸碱对中哪些是酸,哪些是碱。

H_2CO_3—$NaHCO_3$,$NaHCO_3$—Na_2CO_3,$NH_3 \cdot H_2O$—NH_4Cl

$NaHSO_4$—Na_2SO_4,$Na_2B_4O_7$—H_3BO_3

Na_3PO_4—Na_2HPO_4,C_6H_5COOH—C_6H_5COONa

$H_2C_2O_4$—$NaHC_2O_4$,$C_6H_4(COOH)COOK$—$C_6H_4(COONa)COOK$

2. 酸碱滴定的终点不是中性点(pH＝7 的点),是否会产生测定误差?

3. 下列物质哪些能用酸碱滴定法直接测定? 如可以,应选择酸还是碱作滴定剂? 终点如何指示? 为什么?

$(NH_4)_2SO_4$ $(NH_3 \cdot H_2O$ $K_b＝1.8×10^{-5})$

$C_6H_5NH_2 \cdot HCl$ $(C_6H_5NH_2$ $K_b＝4.6×10^{-10})$

C_6H_5OH $(K_a＝1.1×10^{-10})$

C_6H_5COONa $(C_6H_5COOH$ $K_a＝6.3×10^{-5})$

吡啶 $(K_b＝1.4×10^{-9})$

邻苯二甲酸氢钾 $(K_{a_2}＝2.9×10^{-6})$

黄连碱 $(K_b＝1.7×10^{-8})$

二甲氨基氨替比林 $(K_b＝6.9×10^{-10})$

吗啡 $(K_b＝7.4×10^{-7})$

4. 下列多元酸、碱若配成浓度为 0.100 0 mol/L 的溶液,再分别用 0.100 0 mol/L HCl 或 NaOH 滴定,应有几个突跃,可选择哪种指示剂?

(1) 蚁酸 $(K_a＝1.77×10^{-4})$

(2) 琥珀酸 $(K_{a_1}＝6.4×10^{-5},K_{a_2}＝2.7×10^{-6})$

(3) 枸橼酸 $(K_{a_1}＝8.7×10^{-4},K_{a_2}＝1.8×10^{-5},K_{a_3}＝4.0×10^{-6})$

(4) 顺丁烯二酸 $(K_{a_1}＝1.0×10^{-2},K_{a_2}＝5.5×10^{-7})$

(5) 水杨酸 $(K_{a_1}＝1.06×10^{-3},K_{a_2}＝3.6×10^{-14})$

(6) 对苯二胺 $(K_{b_1}＝1.1×10^{-8},K_{b_2}＝3.5×10^{-12})$

5. 为什么用盐酸可滴定硼砂而不能直接滴定醋酸钠? 又为什么用氢氧化钠可滴定醋酸而不能直接滴定硼酸?

6. 酸碱指示剂的变色原理是什么? 什么是变色范围? 选择指示剂的原理是什么?

7. 凯氏定氮法为什么选用硼酸作吸收液? 硼酸吸收液的浓度是否需要标定? 所取体

积是否须用仪器准确量取？改用 HCl 或 H_2SO_4 作吸收液行吗？

8. 某混合液可能含 Na_2CO_3、$NaHCO_3$、NaOH 中的某两种或一种（NaOH 与 $NaHCO_3$ 共存的情况除外），现用标准 HCl 溶液滴定至酚酞指示剂变色，耗用 HCl V_1 ml，将溶液加入甲基橙指示剂，继续用 HCl 滴至甲基橙变色，耗用 HCl 溶液 V_2 ml，问下列各情况下，样品液含哪种碱？

(1) $V_1 > 0, V_2 = 0$ (2) $V_1 = 0, V_2 > 0$ (3) $V_1 = V_2$

(4) $V_1 > V_2, V_2 \neq 0$ (5) $V_1 < V_2, V_1 \neq 0$

9. 用酸碱滴定法测定药物的含量，各种类型的测定方法一般分别用于测定具有什么结构特点的药物？

习 题

1. 已知 $H_2C_2O_4$ 的 $K_{a_1} = 6.5 \times 10^{-2}$，$K_{a_2} = 6.7 \times 10^{-5}$，其共轭碱 $C_2O_4^{2-}$、$HC_2O_4^-$ 相应的 K_b 值各为多少？

2. 某弱酸型指示剂在 pH = 4.5 时溶液呈蓝色，在 pH = 6.5 时溶液呈黄色，这个指示剂的解离常数 K_{HIn} 约为多少？

3. 某一弱碱型指示剂的 $K_{In^-} = 1.5 \times 10^{-6}$，此指示剂的变色范围是多少？

4. 有工业硼砂 $Na_2B_4O_7 \cdot 10H_2O$ 1.000 g，用 0.200 0 mol/L 的 HCl 溶液 24.50 ml 滴定至甲基橙变色，计算试样中 $Na_2B_4O_7 \cdot 10H_2O$ 的百分含量和以 B_2O_3 及 B 表示的百分含量。

5. 称取纯 $CaCO_3$ 0.500 0 g，溶于 50.00 ml（0.228 7 mol/L）的 HCl 溶液中，多余的酸用 NaOH 溶液回滴，消耗 NaOH 溶液 6.20 ml，求 NaOH 的浓度是多少。

6. 某试样含 Na_2CO_3 和 K_2CO_3，除此外无其他杂质。称取 1.000 g，溶于水后用 0.500 0 mol/L HCl 溶液滴定，甲基橙为指示剂，消耗 30.00 ml HCl 溶液，求试样中 Na_2CO_3、K_2CO_3 的百分含量各为多少。

7. 称试样 1.200 g，试样含 Na_2CO_3、$NaHCO_3$ 和不与酸反应的杂质。溶于水后，用 0.500 0 mol/L HCl 溶液滴定至酚酞变色，消耗 HCl 15.00 ml，加入甲基橙指示剂，继续用 HCl 滴定至出现橙色，又消耗 22.00 ml，试样中 Na_2CO_3、$NaHCO_3$ 及杂质百分含量各为多少。

8. 药用 NaOH 易吸收空气中 CO_2，使部分 NaOH 变成 Na_2CO_3，利用氯化钡法可测定其中 NaOH 和 Na_2CO_3 的量：取一份试样溶液，以甲基橙为指示剂，用 HCl 标准溶液滴定至橙色，消耗 HCl 体积 V_1 ml；另取一等量试样溶液，加入 $BaCl_2$，使 Na_2CO_3 变成 $BaCO_3$ 沉淀析出，然后以酚酞为指示剂，用 HCl 标准溶液滴定至红色褪去，记下体积 V_2 ml，请分别写出 NaOH 和 Na_2CO_3 百分含量计算式。

9. 一试样含丙氨酸 $[CH_3CH(NH_2)COOH]$ 和惰性物质，用凯氏定氮法测氮。称取试样 2.215 g，消化后，蒸馏出 NH_3 并吸收在 50.00 ml 0.148 6 mol/L H_2SO_4 溶液中，再以 0.092 14 mol/L NaOH 11.37 ml 回滴至终点，求丙氨酸的百分含量。

10. 称取不纯的 $(NH_4)_2SO_4$ 样品 1.000 g，用甲醛法分析，加入已中和至中性的甲醛溶液和 0.363 8 mol/L NaOH 溶液 50.00 ml，过量 NaOH 再以 0.301 2 mol/L HCl 溶液 21.64 ml 回滴至酚酞终点，试计算 $(NH_4)_2SO_4$ 的纯度。

$$4NH_4^+ + 6HCHO \longrightarrow (CH_2)_6N_4H^+ + 3H^+ + 6H_2O$$

6 非水酸碱滴定法

6.1 概述

酸碱滴定一般是在水溶液中进行的。水是常用的溶剂。以水为溶剂比较安全、价廉,许多物质尤其是无机物易溶于水。但是以水为介质进行酸碱滴定有一定局限性,例如:

(1) 许多弱酸或弱碱,cK_a 或 cK_b 小于 10^{-8},不能直接滴定。

(2) 有些有机酸或有机碱在水中溶解度小,使滴定不能直接准确进行。

(3) 一些多元酸或碱,混合酸或碱由于 $K_a(K_b)$ 值较接近,不能分步或分别滴定。

采用非水溶剂(包括有机溶剂或不含水的无机溶剂)作为介质,往往可以解决以上问题,扩大酸碱滴定的应用范围。

非水滴定除溶剂较特殊外,具有一切滴定分析的特点,如准确、快速、设备简单等。因此已为各国药典及其他常规分析所采用。据统计,2005 年版中国药典二部中收载的药物和制剂中用非水酸碱滴定法测定含量的计有近 290 种之多。

非水滴定法(Nonaqueous titrations)除酸碱滴定外,还有氧化还原滴定、配位滴定及沉淀滴定等,而在药物分析中,以非水溶液酸碱滴定应用较为广泛。本章主要介绍非水溶液中的酸碱滴定。

6.2 非水溶剂

6.2.1 溶剂分类

根据质子理论可将非水滴定中常用溶剂分为下列几类。

6.2.1.1 质子溶剂

能给出质子或接受质子的溶剂,称为质子溶剂。根据其授受质子的能力大小,可分为酸性溶剂、碱性溶剂和两性溶剂。

1. 酸性溶剂 给出质子的能力较强的溶剂,称为酸性溶剂。甲酸、冰醋酸、丙酸等是常用的酸性溶剂。其中用得最多的是冰醋酸。酸性溶剂适于作滴定弱碱性物质的介质。

2. 碱性溶剂 能接受质子的溶剂称为碱性溶剂。乙二胺、乙醇胺、丁胺等为常用的碱性溶剂。碱性溶剂适于作滴定弱酸性物质的介质。

3. 两性溶剂 既易接受质子又易给出质子的溶剂称为两性溶剂。当溶质是较强的酸时,这种溶剂显碱性;当溶质是较强的碱时,则溶剂显酸性。属于这类的溶剂主要是醇类,如甲醇、乙醇、异丙醇、乙二醇等。两性溶剂(或与极性小的溶剂混合)适于作滴定不太弱的酸、碱的介质。

6.2.1.2 无质子溶剂

分子中无转移性质子的溶剂称为无质子溶剂,这类溶剂可分为偶极亲质子溶剂和惰性溶剂。

1. 偶极亲质子溶剂　溶剂分子中无转移性质子,与水比较几乎无酸性,亦无两性,但却有较弱的接受质子的倾向和程度不同的成氢键的能力,常用的如酰胺类、酮类、乙腈、二甲基亚砜、吡啶等皆是。其中二甲基甲酰胺、吡啶和二甲基亚砜的碱性较明显,成氢键的能力亦较丙酮、乙腈为强。这类溶剂适于作弱酸或酸强度不同的混合物的滴定介质。二甲基甲酰胺和吡啶也常被认为是碱性溶剂。

2. 惰性溶剂　溶剂分子本身几乎无酸碱性,不参与溶质酸碱反应,也无成氢键的能力,这种溶剂称为惰性溶剂,常用的有苯、甲苯、氯仿、二氧六环等。惰性溶剂常与质子溶剂混合使用,以改善样品的溶解性能,增大滴定突跃,从而使终点时指示剂变色敏锐。

以上溶剂分类只是为了讨论方便,实际上各类溶剂之间并无严格界限。

6.2.2 溶剂的性质

6.2.2.1 溶剂的酸碱性

根据酸碱质子理论,一种物质在溶液中的酸碱性强弱,不仅与酸碱本质有关,也与溶剂的性质有关。

如酸 HA 在溶剂 SH 中的解离与溶剂的碱性有关:

$$HA + SH \Longrightarrow SH_2^+ + A^-$$

溶剂 SH 的碱性越强,接受质子的能力越强,从而使解离反应向右进行得越完全,HA 在这种溶剂中所显示的酸性越强。

同样,碱 B 在溶剂 SH 中有下列反应:

$$B + SH \Longrightarrow BH^+ + S^-$$

溶剂的酸性越强,反应向右进行得越完全,B 的碱性越强。

例如,把 NH_3 溶于水和醋酸两种不同的溶剂中有下列反应:

$$NH_3 + H_2O \Longrightarrow NH_4^+ + OH^-$$

$$NH_3 + HAc \Longrightarrow NH_4^+ + Ac^-$$

因 HAc 酸性比 H_2O 强,NH_3 在醋酸中碱性更强。

由以上讨论可知:对于弱酸性物质,应选择碱性溶剂,使物质的酸性增加;对于弱碱性物质,应选择酸性溶剂,使物质的碱性增强。

6.2.2.2 溶剂的解离性

解离性溶剂的特点是:分子间能发生质子自递反应。一分子起酸的作用,一分子起碱的作用。

$$SH \Longrightarrow H^+ + S^- \qquad K_a^{SH} = \frac{[H^+][S^-]}{[SH]} \tag{6-1}$$

$$SH + H^+ \rightleftharpoons SH_2^+ \qquad K_b^{SH} = \frac{[SH_2^+]}{[SH][H^+]} \tag{6-2}$$

K_a^{SH} 和 K_b^{SH} 分别为溶剂的固有酸常数和固有碱常数,可用来衡量溶剂给出和接受质子能力的大小。

溶剂的质子自递反应为:

$$2SH \rightleftharpoons SH_2^+ + S^-$$

$$K = \frac{[SH_2^+][S^-]}{[SH]^2} = K_a^{SH} \cdot K_b^{SH}$$

由于溶剂自身解离极小,且溶剂是大量的,故[SH]可看作定值,则下式中 K_s 称为溶剂的质子自递常数。对于 H_2O 来讲,就是水的离子积。

$$[SH_2^+][S^-] = K_a^{SH} \cdot K_b^{SH}[SH]^2 = K_s \tag{6-3}$$

$$[H_3O^+][OH^-] = K_w = 1.0 \times 10^{-14} (25℃)$$

乙醇的质子自递反应为:

$$C_2H_5OH + C_2H_5OH \rightleftharpoons C_2H_5OH_2^+ + C_2H_5O^-$$
$$则 \quad [C_2H_5OH_2^+][C_2H_5O^-] = K_s = 10^{-19.1}$$

在一定温度下,不同溶剂的自递常数不同,表 6-1 列出几种常见溶剂的 pK_s。

表 6-1　常见几种溶剂的 pK_s 及介电常数 D　（25℃）

溶剂	pK_s	D	溶剂	pK_s	D
水	14.00	78.5	乙腈	28.5	36.6
甲醇	16.7	31.5	甲基异丁酮	>30	13.1
乙醇	19.1	24.0	二甲基甲酰胺	—	36.7
甲酸	6.22	58.5(16℃)	吡啶	—	12.3
冰醋酸	14.45	6.13	二氧六环	—	2.21
醋酸酐	14.5	20.5	苯	—	2.3
乙二胺	15.3	14.2	三氯甲烷	—	4.81
			二噁烷	—	2.2

在酸碱滴定中,溶剂的 K_s 值的大小对滴定突跃有一定的意义。以水和乙醇两种溶剂比较。

在水中,以 0.1 mol/L NaOH 滴定 0.1 mol/L HCl,当滴至计量点前 $[H_3O^+] = 1 \times 10^{-4}$ mol/L,pH=4;继续滴至 NaOH 溶液过量,$[OH^-] = 1 \times 10^{-4}$ mol/L,pH=10,则 pH 值变化范围是 4~10,共有 6 个 pH 值单位。

若以乙醇为溶剂,用 C_2H_5ONa 滴定酸。则 $C_2H_5OH_2^+$ 相当于水中的 H_3O^+,$C_2H_5O^-$ 相当于水中 OH^-。当滴至 $[C_2H_5OH_2^+] = 1 \times 10^{-4}$ mol/L,溶液的 $pH^* = 4$(为简便起见,将 $pC_2H_5OH_2^+$ 以 pH^* 代替),当滴至 C_2H_5ONa 过量,$[C_2H_5O^-] = 1 \times 10^{-4}$ mol/L,则

$pC_2H_5O^- = 4$，$pH^* = 19.1 - 4 = 15.1$，则 pH^* 值变化范围是 4～15.1，共有 11.1 个 pH^* 值单位，比水中滴定变化范围大得多。

由计算可知，溶剂的 pK_s 值越大，滴定突跃范围越大，滴定终点越敏锐。

6.2.2.3 溶剂的极性

溶剂的介电常数能反映溶剂极性的强弱。极性强的溶剂，介电常数较大；反之，极性弱的溶剂，介电常数较小。溶质酸（HA）在非水溶剂中溶解分两步进行。

$$HA + SH \underset{}{\overset{解离}{\rightleftharpoons}} SH_2^+ \cdot A^- \underset{}{\overset{解离}{\rightleftharpoons}} SH_2^+ + A^-$$

HA 将质子转移给溶剂分子 SH 而成 SH_2^+，SH_2^+ 与 A^- 由于静电引力作用形成离子对，这个过程为解离。离子对在溶剂的作用下，进一步解离而成 SH_2^+ 和 A^-。

根据库仑定律，离子间的静电引力为：

$$f = \frac{z_+ \cdot z_-}{Dr^2}$$

式中，z_+，z_- 为正负离子的电荷数，r 为两电荷中心间的距离，D 为溶剂的介电常数。即在溶液中两个带相反电荷离子间的吸引力与溶剂的介电常数成反比。极性强的溶剂介电常数大，溶质在这种溶剂中易解离，酸的强度增大。

例如，HAc 溶于水和乙醇两种不同的溶剂中，在介电常数大的水中，由于 HAc 分子在水中解离，形成溶剂合质子 H_3O^+ 和 A^-；而在介电常数小的乙醇介质中，只有少量的离子对进一步解离。因此醋酸在水中的酸度比在乙醇中大。

常见溶剂的介电常数列于表 6-1。

6.2.2.4 均化效应和区分效应

在水溶液中，$HClO_4$、H_2SO_4、HCl、HNO_3 等强度几乎相等。因为它们溶于水后，几乎全部解离，生成水合质子 H_3O^+。

$$HClO_4 + H_2O \Longrightarrow H_3O^+ + ClO_4^-$$
$$H_2SO_4 + H_2O \Longrightarrow H_3O^+ + HSO_4^-$$
$$HCl + H_2O \Longrightarrow H_3O^+ + Cl^-$$
$$HNO_3 + H_2O \Longrightarrow H_3O^+ + NO_3^-$$

H_3O^+ 是水溶液中酸的最强形式。以上几种酸在水中都被均化到 H_3O^+ 水平。这种把各种不同强度的酸均化到溶剂合质子水平的效应称为均化效应。具有均化效应的溶剂称为均化性溶剂。

我们把以上 4 种酸溶于冰醋酸介质中，由于 HAc 的碱性比水弱，这 4 种酸将质子转移给醋酸分子而形成 H_2Ac^+ 程度有所差异，由 4 种酸在冰醋酸中 K_a 可以看出酸的强弱。

$$HClO_4 + HAc \Longrightarrow H_2Ac^+ + ClO_4^- \qquad K_a = 2.0 \times 10^7$$
$$H_2SO_4 + HAc \Longrightarrow H_2Ac^+ + HSO_4^- \qquad K_a = 1.3 \times 10^6$$
$$HCl + HAc \Longrightarrow H_2Ac^+ + Cl^- \qquad K_a = 1.0 \times 10^3$$
$$HNO_3 + HAc \Longrightarrow H_2Ac^+ + NO_3^- \qquad K_a = 22$$

这种能区分酸(碱)强弱的效应为区分效应,具有区分效应的溶剂称为区分性溶剂。

溶剂的均化效应和区分效应与溶质和溶剂的酸碱相对强弱有关。例如水能均化盐酸和高氯酸,但不能均化盐酸和醋酸,这是由于醋酸酸性较弱,质子转移反应不完全。也就是说,水是盐酸和醋酸的区分性溶剂。

若在碱性较强的液氨中,由于 NH_3 接受质子的能力比水强得多,HAc 也表现为强酸,所以液氨是 HCl 和 HAc 的均化性溶剂,在液氨溶剂中,它们的酸强度都均化到 NH_4^+ 的水平,从而强度差异消失。

一般来讲,酸性溶剂是碱的均化性溶剂,是酸的区分性溶剂;碱性溶剂是酸的均化性溶剂,是碱的区分性溶剂。在非水滴定中,往往利用均化效应测定混合酸(碱)的总量,利用区分效应测定混合酸(碱)中各组分的含量。

惰性溶剂没有明显的酸碱性,因此没有均化效应,而是一种良好的区分性溶剂。

6.2.3　溶剂的选择

在非水溶液酸碱滴定中,常利用溶剂特性以增强物质的酸碱性质,因此溶剂的选择是十分重要的。它必须符合下列条件:

(1) 溶剂对供试品的溶解能力要大,并能溶解滴定产物。一般地说,极性物质较易溶于极性溶剂,非极性物质较易溶于非极性溶剂。必要时也可采用混合溶剂。

(2) 溶剂应能增强供试品的酸碱性,而又不引起副反应。如将咖啡因溶解于醋酐中,因增强了碱性,而能用高氯酸液进行滴定,但对某些第一胺或第二胺(如哌嗪),则因醋酐能引起乙酰化反应而影响滴定。

(3) 溶剂应能使滴定突跃明显。降低溶剂的介电常数(D),能使滴定突跃明显,故常用极性大的溶剂使样品易于溶解(如用无水甲酸溶解磷酸哌嗪),而后加入一定比例量的极性小的溶剂,以适当降低溶剂的介电常数。溶剂的极性大小是以介电常数为判断的,介电常数大的极性大,介电常数小的极性小。如用 0.01 mol/L 高氯酸液滴定 Asterol 时,在冰醋酸(介电常数为 6.13)中加入不同量的二噁烷(介电常数为 2.2)以降低溶剂的介电常数,能使滴定突跃显著增大。

(4) 选择溶剂时,除应符合上述条件外,还应考虑使用完全、价廉、黏度小、挥发性低、易于回收和精制等。

6.3　非水碱量法

6.3.1　溶剂的选择

在水溶液中,$cK_b < 10^{-8}$ 的弱碱不能用标准酸直接滴定。根据溶剂的性质,可选择对碱有均化效应的酸性溶剂,增大弱碱的碱性,以便用酸的标准溶液滴定。冰醋酸是滴定弱碱的最常用溶剂。

6.3.2　标准溶液与基准物质

由溶剂性质的讨论,我们了解到冰醋酸是 $HClO_4$、H_2SO_4、HNO_3、HCl 的区分性溶剂,在冰醋酸中高氯酸的酸性最强,且有机碱的高氯酸盐易溶于有机溶剂,因此常采用高氯酸的冰醋酸溶液为滴定碱的标准溶液。

6.3.2.1 配制

配制标准溶液所用的冰醋酸和高氯酸均含有水分,而水的存在常常影响滴定突跃,使指示剂变色不敏锐,应除去。除水方法是加入计算量的醋酐,使之与水反应生成醋酸。其反应为:

$$(CH_3CO)_2O + H_2O \longrightarrow 2CH_3COOH$$

醋酐用量计算如下。

1. 冰醋酸除水　除去 1 000 ml 含水量为 0.2% 的冰醋酸(相对密度为 1.05)中水,应加相对密度为 1.08 含量为 97.0% 的醋酐体积为:

$$V = \frac{102.09 \times 1\,000 \times 1.05 \times 0.2\%}{18.02 \times 1.08 \times 97.0\%} = 11.36 \ (ml)$$

2. 高氯酸的除水　通常所用的高氯酸含量为 70.0%~72.0%、相对密度为 1.75 的水溶液。其水分同样应加入醋酐除去,除水的计算方法与冰醋酸除水相同。

高氯酸与醋酐混合时,发生剧烈反应,并放出大量热。因此,在配制高氯酸标准溶液时应注意,不能将醋酐直接加到高氯酸溶液中,应先用冰醋酸将高氯酸稀释后,在不断搅拌下缓缓滴加醋酐。

测定一般样品时,醋酐量稍多些没有什么影响。若所测样品是芳香族第一胺或第二胺时,醋酐过量会导致乙酰化,影响测定结果,故所加醋酐不宜过量。

6.3.2.2 标定

标定高氯酸标准溶液,常用邻苯二甲酸氢钾作基准物,以结晶紫为指示剂,滴定反应如下:

$$\underset{\text{COOH}}{\overset{\text{COOK}}{\bigcirc}} + HClO_4 \longrightarrow \underset{\text{COOH}}{\overset{\text{COOH}}{\bigcirc}} + KClO_4$$

也可用 α-萘酚苯甲醇为指示剂,以碳酸钠、水杨酸钠等为基准物进行标定。

在非水溶剂中进行标定和测定时,滴定结果均需用空白试验进行校正。

6.3.2.3 温度校正

水的体膨胀系数较小(0.21×10^{-3}/℃),一般酸碱标准溶液受室温影响不大。而冰醋酸的体膨胀系数为 1.1×10^{-3}/℃,其体积随温度改变较大,所以高氯酸的冰醋酸溶液在滴定样品时和标定时温度若有差别,则应重新标定或按下式对浓度加以校正:

$$c_1 = \frac{c_0}{1 + 0.001\,1(t_1 - t_0)}$$

式中,0.001 1 为冰醋酸的体膨胀系数,t_0 为标定时的温度,t_1 为测定时的温度,c_0 为标定时的浓度,c_1 为测定时的浓度。

6.3.3　滴定终点的确定

确定终点常用的方法是电位法和指示剂法。指示剂的选择需用电位法来确定,即电位滴定的同时,观察指示剂颜色的变化,从而确定终点的颜色。

在以冰醋酸作溶剂,用标准酸滴定弱碱时,最常用的指示剂是结晶紫,其酸式色为黄色,碱式色为紫色,在不同的酸度下变色较为复杂,由碱区到酸区的颜色变化为紫、蓝、蓝绿、黄绿、黄。在滴定不同强度的碱时,终点颜色不同。滴定较强碱时应以蓝色或蓝绿色为终点,滴定较弱碱时,以蓝绿或绿色为终点。

在冰醋酸中滴定弱碱的指示剂还有 α-萘酚苯甲醇和喹哪啶红。

6.3.4 应用与示例

具有碱性基团的化合物,如胺类、氨基酸类、含氮杂环化合物,某些有机碱的盐以及弱酸盐等,大都可用高氯酸标准溶液进行滴定。各国药典收载的药品中,有许多药品的含量测定采用了高氯酸冰醋酸非水滴定。应用本法测定的药用有机化合物主要有以下几类。

6.3.4.1 有机弱碱

有机弱碱如胺类、生物碱类等,只要它们在水溶液中的 K_b 值大于 10^{-10},都能被醋酸均化到溶剂阴离子水平。选择适当指示剂,即可用高氯酸的标准溶液滴定。例如胺类:

$$
\begin{aligned}
\text{样品溶液} \quad & RNH_2 + HAc \rightleftharpoons RNH_3^+ + Ac^- \\
\text{标准溶液} \quad & HClO_4 + HAc \rightleftharpoons H_2Ac^+ + ClO_4^- \\
\underline{\text{滴定反应} \quad} & \underline{H_2Ac^+ + Ac^- \rightleftharpoons 2HAc} \\
\text{总\quad式} \quad & RNH_2 + HClO_4 \rightleftharpoons RNH_3^+ + ClO_4^-
\end{aligned}
$$

由以上反应可知,在滴定过程中溶剂分子起了传递质子的作用,而本身并无变化。

例6-1 氨鲁米特($C_{13}H_{16}N_2O_2$)的含量测定(ChP 2005 P619)

测定方法 取本品约 0.2 g,精密称定,加冰醋酸 30 ml 溶解后,加结晶紫指示液 1 滴,用高氯酸滴定液(0.1 mol/L)滴定至溶液显绿色,并将滴定结果用空白试验校正。每 1 ml 高氯酸滴定液(0.1 mol/L)相当于 23.23 mg 的 $C_{13}H_{16}N_2O_2$。

例6-2 咖啡因($C_8H_{10}N_4O_2 \cdot H_2O$)的含量测定(ChP 2005 P335)

咖啡因碱性极弱($K_b = 4.0 \times 10^{-14}$),可用冰醋酸—醋酐混合溶剂增强其碱性,使终点敏锐。

测定方法 取本品约 0.15 g,精密称定,加醋酐—冰醋酸(5:1)的混合液 25 ml,微热使溶解,放冷,加结晶紫指示液 1 滴,用高氯酸滴定液(0.1 mol/L)滴定,至溶液显黄色,并将滴定的结果用空白试验校正。每 1 ml 高氯酸滴定液（0.1 mol/L）相当于 19.42 mg 的 $C_8H_{10}N_4O_2$。

6.3.4.2 有机酸的碱金属盐

有机酸酸性常较弱，其共轭碱在冰醋酸中显示较强的碱性，因而可用高氯酸的冰醋酸溶液滴定。以 NaA 代表有机酸的碱金属盐，则滴定反应如下：

$$\begin{array}{ll} \text{样品溶液} & HClO_4 + HAc \rightleftharpoons H_2Ac^+ + ClO_4^- \\ \text{标准溶液} & NaA + HAc \rightleftharpoons HA + Na^+ + Ac^- \\ \hline \text{滴定反应} & H_2Ac^+ + Ac^- \rightleftharpoons 2HAc \\ \hline \text{总\quad式} & HClO_4 + NaA \rightleftharpoons HA + Na^+ + ClO_4^- \end{array}$$

例 6-3 萘普生钠（$C_{14}H_{13}NaO_3$）的含量测定（ChP 2005 P648）

测定方法 取本品约 0.2 g，精密称定，加冰醋酸 30 ml 溶解后，加结晶紫指示液 1 滴，用高氯酸滴定液（0.1 mol/L）滴定至溶液显蓝绿色，并将滴定的结果用空白试验校正。每 1 ml 的高氯酸滴定液（0.1 mol/L）相当于 25.22 mg 的 $C_{14}H_{13}NaO_3$。

中国药典（2005 版）中，色甘酸钠、枸橼酸钠、枸橼酸钾、羟丁酸钠、乳酸钠溶液、非诺洛芬钙等均采用非水碱量法测定。

6.3.4.3 有机碱的盐

由于一般的有机碱不易溶于水且不太稳定，故以游离形式存在的较少。通常将其做成无机酸盐（少数为有机酸盐）供药用。这类药物很多，如硫酸阿托品、磷酸氯喹、扑尔敏（马来酸氯苯那敏）、盐酸麻黄碱、氢溴酸山莨菪碱等。

有机碱的盐类的非水滴定实质上是一个置换滴定。即用强酸（$HClO_4$）置换出和有机碱结合得较弱的酸：

$$BH^+A^- + HClO_4 \rightleftharpoons BH^+ \cdot ClO_4^- + HA$$

式中，BH^+A^- 表示有机碱的一元酸盐，HA 为一元酸。

显然，盐类不同，置换出的酸的强度不同，滴定反应进行的程度也不同。必须根据不同情况，采用相应的测定条件，以保证测定反应进行完全，测定结果准确可靠。

1. 有机碱的有机酸盐 有机酸系弱酸，在冰醋酸中酸性弱，不干扰滴定，因此相应盐的非水滴定和一般游离碱类药物相同，可直接进行。

例 6-4 马来酸氯苯那敏含量测定（ChP 2005 P39）

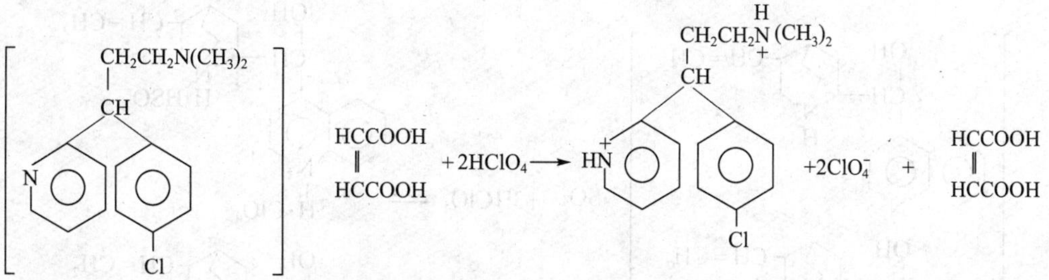

磷酸虽为无机酸,但酸性较弱,因而相应的有机碱盐也可在冰醋酸中直接用高氯酸滴定。例如中国药典(2005 版)中磷酸氯喹、磷酸可待因测定等。

2. 有机碱的氢卤酸盐 冰醋酸中,常见无机酸的酸性存在如下次序:

$$HClO_4 > HBr > H_2SO_4 > HCl > HSO_4^- > HNO_3$$

显然,氢卤酸酸性仅次于 $HClO_4$,为一类较强酸。因此,这类盐在非水直接滴定时,由于生成较强的氢卤酸,使置换反应不能进行到底。一般采用预先在冰醋酸中加入醋酸汞以生成难解离的卤化汞的方法,来消除氢卤酸对滴定的干扰:

$$2BH^+X^- + Hg(Ac)_2 \longrightarrow 2BH^+Ac^- + HgX_2$$

实验表明,加入醋酸汞适当过量(理论量的 1~3 倍)并不影响测定的结果,如量不足则将影响滴定终点,使测定结果偏低。

例 6-5　盐酸麻黄碱($C_{10}H_{15}NO \cdot HCl$)含量测定(ChP 2005 P568)

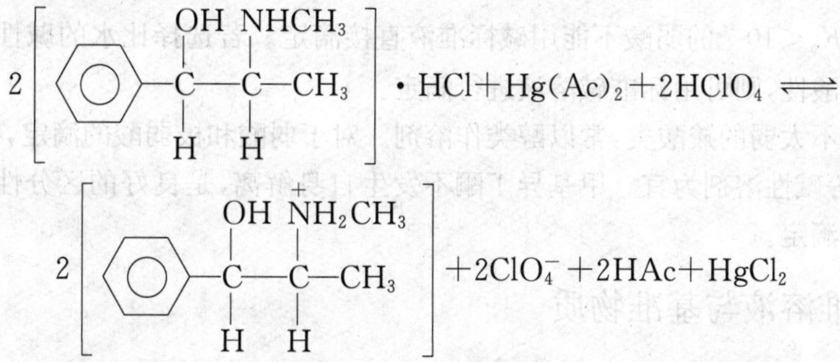

测定方法　取本品约 0.15 g,精密称定,加冰醋酸 10 ml,加热溶解后,加醋酸汞试液 4 ml、结晶紫指示液 1 滴,用高氯酸滴定液(0.1 mol/L)滴定,至溶液显翠绿色,并将滴定结果用空白试验校正。每 1 ml 高氯酸滴定液(0.1 mol/L)相当于 20.17 mg 的 $C_{10}H_{15}NO \cdot HCl$。

3. 有机碱的硫酸盐 硫酸为二元酸。H_2SO_4 在冰醋酸中酸性较强,而 HSO_4^- 较弱,因此,有机碱的硫酸盐在冰醋酸中用 $HClO_4$ 滴定时只能滴定至硫酸氢盐。现以硫酸奎宁滴定反应为例说明之。

硫酸奎宁盐基上两个氮原子在冰醋酸中均显碱性,都可被高氯酸滴定,硫酸盐被滴定至硫酸氢盐,总计消耗 3 分子高氯酸,在计算滴定度时应予注意。

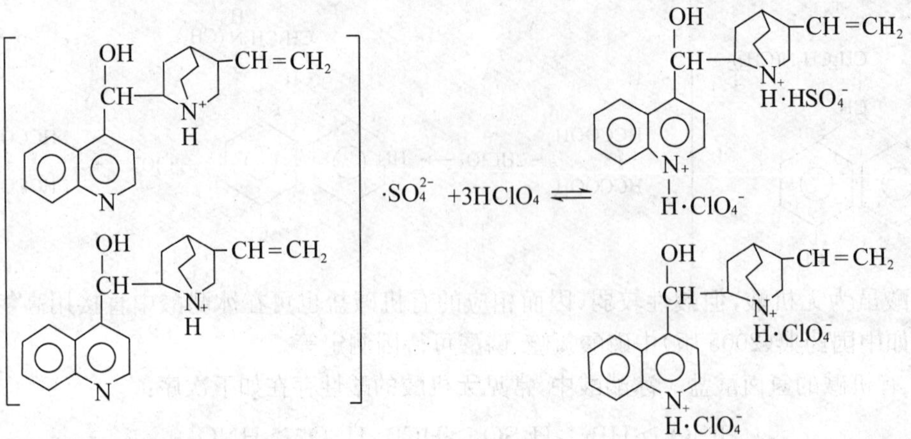

4. 有机碱的硝酸盐 硝酸在冰醋酸中虽是弱酸,但它具有氧化性,可以使指示剂变色,因此用非水滴定法测定有机碱的硝酸盐时,一般不用指示剂而用电位法指示终点,例如药典(2005 年版 P707)中硝酸毛果芸香碱测定。

6.4 非水酸量法

6.4.1 溶剂的选择

在水中,$cK_a < 10^{-8}$ 的弱酸不能用碱标准液直接滴定。若选择比水的碱性更强的溶剂,能增强弱酸的酸性,则可用标准碱溶液进行滴定。

一般测定不太弱的羧酸类,常以醇类作溶剂。对于弱酸和极弱酸的滴定,则以二甲基甲酰胺、乙二胺等碱性溶剂为宜。甲基异丁酮不发生自身解离,是良好的区分性溶剂,适用于混合酸的区分滴定。

6.4.2 标准溶液与基准物质

常用的碱标准溶液为甲醇钠的苯-甲醇溶液。甲醇钠是由甲醇与金属钠反应制得。

$$2CH_3OH + 2Na \longrightarrow 2CH_3ONa + H_2 \uparrow$$

有时也用氢氧化锂的甲醇溶液以及氢氧化四丁基铵的甲醇-甲苯溶液作为滴定酸的标准溶液。

6.4.2.1 配制

0.1 mol/L 甲醇钠溶液的配制:取无水甲醇(含水量少于 0.2%)150 ml,置于冰水冷却的容器中,分次少量加入新切的金属钠 2.5 g,使完全溶解后,加适量的无水苯(含水量少于0.2%),使成 1 000 ml 即得。

碱性标准溶液在贮存和使用时,要防止溶剂挥发,同时也要避免与空气中的 CO_2 及湿气接触。

6.4.2.2 标定

标定碱溶液常用的基准物为苯甲酸。以标定甲醇钠溶液为例,其反应如下:

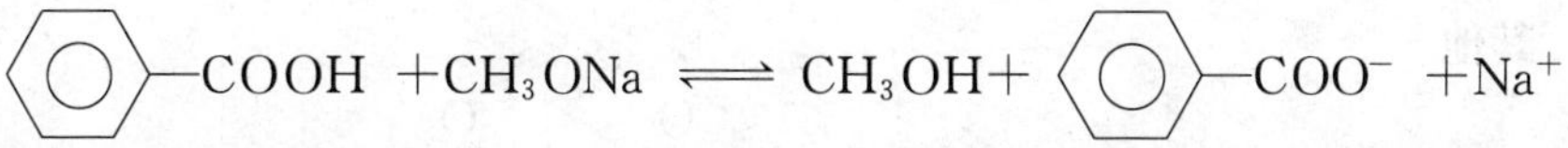
COOH +CH3ONa ⇌ CH3OH+ COO⁻ +Na⁺

在碱标准溶液的标定及酸的测定中，常用百里酚蓝为指示剂指示终点，其碱式色为蓝色，酸式色为黄色。偶氮紫、溴酚蓝等也是酸性物质较常用的指示剂。

6.4.3　应用与示例

6.4.3.1　羧酸类

羧酸在水中若 pK_a 为 4～5 时，有足够的酸性，可在水中用 NaOH 滴定。但一些高级羧酸在水中 pK_a 约为 5～6。由于滴定产物是肥皂，有泡沫，使终点模糊，在水中无法滴定。可在二甲基甲酰胺溶剂中，以百里酚蓝为指示剂，用甲醇钠标准溶液滴定。

6.4.3.2　酚类

酚的酸性比羧酸弱，例如在水中苯甲酸的 $K_a=6.3\times10^{-5}$，是一弱酸，而苯酚的 $K_a=1.1\times10^{-10}$，其酸性更弱。以水作溶剂，两者的滴定曲线如图 6-1 所示。若在乙二胺溶剂中，可强烈地进行质子转移，即由溶质酸将质子转移给溶剂，形成能被强碱滴定的离子对。

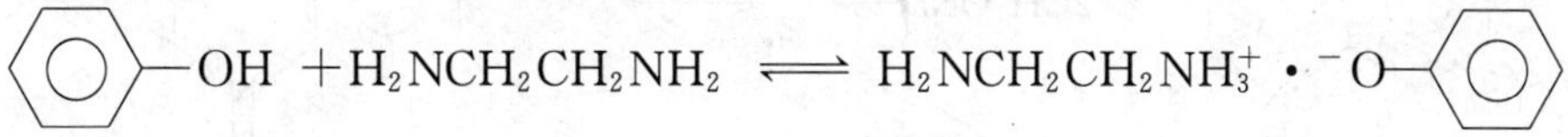
OH +H2NCH2CH2NH2 ⇌ H2NCH2CH2NH3⁺ ·⁻O

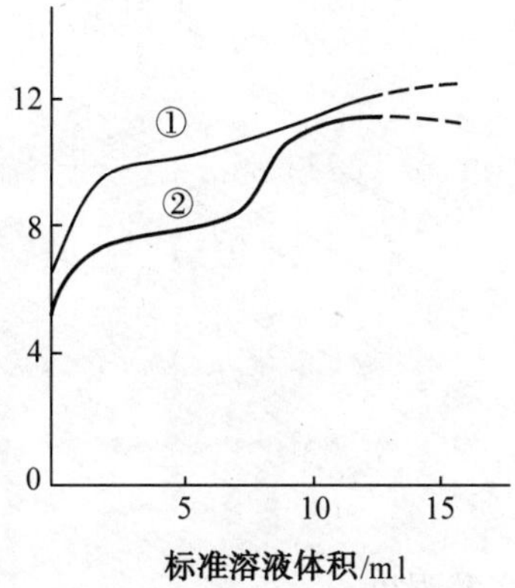
pH值
12
8
4
0
①
②
5
10
15
标准溶液体积/ml

图 6-1　水溶液中用 NaOH 溶液滴定苯甲酸和苯酚

①苯酚　②苯甲酸

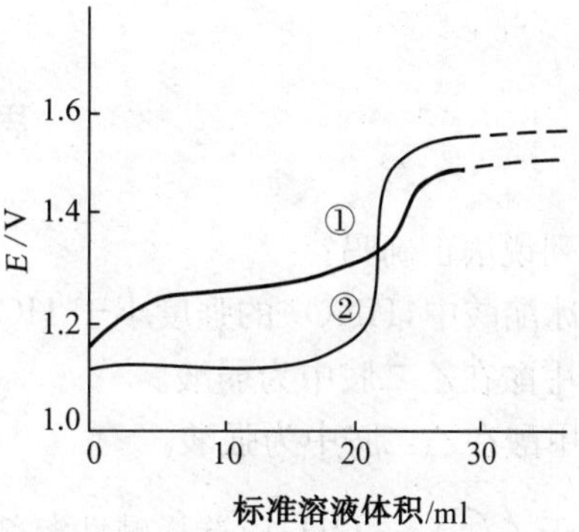
E/V
1.6
1.4
1.2
1.0
①
②
0
10
20
30
标准溶液体积/ml

图 6-2　乙二胺中用氨基乙醇钠滴定苯甲酸和苯酚

①苯酚　②苯甲酸

在乙二胺中用氨基乙醇钠的标准溶液滴定，可获得明显的滴定突跃，如图6-2所示。

由图 6-2 可以看出，在乙二胺中，酚的滴定突跃显著增大，而苯甲酸则成为一强酸，与水中强酸强碱滴定突跃相似。

中国药典（2005 版 P771）所载氯硝柳胺

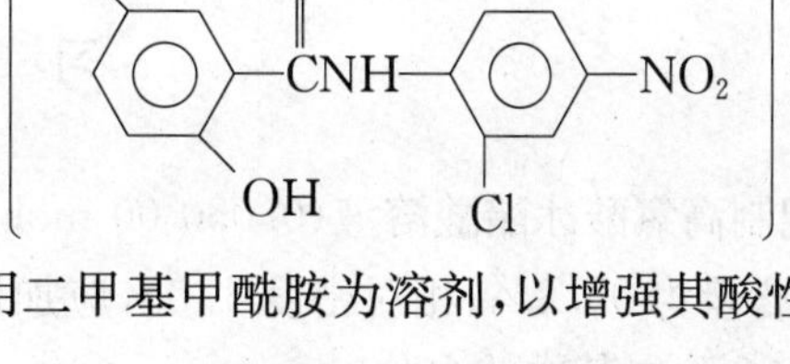
Cl
O
CNH
NO2
OH
Cl

的含量测定也是利用其含酚羟基显弱酸性的特点，选用二甲基甲酰胺为溶剂，以增强其酸性，用甲醇钠标准溶液滴定。

6.4.3.3 其他

含磺酰胺基(—SO₂—NH—),酰亚胺基($-\overset{\text{O}}{\underset{}{\text{C}}}-\text{NH}-\overset{\text{O}}{\underset{}{\text{C}}}-$)等酸性基团的化合物,根据基团酸性的强弱,可用甲醇—苯或丁胺、乙二胺、二甲基甲酰胺等作溶剂,以百里酚蓝或偶氮紫作指示剂,用甲醇钠标准溶液滴定。药典中收载的此类药物如乙琥胺、氢氯噻嗪、苄氟噻嗪、磺胺异噁唑等。乙琥胺、氢氯噻嗪的滴定反应如下:

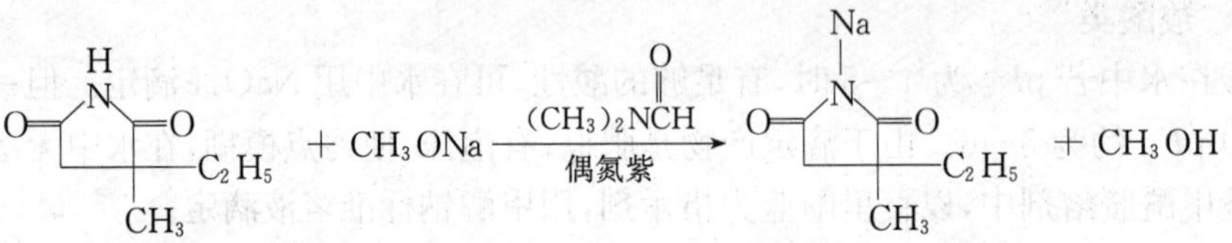

乙琥胺

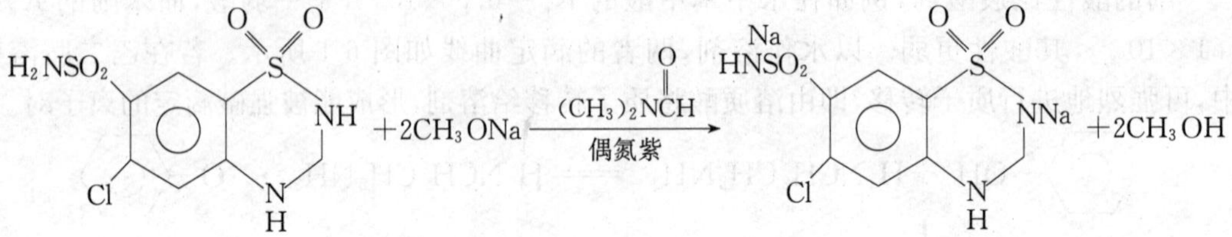

氢氯噻嗪

思考题

1. 下列说法正确吗?
   a. 在冰醋酸中,HNO₃ 的强度小于 HClO₄。
   b. 苯甲酸在乙二胺中为弱酸。
   c. 苯甲酸在乙二胺中为强酸。
   d. 对于 ⬡—OH 应选择碱性溶剂以提高酸强度。
2. 能将 HClO₄、H₂SO₄、HCl、HNO₃ 均化到同一酸度水平的是下列哪种溶剂?
   a. 苯   b. 氯仿   c. 冰醋酸   d. H₂O   e. 乙二胺
3. 在非水溶剂中,滴定下列各物质,哪些宜选酸性溶剂? 哪些宜选碱性溶剂? 为什么?
   醋酸钠   乳酸钠   水杨酸   苯甲酸   苯酚   吡啶
4. 溶剂中若有微量水,对非水滴定有无影响? 为什么?
5. 非水酸量法和非水碱量法分别用于测定具有什么结构特点的药物?

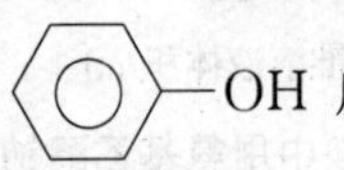

习 题

1. 配制高氯酸冰醋酸溶液(0.050 00 mol/L)1 000 ml,需用 70% HClO₄ 4.2 ml,所用的冰醋酸含量为 99.8%,相对密度 1.05,应加含量为 98%、相对密度 1.087 的醋酐多少毫升,才能完全除去其中的水分?

2. 已知水的离子积 $K_w = 1.0 \times 10^{-14}$,乙醇的 $K_s = 10^{-19.10}$,求:

(1) 纯水的 pH 值和纯乙醇的 $pC_2H_5OH_2$ 值各为多少?

(2) 0.01 mol/L $HClO_4$ 的水溶液和乙醇溶液的 pH 值和 $pC_2H_5OH_2^+$ 值及 pOH 值和 $pC_2H_5O^-$ 值各为多少?(设 $HClO_4$ 全部解离)

3. 下列物质哪些用非水碱量法测定,哪些用非水酸量法测定?

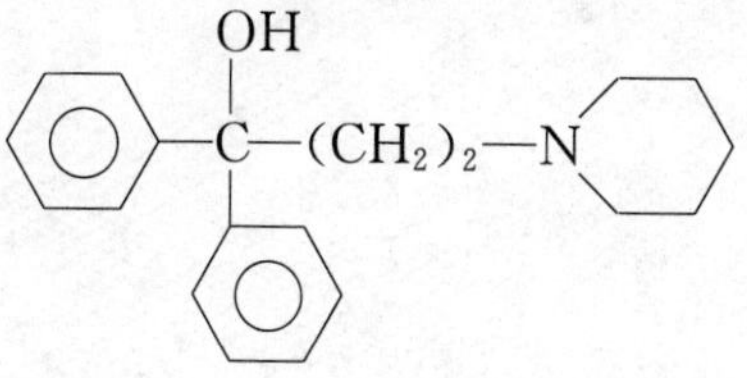

苯海索

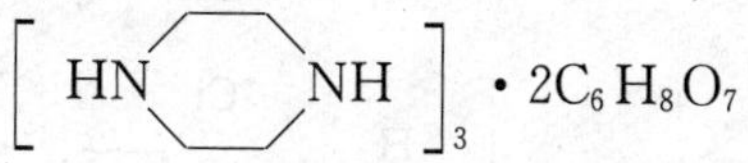

枸橼酸哌嗪

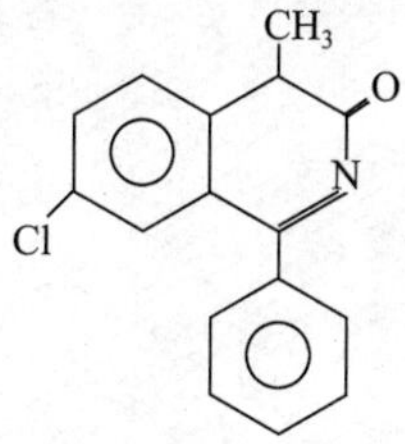

安定

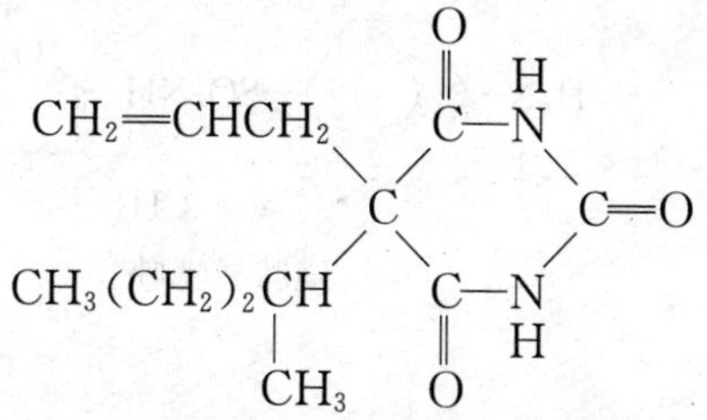

司可巴比妥

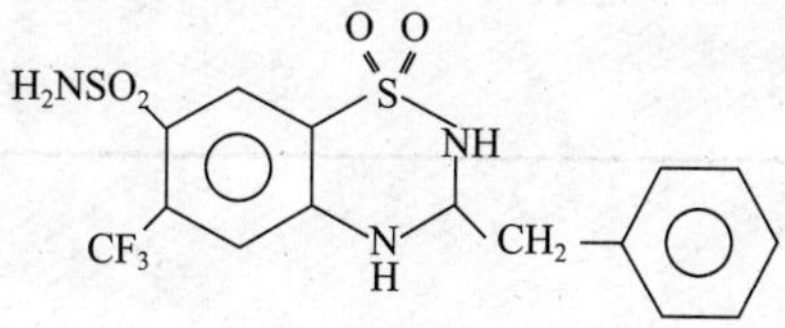

苄氟噻嗪

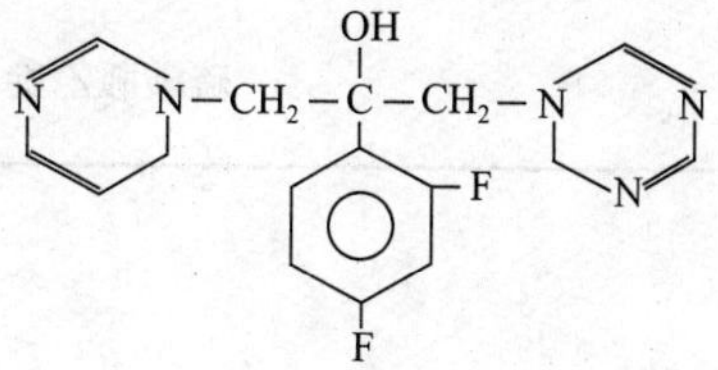

氟康唑

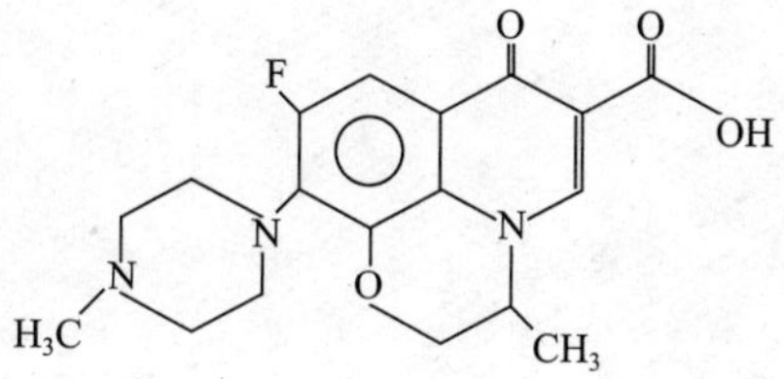

氧氟沙星

4. 下列样品如用非水滴定法测定,应选择何种溶剂、指示剂和标准溶液?

a. 冰醋酸　　b. 胺类　　c. 甲醇钠　　d. $HClO_4-HAc$　　e. 结晶紫　　f. 偶氮紫

g. $HAc+Hg(Ac)_2$

样　品	溶剂	标准溶液	指示剂
$CH_3-CH-COONa$ 　　　| 　　　OH			
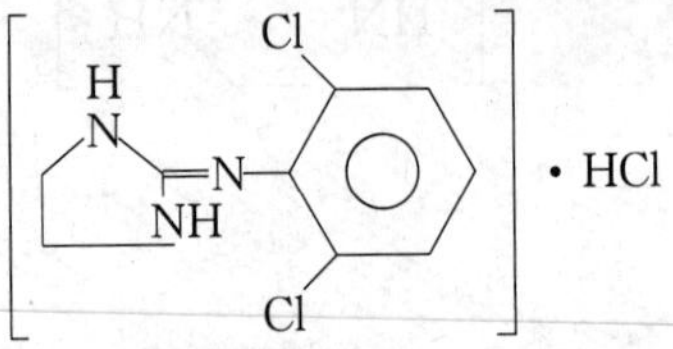 盐酸可乐定			
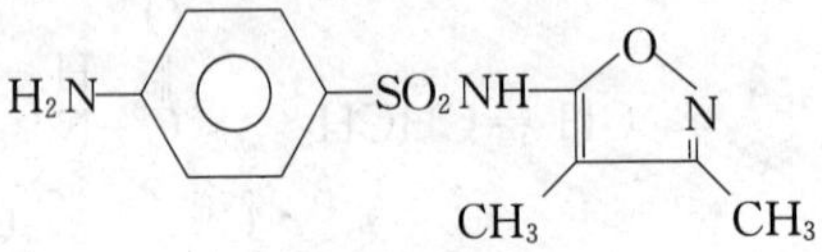 磺胺异噁唑			
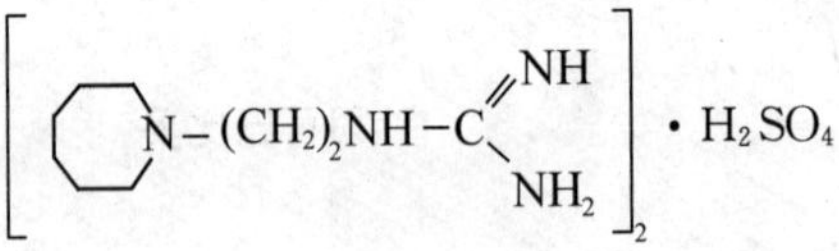 硫酸胍乙啶			

7 沉淀滴定法

7.1 概述

沉淀滴定法(Precipitation titration)是以沉淀反应为基础的一种滴定分析方法。虽然能形成沉淀的反应很多,但是能用于沉淀滴定的反应并不多,因为沉淀滴定法的反应必须满足下列条件:

(1) 沉淀的溶解度要小;

(2) 沉淀反应必须迅速、定量地进行;

(3) 有确定化学计量点的简单方法。

目前,应用较广的是生成难溶性银盐的反应,例如:

$$Ag^+ + Cl^- \Longrightarrow AgCl\downarrow$$
$$Ag^+ + SCN^- \Longrightarrow AgSCN\downarrow$$

这种利用生成难溶性银盐反应来进行测定的方法,称为银量法,它可以用来测定含 Cl^-、Br^-、I^-、SCN^- 及 Ag^+ 等离子的化合物。

银量法根据所用指示剂的不同,可分为以下 3 种:

(1) 铬酸钾指示剂法(又名 Mohr 法) 利用稍过量一点的 Ag^+ 与 K_2CrO_4 生成砖红色的 Ag_2CrO_4 沉淀,指示滴定终点。

(2) 铁铵矾指示剂法(又名 Volhard 法) 利用稍微过量的 SCN^- 与 Fe^{3+} 生成红色的配离子,指示滴定终点。

(3) 吸附指示剂法(又名 Fajans 法) 利用沉淀对有机染料的吸附而改变颜色,指示滴定终点。

7.2 银量法

7.2.1 滴定曲线

银量法是以 $AgNO_3$ 为标准溶液,测定能与 Ag^+ 生成沉淀的物质,反应代式为:

$$Ag^+ + X^- \Longrightarrow AgX\downarrow$$

其中 X^- 代表 Cl^-、Br^-、I^-、CN^- 及 SCN^- 等离子,在滴定过程中,离子浓度变化情况与酸碱滴定法一样,可用滴定曲线表示。例如,以 0.100 0 mol/L $AgNO_3$ 溶液滴定 20.00 ml 0.100 0 mol/L NaCl 溶液时,可得到如图 7-1 所示的滴定曲线,图中实线代表 pCl($-lg[Cl^-]$),虚线代表 pAg。

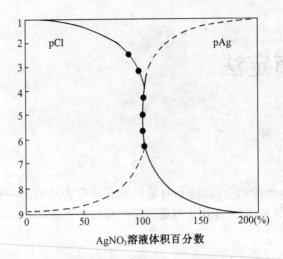

图 7-1　以 0.100 0 mol/L AgNO₃ 溶液滴定 20.00 ml
0.100 0 mol/L NaCl 溶液的滴定曲线

由曲线可以看出：

① 与酸碱滴定的滴定曲线相似，当溶液中 Cl⁻ 浓度较大时，滴入 Ag⁺ 所引起 Cl⁻ 的浓度改变不大，但接近化学计量点时，溶液中 Cl⁻ 浓度已很小，这时加入很少量的 AgNO₃ 溶液，就可引起 Cl⁻ 浓度发生很大的变化，形成一个突跃。

② 突跃范围的大小取决于溶液的浓度与沉淀的溶解度，与酸碱滴定法类似，溶液浓度越大，突跃范围越大，而沉淀的溶解度越小，反应的可逆性愈小，反应进行越完全，突跃范围也越大，AgBr、AgI 或 AgSCN 的溶解度都比 AgCl 小，因此，用同样浓度的 AgNO₃ 溶液滴定 Br⁻、I⁻ 或 SCN⁻ 时，滴定的突跃范围就要大一些。

在滴定 Cl⁻、Br⁻、I⁻ 的混合物时，由于 $K_{sp(AgCl)} = 1.56 \times 10^{-10}$，$K_{sp(AgBr)} = 5.0 \times 10^{-13}$，$K_{sp(AgI)} = 1.5 \times 10^{-16}$，根据分步沉淀的原理，溶度积小的先沉淀，溶度积大的后沉淀，因此，在滴定曲线上可得到 3 个突跃，其中 AgI 的滴定突跃范围最大。

7.2.2　指示终点的方法

7.2.2.1　铬酸钾指示剂法(Mohr 法)

1. 原理　在测定 Cl⁻ 时，加入 K₂CrO₄ 作指示剂，用 AgNO₃ 标准溶液滴定，根据分步沉淀原理，由于 AgCl 的溶解度(1.25×10^{-5} mol/kg)小于 Ag₂CrO₄ 的溶解度(1.3×10^{-4} mol/kg)，所以在滴定过程中 AgCl 首先沉淀出来，而 $[Ag^+]^2[CrO_4^{2-}] < K_{sp(Ag_2CrO_4)}$，不能形成 Ag₂CrO₄ 沉淀，当 AgCl 沉淀完全后，过量一点 AgNO₃ 溶液与 CrO₄²⁻ 反应生成砖红色的 Ag₂CrO₄ 沉淀，指示终点到达。

$$终点前：\quad Ag^+ + Cl^- \Longrightarrow AgCl \downarrow (白色)$$
$$终点时：\quad 2Ag^+ + CrO_4^{2-} \Longrightarrow Ag_2CrO_4 \downarrow (砖红色)$$

2. 滴定条件　Ag₂CrO₄ 有色沉淀出现的早迟，首先取决于它本身的溶解度大小，要求其溶解度必须大于 AgCl 沉淀，同时也和 CrO₄²⁻ 浓度有关，CrO₄²⁻ 浓度过大，滴定至终点时，溶液中剩余的 Cl⁻ 浓度就大，终点提前；而 CrO₄²⁻ 浓度过小，溶液中过量 Ag⁺ 的浓度增大,终点推迟。故要使终点显示尽可能接近化学计量点,即在化学计量点后,Ag^+ 稍有过量时,即产生 Ag_2CrO_4 沉淀,CrO_4^{2-} 浓度必须适中。另外,又因 Ag_2CrO_4 易溶于酸,因此指示剂用量和溶液的酸度是 Mohr 法中两个值得注意的问题,下面分别进行讨论。

(1) 指示剂的用量　在化学计量点时:

$$[Ag^+]=[Cl^-]=\sqrt{K_{sp(AgCl)}}=\sqrt{1.56\times10^{-10}}=1.2\times10^{-5}(mol/L)$$

如果此时恰能生成 Ag_2CrO_4 沉淀,则理论上所需要的 CrO_4^{2-} 浓度可计算如下:

$$[Ag^+]^2[CrO_4^{2-}]=K_{sp(Ag_2CrO_4)}=2.0\times10^{-12}$$

$$[CrO_4^{2-}]=\frac{K_{sp(Ag_2CrO_4)}}{[Ag^+]^2}=\frac{2.0\times10^{-12}}{(1.2\times10^{-5})^2}=1.3\times10^{-2}(mol/L)$$

在实际工作中,由于 K_2CrO_4 本身显黄色,如果浓度大了会影响终点的观察。实践证明,在一般滴定溶液中,CrO_4^{2-} 的浓度为 $2.6\times10^{-3}\sim5.2\times10^{-3}$ mol/L,即每 $50\sim100$ ml 滴定液中加入 $5\%K_2CrO_4$ 溶液 1 ml 就可以了。

(2) 溶液的酸度　滴定应在中性或微碱性(pH 值 $6.5\sim10.5$)条件下进行,若溶液为酸性时,则 Ag_2CrO_4 溶解:

$$Ag_2CrO_4+H^+ =\!=\!= 2Ag^++HCrO_4^-$$

如果溶液的碱性太强,则析出 Ag_2O 沉淀:

$$2Ag^++2OH^- =\!=\!= 2AgOH\downarrow$$
$$\rightarrow Ag_2O\downarrow+H_2O$$

所以当溶液酸碱性太强时,则以酚酞作指示剂,用稀 HNO_3 和 $NaHCO_3$、$CaCO_3$ 或 $Na_2B_4O_7$ 中和,然后用 $AgNO_3$ 标准溶液滴定。

(3) 其他影响因素　滴定液中不应含有氨,因为易生成 $Ag(NH_3)_2^+$ 而使 $AgCl$ 和 Ag_2CrO_4 溶解。如果溶液中有氨存在时,必须用酸中和,当有铵盐存在时,如果溶液的碱性较强,也会增大 NH_3 的浓度,因此,有铵盐存在时,溶液的 pH 值以控制在 $6.5\sim7.2$ 为宜。

凡与 Ag^+ 能生成沉淀的阴离子如 PO_4^{3-}、AsO_4^{3-}、SO_3^{2-}、S^{2-}、CO_3^{2-}、$C_2O_4^{2-}$ 等,与 CrO_4^{2-} 能生成沉淀的阳离子如 Ba^{2+}、Pb^{2+} 等,大量的有色离子如 Cu^{2+}、Co^{2+}、Ni^{2+} 等,以及在中性或微碱性溶液中易发生水解的离子如 Fe^{3+}、Al^{3+} 等,都干扰测定,应预先分离。

3. 应用范围　Mohr 法适用于直接滴定 Cl^- 或 Br^-,AgI 和 AgSCN 沉淀吸附溶液中的 I^- 和 SCN^- 非常强烈,造成化学计量点前溶液中被测离子浓度显著降低,影响测定结果,所以本法不宜测定 I^- 和 SCN^-。

7.2.2.2　铁铵矾指示剂法(Volhard 法)

1. 原理　用铁铵矾$[NH_4Fe(SO_4)_2\cdot12H_2O]$作指示剂,测定银盐和卤素化合物的方法,可分为直接滴定法和回滴定法两种。

(1) 直接滴定法测定 Ag^+　在酸性溶液中,以铁铵矾作指示剂,用 KSCN 或 NH_4SCN 标准溶液滴定含 Ag^+ 的溶液。滴定过程中 SCN^- 与 Ag^+ 首先生成 AgSCN 沉淀,滴定到达化学计量点附近,由于 Ag^+ 浓度迅速降低,SCN^- 浓度迅速增加,当 Ag^+ 定量沉淀后,过量一点的 NH_4SCN 溶液与铁铵矾中的 Fe^{3+} 反应生成红色配合物,表示终点到达。其滴定反应为：

终点前： $Ag^+ + SCN^- \Longrightarrow AgSCN \downarrow$（白色）

终点时： $Fe^{3+} + SCN^- \Longrightarrow Fe(SCN)^{2+}$（淡棕红色）

(2) 回滴定法测定卤素离子　用回滴定法测定卤素离子时，先加入准确过量的 $AgNO_3$ 标准溶液，使卤素离子生成银盐沉淀，然后再以铁铵矾作指示剂，用 NH_4SCN 标准溶液滴定剩余的 $AgNO_3$，滴定反应为：

终点前： $Ag^+ + Cl^- \Longrightarrow AgCl \downarrow$

Ag^+（剩余）$+ SCN^- \Longrightarrow AgSCN \downarrow$

终点时： $Fe^{3+} + SCN^- \Longrightarrow Fe(SCN)^{2+}$（淡棕红色）

但必须指出，在这种情况下，经振摇之后红色即褪去，终点很难确定，产生这种现象的原因是由于 AgSCN 的溶度积（$K_{sp(AgSCN)} = 1.0 \times 10^{-12}$）小于 AgCl 的溶度积（$K_{sp(AgCl)} = 1.56 \times 10^{-10}$），在化学计量点时，溶液中同时存在 AgCl 和 AgSCN 两种难溶性银盐，当剩余的 Ag^+ 被滴定完后，SCN^- 就会将 AgCl 沉淀中的 Ag^+ 转化为 AgSCN 沉淀而使 Cl^- 重新释放出来，而此时溶液中的 SCN^- 浓度降低，$Fe(SCN)^{2+}$ 分解，红色消失。要想得到持久的红色，就必须继续滴加 NH_4SCN，直至达到平衡，这样，在化学计量点后又多消耗了一部分 NH_4SCN 标准溶液，造成较大的误差，其反应式为：

$$AgCl \Longrightarrow Ag^+ + Cl^-$$
$$+$$
$$SCN^-$$
$$\Downarrow$$
$$AgSCN \downarrow$$

为了避免上述误差，通常采用两种措施：

① 试液中加入一定量过量的 $AgNO_3$ 标准溶液之后，将溶液煮沸，使 AgCl 凝聚，以减少 AgCl 沉淀对 Ag^+ 的吸附，滤去沉淀，并用稀 HNO_3 充分洗涤沉淀，然后用 NH_4SCN 标准溶液滴定滤液中过量的 Ag^+，但此法需要过滤、洗涤等操作，手续较繁。

② 在用 NH_4SCN 标准溶液回滴之前，向待测 Cl^- 溶液中加入 1～3 ml 硝基苯，并强烈振摇，使硝基苯包在 AgCl 沉淀表面上，减少 AgCl 沉淀与溶液的接触，防止转化，此法操作简单易行。

2. 滴定条件

(1) 为了防止 Fe^{3+} 的水解，应在酸性（HNO_3）溶液中进行滴定，这正是本法的最大优点，因为在酸性溶液中能与 Ag^+ 生成沉淀的离子很少，如果在待测溶液中有其他干扰铬酸钾指示剂法的阴离子（如 PO_4^{3-}、AsO_4^{3-}、CrO_4^{2-}、CO_3^{2-} 等）存在，用本法则可避免干扰，因而本方法选择性较高。

(2) 采用硝基苯或异戊醇等有机溶剂包裹 AgCl 沉淀，临近终点时应轻轻旋摇，以免沉淀转化。

3. 应用范围

本法可用于测定 Cl^-、Br^-、I^-、SCN^- 及 Ag^+，在测定 Br^- 或 I^- 时，由于 AgBr 和 AgI 沉淀的溶度积小于 AgSCN 的溶度积，不致发生沉淀转化反应，滴定终点也十分明显，不必滤去沉淀或加入硝基苯。但须指出，在测定 I^- 时，指示剂应该在加入过量的 $AgNO_3$ 溶液后才能加入，否则 Fe^{3+} 将氧化 I^- 为 I_2，产生误差。

7.2.2.3 吸附指示剂法(Fajans 法)

1. 原理　这是一种利用吸附指示剂确定滴定终点的滴定方法。所谓吸附指示剂，就是有些有机化合物吸附在沉淀表面上以后，其结构发生改变，因而改变了颜色。例如，用 $AgNO_3$ 标准溶液滴定 Cl^- 时，常用荧光黄作吸附指示剂，荧光黄是一种有机弱酸，可用 HFIn 表示。其解离式为：

$$HFIn \Longleftrightarrow FIn^- + H^+$$

荧光黄阴离子 FIn^- 呈黄绿色。在化学计量点以前，溶液中存在着过量的 Cl^-，AgCl 沉淀吸附 Cl^- 而带负电荷，形成 $AgCl \cdot Cl^-$，荧光黄的阴离子不被吸附，溶液呈黄绿色。当滴定到达化学计量点时，1 滴过量的 $AgNO_3$ 使溶液出现过量的 Ag^+，则 AgCl 沉淀便吸附 Ag^+ 而带正电荷，形成 $AgCl \cdot Ag^+$，它强烈地吸附 FIn^-，荧光黄阴离子被吸附之后，结构发生了变化而呈粉红色，从而指示终点到达。

$$\text{终点前：} \quad Cl^- \text{过量} \quad (AgCl)Cl^- \quad | \quad Ag^+$$
$$\text{终点时：} \quad Ag^+ \text{过量} \quad (AgCl)Ag^+ \quad | \quad Cl^-$$
$$(AgCl)Ag^+ \text{吸附} FIn^- \longrightarrow (AgCl)Ag^+ \quad | \quad FIn^-$$
$$\text{黄绿色} \longrightarrow \text{粉红色}$$

在银量法中，吸附指示剂的种类很多，现将常用的列于表 7-1 中。

表 7-1　常用的吸附指示剂

指示剂名称	待测离子	滴定剂	适用的 pH 值范围
荧光黄	Cl^-	Ag^+	7～10
二氯荧光黄	Cl^-	Ag^+	4～6
曙红	Br^-、I^-、SCN^-	Ag^+	2～10
甲基紫	SO_4^{2-}	Ba^{2+}	1.5～3.5
	Ag^+	Cl^-	酸性溶液
橙黄素Ⅳ 氨基苯磺酸 溴酚蓝	Cl^-、I^- 混合液 及生物碱盐类	Ag^+	微酸性
二甲基二碘荧光黄	I^-	Ag^+	中性

2. 滴定条件

(1) 由于吸附指示剂是吸附在沉淀表面上而变色，为了使终点的颜色变得更明显，就必须使沉淀有较大面积，这就需要把 AgCl 沉淀保持溶胶状态，为此，滴定时一般都先加入糊精或淀粉溶液等胶体保护剂。同时，应避免大量中性盐存在，因为它能使胶体凝聚。

(2) 滴定必须在中性、弱碱性或很弱的酸性(如 HAc)溶液中进行，这是因为酸性较大时,指示剂的阴离子与 H^+ 结合,形成不带电荷的荧光黄分子($K_a \approx 10^{-7}$)而不被吸附,因此一般滴定是在 pH 值 7～10 时进行。

对于酸性稍强一些的吸附指示剂(即解离常数大一些),溶液的酸性也可稍大一些,如二氯荧光黄($K_a \approx 10^{-4}$)可在 pH 值 4～10 范围内进行滴定。曙红(四溴荧光黄 $K_a \approx 10^{-2}$)的酸性更强些,在 pH 值为 2 时仍可应用。

(3) 胶体微粒对指示剂离子的吸附能力应略小于对被测离子的吸附能力,否则指示剂将在化学计量点前变色,但对指示剂离子的吸附力也不能太小,否则到达化学计量点后不能立即变色。卤化银对卤素离子和几种常用的吸附剂的吸附力的大小次序如下:

$$I^- > 二甲基二碘荧光黄 > Br^- > 曙红 > Cl^- > 荧光黄$$

因此,在测定 Cl^- 时不能用曙红作指示剂,因为曙红阴离子在滴定开始受到沉淀的吸附力就比 Cl^- 强,就是说,滴定一开始就会变色。可见,指示剂阴离子和沉淀阴离子所受吸附力的相对大小是选择合适的吸附剂的一个重要指标。

(4) 因带有吸附指示剂的卤化银易感光变灰,影响终点观察,所以应避免在强光下滴定。

3. 应用范围　使用不同的吸附指示剂,可测定 Cl^-、Br^-、I^- 及 SCN^- 等离子。

7.2.3　标准溶液与基准物质

银量法用的标准溶液为 $AgNO_3$ 和 NH_4SCN 溶液,$AgNO_3$ 标准溶液可直接用基准物配制,也可用分析纯的硝酸银配制,然后再用基准物氯化钠标定,标定可用上述 3 种方法中任一种,但最好采用与测定样品相同的方法标定。

NH_4SCN 溶液的浓度可直接用硝酸银标准溶液标定。

7.3　应用与示例

7.3.1　无机卤化物与有机氢卤酸盐的测定

无机卤化物,如 $NaCl$、KCl、NH_4Cl、KI 的原料药及其制剂,以及少数有机碱的氢卤酸盐,如盐酸丙卡巴肼及其肠溶片,可采用银量法测定。

例 7-1　氯化钠的含量测定(ChP 2005 P760)

测定方法　取本品约 0.12 g,精密称定,加水 50 ml 溶解后,加 2% 糊精溶液 5 ml 与荧光黄指示液 5～8 滴,用硝酸银滴定液(0.1 mol/L)滴定。每 1 ml 硝酸银滴定液(0.1 mol/L)相当于 5.844 mg 的 $NaCl$。

例 7-2　盐酸丙卡巴肼的含量测定(ChP 2005 P472)

盐酸丙卡巴肼的结构式为:

$$[(CH_3)_2CHNHC-\overset{O}{\underset{}{\|}}-\bigcirc-CH_2NHNHCH_3] \cdot HCl$$

其含量测定采用银量法的铁铵矾指示剂法,滴定反应为:

$$终点前:Ag^+ + Cl^- \longrightarrow AgCl \downarrow$$
$$Ag^+ + SCN^- \longrightarrow AgSCN \downarrow \quad (白色)$$

终点时：$Fe^{3+}+SCN^- \rightleftharpoons Fe(SCN)^{2+}$　（淡棕红色）

　　测定方法　取本品约 0.25 g，精密称定，加水 50 ml 溶解后，加硝酸 3 ml，精密加 $AgNO_3$ 滴定液（0.1 mol/L）20 ml，再加邻苯二甲酸二丁酯约 3ml，强力振摇后，加硫酸铁铵指示液 2 ml，用硫氰酸铵滴定液（0.1 mol/L）滴定，并将滴定结果用空白试验校正。每 1 ml $AgNO_3$ 滴定液（0.1 mol/L）相当于 25.78 mg 的 $C_{12}H_{19}O \cdot HCl$。

7.3.2　有机卤化物的测定

7.3.2.1　直接测定

　　根据有机卤化物中卤素的结合方式，一些有机卤化物可采用直接滴定或回滴定的方式直接测定其含量。

　　例 7-3　普罗碘铵（$C_9H_{24}I_2N_2O$）的含量测定（ChP 2005 P791）

　　测定方法　取本品约 0.4 g，精密称定，加水 20 ml 溶解，加铬酸钾指示液 1.0 ml，用硝酸银滴定液（0.1 mol/L）滴定至显橘红色沉淀。每 1 ml 硝酸银滴定液（0.1 mol/L）相当于 21.51 mg 的 $C_9H_{24}I_2N_2O$。

　　滴定反应为：

　　终点时：　　$2Ag^+ + CrO_4^{2-} \rightleftharpoons Ag_2CrO_4 \downarrow$　（橘红色）

7.3.2.2　样品经预处理后再测定

　　有些有机卤化物中卤素与分子结合甚牢，必须经过适当的预处理，使有机卤素转变成卤离子后，再用银量法测定。使有机卤素转变为卤离子的常用方法有碱性水解法、碱性还原法、氧瓶燃烧法等。

　　1. **碱性水解法**　本法常用于脂肪族卤化物或卤素结合于侧链上类似脂肪族卤化物的有机化合物，其卤素比较活泼，在碱性溶液（如氢氧化钠、氢氧化钾溶液）中加热水解，有机卤素即以卤素离子形式进入溶液中，其水解反应可用下式表示。

$$R-X+NaOH \xrightarrow{\triangle} R-OH+NaX$$

　　例 7-4　三氯叔丁醇（$C_4H_7Cl_3O$）的含量测定（ChP 2005 P893）

　　测定方法　取本品约 0.1 g，精密称定，加乙醇 5 ml，溶解后，加 20% 氢氧化钠溶液 5 ml，加热回流 15 min，放冷，加水 20 ml 与硝酸 5 ml，精密加硝酸银滴定液（0.1 mol/L）30 ml，再加邻苯二甲酸二丁酯 5 ml，密塞，强力振摇后，加硫酸铁铵指示液 2 ml，用硫氰酸铵滴定液（0.1 mol/L）滴定，并将滴定的结果用空白试验校正。每 1 ml $AgNO_3$ 滴定液（0.1 mol/L）相当于 6.216 mg 的 $C_4H_7Cl_3O \cdot \frac{1}{2}H_2O$。

　　原理　先将本品加碱处理，使其分子结构中的氯变为 Cl^-。

加硝酸酸化后,用铁铵矾指示剂法测定生成的 Cl^-。

$$Ag^+ + Cl^- \longrightarrow AgCl\downarrow$$
（定量、过量）　　　（白色）

$$Ag^+ + SCN^- \longrightarrow AgSCN\downarrow$$
（剩余）　　　（白色）

$$Fe^{3+} + SCN^- \rightleftharpoons Fe(SCN)^{2+}$$
　　　　　　　　　　（淡棕红色）

药典中收载的用此法测定含量的药物还有如甲砜霉素、氯烯雌醚、碘化油及其制剂等。

2. 碱性还原法　对多数有机碘化物,应在强碱性溶液中用锌粉还原有机碘为无机碘化物,然后再用银量法测定。

例 7-5　泛影酸($C_{11}H_9I_3N_2O_4 \cdot 2H_2O$)的含量测定(ChP 2005 P276)

测定方法　取本品约 0.4 g,精密称定,加氢氧化钠试液 30 ml 与锌粉 1.0 g,加热回流 30 min,放冷,冷凝管用少量水洗涤,滤过,烧瓶与滤器用水洗涤 3 次,每次 15 ml,洗液与滤液合并,加冰醋酸 5 ml 与曙红钠指示液 5 滴,用硝酸银滴定液(0.1 mol/L)滴定。每 1 ml $AgNO_3$ 滴定液(0.1 mol/L)相当于 20.46 mg 的 $C_{11}H_9I_3N_2O_4$。

原理：

$$NaI + AgNO_3 \rightleftharpoons AgI\downarrow + NaNO_3$$

药典上收载的此类药物还有如胆影酸、碘他拉酸、碘番酸及其片剂、胆影葡胺注射液、碘他拉葡胺注射液等。

3. 氧瓶燃烧法　将样品包入滤纸中,夹在燃烧瓶的铂金丝下部,瓶内加入适当的吸收液($NaOH,H_2O_2$ 或两者的混合液),然后充入氧气,点燃,待燃烧完全后,充分振摇至瓶内白色烟雾完全被吸收为止。有机溴化物和氯化物可用银量法测定,而有机碘化物可用碘量法测定。

例 7-6　磺溴酞钠中溴的测定(ChP 2005 P865)

测定方法　取本品约 0.2 g,精密称定,照氧瓶燃烧法(附录Ⅶ C)进行有机破坏,选用 1 000 ml 燃烧瓶,以 0.4%氢氧化钠溶液 10 ml、浓过氧化氢溶液 0.5 ml 与水 10 ml 作为吸收液,俟生成的烟雾完全吸入吸收液后,用水稀释至 100 ml,煮沸 5 分钟,放冷,加稀硝酸使成酸性,精密加硝酸银滴定液(0.1 mol/L)20 ml,摇匀,再加硫酸铁铵指示液 2 ml,用硫氰酸铵滴定液(0.1 mol/L)滴定,并将滴定的结果用空白试验校正。每 1 ml 硝酸银滴定液(0.1 mol/L)相当于 7.990 mg 的 Br。

7.3.2.3　其他有机化合物的测定

有些药物虽然不含卤素,但能定量地和 $AgNO_3$ 反应,也可用银量法测定,用铁铵矾指示剂法或电位法确定终点。例如巴比妥类药物,在其结构中的亚胺基受两个羰基影响,上面的 H 很活泼,能被 Ag^+ 置换,在碳酸钠的碱性条件下用 $AgNO_3$ 直接滴定。

例 7-7　苯巴比妥的含量测定(ChP 2005 P317)

滴定反应如下:

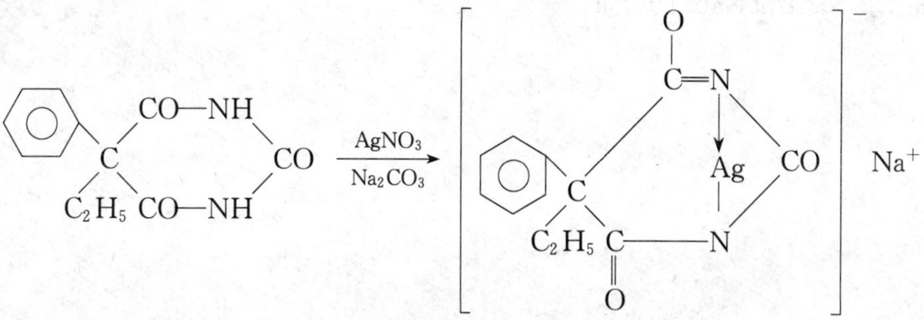

测定方法　取本品 0.2 g,精密称定,加甲醇 40 ml 使溶解,再加新制的 3%无水碳酸钠溶液 15 ml,照电位滴定法(附录Ⅶ A),用硝酸银滴定液(0.1 mol/L)滴定。每 1 ml 硝酸银滴定液(0.1 mol/L)相当于 23.22 mg 的 $C_{12}H_{12}N_2O_3$。

结构中含巯基的药物,与 Ag^+ 定量反应,生成难溶性银盐,可将样品溶解后加入定量过量的 $AgNO_3$ 滴定液,反应完全后,过滤,取续滤液用硫氰酸铵滴定液滴定,铁铵矾指示剂指示终点。

2005 版药典收载的此类药物有二巯丁二钠、二巯丁二酸、硫唑嘌呤、苯巴比妥、苯巴比妥钠、异戊巴比妥、异戊巴比妥钠、胆茶碱及它们的制剂等。

思考题

1. 比较银量法几种指示终点的方法。

2. 用银量法测定下列试样时,选用何种指示剂为好? 为什么?

(1) NH_4Cl　　(2) $BaCl_2$　　(3) KSCN　　(4) 含有 Na_2CO_3 的 NaCl

(5) NaBr　　(6) KI

3. 下列情况下的测定结果是偏高、偏低还是无影响? 为什么?

(1) 在 pH 值 4 或 pH 值 11 的溶液中用 Mohr 法测定 Cl^- 的含量。

(2) 用 Fajans 法测定 Cl^- 或 I^-,选用曙红作指示剂。

(3) 用 Volhard 法测定 I^-,未加入硝基苯,也未滤去 AgCl 沉淀。

4. 用银量法可测定哪些类型的药物？

5. 将有机卤化物的卤素转变为无机卤素离子的方法有几种？各在什么情况下采用？

习　题

1. 如果将 30.00 ml $AgNO_3$ 溶液作用于 0.117 3 g NaCl,过量的 $AgNO_3$ 需用3.20 ml NH_4SCN 溶液滴定至终点。已知滴定 20.00 ml $AgNO_3$ 溶液需要 21.00 ml NH_4SCN,计算:(1) $AgNO_3$ 溶液的物质的量浓度;(2) NH_4SCN 的物质的量浓度。

2. 仅含 NaBr 及 NaI 的混合物 0.250 0 g,用 22.01 ml $AgNO_3$ 溶液(0.100 0 mol/L)滴定,可使沉淀完全,求样品中 NaBr 及 NaI 的百分含量。

3. 取含有 NaCl 和 NaBr 的样品 0.600 0 g,用重量法测定,得到两者的银盐沉淀为 0.448 2 g;另取同样重量的样品,用沉淀滴定法测定,消耗 0.108 4 mol/L $AgNO_3$ 溶液 24.48 ml,求 NaCl 和 NaBr 的含量。

8 配位滴定法

8.1 概述

配位滴定法（Compleximetry）是以配位反应为基础的滴定分析法。多数金属离子在溶液中能与配位剂发生配位反应，但只有具备滴定分析条件的配位反应才能用于滴定分析。因此，反应生成的配位化合物必须足够稳定，这样反应才能按计量关系进行完全。

大多数无机配位剂与金属离子逐级形成的 ML_n 型的简单配位化合物稳定性不高，不能用于滴定分析。而有机配位剂，特别是氨羧配位剂，能与很多金属离子形成组成一定，又很稳定的配位化合物，使配位滴定成为应用较为广泛的滴定分析方法之一。

氨羧配位剂是一类以氨基二乙酸$[—N(CH_2COOH)_2]$为基体的配位剂，几乎能与所有金属离子配位。目前研究过的氨羧配位剂有几十种，其中应用最广的是乙二胺四乙酸（EDTA），现今所说的配位滴定法，主要是指以 EDTA 为标准溶液的滴定分析法，也叫 EDTA 滴定。

8.2 乙二胺四乙酸的性质及其配合物

8.2.1 乙二胺四乙酸的性质及其解离平衡

乙二胺四乙酸（EDTA）的结构式为：

$$HOOCCH_2\diagdown \quad\quad\quad\quad \diagup CH_2COOH$$
$$N—CH_2—CH_2—N$$
$$HOOCCH_2\diagup \quad\quad\quad\quad \diagdown CH_2COOH$$

从它的结构式可看出，乙二胺四乙酸有 4 个可解离的 H^+，常以 Y 代表乙二胺四乙酸的阴离子，故乙二胺四乙酸可用 H_4Y 表示。

乙二胺四乙酸是一种白色结晶性粉末，能溶于碱性和氨性溶液中，不溶于酸和一般的有机溶剂，微溶于水，所以分析上用其钠盐($Na_2H_2Y \cdot 2H_2O$)作为滴定剂，也常简写作 EDTA。

当 EDTA 溶解于酸度很高的溶液中时，它的两个羧基可再接受 H^+ 而形成 H_6Y^{2+}，这样EDTA就相当于六元酸：

$$H_6Y^{2+} \rightleftharpoons H^+ + H_5Y^+ \quad\quad K_{a_1} = 1.26 \times 10^{-1}$$
$$H_5Y^+ \rightleftharpoons H^+ + H_4Y \quad\quad K_{a_2} = 2.51 \times 10^{-2}$$
$$H_4Y \rightleftharpoons H^+ + H_3Y^- \quad\quad K_{a_3} = 1.00 \times 10^{-2}$$
$$H_3Y^- \rightleftharpoons H^+ + H_2Y^{2-} \quad\quad K_{a_4} = 2.16 \times 10^{-3}$$

$$H_2Y^{2-} \rightleftharpoons H^+ + HY^{3-} \qquad K_{a_5} = 6.92 \times 10^{-7}$$

$$HY^{3-} \rightleftharpoons H^+ + Y^{4-} \qquad K_{a_6} = 5.50 \times 10^{-11}$$

在任一水溶液中,EDTA 总是以 H_6Y^{2+}、H_5Y^+、H_4Y、H_3Y^-、H_2Y^{2-}、HY^{3-}、Y^{4-} 等 7 种形式存在。它们的分布系数与溶液 pH 值的关系如图 8-1 所示。

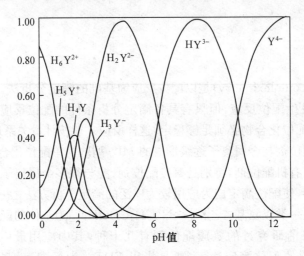

图 8-1　EDTA 各种存在形式在不同 pH 值时的分配

从图 8-1 可看出,在不同的 pH 值时,EDTA 的主要存在形式为:

pH 值	<1	1~1.6	1.6~2	2~2.7	2.7~6.2	6.2~10.2	>10.2
存在形式	H_6Y^{2+}	H_5Y^+	H_4Y	H_3Y^-	H_2Y^{2-}	HY^{3-}	Y^{4-}

在以上 7 种形式中,只有 Y^{4-} 能与金属离子直接配位。溶液的酸度越低,Y^{4-} 的分布比就越大,因此,EDTA 在碱性溶液中配位能力较强。

8.2.2　EDTA-金属离子配合物

EDTA 分子结构中具有羧基(与金属离子成盐)和氨基配位基团,几乎可与所有的多价金属离子形成配合物。不论金属离子是几价,EDTA 与金属离子以 1∶1 反应形成配合物,可以下图表示(M 表示多价金属离子)。

EDTA 与金属离子配位时,形成了非常稳定的 5 个五元环结构,称螯合效应。

EDTA-金属离子配合物大多溶于水,因此,可在水溶液中进行滴定。无色的金属离子与 EDTA 配位时形成无色的螯合物,有色的金属离子与 EDTA 配位时,一般形成颜色更深的螯合物。

8.3　EDTA-金属离子配合物在溶液中的解离平衡

8.3.1　EDTA-金属离子配合物的稳定常数

EDTA-金属离子配合物与其他配合物一样,在溶液中存在着解离平衡,其平衡常数用稳定常数(形成常数)来表示:

$$M+Y \rightleftharpoons MY$$

反应平衡时:

$$K_{稳}=\frac{[MY]}{[M][Y]}$$

$K_{稳}$ 愈大,说明配合物愈稳定。

配合物的稳定性,主要决定于金属离子和配位剂的性质,EDTA 与不同金属离子形成的配合物,其稳定性是不同的,常见的金属离子-EDTA 配合物的 $K_{稳}$(即 K_{MY})的对数值见表 8-1。

表 8-1　EDTA 与各种常见金属离子的配合物的稳定常数和能被滴定的最低 pH 值

(溶液离子强度 $I=0.1$,温度为 20℃)

金属离子	$\lg K_{MY}$	最低 pH 值	金属离子	$\lg K_{MY}$	最低 pH 值
Na^+	1.68				
Mg^{2+}	8.69	9.7	Zn^{2+}	16.5	3.9
Ca^{2+}	11.0	7.5	Pb^{2+}	18.3	3.
Mn^{2+}	13.8	5.2	Ni^{2+}	18.56	
Fe^{2+}	14.33	5.0	Cu^{2+}	18.7	2.9
Al^{3+}	16.30	4.2	Hg^{2+}	21.8	1.9
Co^{2+}	16.31	4.0	Sn^{2+}	22.1	1.7
Cd^{2+}	16.4	3.9	Fe^{3+}	2	1.0

由表 8-1 可见,金属离子与 EDTA 配合物的稳定性,随金属 不同,差别较大。碱金属离子的配合物最不稳定;碱土金属离子的配合物,$\lg K_{MY}$ 过渡元素、Al^{3+} 的配合物,$\lg K_{MY}$ 为 15~19;3 价、4 价金属离子和 Hg^{2+} 的配合 >20。这些配合物稳定性的差别,主要决定于金属离子本身的离子电荷、离子 层结构。这是金属离子方面影响配合物稳定性大小的本质因素。此外,溶液的 和其他配位剂的存在等外界条件的变化也影响配合物的稳定性。

8.3.2　配位反应的副反应和副反应 但在形成配合物的过程中,仍存

虽然 EDTA 与金属离子形成的配位

在很多复杂的问题。例如，溶液的酸度将明显影响 EDTA 的存在状态，当 EDTA 与金属离子配位时，又不断放出 H^+，同时改变着溶液的酸度：

$$M^{n+} + H_2Y^{2-} \rightleftharpoons MY^{n-4} + 2H^+$$

为了维持溶液酸度的恒定，就需将配位反应安排在缓冲溶液中进行。但加入缓冲溶液，必然引入其他离子，例如配位剂 NH_3 等，又将对金属离子的存在状态发生影响，所以，配位平衡实际上是很复杂的。在一定的反应条件和一定的反应组分比时，配位平衡不仅受温度、溶液的离子强度的影响，还要受溶液的酸度以及外来离子的影响。它们往往干扰主要配位反应 $M + Y \rightleftharpoons MY$ 的进行。为了便于讨论反应条件对配位反应的影响，将一切不属于主要配位反应的物质如氢离子、氢氧根离子、待测试样中共存的其他金属离子 N，以及从使 pH 值恒定的缓冲溶液中引入的离子及加入的辅助配位剂 L 等对配位反应的影响，统称为副反应。副反应的存在使主反应平衡受到影响。其平衡关系表示如下：

$$
\begin{array}{ccccc}
& M & + & Y & \rightleftharpoons & MY & & \text{主反应} \\
L \diagup & \diagdown OH^- & H^+ \diagup & \diagup\diagdown N & & H^+\diagup & \diagdown OH^- & \\
ML & M(OH) & HY & NY & & MHY & M(OH)Y & \text{副反应} \\
\vdots & \vdots & \vdots & & & & & \\
ML_n & M(OH)_n & H_4Y & & & & &
\end{array}
$$

副反应对主反应的影响程度可用副反应系数表示。配位剂浓度受氢离子影响的程度称酸效应系数，用 $\delta_{Y(H)}$ 表示；金属离子浓度受缓冲物质、掩蔽剂、氢氧根离子等配位作用影响的程度，称配位效应系数，用 $\delta_{M(L)}$ 表示。现以酸度和另一配位剂对配位平衡的影响为主，分析反应条件对配位反应的影响。

1. 酸效应系数

酸效应系数是指在一定酸度下，EDTA 的总浓度 $[Y]_\text{总}$ 与有效浓度 $[Y^{4-}]$ 之比，即

$$\delta_{Y(H)} = \frac{[Y]_\text{总}}{[Y^{4-}]}$$

所谓有效浓度即能与金属离子配位的 Y^{4-} 的浓度。不同酸度下的 $\delta_{Y(H)}$ 值，可从 EDTA 的各级解离常数和溶液中的 H^+ 浓度计算出来。

$$
\begin{aligned}
\delta_{Y(H)} &= \frac{[Y]_\text{总}}{[Y^{4-}]} \\
&= \frac{[Y^{4-}] + [HY^{3-}] + [H_2Y^{2-}] + [H_3Y^-] + [H_4Y] + [H_5Y^+] + [H_6Y^{2+}]}{[Y^{4-}]} \\
&= 1 + \frac{[H^+]}{K_6} + \frac{[H^+]^2}{K_6K_5} + \frac{[H^+]^3}{K_6K_5K_4} + \frac{[H^+]^4}{K_6K_5K_4K_3} + \frac{[H^+]^5}{K_6K_5K_4K_3K_2} + \frac{[H^+]^6}{K_6K_5K_4K_3K_2K_1}
\end{aligned}
$$

由上式可见，$\delta_{Y(H)}$ 与酸度有关，它随溶液 pH 值增大而减小。不同 pH 时的酸效应系数列于表 8-2。

表 8-2　不同 pH 值时的 lg$\delta_{Y(H)}$

pH	lg$\delta_{Y(H)}$	pH	lg$\delta_{Y(H)}$	pH	lg$\delta_{Y(H)}$
0.0	21.18	3.4	9.71	6.8	3.55
0.4	19.59	3.8	8.86	7.0	3.32
0.8	18.01	4.0	8.44	7.5	2.78
1.0	17.20	4.4	7.64	8.0	2.26
1.4	15.68	4.8	6.84	8.5	1.77
1.8	14.21	5.0	6.45	9.0	1.29
2.0	13.51	5.4	5.69	9.5	0.83
2.4	12.24	5.8	4.98	10.0	0.45
2.8	11.13	6.0	4.65	11.0	0.07
3.0	10.63	6.4	4.06	12.0	0.00

从表 8-2 可知,大多数情况下$[Y^{4-}]<[Y]_总$,只有在 pH$\geqslant$12 时,$\delta_{Y(H)}=1$,此时,$[Y^{4-}]=[Y]_总$,这时 EDTA 配位能力最强,生成的配位物最稳定。

2. 配位效应系数

配位效应系数是指金属离子总浓度$[M]_总$与游离金属离子浓度$[M]$之比,即

$$\delta_{M(L)}=\frac{[M]_总}{[M]}=\frac{[M]+[ML]+[ML_2]+\cdots\cdots+[ML_n]}{[M]}$$

$$=1+K_1[L]+K_1K_2[L]^2+\cdots\cdots+K_1K_2\cdots\cdots K_n[L]^n$$

所以,当 L 浓度一定时,$\delta_{M(L)}$为一定值。

8.3.3　配合物的条件稳定常数

条件稳定常数是在一定条件下,将酸效应和配位效应两个主要因素对 EDTA-金属离子配合物的影响同时考虑时配合物的实际稳定常数,又称表观稳定常数或有效稳定常数。在主反应中,MY 的稳定常数为

$$K_{MY}=\frac{[MY]}{[M][Y]}$$

在伴有副反应的条件下,$[M]$及$[Y]$都有变化,其数值不能直接得知,但由定义可得:

$$[M]_总=\delta_{M(L)}[M] \qquad\qquad [Y]_总=\delta_{Y(H)}[Y]$$

$$K'_{MY}=\frac{[MY]}{[M]_总[Y]_总}=\frac{[MY]}{[M]\delta_{M(L)}\cdot[Y]\delta_{Y(H)}}=\frac{K_{MY}}{\delta_{M(L)}\cdot\delta_{Y(H)}}$$

将上式取对数,得到处理配位平衡或在配位滴定中指导滴定准确程度的重要公式:

$$\lg K'_{MY}=\lg K_{MY}-\lg\delta_{Y(H)}-\lg\delta_{M(L)} \tag{8-1}$$

式中:K'_{MY}即为条件稳定常数。

当溶液中无其他配位剂存在时,$\lg\delta_{M(L)}=0$,此时,$\lg K'_{MY}=\lg K_{MY}-\lg\delta_{Y(H)}$,即只有酸效应的影响。

条件稳定常数越大,说明配合物在该条件下越稳定,所以,条件稳定常数说明了配合物 MY 在一定条件下的实际稳定程度。

例 8-1 计算在 pH 值为 2.0 和 5.0 时 ZnY^{2-} 的 $\lg K'_{MY}$ 值。

解 查表 8-1, $\lg K_{ZnY} = 16.50$

查表 8-2, pH = 2.0 时, $\lg \delta_{Y(H)} = 13.51$

$\lg K'_{ZnY} = 16.50 - 13.51 = 2.99$

pH = 5.0 时, $\lg \delta_{Y(H)} = 6.45$

$\lg K'_{ZnY} = 16.50 - 6.45 = 10.05$

显而易见,配合物 ZnY 在 pH = 5.0 的溶液中更稳定。

例 8-2 在 pH = 5.0 时,含有游离 F^- 浓度为 0.010 mol/L 时, AlY 配合物的条件稳定常数 K'_{AlY} 为多少?(已知 $\lg K_1 = 6.1, \lg K_2 = 5.1, \lg K_3 = 3.8, \lg K_4 = 2.7, \lg K_5 = 1.7, \lg K_6 = 0.3$)

解 查表 8-2, $\lg \delta_{Y(H)} = 6.45$

查表 8-1, $\lg K_{AlY} = 16.30$

Al^{3+} 与游离的 F^- 逐步形成一系列的配合物:

$$Al^{3+} + F^- \rightleftharpoons AlF^{2+} \qquad K_1 = \frac{[AlF^{2+}]}{[Al^{3+}][F^-]} \tag{1}$$

$$AlF^{2+} + F^- \rightleftharpoons AlF_2^+ \qquad K_2 = \frac{[AlF_2^+]}{[AlF^{2+}][F^-]} \tag{2}$$

$$AlF_2^+ + F^- \rightleftharpoons AlF_3 \qquad K_3 = \frac{[AlF_3]}{[AlF_2^+][F^-]} \tag{3}$$

$$AlF_3 + F^- \rightleftharpoons AlF_4^- \qquad K_4 = \frac{[AlF_4^-]}{[AlF_3][F^-]} \tag{4}$$

$$AlF_4^- + F^- \rightleftharpoons AlF_5^{2-} \qquad K_5 = \frac{[AlF_5^{2-}]}{[AlF_4^-][F^-]} \tag{5}$$

$$AlF_5^{2-} + F^- \rightleftharpoons AlF_6^{3-} \qquad K_6 = \frac{[AlF_6^{3-}]}{[AlF_5^{2-}][F^-]} \tag{6}$$

在 F^- 溶液中, Al^{3+} 总是以七种形式存在,为了书写方便,省略各离子所带电荷。

$$[Al]_{总} = [Al] + [AlF] + [AlF_2] + [AlF_3] + [AlF_4] + [AlF_5] + [AlF_6] \tag{7}$$

$$\delta_{AlF} = \frac{[Al]_{总}}{[Al]}$$

代入(7)式,然后代入(1)~(6)式,得

$$\delta_{AlF} = 1 + K_1[F^-] + K_1 K_2[F^-]^2 + \cdots\cdots + K_1 K_2 K_3 K_4 K_5 K_6[F^-]^6$$

代入数据求得: $\delta_{AlF} = 10^{-9.78}$

所以 $\lg K'_{AlY} = \lg \delta_{AlY} - \lg \delta_{AlF} - \lg \delta_{Y(H)} = 16.30 - 9.78 - 6.45 = 0.07$

此时 AlF 已被氟化物所破坏,在这样的条件下,不可能用 EDTA 来滴定 Al^{3+}。

8.4 配位滴定中酸度的控制

8.4.1 配位滴定的最低 pH 值

由于各种 EDTA-金属离子配合物的稳定性差别较大,因此,它们受 H^+ 浓度的影响也彼此不同。由表 8-2 可知,pH 值越大,$lg\delta_{Y(H)}$ 值越小,条件稳定常数越大,配位反应越完全,对滴定越有利。但 pH 值太大,金属离子会水解生成氢氧化物沉淀,此时就难以用 EDTA 来直接滴定该金属离子。另一方面,pH 值降低,条件稳定常数减小。对于稳定性高的配合物,溶液的 pH 值即使稍低一些,仍可进行滴定,而对稳定性差的配合物,若溶液 pH 值降低,就不能滴定。因此滴定不同的金属离子,有不同允许的最低 pH 值。

根据滴定分析的一般要求,滴定误差约为 0.1%,若金属离子浓度为 0.01 mol/L,忽略滴定时溶液体积变化的因素,则在计量点时 $[M]_总 = [Y]_总 = 0.01 \times 0.1\% = 10^{-5}$ mol/L,要满足这一要求,K_{MY}' 至少为:

$$K_{MY}' = \frac{[MY]}{[M]_总 [Y]_总} = \frac{0.01}{10^{-5} \times 10^{-5}} = 10^8$$

这就是说 K_{MY}' 必须大于或等于 10^8 才能获得准确的滴定结果。如果溶液中只有酸效应,不存在其他副反应,则当 $lgK_{MY}' \geqslant 8$ 时,即

$$lgK_{MY}' = lgK_{MY} - lg\delta_{Y(H)} \geqslant 8 \tag{8-2}$$
$$lg\delta_{Y(H)} \leqslant lgK_{MY} - 8$$

在滴定某金属离子时,由表 8-1 查出该金属离子的 lgK_{MY},代入(8-2)式求出 $lg\delta_{Y(H)}$ 值,再以表 8-2 查得与它对应的 pH 值,即为滴定该离子的最低 pH。

例 8-3 用 EDTA 滴定 0.01 mol/L Mg^{2+} 溶液时,假定无其他配位剂的影响,为了获得准确的滴定结果,滴定时所允许的最低 pH 值是多少?

解 从表 8-1 查得 $lgK_{MY} = 8.69$,那么

$$lg\delta_{Y(H)} \leqslant lgK_{MY} - 8 = 8.69 - 8 = 0.69$$

由表 8-2 查得最低 pH 值应为 10 左右。

按此法可以求出 EDTA 滴定各种金属离子的最低 pH 值,见表 8-1。

8.4.2 溶液酸度控制

从上述讨论可知,pH 值较大,对配位滴定的完全有利,但 pH 值又不能太大,还需考虑待测金属离子的水解、辅助配位剂的配位作用等。因此,在配位滴定中,应有一个合适的 pH 值范围。

为了控制滴定所需的 pH 值,常常选用适当的缓冲溶液,使滴定过程中酸度适宜,表 8-3 列出了常用的缓冲体系。

表 8-3　常用缓冲液体系

pH 值	<2	$3.4\sim5.5$	$8\sim11$	>12
缓冲液体系	强酸	HAc—NaAc 或 $(CH_2)_6N_4$—HCl	$NH_3\cdot H_2O$—NH_4Cl	强碱

8.5　金属离子指示剂

8.5.1　金属离子指示剂的变色原理

配位滴定和其他滴定法一样,判断终点的方法有多种,但最常用的还是指示剂的方法。配位滴定法判断滴定终点用金属离子指示剂,大多也是有机配位剂。

一些有机配位剂与金属离子形成有色配合物,其颜色与游离的指示剂的颜色不同,因而它能因溶液中金属离子浓度的变化而变色,这种指示剂称金属离子指示剂。

现以铬黑 T(HIn^{2-})为例说明金属离子指示剂的变色原理。

铬黑 T(HIn^{2-})在 pH 值 8~11 时呈蓝色,它与少量的 Ca^{2+}、Mg^{2+}、Zn^{2+} 等离子形成的配合物呈红色:

$$M^{2+}+HIn^{2-}\ \Longleftrightarrow\ MIn^-+H^+$$

随着 EDTA 的滴入,游离金属离子(即与 HIn^{2-} 未配位的金属离子)逐步被配合形成配合物。到滴定终点时,由于 $K_{MY}>K_{MIn}$,故 EDTA 夺取指示剂配合物中的金属离子,使指示剂游离出来,溶液显示游离 HIn^{2-} 的蓝色。

$$MIn^-+H_2Y^{2-}\ \Longleftrightarrow\ MY^{2-}+HIn^{2-}+H^+$$
$$\text{(红色)}\qquad\qquad\qquad\qquad\text{(蓝色)}$$

8.5.2　金属离子指示剂应具备的条件

1. 在滴定的 pH 值范围内,游离指示剂和指示剂金属离子配合物两者的颜色应有显著的差别,这样才能使终点颜色变化明显。

2. 指示剂与金属离子形成的有色配合物要有适当的稳定性。指示剂与金属离子配合物的稳定性必须小于 EDTA 与金属离子配合物的稳定性,这样在滴定到达计量点时指示剂才能被 EDTA 置换出来,而显示终点的颜色变化。但如果指示剂与金属离子所形成的配合物太不稳定,则在计量点前指示剂就开始游离出来,使终点变色不敏锐,并使终点提前出现而引入误差。一般要求 $K_{MIn}>10^4$,且 $K_{MY}/K_{MIn}>10^2$。

3. 指示剂与金属离子形成的配合物应易溶于水,显色反应要灵敏、迅速,并具有一定的选择性。

4. 指示剂应比较稳定,不易被氧化或变质。

8.5.3　指示剂的封闭现象与掩蔽作用

某些指示剂与金属离子形成更稳定的配合物而不能被 EDTA 置换,虽加入大量 EDTA

也达不到终点，这种现象称为指示剂的封闭现象。

例如，在 pH＝10 时，用 EDTA 滴定 Mg^{2+} 时，Al^{3+}、Fe^{3+}、Ni^{2+}、Co^{2+} 等离子对铬黑 T 有封闭作用，必须加入掩蔽剂，如三乙醇胺（掩蔽 Fe^{3+}、Al^{3+}）、氰化钾（掩蔽 Co^{2+}、Ni^{2+}），以消除干扰。

有时，MIn 的稳定性不如 MY 高，但由于其颜色变化不可逆，也可能出现封闭现象。这时可采用返滴定的方法消除，即先加入过量的 EDTA，使其与金属离子先形成配合物，过量部分的 EDTA 用其他金属离子回滴。

为了消除封闭现象，可加入掩蔽剂。掩蔽剂是指无须分离干扰离子而能消除其干扰作用的试剂。常用的掩蔽剂及适用条件见表 8-4。

表 8-4　常用掩蔽剂及适用条件

掩蔽剂	被掩蔽的金属离子	掩蔽条件（pH 值）
KI	Hg^{2+}、Cu^{2+}	5～6
KCN（剧毒）	Ag^+、Cu^{2+}、Co^{2+}、Ni^{2+}、Zn^{2+}、Mn^{2+}、Fe^{2+}、Cd^{2+}、Hg^{2+}	＞8
氟化物	Al^{3+}、Ti^{4+}、Sn^{4+}、Zr^{4+}、稀土、Ba^{2+}、Sr^{2+}、Ca^{2+}（皆沉淀）	4～6 / 10
三乙醇胺	Al^{3+}、Fe^{3+}、Sn^{4+}、TiO^{2+}	10
邻菲罗啉	Zn^{2+}、Cu^{2+}、Ca^{2+}、Co^{2+}、Ni^{2+}、Hg^{2+}	微酸性
二巯基丙醇（BAL）	Hg^{2+}、Cd^{2+}、Zn^{2+}、Pb^{2+}、Bi^{3+}、Ag^+、As^{3+}、Sb^{3+}、Sn^{4+}	10
磺基水杨酸	Al^{3+}	4～6

常用的金属离子指示剂见表 8-5。

表 8-5　常用金属离子指示剂

指示剂	适宜使用的 pH 值范围	颜色 MIn	颜色 In	直接滴定离子	配制	注意事项
铬黑 T (Eriochrome Black T) 简称 EBT	8～11	红	蓝	pH＝10，Mg^{2+}、Zn^{2+}、Cd^{2+}、Pb^{2+}、Mn^{2+}、稀土元素离子	固体 EBT：NaCl 1：100	Fe^{3+}、Al^{3+}、Cu^{2+}、Ni^{2+} 等封闭 EBT
二甲酚橙 (Xylenol Orange) 简称 XO	＜6	红	亮黄	pH＝1～3，Bi^{3+}、Th^{4+}；pH＝5～6，Zn^{2+}、Pb^{2+}、Tl^{3+}、Hg^{2+}、Cd^{2+} 及稀土元素离子	0.2％水溶液	Fe^{3+}、Al^{3+}、Ni^{2+}、Ti^{4+} 等封闭 XO

指示剂	适宜使用的 pH 值范围	颜色 MIn In	直接滴定离子	配制	注意事项
钙紫红素 （又称钙指示剂，Calcon）	11.5～13	红 蓝	Ca^{2+}	固体 Calcon 与 无水 Na_2SO_4 1：100	Ti^{4+}、Fe^{3+}、Al^{3+}、 Cu^{2+}、Co^{2+}、Mn^{2+} 等封闭 Calcon
PAN [1-(2-pyridylazo)- 2-naphthol]	2～12	紫红 黄	$pH=2\sim3$，Th^{4+}、 Bi^{3+}；$pH=4\sim5$， Cu^{2+}、Ni^{2+}、Pb^{2+}、 Cd^{2+}、Zn^{2+}、Mn^{2+}、 Fe^{2+}	0.1%乙醇溶液	MIn 在水中溶解 度小，使用时应加 热使终点敏锐

8.6 标准溶液

8.6.1 标准溶液的配制

8.6.1.1 EDTA 标准溶液(0.05 mol/L)的配制

由于 $Na_2H_2Y \cdot 2H_2O$ 中的结晶水有可能在放置过程中失去一部分，也可能会有少量吸附水，而且当它配成溶液，贮存于玻璃器皿中，由于玻璃质料不同，EDTA 将不同程度地溶解玻璃中的 Ca^{2+} 生成 Ca_2Y，所以，EDTA 标准溶液常用间接法配制且间隔一段时间后需标定。

称取分析纯 $Na_2H_2Y \cdot 2H_2O$ 19 g，溶于 300～400 ml 温水中，冷却后稀释至 1 L，摇匀，需长时间放置时，应贮存于聚乙烯瓶中，浓度约为 0.05 mol/L。

8.6.1.2 锌标准溶液(0.05 mol/L)的配制

回滴 EDTA 溶液常用标准锌溶液。可取分析纯 $ZnSO_4$ 约 15 g，加稀盐酸 10 ml 与适量蒸馏水溶解，稀释到 2 L，摇匀即得 0.05 mol/L 锌溶液。

8.6.2 标准溶液的标定

8.6.2.1 EDTA 标准溶液(0.05 mol/L)的标定

标定 EDTA 的基准物质常用 ZnO 或金属 Zn 为基准物质。

精密称取在约 800℃灼烧至恒重的基准 ZnO 约 0.45 g，加稀 HCl 10 ml 使溶解，置于 100 ml 量瓶中，精密吸取 20 ml 置于锥形瓶中，加甲基红指示剂(0.025 ——→100，乙醇)1 滴，边滴加氨试液边摇动至溶液呈微黄色。再加蒸馏水 25 ml、缓冲液 $NH_3 \cdot H_2O—NH_4Cl$ 10 ml 和铬黑 T 指示液数滴，用 EDTA 滴定至溶液由紫红色转变为纯蓝色，即为终点。

EDTA 物质的量浓度的计算：

$$c_{EDTA} = \frac{W_{ZnO}}{V_{EDTA} \times \dfrac{M_{ZnO}}{1\,000}} \qquad (M_{ZnO}=81.38 \text{ g/mol})$$

8.6.2.2 锌标准溶液(0.05 mol/L)的标定

精密量取锌溶液 25 ml,加甲基红指示剂 1 滴,滴加氨试液至溶液呈微黄色,再加蒸馏水 25 ml、$NH_3 \cdot H_2O$—NH_4Cl 缓冲液 10 ml 与铬黑 T 指示剂数滴,用 EDTA 标准溶液滴定至溶液由紫红色变为纯蓝色即得。

8.7 应用与示例

在药物分析中,配位滴定可用于含金属离子的药物的测定。根据待测离子与 EDTA 反应的具体情况,可用不同的滴定方式如直接滴定、返滴定等。

8.7.1 直接滴定法

直接滴定法即在试液中加入缓冲溶液以控制 pH 值,然后加入指示剂,直接用 EDTA 标准溶液滴定的方法,直接滴定法广泛用于锌盐、镁盐、钙盐、铋盐等药物的测定。

例 8-4 乳酸钙的含量测定(ChP 2005 P350)

$$Ca^{2+}\left[\begin{array}{c} OH \quad O \\ H_3C\text{—}CH\text{—}C\text{—}O^- \end{array}\right]_2 \cdot 5H_2O \qquad (M_{C_6H_{10}CaO_6 \cdot 5H_2O} = 308.30 \text{ g/mol})$$

测定方法 取本品约 0.3 g,精密称定,加水 100 ml,加热使溶解,放冷,加氢氧化钠试液 15 ml 与钙紫红素指示剂约 0.1 g,用 EDTA 滴定液(0.05 mol/L)滴定,至溶液自紫红色转变为纯蓝色,即得。含量计算公式如下:

$$C_6H_{10}CaO_6 \cdot 5H_2O\% = \frac{(cV)_{EDTA} \times \dfrac{M_{C_6H_{10}CaO_6 \cdot 5H_2O}}{1\ 000}}{S_{样}} \times 100\%$$

例 8-5 葡萄糖酸锌的含量测定(ChP 2005 P696)

$$(M_{C_{12}H_{22}O_{14}Zn} = 455.68 \text{ g/mol})$$

测定方法 取本品约 0.7 g,精密称定,加水 100 ml,微热使溶解,加氨—氯化铵缓冲溶液(pH 值 10.0)5 ml 与铬黑 T 指示剂少许,用 EDTA 滴定液(0.05 mol/L)滴定,至溶液自紫红色转变为纯蓝色,即得。

例 8-6 水的硬度测定

测定水的硬度,实际上是测定水中钙镁离子的总量,把测得的钙镁离子均折算成 $CaCO_3$ 或 CaO 的重量以计算硬度。水的硬度以每升水中含 $CaCO_3$ 的质量表示或以度表示(每升水中含 10 mg CaO 表示 1 个硬度单位)。

取水样 100 ml,加 5 滴(1→1)HCl,使某些可溶于酸的悬浮物溶解,加 3.0 ml 三乙醇胺,以掩蔽少量的 Al^{3+}、Fe^{3+}、Mn^{2+} 等干扰离子,加 10 ml $NH_3 \cdot H_2O$—NH_4Cl 缓冲溶液和铬黑 T 指示剂数滴,用 0.01 mol/L EDTA 滴定溶液由红色变为蓝色,硬度计算公式如下:

$$硬度(CaCO_3) = (cV)_{EDTA} \times 100.1 \times 10 \ (mg/L)$$
$$硬度(CaO) = (cV)_{EDTA} \times 56.08(度)$$

8.7.2 返滴定法

当被测离子在滴定条件下发生水解、沉淀或配位反应速度较慢时,可采用返滴定法。如 Al^{3+} 的测定,由于 Al^{3+} 与 EDTA 反应较慢,可加入定量过量的 EDTA 滴定液,加热煮沸,使之完全反应,再用锌标准溶液回滴剩余的 EDTA。药典中含铝盐药物均用此法测定 Al^{3+}。

例 8-7 氢氧化铝凝胶的测定(ChP 2005 P406)

测定方法 取本品约 8 g,精密称定,加盐酸与水各 10 ml,煮沸 10 min 使溶解,放冷至室温,过滤,滤液置 250 ml 容量瓶中。滤器用蒸馏水洗涤,洗液并入容量瓶中,用蒸馏水稀释至刻度。精密量取 25 ml,加氨试液至刚析出白色沉淀,再滴加稀 HCl 至沉淀刚溶解为止。加入 HAc—NH_4Ac 缓冲溶液(pH 值 6.0)10 ml,再精密加入 EDTA 滴定液(0.05 mol/L)25 ml,煮沸 3~5 min,放冷至室温,加二甲酚橙指示液 1 ml,用锌滴定液(0.05 mol/L)滴定,至溶液自黄色转变为红色。

含量计算式如下:

$$Al_2O_3\% = \frac{[(cV)_{EDTA} - (cV)_{Zn}] \times \dfrac{M_{Al_2O_3}}{2\ 000}}{S_{样} \times \dfrac{25}{250}} \times 100\% \quad (M_{Al_2O_3} = 101.94 \ g/mol)$$

中国药典 2005 版收载的用 EDTA 滴定法测定含量的原料药和制剂共有 50 多种。如泛酸钙及其片剂,注射用亚锡喷替酸,枸橼酸铋钾及其制剂,十一烯酸锌,复方十一烯酸锌软膏,复方乳酸钙葡萄糖注射液,复方氢氧化铝片,复方铝酸铋片,复方氯化钠注射液中测 $CaCl_2$、$ZnSO_4$、氧化锌及其软膏,胶体果胶铋、葡萄糖酸钙及其各种制剂,硫酸锌及其制剂,硫酸镁及其注射液,硫糖铝中测铝、氯化钙及其注射液,碱式碳酸铋及其片剂、碳酸钙、磷酸氢钙及其片剂等。

思考题

1. EDTA 为什么常用作金属离子滴定剂?
2. 为什么配位滴定要控制一定的 pH 值?加入缓冲溶液的作用是什么?
3. 金属离子指示剂的作用原理是什么?它应该具备什么条件?

4. EDTA 滴定法测定复方氢氧化铝片（胃舒平片），能否采用直接滴定法？如不行，应选用什么方法？测定液的 pH 值、指示剂应各作什么选择？

习 题

1. 精密称取 MgSO$_4$ 供试品 0.250 0 g，用 EDTA 滴定液（0.050 00 mol/L）滴定时，消耗 20.00 ml，计算 EDTA（0.050 00 mol/L）溶液对 MgSO$_4$·7H$_2$O 的滴定度和供试品中 MgSO$_4$·7H$_2$O 的纯度。（$M_{MgSO_4 \cdot 7H_2O} = 246.47$ g/mol）

2. 某硫酸盐供试品 0.285 0 g，与 40.00 ml 氯化钡溶液（0.015 0 mol/L）作用后，生成硫酸钡沉淀。过量氯化钡用 EDTA 滴定液（0.015 mol/L）滴定，消耗 20.00 ml，试计算供试品中 SO$_4^{2-}$ 的含量。

3. 用 0.010 60 mol/L EDTA 标准溶液滴定水中钙和镁的含量。取 100.0 ml 水样，以铬黑 T 为指示剂，在 pH 值 10.0 时滴定，消耗 EDTA 31.30 ml；另取水样 100.0 ml，加 NaOH 使呈强碱性，Mg^{2+} 生成 Mg(OH)$_2$ 沉淀，用钙紫红素为指示剂，用 EDTA 滴定，消耗 19.20 ml。计算：(1) 水的硬度[以 CaCO$_3$（mg/L）表示 Ca^{2+}、Mg^{2+} 总量]；(2) 水中钙和镁的含量[分别以 CaCO$_3$（mg/L），MgCO$_3$（mg/L）表示]。（$M_{CaCO_3} = 100.09$ g/mol，$M_{MgCO_3} = 84.31$ g/mol）

4. 称取干燥 Al(OH)$_3$ 凝胶 0.398 6 g 于 250 ml 量瓶中，溶解后吸取 25.00 ml，精密加入 0.050 00 mol/L EDTA 溶液 25.00 ml，过量的 EDTA 液用 0.050 00 mol/L 标准锌溶液返滴，用去 15.02 ml，求样品中 Al$_2$O$_3$ 的百分含量。（$M_{Al_2O_3} = 101.94$ g/mol）

5. 称取葡萄糖酸钙试样 0.550 0 g，溶解后，在 pH=10 的氨性缓冲溶液中用 EDTA 滴定（铬黑 T 为指示剂），滴定用去 EDTA 液（0.049 85 mol/L）24.50 ml，试计算葡萄糖酸钙的含量。（$M_{C_{12}H_{22}O_{14}Ca \cdot H_2O} = 448.40$ g/mol）

9 氧化还原滴定法

9.1 概述

氧化还原滴定法(Oxidation-reduction titration)是以氧化还原反应为基础的一种滴定方法。

氧化还原反应是一种电子由还原剂转移到氧化剂的反应,有些反应除了氧化剂和还原剂外还有其他组分(如 H^+,H_2O 等)参加。一般来说,氧化还原反应机制都比较复杂,反应过程分多步完成。反应速度慢、常伴有副反应发生是氧化还原反应常见的两个特性。因此,在制定氧化还原滴定法时必须创造适宜的条件,并在实验中严加控制,才能保证反应按确定的计量关系定量、快速地进行。

许多氧化还原反应已成功地用于滴定分析。习惯上常按滴定剂(氧化剂)的名称命名氧化还原滴定法,如碘量法(Iodimetry)、溴量法(Bromometry)、铈量法(Cerimetry)、高锰酸钾法(Potassium permanganate method)等等。

氧化还原滴定法的方法多,应用范围广,不仅能测定本身具有氧化还原性质的物质,也能间接地测定本身不具有氧化还原性质、但能与某种氧化剂或还原剂发生其他类型有计量关系的化学反应的物质,是药物分析中一种重要的分析方法。据统计,中国药典 2005 版二部有近 120 种原料药和制剂采用氧化还原滴定法测定含量。

9.2 氧化还原反应

9.2.1 氧化还原反应的实质

氧化还原反应的实质,是氧化剂获得电子和还原剂失去电子的过程:

$$\begin{aligned} Ox_1 + ne^- &\rightleftharpoons Red_1 \\ Red_2 - ne^- &\rightleftharpoons Ox_2 \\ \hline Ox_1 + Red_2 &\rightleftharpoons Red_1 + Ox_2 \end{aligned}$$

Ox_1/Red_1 和 Ox_2/Red_2 称为氧化还原电对。

例如,将 Zn 片浸入 $CuSO_4$ 溶液中,即发生下列两个半电池反应:

$$\begin{aligned} Cu^{2+} + 2e^- &\rightleftharpoons Cu \\ Zn - 2e^- &\rightleftharpoons Zn^{2+} \\ \hline Cu^{2+} + Zn &\rightleftharpoons Zn^{2+} + Cu \end{aligned}$$

每一种元素的氧化态和还原态组成一个氧化还原电对,即 Cu^{2+}/Cu 和 Zn^{2+}/Zn 电对。

氧化剂和还原剂的强弱可用电对的电极电位来衡量。如 Cu^{2+}/Cu 和 Zn^{2+}/Zn 电对的标准电极电位（见附录）分别为 $\varphi^{\ominus}_{Zn^{2+}/Zn}=-0.763$ V，$\varphi^{\ominus}_{Cu^{2+}/Cu}=0.337$ V。

因为 $\varphi^{\ominus}_{Cu^{2+}/Cu}>\varphi^{\ominus}_{Zn^{2+}/Zn}$，所以，就氧化态而言，$Cu^{2+}$ 比 Zn^{2+} 更易获得电子，即 Cu^{2+} 是更强的氧化剂；就还原态而言，Zn 比 Cu 更易失去电子，故 Zn 是更强的还原剂。由于两电对间存在电位差，$0.337-(-0.763)=1.100$ V，因而发生了电子得失，这就是氧化还原反应的实质。

9.2.2 Nernst(能斯特)方程式

氧化还原电对的电极电位的大小表示了它进行氧化还原反应趋势的大小。电极电位的大小由能斯特方程式计算。

对半电池反应 $Ox+ne^-\rightleftharpoons Red$，能斯特方程式可写作：

$$\varphi_{Ox/Red}=\varphi^{\ominus}_{Ox/Red}+\frac{2.303RT}{nF}\lg\frac{a_{Ox}}{a_{Red}}=\varphi^{\ominus}+\frac{0.059}{n}\lg\frac{a_{Ox}}{a_{Red}}(25℃) \tag{9-1}$$

式中：$\varphi_{Ox/Red}$、$\varphi^{\ominus}_{Ox/Red}$分别为 Ox/Red 电对的电极电位和标准电极电位；R 是气体常数；T 是绝对温度；n 是电子转移数；F 是法拉第常数；a 是活度。

应用能斯特方程式时，离子或分子的活度以 mol/L 为单位，气体以 Pa 为单位，纯固体和水的活度均为 1。在有 H^+ 或别种离子参加的反应，即使无电子得失，它们的活度也要包括在能斯特方程式里。例见表 9-1。

表 9-1　能斯特方程式应用举例

电极反应	能斯特方程式
$AgCl+e^-\rightleftharpoons Ag+Cl^-$	$\varphi_{AgCl/Ag}=\varphi^{\ominus}_{AgCl/Ag}+0.059\lg(1/a_{Cl^-})$
$2H^++2e^-\rightleftharpoons H_2$	$\varphi_{2H^+/H_2}=\varphi^{\ominus}_{2H^+/H_2}+0.059\lg(a_{H^+}/p_{H_2})$
$MnO_4^-+8H^++5e^-\rightleftharpoons Mn^{2+}+4H_2O$	$\varphi_{MnO_4^-/Mn^{2+}}=\varphi^{\ominus}_{MnO_4^-/Mn^{2+}}+\frac{0.059}{5}\lg\frac{a_{MnO_4^-}\cdot a^8_{H^+}}{a_{Mn^{2+}}}$

用式(9-1)代表的 Nernst 活度式讨论、分析问题并不方便，因为通常容易知道的是反应物的浓度而并非活度。只有在稀溶液中才能用浓度代替活度进行近似计算。活度与浓度的关系式为：

$$a_A=f_A[A]$$

f 为活度系数，方括号[ ]代表平衡浓度，将上式代入(9-1)得：

$$\varphi_{Ox/Red}=\varphi^{\ominus}+\frac{0.059}{n}\lg\frac{f_{Ox}[Ox]}{f_{Red}[Red]} \tag{9-2}$$

Nernst 方程式中标准电极电位 $\varphi^{\ominus}$ 是指在 25℃ 的条件下，氧化还原半反应中各组分活度都是 1 mol/L，气体的分压都等于 100 kPa 时的电极电位。

在大多数分析溶液体系中，电对的氧化形和还原形常参与酸碱解离，生成难溶沉淀和生成配合物等。在这种情况下，它们不是以一种形式而是以多种形式的质点存在。这时，一般容易知道的是氧化形和还原形的分析浓度（也称为式量浓度或总浓度）。活度与分析浓度 c 的关系式为：

$$a_A = \frac{f_A c_A}{\alpha_A}$$

α_A 为副反应系数,将上式代入式(9-1)得:

$$\varphi_{Qx/Red} = \varphi^\ominus + \frac{0.059}{n}\lg\frac{f_{Ox}c_{Ox}\alpha_{Red}}{f_{Red}c_{Red}\alpha_{Ox}} = \varphi^{\ominus\prime} + \frac{0.059}{n}\lg\frac{c_{Ox}}{c_{Red}} \tag{9-3a}$$

$$\varphi^{\ominus\prime} = \varphi^\ominus + \frac{0.059}{n}\lg\frac{f_{Ox}\alpha_{Red}}{f_{Red}\alpha_{Ox}} \tag{9-3b}$$

$\varphi^{\ominus\prime}$ 称条件电位(Conditional potential),式(9-3a)代表 Nernst 分析浓度式。条件电位在数值上等于 $c_{Ox} = c_{Red}$ 时的电对电位值。条件电位 $\varphi^{\ominus\prime}$ 与标准电位 $\varphi^\ominus$ 不同,它不是一种热力学常数,它的数值与溶液中电解质的组成和浓度,特别是能与电对发生副反应物质的组成和浓度有关。只有在实验条件不变的情况下,$\varphi^{\ominus\prime}$ 才有固定不变的数值,故称为条件电位。

条件电位的大小反映了在某些外界因素影响下氧化还原电对的氧化态(或还原态)的实际氧化(或还原)能力。在分析化学中,使用条件电位比用标准电极电位更能正确地判断氧化还原能力,以便正确地判断氧化还原反应的方向、顺序和反应完成的程度。

部分氧化还原电对的条件电位列于附录。因条件电位数据不多,一般仍以标准电极电位处理各种问题。

9.2.3 氧化还原反应进行的方向

氧化还原反应进行的方向,取决于两个电对的电极电位。电对的电位越高,其氧化态的氧化能力越强;电对的电位越低,其还原态的还原能力越强。电极电位高的氧化态与电极电位低的还原态进行氧化还原反应,是自发进行的。从能斯特方程式可看出,φ 的大小对于一个给定的电对来说取决于氧化态和还原态的活度,而氧化态还原态的活度主要受盐效应、氧化态还原态本身的浓度、溶液的酸度、生成沉淀和生成配合物的副反应等因素的影响。下面分别进行讨论。

9.2.3.1 盐效应

盐效应是指溶液中电解质浓度对电极电位的影响作用。电解质浓度的变化会改变溶液中的离子强度,从而改变电对氧化形、还原形的活度系数,电对的电极电位随之改变。

因离子活度系数精确值不易得到,所以盐效应的精确数据也不易计算。此外,氧化还原滴定体系的反应电对常参与各种副反应,而一般副反应对电极电位的影响作用比盐效应大得多。通常在计算电极电位时忽略盐效应的作用,即假定离子的活度系数 $f \approx 1$。此时,Nernst 方程可简化为:

$$\varphi_{Ox/Red} = \varphi^\ominus + \frac{0.059}{n}\lg\frac{[Ox]}{[Red]} \tag{9-4}$$

上式为忽略盐效应而得到的电极电位的近似表达式,在许多可以忽略盐效应的场合下用起来非常方便。在下面讨论其他副反应对电极电位的影响时,盐效应忽略不计,直接采用(9-4)式进行讨论。

9.2.3.2 氧化态还原态的浓度

因电极电位与氧化态和还原态的浓度有关,若两个氧化还原电对的标准电极电位相差不大,有可能通过改变氧化态或还原态的浓度来改变氧化还原反应的方向。

例 9-1 试判断 (1) $[Sn^{2+}]=[Pb^{2+}]=1\ mol/L$,

               (2) $[Sn^{2+}]=1\ mol/L,[Pb^{2+}]=0.1\ mol/L$

时反应进行的方向(已知:$\varphi^{\ominus}_{Sn^{2+}/Sn}=-0.14\ V$,$\varphi^{\ominus}_{Pb^{2+}/Pb}=-0.13\ V$)。

解 (1) 当 $[Sn^{2+}]=[Pb^{2+}]=1\ mol/L$ 时,

$$\varphi_{Sn^{2+}/Sn}=\varphi^{\ominus}_{Sn^{2+}/Sn}=-0.14\ V$$

$$\varphi_{Pb^{2+}/Pb}=\varphi^{\ominus}_{Pb^{2+}/Pb}=-0.13\ V$$

所以,反应 $Pb^{2+}+Sn \Longleftrightarrow Pb+Sn^{2+}$ 自左向右进行。

(2) 当 $[Sn^{2+}]=1\ mol/L,[Pb^{2+}]=0.1\ mol/L$ 时,由能斯特方程式得:

$$\varphi_{Sn^{2+}/Sn}=\varphi^{\ominus}_{Sn^{2+}/Sn}=-0.14\ V$$

$$\varphi_{Pb^{2+}/Pb}=\varphi^{\ominus}_{Pb^{2+}/Pb}+\frac{0.059}{2}lg[Pb^{2+}]$$

$$=-0.13+\frac{0.059}{2}lg0.1$$

$$=-0.16\ (V)$$

因 $\varphi_{Sn^{2+}/Sn}>\varphi_{Pb^{2+}/Pb}$,故反应 $Pb^{2+}+Sn \Longleftrightarrow Pb+Sn^{2+}$ 自右向左进行是自发反应。

9.2.3.3 溶液酸度

在氧化还原反应中,用含氧酸的阴离子(如 $Cr_2O_7^{2-}$,MnO_4^- 等)作氧化剂时,一般都有 H^+ 参加反应,因为 H^+ 可与含氧酸的阴离子结合生成水。例如:

$$Cr_2O_7^{2-}+14H^++6e^- \Longleftrightarrow 2Cr^{3+}+7H_2O \qquad \varphi^{\ominus}_{Cr_2O_7^{2-}/Cr^{3+}}=1.33\ V$$

根据能斯特方程式,这个半反应的电极电位为:

$$\varphi=\varphi^{\ominus}+\frac{0.059}{6}lg\frac{[Cr_2O_7^{2-}][H^+]^{14}}{[Cr^{3+}]^2}$$

在上式中氢离子浓度为 14 次方,由此可见 H^+ 浓度对此反应的电极电位有很大影响,其影响要比氧化态或还原态浓度变化对电极电位的影响大得多。

这样有 H^+ 参加的氧化还原反应中,溶液的酸度不同,电极电位必然不同。因此在分析工作中,有可能借调节溶液的酸度来改变氧化还原反应的方向。

例 9-2 计算溶液酸度为 $1\ mol/L$ 和 $10^{-8}\ mol/L$ 时,As(V)/As(Ⅲ)电对的电极电位,并判断在这两种情况下与 $I_2/2I^-$ 电对进行反应的情况。

解 $H_3AsO_4+2I^-+2H^+ \Longleftrightarrow H_3AsO_3+I_2+H_2O$

半反应式为:

$$H_3AsO_4+2H^++2e^- \Longleftrightarrow H_3AsO_3+H_2O \qquad \varphi^{\ominus}_{AsO_4^{3-}/AsO_3^{3-}}=0.56\ V$$

$$I_2+2e^- \Longleftrightarrow 2I^- \qquad \varphi^{\ominus}_{I_2/2I^-}=0.54\ V$$

根据能斯特方程式得:

$$\varphi_{AsO_4^{3-}/AsO_3^{3-}}=\varphi^{\ominus}_{AsO_4^{3-}/AsO_3^{3-}}+\frac{0.059}{2}lg\frac{[H_3AsO_4][H^+]^2}{[H_3AsO_3]}$$

当 $[H^+]=1\ mol/L$,$[H_3AsO_4]=[H_3AsO_3]=1\ mol/L$ 时,

$$\varphi_{AsO_4^{3-}/AsO_3^{3-}} = \varphi^{\ominus}_{AsO_4^{3-}/AsO_3^{3-}} = 0.56 \text{ V} > 0.54 \text{ V}$$

此时反应向右进行。

若改变 H^+ 浓度，$[H^+] = 10^{-8} \text{ mol/L}$，

$$\varphi_{AsO_4^{3-}/AsO_3^{3-}} = \varphi^{\ominus}_{AsO_4^{3-}/AsO_3^{3-}} + \frac{0.059}{2}\lg[H^+]^2$$
$$= 0.56 + 0.059\lg 10^{-8}$$
$$= 0.09(V) < 0.54 V$$

这时反应改变了方向，向左进行。在碘量法中，常利用这个原理进行砷的测定。

应当指出，与物质浓度对反应方向的影响一样，仅当两个电对的 $\varphi^{\ominus}$ 值相差很小时，才能较容易地通过改变溶液的酸度来改变反应的方向。

9.2.3.4 生成沉淀

在氧化还原反应中，有时利用沉淀反应，使电对中的某种组分生成沉淀，即改变氧化态或还原态的浓度，使电极电位发生变化，从而改变反应方向。

例 9-3 用碘量法测定铜时，主要反应为：

$$2Cu^{2+} + 4I^- \Longrightarrow 2CuI \downarrow + I_2$$

试计算，当 $[Cu^{2+}] = [I^-] = 1 \text{ mol/L}$ 时，Cu^{2+} 能否氧化 I^-？已知 $K_{sp(CuI)} = 1.1 \times 10^{-12}$。

解
$$Cu^{2+} + e^- \Longrightarrow Cu^+ \quad \varphi^{\ominus}_{Cu^{2+}/Cu^+} = 0.159 \text{ V}$$
$$I_2 + 2e^- \Longrightarrow 2I^- \quad \varphi^{\ominus}_{I_2/2I^-} = 0.54 \text{ V}$$

由于 $\Delta\varphi^{\ominus} < 0$，则 Cu^{2+} 不能氧化 I^-，但因 I^- 与 Cu^+ 生成了溶解度很小的 CuI 沉淀，溶液中的 Cu^+ 浓度大降，使 Cu^{2+}/CuI 电对的电极电位大大提高。

$$\varphi_{Cu^{2+}/CuI} = \varphi^{\ominus}_{Cu^{2+}/Cu^+} + 0.059\lg\frac{[Cu^{2+}]}{[Cu^+]}$$
$$= \varphi^{\ominus}_{Cu^{2+}/Cu^+} + 0.059\lg\frac{[Cu^{2+}]}{K_{sp}/[I^-]}$$
$$= 0.159 - 0.059\lg 1.1 \times 10^{-12}$$
$$= 0.865 (V) > 0.54 V$$

这时 Cu^{2+} 可以定量地氧化 I^-。

9.2.3.5 生成配合物

在氧化还原反应中，若加入一种可与氧化态或还原态形成稳定配合物的配位剂时，将会使氧化态或还原态的浓度发生变化，使电对的电极电位发生变化，因而可能影响反应进行的方向。

例 9-4 用碘量法测定铜含量时，若溶液中有 Fe^{3+} 存在，如何消除它的干扰？

解 $\varphi^{\ominus}_{Fe^{3+}/Fe^{2+}} = 0.77 \text{ V} > \varphi^{\ominus}_{I_2/2I^-}$，所以可发生反应 $2Fe^{3+} + 2I^- \Longrightarrow 2Fe^{2+} + I_2$。

因此，Fe^{3+} 将干扰铜的测定。若预先分离 Fe^{3+}，手续麻烦，且易引起铜的损失。可采取在溶液中加入 NaF，使 Fe^{3+} 形成 $[FeF_6]^{3-}$ 配合离子，降低 $[Fe^{3+}]$。由能斯特方程式：

$$\varphi_{Fe^{3+}/Fe^{2+}} = \varphi^{\ominus}_{Fe^{3+}/Fe^{2+}} + 0.059\lg\frac{[Fe^{3+}]}{[Fe^{2+}]}$$

$[Fe^{3+}]$降低,即$\varphi_{Fe^{3+}/Fe^{2+}}$降低,直到$\varphi_{Fe^{3+}/Fe^{2+}} < \varphi_{I_2/2I^-}$,即消除了$Fe^{3+}$的干扰。

9.2.4　氧化还原反应进行的程度

氧化还原反应进行的程度可用平衡常数的大小来衡量。对于由下列两个半反应所构成的氧化还原反应来说,其平衡常数K可推导如下:

$$Ox_1 + n_1 e^- \Longrightarrow Red_1$$

$$Red_2 - n_2 e^- \Longrightarrow Ox_2$$

$$n_2 Ox_1 + n_1 Red_2 \Longrightarrow n_2 Red_1 + n_1 Ox_2$$

$$\varphi_{Ox_1/Red_1} = \varphi^{\ominus}_{Ox_1/Red_1} + \frac{0.059}{n_1}\lg\frac{[Ox_1]}{[Red_1]}$$

$$\varphi_{Ox_2/Red_2} = \varphi^{\ominus}_{Ox_2/Red_2} + \frac{0.059}{n_2}\lg\frac{[Ox_2]}{[Red_2]}$$

反应平衡时,$\varphi_{Ox_1/Red_1} = \varphi_{Ox_2/Red_2}$。

$$\lg K = \lg\frac{[Red_1]^{n_2}[Ox_2]^{n_1}}{[Ox_1]^{n_2}[Red_2]^{n_1}} = \frac{(\varphi^{\ominus}_{Ox_1/Red_1} - \varphi^{\ominus}_{Ox_2/Red_2})n_1 \cdot n_2}{0.059} \tag{9-5}$$

式中:$\varphi^{\ominus}_1$及$\varphi^{\ominus}_2$分别为两电对的标准电位或条件电位;n_1、n_2为电子转移数。

从式(9-5)可知氧化还原反应的平衡常数K是由两电对的电极电位之差决定的。差值越大,K越大,反应进行得越完全。由于滴定分析允许误差为0.1%,即在终点时允许还原剂残留0.1%,或氧化剂过量0.1%,即:

$$\frac{[Red_1]}{[Ox_1]} = \frac{100}{0.1} = 10^3$$

$$\frac{[Ox_2]}{[Red_2]} = \frac{99.9}{0.1} = 10^3$$

当两电对的半反应的电子转移数$n_1 = n_2 = 1$时,

$$\lg K = \lg\frac{[Red_1][Ox_2]}{[Ox_1][Red_2]} = \lg 10^3 \times 10^3 = 6$$

所以　$\Delta\varphi^{\ominus} = 0.059\lg K = 0.059 \times 6 = 0.35 (V)$

可见对于$n_1 = n_2 = 1$的反应而言,当$\lg K \geqslant 6$,即两电对的电极电位之差大于$0.35 V$,这样的反应才能用于滴定分析。

例如,在$1 mol/L\ H_2SO_4$溶液中,用硫酸铈标准溶液滴定亚铁:

$$Ce^{4+} + Fe^{2+} \Longrightarrow Fe^{3+} + Ce^{3+}$$

两电对的电极电位分别为

$$\varphi_{Ce^{4+}/Ce^{3+}} = \varphi^{\ominus}_{Ce^{4+}/Ce^{3+}} + 0.059\lg\frac{[Ce^{4+}]}{[Ce^{3+}]} \qquad \varphi^{\ominus}_{Ce^{4+}/Ce^{3+}} = 1.61 V$$

$$\varphi_{Fe^{3+}/Fe^{2+}} = \varphi^{\ominus}_{Fe^{3+}/Fe^{2+}} + 0.059\lg\frac{[Fe^{3+}]}{[Fe^{2+}]} \qquad \varphi^{\ominus}_{Fe^{3+}/Fe^{2+}} = 0.71 V$$

反应达平衡时，$\varphi_{Ce^{4+}/Ce^{3+}} = \varphi_{Fe^{3+}/Fe^{2+}}$，即

$$\varphi^{\ominus}_{Ce^{4+}/Ce^{3+}} + 0.059 \lg \frac{[Ce^{4+}]}{[Ce^{3+}]} = \varphi^{\ominus}_{Fe^{3+}/Fe^{2+}} + 0.059 \lg \frac{[Fe^{3+}]}{[Fe^{2+}]}$$

$$\lg \frac{[Ce^{3+}][Ce^{3+}]}{[Ce^{4+}][Fe^{2+}]} = \frac{\varphi^{\ominus}_{Ce^{4+}/Ce^{3+}} - \varphi^{\ominus}_{Fe^{3+}/Fe^{2+}}}{0.059}$$

即

$$\lg K = \frac{1.61 - 0.71}{0.059} = 15.25$$

$$K = 1.8 \times 10^{15}$$

从平衡常数 K 值可以看出，反应达平衡时，生成物浓度的乘积约为反应物浓度乘积的 10^{12} 倍，可见此氧化还原反应进行得很完全。

但是，有些氧化还原反应，尽管两电对的电极电位差符合上述要求，由于副反应的发生，使氧化还原反应不能定量进行，仍不能用于滴定分析。$K_2Cr_2O_7$ 可将 $Na_2S_2O_3$ 氧化为 $S_4O_6^{2-}$、SO_4^{2-} 等多种产物，所以碘量法中就不能用 $K_2Cr_2O_7$ 作基准物来直接标定 $Na_2S_2O_3$ 溶液的浓度。另一方面还应考虑反应的速度问题。

9.2.5 氧化还原反应的速度及影响因素

对于氧化还原反应，不但要从平衡观点来考虑反应的可能性，还要从反应速度来考虑反应的现实性。例如：

$$Ce^{4+} + e^- \Longrightarrow Ce^{3+} \qquad \varphi^{\ominus} = 1.61 \text{ V}$$
$$O_2 + 4H^+ + 4e^- \Longrightarrow 2H_2O \qquad \varphi^{\ominus} = 1.23 \text{ V}$$

从电极电位差求得平衡常数 $K = 10^{25.8}$ 看，可以发生下式反应：

$$4Ce^{4+} + 2H_2O \Longrightarrow 4Ce^{3+} + O_2 + 4H^+$$

实际上 Ce^{4+} 在水溶液中相当稳定，不被 H_2O 还原，说明上式反应极其缓慢。

影响氧化还原反应速度的主要因素有浓度、温度和催化剂。

9.2.5.1 浓度对反应速度的影响

根据质量作用定律，反应速度与反应物浓度有关，一般来说，反应物浓度越大，反应速度越快。例如反应 $Cr_2O_7^{2-} + 6I^- + 14H^+ \Longrightarrow 2Cr^{3+} + 3I_2 + 7H_2O$ 速度较慢，提高 I^- 与 H^+ 的浓度，可使反应速度加快。

值得注意的是，滴定过程中由于反应物的浓度不断降低，反应速度也逐渐减慢，特别是接近计量点时，反应速度更慢。所以在氧化还原滴定中，应控制滴定的速度适中。

9.2.5.2 温度对反应速度的影响

实践证明，对大多数反应来说，升高温度可提高反应速度。通常每升高 10℃，反应速度可提高 2～3 倍。例如反应 $2MnO_4^- + 5C_2O_4^{2-} + 16H^+ \Longrightarrow 2Mn^{2+} + 10CO_2 + 8H_2O$ 在室温下速度缓慢，若升温至 70～80℃ 滴定，则反应速度显著提高。

9.2.5.3 催化剂对反应速度的影响

催化剂对反应速度有很大影响，但不改变反应的平衡常数，从反应的表面上看，催化剂

似乎不参加反应,实际上在反应过程中,它反复地参加反应,并循环地起作用。

例如,在酸性溶液中,用 $KMnO_4$ 溶液滴定草酸,反应式为:

$$2MnO_4^- + 5C_2O_4^{2-} + 16H^+ \rightleftharpoons 2Mn^{2+} + 10CO_2 + 8H_2O$$

反应速度缓慢,若加入 Mn^{2+},则加快反应进行,反应机理如下:

第一步 $2MnO_4^- + 3Mn^{2+} + 2H_2O \rightleftharpoons 5MnO_2 + 4H^+$

第二步 $2MnO_2 + C_2O_4^{2-} + 8H^+ \rightleftharpoons 2Mn^{3+} + 2CO_2 + 4H_2O$

第三步 $2Mn^{3+} + C_2O_4^{2-} \rightleftharpoons 2Mn^{2+} + 2CO_2$

在通常滴定时,不加入 Mn^{2+},而是利用 MnO_4^- 和 $C_2O_4^{2-}$ 反应后生成的微量 Mn^{2+} 作催化剂。这里 Mn^{2+} 加快反应速度,称正催化剂。能减慢反应速度的物质称负催化剂。例如多元醇加入 $SnCl_2$ 中,就能防止它被空气中的 O_2 氧化。

9.3 碘量法

9.3.1 概述

利用碘的氧化性和碘离子的还原性进行滴定分析的方法,称碘量法。其基本反应为:

$$I_2 + 2e^- \rightleftharpoons 2I^- \qquad \varphi_{I_2/I^-}^{\ominus} = 0.54 \text{ V}$$

由于固体 I_2 在水中溶解度很小($0.001\ 33$ mol/L),实际应用时常将 I_2 溶解在 KI 溶液中。

由 $\varphi^{\ominus}$ 可知,碘是一种较弱的氧化剂,能与较强的还原剂作用。而 I^- 是一种中等强度的还原剂,能与一般氧化剂作用。因此,碘量法可用直接与间接两种方式进行。

9.3.1.1 直接碘量法

用 I_2 标准溶液直接滴定电位比 $\varphi_{I_2/I^-}^{\ominus}$ 小的还原性物质的方法称直接碘量法。直接碘量法的基本反应是:

$$I_2 + 2e^- \rightleftharpoons 2I^-$$

由于 I_2 的氧化能力不强,所以能被 I_2 氧化的物质有限,如 Sn^{2+}、Sb^{3+}、As_2O_3、S^{2-}、SO_3^{2-} 等,而且直接碘量法的应用受溶液中 H^+ 浓度的影响较大,只能在酸性、中性或弱碱性溶液中进行。如果溶液的 pH 值大于 9,则发生如下副反应:

$$3I_2 + 6OH^- \rightleftharpoons IO_3^- + 5I^- + 3H_2O$$

这样会给测定带来误差。在酸性溶液中,只有少数还原能力强,不受 H^+ 浓度影响的物质才能发生定量反应。所以直接碘量法的应用受到一定限制。

9.3.1.2 间接碘量法

间接碘量法的基本反应为:

$$2I^- - 2e^- \rightleftharpoons I_2$$

$$I_2 + 2S_2O_3^{2-} \rightleftharpoons 2I^- + S_4O_6^{2-}$$

它包括置换滴定碘量法和返滴定碘量法。

1. **置换滴定碘量法**　电位比 $\varphi^{\ominus}_{\frac{I_2}{2I^-}}$ 高的氧化性物质，如 $K_2Cr_2O_7$、H_2O_2、$KMnO_4$、KIO_3 等，可在一定条件下，用 I^- 还原，析出 I_2，然后用 $Na_2S_2O_3$ 标准溶液滴定。例如：

$$2MnO_4^- + 10I^- + 16H^+ \Longleftrightarrow 2Mn^{2+} + 5I_2 + 8H_2O$$

$$I_2 + 2S_2O_3^{2-} \Longleftrightarrow 2I^- + S_4O_6^{2-}$$

2. **返滴定碘量法**　定量过量的 I_2 标准溶液与还原性物质反应完全后，剩余的 I_2 用 $Na_2S_2O_3$ 标准溶液进行滴定的方法，称返滴定碘量法。

应该注意，I_2 和 $Na_2S_2O_3$ 的反应须在中性或弱酸性溶液中进行。因为在碱性溶液中，有以下副反应：

$$Na_2S_2O_3 + 4I_2 + 10NaOH \Longleftrightarrow 2Na_2SO_4 + 8NaI + 5H_2O$$

$$3I_2 + 6OH^- \Longleftrightarrow IO_3^- + 5I^- + 3H_2O$$

使氧化还原过程复杂化。在强酸性溶液中，$Na_2S_2O_3$ 能被酸分解：

$$S_2O_3^{2-} + 2H^+ \Longleftrightarrow S\downarrow + SO_2\uparrow + H_2O$$

且 I^- 易被空气中的 O_2 所氧化：

$$4I^- + 4H^+ + O_2 \Longleftrightarrow 2I_2 + 2H_2O$$

9.3.2　指示剂

碘量法的终点常用直链淀粉指示剂来确定。直链淀粉溶液遇 I_2 形成蓝色配合物，根据蓝色的出现或消失可判断终点，灵敏度很高，即使在 5×10^{-6} mol/L 的 I_2 溶液中也能看出。温度升高和醇类物质的存在都使灵敏度降低。在 50% 以上的乙醇溶液中无蓝色出现。直链淀粉遇 I_2 变蓝须有 I^- 存在，且 I^- 浓度适宜。支链淀粉只能松动地吸附 I_2，形成一种红紫色产物。

使用淀粉指示剂应注意以下几点。

9.3.2.1　溶液酸度

I_2 和淀粉的反应在弱酸性溶液中显色最灵敏。若溶液 pH 值小于 2，淀粉易水解成糊精，如遇 I_2 则变红色；若 pH 值大于 9，则生成 IO^-，不显蓝色。大量电解质存在能与淀粉结合而降低灵敏度。

9.3.2.2　淀粉溶液应新鲜配制

因淀粉溶液久置遇 I_2 呈红色，褪色慢，导致终点不敏锐。

9.3.2.3　加指示剂的时机

直接碘量法，在酸度不高时，可在滴定前加入。间接碘量法须在临近终点时加入，因为溶液中有大量 I_2 存在时，I_2 被淀粉表面牢固地吸附，不易与 $Na_2S_2O_3$ 立即作用，致使终点不敏锐。

此外，碘量法也可利用 I_2 溶液自身的黄色作指示剂，但灵敏度较差。

9.3.3 标准溶液的配制与标定

碘量法中常用的标准溶液主要有 I_2 溶液和 $Na_2S_2O_3$ 溶液。

9.3.3.1 $Na_2S_2O_3$ 标准溶液的配制与标定

硫代硫酸钠($Na_2S_2O_3 \cdot 5H_2O$)易风化潮解,且含少量的 S、S^{2-}、SO_3^{2-} 等杂质,所以不能直接配制成准确浓度的溶液,只能先配成近似浓度的溶液,然后再标定。

$Na_2S_2O_3$ 溶液在放置期间由于下列原因,浓度经常发生改变。

(1) 溶剂中如有嗜硫菌等微生物存在,则能分解 $Na_2S_2O_3$,降低溶液的浓度。

$$Na_2S_2O_3 \xrightleftharpoons{\text{细菌}} Na_2SO_3 + S\downarrow$$

(2) 溶解在水中的 CO_2 能使 $Na_2S_2O_3$ 分解:

$$Na_2S_2O_3 + H_2CO_3 \rightleftharpoons NaHCO_3 + NaHSO_3 + S\downarrow$$

分解作用一般在配成溶液的 7 d 内进行,因此,配好的 $Na_2S_2O_3$ 一般在 7～10 d 后进行标定。

(3) 与空气中的氧作用:

$$2Na_2S_2O_3 + O_2 \rightleftharpoons 2Na_2SO_4 + 2S\downarrow$$

为此,在配制 $Na_2S_2O_3$ 溶液时,需要用新煮沸并冷却了的蒸馏水,以消除水中的 CO_2 和 O_2 并杀死微生物。通常加入少量的 Na_2CO_3,使溶液呈弱碱性(pH 值 9～10),以抑制细菌生长。日光能促进 $Na_2S_2O_3$ 分解,故应将 $Na_2S_2O_3$ 溶液贮于棕色瓶中,放置暗处,经 7～10 d 后,待溶液稳定,再进行标定。长期保存的溶液,应隔一定时间重新标定,若发现溶液变浑浊,表示有硫析出,应过滤并重新标定或另配溶液。

0.1 mol/L $Na_2S_2O_3$ 溶液配制:称取 25 g $Na_2S_2O_3 \cdot 5H_2O$,溶于 1 L 新煮沸并冷却的蒸馏水中,加入 0.2 g Na_2CO_3 摇匀,贮存于棕色试剂瓶中,在暗处放置一周后过滤、标定。

$K_2Cr_2O_7$ 标定 $Na_2S_2O_3$ 溶液:将研细的基准物 $K_2Cr_2O_7$ 于 120℃干燥至恒重。准确称取 0.15 g 于 250 ml 碘量瓶中,加入 25 ml 水溶解,加入 10 ml 20%KI 溶液及 6 mol/L HCl 溶液 5 ml,密塞摇匀,于暗处放置 5 min,使反应较快完成后,再加水至 100 ml,用 $Na_2S_2O_3$ 溶液滴定至近终点(黄绿色)。加入 0.2%淀粉液 5 ml,继续滴定至溶液由深蓝变为亮绿色即为终点。

$$Cr_2O_7^{2-} + 6I^- + 14H^+ \rightleftharpoons 2Cr^{3+} + 3I_2 + 7H_2O$$
$$I_2 + 2S_2O_3^{2-} \rightleftharpoons 2I^- + S_4O_6^{2-}$$

$$c_{Na_2S_2O_3} = \frac{6 \times W_{K_2Cr_2O_7}}{\dfrac{M_{K_2Cr_2O_7}}{1\,000} \times V_{Na_2S_2O_3}} \qquad (M_{K_2Cr_2O_7} = 294.18 \text{ g/mol})$$

9.3.3.2 I_2 标准溶液的配制与标定

0.05 mol/L I_2 标准液的配制:称取 I_2 13.0 g,加碘化钾 36 g 置于研钵中,加水 50 ml,研磨至 I_2 全部溶解后,加盐酸 3 滴与水适量使成 1 000 ml,摇匀,置于棕色瓶中。

I_2 标准溶液(0.05 mol/L)标定:取在 105℃干燥至恒重的基准三氧化二砷约 0.11 g,精密称定,加氢氧化钠滴定液(1 mol/L)10 ml,微热使溶解,加水 20 ml 与甲基橙指示液 1 滴,加硫酸滴定液(0.5 mol/L)适量使黄色转变为粉红色,再加碳酸氢钠 2 g,水 50 ml 与淀粉指示液 2 ml,用本液滴定至溶液显浅蓝紫色。

基准物 As_2O_3 难溶于水,但易溶于 NaOH 溶液中:

$$As_2O_3 + 6OH^- \Longrightarrow 2AsO_3^{3-} + 3H_2O$$

随着滴定反应的进行,溶液的酸度增加,为防止 AsO_4^{3-} 氧化 I^- 使滴定反应不能完全进行,常在溶液中加入 $NaHCO_3$,使溶液 pH 值为 8。

$$AsO_3^{3-} + I_2 + H_2O \Longrightarrow AsO_4^{3-} + 2I^- + 2H^+$$

I_2 浓度的计算公式:

$$c_{I_2} = \frac{2 \times W_{As_2O_3}}{V_{I_2} \times \dfrac{M_{As_2O_3}}{1\,000}} \qquad (M_{As_2O_3} = 197.82 \text{ g/mol})$$

9.3.4 碘量法的误差来源

碘量法的误差,主要来自 I_2 易挥发及 I^- 在酸性溶液中易被空气中的 O_2 氧化。

防止 I_2 挥发的方法有:

(1) 加入 2~3 倍的 KI,由于生成 I_3^- 配离子,减少 I_2 的挥发。

$$KI + I_2 \Longrightarrow KI_3$$

(2) 反应在室温下进行。

(3) 滴定时应轻摇且最好用碘量瓶。

防止 I^- 被空气氧化的方法有:

(1) 在酸性溶液中,用 I^- 还原氧化剂时,应避免阳光照射。

(2) 若有 Cu^{2+}、NO_2^- 存在,能催化空气对 I^- 的氧化,应除去。

(3) 间接碘量法中,淀粉溶液应在滴定到近终点时加入,否则,有较多的 I_2 被淀粉牢固吸附,使蓝色消失慢,妨碍终点的观察。

9.3.5 计算示例

例 9-5 用基准 KIO_3 标定 $Na_2S_2O_3$ 溶液,称取 KIO_3 0.885 6 g,溶解后,转移至 250 ml 量瓶中,稀释至刻度,用移液管取出 25 ml,在酸性溶液中与过量 KI 反应,析出的碘用 $Na_2S_2O_3$ 溶液滴定,用去 24.32 ml $Na_2S_2O_3$ 溶液,求 $Na_2S_2O_3$ 溶液的浓度。

解 有关反应如下:

$$IO_3^- + 5I^- + 6H^+ \Longrightarrow 3I_2 + 3H_2O$$
$$I_2 + 2S_2O_3^{2-} \Longrightarrow 2I^- + S_4O_6^{2-}$$

从反应式知:$KIO_3 \sim 3I_2 \sim 6Na_2S_2O_3$

所以 $\quad c_{Na_2S_2O_3} = \dfrac{6 \times W_{KIO_3}}{V_{Na_2S_2O_3} \times \dfrac{M_{KIO_3}}{1\,000}} = \dfrac{6 \times 0.885 \ 6 \times \dfrac{25}{250}}{24.32 \times \dfrac{214.00}{1\,000}} = 0.102\ 1 \ (mol/L)$

例 9-6 用置换滴定法测定铜含量。称取 0.532 8 g 铜试样,加入 1.5 g KI,析出的 I_2 用 0.201 8 mol/L 的 $Na_2S_2O_3$ 溶液滴定,消耗 22.87 ml,计算样品中铜的百分含量。

解 有关反应如下:

$$2Cu^{2+} + 4I^- \rightleftharpoons 2CuI \downarrow + I_2$$
$$I_2 + 2S_2O_3^{2-} \rightleftharpoons 2I^- + S_4O_6^{2-}$$

从反应式知 $\quad 2Cu^{2+} \sim I_2 \sim 2S_2O_3^{2-}$
所以

$$Cu\% = \dfrac{(cV)_{Na_2S_2O_3} \times \dfrac{M_{Cu}}{1\,000}}{S_{样}} \times 100\% = \dfrac{0.201\ 8 \times 22.87 \times \dfrac{63.54}{1\,000}}{0.532\ 8} \times 100\% = 55.04\%$$

9.3.6 应用与示例

碘量法应用范围较广,许多具有氧化还原性的物质能够直接或间接地用碘量法测定含量。

9.3.6.1 直接碘量法

一些具较强还原性的药物,可用直接碘量法测定含量。2005 版中国药典收载的用此法测定的药物有乙酰半胱氨酸、二巯丙醇、安乃近及其制剂、维生素 C 及其制剂、维生素 C 钙、维生素 C 钠、硫代硫酸钠及其注射液等。

例 9-7 维生素 C 的含量测定(ChP 2005 P669)

操作方法 取本品约 0.2 g,精密称定,加新沸过的冷蒸馏水 100 ml 与稀醋酸 10 ml 使溶解,加淀粉指示液 1 ml,立即用 I_2 滴定液(0.05 mol/L)滴定,至溶液呈蓝色并在 30 s 内不褪。

滴定反应如下:

$$维生素 C\% = \dfrac{(cV)_{I_2} \times \dfrac{M_{C_6H_8O_6}}{1\,000}}{S_{样}} \times 100\% \quad (M_{C_6H_8O_6} = 176.12 \ g/mol)$$

9.3.6.2 剩余碘量法

为了使被测定的物质与 I_2 充分作用并达到完全,可先加入定量过量的 I_2 标准溶液,再用 $Na_2S_2O_3$ 标准溶液回滴剩余的 I_2,这种方法称为剩余碘量法,一些具还原性的物质可用此法测定。中国药典 2005 年版收载的此类药物有无水亚硫酸钠、亚硫酸氢钠、焦亚硫酸钠、注射用苄星青霉素、盐酸半胱氨酸、右旋糖酐 20(40,70)葡萄糖注射液中葡萄糖的测定等。

安钠咖注射液中的咖啡因能与过量 I_2 溶液生成配合物沉淀(也可用本法测定),剩余 I_2 用 $Na_2S_2O_3$ 进行滴定。

应用本法时,一般都在条件完全相同的情况下做一空白滴定(无样品存在,加入相同量 I_2 溶液,用 $Na_2S_2O_3$ 溶液滴定),这样即可以免除一些仪器、试剂的误差,又可从空白滴定和回滴定的差数求出被测物质的含量,而无须预先知道 I_2 标准溶液的浓度。

例 9-8 右旋糖酐 40 葡萄糖注射液中葡萄糖的含量测定(ChP 2005 P90)

操作方法 精密量取本品 2 ml,置具塞锥形瓶中,精密加碘滴定液(0.05 mol/L)25 ml,边振摇边滴加氢氧化钠滴定液(0.1 mol/L)50 ml,密塞,在暗处放置 30 min,加稀硫酸 50 ml,用硫代硫酸钠滴定液(0.1 mol/L)滴定,至近终点时,加淀粉指示液 2 ml,继续滴定至蓝色消失,并将滴定结果用 0.12 g(6%的制品)或 0.2 g(10%的制品)的右旋糖酐 40 作空白试验校正。

反应过程为:

$$I_2 + 2NaOH \Longrightarrow NaIO + NaI + H_2O$$

NaIO 在碱性溶液中将葡萄糖氧化成葡萄糖酸盐:

$$CH_2OH(CHOH)_4CHO + NaIO + NaOH \Longrightarrow CH_2OH(CHOH)_4COONa + NaI + H_2O$$

剩余的 NaIO 在碱性溶液中转变成 $NaIO_3$ 及 NaI:

$$3NaIO \overset{OH^-}{\Longrightarrow} NaIO_3 + 2NaI$$

溶液经酸化后,又生成 I_2 析出:

$$NaIO_3 + 5NaI + 3H_2SO_4 \Longrightarrow 3I_2 + 3Na_2SO_4 + 3H_2O$$

$$I_2 + 2S_2O_3^{2-} \Longrightarrow 2I^- + S_4O_6^{2-}$$

葡萄糖的含量按下式计算:

$$C_6H_{12}O_6\% = \frac{\left[(cV)_{Na_2S_2O_3}^{空白} - (cV)_{Na_2S_2O_3}^{样}\right] \times \frac{1}{2} \times \frac{M_{C_6H_{12}O_6}}{1\,000}}{S_{样}} \times 100\%$$

9.3.6.3 置换碘量法

利用某些药物本身的氧化性将碘化钾氧化成碘,再用硫代硫酸钠标准溶液滴定。药典上收载的此类药物有过氧苯甲酰、葡萄糖酸锑钠、碘甘油、碘酊、碘酸钾等。

此外,还可利用某些药物能与一些定量过量强氧化剂如 $KMnO_4$、$NaIO_4$、Br_2、H_2O_2、$K_2Cr_2O_7$ 等反应,待反应完全后,过的氧化剂与碘化钾反应生成定量的碘,用硫代硫酸钠标准溶液滴定,换算成被测药物的含量。这是碘量法最重要的一种应用。2005 年版药典收载的用此法测定的药物有山梨醇及其注射液、甘露醇及其注射液、右旋糖酐铁及其片剂、甲状腺粉、红氧化铁、间苯二酚、苯酚、依他尼酸及其制剂、重酒石酸间羟胺、盐酸去氧肾上腺素及其注射液、盐酸小檗碱、乳酸依沙吖啶等。

例 9-9 盐酸去氧肾上腺素的含量测定(ChP 2005 P468)

盐酸去氧肾上腺素含酚羟基,在酸性溶液中可与定量过量的溴液发生溴代反应,过量的溴与碘化钾反应生成定量的碘,再用硫代硫酸钠标准溶液滴定。反应式如下:

$$Br_2 + 2KI \Longrightarrow I_2 + 2KBr$$

$$I_2 + 2Na_2S_2O_3 \Longrightarrow 2NaI + Na_2S_4O_6$$

操作方法 取本品 0.1 g,精密称定,置碘瓶中,加水 20 ml 使溶解。精密加溴滴定液 (0.1 mol/L)50 ml,加盐酸 5 ml,立即密塞,放置 15 min 并时时振摇,注意微开瓶塞,加碘化钾试液 10 ml,立即密塞,摇匀,用硫代硫酸钠滴定液(0.1 mol/L)滴定,至近终点时,加淀粉指示液 2 ml,继续滴定至蓝色消失。并将滴定结果用空白试验校正。

9.3.6.4 水的测定——Karl Fischer 法

Karl Fischer 法测定微量水是碘量法在非水滴定中的一种应用。Karl Fischer 法的滴定剂为碘、二氧化硫和吡啶按一定比例溶于无水甲醇的混合溶液。滴定剂与水的总反应可表示为:

$$I_2 + SO_2 + 3C_5H_5N + CH_3OH + H_2O \Longrightarrow 2C_5H_5N \overset{\displaystyle H}{\underset{\displaystyle I}{N}} + C_5H_5N \overset{\displaystyle H}{\underset{\displaystyle SO_4CH_3}{N}}$$

滴定剂(I_2)的浓度可用纯水为基准进行标定。滴定终点可用 I_2 自身指示剂法指示,最好是用永停法(见本书 10.5)指示。关于 Karl Fischer 法滴定剂的配制、标定和测定水的操作步骤参阅《中国药典》2005 年版附录。

Karl Fischer 法可测定无机物中的水,也可测定有机物中的水,是药物中水分测定的常用方法。

凡是与 Karl Fischer 法滴定剂溶液中所含组分产生反应的物质,如氧化剂、还原剂、碱性氧化物、氢氧化钠等都干扰该法的测定。

9.4 高锰酸钾法

9.4.1 概述

利用高锰酸钾作氧化剂来进行滴定分析的方法称高锰酸钾法。高锰酸钾的氧化能力与溶液的酸度有关。

在强酸性溶液中,它与还原剂作用,MnO_4^- 被还原为 Mn^{2+}:

$$MnO_4^- + 8H^+ + 5e^- \Longrightarrow Mn^{2+} + 4H_2O \qquad \varphi^{\ominus}_{MnO_4^-/Mn^{2+}} = 1.51 \text{ V}$$

在微酸性、中性或弱碱性溶液中,MnO_4^- 被还原为 MnO_2:

$$MnO_4^- + 2H_2O + 3e^- \Longrightarrow MnO_2 + 4OH^- \qquad \varphi^{\ominus}_{MnO_4^-/MnO_2} = 0.59 \text{ V}$$

由此可见,在强酸性溶液中,$KMnO_4$ 有更强的氧化能力,故一般在 H_2SO_4 溶液中进行滴定。

根据待测组分的性质,可用不同的滴定方式。

9.4.1.1 直接滴定法

适用于 Fe^{2+}、Sb^{2+}、H_2O_2、$C_2O_4^{2-}$、NO_2^- 等还原性物质的测定。

9.4.1.2 返滴定法

适用于一些不能用 $KMnO_4$ 标准溶液直接滴定的氧化性物质的测定。如测定 MnO_2,就是在 H_2SO_4 溶液中,先加入过量的 $Na_2C_2O_4$ 标准溶液,再用 $KMnO_4$ 标准溶液返滴剩余的 $Na_2C_2O_4$ 标准溶液。

9.4.1.3 间接滴定法

一些非氧化还原性物质如 Ca^{2+} 等,先使之成为 CaC_2O_4 沉淀,然后溶于稀 H_2SO_4 中,用 $KMnO_4$ 标准溶液滴定 $C_2O_4^{2-}$,由此求出 Ca^{2+} 的含量。

$KMnO_4$ 法的优点是氧化能力强,应用范围广,且本身是深紫色,可作为自身指示剂。其缺点是 $KMnO_4$ 试剂常含少量杂质,其标准溶液不稳定,另外,它可与很多还原性物质发生作用,所以选择性差。

9.4.2 标准溶液的配制和标定

9.4.2.1 0.02 mol/L $KMnO_4$ 溶液的配制

取 $KMnO_4$ 约 3.4 g,加水至 1 000 ml,加热至沸,并保持微沸 1 h,放置 3 d,用微孔玻璃漏斗过滤 MnO_2 沉淀(不可用滤纸),滤液贮存于棕色试剂瓶中,并存放于暗处。

9.4.2.2 $KMnO_4$ 溶液的标定

因草酸钠不含结晶水,受热稳定,易于提纯,故常用 $Na_2C_2O_4$ 为基准物来标定 $KMnO_4$ 溶液。

在 H_2SO_4 溶液中,$KMnO_4$ 与 $Na_2C_2O_4$ 的反应为:

$$2MnO_4^- + 5C_2O_4^{2-} + 16H^+ \Longrightarrow 2Mn^{2+} + 10CO_2 + 8H_2O$$

反应时应注意:温度控制在 $75 \sim 85℃$,溶液酸度应保持在 $0.5 \sim 1$ mol/L,滴定速度开始慢,以后稍快些,但始终不能太快,否则反应不完全。

9.4.3 应用与示例

例 9-10 过氧化氢溶液的测定。精密量取过氧化氢溶液 1 ml,置贮有 20 ml 水的锥形瓶中,加稀 H_2SO_4 20 ml,用 $KMnO_4$ 液(0.02 mol/L)滴定,消耗 V 体积的 $KMnO_4$ 液,计算 H_2O_2 的百分含量。

解 有关反应如下:

$$2KMnO_4 + 5H_2O_2 + 3H_2SO_4 \Longrightarrow 2MnSO_4 + K_2SO_4 + 8H_2O + 5O_2$$

从反应式知:$2KMnO_4 \sim 5H_2O_2$

$$H_2O_2 \% = \frac{(cV)_{KMnO_4} \times \frac{5}{2} \times \frac{M_{H_2O_2}}{1\,000}}{S_{样}} \times 100\%$$

例 9-11 硫酸亚铁含量测定（ChP 2005 P726）。精密称定 $FeSO_4$ 0.5 g，加稀 H_2SO_4 与新煮沸过的冷水各 15 ml 溶解后，立即用 $KMnO_4$ 液（0.02 mol/L）滴定至溶液显持续的粉红色 30 s，根据耗去 $KMnO_4$ 溶液体积，计算样品中 $FeSO_4$ 的百分含量。

解 有关反应如下：

$$2KMnO_4 + 8H_2SO_4 + 10FeSO_4 \rightleftharpoons 2MnSO_4 + 5Fe_2(SO_4)_3 + K_2SO_4 + 8H_2O$$

由反应式知：$KMnO_4 \sim 5FeSO_4$

$$FeSO_4\% = \frac{(cV)_{KMnO_4} \times 5 \times \dfrac{M_{FeSO_4}}{1\,000}}{S_{样}} \times 100\%$$

9.5 铈量法

9.5.1 概述

铈量法也称硫酸铈法（Cerium sulphate method），是利用 4 价铈盐［$Ce(SO_4)_2$ 或 $Ce(SO_4)_2 \cdot 2(NH_4)_2SO_4 \cdot 2H_2O$］作氧化剂来进行滴定分析的方法。

4 价铈离子（Ce^{4+}）在酸性溶液中是一种强氧化剂，在 0.5 mol/L H_2SO_4 中它的电极电位为 1.43 V，处于 $KMnO_4$ 和 $K_2Cr_2O_7$ 之间。

由于 Ce^{4+} 在碱性或中性介质中会水解生成碱式高铈盐，铈量法只能在酸性溶液中应用，酸度最好大于 0.25 mol/L。常用硫酸作滴定分析的介质。

铈量法的优点有：① 溶液稳定，其浓度受光照、放置及短时间加热等因素影响很小。② 许多用高锰酸钾法测定的物质亦可用铈量法测定，且滴定可在中等量氯化物存在下完成。③ 反应简单，在还原过程中不形成中间产物。④ 在滴定条件下，$Ce(IV)$ 与蔗糖、淀粉几乎不起作用，因此可直接测定糖浆、片剂中还原性物质（如 Fe^{2+} 等）。

9.5.2 指示剂

$Ce(IV)$ 盐溶液呈黄色或橙色，而 $Ce(III)$ 无色，由此可利用铈离子本身颜色变化来指示终点，但灵敏度不高，一般采用邻二氮菲－$Fe(II)$ 作指示剂。

指示剂指示原理：邻二氮菲与 Fe^{2+} 与 Fe^{3+} 分别形成两种不同颜色配合物，在化学计量点时发生颜色变化，从而指示终点。

上述反应具有可逆性，且颜色变化非常敏锐。

9.5.3 标准溶液的配制及标定

0.1 mol/L硫酸铈标准溶液配制：取硫酸铈42 g(或硫酸铈铵70 g)，加含有硫酸28 ml的水500 ml，加热溶解后，放冷，加水适量使成1 000 ml，摇匀。

标定，取在105℃干燥至恒重的基准As_2O_3 0.15 g，精密称定，加NaOH滴定液(1 mol/L) 10 ml，微热使溶解，加水50 ml，盐酸25 ml，一氯化碘试液5 ml与邻二氮菲指示液2滴，用本液滴定至近终点时，加热至50℃，继续滴定至溶液浅红色转变为淡绿色。标定反应式如下：

$$As_2O_3 + 6NaOH \longrightarrow 2Na_3AsO_3 + 3H_2O$$
$$Na_3AsO_3 + 3HCl \longrightarrow H_3AsO_3 + 3NaCl$$
$$H_3AsO_3 + 2Ce(SO_4)_2 + H_2O \xrightarrow{\text{催化剂}} H_3AsO_4 + Ce_2(SO_4)_3 + H_2SO_4$$

滴定时，酸度较大，反应速度慢。升高温度，可增大反应速度，但温度太高，指示液又会分解，采用在室温下滴定至近终点，然后加热至50℃，继续滴定至终点的方式，终点很明显，一氯化碘在此起催化剂作用。

9.5.4 应用与实例

硫酸亚铁片中硫酸亚铁($FeSO_4 \cdot 7H_2O$)的含量测定(ChP 2005 P726)

取本品10片，置200 ml量瓶中，加稀硫酸60 ml与新沸过的冷水适量，振摇使硫酸亚铁溶解，用新沸过的冷水稀释至刻度，摇匀，用干燥滤纸迅速过滤，弃去初滤液，精密量取续滤液30 ml，加邻二氮菲指示液数滴，立即用硫酸铈滴定液(0.1 mol/L)滴定。滴定反应如下：

$$2Ce(SO_4)_2 + 2FeSO_4 \longrightarrow Fe_2(SO_4)_3 + Ce_2(SO_4)_3$$

2005年版中国药典中，采用铈量法测定的药物有尼群地平及其片剂、硝苯地平、硫酸亚铁片、葡萄糖酸亚铁、富马酸亚铁及其片剂、胶囊剂，醋酸甲萘氢醌等药物。

9.6 亚硝酸钠法

9.6.1 概述

亚硝酸钠法是利用亚硝酸与有机芳胺类的氨基发生重氮化反应或亚硝基化反应来测定药物含量的方法。

亚硝酸不稳定，容易分解，通常把亚硝酸钠制成标准溶液，在酸性条件下产生亚硝酸与有机芳胺进行反应。

9.6.2 重氮化法

芳香族伯胺类化合物在HCl等无机酸的存在下，与亚硝酸钠作用(等物质的量反应)，生成芳伯胺的重氮盐：

$$\text{\ding{⬡}}-NH_2 +NaNO_2+2HCl \Longleftrightarrow [\text{\ding{⬡}}-N\equiv N]^+ Cl^- +2H_2O+NaCl$$

这种反应叫重氮化反应。应用亚硝酸钠标准溶液在酸性条件下滴定芳伯胺类化合物的方法叫重氮化滴定法。进行重氮化滴定时,应注意反应的条件。

(1) 酸的种类及其浓度　重氮化反应的速度与酸的浓度及酸的种类有关,顺序依次为 $HBr>HCl>H_2SO_4$ 或 HNO_3,考虑到价格及反应速度问题,常用 HCl 保持酸度为 1 mol/L。介质酸性加强,增大重氮盐的稳定性,增加反应速度。酸度不足,测定结果偏低。但也不能太大,否则易引起亚硝酸分解,影响重氮化反应速度。

(2) 反应温度　重氮化反应速度随温度的升高加快,但所形成的重氮盐也随温度的升高而迅速分解,温度过高,亚硝酸也逸失和分解,通常测定温度在 $15\sim30℃$ 之间。

(3) 滴定速度　重氮化反应为分子间反应,速度较慢,滴定速度尤其在近终点时不宜过快。通常采用"快速滴定法",即在 30℃ 以下,将滴定管尖端插入液面以下 2/3 处,将大部分 $NaNO_2$ 溶液在不断搅拌下一次滴入,近终点时将滴定管尖提出液面再缓缓滴定,可以大大缩短滴定时间,结果比较准确。

(4) 芳胺对位取代基的影响　若对位为亲电子基团,如 $-NO_2$、$-SO_3H$、$-COOH$、$-X$ 等,可加快反应速度;对位为斥电子基团,如 $-CH_3$、$-OH$、$-OR$ 等,则使反应速度减慢。例如磺胺类药物($H_2N-\text{\ding{⬡}}-SO_2-$)重氮化反应快;而非那西丁的水解产物($H_2N-\text{\ding{⬡}}-OC_2H_5$)重氮化反应慢,通常加入适量 KBr 作催化剂,以加快反应速度。机理如下:

$$HNO_2+HBr \xrightleftharpoons{k_1} NOBr+H_2O$$
$$HNO_2+HCl \xrightleftharpoons{k_2} NOCl+H_2O$$

$$\text{\ding{⬡}}-NH_2 \xrightarrow[\text{慢}]{NO^+} \text{\ding{⬡}}-\overset{H}{\underset{}{N}}NO \xrightarrow{\text{快}} \text{\ding{⬡}}-N=NOH \xrightarrow{\text{快}} \text{\ding{⬡}}-\overset{+}{N}\equiv N$$

由于 $k_1=300k_2$,故加入 KBr 可增加 NO^+ 浓度,从而加快重氮化反应的速度。

9.6.3　亚硝化法

芳仲胺类化合物用 $NaNO_2$ 滴定,发生亚硝化反应:

$$\text{\ding{⬡}}-NHR +NO_2^- +H^+ \Longleftrightarrow \text{\ding{⬡}}-\overset{NO}{\underset{}{N}}-R +H_2O$$

这种方法称亚硝化滴定,以区别重氮化滴定。

9.6.4　指示终点的方法

9.6.4.1　外指示剂法

1. KI 淀粉指示液　当滴定达到终点后,稍过量的 HNO_2 可将 KI 氧化成 I_2,被淀粉吸附,使显蓝色。

$$2NO_2^- + 2I^- + 4H^+ \rightleftharpoons I_2 + 2NO + 2H_2O$$

使用这种指示剂不能直接加到滴定液中。因这将使加入的 NO_2^- 在与芳伯胺作用前先与 KI 作用,无法观察终点。只能在临近终点时,用玻棒蘸出少许滴定液,在外面与指示剂接触来判断终点。

在未到终点时,滴定液遇指示液经一些时间也会显蓝色,这是由于强酸性溶液也能使 KI 遇空气氧化成 I_2 的缘故,应加以区别,不能误认为已到终点。

KI 淀粉指示液中常加入 $ZnCl_2$,起防腐作用。

2. KI 淀粉试纸 在近终点时,用玻棒蘸滴定液少许,用 KI 淀粉试纸试验,至溶液与试纸接触立即变蓝色,停止 1 min 后,再蘸取少许试液检查,如仍即显蓝色,表明到达终点。

外指示剂使用手续较繁,显色常不够明显,但稍经实践后并不难掌握。虽消耗一些滴定液,但因已近终点,溶液很稀,不致影响测定的准确度。

9.6.4.2 内指示剂法

由于外指示剂有上述缺陷,近年来有选用内指示剂指示终点。内指示剂主要是带有二苯胺结构的偶氮染料和醌胺类染料两大类。

使用内指示剂虽操作方便,便突跃不够明显,变色不够敏锐,而且各种芳胺类化合物的重氮化反应速度各不相同,故普遍适用的内指示剂有待寻找。

9.6.4.3 永停滴定法

在一定的外加电压下,使电极发生电解反应,应用计量点前后电解过程中产生电流变化来指示滴定终点的方法,称永停滴定法。详见第 10 章。中国药典多采用此法指示终点。

9.6.5 亚硝酸钠标准溶液的配制与标定

9.6.5.1 0.1 mol/L NaNO₂ 标准溶液的配制

取 $NaNO_2$ 7.2 g,加无水 Na_2CO_3 0.1 g,用适量水溶解,稀释成 1 000 ml,摇匀。

9.6.5.2 NaNO₂ 标准溶液的标定

取在 120℃ 干燥至恒重的基准无水对氨基苯磺酸 0.5 g,加 30 ml 水和 3 ml 浓氨试液溶解后,加 HCl(1→2)20 ml,搅拌。将滴定管尖端插入液面下 2/3 处,在 30℃ 下用 $NaNO_2$ 液迅速滴定,近终点时,将滴定管尖端提出液面,用少量水洗涤尖端,缓缓滴定,用永停法指示终点。计算公式如下:

$$c_{NaNO_2} = \frac{W_{基准}}{V_{NaNO_2} \times \dfrac{M_{C_6H_7O_3NS}}{1\,000}} \qquad (M_{C_6H_7O_3NS} = 173.2 \text{ g/mol})$$

9.6.6 应用与示例

亚硝酸钠法由于其方法简便、测定结果准确,目前继续被各国药典采纳为测定芳香族伯胺、芳香族仲胺以及具有潜在芳伯氨基药物含量的通法。潜在芳伯氨基如芳酰胺基、硝基等,前者经水解,后者经还原,都可成为芳伯氨基,用重氮化法测定。

$$Ar-NHCOR+H_2O \xrightarrow[\triangle]{(H^+)} Ar-NH_2+RCOOH$$

$$Ar-NO_2+6[H] \xrightarrow{Zn+HCl} Ar-NH_2+2H_2O$$

$$Ar-NH_2+NaNO_2+2HCl \longrightarrow [Ar-NN]^+Cl+NaCl+2H_2O$$

2005 年版中国药典中收载的用重氮化法测定的药物有甲氧氯普胺、对氨基水杨酸钠及其制剂、苯佐卡因、盐酸克仑特罗、盐酸普鲁卡因及其注射剂、盐酸普鲁卡因胺及其片剂、氨苯砜及其片剂、磺胺甲噁唑及其片剂、磺胺对甲氧嘧啶及其片剂、磺胺多辛及其片剂、磺胺嘧啶及其制剂、磺胺嘧啶钠及其注射剂、磺胺嘧啶银软膏、磺胺嘧啶锌及其软膏、磺胺醋酰钠及其滴眼液等具有芳伯氨基结构的药物。醋氨苯砜具有潜在芳伯胺结构，经酸水解后亦可用重氮化法测定。

含仲胺结构的有机药物与亚硝酸钠产生亚硝化反应，亦可用亚硝酸钠法测定其含量。

例 9-12 中国药典中磷酸伯氨喹片含量测定(ChP 2005 P873)即基于仲胺结构起亚硝化反应原理，测定方法：取本品 50 片，除去包衣后，精密称定，研细，精密称取适量（约相当于磷酸伯氨喹 0.3 g），照永停滴定法，用亚硝酸钠滴定液(0.05 mol/L)滴定，每 1 ml 滴定液相当于 22.77 mg 磷酸伯氨喹($C_{16}H_{21}N_3O \cdot 2H_3PO_4$)。

滴定反应如下：

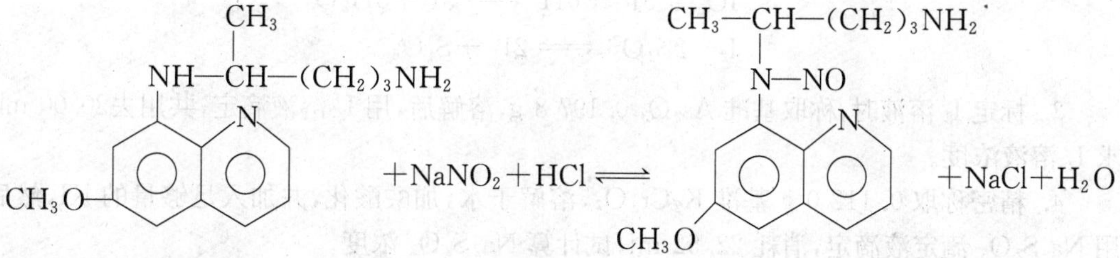

基于同样的原理，中国药典(2005 年版)中采用亚硝酸钠法测定异卡波肼及其片剂、硫酸双肼屈嗪及其片剂、羟基脲等药物和制剂的含量。

思考题

1. 氧化还原反应的实质是什么？氧化还原反应有何特点？
2. 应用 Nernst 方程表示一个电对的电极电位时应注意什么？
3. 什么是条件电位？它与标准电位有何不同？
4. 氧化还原反应的方向受哪些因素的影响？
5. 判断一个氧化还原反应能否进行完全的依据是什么？
6. 碘量法有哪 3 种滴定方式？各适用于测定哪类化合物？试各举一例说明。
7. 在碘量法中，使用淀粉指示剂应注意什么？
8. 高锰酸钾法滴定在什么酸度条件下进行？为什么？
9. 亚硝酸钠法中重氮化法的滴定反应条件是什么？用亚硝酸钠法可测定哪些类型的化合物？

习 题

1. 填空题

(1) 能应用于氧化还原滴定分析的反应(当 $n_1=n_2=1$ 时),其 $\lg K'$ _____,即两电对的式量电位之差应大于 _____ V。

(2) 一般氧化还原指示剂的变色范围的表示式为 _____。在选用氧化还原指示剂时,应尽量使指示剂的 _____ 与滴定反应的 _____ 电位相一致,以减少终点误差。

(3) 直接碘量法只能在 _____ 溶液中进行,而间接碘量法则须在 _____ 溶液中进行。

(4) 用亚硝酸钠作标准溶液,测定芳伯胺类化合物,进行重氮化滴定,应注意① _____,② _____,③ _____ 及 _____。

2. 用基准 KIO_3 标定 $Na_2S_2O_3$ 溶液,称取 KIO_3 0.885 6 g,溶解后,转移到 250 ml 量瓶中,稀释至刻度,用移液管取出 25.00 ml,在酸性溶液中与过量 KI 反应,析出的碘用 $Na_2S_2O_3$ 溶液滴定,用去 24.32 ml $Na_2S_2O_3$ 溶液,求 $Na_2S_2O_3$ 溶液的浓度。

有关反应如下:

$$IO_3^- +5I^- +6H^+ \rightleftharpoons 3I_2+3H_2O$$
$$I_2+2S_2O_3^{2-} \rightleftharpoons 2I^- +S_4O_6^{2-}$$

3. 标定 I_2 溶液时,称取基准 As_2O_3 0.197 8 g,溶解后,用 I_2 溶液滴定,共用去 20.00 ml,求 I_2 溶液浓度。

4. 精密称取 0.112 0 g 基准 $K_2Cr_2O_7$,溶解于水,加酸酸化,并加入足够量的 KI,然后用 $Na_2S_2O_3$ 滴定液滴定,消耗 22.52 ml,试计算 $Na_2S_2O_3$ 浓度。

5. 基准试剂草酸钠 0.112 6 g,在酸性溶液中用 $KMnO_4$ 滴定液滴定,已知用去 $KMnO_4$ 滴定液 20.77 ml,计算滴定液浓度。如用该滴定液测定 $FeSO_4$ 含量,计算 $KMnO_4$ 对 Fe^{2+} 的滴定度。($M_{Na_2C_2O_4}=134.0$ g/mol)

6. 根据下列反应,1 ml I_2 液(0.100 0 mol/L)相当于多少毫克的咖啡因?(咖啡因相对分子质量为 194.19)。

反应式如下:

$$C_8H_{10}N_4O_2+2I_2+KI+HCl \rightleftharpoons (C_8H_{10}N_4O_2)\cdot HI\cdot I_4\downarrow +KCl$$

7. 对氨基水杨酸钠 $\left[NaOOC-\bigcirc\!\!\!\!\!\!\!\!\!\!\!\!\bigcirc-NH_2 \right]\cdot 2H_2O$ 可用 $NaNO_2$ 法测定含量,写

出滴定反应式。若称样量为 0.405 0 g,则可能消耗 $NaNO_2$ 滴定液(0.100 0 mol/L)多少毫升?($M_{C_7H_6O_3NNa}=175$ g/mol)

10 电位法及永停滴定法

10.1 概述

电位法及永停滴定法均属于电化学分析法(Electrochemical analysis)。电化学分析法是仪器分析的一个重要分支,它是根据电化学原理建立起来的一类分析方法。这类方法的共同特点是使试样溶液成为电化学电池的组成部分,然后测量电池的某些参数,或根据这些参数的变化来进行定量或定性分析。电化学分析法经常测量的电池参数有电动势、电流、电阻和电量等,与此相应的方法就有电位法、伏安法、电导法、库仑法等。

电化学分析法在科学研究、药物分析、食品检验、临床化验、环境分析与监测等方面都有应用。目前,许多电化学分析方法已列出国家或行业的分析标准。本章将介绍电位法和永停滴定法。

10.2 电位法基础

10.2.1 电化学电池

电化学电池一般由两个电极(相同或不同)插入适当的电解质溶液中组成。电解质溶液可以是一种,也可以是两种彼此不混而又能相互接触的溶液。电化学电池通常可分为原电池和电解池两类。原电池能自发地将化学能转化成电能,电解池则需消耗外电源的电能,使电池内部发生化学反应。两类电池在电化学分析中均有应用。当实验条件改变时,原电池和电解池往往可以相互转化。

无论原电池或电解池,发生还原反应的电极称为阴极,而发生氧化反应的电极称为阳极。在一个电极上所发生的还原或氧化反应称为半电池反应。

10.2.1.1 原电池

图 10-1 所示的电池,是由一个浸在 1 mol/L $CuSO_4$ 溶液中的铜电极和一个浸在 1 mol/L $ZnSO_4$ 溶液中的锌电极所组成。两个电解质溶液用盐桥联接(其作用是提供离子迁移通路,防止两种溶液混合,消除液接电位。这将在后面讨论),这样便组成一个我们熟知的 Daniell 原电池。该电池可写成:

$$(-)Zn|ZnSO_4(1 \text{ mol/L}) \parallel CuSO_4(1 \text{ mol/L})|Cu(+)$$

若用导线将两个电极连接起来,则金属 Zn 氧化溶解,Zn^{2+} 进入溶液。

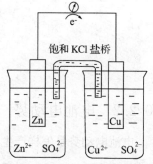

图 10-1　Daniell 原电池示意图

$$Zn \Longrightarrow Zn^{2+} + 2e^- \qquad\qquad \varphi^{\ominus}_{Zn^{2+}/Zn} = -0.763 \text{ V}$$

Cu^{2+} 还原成金属 Cu,沉积在电极上。

$$Cu^{2+} + 2e^- \Longrightarrow Cu \qquad\qquad \varphi^{\ominus}_{Cu^{2+}/Cu} = +0.337 \text{ V}$$

总的电池反应为:

$$Zn + Cu^{2+} \Longrightarrow Zn^{2+} + Cu$$

在不消耗电流的情况下,测量这个电池的电动势值为:

$$E = \varphi^{\ominus}_+ - \varphi^{\ominus}_- = 0.337 - (-0.763) = 1.100(\text{V})$$

外电路电子流动方向是从锌极到铜极。因此对于原电池来说,铜电极是正极,发生还原反应,锌电极是负极,发生氧化反应。

电池的书写惯例是:写在左面的电极进行氧化作用,为负极;写在右面的电极起还原作用,是正极。电池内所有物质都要写出,注明物态、浓度或压力,用单线"|"表示有接界电位存在,盐桥用符号"‖"表示。

10.2.1.2 电解池

当外加电源正极接到铜—锌原电池的铜电极上,负极接到锌电极上时(图 10-2),如果外加电压大于原电池的电动势,则两电极上的电极反应与原电池的电极反应相反。此时,锌电极发生还原反应,成为阴极,铜电极发生氧化反应,成为阳极。

锌电极:$Zn^{2+} + 2e^- \Longrightarrow Zn$ 还原反应

铜电极:$Cu \Longrightarrow Cu^{2+} + 2e^-$ 氧化反应

电解池的总反应:$Zn^{2+} + Cu \Longrightarrow Zn + Cu^{2+}$

显然,上述反应是不能自发进行的。

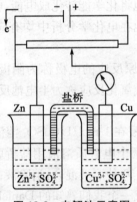

图 10-2 电解池示意图

10.2.2 电池电动势

电池电动势是怎样产生的呢?现以图 10-3 所示的丹聂耳电池为例作说明。该电池可写成:

$$(-)Zn|ZnSO_4(x\ mol/L)\|CuSO_4(y\ mol/L)|Cu(+)$$

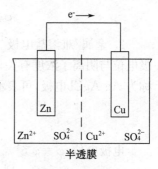

图 10-3　有液接的
丹聂耳电池

单线表示有接界电位,两边的单线表示金属和溶液两相界面处的电位差,叫做电极的相界电位。当金属,如锌片插入 $ZnSO_4$ 溶液时,锌片表面上的锌离子可以进入溶液,使锌片带负电,而锌片附近的溶液带正电,从而形成双电层。相反,对于铜片,溶液中的铜离子也可以进入铜片上使铜片带正电,溶液带负电,形成双电层。由于双电层的建立,在相界面上必然会出现相界电位差。相界电位的存在,将阻碍金属离子进入溶液或从溶液中沉积到金属片上,最终两种倾向平衡时就形成了一稳定的相界电位。一般来说,金属与溶液间电位差的大小和符号取决于金属的种类和原来存在于溶液中的金属离子的浓度。

上述表达式中间的单线表示硫酸锌溶液和硫酸铜溶液之间的电位差,叫做液体接界电位 E_j,液接电位是指两种不同溶质的溶液界面上,或两种溶质相同而浓度不同的溶液界面上存在的电位差。液接电位的产生是由于在两种溶液的界面,不同离子具有不同的扩散速度,因此在界面处形成双电层,双电层的静电作用对扩散速度快的离子有一定的阻碍,对扩散慢的离子起加速作用,最后达到平衡。平衡时的电位差即液接电位。

一个电池的电动势应该等于:

$$E=(\varphi_+-\varphi_-)+\varphi_j+iR \tag{10-1}$$

如果用盐桥把液接电位 φ_j 消除,控制通过的电流 i 极小,使由于电池内阻产生的电位降 iR 小到可以忽略不计,则电池的电动势便等于两个电极的还原电位之差,即:

$$E=\varphi_+-\varphi_- \tag{10-2}$$

式中: φ_+、φ_- 分别表示正、负极的电极电位。原电池的电动势可用高阻抗的电位计直接测量。

10.2.3　指示电极和参比电极

电位法测量时,总是以一个电极作标准,测量另一个电极的电位,提供电位标准的电极称为参比电极,它不受溶液组成的影响,且数值较稳定。另一个电极的电位随溶液中离子活度(或浓度)的变化而变化,也就是电位能反映离子活度(或浓度)大小的电极,称为指示电极。

10.2.3.1　指示电极

常用的指示电极有如下 4 类。

1. 金属电极　由金属插在该金属离子溶液中组成。电极电位与溶液中金属离子浓度有关,故可用以测定金属离子浓度。如 $Ag^+|Ag$ 电极,将银丝插入 Ag^+ 溶液,电极反应为:

$$Ag^++e^-\Longrightarrow Ag$$

根据 Nernst 方程式,这一电极的电极电位为:

$$\varphi_{Ag^+/Ag} = \varphi^{\ominus}_{Ag^+/Ag} + 0.059 \lg a_{Ag^+} \qquad (25℃)$$

2. 金属/难溶盐电极　由涂有金属难溶盐的金属插在难溶盐的阴离子溶液中组成。电极电位与阴离子浓度有关,故可测定阴离子浓度。如将涂有 AgCl 的银丝插在 Cl^- 溶液中,称为 Ag-AgCl 电极,可表示为 $Ag|AgCl|Cl^-$。电极反应为:

$$AgCl + e^- \rightleftharpoons Ag + Cl^-$$

电极电位: $\varphi = \varphi^{\ominus}_{Ag^+/Ag} + 0.059 \lg a_{Ag^+} = \varphi^{\ominus}_{Ag^+/Ag} + 0.059 \lg \dfrac{K_{sp(AgCl)}}{a_{Cl^-}}$

$$= \varphi^{\ominus}_{Ag^+/Ag} + 0.059 \lg K_{sp(AgCl)} - 0.059 \lg a_{Cl^-} = \varphi^{\ominus}_{AgCl/Ag} - 0.059 \lg a_{Cl^-}$$

3. 惰性金属电极　由惰性金属插在含有不同氧化态的离子溶液中组成,惰性金属并不参与反应,仅供传递电子用。如将铂丝插入含有 Fe^{3+} 和 Fe^{2+} 的溶液,便构成这种电极: $Pt|Fe^{3+}, Fe^{2+}$。电极反应为:

$$Fe^{3+} + e^- \rightleftharpoons Fe^{2+}$$

电极电位为:

$$\varphi_{Fe^{3+}/Fe^{2+}} = \varphi^{\ominus}_{Fe^{3+}/Fe^{2+}} + 0.059 \lg \dfrac{[Fe^{3+}]}{[Fe^{2+}]} \qquad (25℃)$$

4. 膜电极　由固体膜或液体膜为传感体以指示溶液中某种离子浓度的电极。在这类电极上没有电子交换,电极电位的产生是由于离子交换和扩散的结果,各种离子选择性电极和测 pH 值的玻璃电极均属此类。

作为指示电极,应满足下列条件:

① 电极电位与有关离子活度应符合 Nernst 方程式关系。

② 响应快,重现性好。

10.2.3.2　参比电极

常用的参比电极有饱和甘汞电极和银-氯化银电极,它们的电位是以标准氢电极作为零比较测得的。

1. 饱和甘汞电极(Saturated calomel electrode)简写为 SCE,结构如图 10-4 所示,由金属汞、甘汞(Hg_2Cl_2)和饱和 KCl 溶液组成,表示为 $Hg|Hg_2Cl_2(s)|KCl$。其原理与金属难溶盐电极相同。电极反应及电极电位为:

$$Hg_2Cl_2 + 2e^- \rightleftharpoons 2Hg + 2Cl^-$$

$$\varphi_{Hg_2Cl_2/Hg} = \varphi^{\ominus}_{Hg_2Cl_2/Hg} - 0.059 \lg [Cl^-] \qquad (25℃)$$

甘汞电极的电位与外管内盛的 Cl^- 浓度有关,固定 Cl^- 浓度,电位也随之而固定。若外管内盛 KCl 溶液分别为饱和溶液、1 mol/L 和 0.1 mol/L,则 25℃时,电极电位分别为 0.241 V、0.280 V 和 0.334 V。

2. 银-氯化银电极　银-氯化银电极结构如图 10-5 所示,电极电位与 KCl 溶液浓度有关。饱和 KCl 的 Ag-AgCl

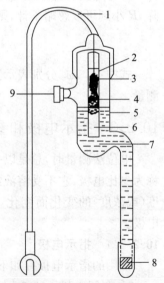

图 10-4　饱和甘汞电极
1. 电极引线　2. 玻璃管　3. 汞
4. 甘汞糊(Hg_2Cl_2 和 Hg 研成的糊)
5. 玻璃外套　6. 石棉或纸浆
7. 饱和 KCl 溶液　8. 素烧瓷片
9. 小橡皮塞

电极电位为 0.197 1 V(25℃)。

参比电极应符合可逆性、重现性和稳定性好等条件。

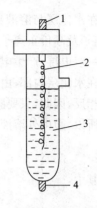

图 10-5 Ag-AgCl 电极
1. 引线　2. Ag-AgCl 丝
3. KCl 溶液　4. 多孔隔膜

10.3 直接电位法

在用直接电位法进行分析时，只要将适当的指示电极和参比电极浸在被测溶液中，测量所组成的电池电动势，即可根据 Nernst 方程求得被测物质的浓度。常用于溶液中某种离子的测定。直接电位法具有良好的灵敏度和高度的选择性，仪器简单，尤其适用于现场分析及自动化在线分析。

下面主要介绍溶液中 H^+ 活度的电位法测定。

10.3.1 溶液 pH 值的测定

10.3.1.1 参比电极

饱和甘汞电极或 Ag-AgCl 电极皆可作参比电极，以饱和甘汞电极最为常用。

10.3.1.2 指示电极

测定溶液 pH 值应用最广的是玻璃电极。玻璃电极构造如图 10-6 所示，在玻管的一端是由特殊成分玻璃（组成为 Na_2O，CaO，SiO_2）制成的球状薄膜，膜厚约 0.1 mm，它是电极的关键部分。球内装有一定 pH 值的溶液，以及 Ag-AgCl 内参比电极。

玻璃膜的内外表面与水溶液接触时，能吸收水分形成一厚度为 $10^{-4} \sim 10^{-5}$ mm 的水化层（硅胶层），水化层中的 Na^+（或别种 1 价离子）与溶液中 H^+ 进行交换，交换反应为：

$$H^+ + Na^+Cl^- \Longrightarrow Na^+ + H^+Cl^-$$

反应的平衡常数有利于反应向右进行，因此玻璃表面几乎绝大部分 Na^+ 点位被 H^+ 所占据。越进入水化层内部，交换的数量越少，H^+ 数目越少，而 Na^+ 越来越多，达到干玻璃层便全无交换，点位全由 Na^+ 占据。如图 10-7 所示。

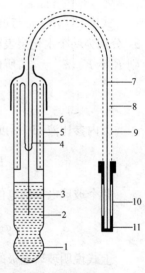

图 10-6 玻璃电极
1. 玻璃膜球　2. 缓冲溶液
3. 银－氯化银电极　4. 电极导线
5. 玻璃管　6. 静电隔离层
7. 电极导线　8. 塑料高绝缘
9. 金属隔离罩　10. 塑料高绝缘
11. 电极接头

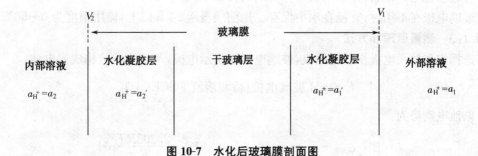

图 10-7 水化后玻璃膜剖面图

在水化层与溶液界面，由于 H^+ 浓度不同，H^+ 将由浓度高的一方向浓度低的一方扩散（负离子及高价正离子难以进出玻璃膜，故无扩散），余下过剩的阴离子，因而在两相界面间形成一双电层，产生电位差。这个电位差即相界电位（V_1 和 V_2）。参看图 10-7。

在水化层内部，由于 H^+ 和 Na^+ 扩散速度不同，产生扩散电位。两个水化层的扩散电位符号相反，因此，只要膜内外两个表面的物理性能完全相同，即可不予考虑。

所以，膜内外溶液之间电位差 E_m 为：

$$E_m = V_1 - V_2$$

其中：

$$V_1 = K_1 + \frac{2.303RT}{F} \lg \frac{a_1}{a_1'}$$

$$V_2 = K_2 + \frac{2.303RT}{F} \lg \frac{a_2}{a_2'}$$

式中：K_1、K_2 是与玻璃表面性质有关的常数，a_1、a_2 是外部、内部溶液中 H^+ 活度，a_1'、a_2' 分别为两个水化层表面 H^+ 活度。只要玻膜内外表面物理性能相同，且玻璃溶胀充分，则 $K_1 = K_2$，$a_1' = a_2'$，所以

$$E_m = V_1 - V_2 = \frac{2.303RT}{F} \lg \frac{a_1}{a_2}$$

因内参比液 H^+ 活度恒定为一常数，故上式可写为：

$$E_m = K' + \frac{2.303RT}{F} \lg a_1 = K' - \frac{2.303RT}{F} pH \tag{10-3}$$

整个玻璃电极的电位 $\varphi_{玻}$ 为：

$$\varphi_{玻} = E_m + \varphi_{AgCl/Ag} = K' + \varphi_{AgCl/Ag} - \frac{2.303RT}{F} pH \tag{10-4}$$

上式说明玻璃电极的电位符合 Nernst 方程式关系，可用以测定 pH。

实际上，玻璃电极的电位，只在一定范围内和 pH 值呈线性关系。在 pH 值 >9 时，使用普通玻璃电极测得的 pH 值低于真实值，这种误差叫碱误差或钠差。在 pH 值 <1 时，测得的 pH 值高于真实值，这种误差叫酸误差。

另外，由于制造工艺等原因，玻膜内外表面情况并不完全相同，当膜两侧溶液 pH 值相等时，E_m 不等于零，这个电位叫做不对称电位。玻璃电极在水中充分浸泡后，不对称电位变小并趋于稳定，可以合并到电极电位公式的常数项内。

玻璃电极在不用时，宜浸在水中保存。用前须浸泡 24 h 以上，使用温度为 0~50℃。

10.3.1.3　测量原理和方法

选择饱和甘汞电极作参比电极，玻璃电极为指示电极，与待测溶液构成原电池：

$$(-)pH\ 玻璃电极 | 待测溶液 \| SCE(+)$$

电池电动势为：

$$E = \varphi_{SCE} - \varphi_{玻} = \varphi_{SCE} - \varphi_{AgCl/Ag} - K' + \frac{2.303RT}{F} pH$$

$$=K+\frac{2.303RT}{F}\cdot pH=K+0.059pH \quad (25℃) \tag{10-5}$$

式中：$K=\varphi_{SCE}-\varphi_{AgCl/Ag}-K'$。

由于液接电位及玻璃电极不对称电位常有微小波动，K 值也会有些变动。为克服这一缺点，可采用"两次测量法"进行测定，即分别用已知 pH 值的标准缓冲溶液及待测溶液与玻璃电极和饱和甘汞电极组成电池，测电动势，得：

$$E_s=K+\frac{2.303RT}{F}pH_s$$

$$E_x=K+\frac{2.303RT}{F}pH_x$$

两式相减，整理得：

$$pH_x=pH_s+\frac{E_s-E_x}{2.303RT/F} \tag{10-6}$$

溶液 pH 值可用 pH 计进行测量。上述 K 值波动的影响可通过仪器上的"定位"钮用标准缓冲溶液进行校正。式(10-6)说明，pH_x 还与温度有关，可通过"温度"钮调节。经"定位"及"温度"调节后，pH 计读数即为被测溶液的 pH 值。

为了减小误差，应选用与待测溶液 pH 值相近的标准缓冲溶液。

10.3.1.4 应用

pH 玻璃电极是一种对氢离子具有高度选择性的指示电极，不受氧化剂、还原剂或毛细管活性物质存在的影响，可用于有色、浑浊或胶态溶液的 pH 值测定，准确度高，测前无需作预处理，测后不破坏、沾污溶液，因此应用极为广泛，药典中注射液、供配制注射剂用的原料药以及酸碱性大小明显影响稳定性的药物，多数采用本法测定其 pH 值。

10.3.2 离子选择性电极

近 20 年来，在电位分析法领域内发展起来的一种新的电极，就是"离子选择性电极"，它们对特定离子具有选择性响应，是一种以电位法测量溶液中某一特定离子活度的指示电极。

离子选择性电极属于膜电极，主要由内参比电极、内参比溶液和电极膜组成，如图 10-8 所示。电极膜中有与待测离子相同的离子。

当膜表面与溶液接触时，由于离子交换（或沉淀、配合等）作用产生膜电位，因为内参比溶液浓度恒定，所以离子选择性电极的电位只与待测离子的活度有关，并符合 Nernst 方程式。对阳离子 M^{n+} 有响应的电极，电位为：

图 10-8 离子选择性电极示意图

$$\varphi=K+\frac{2.303RT}{nF}lga_{M^{n+}} \tag{10-7}$$

对阴离子 R^{n-} 有响应的电极，电位为

$$\varphi = K - \frac{2.303RT}{nF} \lg a_{R^{n-}} \tag{10-8}$$

故可用以测定阴、阳离子浓度。

离子选择性电极的产生和发展,大大扩展了直接电位法的领域,使一些阴离子和阳离子活度的测量变得简单、快速。目前已制出和用于实际的电极有 Na^+、K^+、Ag^+、Hg^{2+}、Cd^{2+}、Cu^{2+}、Pb^{2+}、F^-、Cl^-、Br^-、I^-、CN^-、S^{2-}、NO_3^-、CO_3^{2-} 等品种,许多新的电极,如气敏电极、药物电极等也已研制出。应用离子选择性电极测定离子,所需仪器设备简单、价廉、轻便,适用于现场测量及连续、自动化测定,易于推广。此方法的缺点是多数离子选择性电极的选择性不够好,测定前仍需对试样进行必要的处理,另外准确度也较差,有待于进一步发展、完善。

10.4　电位滴定法

上一节讨论的直接电位法是在待测物质浓度不变的情况下,测量指示电极的电位进行定量分析。电位滴定法则是向试样中滴加能与待测物质进行化学反应的一定浓度的试剂,根据滴定过程中指示电极的电位变化来确定滴定终点的一种方法,它不需用电极电位数值计算离子的活度,因此与直接电位法相比,受液接电位、不对称电位和活度系数的影响要小得多,其准确度与一般滴定分析相当。

电位滴定法仪器装置简单,如图 10-9 所示。

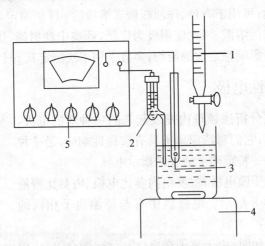

图 10-9　电位滴定装置

1. 滴定管　2. 参比电极　3. 指示电极　4. 电磁搅拌器　5. pH-mV 计

10.4.1　电位滴定终点的确定

进行电位滴定时,边滴定,边记录加入滴定剂的体积和电子电位计的电位读数。在滴定终点附近,因电位变化率增大,应减小滴定剂的加入量。最好每加入一小份(如 1 滴),记录一次数据,并保持每次加入滴定剂的数量相等,这样可使数据处理较为方便、准确,表 10-1 为典型的电位滴定记录数据和数据处理表。

表 10-1　典型的电位滴定数据一例

(1) 滴定剂体积 V/ml	(2) 电位计读数 E/mV	(3) ΔE	(4) ΔV	(5) $\Delta E/\Delta V$ /(mV/ml)	(6) 平均体积 $\overline{V}$/ml	(7) $\Delta(\Delta E/\Delta V)$	(8) ΔV	(9) $\Delta^2 E/\Delta V^2$
0.00	114							
		0	0.10	0.0	0.05			
0.10	114							
		16	4.90	3.3	2.55			
5.00	130							
		15	3.00	5.0	6.50			
8.00	145							
		23	2.00	11.5	9.00			
10.00	168							
		34	1.00	34	10.50			
11.00	202							
		16	0.20	80	11.10			
11.20	218							
		7	0.05	140	11.225			
11.25	225							
		13	0.05	260	11.275	120	0.05	2 400
11.30	238							
		27	0.05	540	11.325	280	0.05	5 600
11.35	265							
		26	0.05	520	11.375	—20	0.05	—400
11.40	291							
		15	0.05	300	11.425	—220	0.05	—4 400
11.45	306							
		10	0.05	200	11.475			
11.50	316							
		36	0.05	72	11.75			
12.00	352							
		25	1.00	25	12.50			
13.00	377							
		12	1.00	12	13.50			
14.00	389							

　　滴定终点可用作图法或微商计算法确定,下面介绍几种确定终点的方法。

10.4.1.1　E-V 曲线法

　　以电位值 E 为纵坐标,加入的滴定剂体积 V 为横坐标,绘制电位滴定曲线,见图 10-10(a),曲线上的转折点(拐点)即为滴定终点。如突跃不明显,可绘制一级微商曲线来确定。

10.4.1.2　$\Delta E/\Delta V$-$\overline{V}$ 曲线法(一级微商法)

　　以 $\Delta E/\Delta V$ 为纵坐标,加入滴定剂的平均体积 $\overline{V}$ 为横坐标作图,得 $\Delta E/\Delta V$-$\overline{V}$ 曲线,见图 10-10(b)。曲线的最高点所对应的体积就是滴定的终点。

10.4.1.3　$\Delta^2 E/\Delta V^2$-V 曲线法(二级微商法)

　　以 $\Delta^2 E/\Delta V^2$ 对 V 作图,得二级微商曲线,如图 10-10(c)。在二级微商 $\Delta^2 E/\Delta V^2 = 0$ 时,所对应的体积即滴定终点。

10.4.1.4　二级微商计算法

　　用作图法较繁琐,实际工作中常用内插法计算得滴定终点。在 $\Delta^2 E/\Delta V^2$ 数值出现相反符号时所对应的两个体积之间,必有使 $\Delta^2 E/\Delta V^2 = 0$ 的一点,即滴定终点。现以表 10-1 中数据为例说明之。

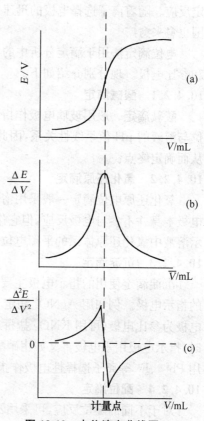

图 10-10　电位滴定曲线图

从表中知道,加入 11.30 ml 滴定剂时,$\Delta^2 E/\Delta V^2 = 5\ 600$,加入 11.35 ml 滴定剂时,$\Delta^2 E/\Delta V^2 = -400$,显然终点应在 11.30~11.35 ml 之间。见下图:

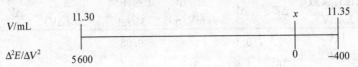

可用内插法按比例求终点体积 x:

$$(11.35 - 11.30) : (-400 - 5\ 600) = (x - 11.30) : (0 - 5\ 600)$$

$$x = 11.30 + \frac{0 - 5\ 600}{-400 - 5\ 600} \times 0.05$$

$$= 11.30 + 0.047 = 11.35$$

10.4.2 应用

电位滴定法与指示剂滴定法相比,具有客观可靠,准确度高,易于自动化,不受溶液有色、浑浊的限制等优点,是一种重要的滴定分析方法。在制定新的指示剂滴定分析方法时,常借助电位滴定法确定指示剂的变色终点,检查新方法的可靠性。尤其对于那些没有指示剂可以利用的滴定反应,电位滴定法更为有利。原则上讲,电位滴定法可用于任何类型的滴定反应。随着离子选择电极的迅速发展,可选用的指示电极愈来愈多,电位滴定法的应用范围也愈来愈广。

电位滴定法用于滴定分析中的各类滴定时,对不同类型的反应,应选用不同的指示电极和参比电极。现分别介绍如下。

10.4.2.1 酸碱滴定

酸碱滴定一般用玻璃电极作指示电极,饱和甘汞电极作参比电极。由于玻璃电极的电位与溶液的 pH 值呈线性关系,因此计量点时,电极电位随溶液 pH 值的突变而产生突跃,从而确定终点。

10.4.2.2 氧化还原滴定

氧化还原电位滴定一般采用惰性金属 Pt 等作为指示电极,参比电极为甘汞电极等。铂电极本身并不参与电极反应,但它作为一个导体,是氧化态和还原态交换电子的场所,能显示溶液中氧化还原体系的平衡电位。

10.4.2.3 沉淀滴定

沉淀滴定使用的指示电极主要是 Ag 电极和 Hg 电极。应根据不同的反应,选择不同的指示电极。例如用 $AgNO_3$ 滴定 Cl^-、Br^-、I^- 时,可选用 Ag 电极作指示电极,饱和甘汞电极为参比电极(可用 KNO_3 盐桥来消除甘汞电极中 Cl^- 的影响)。用汞盐标准溶液滴定时,指示电极用汞电极。又如用硝酸铅或高氯酸铅滴定硫酸盐,用镧盐滴定氟化物等,可选用 Pb^{2+}、F^- 等离子选择性电极作指示电极进行电位滴定。

10.4.2.4 配位滴定

对于不同的配位反应,可采用不同的指示电极,从理论上讲,可选用与被测离子相应的离子选择性电极作指示电极,实际上目前适用的电极为数不多。

EDTA 配位滴定金属离子,是配位滴定中广泛应用的方法,常采用汞电极作指示电极。滴定时,将 Hg 电极插入含有微量 Hg-EDTA 溶液和被测金属离子的溶液即成。溶液中同时存在两个配位平衡,Hg^{2+} 与 EDTA、被测金属离子 M^{n+} 与 EDTA 的配位平衡,因此,M^{n+} 浓度的变化可通过两个配位平衡来影响 Hg^{2+} 浓度,从而改变 Hg 电极电位。故此种电极可用作指示电极,参比电极可用甘汞电极。在一定条件下可测定 Cu^{2+}、Zn^{2+}、Ca^{2+}、Mg^{2+} 和 Al^{3+} 等多种金属离子。

10.4.2.5　非水酸碱滴定

在非水酸碱滴定中,常用玻璃电极作指示电极,甘汞电极作参比电极。甘汞电极中的饱和氯化钾水溶液可用饱和氯化钾无水乙醇溶液代替。滴定生物碱或有机碱的氢卤酸盐时,甘汞电极中的氯化物有干扰,可用适当的盐桥来消除。

上述电极系统适用于冰醋酸、醋酐、醋酸－醋酐混合液、醋酐－硝基甲烷混合液等酸性溶剂系统及二甲基甲酰胺碱性溶剂中的滴定。溶剂的介电常数对测定有影响。介电常数大,电动势读数较稳定,但突跃不明显;介电常数小,反应容易进行完全,突跃较明显,但电动势读数不够稳定。因此在非水电位滴定中,需调节溶剂的介电常数,以得到较稳定的电动势,又得到较大的滴定突跃。如在介电常数较大的溶剂中加一定比例介电常数较小的溶剂可达此目的。

非水滴定中,常用电位法确定终点,或用电位法对照以确定终点时指示剂颜色的变化。

10.5　永停滴定法

永停滴定法(Dead－stop titration)是把两个相同的电极(通常为铂电极)插入待滴定的溶液中,在两个电极间外加一小电压(约为几十毫伏),然后进行滴定,观察或记录滴定过程中通过两个电极的电流变化,根据电流变化的特性来确定滴定终点,属于电流滴定范畴。

永停滴定法装置简单,准确度高,终点易观察,是药典上重氮化滴定和 Karl-Fischer 法水分测定确定终点的法定方法。

10.5.1　原理

若溶液中同时存在某氧化还原电对的氧化形及其还原形物质,如 I_2 及 I^-,若同时插入两个相同的铂电极,则因两个电极的电位相同,电极间没有电位差,电动势等于 0。若在两个电极间外加一个小电压,则接正端的铂电极将发生氧化反应:

$$2I^- \Longrightarrow I_2 + 2e^-$$

接负端的铂电极上将发生还原反应:

$$I_2 + 2e^- \Longrightarrow 2I^-$$

就是说,将产生电解,只有两个电极上都发生反应,它们之间才会有电流通过,当电解进行时,阴极上得到多少电子,阳极上就失去多少电子,两个电极上的得失电子数总是相同。滴定时,当溶液中电对的氧化形和还原形的浓度不相等时,通过电解池电流的大小决定于浓度低的那个氧化形或还原形的浓度。氧化形和还原形的浓度相等时,电流最大。

像 I_2/I^- 这样的电对,在溶液中与双铂电极组成电池,给一很小的外加电压就能产生电解,有电流通过,称为可逆电对。

若溶液中的电对为 $S_4O_6^{2-}/S_2O_3^{2-}$,同样插入两个铂电极,同样给一很小的外加电压,由于只能发生反应 $2S_2O_3^{2-} \longrightarrow S_4O_6^{2-}+2e^-$,不能发生反应 $S_4O_6^{2-}+2e^- \longrightarrow 2S_2O_3^{2-}$,所以不能发生电解,无电流通过,这种电对叫作不可逆电对。对于不可逆电对,只有两个铂电极间的外加电压很大时,才会产生电解,但这是由于发生了其他电极反应所致。

永停滴定法是利用上述现象来确定终点的方法,在滴定过程中,电流变化可有三种不同情况。

10.5.1.1 滴定剂为可逆电对,被测物为不可逆电对

例如用碘溶液滴定硫代硫酸钠溶液,终点前,溶液中只有 $S_4O_6^{2-}/S_2O_3^{2-}$ 不可逆电对及 I^-,在很小的外加电压下,由于阳极可发生电极反应:

$$2S_2O_3^{2-} \longrightarrow S_4O_6^{2-}+2e^-$$

该反应不可逆,所以阴极无电极反应发生。此时两个电极间无电流通过。终点稍过,溶液中 I^- 与过量的 I_2 组成可逆电对。

阳极: $$2I^- \rightleftharpoons I_2+2e^-$$
阴极: $$I_2+2e^- \rightleftharpoons 2I^-$$

两电极都有反应,因此有电流通过。终点过后,随着 I_2 浓度的逐渐增加,电解电流也逐渐增加,滴定曲线如图 10-11 所示。

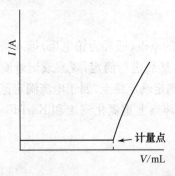

图 10-11　碘滴定硫代硫酸钠的滴定曲线　　图 10-12　硫代硫酸钠滴定碘的滴定曲线

10.5.1.2 滴定剂为不可逆电对,被测物为可逆电对

例如用硫代硫酸钠溶液滴定碘溶液,终点前溶液中存在可逆电对 I_2/I^-,有电流通过。电流随滴定过程中 I_2 浓度减小而减小。终点时及终点过后,溶液中只有 $S_4O_6^{2-}/S_2O_3^{2-}$ 及 I^-,因此电流降到最低点(零值附近)并不再变化。情况恰与前例相反,如图 10-12 所示。

10.5.1.3 滴定剂与被测物均为可逆电对

如用 Ce^{4+} 溶液滴定 Fe^{2+} 溶液。滴定前溶液中只有 Fe^{2+},无 Fe^{3+},阴极上不可能有还原反应,此时无电流通过。滴定开始后,溶液中有 Fe^{3+}/Fe^{2+} 可逆电对及 Ce^{3+},因此有电流通过;随着滴定的进行,Fe^{3+} 不断增加,电流也不断增加;当 $[Fe^{3+}]=[Fe^{2+}]$ 时,电流达到最大值;继续滴加 Ce^{4+},Fe^{2+} 逐渐下降,电流也随着下降;终点时,电流降至最低点;终点过后,溶液有了 Ce^{4+}/Ce^{3+} 可逆电对,电流随 Ce^{4+} 增加而增加,情况如图 10-13 所示。

10.5.2　方法

永停滴定的仪器装置如图 10-14 所示。图中 B 为 1.5 V 干电池,R 为 5 000 Ω 左右的电阻,R′为 500 Ω 的绕线电位器(用以调节外加电压),G 为检流计(灵敏度 $10^{-7} \sim 10^{-9}$ A/分度),S 为检流计的分流电阻(可调节灵敏度),E 和 E′为两个铂电极,D 为电磁搅拌器,滴定在搅拌状态下进行。

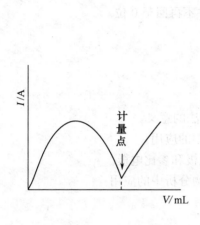

图 10-13　Ce^{4+} 滴定 Fe^{2+} 的滴定曲线　　　　**图 10-14　永停滴定装置**

调节 R′以得到适当的外加电压,一般数毫伏至数十毫伏即可。边滴定边观察电流计指针变化,即可确定终点。也可以从滴定曲线上寻找终点。

10.5.3　应用与示例

永停滴定法简便易行,准确可靠,已有不少可逆或不可逆电对物质采用这种方法测定,在药物分析上有广泛的应用。下面介绍两个典型例子。

(1) 在进行 $NaNO_2$ 法滴定时,采用永停法确定终点,比使用内、外指示剂都更加准确、方便。例如,用 $NaNO_2$ 标准溶液滴定某芳香胺,滴定反应为:

$$R-\langle \bigcirc \rangle-NH_2 + NaNO_2 + 2HCl \Longleftrightarrow [R-\langle \bigcirc \rangle-\overset{+}{N}\equiv N]Cl^- + 2H_2O + NaCl$$

终点前溶液中不存在可逆电对,故电流计指针停止在 0 位(或接近于 0 位)不动。达到终点并稍有过量的 $NaNO_2$ 时,溶液中便有 HNO_2 及其分解产物 NO 组成的可逆电对存在,电极反应如下。

阳极:　　　　　　　　$NO + H_2O \longrightarrow HNO_2 + H^+ + e^-$

阴极:　　　　　　　　$HNO_2 + H^+ + e^- \longrightarrow NO + H_2O$

电路中开始有电流通过,电流计指针显示偏转并不再回至 0 位。

(2) 在进行 Karl-Fischer 法测定微量水分时,采用永停法指示终点,比用碘作为自身指

— 141 —

示剂更加准确方便。样品中的水与 Karl-Fischer 滴定剂起如下反应：

$$I_2 + SO_2 + 3\ (\text{pyridine})N + CH_3OH + H_2O \longrightarrow 2\ (\text{pyridine})N\cdots\!\!\begin{array}{c}H\\I\end{array} + (\text{pyridine})N\cdots\!\!\begin{array}{c}H\\SO_4CH_3\end{array}$$

终点前溶液中不存在可逆电对,故电流计指针停止在 0 位不动。到达终点并稍有过量的 I_2 存在时,则溶液中便有 I_2 及 I^- 可逆电对存在。

阳极： $\qquad\qquad 2I^- \longrightarrow I_2 + 2e^-$

阴极： $\qquad\qquad I_2 + 2e^- \longrightarrow 2I^-$

电路中开始有电流通过,电流计指针显示偏转并不再回至 0 位。

思考题

1. 电位法中,何谓指示电极,何谓参比电极?
2. 简述玻璃电极测定溶液 pH 值采用两次测量法的意义。
3. 试简述电位滴定法原理、特点及在药物分析中的应用。
4. 列表说明各种电位滴定法中所选用的指示电极和参比电极。
5. 试简述永停滴定法的基本原理、特点及在药物分析中的应用。
6. 试比较电位法中直接电位法和电位滴定法。
7. 简述盐桥的作用。
8. 下列方法中测量电池各属于什么电池?
(1) 直接电位法;(2) 电位滴定法;(3) 永停滴定法。
9. 在实际测定溶液 pH 值时,为什么先要用标准缓冲溶液校正仪器?

习 题

1. 计算下列电极电位(25℃):

(1) $\varphi_{Ag^+/Ag}\ (a_{Ag^+} = 0.001\ mol/L)$

(2) $\varphi_{AgCl/Ag}\ (a_{Cl^-} = 0.1\ mol/L)$

(3) $\varphi_{Fe^{3+}/Fe^{2+}}\ (a_{Fe^{3+}} = 0.01\ mol/L, a_{Fe^{2+}} = 0.001\ mol/L)$

2. 在 25℃,下列电池：

玻璃电极 $|H^+(a=x)\parallel$ 饱和甘汞电极

当测量 pH=4.00 的缓冲溶液时,电池电动势为 0.209 V,测量未知液时,电池电动势分别为(a) 0.312 V,(b) 0.088 V,(c) -0.017 V,与其相对应的未知液的 pH 值是多少?

3. 用 0.1 mol/L $HClO_4$ 滴定四咪唑,以结晶紫作指示剂,得到如下表数据,试确定终点颜色。

V_{HClO_4}/ml	2.00	4.00	7.00	7.30	7.39	7.41	7.44	7.46	7.50	8.00
E/mV	290	290	360	398	440	500	540	565	600	666
指示剂颜色	紫	紫	紫	紫	紫	蓝	天蓝	蓝绿	黄绿	黄

4. 用原电池

$(-)Pt,H_2(80\ kPa)|HA(0.500\ mol/L)\parallel NaCl(0.100\ mol/L),AgCl(s)|Ag(+)$

测量一元弱酸 HA 的解离常数,若电池电动势是 0.568 V,HA 的解离常数是多少?
(已知 $\varphi^{\ominus}_{AgCl/Ag}=0.222\ 3\ V$)

11　紫外—可见分光光度法

紫外可见光区一般是指波长从 200 nm 至 760 nm 范围内的电磁波,紫外可见分光光度法是根据物质的分子对这一光区电磁波的吸收特性进行定量和定性分析的方法,属于分子吸收光谱法。

紫外可见分光光度法适用于微量和痕量组分分析,测定灵敏度可达到 $10^{-4} \sim 10^{-7}$ g/ml 或更低范围。在药物分析中,该法应用广泛,主要应用于药物制剂的含量测定、溶出度测定及药品鉴别中。

11.1　吸收光谱的产生

11.1.1　光的性质

光是一种电磁辐射,它具有波动性和微粒性。光在传播时表现了它的波动性,描述波动性的主要参数是波长 λ,频率 ν,波数 σ 或 $\bar{\nu}$,它们之间的关系是:

$$\sigma = \frac{\nu}{c} = \frac{1}{\lambda} \tag{11-1}$$

式中:c 是电磁辐射在真空中的传播速度,其值约为 3×10^{10} cm/s;波长 λ 是光波移动一个周期的距离,在紫外可见区常用纳米(nm)为单位,红外光区常用微米(μm)作波长的单位。

$$1 \text{ nm} = 10^{-3} \ \mu\text{m} = 10^{-6} \text{ mm} = 10^{-9} \text{ m}$$

频率的单位是赫兹(Hz),是每秒振动次数。光的频率数值很大,为了方便,常用波数 σ 来代替频率。波数的定义是光在真空中通过单位长度距离时的振动次数,常用单位是 cm^{-1}。例如波长为 200 nm 的光,其频率与波数是:

$$\nu = 3 \times 10^{10} / 200 \times 10^{-7} = 1.5 \times 10^{15} \text{ Hz}$$
$$\sigma = 1/200 \times 10^{-7} = 50 \ 000 \text{ cm}^{-1}$$

光又具有微粒性,它是一颗一颗不连续的光子构成的粒子流,光子是量子化的,只能一整个、一整个地发射出或被吸收。光子的能量(ε)取决于频率。

$$\varepsilon = h\nu \tag{11-2}$$

式中:h 是 Planck 常数,其值为 $6.626 \ 2 \times 10^{-34}$ J·s。频率愈大或波长愈短的光,其能量愈大。例如波长为 200 nm 的光,一个光子的能量是:

$$\varepsilon = 6.626 \ 2 \times 10^{-34} \times \frac{3.0 \times 10^{10}}{200 \times 10^{-7}} = 9.9 \times 10^{-19} \text{ J}$$

这样小的能量用电子伏特(eV)作单位较方便,1 eV 等于 1.6×10^{-19} J。上例一个光子的能量可写作：

$$\varepsilon = \frac{9.9 \times 10^{-19}}{1.6 \times 10^{-19}} = 6.2 \ (\text{eV})$$

11.1.2 分子能级与电磁波谱

分子中有原子与电子，分子、原子和电子都是运动着的物质，都具有能量。在一定的环境条件下，整个分子有一定的运动状态。其分子内部的运动可分为价电子运动、分子内原子在平衡位置附近的振动和分子绕其重心轴的转动。因此分子具有电子能级、振动能级和转动能级。

图 11-1 简示分子中 3 种能级，电子能级有电子基态与电子激发态，在同一电子能级，还因振动能量不同而分为若干"支级"，称为振动能级（$V=0,1,2,3\cdots\cdots$）。分子在同一电子能级和同一振动能级时，它的能量还因转动能量的不同而分为若干分级，称为转动能级（$J=0,1,2,3\cdots\cdots$）。所以分子的能量 E 等于下列 3 项之和：

$$E_{分子} = E_{电子} + E_{振动} + E_{转动}$$

分子从外界吸收能量后，就能引起分子能级的跃迁，即从较低的能级 E_1 跃迁到较高的能级 E_2。分子吸收能量同样具有量子化的特征。被吸收光子的能量必须与跃迁前后的能级差相等，否则不能被吸收。

$$\Delta E_{分子} = E_2 - E_1 = \varepsilon_{光子} = h\nu$$

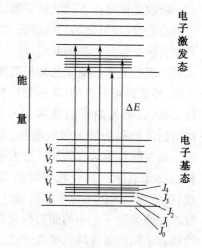

图 11-1　分子能级跃迁示意图

上述分子中这 3 种能级，以转动能级差最小，约在 $0.025 \sim 10^{-4}$ eV 之间。单纯使分子的转动能级跃迁所需的辐射是波长约为 50 μm～1.25 cm 的电磁波，属远红外区和微波区。分子的振动能级差约在 $1 \sim 0.025$ eV 之间。使振动能级跃迁所需的辐射，波长约为 1.25～50 μm，在中红外区。分子外层电子跃迁的能级差约为 20～1 eV，所属辐射的波长约为 60 nm～1.25 μm，其中以紫外可见光区为主要部分。

不同波长范围的电磁波所能激发的跃迁类型如表 11-1 所示。

表 11-1　电磁波谱

光谱区	波长范围	原子或分子的运动形式
X-射线	0.01～10 nm	原子内层电子的跃迁
远紫外	10～200 nm	分子中原子外层电子的跃迁
紫外	200～380 nm	同上
可见光	380～780 nm	同上
近红外	780 nm～2.5 μm	分子中涉及氢原子的振动
红外	2.5～50 μm	分子中原子的振动及分子转动
远红外	50～300 μm	分子的转动
微波	0.3 mm～1 m	同上
无线电波	1～1 000 m	核磁共振

分子的能级跃迁是分子总能量的改变。当发生振动能级跃迁时常伴有转动能级跃迁。在电子能级跃迁时则伴有振动能级和转动能级的改变(图 11-1)。所以紫外光谱一般包含有若干个谱带,不同谱带相当于不同的电子能级跃迁,一个谱带又包含若干个小谱带,相当于不同的振动能级跃迁。同一小谱带内又包含若干光谱线,每一条线相当于转动能级的跃迁。但是这样精细的紫外光谱一般是看不到的,这是由于一般分光光度计的分辨率远远不能满足要求,观察到的为合并成较宽的带,所以分子光谱是一种带状光谱,如图 11-2 所示。

11.1.3　紫外光谱的产生

11.1.3.1　吸收光谱的特性

吸收光谱是在不同波长下测定物质的对光吸收程度(吸光度 A),以波长为横坐标,吸光度为纵坐标所绘制的曲线,称为吸收曲线,又称为吸收光谱。测定的波长范围在紫外可见区,称紫外可见光谱,简称紫外光谱。如图 11-2 所示,吸收曲线的峰称为吸收峰,它所对应的波长称为最大吸收波长,常用 λ_{max} 表示。曲线的谷所对应的波长称为最小吸收波长,以 λ_{min} 表示。在吸收曲线的波长最短一端,吸收相当大但不成峰形的部分,称末端吸收。在峰旁边一个小的曲折称为肩峰。某些物质有不同的吸收峰。吸收光谱上的 λ_{max}、

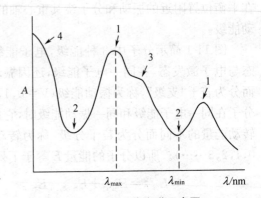

图 11-2　吸收光谱示意图
1. 吸收峰　2. 谷　3. 肩峰　4. 末端吸收

λ_{min}、肩峰及整个吸收光谱的形状取决于物质的分子结构,所以可作定性依据。

11.1.3.2　电子跃迁的类型

紫外吸收光谱是由于分子中价电子的跃迁而产生的。因此,这种吸收光谱决定于分子中价电子的分布和结合情况。按分子轨道理论,在有机化合物分子中有几种不同性质的价电子:形成单键的电子称为 σ 键电子;形成双键的电子称为 π 键电子;氧、氮、硫、卤素等含有未成键的孤对电子,称为 n 电子(或称 p 电子)。电子围绕分子或原子运动的几率分布叫做轨道。电子所具有的能量不同,轨道也不同。当它们吸收一定的能量后,就跃迁到能级更高的轨道而呈激发态。未受激发的较

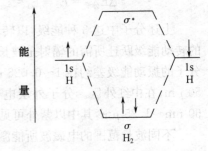

图 11-3　H_2 分子的成键轨道与反键轨道示意图

稳定的状态叫基态。成键电子的能级比未成键的低。如图 11-3 所示,两个氢原子形成一个氢分子时,两个氢原子上的 s 电子形成 σ 键后能量降低了,成为更稳定的状态,称为成键轨道,以 σ 表示。分子外层还有一种更高的能级存在,称作反键轨道,以 σ^* 表示。分子中有 π 键时,还有 π 反键轨道 π^*。分子中 5 种能级的高低次序是:

$$\sigma < \pi < n < \pi^* < \sigma^*$$

分子中外层电子的跃迁方式与键的性能有关,也就是说与化合物的结构有关。分子外

层电子的跃迁有以下几种类型：

1. $\sigma \to \sigma^*$ 跃迁 饱和烃只有能级低的 σ 键，它的反键轨道只有 σ^*。σ 与 σ^* 的能级差大。实现 $\sigma \to \sigma^*$ 跃迁需要的能量高，吸收峰在远紫外区。例如，甲烷的吸收峰在 125 nm，乙烷在 135 nm，饱和烃类吸收峰波长一般都小于 150 nm，超出一般仪器的测定范围。

2. $\pi \to \pi^*$ 跃迁 不饱和化合物中有 π 电子，吸收能量后跃迁到 π^* 上，所吸收能量比 $\sigma \to \sigma^*$ 能量小，吸收峰大都在 200 nm 左右，吸光系数很大，属于强吸收。例如，乙烯 $CH_2 = CH_2$ 的吸收峰在 165 nm，ε 为 10^4。

3. $n \to \pi^*$ 跃迁 含有杂原子的不饱和基团，如具有 $C=O$ 基、CN 基等的化合物，在杂原子上有未成键的 n 电子，能级较高。激发 n 电子跃迁到 π^*，即 $n \to \pi^*$ 跃迁所需能量较小，近紫外区的光能就可以激发。$n \to \pi^*$ 跃迁的吸光系数小，属弱吸收。例如丙酮，除 $\pi \to \pi^*$ 跃迁强吸收峰外，还有吸收峰在 280 nm 左右的 $n \to \pi^*$ 跃迁，ε 为 10～30。

4. $n \to \sigma^*$ 跃迁 如—OH、—NH_2、—X、—S 等基团连接在分子上时，杂原子上未共用 n 电子跃迁到 σ^* 轨道上，形成 $n \to \sigma^*$ 跃迁，所需能量与 $\pi \to \pi^*$ 跃迁接近。如三甲基胺 $(CH_3)_3N$，有 $\sigma \to \sigma^*$，$n \to \sigma^*$ 跃迁，后者吸收峰在 227 nm，ε 为 900，属中强吸收。

综上所述，电子由基态跃迁到激发态时所需能量是不同的，所以吸收不同波长的光能。它们所需能量的大小，可用图 11-4 表示。并有下列次序：

$$\sigma \to \sigma^* > n \to \sigma^* \geqslant \pi \to \pi^* > n \to \pi^*$$

其中 $n \to \pi^*$ 跃迁所需的能量在紫外可见区，单独双键的 $\pi \to \pi^*$ 与 $n \to \sigma^*$ 跃迁所需能量差不多，它们都靠近光谱的 200 nm 一边，在吸收光谱上常呈现末端吸收。另外，$\pi \to \pi^*$ 跃迁的吸光系数比 $n \to \pi^*$ 大得多。

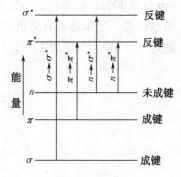

图 11-4 分子中价电子能级及跃迁类型示意图

11.1.3.3 发色团和助色团

1. 发色团 有机化合物分子结构中有 $\pi \to \pi^*$ 或 $n \to \pi^*$ 跃迁的基团，如 $C=C$、$C=O$、$C \equiv C$ 等称为发色团。

2. 助色团 助色团是与发色团或与饱和烃相连，能使吸收峰向长波长移动的，带有杂原子的饱和基团，如—OH、—NH_2 及卤素等。饱和烃本身只有 $\sigma \to \sigma^*$ 跃迁，若和助色团相连，则有 $n \to \sigma^*$ 跃迁，使吸收峰向长波长移动。例如甲烷 λ_{max} 在 125 nm，甲醇 λ_{max} 为 200 nm。若助色团与发色团相连，则产生 $n \to \pi^*$ 跃迁，使吸收向长波长移动。以乙烯为例，它与助色团连接时，如接上—OR（+30 nm）、—Cl（+5 nm），或—CH_3（+5 nm）等基团时，吸收峰都向长波长移动。

吸收峰向长波长移动的现象称红移或长移；向短波长移动的现象称蓝（紫）移或短移。

11.1.3.4 吸收带

吸收带就是吸收峰在紫外可见光谱中的波带位置。根据分子结构与取代基团的种类，可把吸收带分成 4 种类型，即 R 带、K 带、B 带和 E 带，以便于在解析光谱时可以从这些吸收带的归属，推测化合物分子结构的信息。

1. R 带 从德文 Radikal（基团）得名，由 $n \to \pi^*$ 跃迁引起的吸收带，是含杂原子的不饱

和基团如 $\diagdown$C=O 、—NO、—NO₂、—N=N— 等这一类发色团的特征。它的特点是处于较长波带范围(250～500 nm),而且是弱吸收($\varepsilon<100$)。如 CH_3COCH_3,CH_3COOH 及 CH_3NO_2 峰都属 R 带。

2. K 带　从德文 Konjugation(共轭作用)得名,相当于共轭双键中 $\pi \rightarrow \pi^*$ 跃迁引起的吸收带。吸收峰出现区域为 210～250 nm,吸收强度为强吸收,$\varepsilon>10^4$。随着共轭双键增加,发生红移,且吸收强度也增加。

例如：$CH_2{=}CH{-}CH{=}CH_2$　　　　$\pi \rightarrow \pi^*$　　K 带　$\lambda_{max}217$ nm ($\varepsilon=21\,000$)

　　$CH_2{=}CH{-}CH{=}CH{-}CH{=}CH_2$　$\pi \rightarrow \pi^*$　　K 带　$\lambda_{max}258$ nm ($\varepsilon=35\,000$)

苯甲醛　　　　　　　　　　　　　　$\pi \rightarrow \pi^*$　　K 带　$\lambda_{max}244$ nm ($\varepsilon=15\,000$)

3. B 带　从 Benzenoid(苯的)得名,是芳香族化合物的特征吸收带。苯于气态下,在 230～270 nm 出现精细结构的吸收光谱,反映出分子振动、转动能级的差别;在溶液中,受溶剂影响,能级差别更细,仪器不能分辨,出现宽带,其重心在 256 nm 处,ε 为 220(见图 11-5)。当苯环上有取代基时,精细结构也会消失。苯环与发色团连接时,有 B 和 K 两种吸收带,如苯乙烯,有 K 带($\lambda_{max}244$ nm),还有 B 带($\lambda_{max}282$ nm,ε 为 450)。

4. E 带　E 带也是芳香族的特征吸收,是苯环中 3 个乙烯组成的环状共轭系统所引起的 $\pi \rightarrow \pi^*$ 跃迁,E 带可细分为 E_1 带和 E_2 带。如苯的 E_1 带在 180 nm(ε 60 000),E_2 带在 200 nm(ε 8 000)。当苯环上有发色团取代,并和苯环共轭时,E_2 带与 K 带合并,吸收带长移,B 带也红移。当苯环上有助色团(如—Cl、—OH 等)取代时,E_2 带便产生红移,但波长一般不超过 210 nm。例见表 11-2。

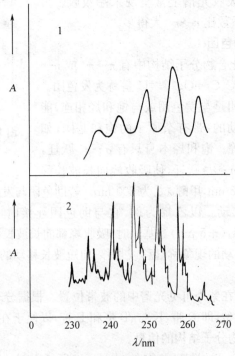

图 11-5　苯的紫外吸收光谱(B 带)
1. 苯的己烷溶液　2. 苯蒸气

根据以上各种跃迁的特点,我们可以根据化合物的结构,判断有无紫外吸收,若有紫外吸收,则可进一步预测该化合物可能出现的吸收带的类型及波长范围。

表 11-2 电子结构和跃迁

电子结构	化合物	跃迁	λ_{max}/nm	ε_{max}	吸收带
σ	乙烷	$\sigma \rightarrow \sigma^*$	135	10 000	
n	1-己硫醇	$n \rightarrow \sigma^*$	224	126	
	碘丁烷	$n \rightarrow \sigma^*$	257	486	
π	乙烯	$\pi \rightarrow \pi^*$	165	10 000	
	乙炔	$\pi \rightarrow \pi^*$	173	6 000	
π 和 n	丙酮	$\pi \rightarrow \pi^*$	约 150		
		$n \rightarrow \sigma^*$	194	9 000	
		$n \rightarrow \pi^*$	279	15	R
$\pi-\pi$	$CH_2=CH-CH=CH_2$	$\pi \rightarrow \pi^*$	217	21 000	K
	$CH_2=CH-CH=CH-CH=CH_2$	$\pi \rightarrow \pi^*$	258	35 000	K
$\pi-\pi$ 和 n	$CH_2=CH-CHO$	$\pi \rightarrow \pi^*$	210	11 500	K
		$n \rightarrow \pi^*$	315	14	R
芳香族 π	苯	芳香族 $\pi \rightarrow \pi^*$	约 180	60 000	E_1
		同上	约 200	8 000	E_2
		同上	255	215	B
芳香族 $\pi-\pi$	⬡—CH=CH₂	芳香族 $\pi \rightarrow \pi^*$	244	12 000	K
		同上	282	450	B
芳香族 $\pi-\sigma$	⬡—CH₃	芳香族 $\pi \rightarrow \pi^*$	208	2 460	E_2
		同上	262	174	B
芳香族 $\pi-\pi$ 和 n	⬡—C(=O)—CH₃	芳香族 $\pi \rightarrow \pi^*$	240	13 000	K
		同上	278	1 110	B
		$n \rightarrow \pi^*$	319	50	R
芳香族 $\pi-n$	⬡—OH	芳香族 $\pi \rightarrow \pi^*$	210	6 200	E_2
		同上	270	1 450	B

11.2 物质吸光的定量关系

11.2.1 Beer-Lambert 定律(比耳—朗伯定律)

Beer-Lambert 定律是吸收光谱法的基本定律,是说明物质对单色光吸收的强弱与吸光物质的浓度和厚度间关系的定律。Beer 定律说明吸收与浓度的关系,Lambert 定律说明吸收与厚度间的关系。

$$-\lg \frac{I}{I_0} = ELc \qquad (11\text{-}3)$$

上式即为 Beer-Lambert 定律的数学表达式，I_0 为入射光的强度，I 为透射光的强度，I/I_0 是透光率（T），常用百分数表示，$A = -\lg T$，A 称为吸光度，于是：

$$A = -\lg T = ELc$$
$$或 \quad T = 10^{-A} = 10^{-ELc} \qquad (11\text{-}4)$$

上式说明单色光通过吸光介质后，透光率 T 与浓度 c 或厚度 L 之间的关系是指数函数关系。例如，浓度增大一倍时，透光率从 T 降至 T^2。若以透光率的负对数为吸光度 A，则吸光度与浓度或厚度之间是简单的正比关系，其中 E 是比例常数，又称为吸光系数。

在多组分体系中，如果各组分吸光物质之间没有相互作用，则比耳—朗伯定律仍适用，这时体系的总吸光度等于各组分吸光度之和，即各物质在同一波长下，吸光度具有加和性。

$$A_{总} = A_a + A_b + A_c + \cdots\cdots$$

利用此性质可进行多组分的测定。

11.2.2 吸光系数

吸光系数的物理意义是吸光物质在单位浓度及单位厚度时的吸光度。在一定条件下（单色光波长、溶剂、温度等），吸光系数是物质的特性常数，不同物质对同一波长的单色光，可有不同的吸光系数，可作为定性的依据。厚度一定条件下，吸光度与浓度呈线性关系，吸光系数是斜率，是定量的依据，其值愈大，灵敏度愈高。

吸光系数常用两种表示方式：

（1）摩尔吸光系数，用 ε 表示，其意义是浓度为 1 mol/L 的溶液，厚度为 1 cm 时的吸光度。

（2）百分吸光系数或称比吸光系数，用 $E_{1cm}^{1\%}$ 表示，是指浓度为 1%（W/V）的溶液，厚度为 1 cm 时的吸光度。

吸光系数两种表示方式之间的关系是：

$$\varepsilon = \frac{M_r}{10} E_{1cm}^{1\%} \qquad (11\text{-}5)$$

式中：M_r 是吸光物质的摩尔质量。摩尔吸光系数多用于研究分子结构，比吸光系数多用于测定含量。

摩尔吸光系数一般不超过 10^5 数量级。通常将 ε 值达 10^4 的划为强吸收，小于 10^2 的划为弱吸收，介乎两者之间的称为中强吸收。吸光系数不能直接测得，需用准确浓度的稀溶液测得吸光度换算而得到。

例 11-1 氯霉素（$M_r = 323.15$）的水溶液在 278 nm 有最大吸收。设用纯品配制 100 ml 含 2.00 mg 的溶液，以 1.00 cm 厚的吸收池在 278 nm 处测得透光率为 24.3%，求吸光度 A 和吸光系数 ε，$E_{1cm}^{1\%}$。

$$A = -\lg T = -\lg 0.243 = 0.614$$

$$E_{1cm}^{1\%}=\frac{A}{cL}=\frac{0.614}{2.00\times10^{-3}\times1}=307$$

$$\varepsilon=\frac{M_r}{10}E_{1cm}^{1\%}=\frac{323.15}{10}\times307=9\,920$$

11.2.3 吸光度的测量

11.2.3.1 溶剂与容器

测量溶液吸光度的溶剂与吸收池应在所用的波长范围内有较好的透光性,即不吸收光或吸收很弱。玻璃不能透过紫外光,所以在紫外区测定只能用石英池。许多溶剂本身在紫外光区有吸收峰,只能在它吸收较弱的波段使用。表11-3列出一些溶剂适用范围的最短波长,低于这些波长就不宜采用。

表 11-3　溶剂的使用波长

溶　剂	波长极限/nm	溶　剂	波长极限/nm	溶　剂	波长极限/nm
乙醚	210	乙醇	215	四氯化碳	260
环己烷	200	二氧六环	220	甲酸甲酯	260
正丁醇	210	正己烷	220	乙酸乙酯	260
水	200	甘油	230	苯	280
异丙醇	210	二氯乙烷	233	甲苯	285
甲醇	200	二氯甲烷	235	吡啶	305
96%硫酸	210	氯仿	245	丙酮	330

11.2.3.2 空白对比

测量吸光度,实际上是测量透光率。但在测量光强减弱时,不只是由于被测物质的吸收所致,还有溶剂和容器的吸收,光的散射和界面反射等因素,都可使透射光减弱。为了排除这些干扰因素,须用空白对比法。空白是指与试样完全相同的容器和溶液,只是不含被测物质。采用光学性质相同、厚度相同的吸收池装入空白液作参比,调节仪器。使透过参比吸收池的吸光度为零,$A=0$,或透光率 $T=100\%$,然后将装有测量溶液的吸收池移入光路中测量,得到被测物质的吸光度。

11.2.4 影响比耳定律的因素

定量分析时,通常液层厚度是相同的,按照比耳定律,浓度 c 与吸光度 A 之间的关系应该是一条通过原点的直线。实际工作中,特别当溶液浓度较高时,会出现标准曲线弯曲现象(图11-6中虚线),称为偏离比耳定律。若在弯曲部分进行定量,就将引起较大的测定误差。

实际上在推导比耳—朗伯定律时包含了这样两个假设:① 入射光是单色光;② 溶液是吸光物质的稀溶液。因此导致偏离比耳定律的主要原因就表现在光学和化学两个方面。

11.2.4.1 光学因素

比耳定律只适用于单色光,但一般的单色器所提供的入射光并不是纯单色光,而是波长范围较窄的光带,实际上仍是复合光。由于物质对不同波长光的吸收程度不同,因而就产生偏离比耳定律。现假设入射光由波长 λ_1 和 λ_2 的光组成,两个波长的入射光强各为 I_0' 和 I_0''。

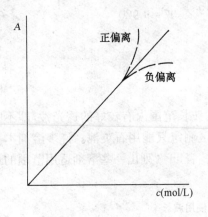

图 11-6　工作曲线　　　　　　　　　　图 11-7　吸收曲线

对 λ_1 的吸光度为　$A' = \lg \dfrac{I_0'}{I_1} = E_1 Lc$　　$I_1 = I_0' \times 10^{-E_1 Lc}$

对 λ_2 的吸光度为　$A'' = \lg \dfrac{I_0''}{I_2} = E_2 Lc$　　$I_2 = I_0'' \times 10^{-E_2 Lc}$

但在测量复合光的吸光度时,入射光强度为 $I_0' + I_0''$,透射光强度则为 $I_1 + I_2$,因此所测得的吸光度则为:

$$A = \lg \frac{I_0' + I_0''}{I_1 + I_2}$$

$$A = \lg \frac{I_0' + I_0''}{I_0' \times 10^{-E_1 Lc} + I_0'' \times 10^{-E_2 Lc}}$$

　　所以只有当 $E_1 = E_2$ 时,$A = ELc$,符合直线关系。若 $E_1 \neq E_2$,则 A 与 c 不成直线关系。E_1 与 E_2 差别越大,A 与 c 偏离线性关系越大。

　　因此测定时应选用较纯的单色光(即波长范围很窄的复合光)。同时选择吸光物质的最大吸收波长的光作测定波长,因为吸收曲线此处较平坦,E_1 和 E_2 相差不大,对比耳定律的偏离就较小,而且吸光系数大,测定有较高的灵敏度,如图 11-7 中 a 所示。若用谱带 b 的复合光测量,其 E 的变化较大,因而会出现明显的偏离。

11.2.4.2　化学因素

　　比耳—朗伯定律假设溶液中吸光粒子是独立的,即彼此之间无相互作用。然而实际表明,这种情况只有在稀溶液才成立。高浓度时,溶液中粒子间距离减少,相互之间的作用不能忽略不计,这将使粒子的吸光能力发生改变,引起对比耳定律的偏离。浓度越大,对比耳定律的偏离越大。所以一般认为比耳定律仅适用于稀溶液。

　　另一方面,吸光物质可因浓度改变而有解离、缔合、溶剂化及配合物组成改变等现象,使吸光物质发生存在形式的改变,因而影响物质对光的吸收能力,导致比耳定律的偏离。

　　为了防止这类偏离,必须根据物质对光吸收性质、溶液中化学平衡的知识,严格控制显色反应条件,使被测物质定量地保持在吸光能力相同的形式,以获得较好的分析结果。

11.3 紫外可见分光光度计

紫外可见分光光度计是在紫外可见光区可任意选择不同波长的光来测定吸光度的仪器。商品仪器的类型很多，质量差别悬殊，基本原理相似。光路可用方框图示意如下：

$$\boxed{光源} \rightarrow \boxed{单色器} \rightarrow \boxed{吸收池} \rightarrow \boxed{检测器} \rightarrow \boxed{讯号处理及显示器}$$

11.3.1 主要部件

11.3.1.1 光源

分光光度计要求有能发射强度足够而且稳定的、具有连续光谱的光源，紫外光区和可见区通常分别用氘灯（或氢灯）和钨灯（或卤钨灯）两种光源。光源的发光面积应该小，同时应附有聚光镜，将光聚集于单色器的进光狭缝。

1. 钨灯或卤钨灯　作为可见光源，适用范围为 350～1 000 nm。钨灯发光强度与供电电压的 3～4 次方成正比，所以供电电压要稳定。卤钨灯的发光强度比钨灯高。

2. 氢灯或氘灯　作为紫外光源，是一种气体放电发光的光源，发射 150～400 nm 的连续光谱，使用范围为 200～350 nm。氢灯发光强度不如氘灯，现在仪器多用氘灯。气体放电发光需先激发，同时应该控制稳定的电流，所以都配有专用的电源装置。氢灯或氘灯的发射光谱中有几根原子谱线，可作为波长校正用。常用的有 486.13 nm（F 线）和 656.28 nm（C 线）。

11.3.1.2 单色器

单色器的作用是将来自光源混有各种波长的光按波长顺序分散，并从中取出所需波长的光。单色器由狭缝、准直镜及色散元件等组成。原理简示如图 11-8。聚集于进光狭缝的光，经准直镜变成平行光，投射于色散元件。色散元件的作用是使各种不同波长的混合光分解成单色光。再由准直镜将色散后各种不同波长的平行光聚集于出光狭缝面上，形成按波长排列的光谱。转动色散元件的方位，可使所需波长的光从出光狭缝分出。

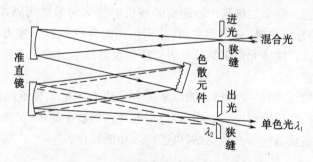

图 11-8　单色器光路示意图($\lambda_2 > \lambda_1$)

1. 色散元件　常用的色散元件是光栅，其性能直接影响仪器的工作波长范围和单色光纯度。光栅是一种在玻璃表面上刻有许多等宽、等间距的平行条痕的色散元件。紫外可见光谱用的光栅一般每毫米刻有 1 200 条条痕。它是利用复光通过条痕狭缝反射后，产生衍射与干涉作用，使不同波长的光有不同的方向而起到色散作用。光栅具有可用的波长范围宽,色散近乎线性(即光栅色散后的光谱中各条谱线间距离相等)及高分辨等优点。

2. 准直镜　准直镜是以狭缝为焦点的聚光镜。作用是将进入单色器的发散光变成平行光,又用作聚光镜将色散后的单色平行光聚集于出光狭缝。

3. 狭缝　狭缝宽度直接影响分光质量。狭缝过宽,单色光不纯。狭缝太窄,则光通量小,将降低灵敏度。所以狭缝宽度要恰当,一般以减小狭缝宽度时试样吸光度不再改变时的宽度为宜。

11.3.1.3　吸收池

吸收池是盛装待测溶液的器皿。可见光区用光学玻璃吸收池,紫外光区使用石英池。用作盛空白溶液的吸收池与盛试样溶液的吸收池应互相匹配,即有相同的厚度与相同的透光性。在测定吸光系数或利用吸光系数进行定量测定时,还要求吸收池有准确的厚度(光程)。

11.3.1.4　检测器

检测器是一类光电换能器,是将所接收到的光信息转变成电信息的元件。常用的有光电管、光电倍增管和光二极管阵列检测器。

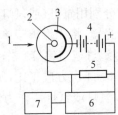

图 11-9　光电管示意图
1. 照射光　2. 阳极　3. 光敏阴极
4. 90V 直流电源　5. 高电阻
6. 直流放大器　7. 指示器

(1) 光电管:光电管内装有一个阴极和一个丝状阳极,如图 11-9 所示。阴极的凹面涂有一层对光敏感的碱金属或碱金属氧化物,当光线照射时,这些金属物质即发射电子,光愈强,放出电子愈多。与阴极相对的阳极,有较高的正电位,吸引电子而产生电流。此光电流很小,需放大才能检测。目前,国产光电管有两种,即紫敏光电管,为铯阴极,适用波长为 200～625 nm;红敏光电管,为银氧化铯阴极,适用波长为 625～1 000 nm。

(2) 光电倍增管:原理和光电管相似,结构上的差别是在涂有光敏金属的阴极和阳极之间还有几个倍增极(一般是 9 个),大大提高了仪器测量的灵敏度。

(3) 光二极管阵列检测器:光二极管阵列是在晶体硅上紧密排列一系列光二极管检测管。当光透过晶体硅时,二极管输出的电讯号强度与光强度成正比。每个二极管相当于一个单色仪的出口狭缝。两个二极管中心距离的波长单位称为采样间隔,因此二极管阵列分光光度计中,二极管数目愈多,分辨率愈高,并采用同时并行数据采集方法,可在 1/10 s 的时间内获得全光光谱。快速光谱采集是二极管阵列仪器技术上的一个特点。

11.3.1.5　显示装置

光电流输出电信号,需经放大后才能以某种方式将测定结果显示出来。常用的显示装置有检流计、微安表、电位计等电表式指示,数字电压表的数字显示、荧光屏显示和曲线扫描及结果打印。高性能仪器还带有数据站,可进行多功能操作。

11.3.2　分光光度计的类型

紫外可见分光光度计的光路系统大致可分为单光束、双光束、二极管阵列等几种。

11.3.2.1　单光束分光光度计

单光束分光光度计以氢灯或氘灯为紫外光源,钨灯作可见光源,光栅为色散元件,光电管作检测器,是一类较精密、可靠、适用于定量分析的仪器,可用于吸光系数的测定。

单光束仪器只有一束单色光,空白溶液的100％透光率调节和试样溶液透光率的测定,都是在同一位置用同一束单色光先后进行的(图 11-10)。仪器的结构较简单,但对光源发光强度的稳定性要求较高。

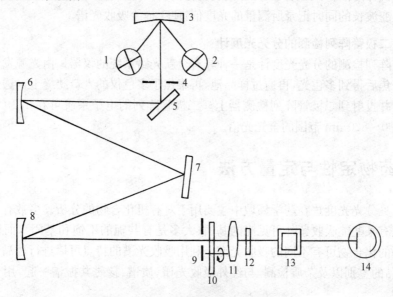

图 11-10　单光束分光光度计光路示意图

1. 溴钨灯　2. 氘灯　3. 凹面镜　4. 入射狭缝　5. 平面镜　6、8　准直镜　7. 光栅
9. 出射狭缝　10. 调制器　11. 聚光镜　12. 滤色片　13. 样品室　14. 光电倍增管

11.3.2.2　双光束分光光度计

双光束光路是被普遍采用的光路,图 11-11 表示其光路原理。从单色器射出的单色光,用一个旋转扇面镜(又称斩光器)将它分成两束交替继续的单色光束,分别通过空白溶液和样品溶液后,再用一同步扇面镜将两束光交替地投射于光电倍增管,使光电管产生一个交变

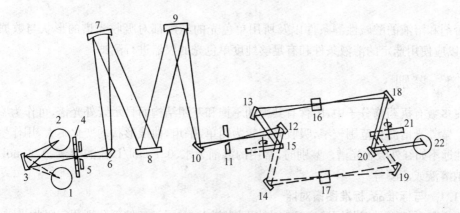

图 11-11　双光束分光光度计光路示意图

1. 钨灯　2. 氘灯　3. 凹面镜　4. 滤色片　5. 入射狭缝　6、10、20. 平面镜　7、9. 准直镜　8. 光栅
11. 出射狭缝　12、13、14、18、19. 凹面镜　15、21. 扇面镜　16. 参比池　17. 样品池　22. 光电倍增管

155

脉冲讯号,经过比较放大后,由显示器显示出透光率、吸光度、浓度或进行波长扫描,记录吸收光谱。扇面镜以每秒几十转至几百转的速度匀速旋转,使单色光能在很短时间内交替地通过空白与试样溶液,可以减少因光源强度不稳而引入的误差。测量中不需要移动吸收池,可在随意改变波长的同时记录所测量的光度值,便于描绘吸收光谱。

11.3.2.3 二极管阵列检测的分光光度计

二极管阵列检测的分光光度计是一种具有全新光路系统的仪器。由光源发出的光经色差聚光镜聚焦后得到多色光,再通过样品池,再聚焦于多色仪的入口狭缝上。透过光经全息栅表面色散并投射到二极管阵列检测器上。二极管阵列的电子系统可在 1/10 s 的极短时间内获得 190~820 nm 范围的全光光谱。

11.4 药物定性与定量方法

紫外可见分光光度法在药学领域中主要用于对有机化合物的分析。多数有机药物由于其分子中含有某些能吸收紫外可见光的基团(大多是有共轭的不饱和基团),而能显示吸收光谱。不同的化合物可有不同的吸收光谱。利用吸收光谱的特点可以进行药品与制剂的定量分析,药品的鉴别以及杂质检测,与红外吸收光谱、质谱、核磁共振谱一起,用于解析药物的分子结构。

紫外光谱用于药品质量标准中,由于紫外分光光度计比较普及,操作简单,该法又有较高的准确度和精密度,因此应用较为广泛,主要用于药品的定量分析,从本书第 1 章表 1-1 中可看出,在中国药典(2005 年版)二部中,作为药品含量测定方法,该法应用频率仅次于滴定分析,单从制剂分析来看,紫外分光光度法应用频率最高,有三百多个制剂品种用该法进行定量分析。在固体制剂的溶出度测定和含量均匀度检查这两个项目中,目前中国药典(2005 年版)二部中,应用紫外分光光度法作为测定方法的也占多数。中国药典(2005 年版)二部中,用紫外光谱作为鉴别药物的方法用得也比较多,特别适合用于制剂质量标准中。在中国药典(2005 年版)二部中,共有近五百个品种采用该法鉴别,用于检查项目的有近百个品种。

溶剂和溶液的酸碱性等条件以及所用单色光的纯度都对吸收光谱的形状与数据有影响,所以应使用选定的溶液条件和有足够纯度单色光的仪器进行测试。

11.4.1 鉴别

在多数有机药物分子中,因含有共轭的不饱和基团结构而显示紫外光谱,可作为鉴别的依据。紫外光谱波长范围较窄,吸收光谱较为简单、平坦,曲线形状的变化不大,用作鉴别的专属性远不如红外吸收光谱。鉴别时,常用的溶剂为水、0.1 mol/L 盐酸溶液、0.1 mol/L 氢氧化钠溶液或乙醇等。

11.4.1.1 与标准品、标准图谱对照

将样品和标准品以相同浓度配制在相同溶剂中,在同一条件下分别测定吸收光谱,比较光谱图是否一致。若两者是同一个物质,则两者的光谱图应完全一致。如果没有标准品,也可以和标准光谱图(如 Sadtler 标准图谱)对照比较。但这种方法要求仪器准确度、精密度高,而且测定条件要相同。

采用紫外光谱进行定性鉴别,有一定的局限性。主要是因为紫外吸收光谱吸收带不多,曲线形状变化不多,在成千上万种有机化合物中,不相同的化合物可以有很相似甚至雷同的吸收光谱。所以在得到相同的吸收光谱时,应考虑到有并非同一物质的可能性。为了进一步确证,有时可换一种溶剂或采用不同酸碱性的溶剂,再分别将标准品和样品配成溶液,测定光谱图作比较。

若两种纯化合物的紫外光谱有明显差别时,可以肯定两物不是同一种物质。

11.4.1.2 对比吸收光谱特征数据

最常用于鉴别的光谱特征数据有吸收峰的波长 λ_{max} 和峰值吸光系数 $\varepsilon_{\lambda_{max}}$、$E_{1\ cm\lambda_{max}}^{1\%}$。具有不止一个吸收峰的化合物,也可同时用几个峰值作为鉴别依据。肩峰或吸收谷处的吸光度测定受波长变动的影响也较小,有时也用谷值或肩峰值与峰值同时作为鉴别数据。

例 11-2 布洛芬的鉴别方法（中国药典 2005 年版） 取本品,加 0.4 mol/L 氢氧化钠溶液制成每 1 ml 中含 0.25 mg 的溶液,于 220～350 nm 的波长范围内测定吸收度,在 265 nm 和 273 nm 波长处有最大吸收,在 245 nm 与 271 nm 处有最小吸收,在 259 nm 波长处有一肩峰。

例 11-3 头孢唑林钠的鉴别方法（中国药典 2005 年版） 取本品适量,加水制成每 1 ml 中约含 16 μg 的溶液,在 272 nm 的波长处有最大吸收。

例 11-4 丙磺舒的鉴别方法（中国药典 2005 版） 取本品,加含有盐酸的乙醇[取盐酸溶液(9→1 000)2 ml,加乙醇制成 100 ml]制成每 1 ml 中含 20 μg 的溶液,在 225 nm 与 249 nm 的波长处有最大吸收,在 249 nm 波长处的吸收度约为 0.67。

某些药物在性状项下列出吸收系数作为特征常数,举例如下:

例 11-5 左旋多巴的性状项下的吸收系数（中国药典 2005 年版） 取本品,精密称定,加盐酸溶液(9→1 000)溶解并定量稀释制成每 1 ml 中约含 30 μg 的溶液,在 280 nm 的波长处测定吸收度,吸收系数($E_{1\ cm}^{1\%}$)为 136～146。

例 11-6 头孢唑林钠性状项下的吸收系数（中国药典 2005 年版） 取本品,精密称定,加水溶解并稀释成每 1 ml 中约含 16 μg 的溶液,在 272 nm 的波长处测定吸收度,吸收系数($E_{1\ cm}^{1\%}$)为 264～292。

例 11-7 地西泮性状项下的吸收系数（中国药典 2005 年版） 取本品,精密称定,加 0.5％硫酸的甲醇溶液溶解并定量稀释使成每 1 ml 中约含 10 μg 的溶液,在 284 nm 的波长处测定吸收度,吸收系数($E_{1\ cm}^{1\%}$)为 440～468。

11.4.1.3 对比吸光度的比值

有些药物的吸收峰较多,如维生素 B_{12} 有 3 个吸收峰(278 nm、361 nm、550 nm),就可采用在 3 个吸收峰处测定吸光度,求出这些吸光度的比值,规定吸光度比值在某一范围,作为鉴别药物的依据之一。如维生素 B_{12},在 3 个吸收峰处吸光度比值规定为（中国药典 2005 年版）:

$$\frac{A_{361}}{A_{278}}应为 1.70～1.88；\frac{A_{361}}{A_{550}}应为 3.15～3.45$$

11.4.2 纯度检查

纯化合物的吸收光谱与所含杂质的吸收光谱有差别时,可用紫外分光光度法检查杂质。

杂质检测的灵敏度取决于化合物与杂质两者之间吸光系数的差异程度。

11.4.2.1 杂质检查

如果一化合物在紫外可见区没有明显的吸收峰,而所含杂质有较强的吸收峰,那么含有少量杂质就能被检查出来。例如乙醇中可能含有杂质苯,苯的 λ_{max} 为 256 nm,而乙醇在此波长处几乎无吸收,乙醇中含苯量低达 1×10^{-5},也能从光谱曲线中查出。

11.4.2.2 杂质的限度检测

药物中的杂质,常需制定一个容许其存在的限度。例如,肾上腺素在合成过程中有一中间体肾上腺酮,当它还原成肾上腺素时,反应不够完全而带入产品中,成为肾上腺素的杂质,将影响肾上腺素的疗效。因此,肾上腺酮的量必须规定在某一限度之下。在 0.05 mol/L HCl 溶液中肾上腺酮与肾上腺素的紫外吸收曲线有显著不同(见图 11-12)。在 310 nm 处,肾上腺酮有最大吸收,而肾上腺素则几乎没有吸收。因此,测定肾上腺素 0.05 mol/L HCl 溶液在 310 nm 波长处的吸光度,可用以检测肾上腺酮的混入量。方法是将肾上腺素制成品用 0.05 mol/L HCl 液制成每 1 ml 含 2 mg 的溶液,在 1 cm 吸收池中,于 310 nm 处,测定吸光度 A。若规定 A 值不超过 0.05,则以肾上腺酮的 $E_{1cm}^{1\%}$ 值(435)计算,即相当于含酮体不超过 0.06%。

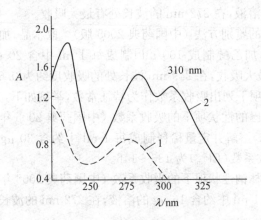

图 11-12　肾上腺素(……)与肾上腺酮(——)的吸收光谱

11.4.3　定量方法

根据比耳定律,物质在一定波长处的吸光度与浓度之间呈线性关系。因此,只要选择适宜的波长处测定溶液的吸光度,就可求出其浓度。通常应选被测物质吸收光谱中的吸收峰处,以提高灵敏度并减少测定误差。被测物如有几个吸收峰,可选不易有其他物质干扰的、较高的吸收峰。一般不选光谱中靠短波长末端的吸收峰。例如维生素 B_{12} 的吸收光谱中有 278 nm、361 nm、550 nm 3 个吸收峰,其比吸光系数分别为 119、207、63,定量时选用波长毫无疑问为 361 nm。但维生素 B_2 也有 3 个吸收峰,267 nm、375 nm、444 nm,比吸光系数大小次序为 267 nm 处最大,其次为 444 nm 处。但 267 nm 处峰比较窄,444 nm 处峰较宽,易测准,所以宁选 444 nm 为测定波长,损失一些灵敏度,而确保测定的准确性。

测定时,应以配制样品溶液的同批溶剂为空白对照,采用 1 cm 的吸收池,在规定的吸收峰波长±2 nm 以内测试几个点的吸光度,以核对样品的吸收峰波长位置是否正确,吸收峰波长应在规定波长±1 nm 以内,否则应考虑该试样的同一性、纯度以及仪器波长的准确度,并以吸光度最大的波长作为测定波长。吸光度读数一般在 0.2～0.8 之间的误差较小。

11.4.3.1 吸光系数法

吸光系数是物质的特征常数,只要测定条件(溶液浓度与酸度,单色光纯度等)不引起对比耳定律的偏离,即可根据测得的吸光度求浓度:

$$c = \frac{A}{EL}$$

常用于定量的是百分吸光系数 $E_{1cm}^{1\%}$。

例 11-8 维生素 B_{12} 的水溶液在 361 nm 的 $E_{1cm}^{1\%}$ 值为 207,若用 1 cm 吸收池测得某维生素 B_{12} 溶液的吸光度是 0.414,求该溶液的浓度。

$$c = \frac{A}{EL} = \frac{0.414}{207 \times 1} = 0.002\ 00\ (\text{g/100 ml}) = 20.0\ (\mu\text{g/ml})$$

应注意用百分吸光系数计算的浓度(c)为百分浓度(g/100 ml),即 100 ml 中所含被测组分的克数。

若用紫外分光光度法测定原料药物的含量,可按上述方法计算 $c_{测}$,按式(11-6)计算百分含量:

$$含量\% = \frac{c_{测}}{c_{配}} \times 100\% = \frac{c_{测}}{样品称重 \times 稀释倍数} \times 100\% \tag{11-6}$$

也可将待测样品的溶液吸光度换算成样品的比吸光系数,而后与标准品的吸光系数相比来求百分含量。

$$含量\% = \frac{E_{1cm(样)}^{1\%}}{E_{1cm(标)}^{1\%}} \times 100\% \tag{11-7}$$

例 11-9 精密称取维生素 B_{12} 样品 25.00 mg,用水溶解配成 100 ml。精密吸取 10 ml,又置 100 ml 量瓶中,加水至刻度。取此溶液在 1 cm 吸收池中,于 361 nm 处测得吸光度为 0.507,求 B_{12} 的百分含量。

按式(11-6)计算:

$$c_{测} = \frac{0.507}{207 \times 1} = 2.45 \times 10^{-3} (\text{g/100 ml})$$

$$c_{配} = \frac{25 \times 10^{-3}}{100} \times 10 = 2.50 \times 10^{-3} (\text{g/100 ml})$$

$$B_{12}\% = \frac{c_{测}}{c_{配}} \times 100\% = \frac{2.45 \times 10^{-3}}{2.50 \times 10^{-3}} \times 100\% = 98.0\%$$

按式(11-7)计算:

$$E_{1cm(样)}^{1\%} = \frac{0.507}{2.50 \times 10^{-3} \times 1} = 202.8$$

$$B_{12}\% = \frac{E_{1cm(样)}^{1\%}}{E_{1cm(标)}^{1\%}} \times 100\% = \frac{202.8}{207} \times 100\% = 98.0\%$$

11.4.3.2 标准曲线法

用吸光系数 E 值作为换算浓度的因数进行定量的方法不是任何情况下都适用的。特别是在单色光不纯的情况下,测得的吸光度值可以随所用仪器不同而在一个相当大的幅度内变化不定,若用吸光系数换算成浓度,则将产生很大误差。但若是认定一台仪器,固定其工作状态和测定条件,则浓度与吸光度之间的关系在很多情况下仍然可以是直线关系或近似于直线的关系。即:

$$A = Kc \tag{11-8}$$

此时,K 值已不再是物质的常数,不能用作定性依据。K 值只是个别具体条件下的比例常数,不能互相通用。测定时,将一系列浓度不同的标准溶液在同一条件下测定吸光度,考查在何种条件下,浓度与吸光度成直线关系的范围,然后以吸光度为纵坐标,浓度为横坐标,绘制 A-c 曲线,称为标准曲线,或叫工作曲线。也可用直线回归的方法,求出回归直线方程,再据样品溶液所测得的吸光度从标准曲线查出相应浓度,或代入回归方程求出浓度。在固定仪器和方法的条件下,标准曲线或回归方程可多次使用。

11.4.3.3 对照法

对照法又称比较法。在相同条件下配制样品溶液和标准品溶液,在所选波长处同时测定吸光度 $A_{样}$ 及 $A_{标}$,按下式计算样品的浓度:

$$c_{样} = \frac{c_{标} \times A_{样}}{A_{标}} \tag{11-9}$$

然后根据样品的称量及稀释情况计算得样品的百分含量。为了减少误差,比较法一般配制标准液的浓度常与样品液浓度相接近。

例 11-10 维生素 B_{12} 注射液的含量测定　精密吸取 B_{12} 注射液 2.5 ml,加水稀释至 10 ml。另配制 B_{12} 标准液,精密称取 B_{12} 标准品 25 mg,加水稀释至 1 000 ml。在 361 nm 处,用 1 cm 吸收池,分别测得吸光度为 0.508 和 0.518,求 B_{12} 注射液的浓度以及标示量的百分含量(该 B_{12} 注射液的标示量为 100 μg/ml)。

1. 用对照法计算

$$c_{样} = \frac{c_{标} \times A_{样}}{A_{标}}$$

$$c_{样} \times \frac{2.5}{10} = \frac{\frac{25 \times 1\,000}{1\,000}(\mu g/ml) \times 0.508}{0.518}$$

$$c_{样} = 98.1 \ \mu g/ml$$

$$B_{12}标示量\% = \frac{c_{样}}{标示量} \times 100\% = \frac{98.1\mu g/ml}{100 \ \mu g/ml} \times 100\% = 98.1\%$$

2. 用吸光系数计算

$$c = \frac{A}{EL}$$

$$c_{样} \times \frac{2.5}{10} = \frac{0.508}{207 \times 1} \qquad c_{样} = 98.1 \ \mu g/ml$$

同样也可求得 B_{12} 标示量的百分含量为 98.1%。

紫外可见分光光度法作为含量测定方法,由于操作简单,仪器使用方便,价格也比较适中,所以在药物分析中应用比较广泛。在中国药典(2005 年版)二部中,有三百多种原料药及制剂采用分光光度法进行含量测定。在具体测定中,目前中国药典中大多数药品用吸光系数法定量,也有部分采用比较法定量。吸光系数法比较简单、方便,但不同型号仪器测定可能会带来一定误差。比较法能排除仪器带来的一定的误差,但国家有关部门要提供测定所需的对照品。下面举例说明。

例 11-11 左旋多巴片的含量测定(中国药典 2005 年版) 取本品 10 片,精密称定,研细,精密称取适量(约相当于左旋多巴 30 mg),置 100 ml 量瓶中,加盐酸溶液(9→1 000)适量,振摇使左旋多巴溶解,用盐酸溶液(9→1 000)稀释至刻度,摇匀,滤过,精密量取续滤液 10 ml,置另一 100 ml 量瓶中,加盐酸溶液(9→1 000)稀释至刻度,摇匀,在 280 nm 的波长处测定吸收度,按 $C_9H_{11}NO_4$ 的吸收系数($E_{1cm}^{1\%}$)为 141 计算,即得。

例 11-12 地西泮片的含量测定(中国药典 2005 年版) 取本品 20 片,精密称定,研细,精密称取适量(约相当于地西泮 10 mg),置 100 ml 量瓶中,加水 5 ml,混匀,放置 15 min,加 0.5% 硫酸的甲醇溶液约 60 ml,充分振摇,使地西泮完全溶解,用 0.5% 硫酸的甲醇溶液稀释至刻度,摇匀,滤过,精密量取续滤液 10 ml,置另一 100 ml 量瓶中,用 0.5% 硫酸的甲醇溶液稀释至刻度,摇匀,在 284 nm 的波长处测定吸收度,按 $C_{16}H_{13}ClN_2O$ 的吸收系数($E_{1cm}^{1\%}$)为 454 计算,即得。

11.4.4 比色法

比色法一般是利用显色反应,使无色物变成有色物,用可见分光光度法测定。很多显色反应需要创造条件或控制在最佳条件下,以提高反应的灵敏度、选择性和稳定性,才能满足定量分析要求。影响显色反应的因素主要有显色剂用量、pH 值、温度和时间。

目前中国药典应用较广的显色反应有以下两种类型。

11.4.4.1 四氮唑比色法

皮质激素 C_{17} 上的 α-醇酮基($-CO-CH_2OH$)具有还原性,在强碱性溶液中能将四氮唑盐定量地还原为有色甲臜。生成的颜色随所用试剂和条件的不同而定,多为红色或蓝色。中国药典和英国药典均采用红四氮唑,亦称氯化三苯四氮唑,美国药典采用蓝四氮唑试剂,本法较广泛用于皮质激素药物制剂的含量测定。激素药物原料药大多采用高效液相色谱法,同时这些药物大多数具有紫外光谱,所以它们的制剂,如片剂、注射剂多数直接用紫外分光光度法测定,方法较为简单。另一些制剂,如软膏、眼膏、气雾剂等采用红四氮唑比色法,显然,比色法可以提高方法的选择性,而排除某些辅料的干扰。

例 11-13 氢化可的松乳膏的含量测定(中国药典 2005 年版)

对照品溶液的制备 精密称取氢化可的松对照品 20 mg,置 100 ml 量瓶中,加无水乙醇适量使溶解并稀释至刻度,摇匀,即得。

供试品溶液的制备 精密称取适量(相当于氢化可的松 20 mg),置烧杯中,加无水乙醇约 30 ml,在水浴上加热使溶解,再置冰水中冷却,滤过,滤液置 100 ml 量瓶中,如此提取 3 次,滤液并入量瓶中,用无水乙醇稀释至刻度,摇匀,即得。

测定法 精密量取对照品溶液与供试品溶液各 1 ml,分别置干燥具塞试管中,各精密加无水乙醇 9 ml 与氯化三苯四氮唑试液 1 ml,摇匀,各再精密加氢氧化四甲基铵试液 1 ml,摇匀,在 25℃的暗处放置 40~50 min,在 485 nm 的波长处分别测定吸收度,计算,即得。

氢化可的松片和注射液均用 242 nm 处波长,吸收系数法直接测定含量。

中国药典(2005 年版)二部采用红四氮唑比色法作为定量测定方法的还有:醋酸可的松眼膏,醋酸氢化可的松片剂和眼膏,醋酸泼尼松眼膏,醋酸泼尼松龙乳膏和注射剂,醋酸地塞米松注射液以及丙酸倍氯米松气雾剂等。

11.4.4.2 酸性染料比色法

在一定的 pH 值介质中,有机碱类(B)可与氢离子结合成盐(BH^+),一些酸性染料在此条件下解离成阴离子(I_n^-),与上述阳离子定量结合成有色离子对($BH^+I_n^-$),可以用有机溶剂提取,测定该有机溶剂的吸收度,计算有机碱含量。

中国药典(2005 年版)二部中硫酸阿托品片剂和注射液,氢溴酸山莨菪碱和东莨菪碱的片剂、注射液,盐酸马普替林片等均采用酸性染料比色法测定含量,用溴甲酚绿为酸性染料,氯仿为提取溶剂,420 nm 波长下测定吸收度。

例 11-14 硫酸阿托品片的含量测定

对照品溶液的制备 精密称取在 120℃干燥至恒重的硫酸阿托品对照品 25 mg,置 25 ml 量瓶中,加水溶解并稀释至刻度,摇匀,精密量取 5 ml,置 100 ml 量瓶中,加水稀释至刻度,摇匀,即得。

供试品溶液的制备 取本品 20 片,精密称定,研细,精密称取适量(约相当于硫酸阿托品 2.5 mg),置 50 ml 量瓶中,加水振摇使硫酸阿托品溶解并稀释至刻度,用干燥滤纸滤过,收集续滤液,即得。

测定法 精密量取对照品溶液与供试品溶液各 2 ml,分别置预先精密加入氯仿 10 ml 的分液漏斗中,各加溴甲酚绿溶液(取溴甲酚绿 50 mg,与邻苯二甲酸氢钾 1.021 g,加 0.2 mol/L 氢氧化钠溶液 6.0 ml 使溶解,再加水稀释至 100 ml,摇匀,必要时滤过)2.0 ml,振摇提取 2 min 后,静置使分层,分取澄清的氯仿液,在 420 nm 的波长处分别测定吸收度,计算。

在中国药典(2005 年版)一部中药分析中,有用紫外分光光度法,直接用吸收系数测定各有效成分,如前列舒丸等中丹皮酚,紫草中紫草素,番泻叶中番泻苷,戊己丸中的盐酸小檗碱。为了提高选择性,也有不少采用比色法,如用溴甲酚绿离子对比色法测定华山参、华山参片中的总生物碱,三氯化铝显色测定消咳喘糖浆中的总黄酮,苯酚显色测定玉竹中玉竹多糖等。

思考题

1. 名词解释:吸光度、透光率、摩尔吸光系数、比吸光系数、发色团、助色团、红移、蓝移。

2. 紫外可见光谱是如何产生的?

3. 电子跃迁类型有哪几种?具有什么样结构的药物会产生紫外吸收光谱?

4. 比耳—朗伯定律的物理意义是什么?成立条件有哪些?

5. 比耳定律只适用于单色光,为什么在不纯的单色光下,也有可能得到吸光度—浓度间的直线关系?

6. 简述分光光度计的主要部件、类型及基本性能。

7. 紫外光谱中可能有哪几种吸收带,氯苯和苯甲醛的吸收光谱中各有哪些吸收带?

8. 紫外吸收光谱有什么特征?哪些特征和常数可作为鉴定药物的定性指标?

9. 简述紫外分光光度法在药品质量标准中的应用。

习 题

1. 推测下列化合物含有哪些跃迁类型和吸收带。

(1) $CH_2\!=\!CHCH_3$

(2) $CH_2\!=\!CH\!-\!\underset{\underset{O}{\parallel}}{C}\!-\!CH_3$

(3) 苯酚

(4) 苯乙酮

2. 异丙叉丙酮有两种异构体:$CH_3\!-\!C(CH_3)\!=\!CH\!-\!CO\!-\!CH_3$ 及 $CH_2\!=\!C(CH_3)\!-\!CH_2\!-\!CO\!-\!CH_3$。它们的紫外吸收光谱为:(1) 最大吸收波长在 235 nm 处,$\varepsilon=12\,000$;(2) 220 nm 以后没有强吸收。如何根据这两个光谱来判别上述异构体?试说明理由。

3. 安络血的相对分子质量为 236,将其配成 0.496 2 mg/100 ml 的浓度,在 λ_{max} 为 355 nm 处测得 A 值为 0.557,试求安络血的比吸光系数 $E_{1\,cm\lambda_{max}}^{1\%}$ 及摩尔吸光系数 ε 的值。

4. 某药物浓度为 2.0×10^{-4} mol/L,用 1 cm 吸收池,在最大吸收波长 238 nm 处测得其透光度 $T=20\%$,试计算其 $\varepsilon_{\lambda_{max}}$ 及 $E_{1\,cm\lambda_{max}}^{1\%}$(相对分子质量为 234)。

5. 称取维生素 C 0.050 0 g,溶于 100 ml 的 0.05 mol/L 硫酸溶液中,再量取此溶液 2 ml,准确稀释至 100 ml,取此溶液在 1 cm 石英池中,用 245 nm 波长测定其吸光度为 0.551,求样品中维生素 C 的百分含量 $[E_{1\,cm245}^{1\%}(标)=560]$。

6. 某试液用 2.0 cm 的吸收池测量时,$T=60\%$,若用 1.0 cm 或 3.0 cm 的吸收池测定时,透光率各是多少?

7. 取咖啡酸,在 105℃ 干燥至恒重,精密称取 10.00 mg,加少量乙醇溶解,转移至 200 ml 量瓶中,加水至刻度,取出 5.00 ml,置于 50 ml 量瓶中,加 6 mol/L HCl 4 ml,加水至刻度。取此溶液于 1 cm 石英吸收池中,在 323 nm 处测得吸光度为 0.463。已知咖啡酸 $E_{1\,cm323\,nm}^{1\%}=927.9$,求咖啡酸的百分含量。

8. 精密称取 0.050 0 克样品,置于 250 ml 量瓶中,加入 0.02 mol/L HCl 溶解,稀释至刻度。准确吸取 2 ml,稀释至 100 ml。以 0.02 mol/L HCl 为空白,在 263 nm 处用 1 cm 吸收池测得透光率为 41.7%,其摩尔吸光系数为 12 000,被测物相对分子质量为 100.0,试计算 $E_{1\,cm263\,nm}^{1\%}$ 和样品的百分含量。

9. 取维生素 B_2 片 20 片,精密称得重量为 1.601 1 g,研细,精密称取片粉 0.151 8 g,置 1 000 ml 量瓶中,溶解。于 444 nm 波长处测得吸收度为 0.312,按 $C_{17}H_{20}N_4O_6$ 的吸光系数($E_{1\,cm}^{1\%}$)为 323 计算。求维生素 B_2 的标示量百分含量(标示量 5 mg/片)。

10. 取左旋多巴片 10 片(标示量为 250 mg),精密称定重量为 4.808 g,再精密称取片粉为 0.150 2 g,置 250 ml 量瓶中,加盐酸溶液(9→1 000)适量,振摇使左旋多巴溶解,用盐酸溶液(9→1 000)稀释至刻度,摇匀,滤过,精密量取初滤液 10 ml,置另一 100 ml 量瓶中,加盐酸溶液(9→1 000)稀释至刻度,摇匀,在 280 nm 波长处测定吸收度为 0.434,按 $C_9H_{11}NO_4$ 的 $E_{1\text{ cm}}^{1\%}$ 为 141 计算,求左旋多巴片的标示量百分含量。

11. 苦味酸(三硝基苯酚 $M_{C_6H_3O_7N_3}$=229 g/mol)的铵盐醇溶液在 380 nm 有吸收峰,摩尔吸光系数 ε 是 $1.34 \times 10^4(\pm 1\%)$。今有一胺 $C_nH_{2n+3}N$,使成苦味酸盐,并精制后,准确配制成 100 ml 含 1.00 mg 的醇溶液,用 1 cm 吸收池在 380 nm 测得透光率为 45.1%。求此胺的相对分子质量。

12. 根据下列药物结构,推测能否用紫外光谱鉴别和含量测定(包括制剂),并查阅中国药典进行对照。

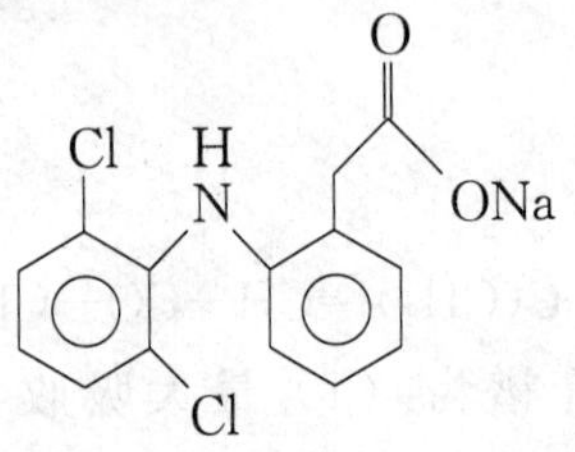

双氯芬酸钠 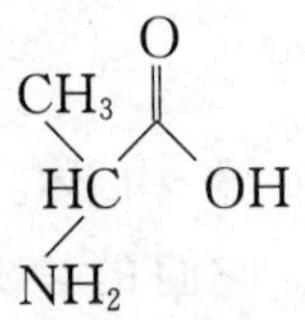　　　　　　丙氨酸 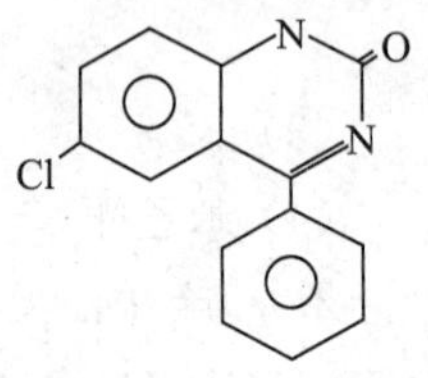　　　　　　地西泮

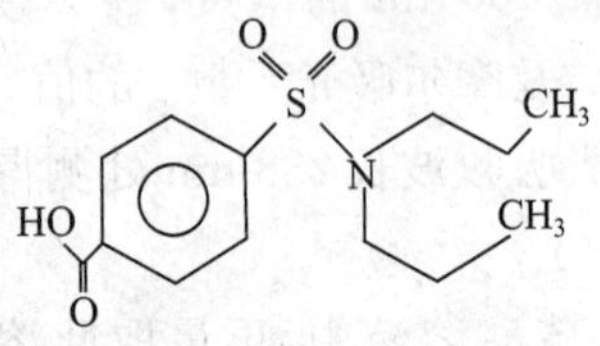

丙磺舒 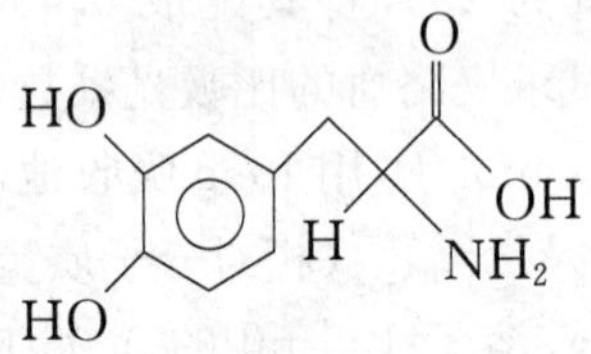　　　　　　左旋多巴 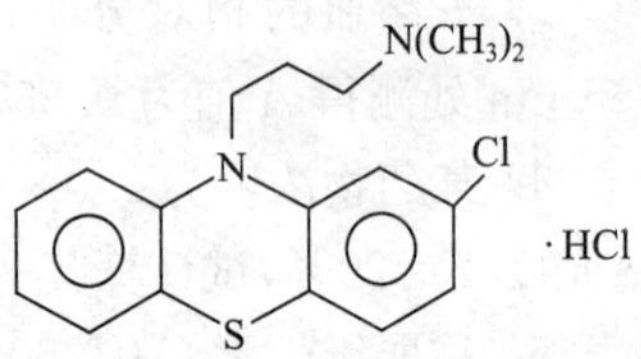　　　　　　盐酸氯丙嗪

12 红外分光光度法

12.1 概述

12.1.1 红外光区的划分

波长大于 0.76 μm、小于 500 μm(或 1 000 μm)的电磁波,称为红外线(Infrared ray,IR)。习惯上按波长的不同,将红外区分为 3 个区域,如表 12-1。

表 12-1 红外光谱区

区域	波长(μm)	波数(cm^{-1})	能级跃迁类型
近红外区(泛频区)	0.76~2.5	13 158~4 000	OH、NH 及 CH 键的倍频吸收区
中红外区(基本振动区)	2.5~25	4 000~400	振动,伴随着转动
远红外区(转动区)	25~500(或 1 000)	400~20(或 10)	转动

分子吸收中红外光的能量,发生振动、转动能级跃迁所产生的吸收光谱,称为中红外吸收光谱(Mid-infrared absorption spectrum,mid-IR),简称红外吸收光谱或红外光谱(IR)。根据样品的红外吸收光谱进行定性、定量分析及测定物质分子结构的方法,称为红外吸收光谱法(Infrared spectroscopy)或红外分光光度法(Infrared spectrophotometry)。中红外光谱是目前人们研究最多的光谱,本章只讨论这方面的内容。

12.1.2 红外吸收光谱的表示方法

红外吸收光谱的表示方法与紫外吸收光谱有所不同,它是以波数(σ/cm^{-1})或波长(λ/μm)为横坐标、相应的百分透光率($T/\%$)为纵坐标所绘制的曲线,即 T-σ 曲线或 T-λ 曲线。图 12-1、图 12-2 分别为苯酚的两种红外光谱。

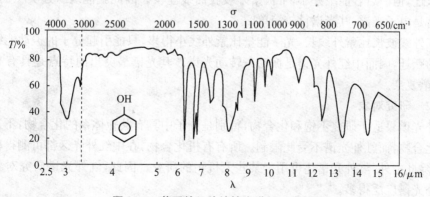

图 12-1 苯酚的红外棱镜光谱(T-λ 曲线)

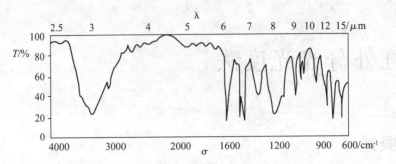

图 12-2　苯酚的红外光栅光谱（T-σ 曲线）

波数（σ）为波长（λ）的倒数，表示单位长度（cm）中所含光波的数目。波数的单位为 cm^{-1}，波长的单位为微米（μm），因为 $1\ \mu m=10^{-4}\ cm$，波长和波数可按下式换算：

$$\sigma(cm^{-1})=\frac{10^4}{\lambda(\mu m)} \tag{12-1}$$

中红外光区的波长范围为 $2.5\sim25\ \mu m$，在波长 $2.5\ \mu m$ 处，对应的波数为：

$$\sigma=\frac{10^4}{2.5}=4\ 000(cm^{-1})$$

在波长 $25\ \mu m$ 处，对应的波数为：

$$\sigma=\frac{10^4}{25}=400(cm^{-1})$$

一般红外光谱的横坐标，都具有波数与波长两种标度，但以一种为主。目前的红外光谱都采用波数为横坐标，扫描范围在 $4\ 000\sim400\ cm^{-1}$。为了防止 T-σ 曲线在高波数区（短波长区）过分扩张，一般用两种比例尺，多以 $2\ 000\ cm^{-1}$（$5\ \mu m$）为界。

12.1.3　红外光谱与紫外光谱的区别

12.1.3.1　起源
紫外吸收光谱与红外吸收光谱都属于分子吸收光谱，但起源不同。

紫外线波长短、频率高、光子能量大，可以引起分子外层电子的能级跃迁，伴随振动及转动能级跃迁，但因后者能级差小，常被紫外吸收曲线湮没。因此就能级跃迁类型而论，紫外吸收光谱是电子光谱，其光谱比较简单。

中红外线波长比紫外线长，光子能量比紫外线小得多，只能引起分子的振动能级伴随转动能级的跃迁，因而中红外光谱是振动—转动光谱。其光谱最突出的特点是具有高度的特征性，光谱复杂。

12.1.3.2　研究对象
紫外光谱只适于研究不饱和化合物，特别是分子中具有共轭体系的化合物，不适用于饱和有机化合物，而红外光谱不受此限制。所有有机化合物，在中红外光区都可测得其特征红外光谱，除此之外，红外光谱还可用于某些无机物的研究。因此，红外光谱研究对象的范围要比紫外光谱广泛得多。

紫外光谱法测定对象的物态为溶液及少数物质的蒸气；而红外光谱可以测定气、液及固体样品,以测定固体样品最方便。

12.1.4 应用

由于红外光谱具有高度的特征性,可用于化合物的定性鉴别、结构分析及定量分析。

红外光谱是有机化合物定性鉴别的最主要手段,因其特征性强,除光学异构体外,一般每个化合物都具有其独一无二的红外吸收光谱。在药物分析中,是鉴别组分单一、结构明确的原料药的首选方法。

在化合物结构分析中,红外光谱可提供化合物具有什么官能团、化合物类别(芳香族、脂肪族)、结构异构、氢键及某些链状化合物的键长等信息,是分子结构研究的主要手段之一。必须指出,对于复杂分子结构的最终确定,需结合紫外、核磁共振、质谱及其他理化数据综合判断。

在定量分析方面,虽然红外光谱可供选择的波长较多,但操作比较麻烦,准确度也比紫外分光光度法低,除用于测定异构体的相对含量外,一般很少用于定量分析。

12.2 基本原理

红外分光光度法主要是研究分子结构与红外吸收曲线之间的关系。一条红外吸收曲线,可用吸收峰的位置(峰位)和吸收峰的强度(峰强)来描述。本节主要讨论红外光谱的产生原因,峰数、峰位、峰强及其影响因素。

12.2.1 分子振动与振动光谱

红外吸收光谱是由于分子的振动伴随转动能级跃迁而产生的。为简单起见,先以双原子分子 AB 为例说明分子振动。

若把分子 AB 的两个原子视为两个小球,把其间的化学键看成质量可以忽略不计的弹簧,则两个原子沿其平衡位置的伸缩振动可近似地看成沿键轴方向的简谐振动,两个原子可视为谐振子(图 12-3)。

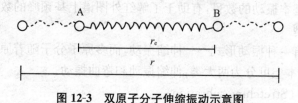

图 12-3 双原子分子伸缩振动示意图

图 12-3 中,r_e 表示平衡位置时核间距,r 表示某一瞬间的核间距。由量子力学可推导出分子在振动过程中所具有的能量 E_v:

$$E_v = (V + \frac{1}{2})h\nu \tag{12-2}$$

式中:ν 为分子振动频率;V 为振动量子数,$V = 0, 1, 2, 3, \cdots$;h 为 Planck 常数。

分子处于基态时,$V = 0$,此时分子的能量 $E_0 = \frac{1}{2}h\nu$。当分子吸收适宜频率的红外线而跃迁至激发态时,由于振动能级是量子化的,则分子所吸收光子的能量 E_L 必须恰等于两个振动能级的能量差 ΔE_v,即

$$\Delta E_v = E_{激发态} - E_{基态} = (V_{激发态} - V_{基态})h\nu_{振动} = \Delta V h\nu_{振动} = E_L = h\nu_L$$

$$所以\ \nu_L = \Delta V\nu_{振动}\ 或\ \sigma_L = \Delta V\sigma_{振动} \tag{12-3}$$

式(12-3)说明,若把双原子分子视为谐振子,其吸收红外线而发生能级跃迁时所吸收红外线的频率 ν_L,只能是谐振子振动频率 $\nu_{振动}$ 的 ΔV 倍。

当分子由振动基态($V=0$)跃迁到第一振动激发态($V=1$)时,$\Delta V=1$,则 $\nu_L=\nu_{振动}$,此时所产生的吸收峰称为基频峰。因分子振动能级从基态到第一激发态的跃迁较易发生,基频峰的强度一般都较大,因而基频峰是红外光谱上最主要的一类吸收峰。

分子吸收红外光,除发生 $V=0$ 到 $V=1$ 的跃迁外,还有振动能级由基态($V=0$)跃迁到第二振动激发态($V=2$)、第三振动激发态($V=3$)……的现象,所产生的吸收峰称为倍频峰,由 $V=0$ 跃迁至 $V=2$ 时,$\nu_L=2\nu_{振动}$,即所吸收红外线的频率(ν_L)是基团基本振动频率($\nu_{振动}$)的 2 倍,所产生的吸收峰称为 2 倍频峰,例如当分子中有羰基时,除在 1 700 cm^{-1} 附近有 $\nu_C=0$ 峰外,在 3 400 cm^{-1} 常见其 2 倍频峰。由 $V=0$ 跃迁至 $V=3$ 时,$\Delta V=3$,所产生的吸收峰称为 3 倍频峰。其他类推。在倍频峰中,2 倍频峰还经常可以观测到,3 倍频峰及 3 倍以上,因跃迁几率很小,一般都很弱,常观测不到。因分子的振动能级差异非等距,V 越大,间距越小,因此倍频峰的频率并非是基频峰的整数倍,而是略小一些。

除倍频峰外,尚有合频峰 $\nu_1+\nu_2$,$2\nu_1+\nu_2$……,差频峰 $\nu_1-\nu_2$,$2\nu_1-\nu_2$……,这些峰多数为弱峰,在光谱上一般不易辨认。

倍频峰、合频峰及差频峰统称为泛频峰。泛频峰的存在使光谱变得复杂,但增加了光谱的特征性。例如,取代苯的泛频峰出现在 2 000～1 667 cm^{-1} 的区间,主要由苯环上碳氢面外弯曲的倍频峰等构成,特征性较强,可用于鉴别苯环上的取代位置。

12.2.2 振动类型和峰数

讨论分子的振动类型,可以了解吸收峰的起源,即吸收峰是由什么振动形式的能级跃迁引起的。讨论分子基本振动的数目,有助于了解红外图谱上基频峰的数目。

12.2.2.1 振动类型

双原子分子只有一种振动形式——伸缩振动,而多原子分子随着原子数的增加,其振动形式也较复杂,但基本上可分为两大类:伸缩振动和弯曲振动。

1. 伸缩振动(ν)(Stretching vibration)

伸缩振动是指化学键沿着键轴方向伸缩,使键长发生周期性变化的振动。伸缩振动又可分为对称伸缩振动及不对称伸缩振动。分别用 ν_s 或 ν^s 及 ν_{as} 或 ν^{as} 表示。例如,亚甲基 CH_2 中的 2 个碳氢键同时伸长或缩短,称对称伸缩振动。若 1 个碳氢键和另 1 个键交替伸长、缩短,则称不对称伸缩振动。这两种伸缩振动有各自对应的吸收峰。

2. 弯曲振动(Bending vibration)

弯曲振动又可分为面内弯曲振动及面外弯曲振动。

(1)面内弯曲振动(β)　弯曲振动是在由几个原子所构成的平面内进行。面内弯曲振

动又可分为剪式振动和面内摇摆振动两种。AX_2 型基团分子易发生此类振动,如 $\diagdown CH_2$,—NH_2 等。

① 剪式振动(δ)　是指键角发生周期性变化的振动。由于键角在振动过程的变化与剪刀的开闭相似,故称剪式振动。

② 面内摇摆振动(ρ)　是基团作为一个整体在平面内摇摆。

(2) 面外弯曲振动(γ)　弯曲振动是在垂直于几个原子所构成的平面外进行。面外弯曲振动分为两种。

① 面外摇摆振动(ω)　振动时,基团作为整体在垂直于分子对称平面的前后摇摆。如 AX_2 型基团,用纸平面代表几个原子所组成的平面,两个 X 同时向面上(＋)或向面下(－)的振动。

② 面外扭曲振动(τ)　振动时,两个化学键端的原子同时作反向垂直于平面方向上的运动。如 AX_2 型基团,一个 X 向面上(＋),一个 X 向面下(－)的振动。

(3) 变形振动　AX_3 型基团或分子的弯曲振动。变形振动分为两种。

① 对称变形振动(δ_s 或 δ^s)　在振动过程中,3 个 AX 键与轴线组成的夹角 α 同时缩小或增大,犹如花瓣的开闭。

② 不对称变形振动(δ_{as} 或 δ^{as})　在振动过程中,3 个 AX 键与轴线组成的夹角 α 交替地缩小或增大。

以分子中亚甲基($\diagdown CH_2$)和甲基(—CH_3)为例,图 12-4 和图 12-5 直观地显示了各种振动类型。

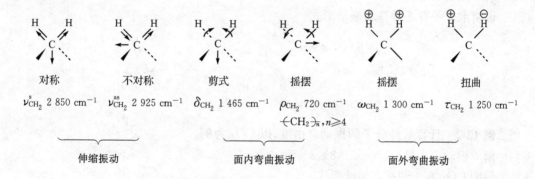

图 12-4　亚甲基($\diagdown CH_2$)的各种振动形式

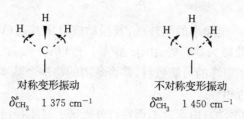

图 12-5　甲基(—CH_3)的变形振动

12.2.2.2　振动自由度与峰数

分子基本振动的数目称为振动自由度。研究分子的振动自由度,可以帮助了解化合物红外吸收光谱吸收峰的数目。

用红外光照射物质分子,不足以引起分子的电子能级跃迁。因此,只需考虑分子中三种运动形式:平动(平移)、振动和转动的能量变化。分子的这三种运动形式中,只有振动能级的跃迁产生红外吸收光谱,而分子的平动能改变,不产生光谱。转动能级跃迁产生远红外光谱,不在红外光谱的讨论范围,因此应扣除这两种运动形式。

在三维空间中确定 1 个质点的位置可用 x、y、z 3 个坐标,称为 3 个自由度。每个原子在三维空间都能向 x、y、z 3 个坐标方向独立运动,因此,一个原子有 3 个运动自由度。由 N 个原子组成的分子,总的运动自由度为 $3N$。分子的总自由度($3N$)由分子的平动、转动和振动自由度构成。

由 N 个原子所组成的分子,其重心向任何方向的移动,都可分解为沿 3 个坐标方向的移动,因此,分子有 3 个平动自由度。

在非线性分子中,整个分子可以绕 3 个坐标轴转动,即有 3 个转动自由度。而在线性分子中,由于以键轴为转动轴的转动,其转动惯量为零,不发生能量变化,因而线性分子只有 2 个转动自由度。

分子的振动自由度=分子的总自由度($3N$)−平动自由度−转动自由度

非线性分子振动自由度＝$3N-3-3=3N-6$

线性分子振动自由度＝$3N-3-2=3N-5$

例 12-1　计算非线性分子的振动自由度,以水分子为例。

解　振动自由度＝$3N-6=3\times3-6=3$。

说明水分子有 3 种基本振动形式。

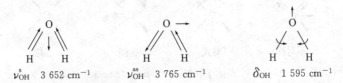

ν_{OH}^{s}　3 652 cm^{-1}　　　　ν_{OH}^{as}　3 765 cm^{-1}　　　　δ_{OH}　1 595 cm^{-1}

例 12-2　计算线性分子的振动自由度,以 CO_2 为例。

解　振动自由度＝$3N-5=3\times3-5=4$。

说明 CO_2 有 4 种基本振动形式。

$\nu_{C=O}^{s}$　1 388 cm^{-1}　　$\nu_{C=O}^{as}$　2 349 cm^{-1}　　$\beta_{C=O}$　667 cm^{-1}　　$\gamma_{C=O}$　667 cm^{-1}

已经介绍,分子吸收一定频率的红外线,其振动能级由基态($V=0$)跃迁至第一振动激发态($V=1$)所产生的吸收峰为基频峰,由于 $\Delta V=1$,所以 $\nu_L=\nu_{振动}$。由分子基本振动的数目即振动自由度可以估计基频峰的可能数目,是否基团的每一个基本振动都产生吸收峰,即振动自由度与基频峰数是否相等。

以 CO_2 为例,CO_2 的振动自由度为 4,但在红外光谱上只能看到 2 349 cm^{-1} 和 667 cm^{-1} 两个基频峰。基频峰数小于基本振动数。这种现象的原因主要有以下两点。

(1) 简并　CO$_2$ 分子的面内及面外弯曲振动,虽然振动类型不同,但振动频率相同,因此,它们的基频峰在光谱上的同一位置 667 cm^{-1} 处出现,故只能观察到 1 个吸收峰。这种现象称为简并。

(2) 红外非活性振动　CO$_2$ 的对称伸缩振动频率为 1 388 cm^{-1},但在图谱上却无此吸收峰。这说明 CO$_2$ 分子的对称伸缩振动并不吸收频率为 1 388 cm^{-1} 的红外线,因而不能呈现相应的基频峰。不能吸收红外线发生能级跃迁的振动,称为红外非活性振动,反之则为红外活性振动。

非活性振动的原因,可由 CO$_2$ 对称和不对称伸缩振动的对比说明。不难发现,它们的差别在于振动过程中分子的电偶极矩变化不同。

电偶极矩 μ 是电荷 Q 及正负电荷重心间距离 r 的乘积,即 $\mu = Q \cdot r$。

CO$_2$ 分子及其伸缩振动,如下图的 (a)、(b)、(c) 所示。

(a)　　　　　　　　(b)　　　　　　　　(c)

$r = 0, \mu = 0$　　　　$r = 0, \mu = 0, \Delta\mu = 0$　　　　$r \neq 0, \mu \neq 0, \Delta\mu \neq 0$

"+"、"−" 表示正负电荷重心。

当 CO$_2$ 分子处于振动平衡位置 (a) 时,两个 C=O 键的电偶极矩的大小相等,方向相反,分子的正负电荷重心重合,$r = 0$,因此分子的电偶极矩 $\mu = 0$。在对称伸缩振动 (b) 中,正负电荷重心仍然重合,因而 $r = 0, \mu = 0$,与处于平衡位置时相比,$\Delta\mu = 0$。但在不对称伸缩振动 (c) 中,由于一个键伸长,另一个键缩短,使正负电荷重心不重合,$r \neq 0, \mu \neq 0, \Delta\mu \neq 0$,因此,CO$_2$ 的不对称伸缩振动峰在 2 349 cm^{-1} 处出现。

由上例可见,只有在振动过程中,电偶极矩发生变化 ($\Delta\mu \neq 0$) 的振动才能吸收红外线的能量而发生能级跃迁,从而在红外光谱上出现吸收峰。这种振动类型称为红外活性振动。反之,在振动过程中电偶极矩不发生改变 ($\Delta\mu = 0$) 的振动是红外非活性振动,虽有振动存在但不能吸收红外线。这是因为红外线是具有交变电场与磁场的电磁波,不能与非电磁分子或基团发生振动偶合 (共振),即其能量不能被非电磁分子或基团所吸收。

综上所述,某基团或分子的基本振动吸收红外线而发生能级跃迁必须满足两个条件:① 振动过程中 $\Delta\mu \neq 0$;② 必须服从 $\nu_{\text{L}} = \Delta V \nu_{\text{振动}}$。两个条件缺一不可。

除红外非活性振动及简并外,仪器分辨率低,对一些频率很相近的吸收峰分不开,或强的宽峰往往会掩盖与之频率相近的弱而窄的吸收峰,以及一些较弱的峰仪器检测不出等原因往往使吸收峰数减少。当然也有使峰数增多的因素,如倍频峰与组合频峰等。

12.2.3　振动频率与峰位

基团或分子的红外活性振动将吸收红外线而发生振动能级的跃迁,在红外图谱上产生吸收峰。吸收峰的位置或称峰位,通常用 $\sigma_{\max}$ (或 $\nu_{\max}$, $\lambda_{\max}$) 表示,即振动能级跃迁时所吸收红外线的波数 σ_{L} (或频率 ν_{L},波长 λ_{L})。对基频峰而言,$\sigma_{\text{L}} = \sigma_{\text{振动}}$,所以 $\sigma_{\max} = \sigma_{\text{振动}}$,基频峰的峰位即分子或基团的基本振动频率。其他峰如倍频峰,则是 $\sigma_{\max} = \Delta V \sigma_{\text{振动}}$。所以要了解基团或分子的振动能级跃迁所产生的吸收峰的峰位,首先要讨论基团的基本振动频率。

12.2.3.1　基本振动频率

分子中原子以平衡点为中心,以非常小的振幅 (与原子核间距离相比) 做周期性的振动,即所谓简谐振动。根据这种分子振动模型,把化学键相连的两个原子近似地看作谐振子,则分子中每个谐振子的振动频率 ν,可用经典力学中胡克定律导出的简谐振动公式(也称振动方程)计算:

$$\nu=\frac{1}{2\pi}\sqrt{\frac{K}{\mu'}} \quad (\text{s}^{-1}) \tag{12-4}$$

式中:K 为化学键力常数($\text{N} \cdot \text{cm}^{-1}$)。

将化学键两端的原子由平衡位置拉长 0.1 nm 后的恢复力称为化学键力常数。单键、双键及三键的力常数 K 分别近似为 5 $\text{N} \cdot \text{cm}^{-1}$、10 $\text{N} \cdot \text{cm}^{-1}$ 及 15 $\text{N} \cdot \text{cm}^{-1}$。化学键力常数大,表明化学键的强度大。$\mu'$ 为折合质量,$\mu'=\dfrac{m_A \cdot m_B}{m_A+m_B}$。$m_A$ 及 m_B 为化学键两端原子 A 及 B 的质量。K 越大,折合质量越小,谐振子的振动频率越大。

若用波数 σ 代替 ν,用原子 A、B 的折合相对原子质量 μ 代替 μ',则公式(12-4)可改为

$$\sigma=1\,302\sqrt{\frac{K}{\mu}} \quad (\text{cm}^{-1}) \tag{12-5}$$

上式说明了双原子基团的基本振动频率与化学键力常数及折合相对原子质量的关系。由式(12-5)计算出以波数表示的基本振动频率($\sigma_{振动}$)即基频峰的峰位(σ_L 或 σ_{max})。因此,式(12-5)说明基频峰的峰位与 K 的平方根成正比,与 μ 的平方根成反比。即化学键越强,折合相对原子质量越小,其振动频率越高,即吸收峰的波数越大。举例计算如下。

$\nu_{C\equiv C}$:$K\approx15$ $\text{N} \cdot \text{cm}^{-1}$;$\mu=\dfrac{12\times12}{12+12}=6$,代入式(12-5):

$$\sigma=\sigma_{max}=1\,302\sqrt{\frac{15}{6}}\approx2\,060 \text{ cm}^{-1}$$

同法可计算下述各键的基本振动频率。

① $\nu_{C=C}$:$K\approx10$ $\text{N} \cdot \text{cm}^{-1}$,$\mu=6$,$\sigma\approx1\,680$ cm^{-1}

② ν_{C-C}:$K\approx5$ $\text{N} \cdot \text{cm}^{-1}$,$\mu=6$,$\sigma\approx1\,190$ cm^{-1}

③ ν_{C-H}:$K\approx5$ $\text{N} \cdot \text{cm}^{-1}$,$\mu=\dfrac{12\times1}{12+1}\approx1$,$\sigma\approx2\,910$ cm^{-1}

上述计算所用的力常数为近似值,各种键的化学键力常数的具体数值列于表 12-2 中。

表 12-2　化学键力常数($\text{N} \cdot \text{cm}^{-1}$)*

键	分子	K	键	分子	K
H—F	HF	9.7	C—H	$CH_2{=}CH_2$	5.1
H—Cl	HCl	4.8	C—H	$CH{\equiv}CH$	5.9
H—Br	HBr	4.1	C—Cl	CH_3Cl	3.4
H—I	HI	3.2	C—C		4.5~5.6
H—O	H_2O	7.8	C=C		9.5~9.9
H—O	游离	7.12	C≡C		15~17
H—S	H_2S	4.3	C—O		5.0~5.8
H—N	NH_3	6.5	C=O		12~13
C—H	CH_3X	4.7~5.0	C≡N		16~18

注:* Oslen E D. Modern Optical Methods of Analysis. 1975,166

由式(12-5)可得出各基团振动基频峰峰位的一些规律：

① 由同种原子组成的基团，折合相对原子质量相同，则力常数越大，伸缩振动基频峰的频率越高。如 $\nu_{C\equiv C} > \nu_{C=C} > \nu_{C-C}$；$\nu_{C\equiv N} > \nu_{C=N} > \nu_{C-N}$ 等。

② 若力常数近似相同，则折合相对原子质量越小，伸缩振动频率越高。如各种含氢单键，因 μ 均较小，它们的伸缩振动基频峰均在高波数区，如：

$$\nu_{C-H} \quad 3\,100 \sim 2\,850\ \text{cm}^{-1}$$

$$\nu_{O-H} \quad 3\,600 \sim 3\,200\ \text{cm}^{-1}$$

$$\nu_{N-H} \quad 3\,500 \sim 3\,300\ \text{cm}^{-1}$$

③ 同一基团，由于键长变化比键角变化需要更多的能量，故伸缩振动频率出现在较高波数区，而弯曲振动频率出现在较低波数区，即 $\nu > \beta > \gamma$。例如：

$$\nu_{C-H} \quad 3\,100 \sim 2\,850\ \text{cm}^{-1}$$

$$\beta_{C-H} \quad 1\,500 \sim 1\,300\ \text{cm}^{-1}$$

$$\gamma_{C-H} \quad 900 \sim 600\ \text{cm}^{-1}$$

虽然由式(12-5)可以计算出基频峰的峰位，而且某些计算值与实测值很接近，如甲烷的 ν_{CH} 基频峰计算值为 $2\,910\ \text{cm}^{-1}$，实测为 $2\,915\ \text{cm}^{-1}$，这是因为甲烷分子简单，与谐振子差别不大的缘故。实际上，对比较复杂的分子来说，由于分子中各种化学键间相互有影响，可使峰位产生 $10 \sim 100\ \text{cm}^{-1}$ 的位移。一些主要基团的基频峰峰位（σ_{max}）的实际分布如图 12-6 所示。

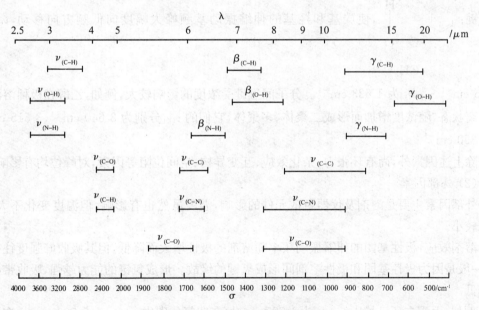

图 12-6 基频峰分布略图

各种基团的基本振动频率除了与化学键强度、化学键两端的相对原子质量以及化学键的振动方式有关外，还与邻近基团的诱导效应、共轭效应、氢键效应等内部因素以及溶剂效应、温度等外部因素有关。

12.2.3.2　峰位影响因素

(1) 内部因素

① 诱导效应：吸电子基团的诱导效应，常使吸收峰向高波数方向移动。例如：

$\nu_{C=O}$ ~1 715 cm^{-1}　　$\nu_{C=O}$ ~1 735 cm^{-1}　　$\nu_{C=O}$ ~1 800 cm^{-1}　　$\nu_{C=O}$ ~1 870 cm^{-1}

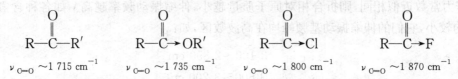

这是由于吸电子基团的引入，使羰基上的孤对电子向双键转移，羰基的双键性增强，力常数增大，振动频率增加，吸收峰向高波数移动。

② 共轭效应：共轭效应使吸收峰向低波数方向移动。例如：

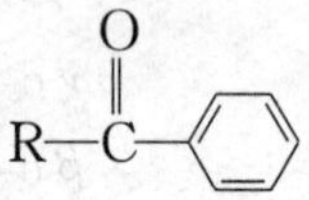

$\nu_{C=O}$ ~1 715 cm^{-1}　　$\nu_{C=O}$ ~1 685 cm^{-1}

这是由于在 $\pi-\pi$ 共轭体系中，共轭效应使其电子云密度平均化，羰基的双键性减弱，力常数减小，因此伸缩振动频率减小，吸收峰向低波数方向移动。

③ 氢键效应：分子内或分子间形成氢键后，通常引起伸缩振动频率向低波数方向显著位移，并且峰强增加，峰形变宽。分子内氢键不受其浓度影响，例如 2-羟基苯乙酮形成分子内氢键：

，使羰基和羟基的伸缩振动基频峰大幅度向低频方向移动，ν_{OH} 为 2 835 cm^{-1}，$\nu_{C=O}$ 为 1 623 cm^{-1}。分子间氢键受浓度的影响较大，例如，乙醇在极稀溶液中呈游离状态，随浓度增加而形成二聚体、多聚体，它们的 ν_{OH} 分别为 3 640 cm^{-1}、3 515 cm^{-1}及 3 350 cm^{-1}。

除上述因素外，尚有环张力、杂化效应、互变异构、空间位阻等因素，对峰位均有影响。

(2) 外部因素

外部因素主要是溶剂及仪器色散元件的影响，温度虽然也有影响，但温度变化不大时，影响较小。

溶剂效应：极性基团的伸缩振动频率随溶剂的极性增大而降低，但其吸收峰强度往往增强，一般是因为极性基团和极性溶剂间形成氢键的缘故。形成氢键的能力越强，吸收带的频率越低。

例如，丙酮在环己烷中 $\nu_{C=O}$ 为 1 727 cm^{-1}，在四氯化碳中 $\nu_{C=O}$ 为 1 720 cm^{-1}，在氯仿中 $\nu_{C=O}$ 为 1 705 cm^{-1}。

(3) 费米共振

费米共振(Fermi resonance)是由频率相近的泛频峰与基频峰相互作用而产生的，结果使泛频峰的强度大大增加或发生分裂。

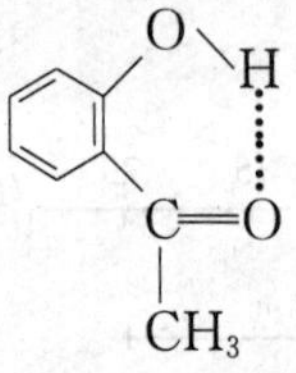

例如，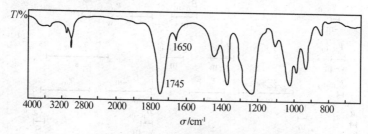 分子在 2 850 cm^{-1} 和 2 750 cm^{-1} 处产生两个强吸收峰，这是由 ν_{C-H}（2 800 cm^{-1}）峰和 δ_{C-H}（1 390 cm^{-1}）的倍频率（2 780 cm^{-1}）费米共振形成的。

12.2.4　吸收峰的强度

一条红外吸收曲线上各个吸收峰为什么有强有弱，即各峰的相对强度受什么因素影响？

图 12-7 是乙酸丙烯酯（ $CH_3\overset{\text{O}}{\overset{\|}{C}}-OCH_2CH=CH_2$ ）的红外光谱。图谱中，1 745 cm^{-1} 为 $\nu_{C=O}$ 峰，1 650 cm^{-1} 为 $\nu_{C=C}$ 峰，在相同浓度下，两谱带强度却相差悬殊。可由分子振动能级跃迁几率来说明。基态分子中的很小一部分，吸收一定频率的红外线，发生振动能级的跃迁而处于激发态。激发态分子通过与周围基态分子的碰撞等过程，损失能量回到基态（弛豫过程），它们之间形成动态平衡。跃迁过程中激发态分子占总分子的百分数，称为跃迁几率，谱带的强度即跃迁几率的量度。跃迁几率与振动过程中电偶极矩的变化（$\Delta\mu$）有关，$\Delta\mu$ 越大，跃迁几率越大，谱带强度越大。

图 12-7　乙酸丙烯酯的红外光谱

因此，电负性相差大的原子形成的化学键（如 C—N 、C—O 、C=O 、C≡N 等）比一般的 C—H 、C—C 、C=C 键红外吸收要强得多。乙酸乙烯酯的 $\nu_{C=O}$ 峰较 $\nu_{C=C}$ 峰强度大，是因为 C=O 振动电偶极矩变化大于 C=C 振动电偶极矩变化的缘故。由于 C=O 伸缩振动吸收带强度特别大，不易受到干扰，是一个非常特征的吸收峰。若分子中含 Si—O 、C—Cl 、C—F 等极性较强的基团，红外图谱上都有强吸收带。

化学键振动时电偶极矩变化的大小主要与下述因素有关：

（1）原子的电负性　化学键连接的两个原子，电负性相差越大（即极性越大），则伸缩振动时，产生的吸收峰强度越强，如 $\nu_{C=O}>\nu_{C=C}$ ；$\nu_{OH}>\nu_{CH}>\nu_{C-C}$ 。

（2）分子的对称性　分子结构的对称性越强，电偶极矩变化越小；完全对称，变化为零，则没有吸收峰出现。

例如，三氯乙烯（ $\overset{Cl}{\underset{Cl}{}}C=C\overset{H}{\underset{Cl}{}}$ ）和四氯乙烯（ $\overset{Cl}{\underset{Cl}{}}C=C\overset{Cl}{\underset{Cl}{}}$ ），前者结构不对称，故在 1 585 cm^{-1} 处出现 $\nu_{C=C}$ 峰，而后者结构完全对称，则 $\nu_{C=C}$ 峰消失。

（3）振动类型　由于振动类型不同，对分子的电荷分布影响不同，偶极矩变化不同，故吸收峰的强度也不同。一般峰强与振动类型之间有下述规律：

$$\nu_{as}>\nu_s；\nu>\delta$$

吸收峰的强度可用摩尔吸收系数 ε 来衡量。通常把峰强分为 5 级。

vs	s	m	w	vw
极强峰	强峰	中强峰	弱峰	极弱峰
ε＞100	ε 在 20～100 之间	ε 在 10～20 之间	ε 在 1～10 之间	ε＜1

12.3 典型光谱

12.3.1 基团的特征峰与相关峰

物质的红外光谱是其分子结构的客观反映,谱图中的吸收峰都对应于分子中各基团的振动。例如分子中含有 —C≡N 基,则在 2 400～2 100 cm^{-1} 出现 $\nu_{C≡N}$ 峰,C=O 键的 $\nu_{C=O}$ 峰一般出现在 1 870～1 650 cm^{-1}。由于各种基团的吸收峰均出现在一定的波数范围

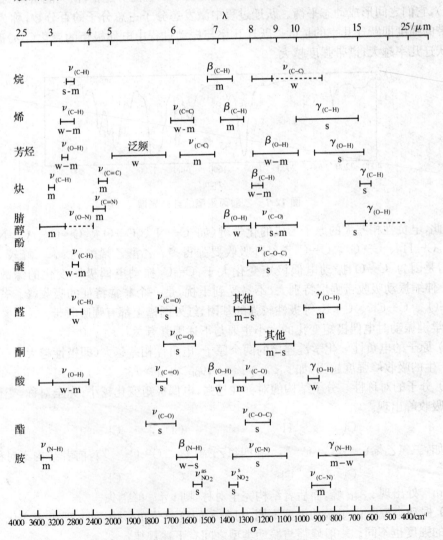

图 12-8 主要基团相关峰图

内,具有一定的特征性,因此可用一些易辨认、有代表性的吸收峰来确认官能团的存在。凡是可用于鉴别某一官能团存在的吸收峰,称为特征吸收峰,简称特征峰或特征频率。如上述腈基峰、羰基峰等。

在多数情况下,1 个官能团通常有数种振动形式,而每一种红外活性振动一般都相应产生一个吸收峰,有时还能观测到泛频峰。例如羰基(—COOH)就有如下一组红外特征吸收峰:ν_{OH} 3 400~2 400 cm^{-1} 间很宽的吸收峰,$\nu_{C=O}$ 1 710 cm^{-1} 附近强而宽的峰,ν_{C-O} 1 260 cm^{-1} 中强峰,δ_{OH} 1 430 cm^{-1},这一组特征峰都是由羰基中各化学键的振动而产生的,由一个官能团所产生的一组相互依存的特征峰称为相关吸收峰,简称相关峰。在进行某官能团鉴别时,必须找到该官能团的一组相关峰,有时由于其他峰的重叠或峰强度太弱,并非相关峰都能观测到,但必须找到其主要相关峰才能认定该官能团的存在,这是光谱解析的一条重要原则。一些较常见的官能团的相关峰见图 12-8。

熟知化学键与基团的特征峰是解析红外光谱的基础。下面将分别讨论各类有机化合物的基团特征峰。

12.3.2 脂肪烃类

以己烷、1-己烯及 1-己炔的红外光谱(图 12-9)为例。识别饱和碳氢伸缩振动(ν_{CH})、烯氢伸缩振动($\nu_{=CH}$)及炔氢伸缩振动($\nu_{\equiv CH}$)所产生的吸收峰;碳碳双键伸缩振动($\nu_{C=C}$)及碳碳三键伸缩振动($\nu_{C\equiv C}$)吸收峰;甲基变形振动($\delta_{CH_3}^{as}$, $\delta_{CH_3}^{s}$)及亚甲基(CH_2)剪式振动(δ_{CH_2})和面内摇摆振动(ρ_{CH_2})等吸收峰。

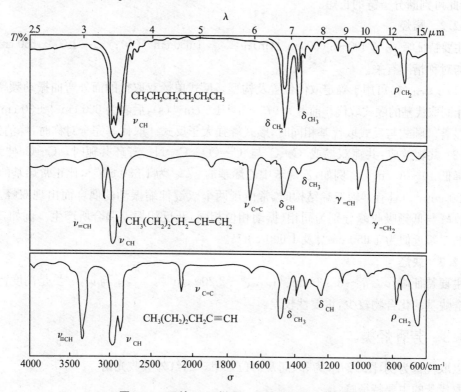

图 12-9　己烷、1-己烯及 1-己炔的红外光谱

12.3.2.1 烷烃

主要特征峰:ν_{C-H} 3 000～2 850 cm^{-1}(s,张力环除外);δ_{CH} 1 480～1 350 cm^{-1}。甲基、亚甲基的特征吸收峰如下:

	ν(cm^{-1})		δ(cm^{-1})	
	ν_{as}	ν_s	δ_{as}	δ_s
CH$_3$	2 960±10(s)	2 870±10(s)	～1 450(m)	～1 375(m)
CH$_2$	2 925±10(s)	2 850±10(s)		～1 465(m)

(1) 饱和烷烃的碳氢伸缩振动 ν_{C-H} 吸收峰:除张力环(环丁烷、环丙烷)外,都小于 3 000 cm^{-1}。

(2) 甲基与亚甲基的弯曲振动峰:亚甲基(CH$_2$)面内弯曲振动只有剪式振动(δ_{CH_2})一种形式(1 465 cm^{-1}±20 cm^{-1})。甲基因具有 3 个碳氢键,而使其变形振动分为反称变形振动($\delta_{CH_3}^{as}$)与对称变形振动($\delta_{CH_3}^{s}$)两种振动形式。孤立甲基的这两种振动峰分别为 1 450 cm^{-1}±20 cm^{-1} 及～1 375 cm^{-1}。其中甲基的 $\delta_{CH_3}^{s}$(1 375 cm^{-1})吸收带峰形尖,中等强度,它的出现说明化合物中存在甲基。当两个甲基同时连接在 1 个碳原子上时(异丙基),由于振动的偶合,使甲基的 $\delta_{CH_3}^{s}$(1 375 cm^{-1})峰分裂成强度大致相等的双峰(1 380 cm^{-1}和 1 370 cm^{-1}),称为异丙基裂分,可用来判断异丙基的存在。

(3) 长链脂肪烃如 $-(CH_2)_n-$ 中,当 $n \geqslant 4$ 时,其 ρ_{CH_2}(面内摇摆)吸收峰出现在 722 cm^{-1} 处,借此可判断分子链的长短。

12.3.2.2 烯烃

主要特征峰:ν_{CH} 3 100～3 000 cm^{-1}(m);$\nu_{C=C}$ ～1 650 cm^{-1}(w);$\gamma_{=CH}$ 1 000～650 cm^{-1}(s),峰高与对称情况有关。

(1) $\nu_{=CH}$ 峰:可用于确定取代位置及构型。反式单烯双取代的面外弯曲振动频率(γ_{CH})大于相同取代基的顺式取代。前者为 970 cm^{-1}±5 cm^{-1}(s),后者为 690 cm^{-1}±30 cm^{-1}(s),差别显著。顺式与反式取代基相同时,顺式峰强大于反式。取代基完全对称时,峰消失。

(2) 共轭效应:共轭双烯或 C=C 与 C=O、C≡N、芳环共轭时,C=C 伸缩振动频率降低 10～30 cm^{-1}。例如,乙烯苯中乙烯基的 $\nu_{C=C}$ 为 1 630 cm^{-1},比正常烯基的 $\nu_{C=C}$ 降低 20 cm^{-1}。具有共轭双烯结构时,常由于两个双键伸缩振动的偶合而出现双峰。其高频吸收峰与低频吸收峰分别为同相(振动相位相同)及反相振动偶合所产生。例如,1,3-戊二烯的双峰近似为 1 650 cm^{-1} 及 1 600 cm^{-1}。

12.3.2.3 炔烃

主要特征峰:$\nu_{\equiv CH}$ ～3 300 cm^{-1};$\nu_{C\equiv C}$ ～2 200 cm^{-1}。$\nu_{\equiv CH}$ 与 $\nu_{C\equiv C}$ 虽是高度特征峰,但因含炔基的化合物较少,重要性较差。

12.3.3 芳香烃类

以取代苯为例,图 12-10 为邻、间及对位二甲苯的红外吸收光谱。

取代苯的主要特征峰:

$\nu_{\Phi H}$($\nu_{=CH}$):3 100～3 030 cm^{-1}(m),大于 3 000 cm^{-1} 为不饱和化合物。

$\nu_{C=C}$（骨架振动）：~1 600 cm^{-1}（m 或 s）及~1 500 cm^{-1}（m 或 s）。

$\gamma_{\Phi H}(\gamma_{CH})$：910~665 cm^{-1}（s），用以确定苯环的取代方式。

$\delta_{\Phi H}(\delta_{=CH})$：1 250~1 000 cm^{-1}（w），特征性不强。

泛频峰：出现在 2 000~1 667 cm^{-1}（w 或 vw）之间，这些弱吸收可用来确定苯环的取代方式。

（1）$\nu_{\Phi H}$、$\nu_{C=C}$、$\gamma_{\Phi H}$为决定苯环存在的最主要相关峰。

（2）苯环骨架伸缩振动（$\nu_{C=C}$）峰出现在~1 600 cm^{-1}及~1 500 cm^{-1}，为苯环骨架（C=C）伸缩振动的重要特征峰，是鉴别有无芳香环存在的标志之一。1 500 cm^{-1}峰较强。当苯环与不饱和或与含有 n 电子的基团共轭时，由于双键伸缩振动间的偶合，1 600 cm^{-1}峰分裂为 2 个，约在 1 580 cm^{-1}出现第三个吸收峰，同时使 1 600 cm^{-1}及 1 500 cm^{-1}峰加强。有时也在~1 450 cm^{-1}处出现第四个吸收峰，但常与 CH$_3$ 或 CH$_2$ 的弯曲振动峰重叠而不易辨认。

（3）$\gamma_{\Phi H}$芳环上的 C—H 键面外弯曲振动在 910~665 cm^{-1}出现强的吸收峰，这些极强的吸收是由于苯环上相邻碳氢键强烈偶合而产生的，因此它们的位置由环上的取代形式即留存于芳香环上的氢原子的相对位置来决定，与取代基的种类基本无关，是确定苯环上取代位置及鉴定苯环存在的重要特征峰。$\gamma_{\Phi H}$峰随苯环上相邻氢数目的减少而向高频方向位移，常见的苯环取代类型讨论如下：

① 单取代芳环：常在 710~690 cm^{-1}处有强吸收。如无此峰，则不为单取代苯环。第二强吸收出现在 770~730 cm^{-1}，参见图 12-1。

② 邻位取代芳环：770~735 cm^{-1}处出现 1 个强峰，参见图 12-10。

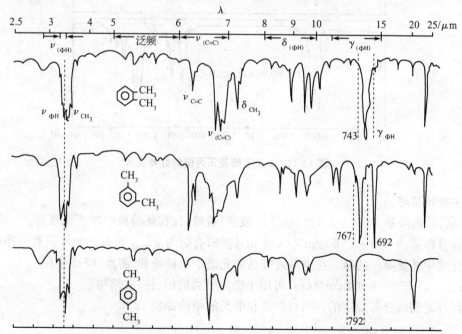

图 12-10　邻、间及对位二甲苯红外吸收光谱

③ 间位取代芳环:分别在 $710 \sim 690$ cm^{-1}、$810 \sim 750$ cm^{-1} 处产生吸收峰。第三个中等强度的峰常在 880 cm^{-1} 处出现,参见图 12-10。

④ 对位取代芳环:在 $860 \sim 790$ cm^{-1} 处出现一个强峰,参见图 12-10。

(4) 取代苯泛频峰出现在 $2\,000 \sim 1\,667$ cm^{-1},是鉴别苯环取代位置的高度特征峰。峰位和峰形与取代基的位置、数目高度相关,但其峰强很弱,必须加大样品量才能观测到,见图 12-11。

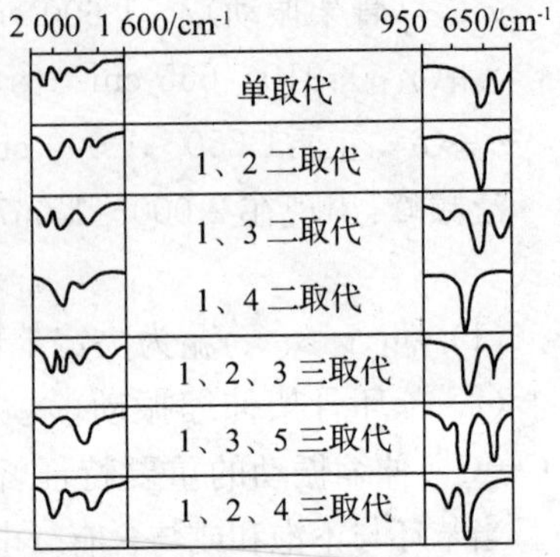

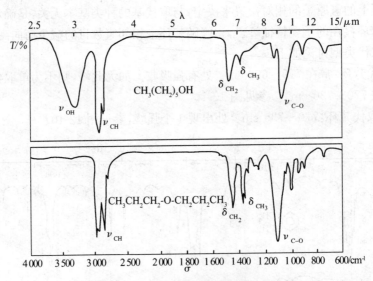

图 12-11　取代苯的泛频峰和 $\gamma_{\Phi H}$ 峰

2 000　1 600/cm^{-1}		950　650/cm^{-1}
	单取代	
	1、2 二取代	
	1、3 二取代	
	1、4 二取代	
	1、2、3 三取代	
	1、3、5 三取代	
	1、2、4 三取代	

12.3.4　醇、酚和醚类

12.3.4.1　醇与酚

对比脂肪醇(图 12-12)和酚(图 12-2)的红外光谱,它们都具有 ν_{OH} 及 ν_{C-O} 峰,但峰位不同。此外,酚具有苯环特征。

图 12-12　1-正己醇及正丙醚的红外光谱

主要特征峰:

ν_{OH}:游离羟基 $3\,650 \sim 3\,600$ cm^{-1}(s 或变)锐峰,仅在稀溶液中才能观察到。

缔合羟基:$3\,500 \sim 3\,200$ cm^{-1}(s 或 m)钝峰,有时与 ν_{N-H} 重叠。此峰只有在净(纯)液体的光谱中才是唯一的峰。在浓溶液样品的光谱中氢键峰和"游离"峰都存在。

ν_{C-O}:$1\,250 \sim 1\,000$ cm^{-1}(s),可用于确定醇类的伯、仲、叔结构。

红外光谱区分和确定伯、仲、叔醇类和酚类的结构如表 12-3。

表 12-3　醇与酚的主要特征峰 ν_{OH}（游离羟基）及 ν_{C-O} 峰对比

化合物	ν_{C-O} (cm^{-1})		游离 ν_{OH} (cm^{-1})	
酚	1 220	增	3 610	增
叔醇	1 150		3 620	
仲醇	1 100		3 630	
伯醇	1 050	加	3 640	加

12.3.4.2　醚

主要特征峰：ν_{C-O}：1 300~1 000 cm^{-1}。不具有 ν_{OH} 峰，是醚与醇类的主要区别。

虽然醚键（C—O—C）具有反称与对称伸缩两种振动形式，但脂链醚的取代基对称或基本对称时，只能看到位于 1 150~1 060 cm^{-1} 的 ν^{as}_{C-O-C} 强吸收峰，而 ν^s_{C-O-C} 峰消失或很弱。

醚基氧与苯环或烯基相连时，C—O—C 反称伸缩振动频率增加，对称伸缩峰峰强增大。例如，苯甲醚 ν^{as}_{C-O-C} 1 250 cm^{-1}（s），ν^s_{C-O-C} 1 040 cm^{-1}（s）。有的书中把它们分别视为 Ar—O 及 R—O 伸缩振动峰。

醚基氧与苯环或烯基相连时，反称伸缩振动频率增加，可用共振效应解释。共振使得醚键的双键性增加，振动频率增大，约为 1 220 cm^{-1}，而饱和醚为 1 120 cm^{-1}。

$$[\ CH_2=CH-\ddot{\underset{\cdot\cdot}{O}}-R \leftrightarrow :CH_2-CH=\overset{+}{\underset{\cdot\cdot}{O}}-R\ ]$$

12.3.5　羰基化合物

羰基吸收峰是红外光谱上最重要、最易识别的吸收峰。因羰基在振动中电偶极矩的变化大，而在 1 870~1 650 cm^{-1} 区间有强吸收，往往是图谱中的第一强峰，并且很少与其他吸收峰重叠，易于识别。羰基峰的重要性还在于含羰基的化合物较多，如酮、醛、羧酸、酯、酸酐、酰卤和酰胺等，而且，在质子核磁共振谱中，不呈现羰基共振峰，因此利用红外光谱鉴别羰基显得更为重要。

现将含羰基化合物分成两组，讨论如下。

12.3.5.1　酮、醛及酰氯类化合物（图 12-13）

（1）酮类　$\nu_{C=O}$：~1 715 cm^{-1}（s，基准值）。受一些因素的影响，$\nu_{C=O}$ 峰峰位在 1 870~1 640 cm^{-1} 区间内变化。若 C=O 与其他基团共轭，则 $\nu_{C=O}$ 峰向低波数移动；形成分子内或分子间氢键，$\nu_{C=O}$ 峰向低波数移动；若 C=O 与吸电子基团相连，由于诱导效应，$\nu_{C=O}$ 峰向高波数移动。

例如：

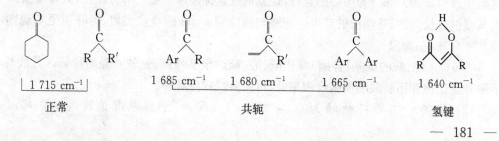

1 715 cm^{-1}	1 685 cm^{-1}	1 680 cm^{-1}	1 665 cm^{-1}	1 640 cm^{-1}
正常		共轭		氢键

$$R-\overset{\overset{\displaystyle O}{\|}}{\underset{\displaystyle R'}{C}}$$ $$R-\overset{\overset{\displaystyle O}{\|}}{C}-O-R'$$ $$R-\overset{\overset{\displaystyle O}{\|}}{C}-Cl$$

$\nu_{C=O}\sim 1\,715\ cm^{-1}$ $\nu_{C=O}\sim 1\,735\ cm^{-1}$ $\nu_{C=O}\sim 1\,780\ cm^{-1}$

(2) 醛类　$\nu_{C=O}$：$1\,725\ cm^{-1}$(s,基准值)，宽峰。共轭,羰基峰向低波数移动。

$\nu_{CH(O)}$：双峰，$\sim 2\,850\ cm^{-1}$ 及 $2\,750\ cm^{-1}$(w)。这是由于醛基中的 $\nu_{CH(O)}$ 与其 δ_{CH}($\sim 1\,400\ cm^{-1}$)的倍频峰发生费米共振,分裂为两个峰。用此双峰可以区别醛与酮。

(3) 酰氯　$\nu_{C=O}$：$1\,800\ cm^{-1}$(s,基准值)。如有共轭效应,则吸收峰向低波数移动。

$\nu_{C-C(O)}$：脂肪酰氯伸缩振动在 $965\sim 920\ cm^{-1}$,芳香酰氯伸缩振动在 $890\sim 850\ cm^{-1}$。

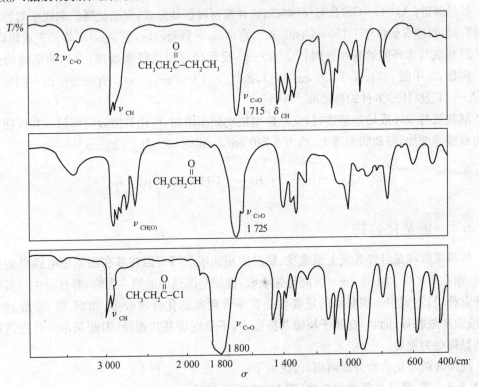

图 12-13　二乙酮、丙醛及丙酰氯的红外光谱

12.3.5.2　酸、酯及酸酐类化合物(图 12-14)

(1) 羧酸类　主要特征峰为 ν_{OH}：$3\,400\sim 2\,500\ cm^{-1}$；$\nu_{C=O}$：$1\,740\sim 1\,650\ cm^{-1}$。此外还有 ν_{C-O}：$1\,320\sim 1\,200\ cm^{-1}$(m)及 δ_{OH}：$1\,450\sim 1\,410\ cm^{-1}$。

① ν_{OH}峰：液态或固态脂肪酸由于氢键缔合使羟基伸缩峰变宽。通常在 $3\,400\sim 2\,500\ cm^{-1}$ 区间呈现以 $3\,000\ cm^{-1}$ 为中心的宽峰,烷基的碳氢伸缩峰常被它部分湮没,只露峰顶。一般烷基碳链越长,被羟基湮没的越少。芳酸与脂肪酸 ν_{OH} 峰的峰位类似,但峰顶更不规则,$\nu_{\Phi H}$ 峰几乎全被 ν_{OH} 湮没。

② $\nu_{C=O}$ 峰：酸的羰基(伸缩)峰比酮、醛、酯的羰基峰钝,是较明显的特征。芳酸与 α、β 不饱和酸比饱和脂肪酸的羰基峰频率低,可由共轭效应解释。

(2) 酯类　主要特征峰为 $\nu_{C=O}$ 峰：$\sim 1\,735\ cm^{-1}$(s,基准值)；ν_{C-O-C} 峰：$1\,300$

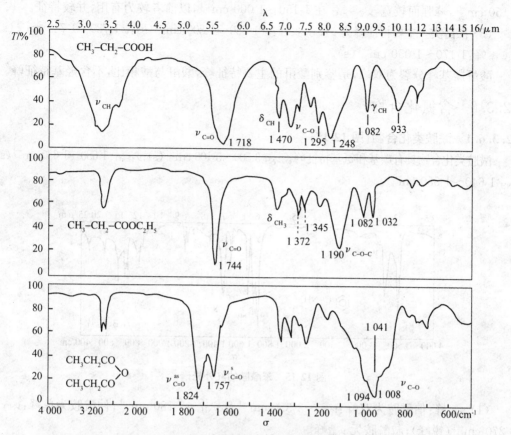

图 12-14　正丙酸、丙酸乙酯及丙酸酐的红外吸收光谱

~1 000 cm^{-1}。

①ν_{C-O} 峰：酯（RCOOR′）的羰基若与 R 基共轭时，峰位右移；若单键氧与 R′发生 $p-\pi$ 共轭，则峰位左移。例如：

$\nu_{C=O}$: 1 770 cm^{-1}　　　　$\nu_{C=O}$: 1 735 cm^{-1}　　　　$\nu_{C=O}$: 1 720 cm^{-1}

羧酸乙烯酯中的 $\nu_{C=O}$ 为 1 770 cm^{-1}，是因为 OR′中氧原子的 n 电子转移而使羰基的双键性增强，力常数增大的缘故。

②ν_{C-O-C} 峰在 1 300~1 000 cm^{-1} 区间，出现两个或多个吸收峰，ν^{as}_{C-O-C} 在 1 300~

1 150 cm^{-1},峰强而较宽,ν^s_{C-O-C} 在 1 150~1 000 cm^{-1},以前者较为有用,并较特征。

(3) 酸酐类　主要特征峰为 $\nu_{C=O}$ 双峰:ν^{as}1 850~1 800 cm^{-1}(s),ν^s1 780~1 740 cm^{-1}(s);ν_{C-O} 峰:1 170~1 050 cm^{-1}(s)。

酸酐羰基峰分裂为双峰,是鉴别酸酐的主要特征峰,酸酐与酸相比,不含羟基特征峰。

12.3.6　含氮化合物

12.3.6.1　酰胺类化合物(图 12-15)

酰胺类化合物具有羰基和氨基特征峰。ν_{NH} 3 500~3 100 cm^{-1}(s);$\nu_{C=O}$ 1 680~1 630 cm^{-1}(s);δ_{NH} 1 640~1 550 cm^{-1}。

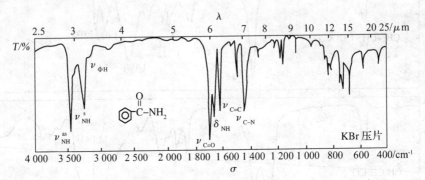

图 12-15　苯酰胺的红外光谱

(1) ν_{NH}峰:伯酰胺为双峰:ν^{as}_{NH}~3 350 cm^{-1} 及 ν^s_{NH}~3 180 cm^{-1};仲酰胺为单峰:ν_{NH}~3 270 cm^{-1}(锐峰);叔酰胺无 ν_{NH}峰。

(2) $\nu_{C=O}$ 峰:即酰胺 I 带。由于氮原子上未共用电子对与羰基的 $p-\pi$ 共轭,使 $\nu_{C=O}$ 伸缩振动频率降低,$\nu_{C=O}$ 峰出现在较低波数区。

(3) δ_{NH}峰:即酰胺 II 带,此吸收较弱,并靠近 $\nu_{C=O}$ 峰。

12.3.6.2　胺类化合物(图 12-16)

特征峰:ν_{NH}峰与 δ_{NH} 是主要吸收峰;ν_{C-N} 及 γ_{NH}峰是次要峰。

(1) ν_{NH}:3 500~3 300 cm^{-1}(m),伯胺有 ν^{as}_{NH} 及 ν^s_{NH} 双峰,仲胺单峰,叔胺无 ν_{NH}峰。脂肪胺峰较弱;芳香胺峰较强,左移,而且增加了 $\nu_{\Phi H}$、$\nu_{C=C}$ 及 $\gamma_{\Phi H}$ 等苯环特征峰。

(2) δ_{NH}:伯胺在 1 650~1 580 cm^{-1} 区间出现中到强的宽峰,脂肪仲胺在此区间的峰是很弱的,通常观察不到。芳香伯胺、仲胺皆有此峰,且强度很大。因此由氨基的 δ_{NH}峰的强弱,可以鉴别氨基是否与苯环直接相连。但有时该峰与苯环的骨架振动峰重叠,不易辨认。

(3) γ_{NH}:900~650 cm^{-1}。

(4) ν_{C-N}:1 350~1 000 cm^{-1},脂肪胺在 1 250~1 000 cm^{-1} 有吸收,芳香胺在 1 350~1 250 cm^{-1} 有吸收。而芳香胺中,由于共轭增大了环碳与氮原子间的双键性,力常数变大,因而 ν_{CN}吸收发生在较高波数。

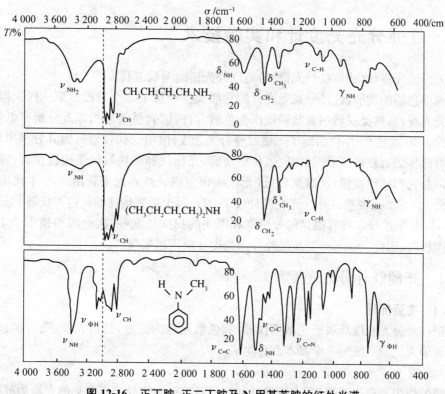

图 12-16 正丁胺、正二丁胺及 N-甲基苯胺的红外光谱

12.3.6.3 硝基化合物(图 12-17)

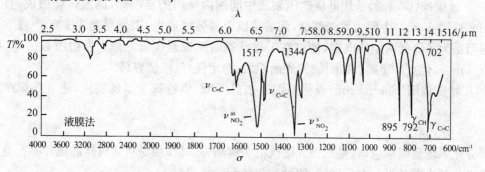

图 12-17 硝基苯的红外吸收光谱

主要特征峰为两个硝基伸缩峰：$\nu_{NO_2}^{as}$ 1 590～1 510 cm^{-1}(s)及 $\nu_{NO_2}^s$ 1 390～1 330 cm^{-1}(s)，强度很大，很容易辨认。在芳香族硝基化合物中，由于硝基的存在，使苯环的 $\nu_{\Phi H}$ 及 $\nu_{C=C}$ 峰明显减弱。

ν_{C-N} 峰较弱，在脂肪族硝基化合物中，ν_{C-N} 920～850 cm^{-1}，在芳香族中，ν_{C-N} 870～830 cm^{-1}。

12.3.6.4 腈基化合物

$\nu_{C\equiv N}$ 2 260～2 220 cm^{-1}，是腈类化合物的特征峰。只含 C、H、N 元素的腈类，$\nu_{C\equiv N}$ 吸收较强，峰形尖锐，若 —C≡N 的 α-位上有卤素、氧原子等吸电子基，吸收强度明显下降。

12.4 红外分光光度计和实验技术

红外分光光度计(或称红外光谱仪)是红外光谱的测试工具。

根据单色器的发展,红外分光光度计的发展大体经历了 3 个阶段。第一代仪器为棱镜红外分光光度计,这类仪器用岩盐棱镜作为色散元件,因其易吸潮损坏及分辨率低等缺点,已被淘汰。20 世纪 60 年代出现了光栅红外分光光度计(第二代仪器),因其分辨率较高,测定波长可延伸到近红外区和远红外区,价格便宜,光栅仪器很快取代了棱镜仪器,并且使用至今。但是它扫描速度慢,灵敏度较低,无法实现色谱—红外光谱联用。70 年代出现了干涉调频分光 Fourier 变换红外分光光度计(FT-IR),属于第三代仪器。这类仪器的分光器多用 Michelson 干涉仪。具有很高的分辨率和极快的扫描速度(一次全程扫描小于 10^{-1} s),且灵敏度极高,因此,Fourier 变换红外分光光度计应用越来越广。

12.4.1 光栅红外分光光度计

12.4.1.1 主要部件

光栅红外分光光度计属于色散型仪器,其色散元件为光栅,是由光源、吸收池、单色器、检测器和放大记录系统等 5 个基本部分组成。

(1) 光源

光源的作用是产生高强度、连续的红外光。目前在中红外光区常见的光源为硅碳棒、特殊线圈、能斯特灯(已基本淘汰)等。

① 硅碳棒(Globar)是用硅碳砂压制成中间细两端粗的实心棒,高温煅烧做成,直径为 5 mm,长约 5 cm。中间为发光部分,两端绕以金属导线通电,工作温度为 1 200~1 500K。两端粗是为了降低两端的电阻,使之在工作状态时两端温度低。最大发射波数为 5 500~5 000 cm^{-1},优点是坚固、寿命长、发光面积大、稳定性好、点燃容易。

② 特殊线圈(Special coil)或称恒温式加热线圈,由特殊金属丝制成,通电热炽产生红外线。

(2) 分光系统

分光系统也叫单色器,是红外光谱仪的关键部分,其作用是将通过样品池和参比池后的复合光分解为单色光。由反射镜、狭缝和色散元件组成。

反射光栅是光栅红外分光光度计最常用的色散元件。在玻璃或金属坯体上的每毫米间隔内,刻划上数十至百余条等距线槽而构成反射光栅。其表面呈阶梯形。当红外线照射至光栅表面时,由反射线间的干涉作用而形成光栅光谱,各级光谱相互重叠,为了获得单色光,必须在光栅前面或后面加一滤光器。

(3) 检测器

真空热电偶是光栅红外分光光度计最常用的检测器。它是利用不同导体构成回路时的温差电现象,将温差转变为电位差的装置。热电偶用半导体热电材料制成,装在玻璃与金属组成的外壳中,并将壳内抽成高真空,构成真空热电偶。真空热电偶的靶面涂金黑,是为了使靶有吸收红外辐射的良好性能。靶的正面装有岩盐窗片,用于透过红外线辐射。当靶吸收红外线温度升高时,产生电位差。为了避免靶在温度升高后以对流方式向周围散热,而采用高真空,以保证热电偶的高灵敏度及正确测量红外辐射的强度。

Golay 池是灵敏度较高的气胀式检测器,使用寿命 1～2 年,现已较少使用。

(4) 吸收池

吸收池分为气体池和液体池,分别用于气体样品和液体样品。为了使红外线能透过,气体池和液体池都采用在中红外光区透光性能好的岩盐做吸收池的窗片。为防止岩盐窗片吸潮损坏,吸收池不用时需在干燥器中保存。

① 气体池:主体是一玻璃筒,直径约 40 mm,长度有 50 mm、100 mm 等,两端为 NaCl (或 KBr)盐片窗,气槽内的压力由气体样品对红外线的吸收强弱而定。

② 液体池:分为固定池、可拆池和其他特殊池(如微量池、加热池、低温池)等。可拆池的液层厚度可由间隔片的厚薄调节,但由于各次操作液体层的厚度的重复性差,误差可达 5%,所以可拆池一般用在定性或半定量分析上,而不用在定量分析上。固定池窗片间距离 (光径)固定,使用时不拆开,只用注射器注入样品或清洗池子,可用于定量分析和易挥发液体的测定。

12.4.1.2 工作原理

光栅型红外光谱仪,按仪器的平衡原理分为双光束光学自动平衡式及双光束电学自动平衡式两种。本节简单介绍前者的工作原理(图 12-18)。

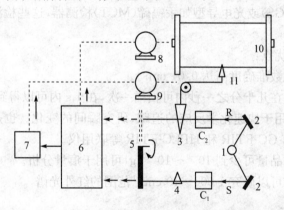

图 12-18 光学平衡式红外光谱仪示意图

1. 光源 2. 反光镜 3. 光楔 4. T 100%调节钮 5. 斩光器 6. 单色器 7. 检测器 8. 记录伺服马达 9. 笔马达 10. 记录纸鼓 11. 记录笔 R. 参考光束 S. 样品光束 C_1. 样品池 C_2. 空白池

自光源发出的连续红外光对称地分为两束,一束通过样品池,一束通过参比池。这两束光经过半圆形扇形镜面调制后进入单色器,再交替地照射在检测器上。当样品有选择地吸收特定波长的红外光后,两束光强度就有差别,在检测器上产生与光强差成正比的交流信号电压。这信号经放大后带动参比光路中的减光器(光楔),使之向减小光强差方向移动,直至两束光强度相等。与此同时,与光楔同步的记录笔可描绘出样品的吸收情况,得到光谱图。

12.4.2 干涉分光型红外分光光度计(FT-IR)

Fourier 变换红外分光光度计或称干涉分光型红外分光光度计,简写为 FT-IR,是通过测量干涉图和对干涉图进行 Fourier 变换的方法来测定红外光谱。其光学系统是由光源、Michelson(迈克耳逊)干涉仪、检测器等组成,其中光源吸收池等部件与色散型仪器通用。

但两种仪器的工作原理有很大不同,主要在于单色器的差别,FT-IR 用 Michelson 干涉仪为单色器,工作原理示意图如图 12-19。

由光源发出的红外辐射,通过 Michelson 干涉仪产生干涉图,透过样品后,得到带有样品信息的干涉图。用计算机解出此干涉图函数的 Fourier 余弦变换,就得到了样品的红外光谱。

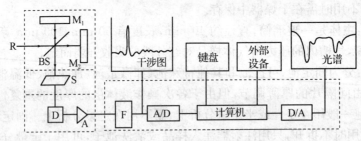

图 12-19　FT-IR 工作原理示意图

R. 红外光源　M_1. 定镜　M_2. 动镜　BS. 光束分裂器　S. 样品　D. 探测器

A. 放大镜　F. 滤光器　A/D. 模数转换器　D/A. 数模转换器

由于 FT-IR 的全程扫描小于 1 s,一秒检测器的响应时间不能满足要求。因此,多用热电型如硫酸三甘肽(TGS)或光电导型如汞镉碲(MCT)检测器,这些检测器的响应时间约为 1 μs。

FT-IR 具有以下优点:

(1) 分辨率高,波数准确度高达 $0.01\ cm^{-1}$。

(2) 扫描时间短,在几十分之一秒内可扫描一次,在 1 s 内可以得到一张分辨率高、低噪音的红外光谱图。可用于快速化学反应的追踪、研究瞬间的变化。也是实现色谱—红外联用的较理想仪器,已有 GC-FTIR 和 HPLC-FTIR 等联用仪。

(3) 灵敏度高,样品量可少到 $10^{-9} \sim 10^{-11}$ g,可用于痕量分析。

(4) 测量范围宽,可以研究 $1\ 000 \sim 10\ cm^{-1}$ 范围的红外光谱。

12.4.3　样品制备

气、液及固态样品均可测定其红外光谱。

对样品的主要要求:① 样品的纯度需大于 98%;② 样品应不含水分,以免干扰样品中羟基峰的观察。样品若制成溶液,需用符合光谱波段要求的溶剂配制。

12.4.3.1　固体样品

固体样品可用压片法、糊剂法及薄膜法等三种方法制样。

(1) 压片法:压片法是测定固体样品常用的一种方法。取样品 $1 \sim 2$ mg,加入干燥 KBr 约 200 mg,置玛瑙乳钵中,在红外灯照射下研磨、混匀,装入压片模具,边抽气边加压至压力约 18 MPa,维持压力 10 min,卸掉压力,可得厚约 1 mm 的透明 KBr 样品片。光谱纯 KBr 在中红外区无特征吸收,因此将含样品的 KBr 片放在仪器的光路中,可测得样品的红外光谱。无光谱纯 KBr 时,可用 GR 或 AR 级品重结晶,未精制前,若无明显吸收,也可直接使用。

(2) 糊剂法:压片法无法避免固体粒子对光的散射现象,则可采用糊剂法。把干燥好的样品研细,滴入几滴不干扰样品吸收谱带的液体,在玛瑙乳钵中研磨成糊状,将此糊剂夹在可拆液体池的窗片中测定。通常选用的液体有石蜡油、全氟代烃等,石蜡油适用于 1 300～400 cm^{-1},全氟代烃适用于 4 000～1 300 cm^{-1},可根据样品出峰情况选择使用。

(3)薄膜法:首先将样品用易挥发的溶剂溶解,然后将溶液滴在窗片上,待溶剂挥发后,样品则遗留在窗片上成薄膜。应该注意,在制膜时一定要把残留的溶剂去除干净,否则溶剂可能干扰样品的光谱。这种方法特别适于测定能够成膜的高分子物质。

12.4.3.2 液体样品

液体样品制样方法可用夹片法、涂片法和液体池法。

(1)夹片法:适用于挥发性不大的液态样品,在作定性分析时,此法可代替液体池法,方法简易。压制两片空白 KBr 片,将液态样品滴入一片上,再盖上另一片,片的两外侧放上环形保护滤纸垫,放入片剂框中夹紧,放入光路中,即可测定样品的红外吸收光谱。空白片在气候干燥时,可用溶剂洗净,再用一两次。

(2)涂片法:黏度大的液态样品可以涂在一片空白片上测定,不必夹片。

(3)液体池法:将液态样品装入具有岩盐窗片的液体池中测定样品的吸收光谱。样品所用的溶剂,需选择在测定波段区间无强吸收的溶剂,否则即便使用空白抵偿也不能完全抵消。因此用作精密测定时,需按波段选择数个溶剂完成整个区间的测定。一般常用的有 CCl$_4$(4 000～1 350 cm^{-1})及 CS$_2$(1 350～600 cm^{-1})。CCl$_4$ 在 1 580 cm^{-1}处稍有干扰。

12.5 应用与示例

红外分光光度法的用途可概括为定性鉴别、定量分析及结构分析等。可提供化合物具有什么官能团、化合物类别(芳香族、脂肪族)、结构异构、氢键及某些键状化合物的键长等信息,是分子结构研究的主要手段之一。在定量分析方面,虽红外光谱上可供选择的波长较多,但操作比较麻烦,准确度也比紫外分光光度法低,除常用于测定异构体的相对含量外,一般较少用于定量分析。

红外光谱特征性强,对于鉴别组分单一、结构明确的原料药,是一种首选的方法,尤其适用于用其他方法不易区分的同类药物,如磺胺类、甾体激素类和半合成抗生素药品。

12.5.1 特征区与指纹区

根据红外光谱与分子结构的关系,可将中红外光区分为官能团特征区和指纹区两个区域,现将每个区域在光谱解析中主要解决的问题分述如下。

1. 特征区(4 000～1 250 cm^{-1})

特征区的吸收峰较稀疏,易辨认,故称为特征区。此区域包括含氢单键,各种双键、三键的伸缩振动基频峰,还包括部分含氢单键的面内弯曲振动的基频峰。主要解决的问题是:

(1)化合物具有哪些基团。

(2)确定化合物是芳香族、脂肪族饱和与不饱和化合物。

① ν_{CH} 出现在 3 300～2 800 cm^{-1},一般以 3 000 cm^{-1} 为界。ν_{CH}>3 000 cm^{-1}为不饱和的碳氢伸缩振动;ν_{CH}<3 000 cm^{-1}为饱和碳氢伸缩振动。

② 根据芳环骨架振动 $\nu_{C=C}$、$\nu_{\Phi H}$ 吸收峰的出现与否,判断是否含有苯环。一般 $\nu_{C=C}$ 峰

出现在约 1 600 cm^{-1} 及 1 500 cm^{-1} 处。若有取代基与芳环共轭，往往在 1 580 cm^{-1} 会出现第 3 个峰，同时能增强 1 500 cm^{-1} 及 1 600 cm^{-1} 的吸收峰。

2. 指纹区(1 250～400 cm^{-1})

指纹区区域出现的吸收峰主要是 C—X (X 为 C、N、O)单键的伸缩振动及各种弯曲振动。由于这些单键的强度相差不大，原子质量又相似，所以吸收峰出现位置也相近，相互间影响较大，加上各种弯曲振动的能级差别小，所以在此区域吸收峰较为密集，犹如人的指纹，故称指纹区。各个化合物在结构上的微小差异在指纹区都会得到反映。该区主要解决的问题是：

(1) 作为化合物含有何种基团的旁证。因指纹区的许多吸收峰是特征区吸收峰的相关峰。

(2) 确定化合物较细微的结构。如芳环上的取代位置、几何异构体的判断等。

3. 9 个重要区段

通常，可将红外光谱划分为 9 个重要区段，如表 12-4 所示，根据红外光谱特征，参考表 12-4，可推测化合物可能含有什么基团。

表 12-4 光谱的 9 个重要区段

波数(cm^{-1})	波长(μm)	振动类型
3 750～3 000	2.7～3.3	ν_{OH}、ν_{NH}
3 300～3 000	3.0～3.4	$\nu_{\equiv CH} > \nu_{=CH} \approx \nu_{ArH}$
3 000～2 700	3.3～3.7	ν_{CH} (—CH$_3$，饱和 CH$_2$ 及 CH，—CHO)
2 400～2 100	4.2～4.9	$\nu_{C\equiv C}$、$\nu_{C\equiv N}$
1 900～1 650	5.3～6.1	$\nu_{C=O}$(酸酐、酰氯、酯、醛、酮、羧酸、酰胺)
1 675～1 500	5.9～6.2	$\nu_{C=C}$、$\nu_{C=N}$
1 475～1 300	6.8～7.7	δ_{CH}、δ_{OH}(各种面内弯曲振动)
1 300～1 000	7.7～10.0	ν_{C-O}(酚、醇、醚、酯、羧酸)
1 000～650	10.0～15.4	$\gamma_{=CH}$(不饱和 C—H 面外弯曲振动)

12.5.2 药品的鉴别、检查

红外光谱是有机药物鉴别方法中最有效的方法之一，各国药典均将红外光谱法列为药品的常用鉴别方法，中国药典(2005 年版)二部中有 582 种药品选用红外光谱作为鉴别方法。

在中国药典(2005 年版)二部中采用红外光谱作为鉴别方法的药品，绝大多数是用标准图谱对比法，即在与标准图谱一致的测定条件下记录样品的红外光谱，与标准图谱比较，要求两图谱完全一致。标准图谱为与药典配套出版的"药品红外光谱集"。

也有少数药品的红外光谱鉴别方法采用对照品比较法，即将供试品与其对照品在相同条件下测定红外光谱，比较两图谱应完全一致。中国药典(2005 年版)二部中，有妥布霉素、盐酸美克洛嗪等采用这一方式鉴别。

本书第 2 章已提及药品晶型不同，其理化性质、溶解度、稳定性、生物利用度等可能不同，对临床疗效可能有影响。如甲苯咪唑有 A、B、C 3 种晶型，C 型的驱虫率最高，约为 90%，B 型为 40%～60%，A 型小于 20%，因此，有必要控制 A 型的含量，以保证疗效。中国药典(2005年版)二部采用红外光谱法控制 A 晶型甲苯咪唑量不得超过 10%。方法详见例 12-5。

有些药物具有多晶现象，但不影响疗效，此时在红外光谱鉴别时，要注意用同晶型的红外光谱对照，如棕榈氯霉素(例 12-4)。头孢拉定也具有多晶现象，含结晶水不同，有无水、一水物、二水物，或结晶溶剂不同，如从甲醇中结晶或从乙腈中结晶，都可能引起晶型不同，它们的红外光谱也不同，中国药典(2005 年版)二部采用将试样溶于甲醇，蒸干后再测定红外光谱，然后与光谱集上标准光谱对照的方法。

例 12-3 头孢拉定的红外光谱鉴别(中国药典 2005 年版)

取本品适量，溶于甲醇，于室温挥发至干，取残渣照红外分光光度法测定，本品的红外吸收图谱应与对照的图谱一致。

例 12-4 棕榈氯霉素的红外光谱鉴别(中国药典 2005 年版)

取本品(A 晶型或 B 晶型)，用糊法测定，其红外吸收图谱应与同晶型对照的图谱一致。

例 12-5 甲苯咪唑的红外光谱检查 A 晶型(中国药典 2005 年版)

取本品与含 A 晶型为 10% 的甲苯咪唑对照品各约 25 mg，分别加液状石蜡 0.3 ml，研磨均匀，制成厚度约 0.15 mm 的石蜡糊片，同时制作厚度相同的空白液状石蜡糊片作参比，照红外分光光度法测定并调节供试品与对照品在 803 cm^{-1} 波数处的透光率为 90%～95%，分别记录 620～803 cm^{-1} 波数处的红外光吸收图谱。在约 620 cm^{-1} 和 803 cm^{-1} 波数处的最小吸收峰间连接一基线，再在约 640 cm^{-1} 和 662 cm^{-1} 波数处的最大吸收峰之顶处作垂线与基线相交，从而得到这些最大吸收峰处的校正吸收值，供试品在约 640 cm^{-1} 与 662 cm^{-1} 波数处的校正吸收值之比，不得大于含 A 晶型为 10% 的甲苯咪唑为对照品在该波数处的校正吸收值之比。

12.5.3 未知物的结构解析

红外光谱可提供物质分子中官能团、化学键及空间立体结构的信息。还可用于对未知化合物的结构推测，解析红外谱图之前必须尽可能多地了解样品的来源、理化性质。了解样品来源有助于缩小所需考虑的范围。样品的物理常数，如熔点、沸点、折光率、比旋光度等，可作为结构鉴定的旁证。

12.5.3.1 不饱和度

有条件的应首先测定未知物质的相对分子质量及分子式。根据分子式可计算该化合物的不饱和度 U(即表示有机分子中碳原子的饱和程度)，从而可以估计分子结构中是否含有双键、三键或芳香环等，可初步判断有机化合物的类型，并可验证图谱解析结果是否合理。

计算不饱和度的公式为：

$$U=\frac{2+2n_4+n_3-n_1}{2} \tag{12-6}$$

式中，n_4、n_3 及 n_1 分别是分子式中 4 价、3 价及 1 价元素的数目，在计算不饱和度时，2 价元素的数目无需考虑，因为它是根据分子结构的不饱和情况以双键或单键来填补的；$(2+2n_4+n_3)$ 是达到饱和时所需的 1 价元素的数目，n_1 是实有的 1 价元素数。因为饱和时原子间以单键连接，再每缺两个 1 价元素则形成 1 个双键，故除以 2。例如：

$$HC\!\equiv\!CH \quad C_2H_2 \qquad U=\frac{2+2\times2-2}{2}=2$$

$$\square \quad C_4H_8(环丁烷) \qquad U=\frac{2+2\times4-8}{2}=1$$

$$\text{(苯甲醛结构)} \quad C_7H_6O(苯甲醛) \qquad U=\frac{2+2\times7-6}{2}=5$$

$$\text{(吡啶结构)} \quad C_5H_5N(吡啶) \qquad U=\frac{2+2\times5+1-5}{2}=4$$

由上例可归纳如下规律：

① 链状饱和化合物 $U=0$。

② 1个双键或脂环化合物 $U=1$，结构中若含双键或脂环，则 $U\geqslant1$。

③ 1个三键化合物 $U=2$，结构中若含三键时，则 $U\geqslant2$。

④ 1个苯环化合物 $U=4$，结构中若含有苯环时，则 $U\geqslant4$。

因此，根据分子式计算出不饱和度，就可初步判断有机化合物的类型。

12.5.3.2 光谱解析程序

根据测得化合物的红外谱图来解析化合物结构，一般解谱程序如下：

(1) 根据分子式计算不饱和度(U)，从而可初步判断化合物的类型。

(2) 下列经验可供参考：

① 先特征，后指纹；先最强峰，后次强峰，并以最强峰为线索找到相应的主要相关峰。例如，$1\,695\ \text{cm}^{-1}$ 的强峰是由于 $\nu_{C=O}$ 引起的，它可能是芳香醛(酮)或不饱和醛(酮)，也可能是酸、酯等的 $\nu_{C=O}$ 峰。这就必须根据相关峰来确定该 $\nu_{C=O}$ 峰属于什么基团的羰基。若在 $3\,300\sim2\,500\ \text{cm}^{-1}$ 出现宽而散的 ν_{OH} 峰，并在 $920\ \text{cm}^{-1}$ 处又出现 ν_{OH} 的钝峰，即可认为它属于羧酸的 $\nu_{C=O}$ 峰。

② 先粗查，后细找；先否定，后肯定。

根据吸收峰的峰位，由图 12-8 粗查该峰的振动类型及可能含有什么基团，根据粗查提供的线索，再细查主要基团特征峰表。由该表提供的某基团的相关峰峰位、数目，再到未知物的谱图上去查找这些相关峰。若找到全部或主要相关峰，即可以肯定化合物含有什么基团，可初步判断化合物的结构，并与标准谱图进行对照。

需要说明的是，红外谱图上吸收峰很多，但并不是所有吸收峰都要解析。因有些峰是某些基频峰、倍频峰、组合频峰或多个基团振动吸收的叠加。

(3) 对分析者来说是未知物，但并非新化合物，而且标准谱图已收载，可根据测得的红外光谱，由谱带检索查找标准谱图或将谱图进行必要的解析，按样品所具有的基团种类、类数及化合物类别由化学分类索引查找标准谱图对照后，进行定性。

核对谱图时，必须注意检查：

① 所用仪器与标准谱图所用仪器是否一致。

② 测试条件(指样品的物理状态、样品浓度及溶剂等)与标准谱图是否一致。如不同，则谱图会有差异。特别是溶剂的影响较大，须加以注意，以免得出错误结论。

(4) 新发现待定结构的未知物一般仅依据红外光谱不能解决问题。尚需配合紫外、质谱、核磁共振等方法进行综合解析。

12.5.3.3 谱图解析示例

例 12-6 某化合物的分子为 $C_3H_5O_2Cl$,试根据其红外图谱(图 12-20)推测其可能结构式。

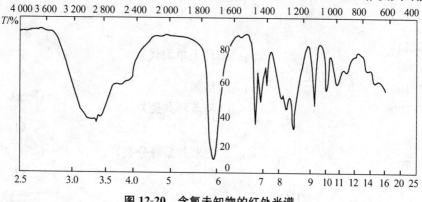

图 12-20 含氯未知物的红外光谱

解 (1) $U=\dfrac{3\times2+2-6}{2}=1$(分子中有 1 个双键或 1 个环)

(2) 吸收峰(cm^{-1})   振动类型   归属

  3 400~2 400(s,宽) ν_{OH} —OH

  1 720   (s) $\left.\nu_{C=O}\right\}$ —C=O

  1 320~1 200 (m) ν_{C-O} —C—O

  1 380   (m) $\delta^{s}_{CH_3}$ CH_3

(3) 剩余组成原子 C、H、Cl 各 1 个。

故该化合物结构为:

$$\underset{\underset{Cl}{|}}{CH_3-CH}-\overset{\overset{O}{\|}}{C}OH$$

例 12-7 某化合物的分子式为 C_7H_6O,试推断其结构式(见图 12-21)。

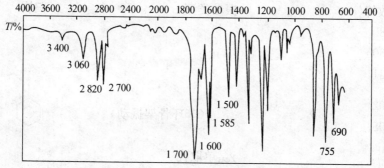

图 12-21 未知物的红外光谱(净液、盐片)

解 (1) $U=\dfrac{2+2\times7-6}{2}=5$(可能有苯环存在)

(2) 吸收峰（cm⁻¹）　　　　　　振动类型　　　　　　　　归属

3 060	$\nu_{\Phi H}$	
1 600,1 500,1 585 ⎫ 1 460 ⎭	$\nu_{C=C}$	

755 ⎫ 690 ⎭	$\gamma_{\Phi H}$（苯环上单取代）	
3 400	$\nu_{C=O}$（倍频）	—C=O
1 700	$\nu_{C=O}$（与苯环共轭）	
2 820 ⎫ 2 700 ⎭	$\nu_{CH(O)}$（费米共振峰分裂）	

故该化合物的结构为 （苯甲醛），原子数及不饱和度验证合理。再与标准图核对，其谱图一致，说明上述推断是正确的。

例 12-8　某化合物其分子式为 C_8H_{10}，红外吸收光谱如图 12-22，试推测其结构式。

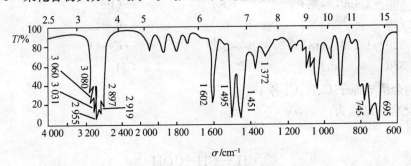

图 12-22　未知物的红外光谱

解　（1）$U = \dfrac{2+2\times 8-10}{2} = 4$（可能有苯环）

（2）吸收峰（cm⁻¹）　　　　　振动类型　　　　　　　　　归属

3 080 ⎫ 3 060 ⎬ 3 031 ⎭	$\nu_{\Phi-H}$	
1 602 ⎫ 1 495 ⎭	$\nu_{C=C}$（苯环骨架振动）	
745 ⎫ 695 ⎭	$\gamma_{\Phi H}$ 单取代	
2 955 ⎫ 2 919 ⎬ 2 897 ⎭	ν_{C-H}	CH_3 或 CH_2

$$\left.\begin{array}{c}1\ 372\\1\ 451\end{array}\right\}\qquad\qquad \delta_{C-H}$$

因有 ⌬ 、CH_3、CH_2，且苯环为单取代，根据以上分析，结合分子式，推断该化合物为

乙基苯 ⌬—CH_2CH_3。与标准谱图对照，证明推断正确。

思考题

1. 红外吸收光谱法与紫外吸收光谱法有何区别？

2. 红外吸收光谱产生的条件是什么？什么是红外非活性振动？

3. 线性和非线性分子的振动自由度各为多少？为什么红外吸收峰数有时会少于或多于其基本振动数？

4. 根据伸缩振动频率计算公式 $\sigma=1\ 302\sqrt{\dfrac{K}{\mu}}$，说明 $\nu_{CH}>\nu_{C\equiv C}>\nu_{C=C}>\nu_{C-C}$ 的原因。

5. 为什么共轭效应能使一些基团的振动频率降低，而诱导效应相反？举例说明。

6. $\nu_{C=O}$ 及 $\nu_{C=C}$ 峰都在 $1\ 700\sim1\ 600$ cm^{-1} 区域附近，哪个峰强度大？为什么？

7. 在醇类化合物中为什么 ν_{OH} 峰随着溶液浓度增大而向低波数方向移动？

8. 特征区和指纹区的吸收各有什么特点？它们在谱图解析中提供哪些分子结构信息？

9. 根据红外光谱，如何区别下述 3 个化合物？

(1) CH_3CH_2COOH；(2) $\overset{\displaystyle O}{\overset{\|}{CH_3CH_2C}}-H$；(3) $\overset{\displaystyle O}{\overset{\|}{CH_3CCH_3}}$。

10. 如何利用红外吸收光谱区别脂肪族饱和与不饱和碳氢化合物？又如何区别脂肪族与芳香族化合物？

11. 在制定药品质量标准时，红外光谱最主要的用途是什么？

习 题

1. 指出下列各种振动类型中，哪些是红外活性振动，哪些是红外非活性振动。

分子	振动类型
(1) CH_3-CH_3	ν_{C-C}
(2) CH_3-CCl_3	ν_{C-C}
(3) SO_2	$\nu_{SO_2}^{s}$

(4) ① ν_{CH}： $\overset{H}{\underset{H}{>}}C=C\overset{H}{\underset{H}{<}}$ ② ν_{CH}： $\overset{H}{\underset{H}{>}}C=C\overset{H}{\underset{H}{<}}$

③ ω_{CH}:

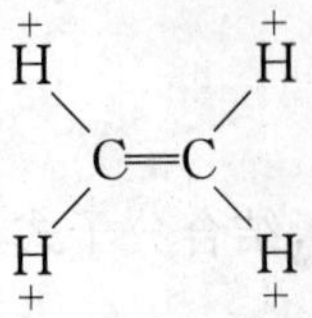

$$\begin{matrix} \overset{+}{H} & & \overset{+}{H} \\ & C=C & \\ \underset{+}{H} & & \underset{+}{H} \end{matrix}$$

④ τ_{CH}:

$$\begin{matrix} \overset{-}{H} & & \overset{+}{H} \\ & C=C & \\ \underset{+}{H} & & \underset{-}{H} \end{matrix}$$

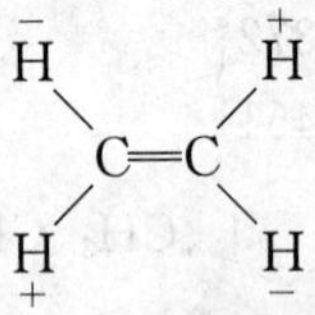

2. 将羧酸基(—COOH)分解为C=O、C—O、O—H等基本振动。假定不考虑它们之间的相互影响:(1) 试计算各自的基频峰($V=0 \to V=1$)的波数及波长;(2) 比较 ν_{OH} 与 $\nu_{C=O}$、$\nu_{C=O}$ 及 ν_{C-O}。说明力常数与折合质量和伸缩振动频率间的关系(C=O 、O—H 及 C—O 的力常数分别为 12.1 N·cm^{-1}、7.12 N·cm^{-1} 及 5.80 N·cm^{-1})。

3. 某化合物在 3 640~1 740 cm^{-1} 区间的红外吸收光谱如下图。问该化合物是六氯苯(Ⅰ)、苯(Ⅱ)或4-叔丁基甲苯(Ⅲ)中的哪一个? 并说明理由。

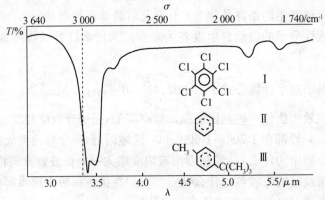

4. 某化合物在 4 000~1 300 cm^{-1} 区间的红外吸收光谱如下图。问该化合物的结构是Ⅰ还是Ⅱ?

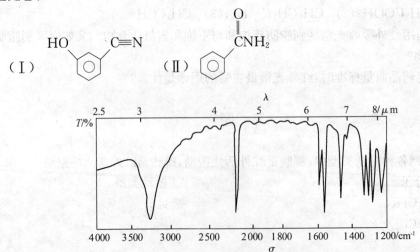

5. 某一检品,由气相色谱分析证明为一纯物质,熔点为29℃,分子式为 C_8H_7N,用液膜法制样,其红外吸收光谱如下图,试确定其结构。

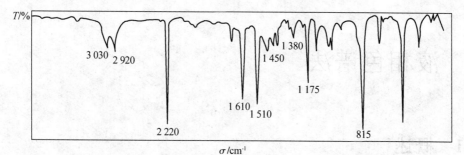

6. 某未知物的沸点为 202℃,分子式为 C_8H_8O,在 4 000～1 300 cm^{-1} 波段以 CCl_4 为溶剂,在 1 330～600 cm^{-1} 以 CS_2 为溶剂,测得其红外光谱如下,试推断其结构。

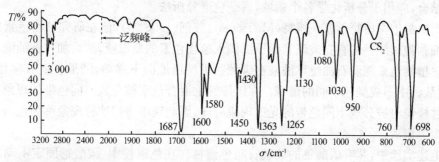

7. 某化合物的分子式为 $C_{14}H_{14}$,熔点为 51.8～52.0℃,其红外光谱如下,试推测其结构式。

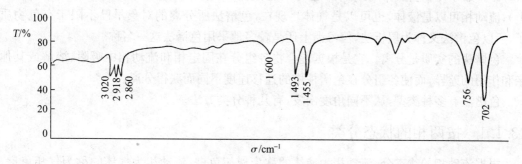

13 液相色谱法

13.1 概述

色谱法(Chromatography)是一种物理化学分离方法。将这种分离方法与适当的检测手段相结合,应用于分析化学各个领域,就是色谱分析法。

色谱法是俄国植物学家茨维特(M. Tswett)首创(1906年),他在研究植物色素成分时,在装有细颗粒碳酸钙的直立玻璃管的顶部倒入植物色素的提取液,然后加入石油醚,使其自由流下。植物色素随着石油醚淋洗液在碳酸钙里缓慢地向下移动,结果各组分移行速度不同,在碳酸钙中形成颜色不同的谱带。在碳酸钙上混合色素被分成不同色带的现象,像一束光线通过棱镜时被分成不同色带的光谱现象一样,因此茨维特把这种现象称为色谱,相应的方法称为色谱法。

在上述实验中,装有碳酸钙的玻璃管叫色谱柱。在色谱柱中,碳酸钙固定不动,叫做固定相(Stationary phase);用来冲洗色素的石油醚总在不断地流动,叫做流动相(Mobile phase)。如今,固定相可以是固体,也可以是液体(将液体固定相涂在固态载体上或管壁上);流动相可以是液体,也可以是气体。现在,色谱法所分离的对象早已不限于有色物质了,所以色谱法又称为层析法,但习惯上还是较多地采用色谱法这一名称。

色谱法的实质是分离。它是根据混合物各组分在固定相和流动相中吸附、溶解或其他亲和作用的差异,而使各组分在色谱柱中的迁移速度不同而获得分离。

色谱法有多种类型,从不同角度出发,有几种分类方法。

13.1.1 按两相的状态分类

根据流动相的物态分,流动相为液体的称为液相色谱,流动相为气体的称为气相色谱。用作流动相的液体也可称为溶剂,用作流动相的气体称为载气。在使用温度下,固定相有固态和液态两种状态。这样按两相状态可将色谱分为:

气相色谱(GC):气固色谱(GSC)和气液色谱(GLC);

液相色谱(LC):液固色谱(LSC)和液液色谱(LLC)。

13.1.2 按分离机理分类

按分离机理分类主要有吸附色谱、分配色谱、离子交换色谱和分子排阻色谱。吸附色谱利用固定相表面对不同组分的物理吸附性能的差异进行分离,随所用的流动相不同,可分为气固吸附色谱和液固吸附色谱。分配色谱利用不同组分在两相间分配系数的差异进行分离,随所用流动相不同,可分为气液分配色谱和液液分配色谱。离子交换色谱利用不同离子对离子交换剂亲和力的不同而分离。分子排阻色谱利用某些凝胶对不同组分因分子大小不同而排阻作用不同而分离。

13.1.3 按操作形式分类

将固定相装于柱内,使样品沿一个方向移动而达到分离,称为柱色谱。将吸附剂粉末制成薄层作固定相的色谱,称为薄层色谱。用滤纸上的水分子作固定相的色谱,称为纸色谱。后面两种色谱形式均在平面上展开,因此又称为平面色谱。

与其他分离方法,如蒸馏、结晶、沉淀、萃取法相比,色谱法具有极高的分离效率,不仅可使许多性质相近的混合物分离,还可使同分异构体获得分离。它已成为各种实验室的常规手段。其缺点是定性专属性差。然而,色谱法已广泛应用于化学、生物学、生物化学、医学、药学等学科及其各分支领域。色谱法还正在向计算机化和人工智能化方面发展。目前的色谱仪器大都带有微处理机,不仅实现了自动化,而且正在向智能化发展。

13.2 柱色谱法

13.2.1 液—固吸附柱色谱法

吸附是指溶质在液—固或气—固两相的交界面上集中浓缩的现象,它发生在固体的表面上,这种固体叫吸附剂,它们是多孔性物质,如硅胶、氧化铝等,表面布满许多吸附点位。吸附剂起吸附作用,主要依靠吸附剂表面的吸附点位,或称为吸附中心起作用。硅胶的吸附点位就是硅胶表面的硅醇基。所以吸附色谱法(Absorption chromatography)是利用吸附剂对混合物中各组分吸附能力的差异,各组分在柱上迁移速度不同而达到分离的方法。

例如某混合物中含有 A、B 两组分,将其配成溶液后加入色谱柱中,如图 13-1。开始 A、B 两者被吸附剂吸附在柱上端,形成起始谱带。接着加入流动相冲洗,则 A、B 随着流动相向下流动而从吸附剂上洗脱下来(即解吸)。但当遇到新的吸附剂颗粒时,又重新被吸附剂所吸附,如此反复进行,柱内不断地产生吸附,解吸,再吸附,再解吸……现象。由于吸附剂对 A、B 两组分的吸附能力有差异,流动相对 A、B 两者又有不同的溶解能力,经过一定时间洗脱,A、B 在色谱柱内移动的距离就渐渐拉开,若 A 组分极性较小,吸附剂对它的吸附力比较弱,而流动相溶解力比较大,就比较容易解吸,在柱中迁移速度较快,先流出色谱柱。反之

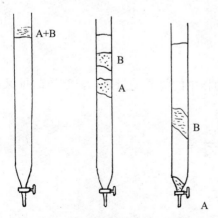

图 13-1 柱色谱分离过程示意图

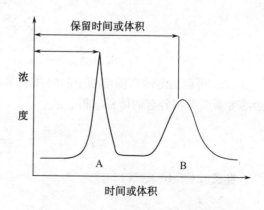

图 13-2 二元组分的洗脱曲线

B 组分极性较大,在柱中迁移速度较慢,后流出色谱柱。

13.2.1.1　几个常用术语

1. 保留时间与保留体积　如果将上述洗脱液物质浓度对洗脱液体积作图,可得如图 13-2 所示曲线图谱。它由一系列峰所组成,每一峰相应于一个组分,此图称为色谱图,峰称为色谱峰。先流出来的峰比较窄而高,后流出来的比较低而宽。保留时间 t_R 即为被分析组分从进样开始到流出液中出现浓度极大点的时间。保留体积 V_R 则以被分析组分从进样开始到流出液中出现浓度极大点时所通过的流动相体积来衡量。

2. 分配系数(Distribution coefficient, K)　在色谱分离中,各组分以不同的程度分布在两相中,溶质既可进入固定相,也可进入流动相,这个过程叫分配过程。不论色谱机理属于哪一种,分配过程都存在。分配过程进行的程度,以分配系数 K 表示。

色谱过程中达到平衡时, $c_s \rightleftharpoons c_m$, c_s 为溶质在固定相中的浓度, c_m 为溶质在流动相中的浓度。

$$K = \frac{c_s}{c_m} \tag{13-1}$$

一般来说,在低浓度时, K 为常数,与体积无关,与温度有关,温度提高 30℃,分配系数约下降一半。对于不同的色谱机理,分配系数的含义不同,有不同的名称,在吸附色谱中, K 又称为吸附系数,离子交换色谱中,称交换系数。

13.2.1.2　分配系数与保留体积的关系

溶质在色谱柱中被保留的程度常用保留比 R' 表示:

$$R' = \frac{溶剂通过色谱柱所需的时间(t_m)}{溶质通过色谱柱所需的时间(t_R)} \tag{13-2}$$

一种溶质从柱中洗脱的最快时间是溶剂通过色谱柱所需的时间,因此 $R' \leqslant 1$。溶质在柱中不断地在固定相与流动相两相之间平衡,瞬间在固定相中停留,瞬间又随流动相向前走,溶质在流动相中的时间,也就是 t_m,溶质在固定相停留的时间为 t_s,式(13-2)可改写为:

$$R' = \frac{t_m}{t_m + t_s} \tag{13-3}$$

$$R' = \frac{1}{1 + \dfrac{t_s}{t_m}} \tag{13-4}$$

t_s/t_m 可以用溶质在固定相中的物质的量和流动相中的物质的量表示。物质的量又可由浓度乘以两相各自的体积求得。故:

$$\frac{t_s}{t_m} = \frac{c_s V_s}{c_m V_m} = K \frac{V_s}{V_m} \tag{13-5}$$

将式(13-5)代入式(13-4):

$$R' = \frac{1}{1 + K \dfrac{V_s}{V_m}} \tag{13-6}$$

V_s 为色谱柱中固定相所占的体积，V_m 为色谱柱中流动相所占的体积。保留比与平面色谱中的比移值 R_f 意义相似。

$$\text{同理} \quad R' = \frac{V_m}{V_R} \tag{13-7}$$

式(13-7)代入式(13-6)：

$$V_R = V_m + KV_s \tag{13-8}$$

$$t_R = t_m(1 + K\frac{V_s}{V_m}) \tag{13-9}$$

在一定色谱条件下，V_s、V_m 为定值，各组分的保留体积主要取决于各组分在固定相和流动相之间的分配系数。当流速不变条件下，各组分的保留时间也取决于各组分的 K。图 13-1 的例子中，A 组分极性小，分配系数小，c_s 小，在固定相上保留弱，t_R、V_R 也小，因此先流出色谱柱；B 组分极性大，分配系数大，c_s 大，在固定相上保留强，t_R、V_R 也大，所以后流出色谱柱。

13.2.1.3 吸附剂的选择和吸附活度

吸附色谱主要利用溶质在吸附剂和流动相中的可逆平衡，以及吸附剂对不同物质吸附力的差异。因此，吸附剂和流动相的选择是吸附色谱法成败的关键。

吸附剂应具有较大的吸附表面和一定的吸附能力；颗粒应有一定的细度而且粒度要均匀。

常用的吸附剂有硅胶、氧化铝、聚酰胺、活性炭等。

硅胶适用于各类样品分离，硅胶的吸附性质决定于硅胶表面的硅醇基，硅醇基作为质子给予体，通过氢键的形式将溶质吸附在硅胶表面。由于硅胶具有弱酸性，所以选择地保留胺类和其他碱性化合物。与其他吸附剂相比，硅胶还具有对样品无催化作用，有较大的线性容量和较高的柱效等优点，为首选吸附剂。

氧化铝有碱性、中性和酸性 3 种，一般情况下中性氧化铝使用最多。从吸附能力来看，氧化铝稍强于硅胶。

硅胶和氧化铝的活性可分为五级，活性级数越大，含水量越多，吸附性能越弱，其活度越小。吸附剂活度大小与含水量的关系见表 13-1。在一定温度下，加热除去水分，可使吸附剂活度提高，吸附力加强，称之为活化。反之，加入一定量的水可使活度降低，称为脱活性。

表 13-1　硅胶、氧化铝的含水量与活性关系

硅胶含水量/%	活性级	氧化铝含水量/%
0	Ⅰ	0
5	Ⅱ	3
15	Ⅲ	6
25	Ⅳ	10
38	Ⅴ	15

吸附剂中所含的水分会占据吸附剂表面的吸附中心，所以吸附剂含水量越多，吸附能力越弱，活度越小。

13.2.1.4 流动相的选择

在选择流动相时,应同时考虑以下几方面的因素:

1. 被测物质的结构与性质　极性大的物质易被吸附剂较强地吸附,需要极性较大的流动相才能推动。被测物质的极性取决于它的结构。饱和碳氢化合物一般不被吸附,或吸附得不牢。当其结构中被取代一个官能团后,则吸附性增强。常见的基团按其极性由小到大的次序是:

烷烃($-CH_3$,$-CH_2-$)＜烯烃($-CH=CH-$)＜醚类($-OCH_3$,$-OCH_2-$)＜硝基化合物($-NO_2$)＜酯类＜酮类($C=O$)＜醛类($-CHO$)＜胺类($-NH_2$)＜醇类($-OH$)＜酚类(Ar$-OH$)＜羧酸类($-COOH$)

在判断物质极性大小时,有如下规律可循:

(1) 分子基本母核相同,则分子中基团的极性越大,整个分子的极性也越大,极性基团增多,则整个分子极性加大。极性加大,吸附力增强。

(2) 分子中双键多,吸附力强,共轭双键多,吸附力增大。

(3) 化合物取代基的空间排列对吸附性也有影响,如同一母核中羟基处于能形成分子内氢键位置时,其吸附力弱于羟基处于不能形成氢键的化合物。

2. 吸附剂的性能　分离极性小的物质,一般选用活度大些的吸附剂,以免保留时间太短,不易分离。分离极性大的物质,应选用活度小些的吸附剂,以免吸附太牢,不易洗脱下来。

3. 流动相的极性　一般根据相似相溶原则,极性物质易溶于极性溶剂中,非极性物质易溶于非极性溶剂中。因此分离极性大的物质,一般选择极性较大的流动相,分离极性小的物质,选择极性较小的流动相。一般情形下,物质的极性、吸附剂的活度均已固定,可选择的只是不同极性的流动相。常用流动相极性递增的次序是:

石油醚＜环己烷＜四氯化碳＜苯＜甲苯＜乙醚＜三氯甲烷＜醋酸乙酯＜正丁醇＜丙酮＜乙醇＜甲醇＜水

综上所述,一般用亲水性吸附剂(如硅胶、氧化铝)作色谱分离时,如被测组分极性较大应用活度较小的吸附剂,用极性较大的洗脱剂;如被测组分的极性较小,则应选用活度大的吸附剂,极性较小的洗脱剂。这里所说的只是一般原则,具体应用时往往需要通过实验寻找最佳条件。

13.2.2 液—液分配柱色谱法

13.2.2.1 原理

吸附色谱法适合于分离极性较小的物质和异构体。有些强极性化合物,如脂肪酸或多元醇能被吸附剂强烈吸附,用洗脱能力很强的流动相仍很难推动。因此,分离强极性物质,用吸附色谱是困难的,为了克服这困难,发展了分配色谱。

分配色谱法(Partition chromatography)是利用混合物中各组分在两相中的分配系数不同而达到分离的方法。这两相均为液体,一种液体吸附在载体上作为固定相。液—液分配色谱过程与用分液漏斗提取很相似,当然在色谱柱中要经过无数次分配,所以是连续地抽提,用分液漏斗连续地抽提称为逆流分配法。液—液分配色谱过程与逆流分配更相似,因此我们从讨论逆流分配开始来讨论分配色谱原理。

采用一系列分液漏斗,1号漏斗中放某物质 64 mg,加入体积相同的乙醚和水,该物质在乙醚和水中的分配系数为 1。经振摇达平衡后,该物质在乙醚和水中的量分别为 32 mg,将水相转移到第 2 个漏斗,然后在第 1 个漏斗中补充同体积的水,第 2 个漏斗中加入乙醚,再次振摇达平衡,在乙醚和水中的分配如图 13-3A 所示,经 2 次转移,3 次平衡,溶质量分布如 C 所示,D、E 为 4 次、5 次平衡示意图。经 9 次平衡或 18 次平衡溶质的分布由图 13-4 表示,若经 18 次平衡,如图所示,前 3 个、后 3 个漏斗中溶质几乎已不存在了,溶质主要分布在中间漏斗中。

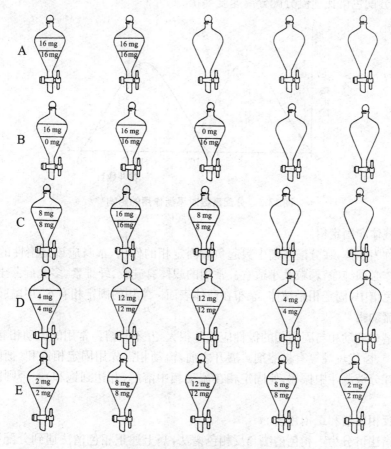

图 13-3　逆流分配原理示意图

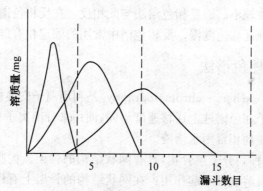

图 13-4　平衡数对溶质分布的影响

若分液漏斗中加入 A、B 两种溶质,它们的分配系数分别为 3 和 0.3。从图 13-5 中可看出,经 20 多次平衡后,1～9 号漏斗中主要含纯 A,11～20 号漏斗中主要含纯 B。这样,我们利用逆流分配法可以使分配系数不同的组分在分液漏斗中,由于移行速度不同而分离。分配色谱可以把一根色谱柱看成由无数个分液漏斗所组成,所以样品在色谱柱中要经过无数次分配,可以使分配系数稍有差别的物质得到分离。在分配色谱中,平衡随时在进行,因此分配色谱比逆流分配更有效,同时在分配色谱中,固定相与流动相之间的界面很大,分配平衡很快,因此分配色谱比逆流分配分离速度要快。

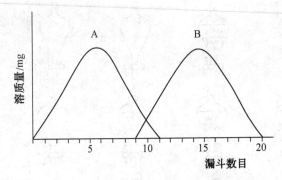

图 13-5　分配系数对平衡作用的影响

13.2.2.2　载体和固定相

载体又称为担体,在分配色谱中只起负载固定相的作用,本身应该是惰性的,不能有吸附作用。载体必须纯净,颗粒大小适宜。常用的载体有硅胶、纤维素、多孔硅藻土等。

在分配色谱中,固定相是液体,涂布在载体表面。常用的固定相有水、甲酰胺等。

13.2.2.3　流动相

分配色谱中流动相与固定相的极性应相差很大,互不相溶。常用的流动相有石油醚、醇类、酮类、酯类、卤代烷烃等有机溶剂。展开之前,流动相需先用固定相饱和(把固定相和流动相同时放在分液漏斗中振摇,使固定相在流动相中溶解,并达到饱和)。否则固定相易流失,重复性差。

13.2.2.4　反相色谱和正相色谱

分配色谱法可分为正相色谱法和反相色谱法,当上述正相色谱法遇到分配系数小的化合物而不能达到分离目的时,可采用反相色谱法。两者区别在于正相色谱法采用极性大些的固定相,而流动相极性较小。而反相色谱法与此相反。在反相色谱中,极性大的组分迁移速度快,而极性小的组分迁移速度慢。反相色谱中常用的固定相有硅油、液体石蜡等。

13.2.3　离子交换柱色谱法

离子交换色谱(Ion exchange chromatography)是利用离子交换树脂对不同离子具有不同的亲和力,使各种离子在色谱柱上迁移速度不同,而用来分离离子型化合物的方法。固定相常用离子交换树脂,流动相常用水溶液。

离子交换树脂是一种高分子聚合物,具有网状结构的骨架。树脂的骨架部分一般很稳定,和酸、碱、一般的有机溶剂都不起作用。在网状结构的骨架上有许多可以被交换的活性基团。根据活性基团的不同,可分为阳离子交换树脂和阴离子交换树脂。

阳离子交换树脂是含有酸性基团的树脂,酸性基团上的 H^+ 可以和溶液中的阳离子发生交换作用,如磺酸基—SO_3H,羧基—$COOH$ 和酚羟基—OH 等就是这种酸性基团。常用的阳离子交换树脂为强酸性阳离子交换树脂,以 $R-SO_3H$ 为代表,R 代表树脂的网状结构的骨架部分。$R-COOH$ 及 $R-OH$ 为弱酸性阳离子交换树脂。弱酸型阳离子交换树脂的交换能力受外界酸度影响较大,羧基在 pH>4,酚羟基在 pH>9.5 时才具有离子交换能力,因此它们的应用受一定限制,但选择性较好,可用来分离不同强度的有机碱。

交换反应为:

$$nR-SO_3H+M^{n+}\underset{洗脱}{\overset{交换}{\rightleftharpoons}}(R-SO_3)_nM+nH^+$$

M^{n+} 为金属离子,当样品溶液加入色谱柱中,金属离子与氢离子交换,金属离子进入树脂网状结构中,氢离子进入溶液。由于交换反应是可逆过程,已经交换的树脂,如果以适当浓度的酸溶液处理,反应逆向进行,树脂又恢复原状。这一过程称为再生或洗脱过程。经再生的树脂可反复使用。

阴离子交换树脂是含有碱性基团的树脂,碱性基团上的 OH^- 可与阴离子发生交换反应。含有季铵基—$N(CH_3)_3^+$ 的树脂为强碱型阴离子交换树脂,含有氨基—NH_2、仲胺基—$NH(CH_3)$、叔胺基—$N(CH_3)_2$ 的树脂为弱碱型阴离子交换树脂。同样,在各种阴离子交换树脂中,强碱型阴离子交换树脂应用最广。

$$R-N(CH_3)_3^+OH^-+Cl^-\underset{洗脱}{\overset{交换}{\rightleftharpoons}}R-N(CH_3)_3^+Cl^-+OH^-$$

离子交换色谱操作简便,无需特殊设备,而且树脂具有再生能力,可以反复使用,因此获得广泛的应用。如药物生产、抗生素、中药的提取及水的纯化等都已普遍使用。

13.2.3.1　除去干扰离子

欲除去干扰性阳离子,可用阳离子交换树脂,欲除去干扰性阴离子,用阴离子交换树脂。如制备"去离子水",天然水中含有 K^+、Na^+、Ca^{2+}、Mg^{2+} 等阳离子及 Cl^-、Br^-、SO_4^{2-}、CO_3^{2-} 等阴离子。为了除去这些离子,应使水先通过氢型阳离子交换树脂柱,再通过氢氧型阴离子交换树脂柱。流出液即为"去离子水"。其电阻率可大至 $5M\Omega\cdot cm$,可代替蒸馏水用。也可使待测离子吸附在树脂上,让干扰离子留在洗脱液中,用水将干扰离子从柱中洗净后,再选用适当溶剂把待测离子洗脱下来。

13.2.3.2　盐类的测定

若将盐溶液通过一个 H 型阳离子交换柱,则发生下列反应:

$$RH+MA\rightleftharpoons RM+HA$$

释放出等物质的量的酸 HA,用标准碱溶液滴定,便可测定该盐的含量。

13.2.4　分子排阻色谱法

分子排阻色谱法(Molecular exclusion chromatography),也称为空间排阻色谱法,主要用于蛋白质及其他大分子的分离。固定相为化学惰性的多孔性物质,多为凝胶,凝胶是一种由有机物制成的分子筛。如果将凝胶颗粒在适宜的溶剂中浸泡,使其充分膨胀,然后装入色谱柱中,加样品后,再以同一溶剂洗脱。在洗脱过程中组分的保留程度决定于其分子的大小,小分子可以完全渗透进入凝胶内部孔穴中而被滞留,中等分子可以部分地进入较大的一些孔穴中,大分子则完全不能进入孔穴中,只是沿凝胶颗粒之间的空隙,随溶剂流出。因此,大分子比小分子先流出柱,经过一定时间后,各组分按分子大小得到分离。

分子排阻色谱又可分凝胶过滤色谱和凝胶渗透色谱。凝胶过滤色谱所用凝胶为亲水性凝胶,如葡聚糖凝胶,以水为流动相,分离溶于水的样品。凝胶渗透色谱以亲脂性凝胶为固定相,如甲基交联葡聚糖凝胶,有机溶剂为流动相,分离不溶于水的样品。

13.3 薄层色谱法

薄层色谱法与纸色谱法均在平面上展开,因此都属于平面色谱法。薄层色谱法(Thin layer chromatography,TLC)是色谱法中应用最广泛的方法之一,它具有以下特点:

(1) 分离能力强,斑点集中。

(2) 灵敏度高,几微克,甚至几十纳克的物质也能检出。

(3) 展开时间短,一般只需十至几十分钟。1 次可以同时展开多个样品。

(4) 样品预处理简单,对被分离物质性质没有限制。

(5) 上样量比较大,可点成点,也可点成条状。

(6) 所用仪器简单,操作方便。

虽然从仪器自动化程度、分辨率、重现性方面不如后来发展起来的气相色谱和高效液相色谱法,但由于薄层色谱法具有上述特点,特别是仪器简单,操作方便,用途广泛,因此在实际工作中仍是一种极有用的分析技术,已广泛应用于医药学各研究领域中,也适用于工厂、药房等基层实验室。

13.3.1 原理

薄层色谱法是开放型的色谱法。此法是把吸附剂(或载体)均匀地铺在一块玻璃板、铝箔或塑料板上形成薄层,在此薄层上进行色谱分离,称为薄层色谱法。按分离机制可分为吸附、分配、离子交换、分子排阻等法。但应用最多的仍是吸附色谱,本节讨论吸附薄层色谱法。

铺好薄层的玻璃板,称为薄板、薄层或薄层板。待分离的样品溶液点在薄层的一端起始线上,点样处称为原点,在密闭的容器中用适宜的流动相(展开剂)展开。由于吸附剂对不同物质的吸附力大小不同,易被吸附的组分移动得慢一些,而较难被吸附的组分移动得快一些。经过一段时间的展开,不同的物质彼此分开,最后形成互相分离的斑点。下面讨论两个在平面色谱中经常使用的术语。

13.3.1.1 比移值(R_f)

各组分在薄板上的位置常用比移值(Retardation factor,R_f)来表示。

$$R_f = \frac{原点至斑点中心的距离}{原点至溶剂前沿的距离}$$

原点为样品溶液点样的位置,即图 13-6 上 A,B 的表示点。

$$A \text{ 物质的 } R_f = \frac{a}{c} \qquad B \text{ 物质的 } R_f = \frac{b}{c}$$

R_f 值与柱色谱中的保留比含义相同，所以 R_f 值与 K 之间关系可用下式表示：

$$R_f = \cfrac{1}{1 + K\cfrac{V_s}{V_m}} \tag{13-10}$$

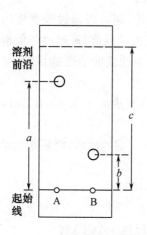

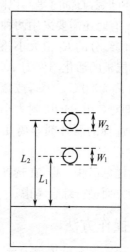

图 13-6 R_f 值的测量示意图　　**图 13-7 薄层色谱的分离度测定**

在一定色谱条件下，R_f 值为常数，其值在 $0\sim1$ 之间，若某组分 $R_f = 0$，表示它不随展开剂移动，吸附剂对它的吸附力很强，留在原点不动。若 $R_f = 1$，表示吸附剂对它基本不吸附，随着展开剂到达溶剂前沿，$K = 0$。R_f 值越小，表示该组分 K 越大，极性越大。根据物质的化学结构不同，极性不同，在同一薄板上展开，我们能预测它们的 R_f 值大小。

13.3.1.2 分离度(R_s)

衡量分离效果的指标可用分离度 R_s 表示，其定义为，相邻两斑点的斑点中心至原点的距离之差与两斑点的宽度总和之半的比值，即

$$R_s = \frac{L_2 - L_1}{(W_1 + W_2)/2} \tag{13-11}$$

式中：L_1、L_2 分别为组分 1、2 斑点从斑点中心至原点距离；W_1、W_2 分别为斑点 1、2 的宽度。$R_s = 1.0$ 时，相邻两斑点基本分开。详见图 13-7。

13.3.2 固定相

薄层色谱法所用的固定相最常用的是硅胶。粒度要求比柱色谱更细，普通薄层硅胶在 $40~\mu m$ 左右，展开距离 $10\sim15~cm$。高效薄层色谱（HPTLC）硅胶粒度小至 $10~\mu m$ 或 $5~\mu m$，展开距离为 $5~cm$ 左右。薄层色谱展开后的斑点一般都比较集中。

13.3.3 展开剂

薄层色谱法中选择展开剂的一般规则与吸附柱色谱法中选择流动相的规则相同。极性

大的样品需用极性较大的展开剂,极性小的样品用极性小的展开剂。通常先用单一溶剂展开,根据被分离物质在薄层上的分离效果,进一步考虑改变展开剂的极性。例如,某物质用三氯甲烷展开时,R_f 值太小,甚至停留在原点,则可加入一定量极性大的溶剂如乙醇、丙酮等,根据分离效果适当改变加入的比例,如三氯甲烷-乙醇之比为 9：1,8：2 或 7：3 等。一般希望 R_f 值在 0.2～0.8 之间,如果 R_f 值较大,斑点都在前沿附近,则应加入适量极性小的溶剂(如环己烷,石油醚等),以降低展开剂的极性。为了寻找适宜的展开剂,往往需要经过多次试验,有时还需要采用两种以上溶剂的混合展开剂。

调节被测组分的 R_f 值大小,除可改变展开剂的极性外,还可以通过改变板的活度来达到。一般薄层板的活化温度为 105℃,活化 1 h,若要降低板的活度,可通过降低板的活化温度,如 105℃降为 80℃、60℃,或减少活化时间,均可达到降低板的活度的目的,在活度小的板上,吸附剂对各组分的吸附力小,而 R_f 值会升高。

要求所选择的展开剂分离几个组分,则组分 R_f 差值至少大于 0.05,$R_s > 1$,以免斑点重叠。

和吸附柱色谱法一样,在选择展开剂时要同时对被测物质的性质,吸附剂的活度及展开剂的极性三方面进行综合考虑。

13.3.4 操作方法

薄层色谱法一般操作程序可分为制板、点样、展开和显色 4 个步骤。

13.3.4.1 制板

制备薄板所用的玻璃板必须表面光滑、清洁,不然吸附剂不易涂布,同时可能影响分离和检测。其大小可根据实际需要自由选择,小至载玻片,大至用 20 cm×20 cm 玻片。

薄板可分为加黏合剂的硬板和不加黏合剂的软板两种。

1. 软板的制备　将吸附剂撒在玻璃板的一端,另取比玻璃板宽度稍长的玻璃管,在管的两端各包上橡皮膏,也可以套上塑料管或橡皮管,其厚度即为薄层的厚度,推动玻璃管即制成软板。

软板制备很简便,但很不坚固,易吹散、松动,已不常用。

2. 硬板的制备　硬板即黏合薄层,即在吸附剂中加入黏合剂。常用的黏合剂有羧甲基纤维素钠(CMC-Na)和煅石膏($CaSO_4 \cdot \frac{1}{2}H_2O$)。用 CMC-Na 为黏合剂制成的薄层称为硅胶-CMC-Na 板。这种板机械强度好,可用铅笔在薄层上做记号,在使用强腐蚀性试剂时,要注意显色温度和时间,以免 CMC-Na 炭化而影响检测。用煅石膏为黏合剂制成的薄层称为硅胶-G 板。这种板机械强度较差,易脱落。商品硅胶 G 是由硅胶和煅石膏(约占 13%～15%)混合而成。硅胶 GF$_{254}$ 是在硅胶中加有煅石膏及荧光指示剂。硅胶 H 则不含其他物质,纯粹是硅胶。

硅胶-CMC 板制备:取 CMC-Na 7.5 g 加 1 000 ml 水,加热使溶解,放置使澄清。取上清液 100 ml,分次加入硅胶约 33 g,调成糊状。将糊状的吸附剂倒在清洁的玻璃板上,使均匀流布于整块玻璃板上,平放自然晾干,105℃活化 1 h,置干燥器中备用。

要使制备的板厚度均匀一致,最好使用涂铺器铺板,其薄层厚度可按需要调节,如图 13-8 所示。

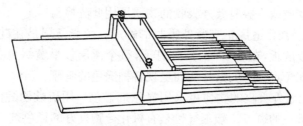

图 13-8　薄层板涂铺器

在分离酸性或碱性化合物时,除了可以使用酸性或碱性展开剂外,也可制备酸性或碱性薄层改善分离。在硅胶中加入碱或碱性缓冲液制成碱性薄层,分离生物碱等碱性化合物。

13.3.4.2　点样

将样品溶于适当的溶剂中,尽量避免用水,因为水溶液斑点易扩散,且不易挥发除去,一般用乙醇、甲醇等有机溶剂。若为液体样品,可直接点样。原点直径以 2～4 mm 为宜,溶液宜分次点样,每次点样后,使其自然干燥,或用电吹风促其迅速干燥,只有干后,才能点第二次。点样工具一般采用点样毛细管或微量注射器。点样时,必须注意勿损伤薄层表面,进行薄层定量,点样器不宜与薄层直接接触。点样量一般以几微升为宜,若进行薄层定量或薄层制备时,可多至几百微升,点样方式也可由点状点样改用带状点样。

在进行薄层定量时,原点直径的一致、点样间距的精确,是保证定量精密度的关键,瑞士 Camag 公司生产了系列薄层定量设备。Camag Linomat IV 型自动点样仪采用喷雾带状点样方式,点样范围为 1～99 微升,利用微处理编序操作,可以点上不同体积的样品液。使用时样品溶液吸在微量注射器中,点样器不接触薄层,而是用氮气将注射器针尖的溶液吹落在薄层上,薄层板在针头下定速移动,点成 0～199 mm 的窄带。

13.3.4.3　展开

展开缸一般为长方形密闭玻璃缸,黏合薄层常用上行法展开,将薄层板直立于盛有展开剂的色谱缸中,展开剂浸没薄板下端的高度不超过 0.5 cm,薄板上的原点不得浸入展开剂中。待展开剂前沿达一定距离,如 10～20 cm 时,将薄层板取出,在前沿处作出标记。使展开剂挥散后,显色。

在展开之前,薄层板置于盛有展开剂的色谱缸内饱和 15～30 min,此时薄板不与展开剂直接接触。待色谱缸内展开剂蒸气、薄层与缸内气体达到动态平衡时,也称为饱和时,再将薄板浸入展开剂中。这样操作可以防止边缘效应。边缘效应是同一化合物在同一块板上,因其点样位置不同而 R_f 值不同。处于边缘的点样点,其 R_f 值大于中心点。其原因是由于展开剂在未达饱和的色谱缸内不断地蒸发,蒸发速度从薄层中央到两边缘逐渐增加,使边缘上升的溶剂较中央多,致使近边缘溶质的迁移距离比中心处大,导致边缘的 R_f 值大。

薄层展开方式除上行法外,还有径向展开法(薄板为圆形),多次展开法(同一展开剂,重复多次展开),双向展开法(展开一次后,换 90°用另一种展开剂展开,适用于非常复杂的样品)。对软板展开,则多用倾斜上行法。自动多次展开仪可进行程序化多次展开。

13.3.4.4　显色

显色方法有下列 4 种:

(1) 首先在日光下观察,画出有色物质的斑点位置。

(2) 在紫外灯(254 nm 或 365 nm)下,观察有无暗斑或荧光斑点,并记录其颜色、位置及强弱。能发荧光的物质或少数有紫外吸收的物质可用此法检出。

（3）荧光薄层板检测,适用于有紫外吸收的物质。荧光薄层是在硅胶中掺少量荧光物质(如硅酸锌锰)制成的板,在254 nm紫外灯下,整个薄层板呈黄绿色荧光,被测物质由于吸收了部分照射在此斑点位置的紫外线而呈现各种颜色的暗斑。

（4）既无色又无紫外吸收的物质可采用显色剂显色。用硫酸乙醇液显色,大部分有机化合物能呈显不同颜色的斑点。碘蒸气也是有机化合物良好的显色剂。0.05％荧光黄甲醇溶液是芳香族与苯环化合物的通用显色剂。其他显色剂利用物质的特性反应显色,如氨基酸可喷茚三酮试剂,多数氨基酸呈紫色,个别氨基酸呈黄色。对还原性物质和含酚羟基物质,可喷三氯化铁－铁氰化钾试剂。

13.3.5　定性分析

对斑点的定性鉴别主要依靠 R_f 值的测定。R_f 值的测定受很多因素影响,如吸附剂的种类和活度,展开剂的极性,薄层厚度,展开距离,色谱容器内溶剂蒸气的饱和程度等。因此要与文献记载的 R_f 值比较,来鉴定各物质,控制操作完全一致比较困难。常采用的方法是用已知标准物质作对照。将试样与对照品点在同一块薄层上展开,显色后,根据试样的 R_f 值及显色过程中的不同现象与对照品对照比较进行定性鉴定。与紫外光谱用于定性时的情况类似,仅根据一种展开剂展开后得到的 R_f 值作为定性依据是不够的,经过多种不同组成的展开剂得到的 R_f 值与对照品一致时,才可基本认定该斑点与对照品是同一化合物。

13.3.6　定量分析

薄层色谱法的定量分析采用仪器直接测定较为准确、方便。但一些简易的方法有利于薄层色谱法的推广。

13.3.6.1　目视比较法

将不同量的对照品作为系列,同试样一起分别点在同一块薄层板上,展开,显色后,目测比较斑点颜色的深浅和面积大小,求出未知物含量的近似值,作为半定量方法,精密度为±10％。该法常应用于各国药典中,作为原料药中杂质的限度检查,具体方法可参见"应用与示例"部分例13-5。

13.3.6.2　洗脱法

样品经薄层分离定位后,将色点部位的吸附剂刮下,用合适溶剂将化合物洗脱后进行测定。测定方法一般采用分光光度法或比色法。点样也可点成条状,以增加点样量,以符合测定灵敏度需要。

13.3.6.3　薄层扫描法

用一定波长、一定强度的光束照射薄层上的斑点,用仪器测量照射前后光束强度的变化,从而求得化合物的含量。双波长薄层扫描仪是较常应用的一种仪器,它的特点是双波长测定及对斑点进行曲折扫描。可进行反射法、透射法测定。常选用反射法。

图13-9为双波长薄层扫描仪的方框图。从光源(氘灯、钨灯或氙灯)发射的光,通过两个单色器 MR 和 MS 后成为两束不同波长的光 λ_R 和 λ_S。斩光器交替地遮断,最后合在同一光路上,通过狭缝,再通过反光镜照在薄板上,如为反射法测定,则斑点表面的反射光由光电倍增管 PMR 接收,透射光测定由 PMT 光电倍增管接收。用 λ_R 和 λ_S 两种不同波长光交替

照射斑点,测定的是两波长的吸光值的差值。除用分光光度法测定外(用氘灯或钨灯作为光源),还可用荧光分析法测定(用氙灯为光源)。

1. 测定波长 λ_S 与参比波长 λ_R 的选择　λ_S 选用被测组分的最大吸收波长,λ_R 选用不被被测组分吸收的波长,一般选择被测组分吸收曲线的吸收峰邻近基线处的波长,故所测值为薄板的空白吸收。双波长法由于从测量值中减去了薄层本身的空白吸收,所以在一定程度上消除了薄层不均匀的影响,使测定准确度提高。

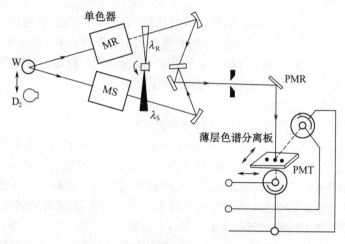

图 13-9　双波长型 TLC 扫描仪方框图

2. 反射法测定　透射光比反射光强度约大 2.5 倍,但这种方法受外界条件的影响较大,如薄层厚度、展层均匀度等都有影响。此外,玻璃板透不过紫外光,因此在应用上受一定限制。反射法测量,光强较弱,但是重现性较好,基线稳定,受基板及吸附剂层厚度的影响较小。因此常用反射法。

3. 扫描方式　现有扫描仪都是光源不动,只移动 TLC 板,扫描方式可分线性扫描及曲折形扫描(图 13-10)。

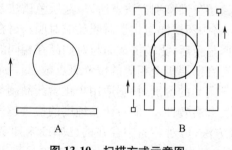

图 13-10　扫描方式示意图

A. 线性扫描　　B. 曲折形扫描

线性扫描在斑点形状不规则和浓度不均匀时,测量误差较大,优点为快速,荧光测定时一定要用线性扫描。曲折扫描将光束缩得很小,如 1.2 mm×1.2 mm,小到使光束内斑点浓度变化可以忽略的程度,进行一个方向的移动扫描及另一垂直方向的往复扫描,适用于形状不规则及浓度分布不均匀的斑点。

4. 散射参数的选择——非线性关系的校正　在反射测量中,因颗粒状吸附剂有强烈散射,使吸光度与斑点中组分的量不成线性关系,不遵守比耳定律。曲线校正是将修正参数和处理方法存入计算机。实验前根据薄层板的类型,选择合适的散射参数,由计算机根据适当的修正程序,自动进行校正,给出准确定量结果。岛津薄层扫描仪一般设有 $1\sim10$ 个散射参数(SX),硅胶薄层板 SX 一般选 3,氧化铝薄层 SX 一般选 7,一般可使原为曲线的工作曲线校正为直线。

薄层扫描定量分析误差在 5% 左右。

13.3.7 应用与示例

薄层色谱法广泛应用于各种天然和合成有机物的分离和鉴定,有时也用于少量物质的精制。在药品质量控制中,可用来测定药物的纯度和检查降解产物,并可对杂质和降解产物进行限度试验。在生产上可用于判断反应的终点,监视反应历程等。对中药和中成药分析,薄层色谱可用于鉴定有效成分,并进一步进行含量测定。

13.3.7.1 判断合成反应的程度

例 13-1 判断普鲁卡因合成反应进行的程度

普鲁卡因合成,最后一步从硝基卡因还原为普鲁卡因,判断反应的终点,只需在薄层板上分别在两个原点点上硝基卡因(原料)及普鲁卡因,选择一种能将原料及产物分开即具有不同的 R_f 值的展开剂。反应不同的时间后,分别取样展开,当原料点全部消失,变成一个产物点,即反应已达终点。如硝基卡因还原为普鲁卡因这一步反应,经薄层试验只需 2 h,原料点已完全消失,以前生产上还原时间定为 4 h,现可大大缩短反应时间。色谱条件:硅胶-CMC-Na板,环己烷—苯—二乙胺(8:2:0.4)为展开剂,碘化铋钾为显色剂。色谱图见图 13-11。

13.3.7.2 药品的鉴别和纯度检查

薄层色谱法具有先分离、后分析的功能,并有简便、快捷、灵敏度高等优点,在含有多种化学成分的天然药物研究中有着广阔的前景。各国药典所载的天然药物及制剂采用薄层色谱法鉴别的很多,与收载品种之比超过 50% 的,即有德国、法国、英国、瑞士及欧洲药典等。在中国药典 2000 年版一部中,收载采用 TLC 鉴别法的中药材有 228 个品种、中药制剂有 374 个品种,占总收载品种的 61%。在中国药典 2005 年版一部中,采用 TLC 鉴别的品种已增加至 1 523 个。据最近报道,中国药典 2010 年版一部中,薄层鉴别将增加至 2 494 项,除矿物药外均有专属性强的薄层色谱鉴别方法。所以,薄层色谱法是目前中药材、中药制剂鉴别中最常用的方法,该方法将中药试样与化学对照品或对照药材在相同的条件下分离分析,在同一薄层板上点样、展开、显色后,比较供试品与对照品在相同的 R_f 值位置有无同一颜色的斑点,或与对照药材比较,在薄层板上相应的位置斑点数、颜色是否一致。

薄层色谱也可用于化学药品的鉴别,特别适用于化学药品制剂中主药的鉴别。

为了确保药品的安全性和有效性,人们对药品纯度的检查越来越关注,薄层色谱法也是化学药品纯度检查的有效方法,可对药品中存在的已知或未知杂质进行控制,进行限度试验。在中国药典 2005 年版二部中,有近三百个品种检查项目采用薄层色谱,有近二百个品种采用薄层色谱作为鉴别方法。

例 13-2 洋参丸中的西洋参

西洋参与人参所含人参皂苷不一样,人参中含有人参皂苷 R_f、R_{g2}、R_{b2}、R_{b3},西洋参中不含这些成分,在洋参丸中检出人参皂苷 R_f、R_{g2}、R_{b2}、R_{b3} 这些斑点,说明此西洋参丸中掺有人参。

例 13-3 大黄的鉴别(中国药典 2005 年版一部 P17)

取本品粉末 0.1 g,加甲醇 20 ml 浸渍 1 h,滤过,取滤液 5 ml,蒸干,加水 10 ml 使溶解,再加盐酸 1 ml,置水浴中加热 30 min,立即冷却,用乙醚分 2 次提取,每次 20 ml,合并乙醚液,蒸干,残渣加三氯甲烷 1 ml 使溶解,作为供试品溶液。另取大黄对照药材 0.1 g,同法制成对照药材溶液。再取大黄酸对照品,加甲醇制成每 1 ml 含 1 mg 的溶液,作为对照品溶液。吸取上述 3 种溶液各 4 μl,分别点于同一以羧甲基纤维素钠为黏合剂的硅胶 H 薄层板上,以石油醚—甲酸乙酯—甲酸(15:5:1)的上层溶液为展开剂,展开,取出,晾干,置紫外光灯(365 nm)下检视。供试品色谱中,在与对照药材色谱相应的位置上,显相同的 5 个橙黄色荧光主斑点;在与对照品色谱相应的位置上,显相同的橙黄色荧光斑点,置氨蒸气中熏后,日光下检视,斑点变为红色。

例 13-4 硫酸西索米星及其注射液的鉴别(中国药典 2005 年版二部 P725)

取本品与西索米星对照品,分别加水制成每 1 ml 中各含 10 mg 的溶液,吸取上述两种溶液各 5 μL 和两种溶液的混合液(1:1)5 μL,分别点于同一硅胶 G 薄层板上,以三氯甲烷—甲醇—氨溶液(5:12:6)为展开剂,展开后,取出,晾干,在 110℃ 干燥 15 min,放冷,喷以 1% 茚三酮正丁醇溶液显色,供试品溶液与对照品溶液所显斑点的颜色与位置一致,混合溶液应显单一斑点。

硫酸西索米星注射液采用原料药相同的方法鉴别。

例 13-5 硫酸长春碱的纯度检查(中国药典 2005 年版二部 P722)

色谱条件 硅胶 GF$_{254}$ 制成的薄层板,展开剂为石油醚(沸程 30～60℃)—三氯甲烷—丙酮—二乙胺(12:6:1:1),根据硫酸长春碱结构,有紫外吸收,采用荧光板,在紫外灯(254 nm)下检测。

取硫酸长春碱,加甲醇制成每 1 ml 含 10 mg 的溶液,作为供试品溶液;精密量取适量,加甲醇稀释成每 1 ml 中含 0.20 mg 的溶液,作为对照溶液。吸取上述两种溶液各 5 μL,分别点在同一薄层板上,以上述展开剂展开,展开后,晾干,置紫外灯(254 nm)下检视。供试品溶液如显杂质斑点,不得超过 2 个,其颜色和大小与对照溶液的主斑点比较,不得更深更大。经试验符合上述要求,则为合格品。此试验为杂质限度试验,用目视法比较,每个杂质限度为硫酸长春碱的 2%,超过 2% 则不合格,同时杂质点也不能超过 2 个。色谱图见图 13-12。

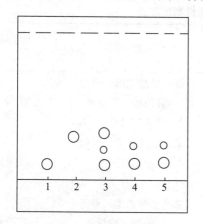

图 13-11 硝基卡因和普鲁卡因的薄层色谱
1. 普鲁卡因　2. 硝基卡因
3. 还原 1 h 取样　4. 还原 2 h 取样
5. 还原 3 h 取样

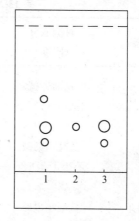

图 13-12 硫酸长春碱中杂质的限度检查
1、3. 硫酸长春碱样品　2. 对照溶液

13.3.7.3 中药中有效成分的测定

例 13-6 六应丸中有效成分的定性和定量

六应丸由牛黄、蟾酥、珍珠、冰片等多味药组成,用薄层色谱法可对该丸中几味主药进行

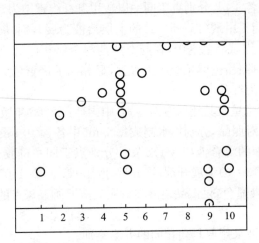

图 13-13 六应丸薄层色谱图

1. 胆酸 2. 猪去氧胆酸 3. 鹅去氧胆碱 4. 去氧胆酸 5. 六应丸 6. 酯蟾毒配基
7. 丁香酚 8. 冰片 9. 天然牛黄 10. 人工牛黄 硅胶—CMC 板,
三氯甲烷—乙酸乙酯—冰醋酸(5:5:1)为展开剂 5%硫酸乙醇液显色

定性鉴别,如牛黄中胆酸、去氧胆酸、鹅去氧胆酸、猪去氧胆酸和胆红素,蟾酥中酯蟾毒配基,丁香中丁香酚以及冰片均被检出,色谱图见图 13-13。同时用双波长薄层扫描法测定了六应丸中牛黄的两种有效成分胆酸和猪去氧胆酸的含量。

在中国药典 2000 年版一部中,有 60 余品种用薄层扫描和薄层洗脱的方法对中药中某些成分进行定量,在中国药典 2005 年版一部中,用薄层色谱法定量的品种为 45 个(现举例列于表 13-2),有不少品种已改为自动化程度更好和测定更为准确的高效液相色谱法。

表 13-2 TLC(薄层扫描)含量测定方法

中药	被测成分 (限度)	薄层板	展开剂	λ_S λ_R /nm
两面针	两面针碱 不小于 0.25%	硅胶—CMC 板	苯—醋酸乙酯—甲醇— 异丙醇—浓氨水 (20:3:3:1:0.12)	300 210
黄连	盐酸小檗碱 不小于 3.6%	硅胶—G 板	苯—醋酸乙酯—甲醇— 异丙醇—水 (6:3:1.5:1.5:0.3)	366(荧光)
二妙丸 三妙丸	盐酸小檗碱 不小于 0.30%	硅胶—G 板	苯—醋酸乙酯—甲醇— 异丙醇—浓氨水 (12:6:3:3:1)	365(荧光)
生血丸	盐酸小檗碱 不小于 0.02%	高效硅胶—G 板	醋酸乙酯—无水乙醇—甲醇 (7:1:2)	313(荧光)

中药	被测成分 （限度）	薄层板	展开剂	λ_S λ_R /nm
葛根芩连微丸	盐酸小檗碱 不小于 1.0%	硅胶—CMC 板	正丁醇—冰醋酸—水 （7：1：2）	425 550
九分散	士的宁 4.5～5.5 mg/包	硅胶—GF$_{254}$ 板	甲苯—丙醇—乙醇—浓氨水 （8：6：0.5：2）	254 325
马钱子散	士的宁 7.2～8.8 mg/包	硅胶—GF$_{254}$ 板	甲苯—丙醇—乙醇—浓氨水 （8：6：0.5：2）	257 300
脑得生丸	人参皂苷 R_{g1} 不小于 6.0 mg/丸	高效硅胶—G 板	三氯甲烷—乙酸乙酯—甲醇—水 （15：40：22：10）	525 700

13.4　纸色谱法

13.4.1　原理

纸色谱法（Paper Chromatography）是以纸作为载体的色谱法，分离原理属于分配色谱的范畴。固定相一般为纸纤维上吸附的水分，流动相为不与水相混溶的有机溶剂。但在以后的应用中，也常用和水相混溶的溶剂作为流动相，因为滤纸纤维素所吸附的水有一部分和纤维结合成复合物。所以，这一部分水和与水相溶的溶剂，仍能形成类似不相混合的两相。除水以外，纸也可以吸留其他物质，如甲酰胺、缓冲液等作为固定相。

纸色谱法的一般操作，取滤纸一条，接近纸条的一端，点一定量欲分离的试液，干后悬挂在一密闭的色谱缸中，流动相通过毛细管作用，从试液斑点的一端，慢慢沿着纸条向下扩展（下行法），或向上扩展（上行法）。此时，点在纸条上的样液中各组分随着溶剂向前流动，即在两相间进行分配。经过一定时间后，取出纸条，画出溶剂前沿线，使干。如果欲分离物质是有色的，在纸上可以看出各组分的色斑；如为无色物质，可用其他物理或化学方法使它们显出斑点来。

因此，纸色谱法可以看成是溶质在固定相和流动相之间连续萃取的过程。依据溶质在两相间分配系数的不同而达到分离的目的。与薄层色谱相同，常用比移值 R_f 来表示各组分在色谱中位置。

13.4.2　R_f 值与化学结构的关系

化合物在两相中的分配系数的大小，直接决定于化合物的分子结构。一般讲，化合物的极性大或亲水性强，在水中分配量多，则在以水为固定相的纸色谱中 R_f 值小。如果极性小或亲脂性强，则 R_f 值大。应该根据整个分子及组成分子的各个基团来考虑化合物的极性大小。例如糖类分子中含有多个羟基，极性比非糖类化合物如生物碱大得多。同属于糖类，而由于分子中含羟基数目不同，其极性大小也会有显著区别。例如同属于六碳糖的葡萄糖、鼠李糖和洋地黄毒糖在同一条件下，R_f 值是不相同的。一些数据列于表 13-3。可以看出，葡

萄糖的 R_f 值最小,洋地黄毒糖分子的极性最小,R_f 值最大。

```
        CHO                CHO                CHO
      HC—OH              HO—CH               CH₂
      HO—CH              HO—CH              HC—OH
      HC—OH              HC—OH              HC—OH
      HC—OH              HC—OH              HC—OH
      CH₂OH              CH₃                CH₃
      葡萄糖              鼠李糖             洋地黄毒糖
```

表 13-3   3 种六碳糖的 R_f 值

糖	溶剂系统		
	1	2	3
葡萄糖	0.03	0.17	0.10
鼠李糖	0.27	0.42	0.44
洋地黄毒糖	0.58	0.66	0.88

＊溶剂系统

1. 正丁醇—水 2. 正丁醇—乙酸—水(4∶1∶5) 3. 乙酸乙酯—吡啶—水(25∶10∶35)

13.4.3　操作方法

13.4.3.1　色谱纸的选择

(1)要求滤纸质地均匀,平整无折痕,边缘整齐,以保证展开剂展开速度均匀;应有一定的机械强度,当滤纸被溶剂润湿后,仍保持原状而不致折倒。

(2)纸纤维的松紧适宜,过于疏松易使斑点扩散,过于紧密则流速太慢。同时也要结合展开剂来考虑,丁醇为主的溶剂系统,黏度较大,展开速度慢。相反,石油醚、三氯甲烷等为主的溶剂系统则展开速度较快。

(3)纸质要纯,杂质量要小,并无明显的荧光斑点,以免与谱图斑点相混淆,影响鉴别。

在选用滤纸型号时,应结合分离对象加以考虑,对 R_f 值相差很小的化合物,宜采用慢速滤纸。R_f 值相差较大的化合物,则可用快速滤纸。在选用薄型或厚型滤纸时,应根据分离分析目的决定。厚纸载量大,供制备或定量用,薄纸供一般定性用。

13.4.3.2　固定相

滤纸纤维有较强的吸湿性,通常可含 20%～25% 的水分。而且其中有 6%～7% 的水是以氢键缔合的形式与纤维素上的羟基结合在一起,在一般条件下较难脱去。所以纸色谱法实际上是以吸着在纤维素上的水作为固定相,而纸纤维则是起到一个惰性载体的作用。在分离一些极性较小的物质时,为了增加其在固定相中的溶解度,常用甲酰胺或二甲基甲酰胺、丙二醇等作为固定相。

13.4.3.3 展开剂的选择

展开剂的选择要从欲分离物质在两相中的溶解度和展开剂的极性来考虑。在流动相中溶解度较大的物质将会移动得快,因而具有较大的比移值。对极性化合物,增加展开剂中极性溶剂的比例量,可以增大比移值;增加展开剂中非极性溶剂的比例量,可以减小比移值。

展开剂多数采用含水的有机溶剂,纸色谱法最常用的展开剂是水饱和的正丁醇、正戊醇、酚等。此外,为了防止弱酸、弱碱的解离,加入少量的酸或碱,如甲酸、乙酸、吡啶等。

如采用正丁醇—醋酸—水(4:1:5)为展开剂,先在分液漏斗中振摇,分层后,取有机层为展开剂。

纸色谱的操作步骤与薄层色谱相似,有点样、展开、显色、定性定量分析几个步骤。具体方法可参照薄层色谱。

13.4.4 应用与示例

例 13-7 丹参注射液中原儿茶醛(3、4-二羟基苯甲醛)的测定

取新华色谱滤纸(33 cm×10 cm)一条,在距纸 3 cm 处作起始线,用微量注射器吸取丹参注射液 200 μl,点加于起始线上使成一横条。将滤纸悬挂于贮有展开剂 20%氯化钾溶液—冰醋酸(100:1)的色谱缸中,饱和 0.5 h 后展开,展开约 25 cm,取出,画上前沿线,晾干。置于紫外光灯(254 nm)下观察,用铅笔画出灰紫色暗斑的位置,即为原儿茶醛。

剪下已经确定位置的暗斑,并将范围适当放宽些,将剪下的滤纸剪成细条,用1 mol/L HCl 浸泡,洗脱,滤过,并多次用 1 mol/L 盐酸溶液洗涤滤纸,将洗脱液定容成 10.00 ml,用 1 cm 吸收池,280 nm 为测定波长,用空白展开滤纸,经过同样处理成空白对照液,测定吸光度,用比较法求算丹参注射液中原儿茶醛的含量。

思考题

1. 名词解释

分配系数　　保留比　　比移值　　分离度(TLC)　　荧光薄层板　　高效薄层色谱　　边缘效应

2. 简述色谱法的分类方法和特点。

3. 在吸附色谱中,如何选择流动相? 若欲使某极性物质快些流出色谱柱,流动相的极性应如何改变?

4. 薄板有哪些类型? 硅胶—CMC 板和硅胶—G 板有什么区别?

5. 薄层色谱的显色方法有哪些?

6. 在吸附色谱中,以硅胶为固定相,当用三氯甲烷为流动相时,样品中某些组分保留时间太短,若改用三氯甲烷—甲醇(1:1)时,则样品中各组分的保留时间会变长,还是变得更短? 为什么?

7. 在硅胶薄层板 A 上,以苯—甲醇(1:3)为展开剂,某物质的 R_f 值为 0.50;在硅胶板 B 上,用相同的展开剂,此物质的 R_f 值降为 0.40,问:A、B 两种硅胶板,哪一种板的活度大些?

8. 已知 A、B 两物质在某色谱系统中的分配系数分别为 490 和 460。在色谱分离时,何

者会先流出色谱柱?

9. 选择题

(1) 纸色谱法适用于分离物质的是(　　　)

A. 极性物质　　　　　B. 非极性物质　　　　　C. 糖类　　　　　D. 烃类

(2) 薄层色谱常用的有机物通用显色剂有(　　　),氨基酸显色剂有(　　　),酚类显色剂有(　　　)

A. 茚三酮　　　　　　B. 荧光黄溶液　　　　　C. 碘

D. 硫酸乙醇溶液　　　　　　　　　　　E. 三氯化铁—铁氰化钾试剂

(3) 在薄层色谱中,以硅胶为固定相,有机溶剂为流动相,在板上迁移速度最快的组分是(　　　)

A. 极性大的组分　　　　　　　　　B. 极性小的组分

C. 挥发性大的组分　　　　　　　　D. 挥发性小的组分

(4) 样品在薄层色谱上展开,10 分钟时有一 R_f 值,但 20 分钟时的展开结果是(　　　)

A. 比移值加倍　　　B. R_f 值不变　　　C. 样品移行距离加倍

D. 样品移行距离增加,但小于 2 倍　　　E. 样品移行距离增加,且大于 2 倍

习　题

1. 化合物 A 在薄层板上从原点迁移 7.6 cm,溶剂前沿距原点 16.2 cm。(1) 计算化合物 A 的 R_f 值。(2) 在相同的薄层系统中,溶剂前沿距原点 14.3 cm,化合物 A 的斑点应在此薄层板上何处?

2. 一个分配色谱柱的流动相、固定相和惰性载体的体积比为 $V_m : V_s : V_g = 0.33 : 0.10 : 0.57$,若溶质在固定相和流动相间的分配系数为 0.50,试计算它的保留比。

3. 一根色谱柱长 10 cm,流动相流速为 0.01 cm/s,组分 A 的洗脱时间为 40 min,问 A 在流动相中消耗多少时间? 其 R 值多少?

4. 氧化铝或硅胶的活度常选用下列 6 种染料来测定,根据它们的结构,请推测一下,当将 6 种染料混合物加入氧化铝柱,以石油醚—苯(4∶1)为流动相,此 6 种染料以何次序流出色谱柱? 为什么?

偶氮苯

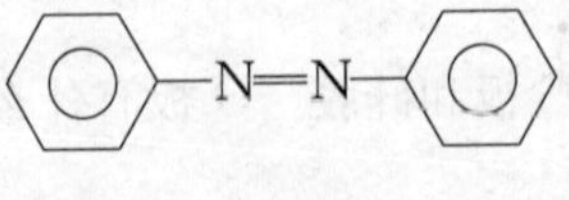

对甲氧基偶氮苯　　　　OCH₃

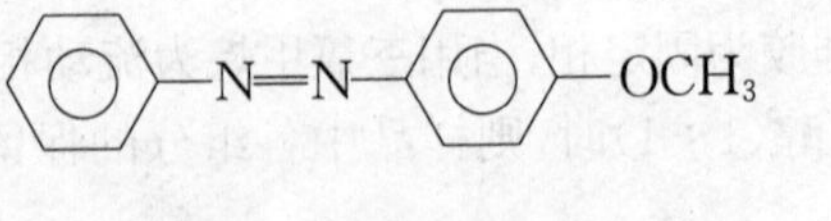

苏丹黄

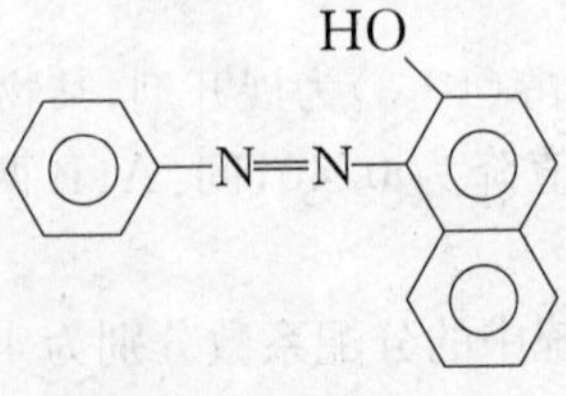

苏丹红

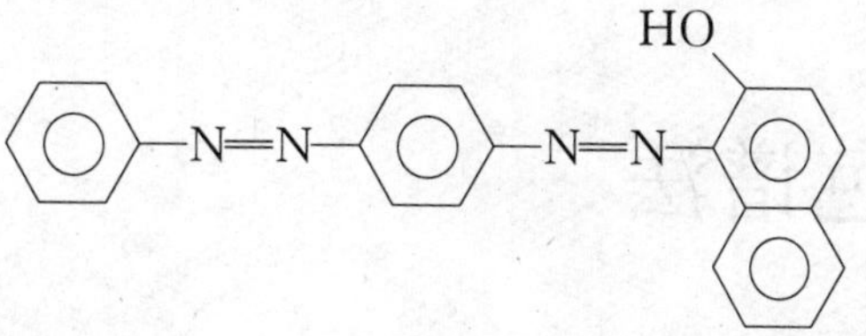

对氨基偶氮苯

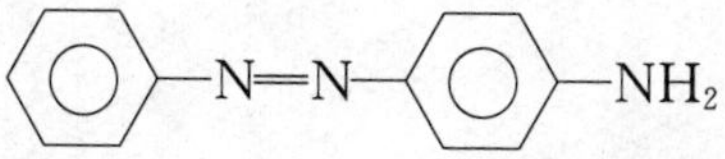

对羟基偶氮苯

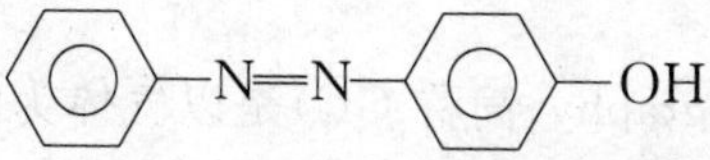

5. 组分 A 和 B 在某柱上的保留时间分别为 5 min 和 10 min，组分 X 为不被保留的物质，其保留时间为 2 min。求(1) 组分 A 消耗在流动相中的时间为多少？(2) 组分 B 耗费在固定相上的时间为多少？(3) A 组分在柱中的保留比为多少？

6. NaCl 和 KBr 混合试样重 0.256 7 g，通过阳离子交换柱，滴定流出液需要 34.56 ml 0.102 3 mol/L NaOH 标准液。问混合物中每种盐的百分含量是多少？

14 气相色谱法

14.1 概述

气相色谱法(Gas Chromatography,简称 GC)是以气体为流动相的色谱方法。气相色谱法是由英国生物化学家 Martin 等人创建起来的,他们在 1941 年首次提出了用气体作流动相,1952 年 Martin 等人第一次用气相色谱法分离测定复杂混合物,1955 年第一台商品气相色谱仪由美国 Perkin Elmer 公司生产问世,用热导池作检测器。1956 年指导色谱实践的速率理论出现,为气相色谱的发展提供了理论依据。由于 Martin 等人在色谱学发展中作出的杰出贡献,在 1952 年他们荣获了诺贝尔奖金。气相色谱法目前已成为分析化学中极为重要的分离分析方法之一,它具有分离效能高、灵敏度高、选择性好、分析速度快等特点。在石油化工、医药化工、环境监测、生物化学等领域得到了广泛的应用。在药物分析中,气相色谱法已成为药物杂质检查和含量测定,中药挥发油分析,药物的纯化、制备等的一种重要手段。色谱理论的逐渐完善和色谱技术的发展,特别是近年来电子计算机技术的应用,为气相色谱法开辟了更加广阔的应用前景。

14.1.1 气相色谱法的分类

气相色谱法按固定相的聚集状态不同,分为气固色谱法(GSC)及气液色谱法(GLC)。按分离原理,气固色谱属于吸附色谱,气液色谱属于分配色谱。

按色谱操作形式来分,气相色谱属于柱色谱,按柱的粗细不同,可分为填充柱色谱法及毛细管柱色谱法两种。填充柱是将固定相填充在金属或玻璃管中(内径 4~6 mm)。毛细管柱(内径 0.1~0.5 mm)可分为开口毛细管柱、填充毛细管柱等。

14.1.2 气相色谱法的特点

气相色谱法是一种高效能、高选择性、高灵敏度、操作简单、应用广泛的分离分析方法。

一般填充柱有几千块理论塔板数,毛细管柱可达一百多万块理论塔板数,这样可以使一些分配系数很接近的以及极为复杂、难以分离的物质,获得满意的分离。例如用空心毛细管柱,一次可以解决含有一百多个组分的烃类混合物的分离及分析。

在气相色谱分析中,由于使用了高灵敏度的检测器,可以检测 $10^{-11} \sim 10^{-13}$ g 物质。因此在痕量分析中,它可以检测药品中残留有机溶剂,中药材、农副产品、食品、水质中的农药残留量等。

气相色谱分析操作简单,分析快速,通常一个试样的分析可在几分钟到几十分钟内完成。目前的色谱仪器,通常都带有微处理机,使色谱操作及数据处理实现了自动化。

气相色谱法可以分析气体试样,也可分析易挥发或可转化为易挥发的液体和固体。一般地说,只要沸点在 500℃ 以下,热稳定性好,相对分子质量在 400 以下的物质,原则上都可采用气相色谱法。目前气相色谱法所能分析的有机物,约占全部有机物(约 300 万种)的 20%。受样品蒸气压限制和定性困难是气相色谱法的两大弱点。

14.1.3　气相色谱法的一般流程

气相色谱法的简单流程如图 14-1 所示。载气由高压钢瓶供给,经减压阀减压后,进入载气净化干燥管以除去载气中的水分。由针形阀控制载气的压力和流量,流量计和压力表用以指示载气的柱前流量和压力。再经过进样器(包括气化室),试样就在进样器注入(如为液体试样,经气化室瞬间气化为气体),由载气携带进入色谱柱,试样中各组分按分配系数大小顺序,依次被载气带出色谱柱,又被载气带入检测器。检测器将物质的浓度或质量的变化,转变为电信号,由记录仪记录,得流出曲线,或称色谱图。

由图 14-1 可见,气相色谱仪一般由 5 部分组成:

Ⅰ. 载气系统,包括气源、气体净化、气体流速控制和测量;

Ⅱ. 进样系统,包括进样器、气化室;

Ⅲ. 色谱柱和柱箱,包括恒温控制装置;

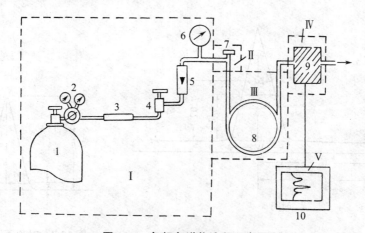

图 14-1　气相色谱仪流程示意图

1. 高压钢瓶　2. 减压阀　3. 载气净化干燥管　4. 针形阀　5. 流量计
6. 压力表　7. 进样器　8. 色谱柱　9. 检测器　10. 记录仪

Ⅳ. 检测系统,包括检测器、控温装置;

Ⅴ. 记录系统,包括放大器、记录仪、数据处理装置。

上述组成部件中,色谱柱和检测器是色谱仪中两个最主要的部件。

14.2　气相色谱理论

试样在色谱柱中分离过程的基本理论包括两方面:一是试样中各组分在两相间的分配情况,可用塔板理论来描述。二是各组分在色谱柱中的扩散和运行速度,可用速率理论来描述。

为了叙述方便,首先介绍色谱流出曲线及有关术语。

14.2.1　色谱流出曲线及有关术语

14.2.1.1　色谱流出曲线和色谱峰

样品产生的电信号随时间变化的曲线称为色谱流出曲线。流出曲线上突起部分称为色谱峰(图 14-2)。正常的色谱峰为对称峰,不对称峰有两种:拖尾峰及前延峰。拖尾峰前沿陡峭后沿缓慢下降；前延峰前沿缓慢上升而后沿快速下降。

正常色谱峰与不正常色谱峰可用对称因子(Symmetry factor, f_s)来衡量(图14-3)。

$$f_s = W_x/2A$$

$$W_x = A + B$$

$$x = \frac{h}{20}$$

对称因子在0.95~1.05之间为对称峰，小于0.95为前延峰，大于1.05为拖尾峰。

根据色谱峰的位置(保留值表示)可以定性，根据峰高或峰面积可以定量，峰宽可用于衡量色谱柱效能。

在操作条件下，色谱柱后没有组分流出时的流出曲线称为基线。稳定的基线应是一条平行于横轴的直线。基线反映仪器(主要是检测器)的噪音随时间的变化。

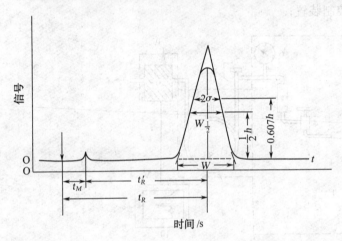

图14-2　色谱流出曲线

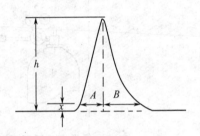

图14-3　对称因子的求算

14.2.1.2　保留值

保留值是定性参数。

1. 保留时间(Retention time, t_R)　从进样开始，到某个组分的色谱峰顶点的时间间隔，称为该组分的保留时间。

2. 死时间(Dead time, t_M 或 t_0)　不被固定相溶解或吸附的组分的保留时间，称为死时间。通常把空气或甲烷视为此种组分，来测定死时间。

3. 调整保留时间或校正保留时间(Adjusted retention time, $t_R{}'$)　$t_R{}' = t_R - t_M$

4. 保留体积(Retention volume, V_R)　载气携带样品进入色谱柱，从进样开始，到某个组分在柱后出现浓度极大点时，所需要通过色谱柱的载气体积，称为该组分的保留体积。

$$V_R = t_R \cdot F_c$$

F_c 为载气流速(ml/min)，V_R 是常数。F_c 大，则 t_R 变小。

5. 死体积(Dead volume, V_M)　$V_M = t_M \cdot F_c$

由进样器至检测器出口，未被固定相占有的空间称为死体积。包括色谱柱中流动相占有的体积(V_m)、检测器及气化室体积、连接管道的体积总和。

死体积大，色谱峰扩张(展宽)，柱效降低。

6. 调整保留体积或校正保留体积(Adjusted retention volume,V_R')　$V_R'=V_R-V_M=t_R' \cdot F_c$

14.2.1.3　色谱峰区域宽度

色谱峰区域宽度可用于衡量色谱柱效。

1. 标准差(Standard deviation,σ)　σ 为正态分布曲线上拐点间距离之半。也就是 0.607 倍峰高处色谱峰宽度的一半。

2. 半峰宽(Peak width at half height,$W_{\frac{1}{2}}$ 或 $Y_{\frac{1}{2}}$)　峰高一半处的峰宽称为半峰宽。$W_{\frac{1}{2}}=2.355\sigma$。

3. 峰宽或称基线宽度(Peak width,W 或 Y)　通过色谱峰两侧的拐点作切线,在基线上的截距称为峰宽。

$$W=4\sigma$$

$W_{\frac{1}{2}}$ 与 W 都是由 σ 派生而来,除用于衡量柱效外,还用它们与峰高来计算峰面积。

14.2.2　差速迁移

色谱过程是物质在相对运动着的两相间分配平衡的过程。若混合物中两个组分的分配系数不同,则它们的移行速度也不同,即差速迁移而被分离。

分配系数 K 与保留时间的关系式上章已推导获得。

$$t_R=t_M(1+K\frac{V_s}{V_m})$$
$$t_R'=t_M \cdot K\frac{V_s}{V_m} \tag{14-1}$$

从式(14-1)可知,t_R' 与 K 成正比关系。

14.2.2.1　容量因子(k)

$$k=K\frac{V_s}{V_m}=\frac{c_s V_s}{c_m V_m}=\frac{W_s}{W_m}$$

k 跟色谱柱中固定相体积 V_s 与流动相体积 V_m 的比值有关,故称容量因子(Capacity factor,k)。又因 k 等于平衡后组分在固定相及流动相中的质量之比,故可称质量分配系数、分配比等。

$$k=\frac{t_R'}{t_M} \tag{14-2}$$

上式说明容量因子 k 表示组分的调整保留时间为死时间的多少倍。k 越大说明组分在柱中停留的时间越长。容量因子是衡量色谱柱对被分离组分保留能力的重要参数。

14.2.2.2　分配系数比(α)

$$\alpha=\frac{K_2}{K_1}=\frac{k_2}{k_1}=\frac{t_{R_2}'}{t_{R_1}'} \tag{14-3}$$

K_1、K_2 是两个组分的分配系数,组分 1 先流出色谱柱。

两个组分通过色谱柱后能被分离,它们的保留时间必须不等,所以 $t_{R_1}' \neq t_{R_2}'$ 或 $K_1 \neq K_2$,即分配系数比大于 1 是分离的先决条件。

14.2.3　塔板理论

分配色谱原理在上章已讨论,其类似于逆流分配法。把一根色谱柱假想成由无数个分液漏斗组成,样品在色谱柱中则要经过无数次分配,这样分配系数小的组分和分配系数大的组分可分开。塔板理论把一根色谱柱比作一个蒸馏塔。色谱柱可由许多假想的塔板组成（即色谱柱可分成许多个小段），在每一小段（塔板）内，一部分空间为涂在载体上的液相占据，另一部分空间充满着载气（气相）。当欲分离组分随载气进入色谱柱后，就在两相间进行分配。由于流动相在不断地移动，组分就在这些塔板间隔的气液两相不断地达到分配平衡。经过多次的分配平衡后，分配系数小的组分先流出色谱柱。

假设样品中有 A、B 两组分，$K_A=2$，$K_B=0.5$，按上章逆流分配法计算，如表 14-1 所示，经 4 次转移，5 次分配后，在 5 个塔板中的分配，分配系数大的 A 浓度最高峰在 1 号塔板，而分配系数小的组分 B 的浓度最高峰则在第 3 号塔板。因此，可以看到分配系数小的组分迁移速度快，上述仅分析了 5 块塔板，转移 4 次、5 次分配的分离情况。事实上，一根色谱柱的塔板数相当多，可达 $10^3\sim10^6$，因此分配系数有微小差别，即可获得很好的分离效果。

表 14-1　分配色谱过程模型图

$K_A=2$，$K_B=0.5$

塔板号		0		1		2		3		4		相
组　分		A	B	A	B	A	B	A	B	A	B	
n=0	进样	1.000	1.000									载　气
												固定液
	分配平衡	0.333	0.667									载　气
		0.667	0.333									固定液
n=1	进气			0.333	0.667							载　气
		0.667	0.333									固定液
	分配平衡	0.222	0.222	0.111	0.445							载　气
		0.445	0.111	0.222	0.222							固定液
n=2	进气			0.222	0.222	0.111	0.445					载　气
		0.445	0.111	0.222	0.222							固定液
	分配平衡	0.148	0.074	0.148	0.296	0.037	0.297					载　气
		0.297	0.037	0.296	0.148	0.074	0.148					固定液
n=3	进气			0.148	0.074	0.148	0.296	0.037	0.297			载　气
		0.297	0.037	0.296	0.148	0.074	0.148					固定液
	分配平衡	0.099	0.025	0.148	0.148	0.074	0.296	0.012	0.198			载　气
		0.198	0.012	0.296	0.074	0.148	0.148	0.025	0.099			固定液
n=4	进气			0.099	0.025	0.148	0.148	0.074	0.296	0.012	0.198	载　气
		0.198	0.012	0.296	0.074	0.148	0.148	0.025	0.099			固定液
	分配平衡	0.066	0.008	0.132	0.066	0.099	0.197	0.033	0.263	0.004	0.132	载　气
		0.132	0.004	0.263	0.033	0.197	0.099	0.066	0.132	0.008	0.066	固定液

由塔板理论可导出理论塔板数 n 与色谱峰宽度的关系：

$$n=(\frac{t_R}{\sigma})^2 \text{ 或 } n=5.54(\frac{t_R}{W_{\frac{1}{2}}})^2=16(\frac{t_R}{W})^2 \tag{14-4}$$

$$H=\frac{L}{n} \tag{14-5}$$

式中：H 为理论塔板高度；L 为色谱柱长。

由上式可以说明，σ 或 $W_{\frac{1}{2}}$ 越小，峰越窄，色谱柱塔板数越多，塔板高度越小，柱效越高。若用 t_R' 代替 t_R 计算，则称为有效理论塔板数（n_{eff}）。

$$n_{eff}=(\frac{t_R'}{\sigma})^2 \tag{14-6}$$

例 14-1　在 4 m 长色谱柱上，柱温 100℃，记录纸速为 1 200 mm/h，测得苯的保留时间为 1.5 min，半峰宽为 0.20 cm。求理论塔板数及塔板高度。

$$n_{苯}=5.54\times[\frac{1.5 \text{ min}}{0.20 \text{ cm}/(2.0 \text{ cm/min})}]^2=1.2\times10^3$$

$$H_{苯}=\frac{4\ 000}{1\ 200}=3.2\text{（mm）}$$

14.2.4　速率理论

塔板理论比喻形象，简明，能评价柱效，但是它的某些基本假设是不当的，它不能解释塔板高度是受哪些因素影响的本质问题。1956 年荷兰学者 Van Deemter 等吸取了塔板理论的概念，并把影响塔板高度的动力学因素结合进去，导出了塔板高度 H 与载气线速度 u 的关系式：

$$H=A+B/u+Cu$$

式中，A、B、C 为 3 个常数，其中 A 称为涡流扩散项，B 为纵向扩散系数，C 为传质阻抗系数。上式为范氏（Van Deemter）方程式简式。在 u 一定时，只有 A、B、C 较小时，H 才能较小，柱效才能较高，反之则柱效较低，色谱峰将扩张。u 为载气线速度（cm/s），$u=\frac{L}{t_M}$。

下面分别讨论各项的意义。

14.2.4.1　涡流扩散项 A

气体碰到填充物颗粒时，不断地改变流动方向，使试样组分在气相中形成类似"涡流"的流动，因而引起色谱峰扩张。由于填充物填充不均匀，使同一种组分的不同分子经过长度不同的途径流出色谱柱，因此也称为多径扩散项。见图 14-4 所示。

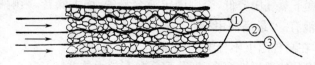

图 14-4　多径扩散示意图

由于 $A=2\lambda d_p$，表明 A 与填充物平均颗粒直径 d_p 的大小和填充不规则因子 λ 有关。因此使用适当细粒度和颗粒均匀的载体，并尽量填充均匀，是减少涡流扩散、提高柱效的有效途径。对空心毛细管柱，A 项为零。

14.2.4.2 纵向扩散项 B/u（或称分子扩散项）

试样组分被载气带入色谱柱后，是以"塞子"的形式存在于柱的很小一段空间中，在"塞子"的前后（纵向）存在着浓度差而形成浓度梯度，因此使运动着的分子产生纵向扩散。

$$B/u = 2\gamma D_m/u$$

式中，γ 为弯曲因子，D_m 为组分在流动相中的扩散系数。硅藻土载体 γ 为 0.5～0.7，毛细管柱 $\gamma = 1$，因没有填充物的阻碍，扩散程度最大。纵向扩散与分子在载气中停留的时间及扩散系数成正比。停留时间越长及 D_m 越大，由纵向扩散引起的峰扩张越大。

为了减少组分分子在载气中的停留时间，可采用较高的载气流速，D_m 与载气相对分子质量的平方根成反比，还决定于柱温。选择相对分子质量大的载气（如 N_2），可降低 D_m，但相对分子质量大时，黏度大，柱压降大。因此载气线速度较大时用 H_2 或 He，较小时用 N_2。

14.2.4.3 传质项 Cu

C 为液相传质阻抗系数 C_L 及气相传质阻抗系数 C_G 之和。因 C_G 很小，故 $C \approx C_L$。

$$C_L = \frac{2k}{3(1+k)^2} \frac{d_f^2}{D_L}$$

式中，d_f 为固定液液膜厚度，D_L 为组分在液相中的扩散系数。

所谓液相传质过程是指组分从固定相的气液界面扩散到液相内部，并发生质量交换，达到分配平衡，然后又返回气液界面的传质过程。这个过程也需要一定时间，在此时间内，气相中组分的其他分子仍随载气不断地向柱口运动，这就造成峰形的扩张。

如果固定相的液膜厚度薄，组分在液相中的扩散系数 D_L 大，则液相传质阻力就小。

由以上讨论可以看出，Van Deemter 方程式对分离条件的选择具有指导意义。它可以说明，填充均匀程度、载体粒度、载气种类、载气流速、柱温、固定液液膜厚度对柱效及峰扩张的影响。

14.3　固定相与流动相

14.3.1　气液色谱固定相

14.3.1.1　固定液

固定液一般都是高沸点液体，在操作温度下为液态，在室温时为固态或液态。

1. 要求

（1）在操作温度下蒸气压要低，否则固定液会流失，增大噪音，影响柱寿命和保留值的重现性。每一固定液有一"最高使用温度"。

（2）稳定性好，在高柱温下不分解，不与载体发生反应。

（3）对被分离组分的选择性要高，即分配系数有较大的差别。

（4）对样品中各组分有足够的溶解能力。

2. 常用的固定液　据统计，固定液已有近千种。表 14-2 列出了部分常用的固定液的极性、最高使用温度和主要用途。

固定液的极性可采用相对极性来表示。规定 β,β'-氧二丙腈的相对极性为 100,鲨鱼烷为 0,其他固定液的相对极性在 0～100 之间。把 0～100 分成 5 级,每 20 为 1 级,0 或 +1 为非极性固定液,+2、+3 为中等极性固定液,+4、+5 为极性固定液。

表 14-2　常用固定液

名称	相对极性	分子式或结构式	最高使用温度/℃	参考用途
鲨鱼烷	0	异卅烷 $C_{30}H_{62}$	150	标准非极性固定液
液体石蜡	+1	$CH_3—(CH_2)_n—CH_3$	100	分析非极性化合物
甲基硅橡胶 SE—30	+1	$(CH_3)_3—Si—O—(Si—O—)_n—Si—(CH_3)_3$，带 CH_3 侧基，$n>400$	350	分析高沸点非极性化合物
邻苯二甲酸二壬酯 DNP	+2	苯环 $COOC_9H_{19}$ / $COOC_9H_{19}$	150	分析中等极性化合物
苯基甲基聚硅氧烷 OV—17	+2	在 SE—30 中引入苯基	350	分析中等极性化合物
三氟丙基甲基聚硅氧烷 QF—1	+2	在 SE—30 中引入三氟丙基	250	分析中等极性化合物
氰基硅橡胶 XE—60	+3	在 SE—30 中引入氰基	250	分析中等极性化合物
聚乙二醇 PEG—20M	+4	聚环氧乙烷 $(—CH_2CH_2—O—)_n$	250	分析氢键型化合物
丁二酸二乙二醇聚酯 DEGS	+4	丁二酸与乙二醇生成的线型聚合物	220	分析极性化合物如酯类
β,β'-氧二丙腈	+5	O 连接 $(CH_2)_2CN$ 和 $(CH_2)_2CN$	100	标准极性固定液

3. 固定液的选择　一般可以根据"相似性原则"选择。按被分离组分的极性或官能团与固定液相似的原则来选择,这是因为相似相溶的缘故。组分在固定液中溶解度大,则分配系数大,保留时间长,分开的可能性大。

(1) 分离非极性物质,一般选用非极性固定液,这时样品中各组分按沸点顺序流出色谱柱,沸点低的组分先出峰。若样品中有极性组分,相同沸点的极性组分先流出色谱柱。

(2) 分离中等极性物质,选用中等极性固定液,基本上仍按上述沸点顺序流出色谱柱。

但对沸点相同的极性与非极性组分,极性组分后出柱。

(3)分离极性物质,选用极性固定液,组分按极性顺序流出色谱柱,非极性组分先流出色谱柱。

(4)对于能形成氢键的样品,如醇、酚、胺和水等的分离,可选择氢键型固定液,这时样品中各组分按与固定液分子形成氢键的能力大小先后流出,不易形成氢键的化合物先流出色谱柱。

(5)分离非极性和极性混合物,一般选用极性固定液。分离沸点差别较大的混合物,一般选用非极性固定液。

14.3.1.2 载体(担体)

填充柱所用载体,一般是化学惰性的多孔性微粒。

(1)要求

① 表面积大,孔径分布均匀;

② 表面没有吸附性能(或很弱);

③ 热稳定性好,化学稳定性好;

④ 有一定的机械强度。

(2)硅藻土型载体:常用载体为硅藻土载体,是将天然硅藻土压成砖形,在900℃煅烧,然后粉碎,过筛而成。因处理方法稍有不同,又可分为红色载体及白色载体两种。

① 红色载体 因煅烧后,天然硅藻土中所含的铁形成氧化铁,而使载体呈淡红色,故称红色载体。红色载体表面孔穴密集,孔径较小,比表面积约为 $4.0\ m^2/g$,平均孔径为 $1\ \mu m$,机械强度比白色载体大。常与非极性固定液配伍。

② 白色载体 是在煅烧前在原料中加入少量助熔剂,如 Na_2CO_3。煅烧后使氧化铁生成了无色的铁硅酸钠配合物,而使硅藻土呈白色。白色载体由于助溶剂的存在形成疏松颗粒,表面孔径较粗,约 $8\sim9\ \mu m$。比表面积只有 $1.0\ m^2/g$。常与极性固定液配伍。

(3)载体的钝化:硅藻土载体表面存在着硅醇基及少量金属氧化物,分别会与易形成氢键的化合物及酸碱作用,产生拖尾,故需除去这些活性中心。

① 酸洗法 用 $6\ mol/L\ HCl$ 浸泡 $20\sim30\ min$,除去载体表面的铁等金属氧化物。酸洗载体用于分析酸性化合物。

② 碱洗法 用 $5\%\ KOH$-甲醇液浸泡或回流,除去载体表面的 Al_2O_3 等酸性作用点。用于分析胺类等碱性化合物。

③ 硅烷化法 将载体与硅烷化试剂反应,除去载体表面的硅醇基。主要用于分析具有形成氢键能力较强的化合物,如醇、酸及胺类等。

14.3.1.3 色谱柱的填充

根据样品性质选定了固定液和载体后,按液载比把固定液均匀涂渍在载体表面,再经老化和填充装柱,然后才能用于色谱系统。

固定液和载体的重量比,一般在 $3\%\sim20\%$ 之间,根据范氏方程,固定液液膜薄时,柱效高。因而在容量因子适当的前提下,应尽量降低固定液与载体的配比,也应以能完全覆盖载体表面为下限。涂渍时,一般先把固定液溶解在有机溶剂中,如乙醚、三氯甲烷、丙酮、乙醇等,待完全溶解后,将载体一次加入。仔细、迅速搅匀,并不时搅拌,待溶剂完全挥发后,则涂渍完毕。

涂渍后的固定液需进行老化处理。其目的有两点:一是彻底除去残余溶剂和挥发性杂质;二是促进固定液均匀牢固地分布在载体表面上。

老化方法:先放入烘箱老化,然后装入柱子再连在仪器上,用较低的载气流速,在略高于实验使用温度、低于固定液的最高使用温度的条件下,处理4~8 h以上直至基线平直。

装填方法:一般用抽气减压法填充。用玻璃棉将空柱的一端塞牢,经安全瓶与真空泵连接,柱的另一端装上漏斗,徐徐倒入涂有固定液的载体,边抽边轻敲柱,至装满为止。

14.3.2　气固色谱固定相

在药物分析中,用途较广的是高分子多孔微球(GDX),GDX是由苯乙烯和二乙烯苯聚合而成。既可作吸附剂,又可作为载体。高分子多孔微球的分离机制一般可认为具有吸附、分配及分子筛3种作用。它具有耐高温,最高使用温度为200~300℃,峰形好,一般不拖尾,一般按相对分子质量顺序分离的特点,是一种比较优良的固定相。可用于有机物中微量水的分析及酊剂中含醇量的测定。

例14-2　用高分子多孔微球测定分析纯无水乙醇中微量水的含量。

实验条件　401有机担体或GDX-203固定相,柱长2 m。柱温120℃,气化室温度160℃,检测器TCD,载气N_2,40 ml/min,内标物甲醇。色谱图见图14-5。

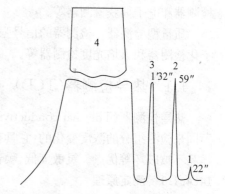

图14-5　无水乙醇中的微量水分测定
1. 空气　2. 水　3. 甲醇　4. 乙醇

14.3.3　流动相

气相色谱中用的流动相是气体,称为载气(Carrier gases)。在气相色谱中作为载气的气体种类较多,如氦、氢、氮和二氧化碳等。目前国内实际应用最多的气体是氢气和氮气。氦气虽然有其独特的特点,但价格偏高,一般应用较少。在气相色谱中应如何选用载气、如何纯化,主要取决于选用的检测器、色谱柱以及分析要求。

(1)氢气:在气相色谱中作为载气,要求其纯度在99.99%以上。由于它的相对分子质量小、热导系数大、黏度小等特点,因此在使用热导检测器时,常采用它作载气。在氢焰离子化检测器中它是必用的燃气。氢气易燃、易爆,操作时应特别注意安全。

(2)氮气:在气相色谱中作为载气,氮气的纯度也要求在99.99%以上。由于它扩散系数小、柱效比较高,致使除热导检测器以外,在其他几种检测器中,如氢焰离子化检测器、电子捕获检测器中,多采用氮气作载气。它在热导检测器中用得少,主要考虑氮气热导系数小、灵敏度低。

不同的检测器、各种色谱柱和不同的分析场合,对载气以及辅助气体纯度要求不同,净化方法亦有差异。氢焰离子化检测器不论载气,还是燃气和助燃气,一定要除去干扰最大的烃和油污。另从分析角度看,水分影响气固色谱柱的活性、寿命以及气液色谱柱的分离效率。因此,载气流路以及辅助气路,必须有"去水"、"去氧"和"去总烃"的措施。

"去水"可以在载气管路中加上净化管,内装硅胶和5A分子筛。净化剂事前应先活化。"去氧"的方法为氮气和氩气通过装有活性铜胶催化剂的柱管后,氧含量可降至$1.0×10^{-5}$,

氢气中的氧可通过装有 105 型钯催化剂的柱管。"去总烃"采用 5A 分子筛净化器，这是消除微量烃的最好办法。

14.4 检测器

检测器是将色谱柱分离后的各组分的浓度变化或质量变化转变成电信号的装置。常用的检测器可分为浓度型及质量型检测器两大类。

浓度型检测器　检测器的信号强度与进入检测器的载气中组分的浓度成正比。如热导检测器和电子捕获检测器等。

质量型检测器　检测器的信号强度与单位时间内进入检测器的质量成正比,如氢焰离子化检测器和火焰光度检测器等。

14.4.1 热导检测器(TCD)

热导检测器(Thermal conductivity detector,TCD)是根据被检测组分与载气的热导率不同来检测组分的浓度变化的,它具有结构简单、测定范围广(无机物、有机物皆产生信号)、样品不被破坏等优点。灵敏度低、噪音大是其缺点。

14.4.1.1　测定原理

将两个材质、电阻相同的热敏元件(钨丝或铼钨丝),装入一个双腔池体中(图 14-6),构成双臂热导池。1 臂联接在色谱柱前只通载气,称为参考臂;1 臂联接在柱后,称为测量臂。两臂的电阻分别为 R_2 与 R_1,将 R_1、R_2 与两个阻值相等的固定电阻 R_3、R_4 组成惠斯敦电桥。

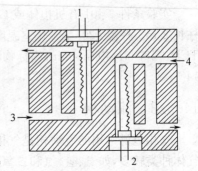

图 14-6　双臂热导池

1. 测量臂　2. 参考臂
3. 载气+样气　4. 载气

给热导池通电,钨丝因通电而升温,所产生的热量被载气带走,并通过载气传给池体。当热量的产生与散热建立动态平衡时,钨丝的温度恒定。若测量臂也只是通载气,无样气通过,两个热导池钨丝温度相等,则 $R_1 = R_2$, $\dfrac{R_1}{R_2} = \dfrac{R_3}{R_4}$,电桥处于平衡状态,无电流通过。

当样品气进入测量臂,若组分与载气的热导率不等,钨丝温度即变化,R_1 变化,$R_1 \neq R_2$, $\dfrac{R_1}{R_2} \neq \dfrac{R_3}{R_4}$,检流计指针偏转。记录仪上则有信号产生。

14.4.1.2　注意点

1. 载气的选择,常用的载气有氢气、氮气、氦气。一般有机化合物与氮气的热导率之差较小,所以用氮气作载气,灵敏度较低。而氢气和氦气的热导率与有机化合物的热导率差值大,因此灵敏度高。

2. 不通载气不能加桥电流,否则热导池中的热敏元件易烧坏。

3. 增加桥流可提高灵敏度,但桥流增加,金属易氧化,噪音也会变大,所以在灵敏度够用情况下,应尽量采取低桥流以保护热敏元件。

4. 热导检测器为浓度型检测器,在进样量一定时,峰面积与载气流速成反比,因此用峰面积定量时,需保持流速恒定。

14.4.2 氢焰离子化检测器(FID)

氢焰检测器(Hydrogen flame ionization detector,FID)利用有机物在氢焰的作用下化学电离而形成离子流,借测定离子流强度进行检测,具有灵敏度高、噪音小、死体积小等优点,是目前最常用的检测器。缺点是检测时样品被破坏,一般只能测定含碳化合物。

14.4.2.1 测定原理

被测组分被载气携带,从色谱柱流出,与氢气混合一起进入离子室,由毛细管喷嘴喷出。氢气在空气的助燃下,经引燃后进行燃烧,燃烧所产生的高温(约2 100℃)火焰为能源,使被测有机物组分电离成正负离子。在氢火焰附近设有收集极(正极)和极化极(负极),在此两极之间加有150 V到300 V的极化电压,形成一直流电场。产生的离子在收集极和极化极的外电场作用下定向运动而形成电流。电离的程度与被测组分的性质有关,一般在氢火焰中电离效率很低,大约每50万个碳原子中有一个碳原子被电离,因此产生的电流很微弱,需经放大器放大后,才能在记录仪上得到色谱峰。产生的微电流大小与进入离子室的被测组分含量有关,含量愈大,产生的微电流就愈大(图14-7)。

氢火焰离子化检测器对大多数有机化合物有很高的灵敏度,故对痕量有机物的分析很适宜。但对在氢火焰中不电离的无机化合物,例如 H_2O、NH_3、CO_2、SO_2 等不能检测。

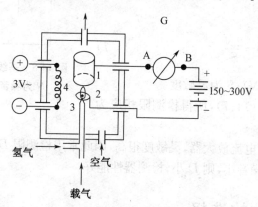

图 14-7 氢焰检测器示意图
1. 收集极 2. 极化极 3. 氢火焰 4. 点火线圈

14.4.2.2 注意点

1. 气体及流量。氢焰检测器要使用3种气体。一是载气,载气一般用氮气;二是燃气,燃气用氢气;另一种是空气,作为助燃气。三者流量关系一般为 N_2 : H_2 : Air 为 1 : 1～1.5 : 10。

2. 氢焰检测器为质量型检测器,峰高取决于单位时间引入检测器中组分的质量。在进样量一定时,峰高与载气流速成正比。在用峰高定量时,需保持载气流速恒定。而用峰面积定量,与载气流速无关。

14.4.3 检测器的性能指标

对检测器性能的要求主要有4方面:① 灵敏度高;② 稳定性好,噪音低;③ 线性范围宽;④ 死体积小。

14.4.3.1　灵敏度

灵敏度的指标常用两种表示方法:S_g 及 S_t。浓度型检测器常用 S_g,质量型检测器常用 S_t。

1. S_g(以重量浓度表示的灵敏度)　1 ml 载气中携带 1 mg 的某组分通过检测器时所产生的电压。S_g 的单位为 mV·ml/mg。

2. S_t(以质量表示的灵敏度)　每秒中有 1 g 的某组分被载气携带通过检测器所产生的电压。S_t 的单位为 mV·s/g。

14.4.3.2　检测限(敏感度)

灵敏度并不能全面地表明一个检测器的优劣,因为它没有反映检测器的噪音水平。所谓噪音是指在没有样品通过检测器时基线的波动。由于信号被放大,S 增大,噪音也增大。因而对于一些高灵敏度的检测器,用灵敏度不能正确评价检测器的性能,还要考虑噪音(图14-8)。

某组分的峰高(mV)恰为噪音 2 倍时,单位时间所需引入检测器中该组分的质量或单位体积载气中所含该组分的量称为敏感度(M)。由于低于此量,样品峰被噪音所湮没而检测不出来,故又称为检测限(D)。

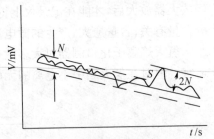

图 14-8　基线波动示意图(噪音带)
N 为噪音带宽,S 为信号峰

$$D=\frac{2N}{S} \qquad (14\text{-}7)$$

式中:N 为噪音(mV);S 为灵敏度。

将 S_g 或 S_t 代入式(14-7),所得检测限相应为 D_g 或 D_t。

氢焰检测器具有微电流放大器,灵敏度很高,因此常用检测限 D_t 衡量。

检测器灵敏度高,噪音小,则 D 小,检测器性能好。

14.5　分离条件的选择

14.5.1　分离度

分离度又称为分辨率,用 R 表示。其定义为,相邻两组分色谱峰的保留时间之差与两组分色谱峰的基线宽度总和之半的比值,即:

$$R=\frac{t_{R_2}-t_{R_1}}{(W_1+W_2)/2}=\frac{2(t_{R_2}-t_{R_1})}{W_1+W_2} \qquad (14\text{-}8)$$

式中:t_{R_1}、t_{R_2} 分别为组分 1、2 的保留时间;W_1、W_2 为基线宽度。从式(14-8)可看出,两个组分分离得好,首先是它们的保留时间有足够的差别,第

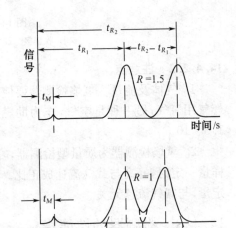

图 14-9　分离度 R 示意图

二是它们的峰必须很窄。只有满足这两个条件,两组分才会完全分离。当$R=1.0$时,峰基稍有重叠,此时为基本分离。只有当$R \geq 1.5$时,两色谱峰才完全分离(图14-9)。

式(14-8)可推导成式(14-9),使分离度这一重要的色谱参数与另三个主要色谱参数理论塔板数n、分配系数比α及容量因子k联系了起来:

$$R=\frac{\sqrt{n}}{4} \cdot \frac{\alpha-1}{\alpha} \cdot \frac{k_2}{1+k_2} \qquad (14-9)$$
$$\quad\;\; a \qquad\;\; b \qquad\;\;\; c$$

式中:a为柱效项;b为柱选择性项;c为容量因子项。

式(14-9)中a、b、c三项对分离结果的影响可由图14-10说明。

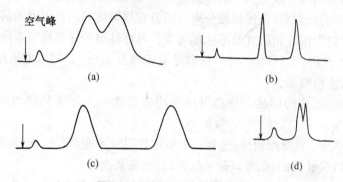

空气峰

(a)　　　　　　　　　(b)

(c)　　　　　　　　　(d)

图14-10　n、α及k对R的影响

(a) 分离度很低。因为柱效低(n小),即a项小所致。

(b) 分离度好。因为柱效高,选择性好,即a项大,b项也大。

(c) 分离度好。因为选择性好,α大,b项大。但柱效不高。

(d) 分离度低。因为柱容量低,c项小,k_2小。

14.5.2　操作条件的选择

从式(14-9)可看出,要获得满意的分离度,要从提高a、b、c项着手,即提高理论塔板数、分配系数比及容量因子。

14.5.2.1　提高α和k

α及k决定于样品中各组分本身的性质,以及选择好固定相和流动相。在气相色谱中,载气种类不多,选择余地不大,载气本身对分离起的作用也不大。所以在气相色谱中,主要要选择好固定液,以获得合适的分配系数比及容量因子。

14.5.2.2　提高n

提高n,降低H,以Van Deemter方程式作指导。

1. 载气流速　载气流速严重地影响着分离效率和决定分析时间。

$$H=A+B/u+Cu$$

在不同流速下测得的H对u作图,得H—u曲线,又称范氏曲线(图14-11)。u越小,B/u项越

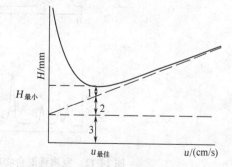

图14-11　板高—线速曲线

1. B/u　2. Cu　3. A

大，而 Cu 项越小。因此在低速时（$0\sim u_{最佳}$ 之间），B/u 项起主导作用。此时 u 增加，则 H 降低，柱效增高。在高速时（$u > u_{最佳}$），u 越大，Cu 项越大，B/u 项越小，此时 Cu 项起主导作用。u 增加，H 增加，柱效降低。

在曲线的最低点，塔板高度 H 最小，此时柱效最高，该点所对应的线速即为最佳线速 $u_{最佳}$。在实际工作中，为了缩短分析时间，往往使线速稍高于最佳线速。所以 $u_{最佳实用} > u_{最佳}$。N_2 的最佳实用线速为 $10\sim12$ cm/s，H_2 为 $15\sim20$ cm/s。

2. 柱温　柱温是一个重要的操作参数，直接影响分离效能和分析速度。首先要考虑到每种固定液都有一定的最高使用温度，切不可超过此温度，以免固定液流失。

柱温对组分分离的影响较大，提高柱温使各组分的挥发靠拢，即分配系数减小，不利于分离。降低柱温，被测组分在两相中的传质速度下降，使峰形扩张，严重时引起拖尾，并延长了分析时间。选择的原则是：在使最难分离的组分有尽可能好的分离度的前提下，尽可能采取较低的柱温，但以保留时间适宜及不拖尾为度。具体柱温按样品沸点不同而选择：

(1) 高沸点混合物（$300\sim400$℃）　柱温可低于沸点 $100\sim150$℃，可采用低固定液配比 $1\%\sim3\%$，高灵敏度检测器。

(2) 沸点小于 300℃的样品　柱温可比平均沸点低 50℃至平均沸点的温度范围内选择。固定液配比为 $5\%\sim25\%$。

(3) 宽沸程样品　宽沸程组分，选择一个恒定柱温常不能兼顾两头，需采取程序升温方法。程序升温可以是线性的，也可以是非线性的，按需要选择。

举例说明程序升温与恒定柱温分离沸程为 225℃的烷烃与卤代烃 9 个组分的混合物的差别。

图 14-12(a) 为恒定柱温 $T_c=45$℃，记录 30 min 只有 5 个组分流出色谱柱，但低沸点组分分离较好。

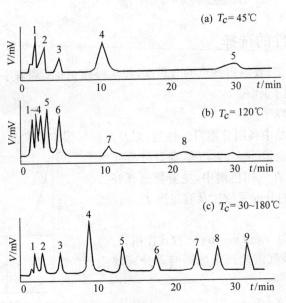

图 14-12　宽沸程混合物在恒定柱温与程序升温时分离效果的比较

1. 丙烷（-42℃）　2. 丁烷（-0.5℃）　3. 戊烷（36℃）　4. 己烷（68℃）　5. 庚烷（98℃）
6. 辛烷（126℃）　7. 溴仿（150.5℃）　8. 间氯甲苯（161.6℃）　9. 间溴甲苯（183℃）

图 14-12(b)仍为恒定柱温,但 $T_c=120℃$,因柱温升高,保留时间缩短,低沸点成分峰密集,分离度降低。

图 14-12(c)为程序升温。由 30℃ 起始,升温速度为 5℃/min。使低沸点及高沸点组分都能在各自适宜的温度下分离。因此峰形、分离度都好。

需要说明的是,程序升温重复性差,常用保留温度(T_R)代替保留时间(t_R)定性。

恒温色谱与程序升温色谱图的主要差别是前者色谱峰的半峰宽随 t_R 的增大而增大,后者的半峰宽与 t_R 无关。程序升温色谱图的特征是色谱峰具有等峰宽。

3. 柱长和内径的选择 从式(14-9)可看到,分离度随 n 增加而增加,在塔板高度不变的条件下,n 与柱长 L 成正比,因此 $\left(\dfrac{R_1}{R_2}\right)^2=\dfrac{n_1}{n_2}=\dfrac{L_1}{L_2}$,增加柱长对分离有利。但增加柱长使各组分的保留时间增加,延长了分析时间。因此在达到一定分离度的条件下应使用尽可能短的柱。一般填充柱柱长 2～4 m。色谱柱内径增加会使柱效能下降。柱内径常用 4～6 mm。

14.5.2.3 其他条件的选择

1. 气化室温度 选择气化温度取决于样品的沸点、稳定性和进样量。一般可等于样品的沸点或稍高于沸点,以保证迅速完全气化。但一般不要超过沸点 50℃ 以上,以防分解。气化室温度应高于柱温 30～50℃。

2. 检测室温度 为了使色谱柱的流出物不在检测器中冷凝,污染检测器,因此,检测室温度需高于柱温,至少等于柱温。

3. 进样时间和进样量 进样速度必须很快,在 1 s 以内。若进样时间过长,试样原始宽度变大,半峰宽变宽,甚至使峰变形。

进样量是很少的,液体试样一般进样 0.1～2 μL。进样量太多,使柱超载时峰宽增大,峰形不正常。

14.5.3 样品的预处理

对于一些挥发性或热稳定性很差的物质,需进行样品预处理,才可能用气相色谱来进行分离分析。

预处理的方法通常可分为两类:分解法与衍生物法。

14.5.3.1 分解法

即将高分子化合物分解为低相对分子质量化合物的方法,借分析低相对分子质量化合物来对高分子化合物定性定量。所得的裂解色谱图又称为指纹图,对高分子药物及中药材的定性鉴别很有意义。

14.5.3.2 衍生物法

利用化学方法制备衍生物,增加样品的挥发性或增加热稳定性,常用的方法有酯化法及硅烷化法。酯化法是高级脂肪酸分析的最常用方法。硅烷化法用于含有羟基、羧基及氨基的有机高沸点或热不稳定化合物,已广泛用于糖类、氨基酸、维生素、抗生素以及甾体药物。还可应用于临床上测定尿中的激素含量、诊断疾病等。

14.6 定性、定量分析

14.6.1 定性分析

气相色谱定性分析的目的是确定待测试样的组成,判断各色谱峰代表什么组分。气相色谱分析的优点是能对多种组分的混合物进行分离分析,这是光谱法所不能解决的问题。但气相色谱法也有其固有的缺点,就是难于对未知物定性,需要已知纯物质或有关的色谱定性参考数据,才能进行定性鉴别。近年来,气相色谱与质谱、红外光谱联用技术的发展为未知试样的定性分析提供了新的手段。

14.6.1.1 已知物对照法

这是实际工作中最常用的简便可靠的定性方法,只是当没有纯物质时才用其他方法。

测定时只要在相同的操作条件下,分别测出已知物和未知样品的保留值,在未知样品色谱图中对应于已知物保留值的位置上若有峰出现,则判定样品可能含有此已知物组分,否则就不存在这种组分。

如果样品较复杂,馏出峰间的距离太近,或操作条件不易控制稳定,要准确确定保留值有一定困难,这时候最好用增加峰高的办法定性。将已知物加到未知样品中混合进样,若待定性组分峰比不加已知物时的峰高相对增大了,则表示原样品中可能含有该已知物的成分。有时几种物质在同一色谱柱上恰有相同的保留值,无法定性,则可用性质差别较大的双柱定性。若在这两个柱子上,该色谱峰峰高都增大了,一般可认定是同一物质。

已知物对照法定性,对于已知组分的复方药物分析、工厂的定性生产尤为实用。

14.6.1.2 利用相对保留值

对于一些组分比较简单的已知范围的混合物,无已知物的情况下,可用此法定性。将所得各组分的相对保留时间与色谱手册数据对比定性。

$$r_{1.2} = \frac{t_{R_1}{}'}{t_{R_2}{}'} \quad \begin{array}{l} ①为未知物 \\ ②为标准物 \end{array}$$

由上式可看出 $r_{1.2}$ 的数值只决定于组分的性质、柱温与固定液的性质,与固定液的用量、柱长、流速及填充情况等无关。

利用此法时,先查手册,根据手册的实验条件及所用的标准物进行实验。取所规定的标准物加入被测样品中,混匀、进样,求出 $r_{1.2}$,再与手册数据对比定性。

14.6.1.3 官能团分类测定法

官能团分类测定法是利用化学反应定性的方法之一。把色谱柱的流出物(欲鉴定的组分)通进官能团分类试剂中,观察试剂是否反应(颜色变化或产生沉淀),来判断该组分含什么官能团或属于哪类化合物。再参考保留值,便可粗略定性。

14.6.1.4 两谱联用定性

气相色谱对于多组分复杂混合物的分离效率很高,定性却很困难。红外吸收光谱、质谱及核磁共振谱等是鉴别未知物结构的有力工具,却要求所分析的样品成分尽可能单一。因此,把气相色谱仪作为分离手段,把质谱仪、红外分光光度计作为鉴定工具,两者取长补短,这种方法称为两谱联用。如气相色谱—质谱联用仪(GC-MS)与液相色谱—质谱联用仪(LC-MS)。

14.6.2 定量分析

气相色谱法对于多组分混合物既能分离,又能提供定量数据,迅速方便,定量精密度为1%~2%。在实验条件恒定时,峰面积与组分的含量成正比,因此可利用峰面积定量。正常峰也可用峰高定量。

目前色谱仪一般都带有数据处理机,仪器均能自动打印峰面积和峰高,准确度大致为0.2%~1%。如遇分离不完全的相邻峰及大峰尾部的小峰等情况,仪器会根据峰型确定切割方式。数据处理机根据选用的分析方法,可打印出分析结果。

一般正常峰可按下式计算峰面积:

$$A = 1.065h \times W_{\frac{1}{2}} \tag{14-10}$$

式中:A 为峰面积;h 为峰高;$W_{\frac{1}{2}}$ 为半峰宽。

14.6.2.1 校正因子

色谱的定量分析是基于被测物质的量与其峰面积的正比关系。但是,由于同一检测器对不同物质具有不同的响应值,这就使我们不能够用峰面积来直接计算物质的含量,要引入校正因子来计算。

$$f_i' = \frac{m_i}{A_i} \tag{14-11}$$

式中:f_i' 称绝对校正因子,也就是单位峰面积所代表物质的量。

测定绝对校正因子 f_i' 需要准确知道进样量,这是比较困难的。在实际工作中,往往使用相对校正因子 f_i,即为物质 i 和标准物质 S 的绝对校正因子之比。

$$f_i = \frac{f_i'}{f_s'} \tag{14-12}$$

使用氢焰检测器时,常用正庚烷作标准物质,使用热导检测器时,用苯作标准物质。

我们平常所指的校正因子都是相对校正因子,f_g 是最常用的相对重量校正因子。

$$f_S = \frac{f_i'(W)}{f_s'(W)} = \frac{A_S m_i}{A_i m_s} \tag{14-13}$$

式中:A_i、A_S、m_i、m_s 分别代表物质 i 和标准物质 S 的峰面积和重量(质量)。测定相对重量校正因子时,m_i 和 m_s 是用分析天平称量而得。因此,测定时进样量不需准确,操作条件也不需严格控制。

14.6.2.2 定量方法

定量方法分为归一化法、外标法、内标法、内标标准曲线法和内标对比法等。

1. 归一化法 $\quad C_i\% = \dfrac{A_i f_i}{A_1 f_1 + A_2 f_2 + A_3 f_3 + \cdots + A_n f_n} \times 100\%$ \hfill (14-14)

归一化法的优点是简便,定量结果与进样量无关,操作条件变化时对结果影响较小。缺点是必须所有组分在一个分析周期内都能流出色谱柱,而且检测器对它们都产生信号,否则算出的分析结果不准确,也不能用于微量杂质的含量测定。

例 14-3 用热导检测器分析乙醇、庚烷、苯及醋酸乙酯的混合物。

实验测得它们的色谱峰面积各为 5.0、9.0、4.0 及 7.0 cm^2,从附录查得它们的相对重量校正因子 f_g 分别为 0.64、0.70、0.78 及 0.79。按归一化法,分别求它们的重量百分浓度。

$$乙醇\% = \frac{5.0 \times 0.64}{5.0 \times 0.64 + 9.0 \times 0.70 + 4.0 \times 0.78 + 7.0 \times 0.79} \times 100\%$$

$$= \frac{3.20}{18.15} \times 100\% = 17.6\%$$

$$庚烷\% = \frac{9.0 \times 0.70}{18.15} \times 100\% = 34.7\%$$

$$苯\% = \frac{4.0 \times 0.78}{18.15} \times 100\% = 17.2\%$$

$$醋酸乙酯\% = \frac{7.0 \times 0.79}{18.15} \times 100\% = 30.5\%$$

2. 外标法 在一定操作条件下,用对照品配成不同浓度的对照液,定量进样,用峰面积或峰高对对照品的量(或浓度)作校正曲线,求出斜率、截距,而后计算样品的含量。通常截距近似为零,若截距较大,说明存在一定系统误差。若校正曲线的截距近似为零时,可用外标一点法(比较法)定量。

外标一点法 用一定浓度的 i 组分的对照溶液,进样取峰面积平均值,试样液在相同条件下进样,所得峰面积用下式计算含量:

$$m_i = \frac{A_i}{(A_i)_s}(m_i)_s \tag{14-15}$$

式中:m_i 与 A_i 分别代表在试样液进样体积中所含 i 组分的重量及相应峰面积;$(m_i)_s$ 及 $(A_i)_s$ 分别代表 i 组分对照液在进样体积中所含 i 组分的重量及相应峰面积。

外标法的优点是操作计算简便,不必用校正因子,不必加内标物,常用于日常分析。分析结果的准确度主要取决于进样量的重复性和操作条件的稳定程度。

3. 内标法 当只要测定样品中某几个组分,而样品中所有组分不能全部出峰时,可采用此法。

所谓内标法是指一定量的纯物质作为内标物,加入到准确称取的样品中,根据样品和内标物的重量及其在色谱图上相应的峰面积比,求出某组分的含量。例如要测定样品中组分 i 的质量分数 $C_i\%$,于试样中加入重量为 m_s 的内标物,样品重 W,则

$$m_i = f_i A_i$$
$$m_s = f_s A_s$$
$$\frac{m_i}{m_s} = \frac{f_i A_i}{f_s A_s}$$
$$m_i = \frac{A_i f_i}{A_s f_s} \cdot m_s$$
$$C_i\% = \frac{m_i}{W} \times 100\% = \frac{A_i f_i}{A_s f_s} \cdot \frac{m_s}{W} \times 100\% \tag{14-16}$$

由上式可看到,本法是通过测量内标物及欲测组分的峰面积的相对值来进行计算的,因而由于操作条件变化而引起的误差,都将同时反映在内标物及欲测组分上而得到抵消,所以可得到较准确的结果。这是内标法的主要优点,在很多仪器分析方法上得到应用。

内标物的选择是很重要的。① 内标物应是样品中不存在的纯物质;② 加入的量应接近于被测组分;③ 内标物色谱峰位于被测组分色谱峰附近,或几个被测组分色谱峰中间,并与这些组分完全分离。

例 14-4 无水乙醇中的微量水的测定

样品配制 准确量取被测无水乙醇 100 ml,称重为 79.37 g。用减重法加入无水甲醇约 0.25 g,精密称定为 0.257 2 g,混匀待用。

实验条件和色谱图见图 14-5。

测得数据 水:$h=4.60$ cm,$W_{\frac{1}{2}}=0.130$ cm 甲醇:$h=4.30$ cm,$W_{\frac{1}{2}}=0.187$ cm

计算 (1)重量百分含量(W/W)

① 用以峰面积表示的相对重量校正因子 $f_{H_2O}=0.55$,$f_{甲醇}=0.58$ 计算:

$$H_2O\% = \frac{1.065\times4.60\times0.130\times0.55}{1.065\times4.30\times0.187\times0.58}\times\frac{0.257\,2}{79.37}\times100\% = 0.23\%(W/W)$$

② 用以峰高表示的重量校正因子 $f_{H_2O}=0.224$,$f_{甲醇}=0.340$ 计算:

$$H_2O\% = \frac{4.60\times0.224\times0.257\,2}{4.30\times0.340\times79.37}\times100\% = 0.230\%(W/W)$$

(2)体积百分含量(W/V)

$$H_2O\% = \frac{4.60\times0.224}{4.30\times0.340}\times\frac{0.257\,2\,g}{100\,ml}\times100\% = 0.180\%(W/V)$$

4. 内标标准曲线法 配制一系列不同浓度的对照液,并加入相同量的内标,进样分析,测 A_i 和 A_s,以 A_i/A_s 对对照溶液浓度求回归方程。求出斜率、截距后,计算样品的含量。试样液配制时也需加入与对照液相同量的内标。通常测定结果截距近似为零,因此可用内标对比法(已知浓度样品对照法)定量。

$$\frac{\left(\dfrac{A_i}{A_s}\right)_{样}}{\left(\dfrac{A_i}{A_s}\right)_{标}} = \frac{c_i\%_{样}}{c_i\%_{标}} \qquad c_i\%_{样} = (A_i/A_s)_{样}/(A_i/A_s)_{标}\times c_i\%_{标} \qquad (14\text{-}17)$$

此法不必测出校正因子,消除了某些操作条件的影响,也不需严格准确体积进样,是一种简化的内标法。配制标准液相当于测定相对校正因子。

气相色谱由于进样量小,通常为几微升,所以不易准确体积进样,故在药物分析中多用内标法定量。

14.7 应用与示例

气相色谱法在药学领域中的应用主要有各种药物制剂中含醇量的测定,药物中有机溶剂残留量的测定,药物的含量测定和杂质检查,中药挥发油分析和农药残留量测定以及体液中微量药物测定等方面。

14.7.1 药物制剂中含醇量测定

采用气相色谱法测定各种制剂中乙醇的量(%)(ml/ml),收载在中国药典 2005 年版二部附录 44 页。

14.7.1.1 色谱条件

用直径为 0.18～0.25 mm 的二乙烯苯—乙基乙烯苯型高分子多孔微球作为载体,柱温 120～150℃,载气 N_2,氢焰离子化检测器,正丙醇为内标。

14.7.1.2 系统适用性试验

精密量取无水乙醇 4 ml,5 ml,6 ml,分别精密加入正丙醇 5 ml,加水稀释成 100 ml,混匀(必要时可进一步稀释),进样测定,应符合下列要求:

① 用正丙醇计算的理论塔板数应大于 700;

② 乙醇和正丙醇两峰的分离度应大于 2;

③ 上述 3 份溶液各进样 5 次,所得 15 个校正因子的相对标准偏差不得大于 2.0%。

系统适用性试验即用规定的对照品对仪器进行试验和调整,应达到规定的要求,此时说明仪器及操作条件及技能符合要求,方可进行测定。否则需进一步调整,如色谱柱长度、装填情况、载气流速、进样量、检测器的灵敏度等,均可适当改变,以适应具体条件和达到系统适用性试验的要求。

14.7.1.3 对照品溶液的制备

精密量取恒温至 20℃的无水乙醇和正丙醇各 5 ml,加水稀释成 100 ml,混匀,即得。

14.7.1.4 供试品溶液的制备

精密量取恒温至 20℃的供试品适量(相当于乙醇约 5 ml)和正丙醇 5 ml,加水稀释成 100 ml,混匀,即得。

上述两溶液必要时可进一步稀释。

取对照品溶液和供试品溶液各适量,在上述色谱条件下,分别连续进样 3 次,按内标法依峰面积计算供试品的乙醇含量,取 3 次计算的平均值作为结果。

14.7.2 化学药品的含量测定

例 14-5 戒烟灵含有薄荷脑、冰片等成分。用气相色谱法对其中的薄荷脑、龙脑、异龙脑进行测定(图 14-13)。

(1) 色谱条件 Φ2.5 mm×2.2 m 玻璃柱,80～100 目白色载体,固定液,8%carbowax(聚乙二醇)1540,FID 检测器,柱温 140℃,载气 N_2,流速 15 ml/min,萘为内标,柱效以萘计算为每米 2 000 理论塔板数。

(2) 对照溶液的配制 分别精密量取对照品溶液 0.4 ml、0.5 ml、0.6 ml(含薄荷脑对照品 10 mg/ml,冰片对照品 20 mg/ml,以苯为溶剂),各精密加入内标液 1.0 ml(12 mg/ml萘),用苯稀释至 10 ml,备用。

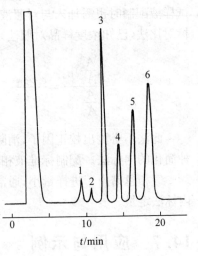

图 14-13 戒烟灵气相色谱图
1. 樟脑 2. 未知峰 3. 薄荷脑
4. 异龙脑 5. 龙脑 6. 萘

（3）供试液的配制　精密量取戒烟灵酊剂样品液2.0 ml,精密加入萘内标液1.0 ml,用苯4 ml萃取两次,合并萃取液并定容至10 ml。

（4）样品测定　用上述溶液按内标对比法测定样品中薄荷脑、龙脑、异龙脑的含量。

例14-6　维生素E的含量测定（中国药典2005年版二部）

色谱条件与系统适用性试验　以硅酮（OV—17）为固定液,涂布浓度为2%;柱温为265℃。理论板数按维生素E峰计算应不低于500,维生素E峰与内标峰的分离度应大于2。

校正因子测定　取正三十二烷适量,加正己烷溶解并稀释成每1 ml中含1.0 mg的溶液,摇匀,作为内标溶液。另取维生素E对照品约20 mg,精密称定,置棕色具塞锥形瓶中,精密加入内标溶液10 ml,密塞,振摇使溶解,取1～3 μL注入气相色谱仪,测定,计算,即得。

测定法　取本品约20 mg,精密称定,置棕色具塞瓶中,精密加内标溶液10 ml,密塞,振摇使溶解;取1～3 μL注入气相色谱仪,测定,计算,即得。

维生素E片、注射液、胶丸及粉剂均用上述气相色谱法定量。

中国药典2005年版二部中气相色谱法除了用于药品含量测定外,还可用于有关物质测定,如克罗米通顺式异构体的测定,采用PEG-20M,涂布厚度为0.25 μm,30 m长,柱温180℃,含顺式异构体不得超过顺、反式异构体之和的15%。

14.7.3　中药中挥发性成分的含量测定

中国药典2005年版一部中,气相色谱用于中药材与中药制剂的鉴别以及有效成分的含量测定,共有47个品种。表14-3中列出数个用气相色谱法测定中药材中有效成分含量的例子。

表14-3　气相色谱法测定中药材中有效成分含量

中药材	被测成分（限度）/%	固定液/%	柱温/℃
桉油	桉油精不小于70.0	PEG—20M 10 和 OV—17　2	110
斑蝥	斑蝥素不小于0.35	SE—30　3.5	175
麝香	麝香酮不小于2.0	OV—17　2	200
丁香	丁香酚不小于11.0	PEG—20M　10	190
肉桂油	桂皮醛不小于75.0	PEG—20M　10	190
广藿香油	百秋李醇不小于26.0	交联5%苯基甲基聚硅氧烷	程序升温
丁香罗勒油	丁香酚不小于65.0	SE—30　10	110

中成药中挥发性成分用气相色谱分析,也有较多的文献报道,如牛黄解毒片、复方丹参片及冠心苏含丸等中的冰片可用气相色谱法测定其中的龙脑和异龙脑。

14.7.4　药品中有机溶剂残留量测定

药物中有机溶剂残留量测定在药典中可用不同的方法表述,一为有机溶剂残留量限度,列在质量标准品种项下,如秋水仙碱中的三氯甲烷和乙酸乙酯,二为药典中列出一个应限制残留溶剂的总表。表14-4列出了中国药典（2005年版）、美国药典、欧洲药典的几种有机溶剂残留量的限度范围。

表 14-4　有机溶剂残留量限量(1×10^{-6})

有机溶剂	苯	三氯甲烷	二氧六环	二氯甲烷	吡啶	甲苯	环氧乙烷	三氯乙烯	乙腈
中国药典	2	60	380	600	200	890	10		
美国药典	2	60	380	600				80	
欧洲药典	100	50	100	500	100			100	50

有机溶剂残留量测定法(中国药典 2005 年版二部)用以检查药物在生产过程中引入的有害有机溶剂残留量,包括苯、三氯甲烷、1,4-二氧六环、二氯甲烷、吡啶、甲苯及环氧乙烷。如生产过程中涉及其他需要检查的有害有机溶剂,则应在各品种项下另作规定。

14.7.4.1　色谱条件与系统适用性试验

以直径为 0.25~0.18 mm 的二乙烯苯—乙基乙烯苯型高分子多孔小球作为固定相,柱温为 80~170℃,并符合下列要求:

(1) 用待测物的色谱峰计算的理论板数应大于 1 000;

(2) 以内标法测定时,内标物与待测物的两个色谱峰的分离度应大于 1.5;

(3) 以内标法测定时,每个标准溶液进样 5 次,所得待测物与内标物峰面积之比的相对标准偏差不大于 5%;若以外标法测定,所得待测物峰面积的相对标准偏差不大于 10%。

14.7.4.2　对照品溶液的制备

精密称取各药品项下规定的有机溶剂和内标物质适量,分别加入水,并配制成浓度为 10.0 μg/ml 的对照品及内标贮备液。精密量取上述对照品及内标贮备液各 0.1~1 ml,加无有机物的水稀释至 10.0 ml,混匀,即得。用外标法测定时只量取对照品贮备液稀释。

14.7.4.3　供试品溶液的制备

精密称取供试品 0.1~1 g,加水或合适的有机溶剂使溶解,并稀释至 10.0 ml,混匀,即得。

14.7.4.4　测定法

取对照品溶液和供试品溶液,分别连续进样 2~3 次,每次 2 μL,测得相应的峰面积,以内标法测定时,计算待测物峰面积与内标物峰面积之比,供试品溶液所得的峰面积比不得大于由对照品溶液所得的峰面积比。以外标法测定时,供试品溶液所得的待测物峰的峰面积不得大于由对照品溶液所得的待测物峰的相应峰面积。

思考题

1. 名词解释

容量因子　死时间　死体积　保留时间　分配系数比　检测限　程序升温　相对重量校正因子　分离度　半峰宽　峰宽

2. 气相色谱中,固定液如何分类?请各举出一种。

3. 说明氢焰及热导检测器各属于哪种类型的检测器,它们的优缺点、原理、英文缩写以及应用范围。

4. 写出范氏方程的简式,并说明 3 项的名称及含义。

5. 气相色谱法中常用定量方法有哪几种? 各在何种情形下应用?

6. 气相色谱法的特点有哪些? 什么情况下需要样品预处理?

7. 色谱峰区域宽度可用哪些术语来表示? 它们之间的相互关系如何?

8. 在范氏曲线上请指出最小板高和最佳线速度。

9. 选择题

(1) 在色谱过程中,组分在固定相中停留的时间为( )

A. t_M　　　B. t_R　　　C. t_R'　　　D. k　　　E. K

(2) 在气液色谱中,下列哪项对溶质的保留体积几乎没有影响( )

A. 载气流速　　　B. 增加固定液用量　　C. 增加柱温　　D. 改换固定液

E. 增加柱长

(3) 下列这些气相色谱操作条件,不正确的是( )

A. 载气的热导系数尽可能与被测组分的热导系数接近

B. 使最难分离的物质对能很好分离的前提下,尽可能采用较低的柱温

C. 气化温度越高越好

D. 检测室温度应低于柱温

(4) 使用气相色谱仪时,有下列步骤,下面次序正确的是( )

① 打开桥电流开关　② 打开记录仪开关　③ 通载气　④ 升柱温及检测室温度
⑤ 启动色谱仪开关

A. ①→②→③→④→⑤　　　　　B. ②→③→④→⑤→①

C. ③→⑤→④→①→②　　　　　D. ⑤→④→③→②→①

(5) 气相色谱法中,影响组分之间分离程度的最大因素主要是( )

A. 进样量　　　　B. 柱温　　　　　C. 载体粒度　　　D. 气化室温度

(6) 对于一对较难分离的组分现分离不理想,为了提高它们的色谱分离效率,在气相色谱法中,最好采用的措施为( )

A. 改变载气速度　　B. 改变固定液　　　C. 改变载体　　　D. 改变载气性质

习 题

1. 在某色谱分析中得到如下数据:

保留时间 $t_R = 5$ min,死时间 $t_M = 1.0$ min,固定液体积 $V_s = 2.0$ ml,柱出口载气体积流速 $F = 50$ ml/min。计算:(1) 容量因子;(2) 死体积;(3) 分配系数;(4) 保留体积。

2. 用一根 2 m 长色谱柱将组分 A、B 分离,实验结果如下:空气保留时间 30 s。A 峰与 B 峰保留时间分别为 230 s 和 250 s。B 峰峰宽为 25 s。求色谱柱的理论塔板数,两峰的分离度,若将两峰完全分离,柱长至少为多少?

3. 色谱峰的半峰宽为 2 mm,保留时间为 4.5 s,色谱柱长为 2 m,记录仪纸速为 2 cm/min,计算色谱柱的理论塔板数和塔板高度。

4. A、B 两物质在一根 2 m 长柱上进行气相色谱分析,用热导池测得 $t_{R_A} = 250$ s,$t_{R_B} = 310$ s,$t_{R空气} = 10$ s,求 (1)A、B 两物质的容量因子及分配系数比;(2) 要达到完全分离,此柱的理论塔板数最少为多少?

5. 用一色谱柱分离 A、B 两组分,此柱的理论塔板数为 4 200 片,测得 A、B 的保留时间分别为 15.05 min 及 14.82 min。(1)求分离度;(2)若分离度为 1.0 时,理论塔板数为多少?

6. 当出现下列 3 种情况时,Van Deemter 曲线是什么形状:(1)$B/u = Cu = 0$;(2)$A = Cu = 0$;(3)$A = B/u = 0$。

7. 用气相色谱法测定正丙醇中的微量水分,精密称取正丙醇 50.00 g 及无水甲醇(内标物)0.400 0 g,混合均匀,进样 5 μL,在 401 有机担体柱上进行测量,测得水:$h = 5.00$ cm,$W_{\frac{1}{2}} = 0.15$ cm,甲醇:$h = 4.00$ cm,$W_{\frac{1}{2}} = 0.10$ cm,求正丙醇中微量水分的重量百分含量。(以峰面积表示的相对重量校正因子 $f_{水} = 0.55$,$f_{甲醇} = 0.58$)。

8. 分析某样品乙苯、对二甲苯、间二甲苯,邻二甲苯的组分含量,其校正因子与峰面积数据如下:

组分	乙苯	对二甲苯	间二甲苯	邻二甲苯
峰面积	120	75	140	105
校正因子	0.97	1.00	0.96	0.98

分别计算各组分的百分含量。

9. 用气相色谱法分离某二元混合物时,当分别改变下列操作条件之一时,请推测一下对 t_R、H、R 的影响(忽略检测器、气化室、连接管道等柱外死体积)。

	t_R	H	R
流速加倍			
柱长加倍			
记录仪纸速加倍			

15 高效液相色谱法

15.1 概述

高效液相色谱法(High Performance Liquid Chromatography,HPLC)是近年来迅速发展起来的一种新颖、快速的分离分析技术。它是在经典液相柱色谱基础上,引入气相色谱的理论,在技术上采用了高压泵、高效填料和高灵敏度检测器,实现了分析速度快,分离效率高和操作自动化。这种柱色谱技术称为高效液相色谱法。高效液相色谱法与一般液相色谱相似,包括液—固色谱、离子交换色谱、分子排阻色谱和液—液色谱。液—液色谱在高效液相色谱中,又发展成为化学键合相色谱,在化学键合相色谱中,反相色谱已成为在药物分析或其他分析领域中应用最广泛的一种色谱分析方法,本章将重点介绍反相色谱法。

气相色谱法虽具有分离能力好,灵敏度高,分析速度快等优点,但是受技术条件的限制,沸点太高的物质或热不稳定的物质都难于应用气相色谱法进行分析。而高效液相色谱法只要求试样能制成溶液,而不需要气化,因此不受试样挥发性的限制。对于挥发性低,热稳定性差,相对分子质量大的高分子化合物以及离子型化合物尤为有利。如氨基酸、蛋白质、生物碱、核酸、甾体、类脂、维生素、抗生素等。

高效液相色谱法具有以下几个突出的优点:

(1)高效 在高效液相色谱中,由于采用小至 $5\sim10\ \mu m$ 的高效填料,理论塔板数可达几万/m,甚至更高。

(2)高速 由于采用高压泵输液,流动相的流速可控制在 $1\sim10\ ml/min$,比经典液相色谱法高得多。

(3)高灵敏度 高效液相色谱已广泛采用高灵敏度检测器,如紫外检测器的最小检测量可达 ng 数量级(10^{-9} g)。

(4)适用范围广 只要求样品能制成溶液,不需气化。

(5)流动相选择范围宽 气相色谱中载气选择余地小,选择性取决于固定相,在液相色谱中,液体可变范围很大,可以是有机溶剂,也可以是水溶液,在极性、pH 值、浓度等方面都可变化。

高效液相色谱法由于具有上述优点,近年来发展特别迅速,美国药典第 19 版(1975 年)首次收载高效液相色谱法,到第 22 版(1990 年),高效液相色谱法作为含量测定方法已达871 个品种,已超过容量法及其他仪器分析方法,成为美国药典中使用频率最高的一种分析方法,至 23 版(1995 年),HPLC 应用频率仍在上升,除含量测定近 1 200 个品种以外,鉴别519 种,杂质检查 206 种。至 24 版(2000 年)美国药典,含量测定品种已达1 386个。中国药典(二部)是 1985 年第 1 次收载 HPLC,至今 2005 年版(二部),已从第 1 次收载 8 个品种上升至 848 个品种,中国药典(2005 年)一部中应用高效液相法测定中药材与中药制剂含量的品种已达 479 个,其发展速度相当迅速。高效液相色谱法不仅可用于药品分析、药物制剂分析,还可用于药代动力学、药物体内代谢分析、生化分析、中草药有效成分分析以及临床检验等各种研究领域中。

15.2 基本原理

高效液相色谱法的分离原理与经典液相色谱法一致,按分离机制一般可分为分配色谱、吸附色谱、离子交换色谱和分子排阻色谱4种类型。流程、柱效又与气相色谱法类似,气相色谱所用的塔板理论和速率理论都可用于高效液相色谱,所不同的是流动相为液体,下面根据高效液相色谱的特点讨论。

15.2.1 色谱峰展宽和柱效

色谱峰展宽是指由于柱内外各种因素引起色谱峰变宽或变形,从而造成柱效降低。由于液相色谱流动相是液体,扩散系数小,黏度大,传质速率慢。同时高效液相色谱柱尺寸比起气相色谱柱尺寸要小得多,柱外死体积影响变得特别重要,因此在高效液相色谱中要特别重视谱峰展宽问题。谱峰展宽有柱内因素和柱外因素两类。

15.2.1.1 柱内展宽

柱内展宽因素仍按上章已叙述的 Van Deemter 方程式来讨论。

1. 涡流扩散项 H_e $H_e = 2\lambda d_p$ (15-1)

其含义与气相色谱相同。

2. 纵向扩散项 H_d $H_d = 2\gamma D_m/u$ (15-2)

当试样分子在色谱柱内被流动相带向前时,由于分子本身运动所引起的纵向扩散同样引起色谱峰的扩展。它与分子在流动相中的扩散系数 D_m 成正比,与流动相线速度成反比。由于分子在液体中的扩散系数比在气体中要小 4~5 个数量级,因此在高效液相色谱法中,这个纵向扩散项对色谱峰扩展的影响实际上是可以忽略的,而在气相色谱法中这一项却是重要的。

3. 传质阻抗项   可分为固定相传质阻抗项(H_s)和流动相传质阻抗项(H_m)。

(1) 固定相传质阻抗项   由固定相传质阻抗所引起的板高通常用下式表示:

$$H_s = \frac{2kd_f^2}{3(1+k)^2 D_s}$$ (15-3)

此式对气相色谱是适用的,但对液相色谱不太适用,这由于此式未考虑到停滞在固定相微孔内的流动相中扩散阻抗的贡献。流动相中的试样分子要与固定相进行质量交换,必须先自流动相扩散到滞留区,如果固定相的微孔既小又深,此时传质速率就慢,对峰的扩展影响就大,这种影响在整个传质过程中起着主要的作用。固定相的粒度愈小,它的微孔孔径愈大,传质阻抗也就愈小,传质速度也愈高,因而柱效就高。

$$H_s = \frac{C_s d_p^2}{D_s} u$$ (15-4)

式中:C_s 是一常数,它与颗粒内空隙体积分数以及容量因子等因素有关。

(2) 流动相传质阻抗项   在液相色谱中,样品在流动相中和在固定相中的扩散速度具有相同的数量级,而在气相色谱中,样品分子在气相中比在液相中的质量传递速度相对来说要快得多,因而在气相色谱中,此项可忽略。在液相色谱中,此项不可忽略。

$$H_m = \frac{C_m d_p^2}{D_m} u \tag{15-5}$$

式中：C_m 是与色谱柱直径、形状以及填充结构有关的因数。

综上所述，由于柱内色谱峰扩展所引起的塔板高度变化可归纳为：

$$H = 2\lambda d_p + \left(\frac{C_m d_p^2}{D_m} + \frac{C_s d_p^2}{D_s}\right)u \tag{15-6}$$

若将上式简化，可写作：

$$H = A + Cu \tag{15-7}$$

从式(15-6)可看出，塔板高度与固定相颗粒直径关系最密切，图 15-1 说明了这关系，固定相颗粒直径越小，板高越小，理论塔板数越大，此曲线的斜率大大降低，这样可在较高的流动相线速度下，保持较高的柱效，达到高效高速。

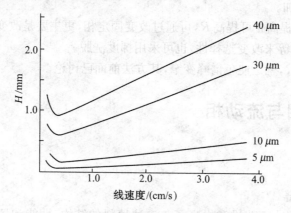

图 15-1　不同直径的硅胶的板高对线速度的曲线

降低流动相黏度，可提高样品分子在流动相中的扩散系数而降低板高。另外，提高装柱技术而降低填充不规则因子，降低流速等也可降低板高，提高柱效。

15.2.1.2　柱外展宽

柱外展宽在液相色谱中需比在气相色谱中更为引起重视，由于样品分子在液体流动相中扩散系数低，致使进样器的死体积、色谱柱和检测器之间连接管道的死体积以及检测器本身的体积，对谱带展宽有相当大的影响。连接管道和检测器的体积相对于样品的保留体积越大，谱带展宽越严重，会使柱效明显下降。

15.2.2　分离度及其影响因素

$$R = \frac{t_{R_2} - t_{R_1}}{(W_1 + W_2)/2} \tag{15-8}$$

分离度又可用 k、α 及 n 三个参数表示：

$$R = \frac{\sqrt{n}}{4} \cdot \frac{\alpha - 1}{\alpha} \cdot \frac{k_2}{1 + k_2} \tag{15-9}$$

欲提高分离度，可以通过改变 α，k 和 n 三个参数来实现。作为初步近似，这三个参数可以独立地变化。如图 15-2 上所说明的，首先，分配系数比 α 增加，使一个谱带中心相对于另一谱带中心位移，R 迅速增加，而分离时间和谱带的高度变化不大。n 的增加使两个谱带变窄，峰高变大，不影响分离时间。k 的变化对分离影响很明显，如图所示，最初分离 k 落在 $0.5<k<2$ 之间，R 很差，增加 k 可使 R 明显提高，但同时谱带高度迅速减少，分离时间增加。

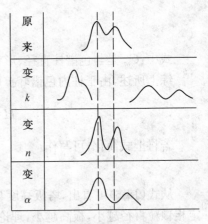

图 15-2　影响分离度的因素

从改变上述三种色谱参数来看，改变 k 最容易，首先改变 k 在合适范围内，以 $1<k<10$ 为宜。改变 k，可以通过调节流动相的极性来实现，在吸附或正相色谱中，流动相极性增加，k 减少；反相色谱则相反，流动相极性增加，k 增加。

改变 α 最有效，提高 α 可提高 R，可通过改变固定相，更主要是改变流动相，改变流动相的组成，pH 值，盐类等来改变选择性，也可采用梯度洗脱。

提高 n 来提高 R，就是使色谱峰变窄，其方法前面已讨论。

15.3　固定相与流动相

15.3.1　固定相

15.3.1.1　吸附色谱

HPLC 的成功是由于改进和提高了色谱柱填料的结构、性能和填充的均匀性，完全改变了常规液相色谱中由于采用大颗粒填料、粒度范围广和形状不规则所造成的填充柱床不均匀、不紧密，致使区带扩散而造成的分离不佳现象，HPLC 所用的固定相要求颗粒细、均匀、球形、耐高压。

目前 HPLC 中大都采用全多孔微粒型吸附剂填料，常用的有 $3 \mu m$、$5 \mu m$ 和 $10 \mu m$ 等，应用高压匀浆装柱，可使最高柱效达到 $80\,000 \sim 100\,000$ 板数/m。

全多孔微粒硅胶可分为两类：一类是无定形全多孔微粒硅胶，如国产的 YWG，LiChrosorb，Partisil-10 等；另一类是球形全多孔微粒硅胶，它是用纳米级的硅胶微粒堆聚而成的 $3 \mu m$、$5 \mu m$ 或 $10 \mu m$ 的全多孔小球，如国产的堆积硅珠、Zorbax 等，其特点是渗透性优于无定型全多孔微粒硅胶。

15.3.1.2　化学键合相色谱

在液—液分配色谱中存在的最大缺点是固定液的流失，化学键合相则克服了这一缺点。它是将各种不同的有机基团通过化学反应键合到载体表面，这样制得的填料，称为化学键合相填料。用化学键合相作为固定相的色谱，又称作为化学键合相色谱（Chemical bonded phase chromatography，BPC）。

化学键合相一般先将硅胶酸洗、中和、干燥活化，使表面保持一定活性的硅羟基，然后再进行键合反应。目前，以硅烷化键合型（Si—O—Si—C）反应应用最为普遍，其反应可表示为：

$$\text{硅胶表面} \begin{cases} -Si-OH \\ O \\ -Si-OH \\ O \\ -Si-OH \end{cases} + C_{18}H_{37}SiCl_3 \xrightarrow{-3HCl} \text{硅胶表面} \begin{cases} -Si-O \\ O \\ -Si-O \\ O \\ -Si-O \end{cases} Si-C_{18}H_{37}$$

经键合后固定相的色谱性质又可分为非极性、极性、离子性三种。非极性键合相表面键合的是极性很小的烃基,如十八烷基、辛烷基、苯基等,常用于反相色谱固定相。极性键合相表面键合的是极性较大的基团,如氰基(CN)、氨基(NH_2)等,常作为正相色谱的固定相。离子性键合相表面键合各种离子交换基团,以硅胶为基质的离子性键合相填料具有较高的耐压性、化学与热稳定性,可以用高压匀浆装柱,目前已取代离子交换树脂,作为 HPLC 中的离子交换色谱固定相。

15.3.2 流动相

流动相是色谱分离的重要参数,在气相色谱中,可供选择的载气只有三、四种,它们的性质相差也不大。因而以选择固定相为主。在液相色谱法中,流动相选择的余地很大,在固定相一定时,流动相的种类、配比能大大改变分离效果。

15.3.2.1 一般要求

1. 与固定相不互溶,不发生化学反应 如用硅胶或硅胶为基质的键合相作为固定相时,必须注意流动相的 pH 值,一般应保持 pH 值在 2~8 范围内,以免硅胶本身变质以及化学键断裂,色谱柱性能变坏。

2. 对样品要有适宜的溶解度 溶解度太大,k 值太小;溶解度太小,k 值太大,甚至于样品在流动相中产生沉淀。

3. 必须与检测器相适应 例如用紫外检测器时,不能选用对紫外光有吸收的溶剂,如丙酮、乙酸乙酯等,参阅表 15-1。

4. 溶剂的黏度要小,可以降低色谱柱的阻力 例如乙醇的黏度比甲醇大一倍,故常用甲醇为流动相。

5. 纯度高,不含机械杂质 使用前需经 $0.5\ \mu m$ 或 $0.45\ \mu m$ 滤膜过滤,并脱气。水需用新鲜重蒸馏水或市售纯净水。

15.3.2.2 溶剂的极性

根据极性相似相溶的原则,常用溶剂的极性来衡量溶质的溶解度。溶剂的极性强弱可用 Snyder 所提出的溶剂强度参数 ε^0 来表示,ε^0 值越大,表示溶剂的洗脱能力越大,参阅表 15-1。

15.3.2.3 流动相的选择

在液—固吸附色谱中,流动相的选择原则基本与经典液相色谱法相同,但在 HPLC 中,单一溶剂很少使用,常用二元或三元的有机溶剂,主成分常用黏度较小的溶剂,如正己烷,另一溶剂极性可按样品性质考虑,可选极性中等或较大的,先改变比例,使样品中各组分容量因子在合适范围,然后进一步改变选择性,使分配系数比合适。

正相色谱流动相通常也采用二元或三元有机溶剂,选择方法与吸附色谱相似。反相色谱法的流动相选择在下节介绍。

表 15-1　HPLC 中常用溶剂的性质

溶剂	UV 波长极限/nm	折光率	沸点/℃	黏度/mPa·s	溶剂强度参数 ε^0
异辛烷	197	1.389	99	0.47	0.01
正己烷	190	1.372	69	0.30	0.01
二氯甲烷	233	1.421	40	0.41	0.42
正丙醇	240	1.385	97	1.9	0.82
四氢呋喃	212	1.405	66	0.46	0.82
乙酸乙酯	256	1.370	77	0.43	0.58
三氯甲烷	245	1.443	61	0.53	0.40
丙酮	330	1.356	56	0.3	0.56
乙醇	210	1.359	78	1.08	0.88
醋酸		1.370	118	1.1	大
乙腈	190	1.341	82	0.34	0.65
甲醇	205	1.326	65	0.54	0.95
水	200	1.333	100	0.89	很大

离子交换色谱的流动相通常采用具有一定 pH 值的缓冲溶液,也有在流动相中加入甲醇,是为增加某些酸碱的溶解度,以免吸附过牢而不易洗脱。通过改变 pH 值与盐浓度来调节色谱峰的保留及选择性,而且广泛采用梯度洗脱。

15.3.2.4　梯度洗脱

梯度洗脱又称梯度淋洗或程序洗提。在气相色谱法中,为了改善对宽沸程样品的分离和缩短分析周期,广泛采用程序升温的方法。而在液相色谱法中则采用梯度洗脱的方法,使溶剂强度在色谱过程中逐渐增加。在同一个分析周期中,按一定程序不断改变流动相的浓度配比,从而可以使一个复杂样品中的性质差异较多的组分,能按适宜的容量因子达到很好分离。特别当第一个色谱峰和最后一个色谱峰的容量因子比值超过 1 000 时,用梯度洗脱的效果特别明显。梯度洗脱除上述的流动相浓度梯度外,还可以采用极性梯度、pH 值梯度以及离子强度梯度等。

梯度洗脱的优点有:① 缩短总的色谱周期;② 提高分离效能;③ 峰形改善,较少拖尾;④ 灵敏度增加,但有时引起基线漂移。

15.4　反相色谱

化学键合相填料由于它耐热,耐各种有机溶剂,可选用流动相范围宽,使用寿命长,载体上键合的有机官能团可改变,选择性好。到目前为止,化学键合相填料在高效液相色谱中占有极重要的地位,几乎大部分分离问题都可用它来解决。化学键合相色谱又可分为正相色谱(Normal phase chromatography)和反相色谱(Reverse phase chromatography),反相色谱又具有正相色谱不可比拟的优越性,在键合相色谱中,人们经常使用的色谱方式是反相色谱。据美国分析化学杂志文献统计报道,在高效液相色谱各类方法中,反相色谱占总使用率的 60%~70%。据有关药物分析的文章统计,反相色谱占各类方法总使用率的 80% 以上,由此可见反相色谱在高效液相色谱中的重要地位。

15.4.1 正相色谱与反相色谱

迄今为止,在微粒硅胶表面键合烃基硅烷的非极性固定相较其他类型的键合相研究得较为充分。其中包括键合相的性质、流动相的规律以及广泛的应用。在非极性固定相上,用极性较大的液体作流动相,进行物质分离分析的方法称为反相色谱。与正相色谱的区别表示在表 15-2 中,按照正相和反相两种系统操作,一系列极性有差异的化合物的出峰次序正好相反。在正相色谱中,溶质极性越强,出峰越后,而在反相情况下,极性越强,出峰越早。

表 15-2 正相色谱与反相色谱的比较

	正相色谱	反相色谱
固定相极性	大	小
流动相极性	小至中等	中等至大
组分流出顺序	极性小的组分先流出	极性大的组分先流出
流动相极性增大	保留时间变小	保留时间变大

15.4.2 固定相与流动相

15.4.2.1 固定相

用于反相色谱中最常用的非极性键合相是十八烷基硅烷—硅胶(Octadecylsilane,ODS),国产牌号为 YWG-C$_{18}$(无定形),YQG-C$_{18}$(球形)。

根据制备方法不同,化学键合相可分为单分子层和聚合层。单分子层的键合相像毛刷上的硬毛竖在硅胶表面,称为"刷状",这种单分子层的键合相具有传质快、柱效高的优点。聚合层键合相的合成是在硅胶表面与硅烷试剂反应时加入一定量的水,即形成聚合物。形成聚合层可增加柱容量,但具有易引起传质速度慢,柱效降低的缺点。表 15-3 是反相色谱中常用的化学键合相,其碳含量是指键合在硅胶表面的烷基所含碳的百分含量(W/W),随链长增加,碳含量从 3% 增至 22%。一般单分子层的碳含量为 5%~10%,聚合层为 20%~30%。

表 15-3　反相色谱常用化学键合相

类型	牌号名称	官能团	粒度/μm	形状	碳含量/%
	YWG-C$_{18}$	C$_{18}$硅烷	5,10	非球形	
	YQG-C$_{16}$	C$_{16}$硅烷	3,5	球形	15
长	Partisil ODS	C$_{18}$硅烷	5,10	非球形	5
	Zorbax ODS	C$_{18}$硅烷	5	球形	15
链	μ-Bondapak C$_{18}$	C$_{18}$硅烷	10	非球形	10
	LiChrosorb RP-18	C$_{18}$硅烷	5,10	非球形	22
	NucLeosil C$_{18}$	C$_{18}$硅烷	3,5	球形	15
短	Zorbax C$_8$	C$_8$硅烷	6	球形	15
	YWG-C$_6$H$_6$	苯基硅烷	10	非球形	7
链	LiChrosorb RP-2	二甲基硅烷	5,10	非球形	5

15.4.2.2　流动相

反相色谱中的流动相是水和能与水互溶的有机溶剂,水是非选择性溶剂,有机溶剂为选择性溶剂,同时要求有机溶剂黏度小,溶解样品性能好,化学惰性,紫外吸收波长极限小(见表 15-1)。甲醇,乙腈,四氢呋喃为三种选择性不同的有机溶剂,水-甲醇,水-乙腈,水-四氢呋喃常用于反相色谱中作为流动相,特别常用的是水-甲醇和水-乙腈,乙醇由于黏度比较大,丙酮有一定的紫外吸收,故这两种溶剂一般都不用作反相色谱流动相。

15.4.3　反相色谱的特点

利用有机硅烷与硅胶表面的游离羟基产生化学键合反应,形成 Si—O—Si—C 键。这种化学键牢固,耐各种溶剂,耐热,柱效高,柱容量大,有机官能团可改变,流动相更能灵活选择,既可分离非离子型化合物,又可分离能离解的以及离子型化合物。对溶剂中存在的水分要求低。这对于吸附色谱来说,是必须十分注意的问题。色谱系统简单,分析快速,重现性好,柱平衡时间短,柱寿命一般较长。正因为具备上述优点,所以反相色谱是高效液相色谱中占绝对优势的一种色谱类型。

反相色谱法也有它的不足之处,以硅胶为基质的柱填料能使用的 pH 值范围局限在 2~8。在硅胶表面往往留有一定量未反应的硅醇基,这些活性作用点会吸附溶质,而导致峰形不好,保留机制比起其他色谱更复杂,需要进一步探讨。

15.4.4　反相色谱的保留机理

反相色谱的机理比较复杂,简单地叙述可认为它是分配和吸附作用相结合,对单分子层键合固定相是以吸附为主,聚合层则偏向于分配色谱的作用机理。Horvath 等人的疏溶剂理论较易为人们所接受。从图 15-3 中可看出,在正相色谱系统中,固定相表面有带电荷部分或能形成氢键的部分,保留主要是溶质和固定相之间通过库仑力或氢键力相互吸引。在反相色谱中,固定相表面有烃基,保留主要是溶质的非极性部分受水和极性溶剂的排斥,而与非极性固定相缔合。

因水具有很高的内聚力，溶质与水的作用小于水自身的相互作用，溶质受水排斥，所以在反相色谱中溶质和固定相表面非极性基团的缔合，实际上由于溶剂的作用，此作用称为疏溶剂作用。在图15-3中用实箭头所示。空白箭头表示溶质对溶剂的吸引作用，溶质中的极性官能团能增强与极性溶剂的相互作用，而减少缔合。另一方面，当形成的缔合物的接触面较大，或溶剂的表面张力较大时，缔合作用也较强。因此缔合作用强度和溶质的色谱保留值取决于：① 溶质分子中非极性部分的总表面积；② 键合相上烷基的总表面积；③ 流动相的表面张力。水的表面张力最大，在反相色谱中，水是最弱的冲洗剂，若增加有机溶剂比例，则降低了流动相的表面张力，k 变小。此作用对

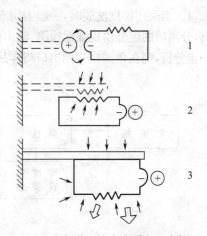

图 15-3　色谱系统中溶质和固定相之间可能的作用力

1. 库仑力　2. 氢键力　3. 疏溶剂

溶质的保留影响很大，这可以从图15-4中清楚地看出。图 15-4 是 7 种溶质混合物的色谱图，改变流动相中水－甲醇的比例，比改变固定相的烃基链长（RP）对溶质的 k 值影响更显著。

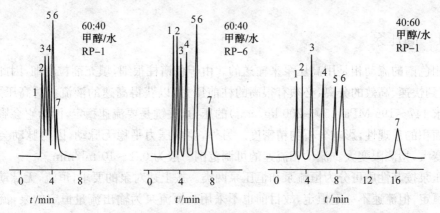

图 15-4　改变固定相链长及流动相中甲醇比例对溶质保留的影响

1. 丙酮　2. 对甲氧基酚　3. 酚　4. 间-甲酚
5. 3,5-二甲苯酚　6. 苯甲醚　7. 对苯基酚

影响溶质保留的因素还有流动相的酸碱性和盐浓度。分离弱酸时，在流动相中增加氢离子浓度，抑制弱酸解离，因为只有那些弱酸分子或弱碱分子才易在非极性固定相上有较大的保留。流动相中加入少量无机盐类，对溶质的保留影响也很显著，随着盐浓度增加，一般能离子化的溶质的容量因子减少。

15.5　仪器

近年来，高效液相色谱技术得到极其迅猛的发展。仪器的结构和流程也是多种多样的。现将典型的高效液相色谱仪的结构系统示于图 15-5。它的主要部件有高压泵，进样器，色谱柱以及检测器。从图 15-5 可见，贮液瓶中贮存的流动相经过再次过滤后由高压泵输送到色谱柱

入口。当采用梯度洗脱时,一般需用双泵系统来完成输液。样品由进样阀进入色谱柱进行分离,分离后的组分由检测器检测,输出信号供给记录仪或数据处理装置。如果需收集馏分作进一步分析,则在色谱柱一侧出口将样品馏分收集起来。现将各主要部件分述如下。

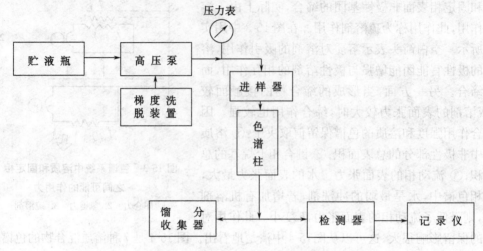

图 15-5　高效液相色谱仪典型结构示意图

15.5.1　高压泵

　　液相色谱的流动相是用高压泵来输送的。由于色谱柱很细,填充剂粒度细,因此阻力很大,为达到快速、高效的分离,必须有很高的柱前压力,以获得高速的液流。对高压泵来说,一般要求 147～196 MPa(150～200 kg/cm²)的压力,关键是要流速稳定,因为它会影响保留值和峰面积的重现性,影响分析的精密度。另外,要求压力平稳无脉动,因为脉动会使检测器噪声变大,检测限变大。流动相流速的可调范围一般为 0.1～10 ml/min。

　　高压泵按其性质可分为恒流泵和恒压泵两类。按上述对泵的要求,恒流,无脉动。恒压泵压力恒定,但流速不一定恒定,故目前也不采用。恒流泵为输出流量恒定的泵,流量不受柱阻影响。若柱阻大,则输出压强相应提高,反之则压强相应减小,流量不变。恒流泵常见的有往复泵与螺旋泵两种。

　　目前,高效液相色谱仪上用的大部分是往复泵,如图 15-6 所示。由马达带动小柱塞在液腔内以每分钟数十次到一百多次的速度往复运动,当柱塞抽出时,液体从贮液瓶自入口单向阀吸入液腔;当柱塞推入时,入口单向阀受压关死,液体自出口单向阀输进色谱柱。流量可调节柱塞冲程或马达的转速来控制。往复泵的优点是液腔体积小(约几百微升),容易清洗及更换流动相,但输液脉动大是缺点,故需外加脉冲阻尼器。

　　螺旋泵由马达带动螺杆推动活塞缓缓运动,输出高压而无脉动的流动相。它相当于 1 只大的医用注射器。此泵的优点是压力平稳,无脉动,缺点是换液清洗操作麻烦。

15.5.2　进样装置

　　目前进样装置均采用进样阀,常用的进样阀是六通阀,如图 15-7 所示,一般在流动相不通过的情况下将试样注入贮样管。贮样管有一定容积,可按进样量的大小,选用不同容积的贮样管。用六通阀进样,定量重现性好。进样后,转动六通阀,贮样管内的样品即随流动相进入色谱柱中。

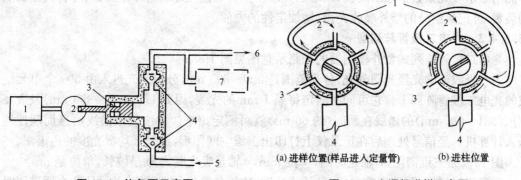

图 15-6　往复泵示意图

1. 马达　2. 往复轮　3. 密封垫圈　4. 球型单向阀
5. 溶剂　6. 柱　7. 脉冲阻尼器

(a) 进样位置(样品进入定量管)　(b) 进柱位置

图 15-7　六通阀进样示意图

1. 贮样管或定量管　2. 样品注入口
3. 流动相进口　4. 色谱柱

15.5.3　色谱柱

色谱柱由柱管和固定相组成。柱管多用不锈钢管制成,管内壁要求有很高的光洁度。色谱柱尺寸一般为内径 2～6 mm,长 10～25 cm,最近发展起来的快速液相色谱法,用颗粒直径小至 3 μm 填料,长度只有 3 cm 的柱,达到高效快速。

液相色谱法的装柱是一项技巧性很强的技术,装柱效果好坏直接影响柱效。当填料粒度大于 20 μm 时,比较容易装柱,一般采用气相色谱法相同的干法装柱。填料粒度小于 20 μm,必须采用湿法装柱,先将填料用等密度有机溶剂配成匀浆,在高压下将匀浆压入色谱柱。装好的色谱柱或购进的色谱柱,均应检查柱效,以评定色谱柱的质量,如固定相为十八烷基硅烷硅胶的反相柱,可用甲醇—水(85∶15)为流动相,苯、萘、菲混合物为试样,检查其柱效。

15.5.4　检测器

一个理想的检测器应该具有灵敏度高,重现性好,响应快,线性范围宽,适用范围广,对流量和温度变化不敏感等特征。但目前还没有一种很理想的液相色谱检测器。从目前来看,最广泛应用的是紫外检测器,其次是荧光检测器、蒸发光散射检测器、电化学检测器和示差折光检测器。下面介绍紫外检测器的原理和类型。

紫外检测器的原理是基于被分析试样对特定波长紫外光的选择性吸收,试样浓度和吸光度的关系服从比耳定律。此类检测器灵敏度和重现性都较好,对温度和流速不敏感,可用于梯度洗脱。缺点是不适用于紫外光不吸收或几乎不吸收的试样,溶剂的选用要考虑溶剂紫外波长极限。检测器由光源、流通池、接收器及记录器组成。紫外吸收检测器目前分三种类型:固定波长型、可变波长型及光电二极管阵列型。

15.5.4.1　固定波长检测器

这一种是光源波长固定的光度计,一般为 254 nm,由低压汞灯发射。这种光源强度大,灵敏度高,检测浓度亦可达 1×10^{-9} g/ml,是一种简便实用的检测器。

15.5.4.2 可变波长型

可变波长型检测器相当于一台紫外可见分光光度计,波长可按需要任意选择,可以选择样品的摩尔吸光系数最强的波长,以增加灵敏度。有些性能好的紫外检测器,还有快速扫描的装置,可记录组分的紫外吸收光谱,增加定性的方便。

15.5.4.3 光电二极管阵列型

光电二极管阵列式紫外检测器的光路示意图见图15-8。

通过吸收池的光经光栅分光,分光范围是200~699 nm,分出的光进入由500个单元组成的光电二极管阵列上。它可同时测定每隔1 nm的光线,因此UV(200~380 nm)及VIS范围(381~699 nm)的谱线在瞬间(约60 ms)就可测定出来。柱洗脱液谱线信息周期性地送入计算机。经信号处理后在记录仪上打印出三维空间图形,或是平均吸光度的色谱图。

图15-9是三维谱图,x轴是时间,单位 min,y轴是吸光度,z轴是波长,单位是 nm。

观察三维谱图,可鉴别重叠峰,确认峰纯度,比较各峰的化学结构,并可从几个通道同时进行峰面积计算,提供最佳定量标准。

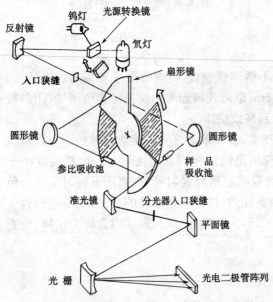

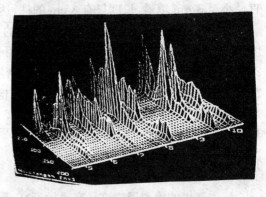

图15-8 光电二极管阵列式紫外检测器光路示意图　　　　图15-9 色谱-光谱三维谱图

15.6 应用与示例

高效液相色谱法的定性定量分析内容与气相色谱法章节所述的方法基本相似,不同的是,在HPLC中,因进样量较大,一般为几十微升,并且用六通阀进样,重复性较好,误差相对较小,所以在药物分析中最常用的定量方法为外标法,而在气相色谱法中,药物分析更多的使用内标法。

15.6.1 分离方法的最初选择

根据样品的相对分子质量,化学结构,溶解度等特性来选择合适的分离方法。见表15-4。

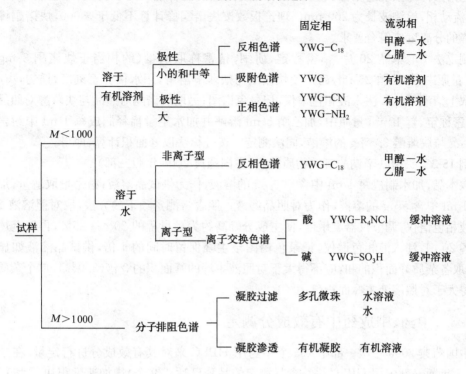

表 15-4 分离方法的最初选择

15.6.2 化学药品的鉴别、检查和含量测定

中国药典从 1985 年版第 1 次收载高效液相色谱法作为含量测定方法,只有 7 个品种采用,1990 年版收载 56 个品种,1995 年版又增加至 113 个品种,2000 年(二部)收载 270 个品种采用 HPLC 为含量测定方法,2005 年版二部收载品种猛增到 493 种。另外,HPLC 用于药品的杂质检查也是一种非常有效的方法,中国药典 2000 年版二部已有 162 个品种采用,另有 161 个品种用该法作为鉴别方法。如头孢唑林钠、头孢羟氨苄等及其制剂采用 HPLC 作为鉴别用方法。中国药典 2005 年版二部采用 HPLC 进行杂质检查(有关物质检查)已增加至 388 个品种。

例 15-1 头孢呋辛钠的含量测定(中国药典 2005 年版二部 P141)

色谱条件与系统适用性试验 用十八烷基硅烷键合硅胶为填充剂;以 pH 值 3.4 的醋酸—醋酸钠缓冲液(取 0.1 mol/L 醋酸钠溶液 50 ml,加 0.1 mol/L 醋酸溶液至 1 000 ml)—乙腈(10：1)为流动相;检测波长为 254 nm。取头孢呋辛钠对照品适量,加水溶解并稀释成每 1 ml 中含 100 μg 的溶液。取上述溶液适量,在 60℃水浴中加热 10 min,冷却,使部分头孢呋辛钠转变为去氨基甲酰头孢呋辛钠,取 20 μL 注入液相色谱仪,头孢呋辛钠峰与去氨基甲酰头孢呋辛钠峰的分离度应不小于 2.0。

测定法 取本品约 50 mg,精密称定,置 100 ml 量瓶中,加水溶解并稀释至刻度,摇匀,取 20 μL 注入液相色谱仪,记录色谱图;另取头孢呋辛钠对照品适量,同法测定。按外标法以峰面积计算。

例 15-2 复方炔诺酮片的含量测定(中国药典 2005 年版二部 P431)

色谱条件与系统适用性试验 用十八烷基硅烷键合硅胶为填充剂;以乙腈—水(45:55)为流动相;检测波长为 200 nm。理论板数按炔诺酮峰计算不低于 3 000,炔诺酮峰与炔雌醇峰的分离度应符合要求。

测定法 取本品 20 片,精密称定,研细,精密称取适量(约相当于炔诺酮 3 mg),置 50 ml 量瓶中,加乙腈 25 ml,超声使炔诺酮与炔雌醇溶解,用水稀释至刻度,摇匀,离心,精密量取上清液 50 μL 注入液相色谱仪,记录色谱图;另取炔诺酮对照品与炔雌醇对照品各适量,精密称定,置 10 ml 量瓶中,加乙腈 5 ml 溶解并加水定量稀释制成每 1 ml 中约含炔诺酮 60 μg 与炔雌醇 3.5 μg 的溶液,同法测定。按外标法以峰面积计算,即得。

例 15-3 头孢呋辛钠的有关物质检查(中国药典 2005 年版二部)

取本品,加水制成每 1 ml 中含 500 μg 的溶液,作为供试品溶液;精密量取适量,加水制成每 1 ml 中含 5 μg 的溶液,作为对照品溶液。照含量测定项下的方法,取对照溶液 20 μL 注入液相色谱仪,调节仪器灵敏度,使主成分峰高约为满量程的 20%~25%,再取上述两种溶液各 20 μL 注入液相色谱仪,记录色谱图至主峰保留时间的 4 倍,供试品溶液如显杂质峰,量取各杂质峰面积的和,应不得大于对照液主峰的峰面积的 3 倍(3.0%),单个杂质峰面积不得大于对照溶液主峰面积(1.0%)。

15.6.3 中药、中成药中有效成分测定

中国药典 2000 年版一部中 105 个中药用 HPLC 来对其有效成分进行定量,在中国药典 2005 年版一部中用 HPLC 进行含量测定的品种已达 479 个,增加速度很快。表 15-5 中略举数例说明。

表 15-5 中药 HPLC 含量测定

中药	被测成分	固定相	流动相	检测方法
人参	人参皂苷 R_{g_1} R_e	十八烷基硅烷键合硅胶	乙腈—0.05%H_3PO_4 (99:400)	紫外(203 nm)
儿茶	儿茶素 表儿茶素	十八烷基硅烷键合硅胶	0.04 mol/L 枸橼酸液 —四氢呋喃(45:2)	紫外(280 nm)
马钱子	士的宁	硅胶	正己烷—二氯甲烷—甲醇 —浓氨水(42:42:5:0.5)	紫外(254 nm)
牛蒡子	牛蒡苷	十八烷基硅烷键合硅胶	甲醇—水(45:55)	紫外(280 nm)
甘草	甘草酸	十八烷基硅烷键合硅胶	甲醇—0.2 mol/L NH_4Cl 液—冰 HAc(67:30:1)	紫外(250 nm)
冬虫夏草	腺苷	十八烷基硅烷键合硅胶	磷酸盐缓冲液—甲醇(17:3)	紫外(260 nm)
半枝莲	野黄芩苷	十八烷基硅烷键合硅胶	甲醇—水—冰 HAc (35:61:4)	紫外(335 nm)
肉苁蓉	麦角甾苷	十八烷基硅烷键合硅胶	乙腈—甲醇—1%HAc 液 (10:15:75)	紫外(334 nm)
血竭	血竭素	十八烷基硅烷键合硅胶	乙腈—0.05 mol/L NaH_2PO_4 液(50:50)	紫外(440 nm)

中药	被测成分	固定相	流动相	检测方法
杜仲	松脂醇二葡萄糖苷	十八烷基硅烷键合硅胶	甲醇—水(25∶75)	紫外(277 nm)
山茱萸	马钱苷	十八烷基硅烷键合硅胶	乙腈—水(15∶85)	紫外(240 nm)
知丹	菝葜皂苷元	十八烷基硅烷键合硅胶	甲醇—水(95∶5)	蒸发光散射
穿心莲	脱水穿心莲内酯	十八烷基硅烷键合硅胶	甲醇—水(52∶48)	紫外(254 nm)
黄芩	黄芩苷	十八烷基硅烷键合硅胶	甲醇—水—磷酸(47∶53∶0.2)	紫外(280 nm)
黄芪	黄芪甲苷	十八烷基硅烷键合硅胶	乙腈—水(32∶68)	蒸发光散射
蛇床子	蛇床子素	十八烷基硅烷键合硅胶	乙腈—水(65∶35)	紫外(322 nm)
银杏叶	槲皮素、山奈素、异鼠李素	十八烷基硅烷键合硅胶	甲醇—0.4%磷酸溶液 (50∶50)	紫外(360 nm)
淫羊藿	淫羊藿苷	十八烷基硅烷键合硅胶	乙腈—水(30∶70)	紫外(270 nm)
防己	粉防己碱 防己诺林碱	十八烷基硅烷键合硅胶	乙腈—甲醇—水—冰醋酸(40∶30∶30∶1)	紫外(280 nm)
丹参片	丹酚酸 B	十八烷基硅烷键合硅胶	甲酸—乙腈—甲酸—水 (30∶10∶1∶59)	紫外(286 nm)
六应丸	脂蟾毒配基 华蟾毒基	十八烷基硅烷键合硅胶	乙腈—0.5%磷酸二氢钾溶液 (50∶50)(用磷酸调 pH 值至 3.2)	紫外(296 nm)
六味地黄丸	马钱苷	十八烷基硅烷键合硅胶	四氢呋喃—乙腈—甲醇—0.05%磷酸溶液(1∶8∶4∶87)	紫外(236 nm)
	丹皮酚	十八烷基硅烷键合硅胶	甲醇—水(70∶30)	紫外(274 nm)
桂林西瓜霜	盐酸小檗碱	十八烷基硅烷键合硅胶	乙腈—0.05 mol/L 磷酸二氢钠溶液(用磷酸调 pH 至 3.0) (30∶70)	紫外(350 nm)

例 15-4 六神丸中蟾毒内酯化合物的分析

色谱条件 色谱柱:YWG—C$_{18}$(4.6 mm×250 mm,10 μm),流动相:乙腈—水(56∶44),流速 1.0 ml/min.检测波长 280 nm。

蟾酥为六神丸的主药之一,其有效成分为一些骨架相同的甾体化合物,总称蟾毒内酯,本法分离定量了六神丸中 3 种蟾毒内酯化合物:蟾毒灵、华蟾毒基、脂蟾毒配基。靛玉红为内标。见图 15-10。

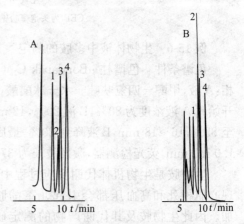

图 15-10 六神丸中蟾毒内酯化合物的色谱图
A. 对照品混合液 B. 六神丸
1. 蟾毒灵 2. 华蟾毒基 3. 脂蟾毒配基 4. 靛玉红

15.6.4 药物稳定性试验与体液分析

例 15-5 头孢噻吩钠稳定性试验

色谱条件　色谱柱 Hypersil ODS 柱($4.6\ mm\times100\ mm$,$5\ \mu m$),流动相　甲醇—
$0.02\ mol/L$ 柠檬酸盐缓冲溶液($30:70$),pH 值 4.8,流速 $1.0\ ml/min$,检测波长 $254\ nm$。

图 15-11 测定的是头孢噻吩钠在盐酸溶液($0.1\ mol/L$)中,24℃下的稳定性,放置6 h,
含量降低 20%,24 h 后,含量降低 50% 以上,同时可看到分解产物的增加。

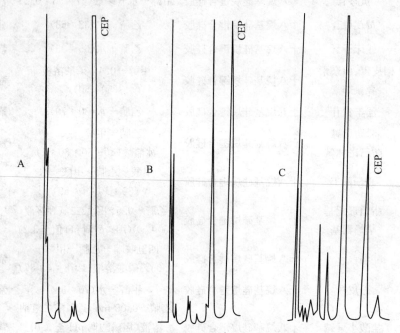

图 15-11　0.1 mol/L　HCl 溶液中的头孢噻吩钠的色谱图

A. 0 h　B. 贮存 6 h　C. 24 h

CEP 为头孢噻吩钠色谱峰,其余为降解产物或杂质

例 15-6 生物体液中多胺的测定

色谱条件　色谱柱 μBondapak C_{18}($4.6\ mm\times150\ mm$,$5\ \mu m$)预柱 Zorbax Diol,流动
相:A 液,甲醇—四氢呋喃—水—冰醋酸($26:20:54:0.05$);B 液,0.05% 冰醋酸甲醇液。
开始时 A 液浓度为 80%,B 液 20%,12 min 内,B 液上升至 65%;12~16 min,B 液继续上升
至 85%;16~18 min,B 液降到 20%,最后维持 2 min。上述多阶梯度均为线性梯度。流速
$1.0\ ml/min$,荧光检测器,激发波长为 370 nm,发射波长为 530 nm。见图 15-12。

生物胺是生物机体代谢反应过程中产生的胺类化合物,已引起人们的注意。目前发
现心肌梗死和高血压都会引起儿茶酚胺排泄异常,某些肿瘤病人的小便中多胺含量增
加。因此生物胺及其代谢产物的测定研究对疾病的诊断、治疗和药物研究都有重要意
义。本例是测定了大鼠各器官和细胞中多胺,采用了多阶梯度洗脱。腐胺、精脒、精胺和
内标(1,10-二氨基癸烷),经丹酰氯衍生化试剂化学衍生后,用荧光检测器检测,其最小检
测量达0.2 ng。

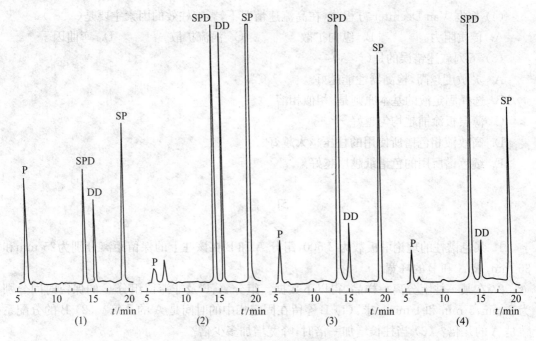

图 15-12　大鼠体内的多胺测定

(1) 标准溶液　(2) 生殖细胞　(3) 附睾　(4) 前列腺

P:腐胺　SPD:精脒　SP:精胺　DD:1,10-二氨基癸胺

思考题

1. 名词解释:键合相填料与键合相色谱,正相色谱与反相色谱,YWG,YQG,ODS,梯度洗脱。

2. 简述 HPLC 中的范氏方程。

3. 提高柱效可考虑哪些途径? 为什么?

4. 在 HPLC 中,提高分离度的方法有哪些?

5. 在 HPLC 中,对流动相有何要求? 如何选择各种色谱类型流动相?

6. 请叙述反相色谱的固定相与流动相,并说明反相色谱中影响溶质保留的因素。

7. 简要说明 HPLC 仪的组成及主要部件。

8. 选择题

(1) 在 RP-HPLC 法中,若以甲醇—水为流动相,增加甲醇的比例时,组分的容量因子与保留时间,将发生(　　)

A. k 与 t_R 增大　　　　B. k 与 t_R 减小　　　　C. k 与 t_R 不变　　　　D. k 增大,t_R 减小

(2) 当用硅胶为基质的填料作为固定相时,流动相的 pH 范围应控制在(　　)

A. 中性区域　　　　B. 1~14　　　　C. 2~8　　　　D. 5~8

(3) 在色谱分析中,柱长从 1 米增加到 4 米,其他条件不变,则分离度 R 增加为(　　)

A. $4R$　　　　B. R^2　　　　C. $2R$　　　　D. R^4

(4) 根据 Van Deemter 方程式,在高流速情况下,影响柱效的因素主要是(　　)

A. 传质阻力　　　　B. 纵向扩散　　　　C. 涡流扩散　　　　D. 弯曲因子

(5) 下列叙述错误的是(　　)

A. 灵敏度越高,检测器性能越好

B. 选择固定液的基本原则是"相似相溶"

C. 薄层板涂铺越均匀越好

D. 高效液相色谱所使用的柱压越大越好

E. 纸色谱所用的色谱纸越厚越好

习　题

1. 某色谱柱的理论塔板数为 2 500,组分 A 和 B 在该柱上的保留距离分别为25 mm 和 36 mm,求 A 和 B 的峰宽。

2. 在某一柱上分离一样品,得以下数据。组分 A、B 及非滞留组分 C 的保留时间分别为 2 min,5 min 和 1 min。求:(1) B 停留在固定相中的时间是 A 的几倍? (2) B 的分配系数是 A 的几倍? (3) 当柱长增加一倍时,峰宽增加多少倍?

3. 两根色谱柱具有下表数据,问哪根柱的分离度较好,计算说明。

	t_M/s	t_R'/s		n
		组分 1	组分 2	
柱 I	15.0	160	170	6 400
柱 II	3.0	1.1	1.2	25 600

4. 根据分离度及有效理论塔板数等基本公式(假设 $W_1 = W_2$),请推导下式:

$$R = \frac{\sqrt{n_{有效}}}{4} \cdot \frac{\alpha-1}{\alpha}$$

5. 计算当两组分的分配系数比为 1.25,柱的有效塔板高度为 0.1 mm 时,需多长的色谱柱才能将两组分完全分离。

16　几种其他的仪器分析方法简介

16.1　原子吸收分光光度法

16.1.1　概述

原子吸收分光光度法是基于从光源辐射出待测元素的特征光波,通过样品的蒸气时,被蒸气中待测元素的基态原子所吸收,由辐射光波强度减弱的程度,可以求算试样中待测元素的含量。原子吸收光谱法具有以下特点:① 灵敏度较高,其灵敏度为 1×10^{-6} 级,可高达 1×10^{-9} 级。② 选择性高,元素间的干扰小,温度和基体的影响也较小。③ 分析速度较快,在地质、冶金、石油、化工、医药、环保和生物化学等方面得到广泛的应用。

原子吸收分光光度法与紫外—可见分光光度法和红外分光光度法相似,都是利用吸收原理进行分析的。图 16-1 是紫外—可见分光光度法和原子吸收分光光度法的原理和吸收曲线示意图。

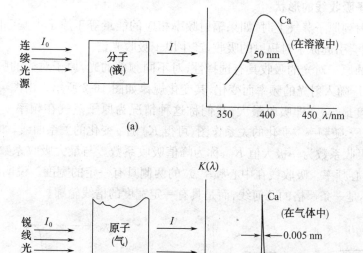

图 16-1　两种吸收分析法比较

(a) 紫外分光光度法　　(b) 原子吸收分析法

图 16-1 表明,这两种吸收分析法在形式上并无差异。首先它们对光的吸收都遵循 Beer-Lambert 定律。其次,仪器结构均由 4 大部分(光源、吸收池、单色器和检测器)组成。

实际上,这两种吸收分析,就其吸收机制而言,存在着本质差异。分子光谱的本质是分子吸收,除了分子外层电子能级跃迁外,同时还有振动能级和转动能级的跃迁,所以是一种宽带吸收,带宽从 $10^{-1} \sim 1$ nm 甚至更宽,可以使用连续光源。原子吸收只有原子外层电子能级的跃迁,是一种窄带吸收,又称谱线吸收,吸收宽度仅有 10^{-3} nm 数量级,通常只使用锐线光源。

16.1.2 基本原理

16.1.2.1 共振线与吸收线

原子具有多种能量状态,当原子受外界能量激发时其外层电子可以跃迁到不同的能级,因此有不同的激发态。电子从基态跃迁到能量最低的激发态(称为第一激发态)时要吸收一定频率的辐射,所产生的吸收谱线称为共振吸收线,简称共振线。

各种元素的原子结构和外层电子的排布不同,因而各种元素的共振线也不相同,各具有特征性,所以这种共振线是元素的特征谱线。

在原子吸收分析中,用于基态原子吸收的谱线叫做吸收线。电子从基态到第一激发态的跃迁最容易发生,对大多数元素来说,相应于基态到第一激发态跃迁的共振线是元素所有吸收线中最灵敏的吸收线,例如 Mg 285.2 nm,Cu 324.7 nm 等。原子吸收分析主要是用于微量分析,所以在实际工作中,大多数是利用元素最灵敏的共振线作为吸收线进行分析的。由于原子能级是量子化的,因此,原子对光源辐射的吸收有选择性,所吸收的辐射能量必须等于两个发生跃迁的能级间的能量差。

16.1.2.2 原子吸收线的形状

当辐射投射到原子蒸气上时,如果辐射频率相应的能量等于原子由基态跃迁到激发态所需的能量,则会引起原子对辐射的吸收,产生原子吸收光谱。

由于物质的原子对光的吸收具有选择性,对不同频率的光,原子对光的吸收也不同,故透射光的强度 I_ν 随入射光的频率而变化,其变化规律如图 16-2 所示。由图可知,在频率 ν_0 处透过光的强度最小,亦即吸收最大,我们称这种情况为原子蒸气在频率 ν_0 处有吸收线。若将吸收系数 K_ν 随频率 ν 变化的关系作图,可得 K_ν 随 ν 变化的关系曲线,如图 16-3 所示。在频率 ν_0 处,吸收系数为一极大值 K_0,称为峰值吸收系数。与最大吸收系数 K_0 相对应的频率 ν_0 称为中心频率。吸收线在中心频率 ν_0 的两侧具有一定的宽度。说明原子吸收线虽然很窄,但并不是一条严格的几何线,而是具有一定宽度的谱线轮廓。

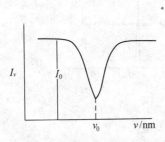

图 16-2　透射光强度与
频率的关系

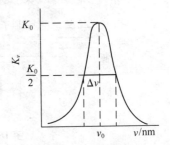

图 16-3　吸收线轮廓
与半宽度

通常将 K_ν-ν 关系曲线称为吸收线轮廓(或形状)。吸收系数等于 $K_0/2$ 处吸收线轮廓上两点间的距离称为吸收线半宽度,以 $\Delta\nu$ 表示。通常用半宽度 $\Delta\nu$ 来表征吸收线的宽度,其数量级约为 $10^{-3}\sim10^{-2}$ nm。

表示吸收线轮廓特征的值是吸收线的中心频率 ν_0 和吸收线的半宽度 $\Delta\nu$。前者是由原子的能级分布特征决定的,后者受到诸多因素的影响。吸收线为什么具有一定的宽度? 这有两方面的原因:一是由原子本身性质决定的,例如谱线的自然宽度;另外是由外界条件的影响而产生的,例如热变宽、压力变宽等等。

16.1.2.3 原子吸收值与原子浓度的关系

从光源辐射出来的特征谱线的光(强度为 I_0),经过原子蒸气后,光强度减弱为 I(图 16-4),与通常的吸收光谱法一样,光强减弱的程度符合 Beer 定律,即:

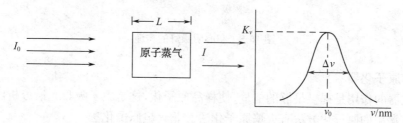

图 16-4　原子吸收示意图

$$I=I_0\exp(-K_\nu L)\tag{16-1}$$

$$A=-\lg\frac{I}{I_0}=K_\nu L\tag{16-2}$$

因原子吸收线轮廓是同种基态原子在吸收其共振辐射时被展宽了的吸收带,原子吸收线轮廓上的任意各点都与相同的能级跃迁相联系。因此,待测原子蒸气中的原子数 N 与吸收系数轮廓所包围的面积(称为积分吸收系数)成正比。

只要测定了积分吸收值,就可以确定蒸气中的原子浓度。由于原子吸收线很窄,宽度只有约 0.002 nm,要在如此小的轮廓准确积分是一般光谱仪不能达到的。1955 年 Walsh 从理论上证明在吸收池内元素的原子浓度和温度不太高且变化不大的条件下,峰值吸收系数 K_0 正比于待测原子蒸气中的原子数 N,可以测定峰值吸收系数 K_0 来代替积分吸收系数的测定。将(16-2)式整理得:

$$A=-\lg\frac{I}{I_0}=KNL\tag{16-3}$$

当试样中被测组分浓度 c 与蒸气相中原子总数 N 之间保持稳定的比例关系时,因火焰宽度 L 一定,由式(16-3)可得:

$$A=K'c\tag{16-4}$$

即吸光度与试样中被测组分浓度呈线性关系。

16.1.3　原子吸收分光光度计

原子吸收分光光度计由 4 个部分组成:光源、原子化器、单色器和检测系统。

16.1.3.1　光源

光源的作用是发射待测元素的线光谱。目前常用的有空心阴极灯。

空心阴极灯是一种辐射强度大,稳定性好的光源。它是由一个阳极和一个空心圆柱形阴极组成的气体放电管,见图 16-5。阴极内含有要测定的元素,管内充填有低压的稀有气体(氖或氩、氦、氙等)。当接通电源使空心阴极灯放电时,由于稀有气体原子的轰击,使阴极溅射出自由原子,并激发产生很窄的光谱线。阳极多用钨棒,窗口材料多用石英。

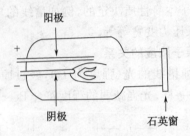

图 16-5　空心阴极灯的构造

16.1.3.2　原子化器

原子化器的作用是提供足够的能量,使样品原子化,这是原子吸收光谱分析法中的关键部件之一。常用的原子化方法有火焰原子化法和非火焰原子化法。

1. 火焰原子化法　它是利用火焰的能量使样品原子化的一种简便装置(图 16-6 所示)。是由雾化器和燃烧器两部分组成的。将测定的样品制成溶液后,通过雾化器变成高度分散的小雾滴,然后随同助燃的空气进入燃烧器。再通过火焰的燃烧作用,使样品原子化,火焰原子化器具有设备简单,操作方便,稳定性好等优点,存在的缺点是原子化效率低,灵敏度不高。

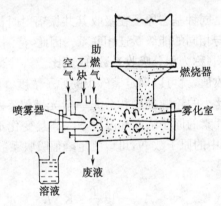

图 16-6　火焰原子化装置

2. 非火焰原子化法　在非火焰原子化法中,应用最广的原子化器是管式石墨炉原子化器。本质上,它是一个电加热器,利用电能加热盛放试样的石墨容器,使之达到高温,以实现试样的蒸发和原子化。

16.1.3.3　分光系统

原子吸收分光光度计分光系统的作用和组成元件与紫外可见分光光度计基本相同,其区别是原子吸收分光光度计的分光系统在光源辐射光被原子吸收之后。

16.1.3.4　检测系统

检测系统与紫外—可见分光光度计检测系统基本相同。

16.1.4 定量分析方法

16.1.4.1 标准曲线法

标准曲线法是原子吸收光谱分析中最常用的一种方法。它与比色法或分光光度法一样,绘制吸光度与浓度关系的标准曲线,并从标准曲线查出待测元素的含量。

16.1.4.2 标准加入法

当试样基体影响较大,又没有纯净的基体空白,或测定纯物质中极微量的元素时,往往采用标准加入法。其方法是在若干份同样体积的试样中,分别加入不同量待测元素的标准溶液,稀释到一定体积后,以加入的待测元素的标准量为横坐标,相应的吸光度为纵坐标作图,可得一直线。此直线的延长线在横轴的交点到原点的距离就是原始试样溶液中待测元素的量。如图16-7。此法也可以不作图而用公式计算。

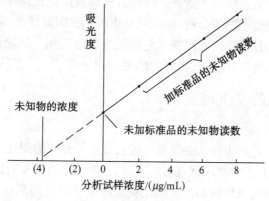

图 16-7 标准加入法图解

$$c_x = c_s \frac{A_x}{A_{x+s} - A_x} \tag{16-5}$$

式中:c_x 为待测元素的浓度;c_s 为标准液的浓度;A_x 为待测溶液的吸光度;A_{x+s} 为待测液中加入标准液后的吸光度。

应用此法须注意保证在整个测量范围内有良好的线性,并适用于测试样数目不太多的情况。

16.1.5 应用

原子吸收光谱分析法主要用于微量金属元素的定量分析。在药物分析中可用于药品中杂质金属离子特别是碱金属离子的限度检查。也可用于药物的含量测定,例如测定维生素 B_{12} 钴原子的含量,以求得维生素 B_{12} 的含量。人体中含有三十几种金属元素,如 K、Na、Ca、Mg、Fe、Mn 等,其中大部分为痕量。这些金属元素常与生理机能或疾病有关,因而,应用原子吸收光谱法分析体液中金属元素的任务日趋繁重。除此之外,环保、冶金等各种微量有害元素的检测也常应用原子吸收光谱法。

中国药典(2005 年版)中收载的乳酸钠林格注射液和复方乳酸钠葡萄糖注射液中的 KCl 的测定,KCl 缓释片的含量测定,口服补盐液 Ⅱ 中 K 的测定,及 Li_2CO_3 中 K、Na 的检查等均采用原子吸收分光光度法。

16.2 荧光分析法

16.2.1 概述

荧光是分子吸收了较短波长的光(通常是紫外和可见光),在很短时间内(延迟几纳秒至几微秒)发射出较照射光波长更长的光。所以荧光光谱是一种发射光谱。根据物质的荧光波长可确定物质分子具有某种结构;从荧光强度可测定物质的含量。这就是荧光分析法(Fluorimetry)。

荧光分析法与一般分光光度法相比,具有灵敏度高(浓度可低至 $10^{-4} \mu g/ml$)、选择性强、所需试样量少(几十微克或几十微升)等特点,所以被广泛地应用于痕量分析,特别适用于生物体液中药物或代谢产物的分析,但荧光分析的干扰因素较多,影响测定的准确度和精密度,且实验条件要求很严格,因而限制了它的某些实际应用。如能仔细控制实验条件,正确应用现代荧光分光光度计,仍可获得好的结果。

16.2.2 分子荧光的发生过程

16.2.2.1 荧光的发生

某些物质吸收紫外光后为什么会发射出波长比紫外光长的荧光? 这些物质吸收了一定波长的光能之后,先在分子内部转移,消耗了一部分能量之后再发射出来,也就是说,其原子中的某些电子从基态中的最低振动能阶跃迁到较高电子能阶的某些振动能阶之后,由于电子在同类分子或其他分子中撞击,消耗了相当能量而下降到第一电子激发态中的最低振动能阶,能量的这种转移形式称为无辐射跃迁;由此最低振动能阶下降到基态中的不同振动能阶,同时就发射出比原来所吸收的频率较低、波长较长的一种光能,这种光能就是荧光,见图16-8。

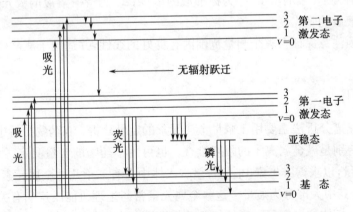

图 16-8 光能的吸收、转移和发射示意图

被这些物质所吸收的紫外光称激发光,产生的荧光称发射光。荧光分析是测定发射光的强弱。

从图 16-8 的虚线还可看出,某些物质的分子将所吸收的光能降落到第一电子激发态的最低能阶之后,并不继续直接降落到基态,而是通过另一次无辐射跃迁至一个中间的亚稳状态,这些分子在亚稳状态稍逗留后,放出能量而下降到基态中各个能阶,所发射的能量即为磷光。荧光和磷光的差别在于激发分子由激发态降落到基态所经过的途径不同,磷光的能量比荧光小,波长较长;从激发到发光,磷光所需的时间较荧光长,甚至有时在入射光源关闭后,还能看到磷光的存在。荧光的发射时间约在照射后的 $10^{-8} \sim 10^{-14}$ s 之间,而磷光的发射时间约在照射后的 $10^{-4} \sim 10$ s 以上。

16.2.2.2 激发光谱与发射光谱

荧光物质分子都具有两个特征光谱,即激发光谱和发射光谱。激发光谱(Excitation spectrum)是指不同激发波长的辐射引起物质发射某一波长荧光的相对效率。激发光谱的具体测绘方法是,通过激发单色器扫描,以使不同波长的入射光激发荧光物质,然后让其所产生的荧光通过固定在某一波长的发射单色器后由检测器检测相应的荧光强度,以荧光强度(F)为纵坐标,激发波长(λ_{ex})为横坐标作图,即可得到激发光谱。

荧光发射光谱又称为荧光光谱(Fluorescence spectrum),即使激发光的波长和强度保持不变,而让荧光物质所产生的荧光通过发射单色器后照射于检测器上,通过发射单色器扫描以检测各种波长下相应的荧光强度,然后记录荧光强度(F)对发射波长(λ_{em})的关系曲线,所得到的图谱称为荧光光谱。荧光光谱表示在所发射的荧光中各种波长组分的相对强度。荧光光谱的形状和吸收光谱的形状极为相似,并且与吸收光谱形成镜像。激发光谱和荧光光谱可用来鉴别荧光物质,并作为进行荧光测定时选择适当测定波长的根据。图 16-9 是硫酸奎宁的激发光谱及荧光光谱。

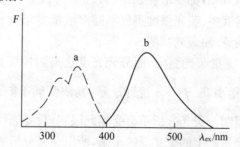

图 16-9 硫酸奎宁的激发光谱(虚线)及荧光光谱(实线)

16.2.3 荧光强度

16.2.3.1 荧光效率

荧光效率又称荧光量子产率,就是指激发态分子发射荧光的光子数与基态分子吸收激发光的光子数之比,常用 φ_f 表示。

$$\varphi_f = \frac{\text{发射荧光的光量子数}}{\text{吸收激发光的光量子数}} \tag{16-6}$$

如果在受激分子回到基态的过程中没有其他去活化过程与发射荧光过程竞争,那么在这一段时间内所有激发态分子都将以发射荧光的方式回到基态,这一体系的荧光效率就等于 1。事实上任何物质的荧光效率 φ_f 不可能大于 1,而是在 $0 \sim 1$ 之间。例如荧光素钠在水中 $\varphi_f = 0.92$;荧光素在水中 $\varphi_f = 0.65$;蒽在乙醇中 $\varphi_f = 0.30$;菲在乙醇中 $\varphi_f = 0.10$。荧光效率低的物质虽然有较强的紫外吸收,但所吸收的能量都以无辐射跃迁形式释放,内转换与外转换的速度很快,所以没有荧光发射。

16.2.3.2 分子结构与荧光的关系

能够发射荧光的物质应同时具备两个条件:即物质分子必须有强的紫外—可见吸收和一定的荧光效率。分子结构中具有 $\pi \rightarrow \pi^*$ 跃迁或 $n \rightarrow \pi^*$ 跃迁的物质都有紫外—可见吸收,但 $n \rightarrow \pi^*$ 跃迁引起的 R 带是 1 个弱吸收带,电子跃迁几率小,由此产生的荧光极弱。所以实际上只有分子结构中存在共轭的 $\pi \rightarrow \pi^*$ 跃迁,也就是 K 带强吸收时,才可能有荧光发生。一般来说,长共轭分子具有 $\pi \rightarrow \pi^*$ 跃迁的 K 带紫外吸收,刚体平面结构分子具有较高的荧光效率,而在共轭体系上的取代基对荧光光谱和荧光强度也有很大影响。

16.2.4 定量分析方法

荧光物质的浓度与所发射的荧光的强度之间有一定的定量关系,即:

$$F = \varphi_f I_0 \varepsilon c L \tag{16-7}$$

式中:F 表示荧光强度;φ_f 表示荧光效率;I_0 表示照射光强度;ε 表示荧光物质的摩尔吸光系数;L 表示液层厚度;c 表示荧光物质浓度。对于给定的物质来说,当入射光的波长和强度固定、液层厚度固定时,荧光强度 F 与荧光物质的浓度 c 有定量关系:

$$F = Kc \tag{16-8}$$

式(16-8)表明,在一定条件下,荧光强度与被测物质的浓度成正比关系。这是荧光分析的定量计算公式,但应注意的是以下两点:

(1) 式(16-7)和式(16-8)都要求在 $\varepsilon c L \leqslant 0.05$ 时才成立,否则荧光强度 F 与溶液浓度 c 不呈线性关系。在浓溶液中,荧光强度不仅不随溶液浓度增大而增强,而且相反,往往会由于发生荧光的"熄灭"现象,使荧光减弱。

(2) 荧光分析法是测量荧光强度,而分光光度法是测量吸光度 A,对于很稀的溶液,由于吸收光的强度 I_A 值很小,$\lg \dfrac{I_0}{I_0 - I_A}$ 接近于零,其浓度就不能从 $\lg \dfrac{I_0}{I_0 - I_A}$ 反映出来,因此测定灵敏度受到一定限制。荧光分析不会受到此限制,只要能够提高荧光计检测器灵敏度,就能将极少量吸收的光所产生的荧光反映出来,所以荧光分析的灵敏度比较高。

荧光定量方法与分光光度法基本相同。在分光光度法中,吸光度(A)与物质浓度呈线性关系;在荧光分析法中,荧光强度(F)与荧光物质浓度呈线性关系。两者均可采用标准曲线法和比较法进行定量计算,这里不再讨论。

16.2.5 荧光分光光度计

16.2.5.1 荧光分光光度计部件

荧光分光光度计和紫外—可见分光光度计的构造基本上是相同的。仪器包括 4 个主要部件:激发光源、单色器、样品池和检测器。但部件的布置有些差别,见图 16-10。

(1) 激发光源:通常分光光度计的光源为钨灯和氢灯。荧光激发光源常用更强的汞灯或氙弧灯。

(2) 单色器:荧光分光光度计常装有两个光栅单色器:激发单色器和发射单色器。

(3) 样品池:测定荧光用的样品池须用低荧光的玻璃或石英材料制成。常用的是 1 cm

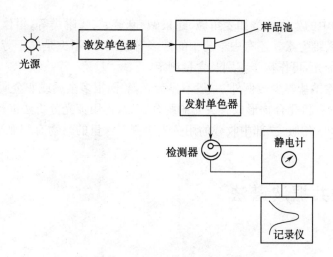

图 16-10　荧光分光光度计示意图

方形截面矩形样品池。和吸收光谱中的吸收池不同之处是荧光样品池四面都是透光的。从样品池出来的荧光方向与激发光源排成直角形。这样可在背景为零时检测微小的荧光信号,因而荧光检测灵敏度高于一般分光光度法。

（4）检测器:常用光电倍增管检测器。

16.2.5.2　荧光计的校正

（1）灵敏度的校正:荧光计的灵敏度可用被测出的最低讯号来表示或用某一标准荧光物质的稀溶液在一定激发波长照射下,能发射出最低信噪比时的荧光的最低浓度表示。荧光分光光度计的灵敏度与 3 个方面有关。① 与仪器上光源强度、单色器（包括透镜、反射镜等）的性能,放大系统的特征和光电倍增管的灵敏度有关;② 和所选用的波长及狭缝宽度有关;③ 和被测定的空白溶剂的散射光、激发光、杂质荧光等有关。由于影响荧光计灵敏度的因素很多,同一型号的仪器,甚至同一台仪器在不同时间操作,所测得的结果也不尽相同。因而在每次测定时,在选定波长及狭缝宽度的条件下,先用一种稳定的荧光物质,配成浓度一致的标准溶液进行校正（或称标定）,使每次所测得的荧光强度调节到相同数值（50％或100％）。如果被测物质所产生的荧光很稳定,自身就可作标准液。常用的标准荧光物质有酚（溶于甲醇）、吲哚（溶于乙醇）、奎宁（溶于 0.05 mol/L 硫酸）及荧光素（溶于水或乙醚）等。最常用的是硫酸奎宁,产生的荧光十分稳定。用 0.001 g 的奎宁标准品,溶于 0.05 mol/L 硫酸中使成 1 μg/ml 的浓度,将此溶液进行不同稀释后用于仪器的校正。

（2）波长校正:荧光分光光度计的波长刻度在出厂前一般都经过校正。但若仪器的光学系统和检测器有所变动,或在较长时间使用之后,或在重要部件更换之后,有必要用汞弧灯的标准谱线对单色器的波长刻度重新校正,特别在精细的鉴定工作中尤为重要。另外由于散射光的影响以及狭缝宽度较大等因素而引起的光学误差,大多采用双光束光路的参比光束进行抵消。

16.2.6　应用

荧光分析可测定芳香族及具有芳香结构的化合物、生化物质及具荧光结构的药物,其中包括像多环胺类、萘酚类、嘌呤类、吲哚类、多环芳烃类、具有芳环或芳杂环结构的氨基酸类及蛋白质等,药物中的生物碱类如麦角碱、蛇根碱、麻黄碱、喹啉类等,甾体如皮质激素及雌激素类等、抗菌素、维生素。还有中草药中的许多有效成分,不少是属于芳香结构的大分子杂环类都能产生荧光,可作初步鉴别及含量测定。

无机离子中除钠盐等少数例外,一般不显荧光,然而很多金属或非金属离子可以与一有 π 电子共轭结构的有机化合物形成有荧光的配合物后,再用荧光分析法进行测定。

中国药典(2005 年版)二部中收载的用荧光法测定含量的药物有利血平片、洋地黄毒苷片等。

16.3 核磁共振波谱法

16.3.1 概述

核磁共振光谱(Nuclear magnetic resonance spectroscopy,NMR)是以频率为兆周数量级的电磁波作用到样品分子中磁性原子核后,产生核能级跃迁所得的吸收光谱。应用最广泛的是 ^1H 核磁共振光谱(氢谱)和 ^{13}C 核磁共振光谱(碳谱)。本章仅对氢谱作一简要介绍。质子核磁共振光谱图可以提供分子中氢原子所处位置及在各种官能团或在骨架上氢原子的相对数目,从而进行有机化合物的定性及其结构分析(如立体结构、互变异构现象)、物理化学的研究(如氢键、分子内旋转及测定反应速度)、某些药物的含量测定及纯度检查,如英国药典规定庆大霉素即用 NMR 鉴定。

由于核磁共振波谱法具有能深入物体内部,而不破坏样品的特点,因而对活体动物、活体组织及生化样品也有广泛的应用。例如在酶的活性、生物膜的分子结构、癌组织与正常组织的鉴别上,核磁共振光谱法已被广泛地用于医学领域。

16.3.2 基本原理

16.3.2.1 原子核的自旋与磁矩

原子核为带正电荷粒子,近似于球形,电荷均匀地分布于其表面,自然界大约有一半的原子核具有自身的旋转运动。这些原子核是核磁共振研究的对象。在量子力学中常用下述物理量来描述原子核的自旋运动。

1. 自旋量子数(I) 简称自旋数,它与原子质量数和核电荷数有关,$I = \frac{1}{2}$ 的核(如 ^1H 和 ^{13}C)是核磁共振研究的主要对象。有的原子核(如 ^{12}C 和 ^{16}O)不自旋,这类核的 $I = 0$,不能产生核磁共振。

2. 磁矩(μ) 根据电磁场理论,电荷运动时,在它周围产生磁场,故能形成核磁矩,磁矩是矢量,并与自旋轴相平行重合,见图 16-11,各种自旋核有其特定 μ 值。

3. 磁旋比(γ) γ 值与 μ 值一样,是各种自旋核的特征常数,对于一定的自旋原子核,γ 为一定值。

16.3.2.2 自旋核在磁场中的性质

1. 自旋核的取向和能量 自旋核在无磁场的空间中,核磁矩(μ)是无一定取向的,在强大磁场的空间中,核磁矩受外磁场(H_0)扭力矩的作用,进行定向排列,有 $2I+1$ 个取向。

$I = \frac{1}{2}$ 的自旋核,在外磁场中,核磁矩排列可以有两种取向(图16-12)。核磁矩相对于磁场的不同取向,有不同的能量。一种取向与外磁场平行,为低能态($E_1 = -\frac{1}{2}\gamma\hbar H_0$);另一种取向与外磁场逆平行,为高能态($E_2 = +\frac{1}{2}\gamma\hbar H_0$)。这就是原子核磁矩在外磁场中产生了磁能级分裂,核能级之间能量差为

$$\Delta E = E_2 - E_1 = \gamma\hbar H_0 \qquad (16\text{-}9)$$

式中:$\hbar = \frac{h}{2\pi}$;h 为 Planck 常数。

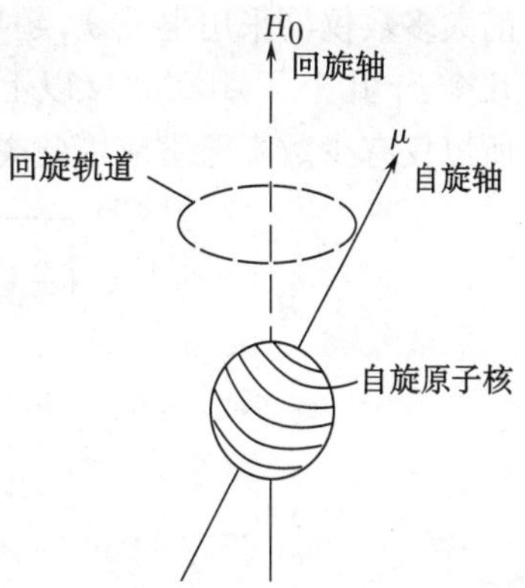

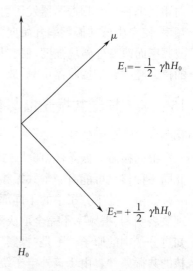

图 16-11　原子核在磁场中的自旋与回旋运动,H_0 为外加磁场

2. 自旋核的进动与共振现象　由于自旋核的轴与外磁场方向存在一个角度,从而受到扭力矩的作用,原子核的磁矩除自旋外还绕着磁场方向旋转,产生回旋运动,称为进动(图 16-11)。这种现象与旋转的陀螺相似。进动频率($\nu_{进动}$)与外磁场强度 H_0 成正比。对于 $I = \frac{1}{2}$ 的自旋核其进动频率可以下式表示:

$$\nu_{进动} = \frac{\gamma H_0}{2\pi} \qquad (16\text{-}10)$$

如欲观察分子中某核的磁共振跃迁,必须向该核照射与 ΔE 相等能量的电磁波 E_L。

$$E_L = h\nu = \Delta E = \gamma\hbar H_0 = \frac{h}{2\pi}\gamma H_0$$

$$\nu = \frac{\gamma H_0}{2\pi} = \nu_{进动} \qquad (16\text{-}11)$$

此时,照射电磁波就与核磁矩发生作用,使处于低能态的核吸收电磁波的能量跃迁至高能态(核磁矩对 H_0 的取向发生倒转),这种现象叫做核磁共振。式(16-11)是核磁共振最基本的表达式,可以通过调节照射电磁波的频率(ν)或核所受的外磁场强度(H_0)达到式(16-11)中的共振条件,在实际应用中多采用后者。

产生共振的电磁波其波长为 $10\sim100$ m,属于电磁波中的射频波波段,所以这种电磁波叫做射频波,其电磁场称为射频场。

图 16-12　$I = \frac{1}{2}$ 的核磁矩在外磁场中的取向及能量

16.3.3　核磁共振波谱仪

根据式(16-11)核磁共振条件可知,NMR 波谱仪必须有个外磁体和产生射频波的振荡器,其余部分应与其他光谱仪相似,如样品系统(即探头系统)、射频波接收器、扫描发生器和记录器,示意图见图 16-13。外磁场的磁体分为永久磁铁、电磁铁和超导磁体 3 种。永久磁铁磁场强度固定不变,通常多固定在 1.4T(Tesla),即 60 MHz(兆赫,指在该磁场强度下质子的共振频率,下同),用于简易型仪器;电磁铁强度可调,最高可达 2.35 T,即 100 MHz,目

前大多数仪器采用电磁铁;超导磁体是用超导材料制成的,须浸在液氦中,磁场强度可高达几个、十几个 T,100MHz 以上的仪器其磁体均采用超导磁体,由于价格高昂和必须用液氦,所以仅有少数实验室应用此类仪器。

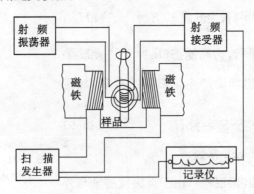

图 16-13　核磁共振波谱仪示意图

　　射频振荡器产生的射频波,经过调制进入探头,探头位于磁铁间隙,探头中装有样品管和向样品发射以及从样品接受射频波的线圈。外磁场、射频发射器和射频接收器三者的方向相互垂直。射频振荡器发射射频波时,扫描发生器可采用固定外磁场强度而改变射频波频率,使它由低共振频率开始向高共振频率范围连续扫描,称为扫频;也可以采用固定射频波频率而改变外磁场强度,使它从低磁场强度连续地向高磁场强度扫描,称为扫场。将得到的信息经射频波接收器检测、放大、送入记录器绘制出 NMR 谱图。

16.3.4　核磁共振光谱与化学结构

16.3.4.1　化学位移

　　根据核磁共振条件(16-11)式可知,共振频率 ν 只取决于磁旋比 γ 和外磁场强度 H_0,因此同一种核只可能有一个共振频率,在谱图上出现一个共振吸收峰。但是,实践中发现,同一种核由于处于分子中的不同部位,却有不同的共振频率,谱图上可出现多个吸收峰。这种现象表明,共振频率不完全取决于核本身,还与被测核在分子中所处的化学环境有关。我们知道分子中的原子核不是"裸露"核,还有电子绕核运动。上述的核磁共振条件是指"裸露"核的共振条件。由于核外电子绕核运动也产生磁场,其方向与外磁场方向相反,抵消了一部分外磁场,这种作用叫做磁屏蔽效应,磁屏蔽使原子核实际感受到的磁场强度小于外磁场强度。因此分子中原子核共振条件可改写如下:

$$\nu = \frac{\gamma}{2\pi} H_0 (1-\sigma) \tag{16-12}$$

式中:σ 为屏蔽常数。

　　由此可见,同一种核由于处在分子中的部位不同,也就是化学环境不同,核外电子云密度有差异,则其受到的屏蔽效应大小也就不同,则引起共振频率有差异,在谱图上共振吸收峰出现的位置就不同。这种由于磁屏蔽效应引起吸收峰位置的变化叫做化学位移。根据这一点,我们就可以把核磁共振与化学结构关联起来。如图 16-14 是用低分辨仪器测定的 1,1-二氯丙烷的质子核磁共振(^{1}H-NMR)谱。1,1-二氯丙烷有 6 个质子,如果没有磁屏蔽作用,它应该只出现一个吸收峰。实际上谱图出现 3 个吸收峰。我们如果把这 3 个吸收峰与

1,1-二氯丙烷分子结构中的 CH、CH₂ 和 CH₃ 基团里的质子关联起来，就容易理解各吸收峰出现的位置差异。H_c 与电负性强的氯原子最靠近，由于氯原子强吸电子作用，使 H_c 周围的电子云密度比 H_b、H_a 都小，其核受到的磁屏蔽作用也小，扫描时它首先在低场处出现共振吸收峰。H_b 由于离氯原子较近仍然受到电负性强的氯原子的吸电子影响，其感受到的磁屏蔽作用有一定程度减弱，从而共振吸收峰出现在磁场稍高处。至于 H_a 因其远离氯原子，受

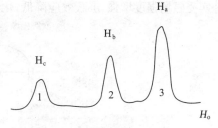

图 16-14　1,1-二氯丙烷质子
的 NMR 光谱图

到氯原子吸电子的影响最小，所以 H_a 的共振吸收峰出现在最高场。从低场到高场这 3 个吸收峰的面积比或者强度比为 1∶2∶3，这与分子中 CH、CH₂、CH₃ 3 个基团中的质子数相应。由此可见，磁屏蔽效应能够反映出氢原子在分子中所处的环境，吸收峰的相对强度与对应的质子数成正比，显然，这些信息都能与分子的结构关联起来。

16.3.4.2　化学位移的表示方法

由于磁屏蔽常数 σ 值很小，因此，不论采取扫频的方法或扫场的方法，对处于不同化学环境的质子的不同共振吸收峰，所对应的射频频率或者磁场强度的差别都非常微小。要准确测定其绝对值非常困难，但测定其相对值比较容易。一般都以适当的化合物做标准，最常用的是四甲基硅烷(TMS)，按下式进行计算：

$$\delta=\frac{H_{标准}-H_{样品}}{H_{标准}}\times10^6(1\times10^{-6})\text{ 或 }\delta=\frac{\nu_{样品}-\nu_{标准}}{\nu_{标准}}\times10^6(1\times10^{-6})\qquad(16-13)$$

式中：δ 表示化学位移，乘以 10^6 是为了数易读，δ 的单位为百万分之一(1×10^{-6})。这样的 δ 值既可表示扫场又可表示扫频法得到的化学位移值，同时与仪器条件无关，不同兆周的仪器测得的化学位移值可以直接进行比较。核磁共振光谱仪的记录，都是把磁场强度高的一端画在右边，即磁场强度自左向右的方向增加，而以参比物 TMS 的谱峰为原点，即参比物的 $\delta=0$，在此峰之左的峰为正值，在此峰之右的峰为负值。化学位移是核磁共振研究分子化学结构的 3 大信息(化学位移、自旋偶合和积分面积)之一。

16.3.4.3　化学位移的影响因素

影响化学位移的因素很多，主要有电负性、磁各向异性、氢键和溶剂效应。

1. 相邻基团或原子的电负性

电子绕氢核运动形成电子云，如果附近有电负性较大的原子或基团时，则氢核的电子云密度降低，屏蔽效应减弱。影响程度与该原子或基团的电负性有关，电负性越大，屏蔽效应减弱程度越大，化学位移值增加。如 CH₃X 型化合物，化学位移值 $CH_3F>CH_3Cl>CH_3Br>CH_3I$。

2. 磁各向异性

磁各向异性指由于质子在分子中所处的空间位置不同而屏蔽作用不同的现象。苯环上的 6 个 π 电子形成大 π 键，在外加磁场的诱导下，形成电子环流，产生较强的次级磁场，如图 16-15，在苯环中心，次级磁场与外磁场方向相反，使得处于苯环中心质子所受磁场强度减弱，屏蔽效应增加，化学位移值减小，而平行于苯环平面四周的磁力线与外磁场方向一致，此位置质子

实受磁场强度增强,屏蔽效应降低,化学位移值增加。如苯环上六个氢的 δ 值为 7.27×10^{-6}。

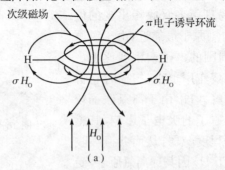

图 16-15　苯环的磁各向异性

双键($C=C$ 或 $C=O$)的 π 电子形成电子环流,产生次级磁场,如图 16-16,双键上质子位于其磁力线上,与外磁场方向一致,屏蔽效应降低,化学位移值增加,如乙烯基质子 δ 值为 5.25×10^{-6},乙醛基质子 δ 值为 9.69×10^{-6}。而双键平面上下次级磁场与外磁场方向相反,屏蔽效应增加,处于此区质子化学位移值减小。

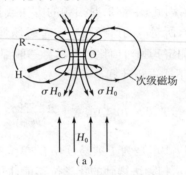

图 16-16　羰基的磁各向异性

三键的 π 电子绕键轴形成电子环流,产生如图 16-17 的次级磁场,质子位于其磁力线上,与外磁场方向相反,屏蔽效应增强,化学位移值减小。如乙炔基质子 δ 值为 2.88×10^{-6}。

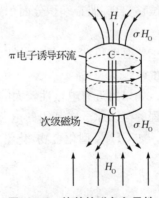

图 16-17　炔基的磁各向异性

3. 氢键效应

形成氢键会降低核外电子云密度,屏蔽效应减弱,化学位移值增加。如羟基氢,在极稀溶液中,δ 值为 $0.5\times10^{-6}\sim1.0\times10^{-6}$,在极浓溶液中形成氢键,$\delta$ 值变为 $4\times10^{-6}\sim5\times10^{-6}$。

现将常见的一些基团质子的 δ 值列于表 16-1。

表 16-1 一些常见基团质子的 δ 值

基团类型	$\delta/1\times10^{-6}$	基团类型	$\delta/1\times10^{-6}$
脂肪族 C—H	0~5.0	脂环族 C—H	1.5~5.0
R*CH	0~1.5	烯质子 $\diagdown$C=CH	4.5~8.0
$\diagdown$C=C—CH —C≡C—CH	1.6~2.1	炔质子—C≡C—H 苯环及杂环质子	1.8~3.0 6.0~9.5
R_2N—CH RS—CH —CO—CH	2.0~2.5	醛质子 CHO 酸质子 COOH	9.0~10.0 10.5~13.0
RO—CH ArO—CH Cl—CH	3~4	羟基质子:ROH ΦOH	0.5~5.5 3.5~7.7

* R 为饱和烷基

16.3.4.4 自旋—自旋偶合

为说明自旋—自旋偶合现象的机理,现以结构简单的乙醇的高分辨核磁共振谱为例进行讨论,见图 16-18。由图可知,在 $\delta4.06$ 处出现单峰,在 $\delta3.59$ 为中心处出现 1 组四重峰,在 $\delta1.16$ 为中心处出现 1 组三重峰。这些峰的归属分别为乙醇分子中 OH($\delta4.06$)、CH_2($\delta3.59$)和 CH_3($\delta1.16$)基团上质子。$\delta3.59$ 和 $\delta1.16$ 处谱峰分裂的现象是由于—CH_3、—CH_2 基团中的质子之间核自旋相互作用引起的,称为自旋—自旋偶合。由自旋偶合引起谱峰增多的现象称为自旋分裂。自旋偶合产生多重峰的裂距称为偶合常数,一般用 J 表示,单位为 Hz。J 值的大小,表示自旋核之间相互作用的大小,一般在 3 个化学键间隔范围内才有明显偶合作用。自旋偶合的现象可提供关于相邻基团氢原子数目以及立体化学的信息。在一级偶合(相互偶合核间的化学位移差与偶合常数之比大于 10 时)的 [1]H—核磁共振谱中有以下一般规则。

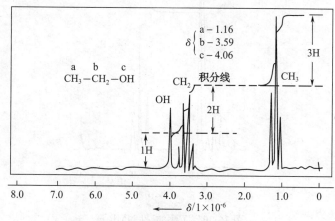

图 16-18 乙醇的高分辨 H 核磁共振谱

277

① 裂分峰数目有 $n+1$ 规律,即被测氢有 n 个相邻等价氢,则被测氢裂分峰的数目为 $n+1$ 个。

② 裂分峰强度比,相当于 $(a+b)^n$ 二项式展开系数比。

③ 裂分具有"向心"法则。两组发生相互偶合的磁核,裂分时峰形总是中间高两边低,如图 16-19 所示。

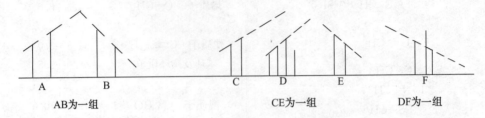

图 16-19 裂分"向心"法则示意图

裂分峰的化学位移是测量裂分峰中心点的值,所以裂分峰是以该组质子的化学位移为中心,而左右大体上是对称的。互相偶合的两组(或两个)质子,持有相同的偶合常数,即裂分峰之间的间隔相同。

例如,丁酮 $CH_3—COCH_2—CH_3$ 的 ^1H 核磁共振谱见图 16-20,羰基 C=O 右边的乙基中,甲基有 3 个质子($n=3$),根据 $n+1$ 规律,使亚甲基裂分为四重峰,其强度比为 $1:3:3:1$(二项式展开系数比)。同理亚甲基有 2 个质子,使甲基裂分为三重峰,其强度比为 $1:2:1$。而羰基左边的甲基由于远离其他质子(超过 3 个化学键间隔),与其他基团上质子不发生偶合,只出现单峰。

16.3.4.5 积分曲线

各个谱峰的强度,能反映样品分子中处于不同化学环境的质子数目。谱峰的相对强度

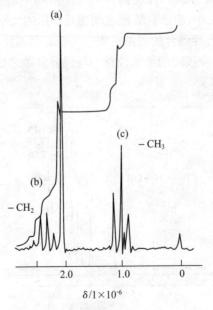

图 16-20 丁酮的 ^1H-NMR 谱

可由积分曲线直接求出(测量积分线高度)。见图 16-20。根据谱峰相对强度的积分曲线可进行定量分析。

16.4 质谱分析法

16.4.1 概述

质谱法(Mass spectrometry, MS)是在真空系统中,通过对样品所生成的离子的质量及其强度的测定,而进行成分和结构分析的方法。质谱法是一种微量分析方法,通常样品用量约为10^{-9} g,用特殊的检测方法,样品量可减少到10^{-12} g。由于质谱法样品用量少,提供的信息多,能与色谱法联用,故在有机化学、石油化学、地球化学、药物化学、生物化学、药物代谢研究、食品化学、香料工业、农业化学和环境保护等各方面均得到了广泛应用。

16.4.2 质谱仪

就功能而言,质谱仪由离子化、质量分离和离子检测等 3 部分组成。图 16-21 是单聚焦磁质谱仪的示意图。

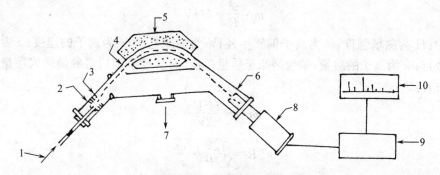

图 16-21 质谱仪示意图

1. 样品导入 2. 电离区 3. 离子加速区 4. 质量分析器 5. 磁铁
6. 检测器 7. 接真空系统 8. 前置放大器 9. 放大器 10. 记录器

16.4.2.1 离子源

离子源作用是使被分析物质离子化。质谱仪的离子源种类很多,其原理和用途各不相同,最常见的是电子轰击离子源(Electron impact source, EI)。

1. 电子轰击源 气化的样品分子(或原子)受到灯丝发射的电子束的轰击,如果轰击电子的能量大于分子的电离能,分子将失去电子而发生电离,通常失去一个电子:

$$M + e^- (高速) \longrightarrow M^+ + 2e^- (低速)$$

式中:M 表示分子;M^+ 表示自由基阳离子(常称为分子离子)。

如果再提高电子的能量,将引起分子中某些化学键的断裂;如果电子的能量大大超过分子的电离能,则足以打断分子中各种化学键,而产生各种各样的裂片,如阳离子、离子—分子复合物、阴离子和中性裂片等。在推斥极作用下阳离子进入加速区,被加速和聚集成离子束,并引入质量分析器,而阴离子和中性裂片则被真空抽走。

电子轰击离子源的轰击电子能量常为 70 eV,得到离子流较稳定,碎片离子较丰富,因而应用最广泛,质谱仪谱库中的质谱图都是用 70 eV 轰击电子得到的。EI 的缺点是,对于相对分子质量较大或稳定性差的样品,常常得不到分子离子峰,因而也不能测定其分子。

2. 其他离子源　为获得分子离子峰,目前还有一些离子源供研究者选择使用。它们采用所谓"软电离"方式使样品分子电离,得到相对丰度较大的分子离子峰(M^+)或拟分子离子峰亦称准分子离子峰,$(M-1)^+$、$(M+1)^+$或$(M+x)^+$。

常见的这类离子源有化学离子源、场致离子源、快速原子轰击离子源等。

16.4.2.2　质量分析器

质量分析器是指质谱仪中将不同质荷比的离子分离的装置。质量分析器种类较多,分离原理也不相同。目前用于有机质谱仪的质量分析器主要是磁偏转式和四极杆式。属于前者的仪器称为磁质谱仪,后者称为四极杆质谱仪或四极质谱仪。

磁偏转式质量分析器实际上是一个处于磁场中的真空容器(图 16-21)。离子在离子源中被加速后,具有一定的动能,进入质量分析器。

$$\frac{1}{2}mv^2 = zV \tag{16-14}$$

在分析器中,离子受到磁场力(即 Lorentz 力)的作用,离子将在与磁场垂直的平面内,作匀速圆周运动。圆周运动的向心力等于磁场力:

$$m \cdot \frac{v^2}{R} = HzV \tag{16-15}$$

式中:H 为磁场强度;R 为离子偏转半径;V 为加速电压;v 为离子的速度;z 为离子所带电荷数目;m 为离子的质量,单位是原子质量单位(u)。经整理后得磁偏转式质量分析器的质谱方程式:

$$m/z = \frac{H^2 R^2}{2V} \tag{16-16}$$

$$或\ R = \sqrt{\frac{2V}{H^2} \cdot \frac{m}{z}} \tag{16-17}$$

可见,离子在磁场中运动的半径 R 是由 V、H、m/z 三者决定的。在质谱仪中离子检测器是固定的,即 R 是固定的,当加速电压 V 和磁场强度 H 为某一固定值时,只有一定质荷比的离子可以满足式(16-15),能通过狭缝到达检测器。改变加速电压或磁场强度,均可改变轨道半径。如果使 H 保持不变,连续地改变 V(称为电压扫描)可以使不同 m/z 的离子顺序通过狭缝到达检测器;若使 V 保持不变,连续地改变 H(称为磁场扫描)也可使不同 m/z 的离子被检测。

16.4.2.3　离子检测器

最常用的离子检测器是电子倍增管,一定能量的离子打到电子倍增管电极表面,产生 2 次电子;2 次电子又经多级 2 级发射倍增放大,然后输出至放大器;经放大后的信号送入记录及数据处理装置。

质谱法所得信息是离子的质量及其强度。这些数据可以列成表,但最常用的是以质荷比为横坐标,强度为纵坐标绘成的质谱图,称为棒图。如图 16-22 所示。

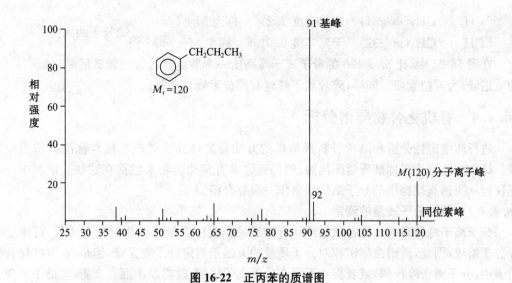

图 16-22　正丙苯的质谱图

16.4.3　质谱图中常见的术语

16.4.3.1　质荷比

（m/z）是离子的质量数和该离子所带的静电单位数的比值。离子的质量等于组成该离子的所有元素的原子质量的总和。由于在质谱法中产生的离子绝大多数仅带一个静电荷，此时，离子的质荷比常视作离子的质量。

16.4.3.2　基峰与相对强度

基峰是质谱图中的最强峰。质谱峰的强度常以相对强度衡量。以基峰的强度为 100，算出各个质谱峰的相对百分强度。质谱图的纵坐标为相对强度。图 16-22 中，基峰位于 m/z 91 处。

16.4.3.3　分子离子峰

分子离子是样品分子失去或得到一个电子而形成的，分子离子代表完整的样品分子，是所有其他碎片离子的终极前体。分子离子峰所示 m/z 值等于该化合物的相对分子质量。此相对分子质量是由组成该分子的各种元素的最轻同位素相对原子质量之总和计算而得的。分子离子常以 $M^{+\cdot}$ 表示，"＋"代表该离子具有一个正电荷，"·"代表游离基，故此离子为游离基离子，含未成对电子，它是奇电子离子。图 16-22 中 m/z 120 处的峰为分子离子峰。分子离子提供了最有价值的质谱信息，包括相对分子质量、元素组成与碎片离子相关的结构信息。

16.4.3.4　同位素峰

同位素峰是由于有丰度较低的重同位素存在而产生的。以下列出有机化合物中一些常见元素的天然同位素丰度：^{12}C 100%、^{13}C 1.108%；^{14}N 100%、^{15}N 0.37%；^{16}O 100%、^{18}O 0.20%、^{32}S 100%、^{34}S 4.4%；^{35}Cl 100%、^{37}Cl 32.5%；^{79}Br 100%、^{81}Br 98.0%。现以乙烷分子为例，说明同位素峰的形成。由于碳元素天然存在 ^{12}C 和 ^{13}C 2 种同位素，则乙烷分子组成可有下列几种情况，并产生相应的同位素质谱峰。

$^{12}CH_3—^{12}CH_3$（m/z 30）　天然丰度 100%　称为分子离子峰，亦称 M 峰。

$^{12}CH_3{-}^{13}CH_3(m/z31)$ 天然丰度 2.2% 称为 $M+1$ 峰 $\Big\}$ 乙烷分子的同位素峰

$^{13}CH_3{-}^{13}CH_3(m/z32)$ 天然丰度 0.01% 称为 $M+2$ 峰

在图 16-22 中，比 $m/z\ 120$ 的分子离子峰高出一个质量数的强度较低的峰（即 $m/z\ 121$ 的质谱峰）为同位素峰。同样，碎片离子峰也有同位素峰相伴随。

16.4.4 有机化合物质谱分析

进行质谱定性分析和结构分析最简单的方法是将样品质谱图直接与标准质谱图相比较。这方面已有许多标准质谱图出版，但仍有许多有机化合物未包括在这些质谱图中。以下仅就从质谱直接提供的分子结构信息作一简要介绍。

16.4.4.1 相对分子质量的测定

分子离子峰所对应的质量就是该化合物的最轻同位素组成的相对分子质量，可用于推导分子组成，因此，质谱法测定相对分子质量的关键是确定分子离子峰，但是，在有些化合物质谱中，分子离子峰很弱，或者根本不存在分子离子峰；有时样品中混有杂质，质谱中出现杂质离子峰。在这种情况下，分子离子峰就很难判别，甚至还判断错误。因此，必须掌握判别分子离子峰的方法。通常判别分子离子峰要注意以下规则。

（1）分子离子峰一定是质谱中质量数最大的峰，多数情况下，质谱高质量端较强峰就是分子离子峰。

（2）分子离子质量应符合"氮规则"，即有机化合物含有奇数个氮原子时，相对分子质量应为奇数，含有偶数个（包括 0 个）氮原子时，相对分子质量应为偶数。

（3）分子离子和其他碎片离子之间质量差在化学上应合理，例如，比分子离子峰小 4～13 及 20～25 个质量单位处，不应有离子峰出现。因为在化学上这些碎片丢失是不合理的。若出现峰时，则最高质量峰不是分子离子峰，可能为碎片离子峰或杂质峰所致。

16.4.4.2 确定化合物的分子式

有机化合物的分子都是由 C、H、O、N 等元素组成的。这些元素都有同位素，由于同位素的贡献，质谱中除了有质量数为 M 的分子离子峰外，还有质量数为 $M+1$、$M+2$ 等同位素峰，由于分子的元素组成不同，同位素峰的强度比也不同。

Beynon 将各种化合物的 M、$M+1$、$M+2$ 强度值列成质量与丰度表，根据质谱中获得相对分子质量和 M、$M+1$、$M+2$ 的强度比信息，查阅 Beynon 表即可确定分子式。Beynon 表还列出了各种化合物分子式的精密质量。高分辨质谱能够准确地测出各种离子的精确质量，对应于一种质量只有一种组成，很方便地测定化合物的分子式。（Beynon 表的查测方法请参考有关专著）

16.4.4.3 某些元素的鉴定

1. 化合物中含碳原子数的估测   在天然碳中，^{13}C 的丰度为 1.1%，当分子中含有一个碳时，含有 ^{13}C 的 $M+1$ 峰强度应为 M 峰强度的 1.1%。如果分子中含有 n 个碳，则 $M+1$ 峰应为 M 峰强度的 $n\times1.1\%$，这样由 $M+1$ 和 M 之比可以估计出分子中含碳原子的个数。

2. 分子中含硫、氯、溴等元素鉴定   分子中若含硫、氯、溴等元素，可根据它们对 $M+2$ 峰强度的贡献，鉴定这些元素，并确定它们个数。（n_S、n_{Cl}、n_{Br} 分别表示硫、氯、溴元素原子的个数）

硫元素对 $M+2$ 峰强度贡献为 $n_S\times4.4\%$

氯元素对 $M+2$ 峰强度贡献为 $n_{Cl} \times 32.5\%$

溴元素对 $M+2$ 峰强度贡献为 $n_{Br} \times 98\%$

氯、溴两种元素由于其天然丰度大,它们除对 $M+2$ 峰强度有贡献外,还对 $M+4$、$M+6$ 同位素峰的强度有显著贡献。

16.4.4.4　碎片离子峰可提供结构信息

各种不同类型的有机化合物,有不同的特征碎片离子峰,例如,醇类有 m/z 为 $M-18$ 和 m/z 31 的特征离子峰;胺类有 m/z 30 特征离子峰;芳烃有 m/z 91、77、65、51、39 等特征离子峰。了解不同有机化合物在电子轰击下电离和断裂规律,将有助于对质谱图中所出现的各种质谱峰进行预测和正确判断,以便较可靠地获得有机化合物类型、组成和结构等信息。由于篇幅所限,有关有机裂解反应请参考有关专著。

思考题

1. 原子吸收分光光度法中为什么常常选择共振线作为分析线?
2. 原子吸收光谱法的定量依据是什么?有几种定量方法?
3. 为什么原子吸收光谱法常采用峰值吸收而不应用积分吸收?
4. 原子吸收光谱仪由哪些部件组成?其作用如何?
5. 荧光是怎样发生的?
6. 荧光量子效率的含义是什么?
7. 荧光分析的定量依据是什么?
8. 荧光强度受哪些因素的影响?
9. 哪些原子核能产生核磁共振?产生核磁共振的必要条件是什么?
10. 核磁共振谱可提供哪 3 大信息?它们与分子结构之间有何关系?
11. 化学位移的意义是什么?用 δ 值表示化学位移有何优点?
12. 质谱仪由哪些主要部件构成?其功能是什么?
13. 什么是分子离子峰?如何确定分子离子峰?
14. 如何从质谱提供的信息确定分子式和鉴定 C、S、Cl、Br 等元素的存在?

17 制剂分析

17.1 概述

几乎任何一种药物,供临床使用之前,都必须制成适合于医疗或预防应用的制剂。这样可以有利于更好地发挥疗效,降低毒副作用,又便于病人服用、贮存和运输。我国药典收载的制剂有:片剂、注射剂(酊剂、栓剂)、胶囊剂、软膏剂、眼膏剂、滴丸剂、滴眼剂、糖浆剂、气雾剂、膜剂、颗粒剂、口服液等。

药物制剂是直接用于治病,因此控制好药物制剂的质量是非常重要的。制剂分析,是对不同剂型的药物,利用物理、化学或生物测定的方法进行分析,以检验其是否符合质量标准的规定要求。

从原料药制成制剂,要加入一些赋形剂、稀释剂和附加剂等,由于这些附加成分的存在,常常影响对主药的测定。同一种药物制成不同的剂型后,不一定能采用与原料药相同的方法测定。如盐酸氯丙嗪具有苯并噻嗪结构,具有一定的碱性,可在非水介质中以高氯酸滴定。对于苯并噻嗪类药物的制剂,由于赋形剂的干扰,往往不能直接采用非水碱量法测定。目前各国药典对其制剂的测定,大多采用样品经适当处理后,改用高效液相色谱法或紫外分光光度法测定。如盐酸氯丙嗪片除去糖衣后,用 0.1 mol/L 盐酸液溶解主药,过滤除去赋形剂等,再用紫外分光光度法测定。盐酸氯丙嗪注射液中因含有抗坏血酸作为抗氧剂,不能选用氯丙嗪最大吸收波长 254 nm,故选用氯丙嗪次最大吸收波长 306 nm 测定,在此波长处抗坏血酸无干扰。又如布洛芬,原料药用酸碱滴定法,其制剂布洛芬口服液、缓释胶囊、滴剂与糖浆均改用 HPLC 测定。

此外,复方制剂中不仅要考虑赋形剂和附加剂的影响,而且还需考虑几种药物间的相互干扰。

制剂分析除进行原料药的鉴别、检查、含量测定项目外,为了确保制剂质量,各类剂型都有其特殊的检验项目。各类剂型常见检查项目概述如下:

(1) 片剂 外观性状检查、硬度、重量差异、崩解时限、溶出度、释放度、含量均匀度等。

(2) 注射剂 注射液的装量、注射用无菌粉末的装量差异、容器检漏、可见异物检查、无菌检查、热原检查、降压物质检查、混悬液药物细度检查、不溶性微粒检查等。

(3) 胶囊剂 外观性状检查、装量差异、崩解时限、溶出度、释放度等。

(4) 滴眼剂 装量检查、可见异物检查、无菌检查、微生物限度检查、混悬液颗粒细度检查等。

17.2 固体制剂分析

固体制剂主要包括片剂、胶囊剂等。片剂系指药物与适宜的辅料通过制剂技术制成圆片状或异形片状的制剂。胶囊剂一般指将一定量的药物或药物加辅料制成的均匀粉末(或颗粒),充填于空心胶囊中制成。

17.2.1 普通固体制剂

片剂除药物含量准确外,还应符合以下要求:片剂的重量差异小;有足够的硬度;片剂的色泽应均匀,光洁美观;小剂量药物的片剂的均匀度应符合规定;一般口服片剂需能在规定时间内崩解或溶解;药物的释放性能应符合要求;应符合卫生学检查的要求。

胶囊剂除外观和硬度与片剂要求有区别外,其他要求均与片剂一致。

17.2.1.1 溶出度测定法

溶出度(Dissolution rate)系指药物从片剂或胶囊剂等固体制剂在规定溶剂中溶出的速度和程度。

口服固体剂型中药物如果不易从制剂中释放出来,或药物的溶解速度极为缓慢,则这种制剂的生物利用度就可能存在问题。溶出度试验是一种模拟口服固体制剂在胃肠道中的崩解和溶出的体外试验法。实践证明,溶出度检查是衡量固体制剂生产工艺和质量是否稳定的一种有效方法,优于崩解时限检查,该法被认为是体外对体内生物利用度进行研究和评价的一种方法。

以下品种的口服固体制剂一般应进行溶出度检查:(1) 在水中难溶的药物。(2) 因制剂处方与生产工艺造成临床疗效不稳定的,以及治疗量与中毒量接近的品种(包括易溶性药物);对后一种情况应控制两点溶出量。(3) 对易溶于水的药物,在质量研究中亦应考查其溶出度,但溶出度检查不一定订入质量标准。

1. 测定条件

(1) 溶剂 一般为水,根据药物性质,在胃肠道吸收的部位,使用人工胃液(0.1 mol/L盐酸溶液)或人工肠液,缓冲溶液,稀盐酸,有时溶解介质中加少量表面活性剂(十二烷基硫酸钠)或有机溶剂(异丙醇、乙醇等)。

(2) 搅拌速度 溶解介质的流动速度应与胃肠道情况相近。用一定形式的搅拌桨或转篮法,搅拌器的转速应维持一定。在每分钟 50～200 转之间任意选择,转篮法,以 100 转/min 为主;桨法,以 50 转/min 为主。

(3) 温度 温度对溶解度、溶解速度均有影响,要符合体内情况,水槽温度保持 37℃。特别注意,待溶剂温度也达 37℃时,才能开始加样测定。

2. 测定用仪器和方法 测定溶出度的仪器,文献报道很多,一般可分下列几种:转篮法、桨法、流通池法、人工消化道模型法、双相法和在体法等,常用前 2 种,现将中国药典2005 年版二部附录所列的转篮法介绍如下:

量取经脱气处理的溶剂 900 ml,注入每个操作容器内,加温使溶剂温度保持在 37℃±0.5℃,调整转速使其稳定。取供试品 6 片(个),分别投入 6 个转篮内,将转篮降入容器中,立即开始计时,除另有规定外,至 45 min 时,在规定取样点吸取溶液适量。立即经 0.8 μm微孔滤膜滤过,自取样至滤过应在 30 s 内完成,取滤液。照各药品项下规定的方法测定,算出每片(个)的溶出量。

结果判断 符合下述条件之一者,可判为符合规定:

(1) 6 片中,每片的溶出量按标示量计算,均不低于规定限度(Q);

（2）6片中，如有1～2片低于Q，但不低于$Q-10\%$，且其平均溶出量不低于Q；

（3）6片中，有1～2片低于Q，其中仅有1片低于$Q-10\%$，但不低于$Q-20\%$，且其平均溶出量不低于Q时，应另取6片复试；初、复试的12片中有1～3片低于Q，其中仅有1片低于$Q-10\%$，但不低于$Q-20\%$，且其平均溶出量不低于Q。

以上结果判断中所示的10%、20%是指相对于标示量的百分率（%）。

美国药典2006年（29版）对溶出度试验可采用3次测定，第3次试验的药品片（个）数是中国药典的两倍。详见表17-1。

表17-1　中国药典和美国药典溶出度判断标准比较表

中国药典（2005年）			美国药典（29版）	
试验次数	试验片（个）数	判断标准	试验片（个）数	判断标准
1	6	每片（个）$\geqslant Q$；6片（个）平均值$\geqslant Q$，不小于$Q-10\%$片（个）数$\leqslant 1\sim 2$	6	每片（个）$\geqslant Q+5\%$
2	6	12片（个）平均值$\geqslant Q$，小于Q数有1～3片，其中小于$Q-10\%$片（个）数$\leqslant 1$，但不低于$Q-20\%$	6	12片（个）平均值$\geqslant Q$，每片（个）$\geqslant Q-15\%$
3			12	24片（个）平均值$\geqslant Q$，小于$Q-15\%$片（个）数$\leqslant 2$，每片（个）$\geqslant Q-25\%$

17.2.1.2　含量均匀度检查法

含量均匀度（Uniformity of dosage unite）系指小剂量片剂、胶囊剂或注射用无菌粉末等制剂中的每片（个）含量偏离标示量的程度。如片剂，含药量为10 mg或10 mg以下的片剂、胶囊剂或注射用无菌粉末，都应有含量均匀度这一项目控制质量。

中国药典（2005年版）方法简述如下：

取供试品10片，照各药品项下规定的方法，分别测定每片以标示量为100的相对含量X，求其均值$\overline{X}$和标准差S以及标示量与均值之差的绝对值A。

$$A=|100-\overline{X}|$$

若$A+1.80S\leqslant 15.0$，则供试品的含量均匀度符合规定；若$A+S>15.0$，则不符合规定；若$A+1.80S>15.0$，且$A+S\leqslant 15.0$，则应另取20片复试。根据初、复试结果，计算30片的均值$\overline{X}$、标准差S和标示量与均值之差的绝对值A；若$A+1.45S\leqslant 15.0$，则供试品的含量均匀度符合规定；若$A+1.45S>15.0$，则不符合规定。

中国药典目前采用的方法是以标示量为参考值2次取样、计量型方法。日本药典（13版）也采用了与中国药典相同的方法，但所用参数稍有不同。从美国药典29版（2006年）开始，也采用计量型检查法。欧洲药典（第3版）仍采用以受试样品平均含量为参考值的方法。详见表17-2。

表 17-2　3 国药典含量均匀度检查法比较

	试验次数	试验片(个)数	判断标准
中国药典(2005 年)	1	10	$A+1.80\ S\leqslant15.0$
	2	20	30 片(个)计算 $A,S,A+1.45S\leqslant15.0$
美国药典(29 版)	1	10	$AV\leqslant15.0\%$
	2	20	30 个 $AV\leqslant15.0\%$,而且 30 个含量均在 $(100\pm25)\%$内
日本药典(13 版)	1	10	$A+2.2S\leqslant15.0$
	2	20	30 片(个)计算 $A,S,A+1.9S\leqslant15.0$,每片(个)含量与标示量之差$\leqslant25.0$

$AV=|M-X|+ks$,其中 M 为参考值,X 为均值,s 为标准差,接受系数(Acceptability constant)$k=2.4(n=10)$,$k=2.0(n=30)$。

药典规定片剂和胶囊剂还有重量差异(装量差异)试验、崩解时限实验等,具体内容详见药典附录。

17.2.2　缓释制剂

缓释、控释制剂系指与普通制剂比较,药物治疗作用持久、毒副作用低、用药次数减少的制剂。按制剂设计要求,药物可缓慢地释放进入体内,血药浓度"峰谷"波动小,可避免超过"治疗窗"而引起的毒副作用,又能维持疗效。

17.2.2.1　缓释制剂分类

广义的缓释制剂可分为缓释制剂、控释制剂和肠溶制剂 3 类。

1. 缓释制剂按 1 级速率规律释放药物,随时间变化先多后少,释放速度缓慢,并不恒定,与相应普通制剂比较,每 24 h 用药次数从 3～4 次减少至 1～2 次。

2. 控释制剂按零级速率规律释放药物,不受时间影响,缓慢地恒速或接近恒速释放,与相应普通制剂比较,每 24 h 用药次数从 3～4 次减少至 1～2 次。

缓释、控释制剂以口服为主,主要剂型为片剂和胶囊剂,也包括经皮或皮下、肌肉注射等途径的其他剂型的缓释、控释制剂。

3. 肠溶制剂系指口服药物在规定的酸性介质中不释放或几乎不释放,而在要求时间内,于 pH 值 6.8 磷酸缓冲液中大部或全部释放的制剂。也包括在规定的酸性介质与 pH 值 6.8 磷酸盐缓冲液中,不释放或几乎不释放,而在要求的时间内,于 pH 值 7.5～8.0 磷酸盐缓冲液中大部或全部释放的制剂,又称结肠定位制剂。

17.2.2.2　释放度测定法

药物释放度(Releasing rate)试验可采用溶出度测定仪;对于小剂量、难溶性药物的缓释、控制制剂,尤其是肠溶制剂,更适合用流通池法,此法能模拟药物在体内的转运过程,更接近体内层流流动的情况;透皮贴片剂则可采用浆碟法。

普通制剂的释放度测定常采用 1 个取样点,而缓释制剂一般至少 3 个取样点,第 1 个取样点,即开始 0.5～2 h 时取样,应小于 30%,以证明缓释制剂没有完全释放,保证用药安全性,第 2 个取样点应能较好地反映释药特性。不同药物有不同的释放量要求。第 3 个取样点则应有一定的最低限度,如释药量≥70%。通常还将释药全过程的数据作累积释放百分率与时间的释放速率曲线图,制订出合理的释放度。

17.2.3 固体制剂的含量测定方法

17.2.3.1 直接测定法

赋形剂在片剂中存在,常对主药的含量测定带来干扰。但当主药的含量较大,采用的方法不受赋形剂的影响,或影响可以忽略不计时,一般均采用直接测定的方法。例如中国药典(2005年版)中,中和法测定阿司匹林片、萘普生片、碳酸锂片、碳酸氢钠片等;亚硝酸钠法测定磺胺多辛片、磺胺嘧啶片、磺胺甲噁唑片、氨苯砜片等;配位滴定法测定碱式碳酸铋片、乳酸钙片、硫糖铝片等;非水滴定法测定磺胺异噁唑片、那可丁片、硫酸奎尼丁片、硫酸奎宁片等;碘量法测定安乃近片、维生素C片等。对这些片剂都不必将赋形剂分离,可直接进行测定。微生物检定法测定抗生素片剂,赋形剂也无干扰,如硫酸新霉素片、硫酸巴龙霉素片、硫酸庆大霉素片、硫酸阿米卡星注射液等均采用与原料药相同的微生物检定法测定。

17.2.3.2 赋形剂的干扰及其排除

片剂中常用的赋形剂为淀粉、糊精、蔗糖、乳糖、硬脂酸镁、硫酸钙、羧甲基纤维素钠和滑石粉等,当它们对测定主药的含量有干扰时,应根据它们的性质和特点设法排除。现简述如下:

1. 硬脂酸镁的干扰和排除　硬脂酸镁为片剂的润滑剂,当采用配位滴定法或非水滴定法时,它有干扰。

Mg^{2+}在碱性条件下(pH值>9.7),能与EDTA起配位作用,从而使含量偏高。通常可采用掩蔽的方法消除干扰。

硬脂酸镁对非水滴定法干扰并不严重,但如果主药的含量较少,而硬脂酸镁用量较大时,硬脂酸镁也可消耗零点几毫升高氯酸标准液,造成干扰。一般可用有机溶剂进行提取后,再进行非水滴定,如盐酸乙胺丁醇片、盐酸左旋咪唑片等。也可采用滤过方法除去干扰。

2. 糖类的干扰及其排除　赋形剂中如含有淀粉、糊精、蔗糖、乳糖等,它们经水解最终均生成葡萄糖。葡萄糖可被强氧化剂氧化成葡萄糖酸。因此当用氧化还原法测定某一药物时,就要考虑到它的影响。如维生素C片的测定。维生素C原料采用碘量法测定含量,为了防止赋形剂的干扰,采用溶剂溶解主药后,滤过,除去赋形剂,再用碘量法测定。

3. 滑石粉、淀粉等的干扰及其排除　滑石粉、淀粉、硫酸钙等赋形剂,因在水中不易溶解,可用滤过除去或用有机溶剂提取主药后,再测定。

对于低含量的片剂,紫外分光光度法即能满足其含量的准确度要求,中国药典2005年版二部有较多的制剂采用了紫外分光光度法测定含量,而原料药采用准确度更好的滴定分析法。只要用简单的滤过方法,即可将片剂中的辅料滤除,然后取续滤液进行分光光度测定。如氨苯碱片、西咪替丁片、氨苯喋啶片、桂利嗪片、盐酸氯丙嗪片、盐酸哌唑嗪片、盐酸倍他司丁片、盐酸酚苄明片、盐酸硫利达嗪片、盐酸氯米帕明片和盐酸赛庚啶片等等。高效液相色谱法由于分离能力强,选择性好,可以排除制剂中共存物质与降解产物的干扰,是制剂分析中最常用的方法之一。中国药典2005年版二部中采用HPLC定量的品种有叶酸片,地高辛片,左炔诺孕酮片,甲砜霉素肠溶片、胶束,石杉碱甲片、胶束,甲氨喋呤片,曲安西龙片,地塞米松片,头孢呋辛酯片、胶束,头孢地尼胶束,头孢克洛片、胶束,头孢拉定片、胶束,头孢氨苄片、胶囊,吉非罗齐胶囊,灰黄霉罗片,西咪替丁胶囊,达那唑胶囊和亚叶酸钙片、胶囊等。

17.2.3.3 片剂的含量计算

药典中对片剂的含量限度以按标示量的百分含量表示,其含义是:

$$标示量\% = \frac{每片含量(g)}{标示量(g)} \times 100\%$$

由于每片重不可能一致,在分析时,一般取样 10 片或 20 片,精密称定其总重量,以平均片重代表片重进行计算。

如用滴定分析法测定,则:

$$标示量\% = \frac{V \times T \times 平均片重}{S \times 标示量} \times 100\%$$

式中:V 为供试品消耗滴定液的体积(ml);T 为滴定度;S 为称取供试品的重量(g)。

如用紫外分光光度法测定,则:

$$标示量\% = \frac{A \times \dfrac{1}{100} \times 稀释倍数 \times 平均片重}{E_{1cm}^{1\%} \times S \times 标示量} \times 100\%$$

以维生素 B_2 片的含量测定为例:取本品 20 片,精密称得重量为 1.601 1 g,研细,精密称取片粉 0.151 8 g,置 1 000 ml 量瓶中,溶解。按中国药典(2005 年版)规定操作,于 444 nm 波长处测得吸光度为 0.312,按 $C_{17}H_{20}N_4O_6$ 的吸光系数($E_{1cm}^{1\%}$)为 323 计算。求维生素 B_2 的标示量百分含量(规格 5 mg)。

$$标示量\% = \frac{0.312 \times \dfrac{1}{100} \times 1\,000 \times \dfrac{1.601\,1}{20}}{323 \times 0.151\,8 \times 0.005\,0} \times 100\% = 101.9\%$$

如遇糖衣片,应剥去糖衣或用水洗去糖衣,烘干,再称定总重后,求平均片重。

17.3 注射剂分析

注射剂系指药物制成供注入体内的灭菌溶液、乳状液或混悬液,以及供临用前配成溶液或混悬液的无菌粉末或浓溶液。

17.3.1 注射剂的常规检查

由于注射剂直接注入人体内部,所以必须确保注射剂的质量,其常规检查项目有:

(1)无菌 注射剂成品中不应含有任何活的微生物,不管是哪一种类型注射剂,都必须达到无菌要求。

(2)无热原 无热原是注射剂另一重要质量指标,特别是用量大的、供静脉注射及脊椎腔注射的制剂,均需进行热原检查。

(3)可见异物 注射剂都应检查可见异物,在中国药典 2005 年版二部规定条件下检查,不得有肉眼可见的浑浊或异物。在以前的中国药典中,"可见异物检查"原名为"澄明度检查"。

（4）不溶性微粒检查　本法系在检查符合规定后,用以检查静脉滴注用注射液(装量为 100 ml 以上者)中的不溶性微粒。除另有规定外,每 1 ml 中含 10 μm 以上的微粒不得超过 20 粒,含 25 μm 以上的微粒不得超过 2 粒。中国药典规定有显微计数法、光障碍法、电阻法 3 种方法检查注射液中不溶性微粒。

（5）降压物质　有些注射液,如复方氨基酸注射液,其降压物质必须符合要求,以保证 用药安全。以猫或狗为实验动物,参照药典规定的方法进行。

除以上几项要求外,还要检查注射液的装量、注射用无菌粉末的装量差异,检查注射剂 的 pH 值、渗透压和安全性。注射剂的 pH 值要求和血液的 pH 值(7.4)相等或接近,注射剂 一般控制在 pH 值 4～9 范围内。注射剂要有一定的渗透压,其渗透压要求与血浆的渗透压 相等或接近。注射剂不能有组织刺激性或有毒性反应,特别是非水溶媒及一些附加剂,必须 经过必要的动物实验,确保使用安全。

17.3.2　注射剂的含量测定方法

注射剂中常加一些附加成分,如有时需要用适当的酸碱来调节它的酸度;用适当的盐来 调节等渗;有时加入一些助溶剂防止药物成结晶析出;必要时还加入抗氧剂、抑菌剂及止痛 剂等。这些附加成分的加入,对含量测定往往会带来一定的干扰。

17.3.2.1　直接测定法

注射液中虽然添加了附加成分,对含量测定带来一定的困难,但并非对所有的测定方法 都有干扰。当注射液的处方比较简单时,可采用与原料药相同的方法测定含量,或采用灵敏 度更高的其他分析方法。

1. 高效液相色谱法　通常注射剂中的附加成分用高效液相色谱法可以分离,因此用 HPLC 测定注射剂中药物含量的品种已越来 越多,如盐酸林可霉素注射液、盐酸雷尼替丁 注射液、氧氟沙星注射液、地塞米松磷酸钠注 射液、注射用头孢哌酮钠、注射用头孢拉定、注 射用头孢唑林钠、维生素 K_1 注射液、丙酸睾酮 注射液等。

2. 紫外分光光度法　注射剂中附加成分 经稀释后,对紫外分光光度法大多数几乎无干 扰,如维生素 B_2 注射液、维生素 B_{12} 注射液、倍 他米松磷酸钠注射液、注射用氨苄西林钠、注 射用盐酸吡硫醇等都是原料药和注射剂,均用 紫外分光光度法。

例 17-1　维生素 B_2 注射液中含有附加剂 烟酰胺、乌拉坦和苯甲醇,在 444 nm 波长处附 加剂无吸收,不干扰主药的含量测定,所以可 直接取注射液经稀释后测定。维生素 B_2 注射 液和附加剂的紫外光谱如图 17-1。

3. 微生物检定法　通常制剂中的附加成

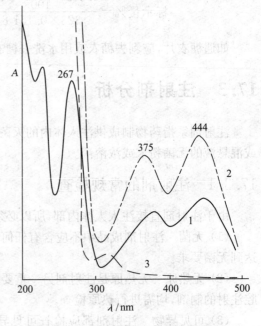

图 17-1　维生素 B_2 注射液紫外光谱图
1. 维生素 B_2　2. 维生素 B_2 注射液　3. 附加剂

分对微生物检定法基本无干扰,因此许多抗生素制剂与其原料药一样,采用微生物检定法,如注射用硫酸卡那霉素、注射用硫酸卷曲霉素、注射用硫酸核糖霉素、注射用硫酸链霉素等。

4. 非水滴定法 采用非水滴定法测定含量的原料药在中国药典 2005 年版二部中居滴定分析法首位,达 200 多种。大部分注射液选用灵敏度更高的紫外分光光度法和比色法,如盐酸布桂嗪注射液、盐酸甲氧明注射液、盐酸多巴胺注射液、盐酸美西律注射液、盐酸氯丙嗪注射液、维生素 B_1 注射液等。有小部分注射剂将注射液中的溶剂水蒸干,消除其对非水滴定的影响。当主药对热比较稳定时,一般直接取注射液蒸干,用原料药的方法进行测定,如盐酸酚苄明注射液、盐酸麻黄碱注射液等。当主药对热不稳定,直接加热温度过高将导致主药分解时,则用有机溶剂提取后蒸干再测定,如盐酸氯胺酮注射液即如此。也有个别品种为粉针剂,则可直接用非水滴定法测定,如注射用盐酸甲氯芬酯。

对亚硝酸钠法、银量法等方法,辅料基本不干扰测定,故不少品种也可不经处理,直接用原料药方法测定。

17.3.2.2 附加成分的干扰及其排除

注射液中,附加成分的存在对测定主药的含量有干扰时,可分别用以下方法处理:

1. 抗氧剂的干扰及其排除 注射剂中常添加的抗氧剂有亚硫酸钠、亚硫酸氢钠、焦亚硫酸钠、硫代硫酸钠和维生素 C 等。当用氧化还原法测定注射液含量时,这些物质的存在对测定有干扰,可按下述方法进行排除。

(1) 加入丙酮或甲醛作掩蔽剂,消除亚硫酸钠、亚硫酸氢钠及焦亚硫酸钠对测定的干扰。反应式如下:

$$Na_2S_2O_5 + H_2O \longrightarrow 2NaHSO_3$$

$$HCHO + NaHSO_3 \longrightarrow H-\underset{H}{\overset{OH}{\underset{|}{\overset{|}{C}}}}-SO_3Na$$

维生素 C 注射液用碘量法测定,若注射液中加焦亚硫酸钠作稳定剂,1 mg 亚硫酸钠可消耗碘液(0.1 mol/L) 2 ml,对测定有干扰,故加入丙酮作掩蔽剂。

安乃近注射剂用碘量法测定也含有亚焦硫酸钠,中国药典 2005 年版规定加入甲醛作掩蔽剂。

(2) 加酸、加热使抗氧剂分解 加酸、加热可使焦亚硫酸钠、亚硫酸钠、硫代硫酸钠分解成 SO_2 气体逸去。例如,盐酸去氧肾上腺素注射液用碘量法测定,在测定前需加稀盐酸,小心煮沸至近干,消除抗氧剂干扰。

(3) 当维生素 C 作抗氧剂时,由于维生素 C 也有紫外吸收,所以当用分光光度法测定时,要注意选择测定波长 如盐酸异丙嗪的 λ_{max} 为 249 nm,维生素 C 的 λ_{max} 为 243 nm,在 249 nm 处维生素 C 有很大吸收,而 299 nm 处几乎无吸收,故盐酸异丙嗪注射液选 299 nm

波长处测定($E_{1\,cm}^{1\%}$ 为 108)，而盐酸异丙嗪片剂的测定波长为 249 nm($E_{1\,cm}^{1\%}$ 为 910)。见图 17-2。

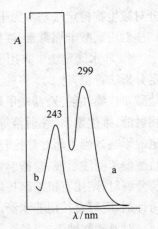

图 17-2　盐酸异丙嗪(a)
及维生素 C(b)的紫外光谱图

2. 等渗溶液的干扰及排除　注射液为了配成等渗，常在溶液中加入氯化钠。氯化钠的存在对某些测定方法会有干扰。如复方乳酸钠注射液用离子交换法测定乳酸钠含量，氯化钠有干扰。干扰的除去是用银量法测定氯化钠含量，然后从计算消耗氢氧化钠标准液的量中扣去氯化钠所消耗的量，即可消除干扰。

3. 助溶剂的干扰及排除　某些注射剂中可能添加有帮助主药溶解的助溶剂，这些助溶剂也常会影响主药的含量测定。例如，葡萄糖酸钙在水中的溶解度是 3%，要配成 10% 的葡萄糖酸钙注射液，就必须添加钙盐或其他适宜的稳定剂，当用配位滴定法测定含量时，就会使测定值增高。为了排除干扰，常在制备过程中，控制加入钙盐的量，中国药典(2005 年版)规定："加入钙盐按钙计算，不得超过葡萄糖酸钙中含钙量的 5.0%。"而且要在测定结果中扣除此量。

注射剂含量测定计算也是以标示量百分含量计算，计算方法和公式与片剂相似。

17.4　复方制剂分析

凡含有两种或两种以上有效成分的制剂，称为复方制剂。复方制剂的分析较原料药、单方制剂的分析更为复杂。因为这不仅要考虑到各类剂型的赋形剂、附加剂对测定的干扰，还必须考虑主要成分间的相互干扰。一般情况下，可考虑采取两大途径：一是不经分离，直接分别测定各成分，这需要被分析的各成分间理化性质差别大，在分析时相互不发生干扰；二是必须分离后再进行测定，这些被测成分性质比较接近，分析时相互干扰较大。

如复方制剂中所含的多种成分难于逐个测定或某些有效成分目前无适宜的测定方法时，则可对其中一两个主要有效成分进行测定。但是选用的方法要不受其他成分的干扰。

17.4.1　不经分离测定含量

17.4.1.1　采用不同方法测定各组分含量

例 17-2　复方乳酸钠葡萄糖注射液

处方为：

	乳酸钠	3.10 g
	氯化钠	6.00 g
	氯化钾	0.30 g
	氯化钙	0.20 g
	无水葡萄糖	50.0 g
	注射用水	适量
	全量	1 000 ml

测定方法(中国药典 2005 年版)

1. 氯化钾　原子吸收分光光度法，用对照品制成对照液(除氯化钾外，还加有处方量的乳酸钠、氯化钠、氯化钙、葡萄糖),在 767 nm 波长处测定,计算,即得。

2. 氯化钙　配位滴定法,在氢氧化钾碱性条件下,加 NN 指示剂(取钙-羧酸 0.5 g 与无水硫酸钠 50 g,混合研磨均匀),用 EDTA 滴定液滴定至溶液由紫红至纯蓝色。

3. 氯化钠　银量法,铬酸钾指示剂,用硝酸银标准液滴定至沉淀染成红棕色。但用银量法测定的氯离子也包括了上述氯化钾和氯化钙中的氯,因此计算时要将滴定消耗的硝酸银标准液体积(ml)中减去供试量中所含氯化钙、氯化钾折算成应消耗的硝酸银标准液的体积(ml),计算,即得。

4. 乳酸钠　离子交换法,精密量取本品适量,置准备好的磺酸型离子交换树脂制备的柱中,合并流出液与洗涤液,加酚酞指示剂,用氢氧化钠标准液滴定,减去供试量中氯所消耗的硝酸银滴定液的体积(ml),再减去滴定游离酸所消耗的氢氧化钠滴定液的体积(ml),计算,即得。

5. 游离酸　精密量取本品适量,用酚酞指示剂,用氢氧化钠标准液滴定,即得。

6. 无水葡萄糖　旋光法

在中国药典 2005 年版二部中,该制剂中氯化钙与氯化钠均改用选择性更好的原子吸收分光光度法测定其中的钙盐与钠盐含量,乳酸钠改用简便的碘量法测定含量。

中国药典 2005 年版二部中不少制剂均采用不同方法,直接测定各组分含量。例如安钠咖注射液中咖啡因用碘量法,苯甲酸钠用盐酸标准液滴定,测定各自含量。复方甲苯咪唑片中左旋咪唑用高氯酸标准液滴定,另一成分用分光光度法测定。复方卡托普利片中卡托普利用碘酸钾法测定,氢氯噻嗪用紫外分光光度法测定。维生素 AD 胶丸、滴剂等均用不同方法分别滴定。

复方碘口服溶液由碘和碘化钾加水配制而成,碘可用硫代硫酸钠标准液滴定,滴定后的溶液中有被还原的碘离子及碘化钾中的碘离子,可用银量法测碘离子的总量,之后通过计算求出处方中碘化钾的量。

17.4.1.2　紫外分光光度法

紫外分光光度法一般用于双组分的复方制剂含量测定,主要方法有解联立方程组、双波长分光光度法、三波长分光光度法、导数分光光度法及差示分光光度法等,如复方磺胺嘧啶片。

17.4.2　分离后测定含量

分离后同时测含量的方法,一般为色谱法。其中最为方便、准确度又好的是高效液相色谱法和气相色谱法。药物制剂测定的大多数是不易挥发的物质,所以目前最常用的色谱方法是高效液相色谱法。

17.4.2.1　高效液相色谱法

在中国药典 2005 年版已有较多的复方制剂采用高效液相色谱法,如复方己酸羟孕酮注射液、复方炔诺酮片和滴丸、复方甘草片、复方左炔诺孕酮滴丸、复方盐酸阿米洛利片、复方地芬诺酯片、复方樟脑酊以及复方磺胺甲噁唑口服混悬液与片剂、左炔诺孕酮炔雌醚片、布洛伪麻片、可待因桔梗片等均用 HPLC 测定各组分含量。制剂的含量测定一般首选高效液相色谱法,近年来 HPLC 在复方制剂分析中的应用的研究论文国内外杂志中发表很多。

下面略举数例说明。

联邦止咳露中主成分的测定 用反相离子对色谱法测定了止咳露中的磷酸可待因、盐酸麻黄碱、扑尔敏的含量,色谱条件为 Spherisorb C_{18} 柱,10 μm,4.6 mm×250 mm,流动相为甲醇—水—冰醋酸—己烷磺酸钠(30:66:2:2),检测波长 256 nm。

Yamato 等人也用离子对 HPLC 定量测定了止咳感冒合剂中的马来那敏、氯苯那敏和马来酸盐。用 Capell pak C_8 柱,甲醇—KH_2PO_4 缓冲液(15:85,pH=3,含 5 mmol/L 磷酸四丁胺),215 nm 检测,柱温 30℃。

复合维生素制剂的高效液相色谱测定的文献也不少,以辛烷磺酸盐作反离子,甲醇—水—85%磷酸(55:45:1)为流动相,LiChrosorb RP—18 柱,254 nm 检测,同时测定了制剂中的维生素 B_1、B_2、B_6、B_{12} 和维生素 C 以及烟酰胺和叶酸的含量。Dong 等人同时测定了上述 7 种水溶性维生素和 4 种脂溶性维生素。

去痛片中氨基比林、非那西丁、咖啡因、苯巴比妥的测定,复方特比萘芬软膏中盐酸特比萘芬、醋酸洗必泰和醋酸去炎舒松的测定,复方速成可宁胶囊中卡马西平和硫必利的测定,甲苯扑喘片中的甲基麻黄碱、黄芩苷和氯苯那敏的测定等都能用高效液相色谱法分离和定量。

17.4.2.2　高效毛细管电泳

高效毛细管电泳在 20 世纪 90 年代发展很迅速,它具有高效、低耗、快速、灵敏等特点,在复方制剂分析中也得到了广泛的应用。

例 17-3 复方感冒制剂的胶束电动毛细管色谱

用胶束电动毛细管色谱法(MEKC)分离了常用于复方感冒制剂中的 12 种药物,见图17-3,并用内标法对感冒通、复方阿司匹林片、快克、撒力通 5 种临床常用的复方感冒制剂进行了各组分的含量测定。

色谱条件　石英毛细管,60 cm×75 μm,进口端至检测窗的长度为 52.5 cm,pH=9.0 的 0.02 mol/L 硼酸钠—磷酸氢二钠缓冲液、0.1 mol/L 胆酸钠,临用前通过 0.45 μm 孔径微孔滤膜滤过,重力法进样,进样高度为 10 cm,进样时间 10 s,运行

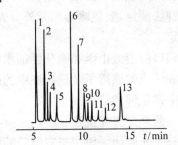

图 17-3　12 种药物成分 MEKC 分离图
1. 咖啡因　2. 扑热息痛　3. 异丙氨替比林　4. 非那西丁
5. 茶碱　6. 苯巴比妥　7. 扑尔敏　8. 阿司匹林
9. 那可丁　10. 布洛芬　11. 双氯灭痛　12. 水杨酸

电压 18 kV,运行电流 160～170 μA,检测波长 214 nm,出峰时间 5～15 min。

对 8 种药物进行含量测定,它们是咖啡因、扑热息痛、异丙氨替比林、非那西丁、扑尔敏、阿司匹林、双氯灭痛及水杨酸。进行了线性范围测定,线性范围在 20～2 000 mg/L 之间,相关系数大于 0.99。5 种常用的复方制剂中上述药物含量测定的批内相对标准差(n=9)在2%以下。

17.4.2.3　其他方法

复方制剂也可经提取分离后,用滴定分析方法、分光光度法等分别测定各药物含量。有些复方制剂可先灼烧除去有机物,再对无机物进行分析。如复方铝酸铋片,该片剂中含有甘草浸膏粉、弗朗鼠李皮、茴香粉这些植物药和浸膏,先灼烧除去有机物的干扰,再在 pH 值1,pH 值 5 条件下,用 EDTA 滴定液分别滴定 Bi、Al,在 pH 值 10 条件下测定 Mg。

思考题

1. 普通固体制剂除进行原料药的鉴别、检查、含量测定项目外,还需有哪些特殊的检测项目? 注射剂还需有哪些检测项目?

2. 什么叫溶出度测定法? 对难溶性固体制剂为什么要进行溶出度试验?

3. 什么叫含量均匀度检查法? 对哪些制剂要进行该项目测定?

4. 制剂中常用的辅料有哪些? 如何排除干扰?

5. 在化学原料药质量标准制定中,含量测定方法一般首选哪一类方法? 其制剂的含量测定方法又应选择哪些方法?

18 药品质量标准的制订

18.1 制订药品质量标准的原则

药品质量标准(简称药品标准)是国家对药品质量规格及检验方法所作的技术规定,是药品生产、经营、使用、检验和监督管理部门共同遵循的法定依据。药品标准特别是国家药品标准,既是组织生产、提高质量的手段,又是科学管理和技术监督的组成部分,也是联系科研、生产、供应、使用和检验的技术纽带。因此,质量标准的制订和修订,不仅在研制新药中,而且在对老药的再评价中均具有相当重要的意义。

18.1.1 药品质量标准的特性

药品质量标准在保证药品的安全性、有效性、稳定性和可控性的同时,还具有如下特性。

18.1.1.1 科学性

质量标准是对具体对象研究的结果,有其适用性的限制。一个完整而科学的药品质量标准,应是各方面研究工作的综合,包括生产工艺、理化性质、药理、毒理及检测方法等研究,需要各方面的协作和配合,同时还要考虑生产水平高低及检测手段的应用等,方法的确定与限度的制订均应有充分的科学依据。

18.1.1.2 权威性

药品管理法规定,药品必须符合国家药品标准。但各国均不排除生产企业可以采用非药典方法进行质量检验,即如果非药典方法与药典方法测定结果一致或有一定相关性且稳定时,在日常检验中可采用非药典方法,但遇有产品含量处于合格边缘,或需要仲裁时,只有各级法定标准,特别是国家药典具有权威性。

18.1.1.3 进展性

药品质量标准是对客观事物认识的阶段性小结,即使是法定标准也难免有不全面之处。随着生产技术水平的提高和检测方法的改进,应对药品标准不断进行修订和完善。在申报新药中要求的临床研究用质量标准、生产用质量标准以及在标准试行期间均可不断补充和完善,包括检验方法的专属性加强、限度规定更为合理、内在质量评价要求更加严谨等。

18.1.2 制订药品质量标准的原则

18.1.2.1 确保药品安全性与有效性的原则

药品质量的好坏,集中表现在有效性和安全性两方面,它取决于药品本身的性质和纯度。药品的有效性是发挥疗效的基本条件,安全性是保证药品充分发挥作用而又减少损伤和不良影响的必要条件。优质的药品应具有肯定的疗效、尽量小的毒性和副作用。好的药品质量标准应能控制药品的内在质量。

18.1.2.2 密切结合实验研究和生产实际的原则

新药质量标准是在对新药系统评价的基础上的高度概括,是根据实验研究、临床试验和中试生产3方面的结果制订的。因此从新药研制开始,就要收集和积累有关药品质量问题的资料,为新药质量标准的制订提供依据。药品的质量与生产工艺有着密切的关系,中试生产所用的原料、溶剂等的质量及最终产品的纯化往往与实验研究时不完全相同,有可能达不到实验研究的规格和纯度。制定质量标准时,要全面考虑、宽严适度,合理性与可行性相结合。应在保证药品安全性和有效性的前提下,根据实验研究的资料,结合中试生产的实际情况,制订出既确保药品质量,又能符合生产实际,并能促进生产的新药标准。

18.1.2.3 严格统一与协调一致的原则

药品质量标准的制订要符合国家药典或其他法定标准,应按照中国药典的格式、使用术语和计量单位等进行书写,力求规范化。

总之,药品质量标准的制订要充分体现"安全有效,技术先进,经济合理"的方针。要从人民健康需要出发,结合生产水平与临床使用实际来考虑。在确保人民用药安全有效的原则下,经过细致的质量研究,制订出既能确保药品质量,又能符合生产实际水平的药品质量标准。

18.1.3 制订药品标准的基本程序

18.1.3.1 药品的命名

制订药品质量标准时,首先应给药品一个法定的名称,药品名称是药品标准化、规范化的主要内容之一,也是药品质量标准的重要组成部分。

新药名称包括通用名、化学名、拉丁名、外文名、汉语拼音等。中国药品通用名称命名原则规定以下总则:① 药品名称应科学、明确、简短(一般以2~4字为宜);词干已确定的译名应尽量采用,使同类药物能体现系统性。药品名称经国家药品监督管理部门批准,即为法定的药品名称(通用名称)。② 药品的命名应避免采用可能给患者以暗示的有关药理学、解剖学、生理学、病理学或治疗学的药品名称,并不得以代号命名。③ 药品的外文名(拉丁名或英文名)应尽量采用世界卫生组织编订的国际非专利药名(International nonproprietary names for pharmaceutical substances,INN);INN 没有的,可采用其他合适的英文名称。

18.1.3.2 考查药品生产全过程

生产药品所用原料、纯度、生产设备、反应的中间体、残留的溶剂及药品贮存过程中可能分解的产物等都会影响药品质量,生产工艺也影响产品质量,因此当改变工艺时,应对药品质量进行考查,同时要重新报审,必要时修改质量标准。

18.1.3.3 查阅有关资料

查阅与该产品有关的国内外标准,收集、统计生产厂所积累的资料,分项分档统计,估计该药的生产水平;查阅有关该药品的分解产物和稳定性的研究资料,分析方法和质量考查资料。

18.1.3.4 对药品质量考查中发现的问题进行科学实验

在制订药品标准时,对原料药品要根据化学结构和理化性质等,设计鉴别试验和含量测定方法,并进行实验,对鉴别试验的专属性和灵敏性,以及含量测定方法的精密度和准确度进行验证。根据调查研究(包括工艺、稳定性、分解产物)拟出控制可能引入杂质或降解产物的项目,并进行科学实验,摸清限量,对制剂的鉴别和含量测定,均要进行对照试验及回收试验,以验证方法的可靠性。

18.1.3.5 起草药品标准及起草说明

按规定的格式和叙述方式起草药品标准,并将制订或修订标准的理由和依据(包括资料和实验数据)写出起草说明。起草说明是对制订新药标准的详细注释,充分反映制订新药质量标准的过程,有助于判断所订质量标准规格的合理性及各种检测方法的可靠性。同样,在对新药的质量标准进行修订时,也要起草修订说明。

18.2 西药质量标准的主要内容

18.2.1 西药原料药质量标准

各国药品质量标准在格式上略有不同,不同品种的药品标准的格式也不尽相同,但其内容基本相似。西药原料药质量标准的主要内容包括:品名(中文名称、汉语拼音、英文名称和化学名)、化学结构式、分子式与相对分子质量,来源与含量限度或效价限度、性状、鉴别、检查、含量测定、类别、剂量、贮藏、注意、制剂。

18.2.1.1 名称

西药原料的命名,应遵守上述药品通用名称命名原则。

18.2.1.2 化学结构式

分子结构与药品疗效具有密切的关系,具有相同分子结构的药物常常有类似的药理或毒理作用,药品的主体结构常常使其药理作用不同。在光学异构体中,左旋体、右旋体和消旋体的差异极为明显。化学结构式的具体写法和注意事项如下:① 凡化学结构已明确的单一有机化合物,均要列出结构式。② 环状化合物结构式中的 C、H 不必写出,但杂环中的 N、O、S 等原子则必须写出。③ 结构式要能表示主体构型、顺反异构体以及手性化合物。如为消旋体则不必表示,但有几个手性原子时,虽为消旋体,仍应标明。④ 有结晶水时,写在右边,中间用圆点隔开。⑤ 生物碱或有机碱(含环状结构)的盐,应将碱基部分加大括号,酸(包括有机酸或无机酸)的部分放在大括号外的右侧,不要写成离子式;如果有机碱部分为直链结构,则不加括号;如有结晶水,应写在酸的后面,中间用圆点隔开。⑥ 如为季铵盐,则写成离子式,并在季铵部分加大括号,酸根写在括号外右侧。⑦ 有机酸的盐类:1 价金属离子的有机酸盐,不加大括号;2 价或多价金属离子的有机酸盐,则将酸根写成离子式,并在酸根外加大括号,括号外再写金属离子。

18.2.1.3 分子式与相对分子质量

无论是无机药物或有机药物,都有特定的分子式。凡组成明确的单一化合物,均应列出分子式,按 1999 年国际相对原子质量表计算并列出相对分子质量至小数点后第 2 位;混合物或组成不定者,则不列分子式或相对分子质量。

18.2.1.4 来源、化学名与含量(或效价)限度

1. 来源 凡具有下列情况之一者,要注明来源,其后附简要的制法及其得到的为哪一类物质,并用句号,使与其后的含量(或效价)限度点断。① 从植物提取的生物碱(区别于化学合成),虽为结构明确的单一成分,但不同来源可能混有未检出的不同杂质,因而必须控制

原料来源,并在种名之后加注拉丁学名,必要时还应说明药用部位。② 由于对质量控制的特殊要求,必须借助于指定来源的,如淀粉等。③ 组分复杂,无含量测定方法,如明胶等;或测定方法不专属,如甲状腺等。④ 组分复杂或不完全清楚,并用效价表示的,如胰酶等。⑤ 组分不恒定的混合物,且无含量测定方法的,如凡士林等;可能时还应写出主成分,如硬脂酸等。⑥ 应用生物技术(区别于化学合成)制得的某些抗生素和生物制品。

2. 化学名 凡单一有机化合物,除名称本身已是系统名或为常用俗名外,均应写出化学名。命名时要根据化学命名原则,同一类化合物的命名要注意一致性,采用同一的母体名称。

3. 含量(或效价)限度 含量或效价限度是指按规定的含量测定(或效价测定)方法,测得本品应含有效物质的限度。为了正确反映药品的质量,一般采用换算成干品后计算含量。

除有用"效价测定"的化学药品和抗生素采用效价单位表示外,其他用"含量测定"的药品均以含有效物质的百分数表示,即写出该物质的化学分子式。用发酵法或其他方法制得,有效物质非单一成分,而含量测定方法又不专属时,则写成"含量按 XXX 计算"。

含量限度用分数表示,并规定上、下限,其有效数字应根据测定的精密度来确定,一般化学药品应准确至 0.1%;当含量的高限不超过 101.0% 时,可不写出上限。液体或气体药品的含量百分数加"(g/g)"、"(g/ml)"或"(ml/ml)"。

18.2.1.5 性状

性状是药品质量的重要表征之一,包括药品的聚集状态、晶型、色泽、嗅味、外观、稳定性(包括吸湿、风化以及遇光或在空气中的变化等等)、溶解度,以及物理常数等。性状可因生产条件的不同而有差异,只要这些差异不影响质量和药效,一般是允许的。因此在规定药品的性状时,应根据药品的性质特点和生理效应,结合生产的实际水平,针对某些影响生理活性的性状订出严格的要求。

1. 外观,嗅、味和稳定性 以上 3 项作为一个自然段,按次序记述,中间用分号隔开。外观性状是在对药品的色泽和外表感观的规定,许多药品有自己特有的外观形状,外观发生变化,则常常预示药品质量发生了变化。药物的颜色、味道、嗅味等与其化学结构有关,药物的颜色或与其他物质结合成有色物质时,可用于鉴别药物,药品味道或嗅味异常,往往表明其中含有杂质或是药品已经变质。嗅是指药品本身固有的,而不包括残留有机溶剂等带入的异臭;毒、剧、麻药不作"味"的记述。有吸湿、风化、遇光变质等与贮藏条件有关的性质,也应择要记述。遇有对药品的晶型、细度或溶液的颜色需作严格控制时,应在检查项下另作具体规定。

2. 溶解度 溶解度不列小标题,排在性状项下作为第 2 自然段。同一药品在不同的溶剂中会有不同的溶解度。溶解度是药品的一种物理性质,在一定程度上反映药品的纯度,也可供精制或制备溶液时的参考。药品的近似溶解排列次序:① 按溶解度大小,极易溶解、易溶、溶解、略溶、微溶、极微溶解、几乎不溶或不溶的次序排列;② 溶解度相同的溶剂,按其极性大小依次排列,热水或乙醇放在同溶解度的各溶剂之前;③ 在酸或碱性溶液中的溶解度放在最后,注明所用酸或碱性溶液的名称和浓度并在其前面加分号,使与其他溶液中的溶解度相隔开。对在特定溶剂中的溶解性能需要作质量控制时,应在该品种检查项下另作具体规定。

3. 理化常数 理化常数是指如相对密度、馏程、熔点、凝点、比旋度、折光率、黏度、吸光系数、酸值、碘值和皂化值等。测定结果不仅对药品具有鉴别意义，也反映药品的纯度。化合物固有的理化常数应以精制品测出。而质量标准中规定的理化常数范围，则是以临床用药品测得订出。具体项目可根据样品的特性确定，并严格按照现行中国药典或国外药典的凡例或附录中有关规定方法和要求进行试验。

18.2.1.6 鉴别

鉴别试验是指用理化或光谱方法来证明药品真实性的方法，要求专属性强，重现性好，灵敏度高，操作简便、快速等，常用的方法有：色谱法，紫外吸收特征，红外光谱和呈色反应或沉淀反应等。选用的条目不要太多，能够证明其真实性即可。

18.2.1.7 检查

检查项应考虑安全性、有效性和纯度三个方面的内容。药品中杂质含量直接影响药品含量和疗效，某些杂质可影响药品稳定性，甚至对人体有害。因此对于按既定工艺进行生产和正常贮藏过程中可能含有或产生并要需要控制的杂质及其限度均应进行规定。改变生产工艺时需另考虑增订有关项目。

1. 杂质的来源和分类　药品中所含杂质的来源有原料中带入、制造器具中带入、反应中生成的副反应产物、降解物、未反应的原料或中间体等。杂质从结构上可分为无机杂质（如氯化物、重金属等）和有机杂质（原料、中间体、降解物、异构体、副产物、残留溶剂等）。从其性质上可分为一般杂质（如果过多，说明质量差）和特殊杂质。一般杂质又称信号杂质，是指自然界分布广泛，在多种药品生产和贮存过程中易引入的杂质，如酸、碱、水分、氯化物、硫酸盐、铁盐、重金属、砷盐等。特殊杂质是指药品在生产制备或贮存过程中可能引入的某些杂质，如盐酸士的宁中需检查马钱子碱。特殊杂质在质量标准中又称为有关物质。

2. 制订杂质检查的原则　对药品纯度的要求并不是越纯越好，允许含有少量无害杂质或毒性极低的共存物，其限度可根据药品的性质、生产工艺、贮存使用、剂量多少和各国药典惯例确定；要有针对性地检查某些特殊杂质，检查影响药品质量的杂质，对有害杂质则应严格控制，分别测定并订出限度。对于一些化学结构尚未完全清楚的杂质，又没有适当的理化方法进行检查时，则可根据其药理作用或其他生物活性，采用适当的生物方法，如安全性试验、热原检查或细菌检查等作为控制指标。

3. 常用的检查项目　杂质检查方法的原理是利用药品和杂质在理化性质及生理作用上的差异，采用物理、化学、药理、微生物等方法来检查。常用的检查项目包括酸碱度、溶液的颜色和澄清度、无机阴离子、有机杂质、干燥失重或水分、炽灼残渣、金属离子和重金属离子、安全性检查等。

18.2.1.8 含量测定或效价测定

测定药物中有效成分的含量是保证药品疗效的重要手段，含量测定必须在鉴别无误、杂质检查合格的基础上进行，原则上要将药品的结构性质、生产实际及测定方法的准确度结合起来确定含量限度。选用专属、灵敏、准确、精密、简便的方法。

1. 制订含量测定方法的原理依据　凡用理化方法或生化方法测定药物含量，按有效物质的质量计算的称为"含量测定"；凡以生物学方法或生化方法测定生理活性物质，并按效价单位计算的，称为"效价测定"。

2. 方法的选择　在制订新药的质量标准时，测定方法的设计和选择，需考虑以下3个方面：① 根据药物的化学结构、剂量大小、剂型特点和理化性质综合考虑。② 所选用的分析方法应该是测定药物中对生理作用有效的部分。③ 所采用的分析方法应该可靠而且具有分辨力,即方法专属、灵敏、准确、精密和稳定。

目前常用的含量测定方法有滴定分析、光谱法和色谱法等。但究竟选择何种方法,需要根据供试药物的化学结构、理化性质、杂质情况,综合运用相关知识和技能来研究。一般来说,化学原料药首选准确度高的滴定分析方法。

3. 含量限度的制订　药品并不要求是绝对的纯品,但对杂质要规定有一定的含量限度。原料药的含量限度应根据其来源、药品本身的性质、生产的实际水平及含量测定所采用的方法等全面考虑。

18.2.1.9　类别

类别指药品的主要作用与主要用途或学科的归属划分,不排除在临床实践的基础上作其他类别药物使用。要收载药品主要的、确切的作用与用途。杂志刊物上其他学者发表的该药的用途不得收载,除非经国家药品监督管理部门批准并为临床试验证实。老药新用,要重新报批。

18.2.1.10　剂量

剂量指在规定给药途径下,成人的常用的量。个别品种项下所规定的极量,系指允许使用的最高剂量,除特殊情况下,一般不得超过。小儿和妇女用量要另行标明。毒、麻药品,精神药品,放射性药品要规定数量。

18.2.1.11　注意

注意项下所述的禁忌症和副作用,系指主要的禁忌症和副作用。

18.2.2　西药制剂的质量标准

药物制剂的质量研究,通常应结合制剂的处方工艺进行。质量研究内容应结合不同剂型的要求确定。与原料药相似,制剂的研究项目主要包括性状、鉴别、检查和含量测定等几个方面。

18.2.2.1　名称

制剂的命名除应遵循命名总则外,还应遵循以下原则:

(1) 制剂药品的命名,药品名称列前,剂型名列后。

(2) 制剂的药品名称中说明用途或特点等的形容词宜列于药名之前。

(3) 复方制剂根据处方组成的不同情况可采用以下方法命名。① 以主药命名,前面加"复方"两字。② 以几种药的名称命名或简缩命名,或采用音、意简缩命名。若主药名不能全部简缩者,可在简缩的药名前再加"复方"两字。③ 对于有多种有效药味组成的复方制剂,难以简缩命名者,可采取药名结合品种数进行命名。

18.2.2.2　来源与含量限度或效价限度

本项内容,除对注射剂需写明来源外,主要为规定该制剂的含量或效价限度。

注射剂的来源中,凡用热压法或其他适宜方法进行灭菌制成的,称为"灭菌水溶液"、"灭菌油溶液"、"灭菌稀乙醇溶液"或"灭菌粉末";凡用无菌操作制成的,称为"无菌粉末";凡经冷冻干燥制成的,称为"无菌冻干品";对于加有稳定剂或附加剂的由于一般不另立"处方",故也应注明。

关于含量限度与限度范围的规定:① 凡在该标准中列有"规格"的,均应按标示量计算;

② 如该标准中列有"处方"或未列"规格"时,则规定每一单元制品中含有量的范围或规定其百分浓度范围;③ 粉针剂:除在检查项下列有"含量均匀度"的按平均含量计算外,其余均按装量差异项下的平均装量计算;④ 个别制剂也有按有效物质计算的;⑤ 含量限度的范围,应根据主药含量的大小、测试方法的误差以及药物的稳定性等综合考虑制订;其数值的精度要根据方法的精密度和取样中可能的变异确定,如对片剂或粉针含量限度的精度要求可略低于注射液或其他液体制剂。

18.2.2.3 处方

复方制剂中的每一有效成分,有时并不能完全用含量测定项下的方法加以控制,因此在标准中增列"处方"(同时可略去"规格"),可以进一步保证制剂的质量,但其中的复方注射液,因在规格项下有不同的装量和浓度,而不能用 1 个处方加以固定,可以不列"处方"而保留"规格"。

单味制剂中的糖浆剂、酊剂或其他制剂的个别品种,其主要成分虽为单一药物,可用含量测定加以控制,但其所用的某些附加剂或辅料及配制方法也直接影响该制剂的有效性或稳定性,而又缺乏其他保证质量的措施,因此也应列出"处方"。

处方中应列出与该制剂质量有关的每一成分,并按总量为 1 000 片、1 000 g、1 000 ml 计算其用量。考虑到制剂工业的发展和新辅料的开发与应用,对某些防腐剂或色素,可在符合药典"凡例"和"制剂通则"中有关规定的前提下,不要求写出具体的品名和用量。

18.2.2.4 制法

凡属制剂通则中未收载的剂型,而该品种的制法又需特别强调的,以及虽有制剂通则,但其制法不同于通则的,均应在列有"处方"的前提下规定简要的制法,但叙述不宜过细。

18.2.2.5 性状

制剂的性状项下,依次描述本品的颜色和外形;如有特有的嗅味或影响外观性状的常见情况以及遇光变质等,可叙述于后,其间用分号断开。片剂如为糖衣或肠溶片,应除去包衣后,就片芯进行描述;胶囊剂应在说明为胶丸或胶囊后,再描述其内容物;软膏剂中如用乳剂型基质制备的,应在色、形之前说明为乳剂型基质;栓剂中,由于脂肪性基质和水溶性基质的"融变时限"不同,因此也应在色、形之前加以说明。

18.2.2.6 鉴别

制剂的鉴别试验,除应尽可能采用与原料药相同的方法外,也应考虑以下问题:① 某些制剂的主药含量极微,不可能照原料药项下进行鉴别试验,而必须考虑采用灵敏度较高、专属性较强的方法。② 制剂中共存药物和辅料的干扰,必要时应通过溶剂溶解而后分离;利用红外光谱法作为制剂鉴别时,更应注意供试品的预处理和晶型的转变。③ 若制剂的含量测定采用紫外分光光度法,可利用含量测定时的最大吸收波长或特定波长间吸光度的比值作鉴别。若含量测定采用色谱法,则可利用含量测定时对照品与供试品的保留时间进行鉴别。

18.2.2.7 检查

制剂直接应用于患者,除应符合各自"制剂通则"中的有关规定外,还应根据各自的特点,加订通则以外的项目,如酸碱度、颜色或溶液的颜色、含量均匀度、溶出度、释放度、不溶性微粒、热原或过敏试验等,以确保制剂的质量。

含量均匀度检查收载品种的原则:① 主要用于主药量在 10 mg 以下,而辅料较多者;

② 主药含量小于 20 mg,且因分散性不好,难以混合均匀者;③ 主药含量较大(例 50 mg)但不能用重量或装量差异加以控制质量者;④ 适宜于片剂包括包衣素片、胶囊剂、膜剂或粉针等剂量用药。

溶出度系指药物从片剂或胶囊剂等固体制剂在规定溶剂中溶出的速度和程度,重点用于溶解性能较差或体内吸收不良的口服固体制剂,凡检查溶出度的制剂,不再进行崩解时限的检查。

释放度系指口服药物从缓释制剂、控释制剂或肠溶制剂在规定溶剂中释放的速度和程度,主要用于检查因治疗量与中毒量相近,或因需要缓释、控释或速释者,凡检查释放度的制剂,不再进行溶出度或崩解时限的检查。

热原检查主要用于应用生物技术制得的抗生素或生化药品类的注射剂,以及在生产过程中适用于微生物繁殖的化学药品类注射剂,其装量在 5 ml 以上并用静脉给药的。

过敏试验应用于有可能含有异性蛋白,或在临床应用中曾出现过敏反应的注射剂。

18.2.2.8　含量测定或效价测定

制剂含量测定要求采用的方法具有专属性和准确性。由于制剂的含量限度一般较宽,故可选用的方法较多,主要有:① 色谱法。主要采用高效液相色谱法和气相色谱法。复方制剂或需经过复杂分离除去杂质与辅料干扰的品种,或在鉴别、检查项中未能专属控制质量的品种,可以采用高效液相色谱法或气相色谱法测定含量。② 紫外分光光度法。该法测定宜采用对照品法,以减少不同仪器间的误差。若用吸光系数($E_{1cm}^{1\%}$)计算,其值宜在 100 以上;同时还应充分考虑辅料、共存物质和降解产物等对测定结果的干扰。测定中应尽量避免使用有毒的及价格昂贵的有机溶剂,宜用水、各种缓冲液、稀酸、稀碱溶液作溶剂。③ 比色法或荧光分光光度法。当制剂中主药含量很低或无较强的发色团,以及杂质影响紫外分光光度法测定时,可考虑选择显色较灵敏、专属性和稳定性较好的比色法或荧光分光光度法。

制剂的含量测定一般首选色谱法。

对于含量限度的制订,应考虑主成分药品的性质,还应从剂型类别、剂型含量多少及含量测定方法来考虑制订含量限度。

18.2.2.9　类别、剂量、注意

单味制剂的"类别"、"剂量"与"注意",如在原料药中已收载,并与之完全相同的,即写"同 XXX(原料药品)";如在原料药中未收载的,或有不同之处,以及所有的外用制剂,均应另列,复方制剂也应另列。

18.2.2.10　规格

制剂的规格是指每一支、片或其他每一单位制剂中含有主药的量(或效价单位)或含量的百分数或装量;注射液项下,如为"1 ml:10 mg"系指 1 ml 中含有主药 10 mg。列有"处方"或在含量限度中已表示规格的制剂,可免列"规格"。

制品规格在 0.1 g 以下的用"mg"表示,0.1 g 以上的用"g"表示,但 1 个制剂项下,则应统一成一种单位表示,即小的规格如用"mg"表示,则超过 0.1 g 的较大规格也采用"mg"表示。一个制剂有几个制品规格时,从含量最小的到含量大的依次排列。

18.2.2.11　贮藏

由于药品质量和稳定性与贮藏方法有关,因此在制订时也要将贮藏条件作为一个项目来规定。本项规定是对制剂贮存与保管的基本要求。首先叙述对包装的要求,一般用"密闭

保存",液体制剂(酊剂、糖浆剂、溶液剂等)或易受潮变质的制剂(如糖衣片、胶囊剂等)用"密封保存"。再在"密闭(或密封)"之间说明对贮存场所的要求,如需干燥的,加注"在干燥处",怕热的,则根据不同的要求和药典凡例中的定义,分别加注"在阴凉处"、"在凉暗处"或"在冷处";如若该制剂有遇光变色的性质,则在包装要求中加"避光"。

18.3 中药质量标准的主要内容

中药事业的发展与现代医药互相补充,共同承担着维护人民健康的作用。由于中医药与现代医药理论体系不同,物质基础不同,各具特点。中医药强调辨证论治,君臣佐使复方给药,不少药味还需经炮制,因此,对于评价中药质量在保证安全有效总原则下,还具有不尽相同的表现方式。

中药的质量标准系指用合理的实验方法与适度的度量指标,控制药品的质量,应具有严密的科学性与良好的重现性,必须在处方(药味、用量)固定和原料(提取物、饮片)质量、制备工艺基本稳定的前提下,才可控制最终产品的质量,制定质量标准才能真正反映该药品的质量,药品也才能保证应有的疗效。中成药的质量标准内容包括:制剂名称、处方、制法、性状、鉴别、检查、含量测定、功能与主治、用法与用量、禁忌、注意、规格、贮藏、使用期限等。

18.3.1 名称

中药命名的总原则跟西药一样,应简短、科学、明确,不容易混淆、误解、夸大,属于国家标准收载而改变剂型的品种,除剂型名应更新外,原则上应采用原标准名称。对于单味制剂(含提取物),一般采用原料(药材)名与剂型名结合,如月见草油乳、绞股蓝皂苷片等。对于复方制剂,按以下原则命名:① 方内主要药味缩写加剂型,如参芍片、葛根芩连胶囊、银黄口服液。② 方中主要药味缩写加功效加剂型,如银翘解毒冲剂、参附强心丸。③ 药味数与主药名或功效加剂型,如十全大补口服液、六味地黄口服液。④ 功效加剂型,如心通合剂、镇脑宁胶囊。⑤ 君药前加复方,后加剂型,如复方天仙胶囊、复方丹参注射液。

18.3.2 处方

中药质量标准中处方形式多样,有以净药材或饮片处方,以粗提物处方,以有效部位(组分)处方,以化学成分单体处方等,无论何种处方,均应符合以下要求:① 处方药味若属国家药品标准收载品种,名称均应与其一致。② 处方药味排列顺序,应根据处方原则,按君、臣、佐、使排列,或主药、辅药排列。③ 处方中有需要炮制的药味,应加括号注明。④ 处方中药味均用法定计量单位,处方量根据剂型不同,按药典标准规范化要求写出。⑤ 处方原料均附标准,药材标准包括其基源名称及科、属、种拉丁学名,确实的主要产地,药用部位等,均应反映原料的实际情况,并说明属何级法定标准(药典、国家标准)收载者。⑥ 如处方原料为药材,而制剂由粗提物(浸膏)等制成,则浸膏制法及要求作为半成品规定,记述于制备工艺中,不作为原料另附标准。

18.3.3 制法

新药审批办法中明确规定申报资料即制备工艺及研究资料的要求。首先应写明工艺的过程,工艺的技术控制条件及理由;工艺中间体的质量检测要求、指标含量成分等;优选工艺的详细对比数据,确定最佳工艺的依据,并附工艺流程图。新药申报时应提供至少为中试以上规模的工艺条件,在质量标准中制法项可简要概括记述工艺全过程,对质量有影响的关键工艺,应列出控制的技术条件,可参考药典收载同剂型制剂的制法记述。

18.3.4 性状

从制剂外观反映产品的质量,包括形、色、味。

18.3.5 鉴别

18.3.5.1 鉴别方法

鉴别一般包括显微鉴别、色谱鉴别、理化鉴别及光谱鉴别等。

显微鉴别主要通过动植物组织或内含物的形态鉴别真伪,对含有原生药粉的成药或制剂仍占有重要地位,具有快速、简便、覆盖面大的特点。

色谱鉴别是以薄层色谱、气相色谱和液相色谱对中药进行真伪鉴别,目前又以薄层色谱鉴别应用最为普遍。由于中成药成分复杂,干扰较大,有时难以得到理想的分离效果,且有时被测组分含量极少,甚至难以检出。因此在色谱之前,采用化学方法提取纯化至关重要,不仅除去干扰杂质,而且使被检成分浓度相对提高,从而可得清晰的色谱图。在选择色谱条件时,如果新药待检成分的鉴别药典已有收载,则应先采用与其相同的色谱条件,如不能适用,再研究选用其他方法。色谱鉴别必须采用阴性对照,必要时还须取同类或同属其他药材作平行试验。

一般理化鉴别试验应针对文献报道的已知化学成分,而不能建立在化学预实验的基础上,方法应以专属、灵敏、简便、快速、重现性好为原则。由于复方制剂常有干扰,应反复验证,且进行阴性对照试验。

18.3.5.2 鉴别药味的选择

中药的主要特点之一是复方用药,处方药味从两三味到几十味,一般并不要求逐味进行鉴别。根据中医药理论,依处方原则首选君药与臣药进行鉴别;贵重药量虽少,但有时起重要作用,必须加强质量控制;含剧毒药物也须鉴别,且要规定含量或限度;选择鉴别药味也应结合药物本身的基础研究工作情况,如其成分不清楚,或通过试验干扰成分难以排除,则也可鉴别其他药味,但应在起草说明中说明理由。如为单方制剂,成分无文献报道的,应进行植化研究,搞清大类成分及至少一个单体成分,借以建立鉴别甚至含量测定项目。

18.3.6 检查

主要指控制药材或制剂中可能引入的杂质或与药品质量有关的项目。

18.3.6.1 剂型要求类检查项目

不同剂型有不同的质量要求,药典附录根据有关剂型分别要求检查不同项目。如固体制剂要求测水分;酊剂、酒剂要求测含醇量、总固体、相对密度、pH 值等;片剂、胶囊要求测重量差异、崩解度、含量均匀度、溶出度。注射剂要求比较严格,在研制过程中对可见异物、pH 值、蛋白质、鞣酸、重金属、砷盐、草酸盐、钾离子、树脂、炽灼残渣、热原、无菌等项应做检查,有些如呈阴性或限度极低,在标准正文中可不做规定,但研究资料均应记述于起草说明中。总固体的测定在注射剂中列于含量测定项下,经此量为基础,计算所含有关成分的量。

18.3.6.2 污染控制类检查项目

1. 异物污染 可分为钝性异物和有害异物两类,前者如夹杂泥沙杂草、非药用部位等;有害异物的污染则可能造成严重质量事故。在检查项下规定灰分、酸不溶性灰分及异性有机物等。

2. 昆虫及微生物污染 自20世纪60年代以来,国内外对非灭菌药物制剂(包括药材与中成药)的生物性污染都有一些考查,有些属严重污染,有些外用成药中曾检出破伤风杆菌等。染螨与虫霉情况,冲剂、蜜丸尤以糖浆染螨与发霉应加强检查,国内中成药卫生学检查已为常规要求。

3. 化学污染 可能来自土壤、化肥、化学除草剂、农药熏蒸、杀虫剂、水源等。药材污染有害金属汞、铝、镉、铬等国内也有报道。有时因水质欠佳,洗涤药材后污染铬、砷等。新药的研制均应作砷与重金属检查,检出量极低的正文中可不作规定。

18.3.6.3 质量参数类检查项目

与质量有直接关系的专定检查项目,如川乌、草乌炮制后乌头碱的限量;黄连素中检查巴马汀及药根碱等;监测伪品的掺入及检查药物纯度及安全性等。

18.3.7 含量测定

中药材多为天然药物,含有多种成分,中成药及制剂多为复方,所含成分更为复杂,但常共具临床疗效,有时甚至具双向调节作用,很难确定某化学成分是中医用药的唯一有效成分,有些还不一定能与中医药用疗效完全吻合,或与临床疗效直观地比较。然而药物的疗效必定有其物质基础,根据中医药理论,结合现代科学研究,择其具生理活性的主要化学成分,作为有效或指标性成分之一,建立含量测定项目,评价药物的内在质量,并衡量其商品质量是否达到要求及产品是否稳定,是完全必要的。

18.3.7.1 含量测定项目与药味的选定原则

1. 根据目前我国中成药标准化程度及生产单位设备条件,研究建立一项较为完善的含量测定项目,方法准确、灵敏,考核实验数据齐全,限度制定合理,即认为基本符合要求,但如君药、贵重药、剧毒药同时存在,则常常要求测定多项。

2. 单方制剂所含成分必须基本清楚,并搞清其中主要成分的分子式与结构式,既能测定其总成分,又便于以主要成分计算。

3. 复方制剂处方原则有君、臣、佐、使之分,应首先选其主药(君、臣药)及所含贵重药、毒剧药,进行质量研究,建立含量测定方法及限度,量微者也要规定限度试验。

4. 对前述药味基础研究薄弱或在测定中干扰成分多,也可依次选定臣药等其他药味进行含量测定。但须在起草说明中阐述理由。

18.3.7.2 测定成分的选定原则

1. 有效成分或指标成分清楚的可针对性定量。

2. 成分类别清楚的,可对总成分如总黄酮、总皂苷、总生物碱等进行测定。但必须无干扰才可进行。

3. 所测成分应归属于某一单一药味。如成药中含有2种以上药味具相同成分或同系物(母核相同),最好不选此指标,因无法确证某一药材原料的存在及保证所投入的数量质量,但如处于君药地位,或其他指标难于选择测定,也可测定其总含量,但同时须分别测定药材原料所含该成分的含量,并规定限度。在保证各味药质量的基础上,达到控制成药质量的目的。

4. 对于因药材原料产地和等级不同而含量差异较大的成分,需注意检测指标的选定和产地的限定。

5. 含量过低的成分较难真正反映成药的内在质量。药材原料所含大类成分如总蒽醌含量较高,但在复方制剂中由于工艺制备过程中的损失,含量已经降低,所以当测定大类成分有干扰,改测定某一单一成分如大黄素时,含量仅为十万分之几。由于样品不均或工艺及检测操作稍有误差则对含量影响极大。

6. 检测成分应尽可能与中医用药的功能主治相近,如山楂在成药中若以消食健胃功能为主,则应测定其有机酸含量;若以活血止痛治疗心血管病为主,则测其所含黄酮类成分。

7. 中西药结合的制剂一般不提倡,除非经拆方试验,药效学证实复方制剂优于单独中药或西药,此药才能成立。含量测定则要求不仅测中药君药,所含西药也必须建立含量测定项目。

8. 复方制剂中由于某些药味基础研究工作薄弱,测定干扰难以克服或含量极低,无法进行某些成分含量测定的,也可选择适宜的溶剂进行浸出物测定。

9. 对成药进行各种探讨均无法确定含量测定项目时,也可择其君药之一的药材原料进行含量测定,间接控制成药质量。

18.3.7.3 含量限度的制定

含量限度是在检验方法确定的基础上,积累足够的数据后总结提出的。否则就不能反映实际情况,实践中势必会遇到种种问题。新药申报生产时应积累 10 批以上的含量数据,提出限度。中药制剂含量限度规定的方法,一种是规定下限,一种是规定幅度,还可规定标示量的百分数。凡药品中规定有含量测定项的,其原料药材也必须符合成品中所测成分含量限度,防止盲目投料。

实　　验

分析化学基本操作

一、天平

1. 部件(参见图 1-1)

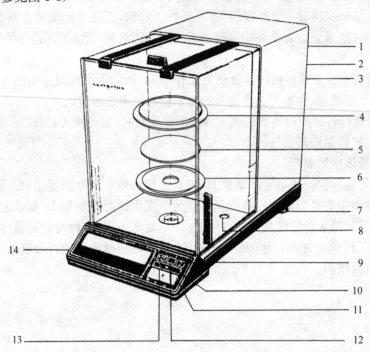

图 1-1　R200D 半微量电子天平

1. 电源插孔、电压选择器　2. 菜单开关　3. 接口　4. 保护环　5. 天平称盘　6. 防护板　7. 水平脚
8. 水平仪　9. 开关　10. 打印控制器　11. 皮重控制　12. 校准键　13. 选择键　14. 重量显示屏

2. 仪器的 4 种状态

(1) 工作状态:屏幕显示"Busy",此时不接受任何指令。

(2) 准备状态:屏幕显示"STANDBY"(即不切断电源,仅关闭天平,开启后不需重新预热,随时可以称样)。

(3) 调零校正:见后面 CAL 键说明。

(4) 静止状态:切断电源,仪器处于静止状态。

3. 功能键的使用说明

(1) ON/OFF 键:称重后,暂时关闭天平时按"ON/OFF"键,使天平处于准备状态,显示器显示"STANDBY";若欲再次称样时,按一下此键则随时可以进行称量,不必重新预热。

(2) 42 g/205 g 键:称样范围选择键,天平开启时在 42 g 范围,此时可读至小数点后第 5 位(0.01 mg);若按一下"42 g/205 g"键,则称重时可读至小数点后第 4 位(0.1 mg)。若要恢复使用 42 g 量程范围,则按"T"键即可。

天平最大称样量是 199.999 9 g。

(3) PRINT 键:若天平接有打印机时,称好样后按一下此键即可打印出结果。

(4) CAL 键:①按"CAL"键,显示"C",几秒钟后显示"CC"(校正同时可听到声频信号),声频停止后,显示"0.000 00 g"。② 若按"CAL",显示"CE",则应按"T"键后,重复①操作至显示"0.000 00 g"。

(5) T 键:该键作用为除皮重。即若用称量纸或称量瓶直接称重法称样时,可将称量纸或称量瓶置于天平盘上,按此键显示器显示"0.000 00 g",则皮重除去。

4. 操作步骤

(1) 接通电源,仪器自检后,预热至少 2 h。

(2) 根据所需精密度,选择量程范围(若仅需读至小数点后第 4 位,则按"42 g/205 g"键)。

(3) 除皮重,将称量瓶(纸)置天平盘上,按"T"键,显示"0.000 00 g"则皮重除去。

(4) 加上样品,待显示器读数稳定并显示出重量单位"g"时,即可读出所称样品重量。

(5) 称样结束后,按"ON/OFF"键,使天平处于准备状态,显示屏显示"STANDBY";若当天不再使用该天平时,则切电源即可。

二、滴定分析基本操作

1. 滴定管

滴定管是用来滴定的器皿,用于测量在滴定中所用溶液的体积。

滴定管是一种细长、内径大小比较均匀而具有刻度的玻璃管,管的下端有玻璃尖嘴(图 1-2)。有 25 ml、50 ml 等不同的容积。如 25 ml 滴定管就是把滴定管上刻有 25 等份,每一等份为 1 ml,1 ml 中再分 10 等份,每一小格为 0.1 ml,读数时,在每一小格间可再估计出 0.01 ml。

滴定管一般分为两种,一种是酸式滴定管,另一种是碱式滴定管。酸式滴定管可盛放酸液及氧化剂,不能盛放碱液。盛放碱液时要用碱式滴定管。它的下端连接一橡皮管,内放一玻璃珠,以控制溶液的流出,下面再连有一尖嘴滴管。这种滴定管不能盛放酸或氧化剂等腐蚀橡皮的溶液。

滴定管在使用以前,须先将洗净的滴定管活塞拔出,用滤纸将活塞及活塞套擦干,在活塞粗端和活塞套的细端分别涂一层凡士林,把活塞插入活塞套内,来回旋转数次,直到从外面观察时呈透明状。亦可在玻璃活塞孔的两端涂上一层凡士林,小心不要涂在塞孔处以防堵塞孔眼,然后将活塞插入活塞套内,来回旋转活塞数次直至透明为止(图 1-3)。

在活塞末端套一橡皮圈,以防在使用时将活塞顶出。然后在滴定管内装入蒸馏水,置滴定管架上直立 2 min 观察有无水珠滴下,缝隙中是否有水渗出,然后将活塞转 180°再观察一次,没有漏水即可使用。

为了保证装入滴定管的溶液浓度不被稀释,要用该溶液荡洗滴定管 3 次,每次约 5 ml 左右。荡洗方法是注入溶液后,将滴定管横置,慢慢转动,使溶液流遍全管,然后将溶液自下端尖嘴放出。洗好后即可装入溶液。装溶液时直接由试剂瓶倒入滴定管,不要经过漏斗等其他容器。

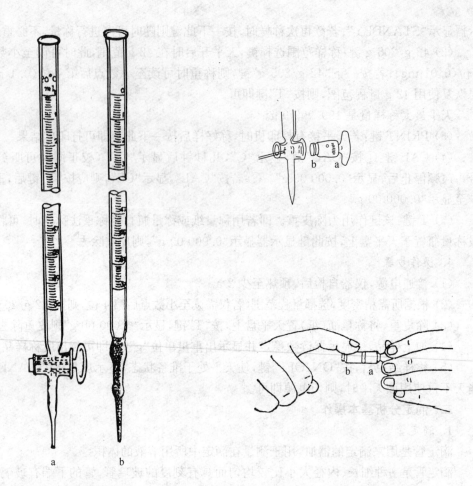

图 1-2　a—酸式滴定管　　　　　　　图 1-3　上、活塞涂油操作一
　　　　　b—碱式滴定管　　　　　　　　　　　　下、活塞涂油操作二

　　标准溶液充满滴定管后,检查管下部是否有气泡,如有气泡,可转动活塞使溶液急速流下驱去气泡。碱式滴定管,若有气泡,可将橡皮管向上弯曲,并在稍高于玻璃珠所在处用两手指挤压,使溶液从尖嘴口喷出。气泡即可除尽(图 1-4)。

　　(1)滴定管读数　在读数时,应将滴定管垂直地夹在滴定管夹上,并将管下端的液滴除去。滴定管内的液面呈弯月形,无色溶液的弯月面清晰,读数时,眼睛视线与溶液弯月面下缘最低点应在同一水平线上。眼睛位置不同会得出不同的读数。为了使读数清晰,亦可在滴定管后边衬一张纸片为背景使形成颜色较深的弯月面,易于观察。深色溶液弯月面难以看清,如 $KMnO_4$ 溶液,可以观察液面的上缘。读数时应估计到 0.01 ml。参见图 1-5。

　　在同一实验的每次滴定中,溶液的体积应该控制在滴定管刻度的同一部位。例如第 1次滴定是在 0~30 ml 的部位,那么第 2 次滴定也使用这个部位。这样,由于刻度不准确而引起的误差可以抵消。

　　(2)滴定　用左手控制滴定管的活塞,右手拿锥形瓶。使用酸式滴定管时,左手拇指在前,食指及中指在后,一起控制活塞。在转动活塞时,手指微微弯曲,轻轻向里扣住,手心不要顶住活塞小头端,以免顶出活塞,使溶液溅漏。正确的滴定操作见图 1-6 和 1-7。使用碱式滴定管时用手指捏玻璃珠上半球部位的橡皮管,挤成一条缝隙,溶液即可流出(图 1-7)。

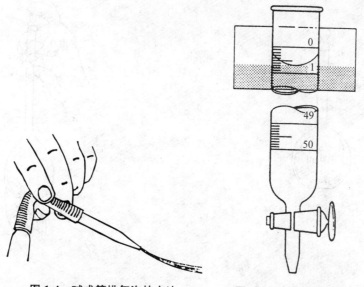

图 1-4　碱式管排气泡的方法　　　　　图 1-5　滴定管读数方法

滴定时,按图 1-6 和 1-7 所示,左手控制溶液流量,右手拿住瓶颈,并向同一方向作旋摇运动,这样使滴入的标准溶液能很快地被分散,进行化学反应。旋摇时注意勿让瓶内溶液溅出。近终点时,用少量蒸馏水吹洗锥形瓶内壁,淋下溅起的溶液,使作用完全。同时,放慢滴定速度以防滴定过量。每次滴入标准溶液一滴或半滴,不断旋摇,直至到达终点。

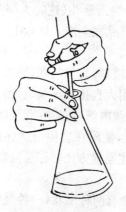

图 1-6　两手操作姿势　　　　　　　图 1-7　在烧杯中的滴定操作

2. 容量瓶

容量瓶(图 1-8)是一种细颈梨形平底瓶,带有磨口塞或塑料塞。颈上刻有体积标线,表示在所指温度下当溶液充满到标线时的液体的正确体积。容量瓶一般用来配制标准溶液或试样溶液。

(1) 容量瓶在使用前先检查其是否漏水　检查的方法是:放入自来水至标线附近,盖好瓶塞,瓶外水珠用布擦拭干净,用左手按住瓶塞,右手手指托住瓶底边缘,把瓶倒立 2 min,观察瓶塞周围是否有水渗出。如果不漏,将瓶直立,把瓶塞转动约 180° 后,再倒立过来一次,检查两次,以防瓶塞与瓶口不密合(图 1-9)。

图 1-8　容量瓶　　　　　　　　　　　图 1-9　检查漏水和混匀溶液操作

（2）配制溶液应先将量瓶洗净　如果固体物质配制溶液,先将该物质在烧杯中溶解后,再将溶液定量转移到洗净的量瓶中。加入溶剂,至量瓶的 2/3 时,轻摇量瓶,使溶液混匀,再继续加溶剂。接近标线时,要慢慢滴加,直至溶液的弯月面与标线相切为止。盖好瓶塞将量瓶倒转,让瓶内气泡上升,如此反复倒转数次使溶液混匀。

有时,可以把一干净漏斗置于量瓶口上,将称取的样品倒入漏斗(这时大部分已经落入量瓶中),然后,以洗瓶吹出少量蒸馏水将残留在漏斗上的样品完全洗入量瓶中。洗净后,轻轻提起漏斗,再加入蒸馏水至量瓶的 2/3 处,其余操作同前。

量瓶不能久贮溶液,尤其是碱性溶液,因为碱液会腐蚀玻璃,黏住瓶塞,无法打开。故配制的溶液应及时转移至合适的试剂瓶中。其次,量瓶不能用火直接加热及烘烤。

（3）定量转移的方法(图 1-10)　用玻棒的下端靠近瓶颈内壁,使溶液沿玻棒流入量瓶。溶液全部流完后,将烧杯口沿着玻棒上提,同时将烧杯竖直,使附在玻棒与烧杯口之间的溶液回到烧杯中。然后用蒸馏水洗涤烧杯 3 次,洗涤液用上述同样方法转移至量瓶中。

3. 移液管

（1）移液管(吸管)用于准确移取一定体积的溶液,通常有两种形状,一种是管中间有膨大部分,称为胖肚移液管(胖肚吸管)。常用的有 5 ml、10 ml、25 ml、50 ml 等几种。另一种直形的,管上刻有分度,称为吸量管(刻度吸管)。常用的有 1 ml、2 ml、5 ml、10 ml 等多种(图 1-11)。

（2）使用时,洗净的移液管先用待吸取的溶液洗涤 3 次,以除去管内残留的水分。为此,可倒少许溶液于洁净的干燥小烧杯中,用该移液管吸取少量溶液,将管横置转动,使溶液流过管的所有内壁,然后使管直立,将溶液由尖嘴口放出。

（3）吸取溶液时,一般可以用左手拿洗耳球(无洗耳球时可用嘴吸),右手把移液管插入溶液中吸取。当溶液吸至标线以上时,马上用右手食指堵住管口,取出,用滤纸擦干下端,然后稍松食指,使液面平稳下降,直至液面的弯月面与标线相切,立即按紧食指(图 1-12)。将移液管垂直放入接受溶液的容器中,管尖与容器接触,放松食指,使溶液自由流出。流完后再等 15 s。残留于管尖的液体不必吹出,因为在校正移液管时,也未把这部分液体的体积计算在内。

移液管使用后,应立即洗净放在移液管架上。

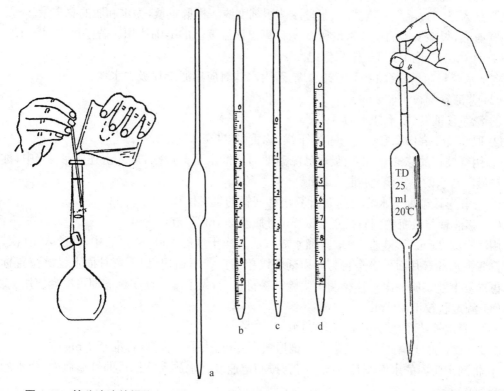

图 1-10　转移溶液的操作　　图 1-11　胖肚移液管和吸量管　　图 1-12　移液管的使用操作

4. 容量仪器的校正

在分析化学工作中,测量溶液体积的基本单位是标准 L,即在真空中 1 000 g 的水在摄氏 4℃(严格地说应为 3.98℃)时所占的体积,在滴定分析中,常以 L 的千分之一即"ml"做基本单位。

容器与液体的体积都随温度变化而变化。而且摄氏 4℃ 并不是我们适宜的一般工作条件,通常是以 20℃ 作为标准温度。在此温度下,容器的容量恰等于 4℃ 时 1 000 g 水的体积,人们把它称为"规定 L",以 L 表示。

实际上,人们的工作条件往往不一定在 20℃ 进行,容器的容积也并不一定恰是标定体积。所以,在精密的分析工作中,严格要求准确测量溶液的体积时,必须在开始时首先校正所用的测量仪器。

校正的方法是称量充满在该容器中的水重,按其与密度的关系求出溶液在工作温度下的正确体积。

$$V_t = \frac{W_t}{\rho}$$

式中:V_t 为在 t℃时水的正确体积;W_t 为在空气中 t℃时以黄铜砝码称得水的重量;ρ 为在空气中 t℃时水的密度。

直接利用上式进行计算,忽略了不同温度下玻璃容器的体积变化[①]。

(1) 量瓶的校正(250 ml)

① 将量瓶洗净、干燥后,在台秤上称重,称准至 10 mg。记录重量。

② 加入已测过温度的蒸馏水,至量瓶体积刻度线。称取重量,为水和瓶的总重量。

③ 查表,得在实验温度下水的密度 ρ,计算出该温度下的准确体积。若体积与刻度示值不符,应计算出校正值或另作体积标记。

在加水至量瓶后,瓶颈上不能挂水珠,若附水珠时应用滤纸片吸去水珠。

(2) 移液管的校正(25 ml)

① 洗净移液管(以不挂水为度)。

② 取 50 ml 磨口塞锥形瓶,洗净,干燥,称重(称准至 1 mg)。

③ 用待校正的移液管,正确吸取已测温度的蒸馏水至刻度线,放入上述锥形瓶[①]中,称重得锥形瓶与水的总重量(称准至 1 mg)。

④ 查表得该温度下水的密度 ρ,计算出移液管的真实体积。

(3) 移液管与量瓶的相对校正(250 ml 量瓶及 25 ml 移液管为例)

用洗净的 25 ml 移液管,吸取蒸馏水放入已洗净干燥的 250 ml 量瓶中,共放入 10 次,观察量瓶中水的弯月面下缘是否与体积刻度线相切。若不相切,记下弯月面上缘的位置标记。再重复上述实验一次。连续两次实验结果符合后,做上配套体积标志即可配套使用。

(4) 滴定管校正(25 ml)

① 将滴定管洗净,装入已测温度的水。

② 取已洗净、干燥的 50 ml 磨口塞锥形瓶,在分析天平上称重(称准至 1 mg)。

③ 将滴定管内的水面调整在 0.00 处,按滴定速度将水放入已称重的锥形瓶中,使水的体积至 5.00 处。

④ 在分析天平上称量盛水的锥形瓶重量,得瓶、水之总重量(称准至 1 mg)。

⑤ 查表得该温度下水的密度 ρ 并计算出水的重量后,计算滴定管 0.00～5.00 处的真实体积。

⑥ 用上述方法继续校正 0.00～10.00,0.00～15.00 等处的真实体积。

⑦ 重复校正一次,两次校正所得同一刻度的体积相差不应大于 0.01 ml。

⑧ 算出各个体积处的校正值(两次平均值)。以读数值为横坐标,校正值为纵坐标作出校正值曲线,以备滴定时查取。

(5) 不同温度下水的密度

① 对于温度不同,水的密度不同的校正,应在校正时测量一下水的实际温度,然后查出该温度下 1 ml 水应有的重量。

② 温度对玻璃容器本身体积也有影响,玻璃容器的体积随温度变化而变化的情形可用下式表示:

$$\Delta V = V_0 \cdot (t_2 - t_1) \times 0.000\,026$$

式中:ΔV 为由于温度变化而改变的体积;V_0 为容器的原体积;t_1、t_2 分别为原来温度和

---

① 将移液管中的蒸馏水放入锥形瓶时,水珠不能挂在锥形瓶内壁、瓶口及瓶塞等,以免挥发损失。

改变后温度;0.000 026 为玻璃的膨胀系数。

水的密度表

温度/℃	1 ml 水在真空中重/g	1 ml 水在空气中(用黄铜砝码称重)重/g
15	0.999 13	0.997 93
16	0.998 97	0.997 80
17	0.998 80	0.997 66
18	0.998 62	0.997 51
19	0.998 43	0.997 35
20	0.998 23	0.997 18
21	0.998 02	0.997 00
22	0.997 80	0.996 80
23	0.997 57	0.996 60
24	0.997 32	0.996 38
25	0.997 07	0.996 17
26	0.996 81	0.995 93
27	0.996 54	0.995 69
28	0.996 26	0.995 44
29	0.995 97	0.995 18
30	0.995 67	0.994 91

三、pHS－25 型酸度计使用说明

仪器外形见图 1-13。

使用方法

按图所示方式装好电极杆及电极夹,并按需要的位置紧固。然后装上电极,支好仪器背部的支架。在开电源开关前,把量程选择开关置于中间的位置。

1. 仪器的检查　通过下列操作方法,可判断仪器是否正常。

(1) 将"功能选择"开关置于"＋mV"或"－mV"。电极插座不能插入电极。

(2) "量程选择"开关置于中间位置,打开仪器电源开关,此时电源指示灯应亮,表针位置在未开机时的位置。

(3) 将"量程选择"开关置于"0～7"挡,指示电表的示值应为 0 mV(±10 mV)位置。

(4) 将"功能选择"置于"pH"挡,调节"定位",应能使电表示值小于 6 pH。

(5) 将"量程选择"开关置于"7～14"挡,调节"定位",应能使电表示值大于 8 pH。

当仪器经过以上方法检验,均符合要求后,则可认为仪器的工作性能基本正常。

2. 仪器的校准　酸度计校准步骤如下:

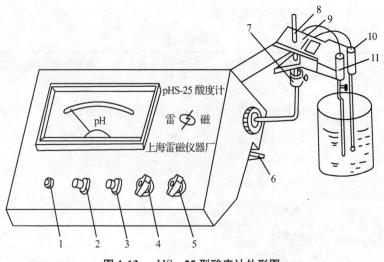

图 1-13　pHS—25 型酸度计外形图

1. 电源指示灯　2. 温度补偿器　3. 定位调节器　4. 功能选择器　5. 量程选择器　6. 仪器支架
7. 电极杆固定圈　8. 电极杆　9. 电极夹　10. pH 玻璃电极　11. 甘汞参比电极

（1）用蒸馏水冲洗电极，并用滤纸吸干后，即可把电极插入已知 pH 值的标准缓冲溶液中，调节温度调节器，使所指的温度与溶液温度一致。

（2）置"量程选择"开关于所测 pH 标准缓冲溶液的范围这一挡（如 pH＝4.00，或 pH＝6.86 的溶液，则置"0～7"挡）。

（3）调节"定位"旋钮，使电表指示该缓冲溶缓的 pH 值。

经上述步骤校准后的仪器，"定位"旋钮不应再有任何变动。一般情况下，24 h 内无论电源是连续地开或是间隔地开，仪器不需再校准。但遇下列情况之一，则最好将仪器事先校准：

① 溶液温度与校准时的标准缓冲溶液温度有较大变化。

② 使用干燥过较久的电极或换了新电极。

③ "定位"旋钮有变动或可能有变动。

④ 测量过 pH 值较大（pH 值大于 12）或较小（pH 值小于 2）的溶液。

⑤ 测量过含有氟化物且 pH 值小于 7 的溶液之后，或较浓的有机溶剂之后。

3. **溶液 pH 值测定**　经过 pH 校准的仪器，即可用来测定样品溶液的 pH 值，其步骤如下：

（1）把电极插在未知溶液之内，稍稍摇动烧杯，使缩短电极响应时间。

（2）调节"温度"电位器，使其指在溶液温度示数。

（3）置"功能选择"开关于"pH"挡。

（4）置"量程选择"开关于被测溶液的可能 pH 值范围。

此时仪器所指示的 pH 值即为未知溶液的 pH 值。

4. **测量电极电位**　测量电极电位时，根据电极电位极性，置于"功能选择"开关。当此开关置于"＋mV"时，仪器所指示的电极电位值的极性与仪器后面板上标志相同；当此开关置于"－mV"时，电极电位极性与后面板上标志相反。

当"量程选择"挡置于"0～7"时，测量范围为 0～±700 mV。置于"7～14"时，测量范围为±700～±1 400 mV。

四、光谱分析仪器及操作

752型分光光度计的使用

【仪器外形】如图1-14。

【使用方法】

1. 将灵敏度旋钮调至"1"挡。

2. 按"电源"开关(开关内2只指示灯亮),钨灯点亮;按"氢灯"开关(开关内左侧指示灯亮),氢灯电源接通,再按"氢灯触发"按钮(开关内右侧指示灯亮),氢灯点亮。仪器预热30 min(注:仪器后背部有一只"钨灯"开关,如不需用钨灯时可将它关闭)。

3. 选择开关置于"T"。

4. 打开试样室盖(光门自动关闭),调节"0%"(T)旋钮,使数字显示"00.0"。

5. 将波长指示置于所需测的波长。

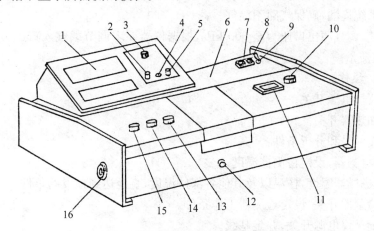

图1-14　752型紫外光栅分光光度计

1. 数字显示器　2. 吸光度调零旋钮　3. 选择开关　4. 吸光度斜率电位器
5. 浓度旋钮　6. 光源室　7. 电源开关　8. 氢灯电源开关
9. 氢灯触发按钮　10. 波长手轮　11. 波长刻度窗　12. 试样架拉手
13. 100%T旋钮　14. 0%T旋钮　15. 灵敏度旋钮　16. 干燥器

6. 将装有待测溶液的比色皿放置于比色皿架中(注:波长在360 nm以上时,可以用玻璃比色皿;波长在360 nm以下时,要用石英比色皿)。

7. 盖上样品室盖,将参比溶液比色皿置于光路,调节透光率"100"旋钮,使数字显示为100%(T)[如果显示不到100%(T),可适当增加灵敏度的挡数。同时应重复步骤4,调整仪器的"00.0"]。

8. 按上述方法连续几次调节"00.0"和"100.0"位置。

9. 将被测溶液置于光路中,从数字显示器上直接读出被测溶液的透光率(T)值。

10. 吸收度A的测量:参照步骤4和步骤7,调整仪器的"00.0"和"100.0"。将选择开关置于"A"。旋动吸收度调整旋钮,使得数字显示为"00.0"。然后移入被测溶液,显示值即为试样的吸收度A值。

11. 浓度c的测量:选择开关由"A"旋至"c",将已标定浓度的溶液移入光路,调节"浓度"旋钮使得数字显示为标定值。将被测溶液移入光路,即可读出相应的浓度值。

12. 如果大幅度改变测试波长,需要等数分钟后才能正常工作(因波长由长波向短波或由短波向长波移动时,光能量变化急剧,使光电管受光后响应缓慢,需一定的移光响应平衡时间)。

13. 改变波长时,重复步骤4及步骤7两项操作。

14. 每台仪器所配套的比色皿不能与其他仪器上的比色皿单个调换。

15. 本仪器数字显示后背部带有外接插座,可输出模拟信号。插座1脚为正,2脚为负,接地线。

五、色谱分析仪器及操作

(一) 气相色谱仪

【操作前准备】

1. 根据分析对象将所选择的色谱柱安装在柱箱内。

2. 气路系统检漏,确保气路不漏气。

3. 通载气,调气源出口压力至 600 kPa,根据仪器要求调节载气入口压力,根据需要调节柱前压或柱流量。

【进行分析操作】

1. 打开仪器电源开关。

2. 打开加热器开关。

3. 设定文件号和分析条件:

(1) 选择检测器,设定检测器温度;

(2) 设定进样器温度,柱温以及其他各部件温度,直至达到预设的条件。

4. 打开检测器开关,设定检测器工作条件。

5. 打开记录仪电源开关,并走基线。

6. 点火:通 H_2 和空气,根据需要调节点火时的 H_2 和空气流量(或压力),3～5 min 后点火,听到爆鸣"扑"声,同时基线有变化,说明火已点着。

点火后将 H_2 和空气流量(或压力)调到所需的正常值。

如使用毛细管柱,则调尾吹气至所需的流量,调分流气至所需的流量比。

7. 调零,调主机检测器(或放大器)面板上的调零旋钮,使基线处于记录仪的适当范围,基线稳定后,调记录仪调零旋钮。

8. 进样。

【分析结束操作】

1. 关闭记录仪、检测器开关。

2. 关闭 H_2、空气,如使用毛细管柱,则关掉尾吹气。

3. 关闭电热器开关,打开柱箱门,关闭主机电源开关。

4. 关闭载气。

(二) LC-10A 液相色谱仪

【操作方法】

1. 开启稳压电源,待"高压"红灯亮后,打开 LC-10AD 输液泵、CTO-10AC 柱温箱、SPD-10A 分光光度检测器和色谱处理机电源开关。

2. 输液泵基本参数设置:打开输液泵电源开关后,输液泵的微处理机首先对各部分被控制系统进行自检,并在显示窗内显示操作版本后,可进行流量压力等参数的设定。

3. 排除管道气泡或冲洗管道:将排液阀旋转180°至"open"位置,按 purge 键,输液泵以10 ml/min 流量输液,观察输液管道中是否有气泡排出,当确信管道中无气泡后,按 pump 键,使输液泵停止工作,再将排液阀旋钮旋转至"close"位置。

4. 色谱柱冲洗:按 pump 键,输液泵以1.0 ml/min 的流量向色谱柱输液,在显示窗中可以监测到系统内压力的变化情况。在常用的甲醇—水流动相体系中,压力值应为10 MPa上下。

5. SPD—10A 分光光度检测器:转动波长旋钮至所需波长,按下 ABS 键,并在响应选择键中按下 STD 键,用"ZERO"键调节输出零点。

6. 进样:将六通进样阀旋转至"LOAD"位置,用平头注射器进样后,转回至"INJECT",并同时记录色谱图。

【注意事项】

1. 流动相更换:如果欲更换的流动相与前一种流动相混溶,另取一个500 ml 干净的烧杯,放入200 ml 新的流动相,把砂芯过滤器从先前的流动相贮液瓶中取出,放入烧杯中,轻轻摇动一下,打开排液阀(转至"open"位置),按 purge 键,使输液泵以10 ml/min 流量工作5～10 min,排出先前的流动相(约50～100 ml)。关泵后再把过滤器放入新的流动相中,关闭排液阀,以1.0 ml/min 流量清洗色谱柱,最后接上柱后检测器,清洗整个流路。如果新的流动相与原来的流动相不相溶,则用一个与两种流动相都混溶的流动相进行过渡清洗。如果使用缓冲溶液作为流动相,则更换流动相之前,必须用蒸馏水彻底清洗泵,因为缓冲液中溶质的沉淀会磨损液泵活塞及活塞密封圈。清洗方法如下:将注射器吸满水,与液泵清洗管道相联,然后把蒸馏水推入管道,先清洗液泵,再清洗进样器。

2. 输液泵应避免长时间在高压下(>30 MPa)工作。如果发现输液泵工作压力过高,可能由以下原因造成:色谱柱、管道、过滤器和柱子上端接头等堵塞或输液流量太大,应立即停泵,查清原因后再开泵。

3. 实验开始前和实验结束后用纯甲醇冲洗管道和色谱柱若干时间,可以避免许多意想不到的麻烦。当用缓冲液做流动相时,实验结束后先用石英亚沸蒸馏水冲洗30 min,再用纯甲醇冲洗15 min。

实验 1 称量练习

【目的与要求】

1. 学会正确使用天平。
2. 掌握直接称量、固定重量称量和减重法称量的方法。

【原理】

分析天平是用来比较两物体重量的一级杠杆,它工作的原理是:在达到平衡时,$m_1L_1 = m_2L_2$(其中 m_1 代表未知物体的质量,m_2 代表已知物体的质量,L_1 和 L_2 代表两臂的长度)。通常构造时,天平两臂长度相等,所以在达到平衡时,$m_1 = m_2$。天平上有一个指针用来指示平衡的到达。当调整 m_2 的重量时,应托起天平,使其指针回到原位。

【试剂与仪器】

1. 试剂

$BaCl_2 \cdot H_2O$

2. 仪器

双盘天平,称量瓶,烧杯(50 ml 或 100 ml),锥形瓶(250 ml)。

【操作步骤】

1. 直接称量 将待称物品置于天平左盘上,直接称量。

2. 减重称量 称量样品和称量瓶的重量,然后定量移出(如轻拍)部分样品至溶解样品的容器中。再次称量样品和称量瓶的重量,通过两次重量之差即可得出样品重量,重复该步骤可以得到下一个样品的重量(见图 1-1)。

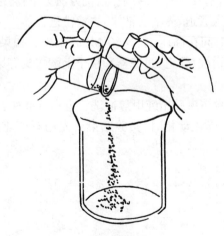

图 1-1 取样方法示意

3. 固定重量称量 在天平上称量称量纸(称量瓶、小烧杯等)重量,用干净的小匙加样,称量样品和称量纸的总重,通过减去称量纸的重量即可得出样品的重量。此法适用于称量不易吸水、在空气中稳定的试样。

【注意事项】

1. 称量时,不能将称量的药品、试剂直接放在天平盘上,而要在容器(称量瓶、称量盘)或称量纸上称量。有样品洒出,立刻用软刷子刷净。

2. 在取放物体、加减砝码和移动砝码时,必须将天平横梁托起。

3. 称量完毕后,砝码装置恢复零位,称量物从天平中取出。

4. 称量过程中,关闭门,空气流易引起天平不稳。

5. 室温下称量,避免空气对流。

6. 对于电光天平,始终应先托起天平横梁,再将砝码装置恢复到零。动作轻缓。

【思考题】

1. 什么是天平的零点或停点?

2. 在称量练习时,如何正确运用有效数字?

3. 如何准确迅速地称量物体的重量?

4. 如何保护天平的刀口?

5. 在减重法称量过程中,是否必须调零,为什么?

6. 称量瓶减少的质量是否一定等于烧杯增加的重量? 差别从何而来?

EXPERIMENT 1   WEIGHING EXERCISE

PURPOSE

1. Learn to use analytical balance correctly.

2. Grasp weighing method: direct weighing; weighing substance of fixed weight; weighing by difference.

THEORY

The analytical balance is a first-class lever that compares two masses. The principle of operation is based on the fact that at balance $m_1 L_1 = m_2 L_2$ (m_1 represents the unknown mass, m_2 represents a known mass, L_1 and L_2 represent arm length). As the two arms are constructed to be of the same length, therefore, at balance $m_1 = m_2$. A pointer is placed on the beam of the balance as an indicator when a state of balance is achieved. Before the operator adjusts the value of m_2 the balance should be unloaded until the pointer returns to its original position on the scale.

REAGENTS AND SOLUTIONS

$BaCl_2 \cdot H_2O$

APPARATUS

Double-pan balance, a weighing bottle, a beaker(50 ml or 100 ml) or a conical flask (250 ml).

PROCEDURE

1. Direct weighing: Place the object on the left pan of the balance, and weigh it directly.

2. Weighing by difference: The sample in the weighing bottle is weighed and then a portion is removed(e. g. , by tapping) and quantitatively transferred to a vessel appropriate for dissolving the sample. The weighing bottle and the sample are then reweighed and from the difference, the weight of sample is obtained. The weight of the next sample can be obtained by repeating the process(Fig 1-1).

3. Weighing an object of fixed weight: Weigh the weighing paper(or weighing bottle, small beaker and so on) alone on the balance, then add sample with a clean spatula. Weigh the sample plus weighing paper. Subtract the weight of the weighing paper to obtain the weight of the sample. This method is only valid for samples that do not absorb water from the air on standing.

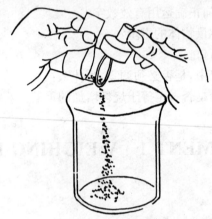

Fig 1-1   The way of weighting

NOTES

1. Never place chemicals directly on the pans, but weigh them in a vessel(weighing bottle, weighing dish) or on powder paper. Always brush spilled chemicals off immediately with a soft brush.

2. Never place objects or weights on the pans nor remove them without securing the beam of the pan at rest.

3. Never leave weights on the balance when finished. Replace the ride on zero.

4. Always close the balance case door before weighing. Air currents will cause the balance unsteady.

5. Weigh at room temperature, avoid air convection currents.

6. With double-pan balances, always release the beam first and then the pan. When finished weighing, secure the pan at rest first, with the pointer near the center of the scale, and then the beam. The movements should be made gently.

QUESTIONS

1. What is the zero or rest point of a balance?

2. How to use significant figures in a weighing calculation?

3. How to weigh an object accurately and quickly?

4. How to protect the knife-edges of a balance?

5. In weighing by difference, do the zero point need to be set? Why?

6. Does the weight the weighing bottle lost exactly equal to the weight the beaker increased? Where does the difference come from?

实验 2 重金属限量检查

【目的与要求】

掌握一般杂质限量检查的方法及杂质限量的计算。

【原理】

重金属指在 pH3.5 的醋酸盐缓冲液条件下能与显色剂(硫代乙酰胺试液)或硫化钠作用的所有金属盐类的总称。包括银、铅、汞、铜、镉、铋、锡、砷、锌等。生产中遇铅的机会较多,铅又易在体内积蓄中毒,因此检查时多以铅为代表。供试样中的重金属离子与硫化氢作用,生成棕黑色沉淀,与同法处理的铅标准溶液比较,做限量试验。本实验检查 5 g NaCl 样品的重金属有无超标。

【试剂与仪器】

1. 试剂

(1) 氯化钠(NaCl);

(2) 铅储备液:称取 159.8 mg 硝酸铅,加入 5 ml 硝酸,用水稀释至 1 000 ml;

(3) 标准铅溶液(10 μg Pb/ml):移取 10.00 ml 铅储备液,用水定容至 100 ml(10 μg/ml);

(4) pH3.5 醋酸盐缓冲液;

(5) 硫代乙酰胺溶液:取 4 g 硫代乙酰胺,加 100 ml 蒸馏水溶解。取 1 ml 上述溶液,再加 5 ml 的甘油混合溶液(1 mol/L NaOH 15 ml,水 5 ml 及甘油 20 ml),水浴上加热 20 s,冷却后即用。

2. 仪器

纳氏比色管,容量瓶(100 ml),烧杯(25 ml),移液管(1 ml,10 ml),量筒(10 ml,100 ml)

【操作步骤】

1. 供试管:取 5 g NaCl 于纳氏比色管中,加入 20 ml 水溶解。

   标准管:移取 1.00 ml 标准铅溶液于另一纳氏比色管中。

2. 于上述两支纳氏比色管中,分别加入 2 ml 醋酸盐缓冲溶液,用水稀释至 25 ml,再分别加入 2 ml 硫代乙酰胺溶液,混匀,放置 2 分钟后,比色。

【注意事项】

1. 溶液的 pH 会影响沉淀颜色。

2. 如果测试液有颜色,可用焦糖溶液调整标准液,使其颜色类似。

3. 35 ml 溶液中含 Pb 10~20 μg 时,溶液颜色容易区分。

4. 保持供试液和标准液的测试条件一致。

EXPERIMENT 2   LIMIT TEST FOR HEAVY METALS

PURPOSE

Grasp the method of limit test for impurity and the calculation of the limit for impurity.

THEORY

Heavy metals represent metals that can react with thioacetamideglycerin or sodium sulfide under pH 3.5 acetate buffer condition. Heavy metals include silver, lead, mercury, copper, cadmium, bismuth, tin, arsenic and zinc, etc. In the production, the opportunity for lead is larger than other heavy metals. And lead is easy to accumulate in the body. So the heavy metal is tested on behalf of lead. The heavy metals in the sample react with hydrogen sulfide and form brown-black precipitate, and this is compared with the lead standard solution under the same treatment. This experiment examines whether the heavy metals in NaCl sample exceeded.

REAGENTS AND SOLUTIONS

1. Sodium chloride.

2. Lead nitrate stock solution: Dissolve 159.8 mg of lead nitrate in 100 ml water to which has been added 1 ml of nitric acid 5 ml, then diluted to 1 000 ml.

3. Standard lead solution: On the day of use, dilute 10.00 ml of Lead Nitrate Stock Solution with water to 100.0 ml. Each ml of Standard Lead Solution contains the equivalent of 10 μg of lead.

4. pH 3.5 Acetate buffer.

5. Thioacetamideglycerin solution: Dissolve 4 g of thioacetamideglycerin in 100 ml of water, store in refrigerator. On the day of use, to 5 ml of solution which is made by mixing 15 ml of 1 mol/L NaOH 5 ml of water and 20 ml of glycerol, add 1 ml of thioacetamideglycerin solution prepared above. Heat the solution for 20 seconds on a water bath, cool for immediate use.

APPARATUS

Color-comparison tubes, volumetric flask (100 ml), beaker (25 ml), measuring cylinder(10 ml, 100 ml), pipets(1 ml, 10 ml).

PROCEDURE

1. Test preparation: Weigh about 5.0 g of sodium chloride into a 50 ml color-comparison tube. Dissolve sodium chloride in 20 ml of distilled water, add 2 ml of pH 3.5 acetate buffer, dilute to 25 ml with water.

Standard preparation: Into a 50 ml color-comparison, tube, pipet 1 ml standard lead solution, add 2 ml of pH 3.5 acetate buffer, dilute to 25 ml with water.

2. To each of the two tubes containing test preparation and standard preparation, add 2 ml of thioacetamideglycerin solution, mix, allow to stand 2 minutes, and view

downward over a white surface: the color of the solution from the test preparation is not darker than that of the solution from standard preparation.

According to Chinese Pharmacopoeia, limit for heavy metal in sodium chloride is not more than 2 ppm.

NOTES

1. The color would become weaker if the pH is either too low or too high.

2. If the solution from test preparation is colored, adjust the solution from standard preparation with caramel solution to make the color identical to that of the solution from test preparation.

3. The turbidity of solutions containing 10-20 μgPb/35 ml varies gradually and can be easily distinguished by macrography.

4. Keep the conditions of test solution accord with that of the standard solution.

实验 3　氢氧化钠标准溶液(0.1 mol/L)的配制与标定

【目的与要求】

1. 掌握标准溶液的配制和用基准物质来标定标准溶液浓度的方法。
2. 基本掌握滴定操作和滴定终点的判断。

【原理】

NaOH 容易吸收空气中的 H_2O 和 CO_2。因此配制标准 NaOH 溶液常用间接配制法，首先配制大概浓度的 NaOH 溶液，然后用基准物质对其精确浓度进行标定。

标定碱溶液常用的基准物质是邻苯二甲酸氢钾，其纯度高(99.95％)，不易吸水，具有较高相对分子质量(204.2)。其滴定反应如下：

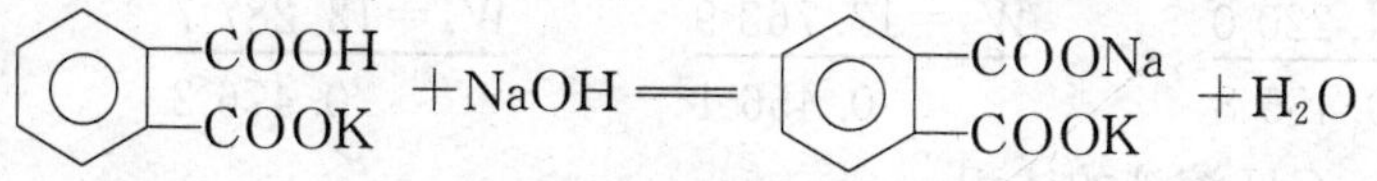

$$\text{邻苯二甲酸氢钾（COOH/COOK）} + NaOH \Longrightarrow \text{（COONa/COOK）} + H_2O$$

计量点时，由于弱酸盐的水解，溶液呈微碱性，应采用酚酞为指示剂。

【试剂与仪器】

1. 试剂

(1) NaOH 固体：A. R 级。

(2) 邻苯二甲酸氢钾基准物质：在 105℃ 干燥至恒重后，放入干燥器中备用。

(3) 酚酞指示液：1％乙醇溶液。

2. 仪器

滴定管(25 ml)，锥形瓶(250 ml)，量筒(100 ml)，烧杯(400 ml)，试剂瓶(500 ml)，橡皮塞。

【操作步骤】

1. 0.1 mol/L NaOH 溶液的配制

称取 2.2 g 固体 NaOH 置于烧杯中，以少量蒸馏水溶解后，转移稀释至 500 ml 带有橡皮塞的试剂瓶中。

2. 0.1 mol/L NaOH 溶液的标定

精密称取在 105～110℃ 干燥至恒重的邻苯二甲酸氢钾约 0.44 g。加新煮沸过的冷蒸馏水 50 ml，小心摇动，使其溶解，加酚酞指示液 2 滴，用 0.1 mol/L NaOH 溶液滴定至溶液呈浅红色。记录所耗用的 NaOH 溶液的体积。

根据邻苯二甲酸氢钾的重量和所用 NaOH 溶液的体积(ml)，按下式计算 NaOH 标准溶液的物质的量浓度。

$$c_{NaOH} = \frac{W_{KHC_8H_4O_4}}{V_{NaOH} \times \dfrac{M_{KHC_8H_4O_4}}{1\,000}} \quad (M_{KHC_8H_4O_4} = 204.2 \text{ g/mol})$$

【注意事项】

1. 近终点时采用半滴及一滴的操作。

2. 称量 NaOH 时应用小烧杯。

【思考题】

1. 配制标准碱溶液时,用台秤称取固体 NaOH 是否会影响溶液浓度的准确度?能否用纸称取固体 NaOH?为什么?

2. 为什么必须在滴定前润洗滴定管?

3. 在本次实验中,可以用甲基橙作指示剂吗?

实验报告示例

1. 原始记录(示例)

(1) 邻苯二甲酸氢钾重量(g)

① $W_1 = 14.675\ 8$ ② $W_2 = 14.220\ 0$ ③ $W_3 = 13.763\ 9$

  $\underline{W_2 = 14.220\ 0}$ $\underline{W_3 = 13.763\ 9}$ $\underline{W_4 = 13.287\ 7}$

  0.455 8   0.456 1   0.476 2

(2) 耗用 NaOH 溶液的体积

① 21.78 ml   ② 21.81 ml   ③ 22.73 ml

2. 实验报告(示例)

	1	2	3
基准物质+称量瓶重/g	$W_1 = 14.675\ 8$	$W_2 = 14.220\ 0$	$W_3 = 13.763\ 9$
基准物质+称量瓶重/g	$W_2 = 14.220\ 0$	$W_3 = 13.763\ 9$	$W_4 = 13.287\ 7$
$W_邻$/g	0.455 8	0.456 1	0.476 2
V_{NaOH}/ml	21.78	21.81	22.73
c_{NaOH}/(mol/L)	0.102 5	0.102 4	0.102 6
平均值/(mol/L)		0.102 5	
相对平均偏差		0.07%	

EXPERIMENT 3   PREPARATION AND STANDARDIZATION OF SODIUM HYDROXIDE SOLUTION

PURPOSE

1. Master the method of preparation and standardization of solutions with standard substance.

2. Master the titration using a buret and the determination of the end point of a titration.

THEORY

Sodium hydroxide absorbs water and carbon dioxide in the air and it is customary to prepare sodium hydroxide solution of approximately desired concentration and then standardize the solution against a primary standard. Potassium hydrogen phthalate is most commonly used to standardize sodium hydroxide solution for it's readily available in purity of 99.95%, nonhygroscopic and it has a high equivalent weight, 204.2 g/eq.

$$\text{(benzene ring)}\begin{array}{l}-COOH\\-COOK\end{array} + NaOH = \text{(benzene ring)}\begin{array}{l}-COONa\\-COOK\end{array} + H_2O$$

REAGENTS AND SOLUTIONS

Potassium hydrogen phthalate: standard substance.

Sodium hydroxide: A. R.

Phenolphthalein indicator: 0.1% alcoholic solution.

APPARATUS

Buret(25 ml), pyrex(250 ml), measuring cylinder(100 ml), beaker(400 ml), reagent bottle(500 ml), rubber Stopper.

PROCEDURE

1. Preparation of 0.1 mol/L sodium hydroxide solution

Dissolve 2.2 g of sodium hydroxide in a little water, then transfer the water to a rubber-stopped bottle and dilute to 500 ml.

2. Standardization of sodium hydroxide solution

Weigh accurately into three clean, numbered pyrexs about 0.44 g of potassium hydrogen phthalate(dried at $105 \sim 110 \, ℃$). To each flask add 50 ml of distilled water and shake the flask gently until the sample dissolved. Add two drops of phenolphthalein to each flask. Titrate the solutions to the first permanent pink color which should persist not less than thirty seconds or so.

CALCULATIONS

$$c_{NaOH} = \frac{W_{KHC_8H_4O_4}(g)}{V_{NaOH} \times \dfrac{M_{KHC_8H_4O_4}}{1\,000}}$$

$$M_{KHC_8H_4O_4} = 204.2 (g/mol)$$

NOTES

1. Technique of producing a drop or half of a drop of standard solution each time near the end of titration.

2. Weigh sodium hydroxide in a beaker instead of on a piece of paper.

QUESTIONS

1. Why must not sodium hydroxide be weighed on a piece of paper? Does it affect the accuracy to weigh sodium hydroxide on a trip balance?

2. Why is it important to rinse the buret with sodium hydroxide before a titration?

3. Can methyl orange be applied as an indicator in this titration?

实验4　阿司匹林(乙酰水杨酸)的含量测定

【目的与要求】

1. 掌握用酸碱滴定法测定阿司匹林的原理和操作。

2. 掌握酚酞指示剂的滴定终点。

【原理】

阿司匹林在水中溶解度较小,它可以在乙醇介质中被 NaOH 标准溶液滴定。其滴定反应为:

计量点时,生成物是强碱弱酸盐,溶液呈微碱性,应选用碱性区域变色的指示剂。本实验选用酚酞作指示剂。

【试剂】

1. 阿司匹林:药用。

2. 酚酞指示液:1%乙醇溶液。

3. 中性乙醇:取 40 ml 95%乙醇,加入 8 滴酚酞指示剂,用 0.1 mol/L NaOH 滴定至中性。

4. NaOH 标准溶液:0.1 mol/L。

【操作步骤】

取本品约 0.4 g,精密称定,加中性乙醇(对酚酞指示液显中性)10 ml,溶解后,加酚酞指示液 3 滴,在不超过 10℃的温度下,用 0.1 mol/L NaOH 液滴定至显淡红色,即达终点(每 1 ml 0.1 mol/L NaOH 液相当于 18.02 g 的 $C_9H_8O_4$)。按下式计算阿司匹林的百分含量:

$$C_9H_8O_4\% = \frac{c_{NaOH} \cdot V_{NaOH} \dfrac{M_{C_9H_8O_4}}{1\,000}}{W_{样}} \times 100\% \qquad (M_{C_9H_8O_4} = 180.2 \text{ g/mol})$$

【注意事项】

1. 滴定体系中应尽量无水,近终点时应用中性乙醇淋浇内壁。

2. 终点颜色应在 30 秒内不褪色。

【思考题】

1. 在强碱滴定弱酸时,应选择什么指示剂?

2. 为什么乙醇必须用酚酞指示剂调节至中性?

实验报告示例

1. 原始记录(示例)

(1) 阿司匹林重量(g)

① $W_1 = 16.8845$ ② $W_2 = 16.4630$ ③ $W_3 = 16.0588$

　　$W_2 = 16.4630$ 　　　　$W_3 = 16.0588$ 　　　　$W_4 = 15.6647$

　　　　0.4215 　　　　　　　0.4042 　　　　　　0.3941

（2）耗用 NaOH 溶液的体积

①22.80 ml ②21.82 ml ③21.30 ml

2. 实验报告（示例）

	1	2	3
样品＋称量瓶重/g	$W_1 = 16.8845$	$W_2 = 16.4630$	$W_3 = 16.0588$
样品＋称量瓶重/g	$W_2 = 16.4630$	$W_3 = 16.0588$	$W_4 = 15.6647$
样品重/g	0.4215	0.4042	0.3941
c_{NaOH}/(mol/L)		0.1025	
V_{NaOH}/(mol/L)	22.80	21.82	21.30
$C_9H_8O_4$％	99.91％	99.71％	99.83％
平均值		99.82％	
相对平均偏差		0.07％	

EXPERIMENT 4　DETERMINATION OF PURIFIES OF SALICYCLIC ACETATE

PURPOSE

1. Master the principle and method of determining aspirin using acid-base titration.

2. Master the titration end point of phenolphthalein.

THEORY

Salicylic acetate has low solubility in water. It can be titrated in alcoholic media against sodium hydroxide instead of in water. The end point is alkaline and a phenolphthalein indicator is applied.

REAGENTS AND SOLUTIONS

1. Aspirin.

2. Phenolphthalein indicator: 0.1％ alcoholic solution.

3. Neutral alcohol: To a beaker of 40 ml of 95％ alcohol add eight drops of phenolphthalein and titrate carefully the solution to the end with 0.1 mol/L Sodium hydroxide solution.

4. Sodium hydroxide solution: 0.1 mol/L.

PROCEDURE

Weigh accurately into three clean, numbered pyrexs of 250 ml about 0.4 g of aspirin. To each flask add 10 ml of neutral alcohol and shake the flask gently until the sample dissolved. With sodium hydroxide solution titrate each of the solutions to the first permanent pink color which should persist not less than thirty seconds.

CALCULATIONS

$$C_9H_8O_4\% = \frac{c_{NaOH} \times V_{NaOH} \times \dfrac{M_{C_9H_8O_4}}{1\,000}}{W_{SAMPLE}} \times 100 \quad (M_{C_9H_8O_4} = 180.2 \text{ g/mol})$$

NOTES

1. Minimum water should be brought into the titration system. Water should be drained as much as possible by placing beakers upside down. Rinse down the inner side of beakers with a little neutral alcohol instead of water near the end point.

2. The color of the solution at the end point should last not less than 30s.

QUESTIONS

1. How to select a indicator in a weak acid-strong base titration?

2. Why must alcohol used in the titration be made neutral by the phenolphthalein indicator?

实验 5　高氯酸标准溶液(0.1 mol/L)的配制与标定

【目的与要求】

掌握非水溶液酸碱滴定的原理及操作。

【原理】

在冰醋酸中以高氯酸的酸性最强,故常用高氯酸作标准溶液。以邻苯二甲酸氢钾作基准物质,结晶紫作指示剂,根据基准物质的重量及所消耗的高氯酸标准液的体积,即可求得高氯酸溶液的物质的量浓度。其滴定反应为:

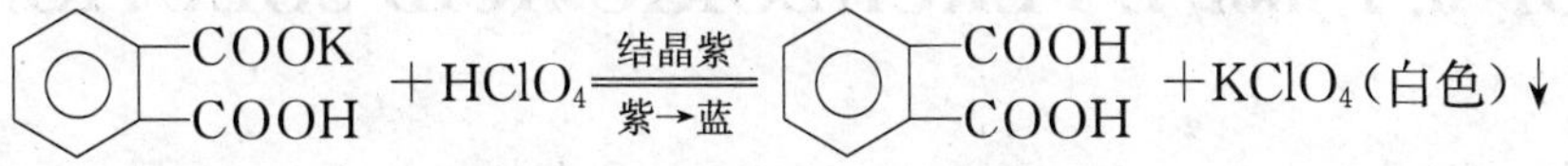

$$\text{邻苯二甲酸氢钾} + HClO_4 \xrightarrow[\text{紫}\to\text{蓝}]{\text{结晶紫}} \text{邻苯二甲酸} + KClO_4(\text{白色})\downarrow$$

生成的 $KClO_4$ 不溶于冰醋酸－醋酐溶剂,因而有沉淀生成。

【试剂与仪器】

1. 试剂

(1) 结晶紫指示液:0.5%冰醋酸溶液。

(2) 高氯酸:A. R,70%～72%,相对密度1.75。

(3) 冰醋酸:A. R。

(4) 醋酐:A. R,97%,相对密度1.08。

(5) 邻苯二甲酸氢钾:基准物。

2. 仪器

微量滴定管(10 ml),锥形瓶(50 ml),量筒(10 ml)。

【操作步骤】

1. $HClO_4$ 标准溶液(0.1 mol/L)的配制

取无水冰醋酸 750 ml,加入高氯酸(70%～72%)8.5 ml摇匀,在室温下缓缓滴加醋酐 24 ml,边加边摇,加完后再振摇均匀,放冷,加适量的无水冰醋酸使成 1 000 ml,摇匀,放置 24 h。若所测样品易乙酰化,则须用水分测定法测定本液的含水量,再用水和醋酐反复调节至本液的含水量为 0.01%～0.2%。

2. $HClO_4$ 标准溶液的标定

精密称取基准物质约 0.16 g,加醋酐—冰醋酸(1∶4)混合溶剂 10 ml 使溶解,加结晶紫指示液数滴,用高氯酸液(0.1 mol/L)滴定至蓝色,并将滴定结果用空白试验校正。计算公式:

$$c_{HClO_4} = \dfrac{W_{KHC_8H_4O_4}}{V_{HClO_4} \cdot \dfrac{M_{KHC_8H_4O_4}}{1\,000}} \qquad (M_{KHC_8H_4O_4} = 204.2\ \text{g/mol})$$

其中 V_{HClO_4} 为空白校正后的体积。

【注意事项】

1. 使用的仪器预先洗净烘干。

2. 滴定管应用真空脂润滑活塞。

3. 高氯酸、冰醋酸能腐蚀皮肤、刺激黏膜,应注意防护。

4. 微量滴定管的使用和读数(估样时用 8 ml 计算;读数可读至小数点后 3 位,最后一位为"5"或"0")。

5. 实验结束后应回收溶剂。

【思考题】

为什么要做空白试验?

EXPERIMENT 5 PREPARATION AND STANDARDIZATION OF 0.1 mol/L PERCHLORIC ACID SOLUTION

PURPOSE

Master the principle and operation of acid-base titration in nonaqueous media.

THEORY

Perchloric acid is the strongest acid in acetic acid and often used as a titrant in nonaqueous media. It is customary to use potassium hydrogen phthalate as a primary standard which can act either as an acid or a base. Crystal violet is used as an indicator. Or the end point can be detected potentiometrically using a glass or calomel electrode pair.

$$\text{(benzene ring)}\begin{array}{c}-COOH\\-COOK\end{array} + HClO_4 \xrightarrow[\text{violet} \to \text{blue}]{\text{crystal violet}} \text{(benzene ring)}\begin{array}{c}-COOH\\-COOH\end{array} + KClO_4\,(\text{white}) \downarrow$$

REAGENTS AND SOLUTIONS

Potassium hydrogen phthalate: standard substance.

Acetic anhydride: A. R, 97%.

Acetic acid: A. R.

Perchloric acid: A. R, 70%~72%(g/g), d 1.75.

Perchloric acid solution: 0.1 mol/L.

Crystal violet indicator: 0.5% acetic acid solution.

APPARATUS

Buret(10 ml), pyrexs(50 ml), measuring cylinder(10 ml).

PROCEDURE

1. Preparation of 0.1 mol/L Perchloric Acid Solution Add 8.5 ml of 72% perchloric acid to 750 ml of glacial acetic acid, mix well, add 10 ml of acetic anhydride, and allow the solution stand for 30 min, cool. Dilute to 1 000 ml with glacial acetic acid, stand for 24h.

2. Weigh accurately into three clean, numbered pyrexs of 250 ml about 0.16 g of potassium hydrogen phthalate. To each flask add 10 ml of solvent of acetic anhydride-acetic acid(1 : 4) and shake the flask gently until the sample dissolved. Titrate the solutions till it becomes blue. Calibrate the results with that of the blank test.

CALCULATIONS

$$c_{HClO_4} = \frac{W_{KHC_8H_4O_4}}{V_{HClO_4} \times \dfrac{M_{KHC_8H_4O_4}}{1\,000}} \qquad M_{KHC_8H_4O_4} = 204.2(g/mol)$$

Where V_{HClO_4} is the volume obtained after making a blank correction.

NOTES

1. Apparatus used should be dried beforehand.

2. Lubricate the stopcock plug with vacuum grease instead of vaseline.

3. Cares should be taken in handling perchloric acid and glacial acetic acid for their corrosion and pungency.

4. Record the readings of volume in three decimals. The last decimal is either zero or five.

5. Recycle solvents.

QUESTIONS

What is the purpose of blank determination?

实验6 水杨酸钠的含量测定

【目的与要求】

1. 掌握有机酸碱金属盐的非水滴定方法。
2. 熟悉结晶紫指示剂的滴定终点颜色。

【原理】

水杨酸钠为有机酸的碱金属盐,在水溶液中溶解度小且碱性较弱($K_{b_2} = 9.4 \times 10^{-10}$),不能直接进行酸碱滴定,选择适当溶剂,使其碱性增强,可用标准高氯酸溶液进行滴定,其滴定反应为:

$$HClO_4 + HAc \rightleftharpoons H_2Ac^+ + ClO_4^-$$
$$C_7H_5O_3Na + HAc \rightleftharpoons C_7H_5O_3H + Ac^- + Na^+$$
$$H_2Ac^+ + Ac^- \rightleftharpoons 2HAc$$

总反应式:

$$HClO_4 + C_7H_5O_3Na \underset{\text{紫}\rightarrow\text{蓝绿}}{\overset{\text{结晶紫}}{\rightleftharpoons}} C_7H_5O_3H + ClO_4^- + Na^+$$

选用醋酐－冰醋酸(1:4)混合溶剂,以增强水杨酸钠的碱度,便可用结晶紫为指示剂,用高氯酸溶液滴定。

【试剂与仪器】

1. 试剂

(1) $HClO_4$ 标准液:0.1 mol/L。

(2) 水杨酸钠:药用。

(3) 醋酸:A.R.。

(4) 醋酐:A.R,97%,相对密度1.08。

(5) 结晶紫指示剂(同实验6)。

2. 仪器

微量滴定管(10 ml),锥形瓶(50 ml),量杯。

【操作步骤】

精密称取在105℃干燥的水杨酸钠约0.13 g于50 ml干燥的锥形瓶中,加醋酐－冰醋酸(1:4)10 ml使之溶解,加结晶紫指示液数滴,用高氯酸液滴定至蓝绿色,并将滴定结果用空白试验校正。计算公式($M_{C_7H_5O_3Na} = 160.10$ g/mol):

$$C_7H_5O_3Na\% = \frac{c_{HClO_4} \cdot V_{HClO_4} \cdot \dfrac{M_{C_7H_5O_3Na}}{1\,000}}{W_{\text{样}}} \times 100\%$$

其中 V_{HClO_4} 为空白校正后体积。

【注意事项】

注意室温,若与标定时温度不同,需加以校正,因为冰醋酸的体积膨胀系数较大,其体积随温度改变较大。

$$c_1 = \frac{c_0}{1+0.001\ 1(t_1-t_0)}$$

式中：c_0 为 t_0 时溶液浓度；c_1 为 t_1 时溶液浓度。

【思考题】

1. 在非水酸碱滴定中，若容器、试剂含有微量水分，对测定结果有什么影响？

2. 在非水酸碱滴定中，为什么标定和测定时终点的颜色不同？

EXPERIMENT 6   DETERMINATION OF THE CONTENT OF SODIUM SALICYLATE

PURPOSE

1. Master the principle and operation of nonaqueous titration of the alkali salts of organic acid.

2. Master the determination of the end point by the color of crystal violet.

THEORY

Sodium salicylate has a low solubility in water, and a K_{b_2} of $9.4 * 10^{-10}$ which is too low for a feasible titration of base against standard acid solution. However, it can be titrated in acetic acid with perchloric acid. In nonaqueous acid medium, the solubility and K_{b_2} of sodium salicylate are both raised. The end point is alkaline and a phenolphthalein indicator is applied.

$$HClO_4 + HAc \longrightarrow H_2Ac^+ + ClO_4^-$$
$$C_7H_5O_3Na + HAc \longrightarrow C_7H_5O_3H + Ac^- + Na^+$$
$$H_2Ac^+ + Ac^- \longrightarrow 2HAc$$
$$HClO_4 + C_7H_5O_3Na \xrightarrow[\text{Violet} \rightarrow \text{bluish green}]{\text{crystal violet}} C_7H_5O_3H + ClO_4^- + Na^+$$

REAGENTS AND SOLUTIONS

Sodium salicylate.

Acetic anhydride: A. R, 97%.

Acetic acid: A. R.

Perchloric acid solution: 0.1 mol/L.

Crystal violet indicator: 0.5% acetic acid solution.

APPARATUS

Buret(10 ml), pyrexs(50 ml), measuring cylinder(10 ml).

PROCEDURE

Weigh accurately into three clean, numbered pyrexs of 50 ml about 0.13 g of sodium salicylate. To each flask add 10 ml of solvent of acetic anhydride-acetic acid(1 : 4) and shake the flask gently until the sample dissolved. Add a drop of crystal violet indicator. Titrate the solutions till it becomes bluish green. Correct the results with that of the blank test.

CALCULATIONS

$$C_7H_5O_3Na(\%) = \frac{c_{HClO_4} \times V_{HClO_4} \times \dfrac{M_{C_7H_5O_3Na}}{1\,000}}{W_{SAMPLE}} \times 100$$

$$M_{C_7H_5O_3Na} = 160.10 \text{ g/mol}$$

NOTES

To obtain more accurate results the volume must be corrected against temperature because the volume of acetic acid varies greatly with temperature, correct as following.

$$c_1 = \frac{c_0}{1 + 0.001\,1(t_1 - t_0)}$$

where c_0 and c_1 represent concentration at the time of standardization and analysis respectively, t_0 and t_1 represent temperature at the time of standardization and analysis respectively.

QUESTIONS

1. Does minor water in the containers or the solvent affect the final results? Why?

2. Why does color of solution at the end point of standardization differ from that at the end point of determination?

实验 7 EDTA 标准溶液(0.05 mol/L)的配制与标定

【目的与要求】

1. 掌握 EDTA 标准溶液的配制和标定方法。
2. 熟悉铬黑 T 指示剂滴定终点的判断。

【原理】

EDTA 标准溶液常用乙二胺四乙酸的二钠盐配制,因其不易得到纯品,故标准溶液用间接法配制。以 ZnO 为基准物质标定其浓度,滴定是在 pH＝10 的条件下进行的,以铬黑 T 为指示剂,终点由紫红色变为纯蓝色。滴定过程中反应为:

$$\text{滴定前:} \quad Zn^{2+}+HIn^{2-} \Longrightarrow ZnIn^- + H^+$$

$$\text{终点前:} \quad Zn^{2+}+H_2Y^{2-} \Longrightarrow ZnY^{2-}+2H^+$$

$$\text{终点时:} \quad ZnIn^-+H_2Y^{2-} \Longrightarrow ZnY^{2-}+HIn^{2-}+H^+$$
$$\qquad\qquad \text{紫红色} \qquad\qquad\qquad\qquad \text{纯蓝色}$$

【试剂与仪器】

1. 试剂

(1) 乙二胺四乙酸二钠盐($Na_2H_2Y \cdot 2H_2O$):A. R。

(2) ZnO 基准物,在 800℃灼烧至恒重。

(3) 稀 HCl:3 mol/L。

(4) 甲基红指示液:0.1％的 60％乙醇液。

(5) 氨试液:40 ml 浓氨水加水至 100 ml。

(6) $NH_3 \cdot H_2O-NH_4Cl$ 缓冲液(pH＝10):取 54 g NH_4Cl 溶于水中,加浓氨水 350 ml,用水稀释至 1 L。

(7) 铬黑 T 指示液:0.5％三乙醇胺液。

2. 仪器

滴定管,容量瓶(100 ml),移液管(20 ml),锥形瓶(250 ml),烧杯(50 ml),量筒(10 ml,100 ml),吸耳球。

【操作步骤】

1. EDTA 标准溶液(0.05 mol/L)的配制

取 EDTA・2Na・$2H_2O$ 约 9.5 g,加蒸馏水 500 ml 使其溶解,摇匀,贮存在硬质玻璃瓶中。

2. EDTA 标准溶液的标定

精密称取已在 800℃灼烧至恒重的基准物质 ZnO 约 0.45 g 至一小烧杯中,加稀盐酸 (3 mol/L)10 ml,搅拌使其溶解,并定量转移至 100 ml 容量瓶中,加水稀释至刻度,摇匀。用 20 ml 移液管吸取 20 ml 液体至锥形瓶中,加甲基红指示剂一滴,用氨试液调至微黄色,再加蒸馏水 25 ml,加 $NH_3 \cdot H_2O-NH_4Cl$ 缓冲液(pH 值约 10)10 ml,加铬黑 T 指示剂数滴,摇匀,用 EDTA 标准液滴定至溶液由紫红色变为纯蓝色。

$$c_{EDTA} = \frac{m_{ZnO} \times \frac{20}{100}}{V_{EDTA} \times \frac{M_{ZnO}}{1\,000}} \quad (M_{ZnO} = 81.38 \text{ g/mol})$$

【注意事项】

1. EDTA·2Na 溶解慢，可加热促溶或放置过夜；

2. EDTA 标准溶液应贮于硬质玻璃瓶中，如聚乙烯塑料瓶贮存更好；

3. 样品加稀盐酸溶解，务使 ZnO 完全溶解方可定量转移；

4. 配合反应速度较慢，故滴定速度不宜太快。

【思考题】

1. 为什么在滴定液中要加 $NH_3 \cdot H_2O - NH_4Cl$ 缓冲溶液？

2. 为什么 ZnO 溶解后要加甲基红指示剂，以氨试液调节至微黄色？

EXPERIMENT 7   PREPARATION AND STANDARDIZATION OF STANDARD EDTA SOLUTION

PURPOSE

1. Master the method of preparation and standardization of standard EDTA solution.

2. Learn to determine the end point of Eriochrome Black T indicator.

THEORY

Ethylenediamine tetraacetic acid(EDTA) is slight soluble in water. EDTA standard solution is commonly prepared by dissolving disodium dihydrogen ethylenediamine tetraacetate ($M_{Na_2H_2Y \cdot 2H_2O} = 392.28$) in water. It is not easy to get the pure product. Therefore, its standard solution must be prepared by indirect method and its concentration is standardized with primary standard zinc oxide(ZnO). The titration is at pH=10 and use eriochrome black T as the indicator. At the end point the color change is from violet-red to pure blue.

Equations: before titration: $Zn^{2+} + HIn^{2-} \rightleftharpoons ZnIn^- + H^+$

before end point: $Zn^{2+} + H_2Y^{2-} \rightleftharpoons ZnY^{2-} + 2H^+$

end point: $\underset{\text{(violet-red)}}{ZnIn^-} + H_2Y^{2-} \rightleftharpoons ZnY^{2-} + \underset{\text{(pure blue)}}{HIn^{2-}} + H^+$

REAGENTS AND SOLUTIONS

Disodium dihydrogen ethylenediamine tetraacetate($Na_2H_2Y \cdot 2H_2O$): A. R.

Zinc oxide primary standard: ignited to constant weight at about 800℃.

Methyl red IS: dissolve 0.1 g of methyl red in ethanol (60%) and dilute to 100 ml.

Ammonia TS: dilute 40 ml of concentrated ammonia solution with water to 100 ml.

Ammonia-Ammonium chloride BS(pH=10): dissolve 54 g of ammonium chloride in water; add 350 ml of concentrated ammonia solution. Dilute with water to 1 000 ml.

Eriochrome black T indicator: 0.5% triethanolamine solution.

APPARATUS

Buret(25 ml), conical flask(250 ml), beaker(50 ml), volumetric flask(100 ml), suction pipet(20 ml), volumetric cylinder(10 ml, 100 ml), ear syringe.

PROCEDURES

1. Preparation of standard EDTA solution

Dissolve about 9.5 g of $Na_2H_2Y \cdot 2H_2O$ with water to make 500 ml and mix well. Preserve it in a glass bottle.

2. Standardization of standard EDTA solution(0.05 mol/L)

Accurately weigh 0.45 g of zinc oxide primary standard, previously ignited to constant weight at about 800℃, in a small beaker, add 10 ml of diluted hydrochloric acid (3 mol/L). After it is dissolved, quantity transfer to 100 ml volumetric flask, dilute it with water to make 100 ml and mix well. Transfer 20.00 ml of the solution to a conical flask, add 1 drop of methyl red and add ammonia test solution dropwise until a slight yellow color is obtained. Add 25 ml of water, 10 ml of $NH_3 \cdot H_2O-NH_4Cl$ buffer solution(pH=10.0) and 4 drops of eriochrome black T indicator. Titrate with standard EDTA solution until the color changes from violet-red to pure blue. Write down the volume of standard EDTA solution. Repeat this twice and calculate the concentration of standard EDTA solution.

$$c_{EDTA} = \frac{m_{ZnO(g)} \times \frac{20}{100}}{V_{EDTA} \times \frac{M_{ZnO}}{1\,000}}$$

$$M_{ZnO} = 81.38 \text{ g/mol}$$

NOTES

1. EDTA dissolves slowly in water, so its solution should be shaken or warmed. If there is any residue, filtrate the solution.

2. The solution may be kept in hard glass bottles, especially the bottles previously have kept EDTA solution in order to avoid the solution react with metal ions of the glass bottles. Polythene bottle is the most satisfactory for storage.

3. Pay attention to operate when adding diluted acid solution to dissolve zinc oxide so as not to lose any. Make sure zinc oxide have dissolved completely, then quantity transfer to 100 ml volumetric flask.

4. Complexometric titration reacts slowly. Therefore when adding EDTA, the adding speed cannot be very fast, especially take care at a lower room temperature. When close to end point, add dropwise and shake violently.

QUESTIONS

1. Why should $NH_3 \cdot H_2O-NH_4Cl$ buffer solution be added before the titration?

2. After zinc oxide dissolved, add methyl red indicator and use ammonia TS to adjust the colour to yellowish. What is the purpose of this step?

实验 8　水的硬度测定

【目的与要求】

1. 了解配位滴定法测定水的硬度的原理及方法。

2. 掌握水的硬度测定方法及计算。

【原理】

常水(自来水,河水,井水等)含有较多的钙盐、镁盐,所以常水都是硬水,锅炉使用的常水都需进行水的硬度测定。

测定原理:取一定的水样,调节 pH 值 10 左右,以铬黑 T 为指示剂,用 EDTA 标准溶液(0.01 mol/L)滴定 Ca^{2+}、Mg^{2+} 的总量,即可计算出水的硬度。其反应式为:

滴定前：$\quad Mg^{2+} + HIn^{2-} \rightleftharpoons MgIn^- + H^+$

　　　　　　　纯蓝色　　　酒红色

终点前：$\left\{ \begin{array}{l} Ca^{2+} \\ Mg^{2+} \end{array} \right. + H_2Y^{2-} \rightleftharpoons \begin{array}{l} CaY^{2-} \\ MgY^{2-} \end{array} + 2H^+$

终点时：$\quad MgIn^- + H_2Y^{2-} \rightleftharpoons MgY^{2-} + HIn^{2-} + H^+$

　　　　　酒红色　　　　　　　　　　纯蓝色

表示硬度常用两种方法:

1. 将测得的 Ca^{2+}、Mg^{2+} 总量折算成 $CaCO_3$($M_{CaCO_3} = 100.1$ g/mol)的重量,以每升水中含有 $CaCO_3$ 的重量(mg)表示水的硬度,1 mg/L 可写作 1×10^{-6}。

$$硬度 = \frac{(cV)_{EDTA} \times 100.1 (mg/L)}{V_{样} \times 10^{-3}}$$

2. 将测得的 Ca^{2+}、Mg^{2+} 总量折算成 CaO($M_{CaO} = 56.08$ g/mol)的重量,以每升水中含有 10 mg CaO 为 1 度,以表示水的硬度。

$$或硬度 = \frac{(cV)_{EDTA} \times 56.08 (度)}{V_{样} \times 10^{-3} \times 10}$$

【试剂与仪器】

1. 试剂

(1) EDTA 标准液(0.01 mol/L):移取 20.00 ml EDTA 标准溶液(0.05 mol/L),稀释定容至 100 ml 容量瓶。

(2) $NH_3 \cdot H_2O - NH_4Cl$ 缓冲液(pH 值=10)。

(3) 水样。

(4) 铬黑 T 指示液。

2. 仪器

滴定管(50 ml),量筒(100 ml),锥形瓶(250 ml),移液管(20 ml),容量瓶(100 ml)。

【操作步骤】

用 100 ml 量筒量取水样 100 ml 于锥形瓶中,加 $NH_3 \cdot H_2O - NH_4Cl$ 缓冲液(pH 值=10)5 ml,加铬黑 T 指示剂 5 滴,用 EDTA 标准液(0.01 mol/L)滴定,溶液由酒红色变为纯蓝

色,即为终点。

【注意事项】

1. 应注意水样采集时间、方式、容器等。

2. 因为使用了 100 ml 量筒,结果的有效数字应为 3 位。

【思考题】

1. 硬度测定结果为什么只保留 3 位有效数字?

2. 如何分别测定水样中 Ca^{2+}、Mg^{2+} 含量?

EXPERIMENT 8　DETERMINATION OF WATER HARDNESS

PURPOSE

1. Master the methods of determination and calculation of water hardness.

2. Learn the meaning of determination of water hardness and the expressing way of hardness.

THEORY

Water hardness results generally from the dissolved calcium and magnesium salts. The water of high levels of salts is called hard water, otherwise is called soft water. Usually the piped water, well water and river water are hard water. The water for boiler need to determine hardness.

1. Principle: Take some water, and adjust the pH at 10. Titrate the total concentration of calcium and magnesium ions with EDTA using eriochrome black T as indicator, then we can determine the hardness of water.

2. Equations: before titration: $Mg^{2+} + HIn^{2-} \rightleftharpoons MgIn^- + H^+$

before end point: $\begin{cases} Ca^{2+} \\ Mg^{2+} \end{cases} + H_2Y^{2-} \rightleftharpoons \begin{matrix} CaY^{2-} \\ MgY^{2-} \end{matrix} + 2H^+$

end point: $MgIn^- + H_2Y^{2-} \rightleftharpoons MgY^{2-} + HIn^{2-} + H^+$

　　　　　(wine-red)　　　　　　　　　(pure blue)

Two ways of expressing hardness in our country:

1. The hardness of water is expressed in units of ppm $CaCO_3$. 1 ppm corresponds to about 1 mg of calcium carbonate per liter.

$$\text{water hardness} = \frac{(cV)_{EDTA} \times 100.1(\text{mg/L})}{V_{样} \times 10^{-3}}$$

2. The hardness of water is expressed in units of 10 liter of CaO. 10 mg per liter CaO is called 1 degree.

$$\text{water hardness} = \frac{(cV)_{EDTA} \times 56.08(\text{degree})}{V_{样} \times 10^{-3} \times 10}$$

REAGENTS AND SOLUTIONS

Standard EDTA solution(0.01 mol/L): Transfer 20.00 ml of standard EDTA solution

(0. 05 mol/L), dilute it with water to 100 ml.

Ammonia-Ammonium chloride BS(pH=10); eriochrome black T; water sample.

APPARATUS

Buret(50 ml), conical flask(250 ml), volumetric cylinder(100 ml), suction pipet(20 ml), volumetric flask(100 ml).

PROCEDURES

Add a 100 ml of water sample to a conical flask with a volumetric cylinder, add 5 ml of the ammonia-ammonium chloride buffer solution and 5 drops of eriochrome black T. Titrate with standard EDTA solution(0. 01 mol/L) until the color changes from wine-red to pure blue.

NOTES

1. Notice the collection time, collection method and collection apparatus of water sample.

2. When take 100 ml with volumetric cylinder, the result should have 3 significant figures.

QUESTIONS

1. How many significant figures should we save in the result of determination of water hardness? Why?

2. How to determine the content of Ca^{2+} and Mg^{2+} in the water separately?

实验 9　碘标准溶液(0.05 mol/L)的配制与标定

【目的与要求】

1. 掌握碘标准溶液的配制方法和注意事项。
2. 了解直接碘量法的原理及操作过程。

【原理】

碘在水中的溶解度很小,但有大量 KI 存在时,I_2 与 KI 形成可溶性的 I_3^- 配离子,既增大了 I_2 的溶解度,又降低了碘的挥发性,所以配制 I_2 标准溶液时都要加入过量 KI。

I_2 标准溶液可以用 As_2O_3 为基准物质,测定其浓度,但 As_2O_3 难溶于水,须先用 NaOH 溶解使之成易溶的 Na_3AsO_3:

$$As_2O_3 + 6NaOH = 2Na_3AsO_3 + 3H_2O$$

过量的 NaOH 用 H_2SO_4 中和,AsO_3^{3-} 和 I_2 之间的反应为:

$$AsO_3^{3-} + I_2 + H_2O \rightleftharpoons AsO_4^{3-} + 2I^- + 2H^+$$

此反应在碱性溶液中才能进行完全,但碱性又不能太强,故标定时应加入 $NaHCO_3$,保持溶液的 pH 值约为 8。

【试剂与仪器】

1. 试剂

(1) 碘:A.R.。

(2) 碘化钾:A.R.。

(3) 浓盐酸:相对密度 1.18,36%~38%。

(4) 三氧化二砷:基准物。

(5) 氢氧化钠溶液:1 mol/L。

(6) 酚酞指示液:0.1%乙醇溶液。

(7) 硫酸溶液:1 mol/L。

(8) 碳酸氢钠:A.R.。

(9) 淀粉指示液:0.5%水溶液。

2. 仪器

滴定管(50 ml),锥形瓶(250 ml×3),量筒(100 ml),乳钵,棕色瓶,烧杯。

【操作步骤】

1. I_2 溶液(0.05 mol/L)的配制

取 I_2 4.2 g,加 KI 溶液(12 g KI 溶于 10 ml 水中),溶解后,加浓盐酸 1 滴,加蒸馏水至 300 ml,盛于棕色瓶中,摇匀,用垂熔玻璃漏斗过滤。

2. I_2 溶液的标定

取在 105℃干燥至恒重的基准物 As_2O_3 约 0.11 g,精密称定,加 NaOH 液(1 mol/L) 4 ml,使溶解,加蒸馏水 20 ml,酚酞指示液 1 滴,滴加 H_2SO_4(1 mol/L)至粉红色褪去,然后再加 $NaHCO_3$ 2 g,蒸馏水 30 ml 与淀粉指示液 2 ml,用碘液滴定至溶液显浅蓝色。

按下式计算 I_2 浓度：

$$c_{I_2} = \frac{2W_{As_2O_3}}{V_{I_2} \times \dfrac{M_{As_2O_3}}{1\ 000}} \qquad (M_{As_2O_3} = 197.84\ \text{g/mol})$$

【注意事项】

1. 碘必须溶解在浓 KI 溶液中，然后再加水稀释；

2. 碘标准溶液腐蚀橡胶，应使用带玻璃活塞的酸式滴定管。

【思考题】

1. 配制 I_2 标准溶液时为什么加 KI? 将称得的 I_2 和 KI 一起加水到一定体积是否可以?

2. 用 As_2O_3 标定 I_2 液时，为什么加 NaOH、H_2SO_4 和 NaHCO$_3$?

EXPERIMENT 9   PREPARATION AND STANDARDIZATION OF 0.05 mol/L IODINE SOLUTION

PURPOSE

1. To grasp the method of preparing standard iodine solution.

2. To be familiar with the procedure and principle of direct iodimetry.

THEORY

Iodine has a low solubility in water. While dissolving the iodine in an aqueous solution of potassium iodide, I_2 and KI can form a tri-iodide ion, the solubility is increased and the vapor pressure is decreased. So when prepare standard iodine solutions, potassium iodide should be employed.

Iodine solution may be standardized against pure arsenic trioxide.

Arsenic trioxide is initially dissolved in a sodium hydroxide solution,

$$As_2O_3 + 6NaOH =\!= 2Na_3AsO_3 + 3H_2O$$

The excess NaOH is neutralized by the addition of sulfuric acid.

The reaction between arsenic trioxide and iodine is as follow:

$$AsO_3^{3-} + I_2 + H_2O =\!= AsO_4^{3-} + 2I^- + 2H^+$$

This reaction should be controlled under pH 8, so sodium bicarbonate should be added in.

REAGENTS AND SOLUTIONS

Iodine(A. R), Potassium iodide(A. R), Concentrated hydrochloric acid.

Starch indicator.

Arsenic trioxide(Primary-Standard-grade).

1 mol/L sodium hydroxide, Phenolphthalein indicator.

1 mol/L sulfuric acid, Sodium bicarbonate.

APPARATUS

Buret, measuring cylinder(100 ml×2), beaker, brown bottle(500 ml), pyrex(250 ml× 3), mortar.

PROCEDURES

1. Preparation of 0.05 mol/L iodine solution

Dissolve 12 g of potassium iodide(A. R) in 10 ml of water, weigh out about 4.2 g of A. R or resublimed iodine on a watch glass on a rough balance, transfer it into the concentrated potassium iodide solution, shake until all the iodine has dissolved, add a drop of hydrochloric acid, and dilute with distilled water to 300 ml. Preserve in brown, glass-stoppered bottles, and keep in a cool, dark place.

2. Standardization of iodine solution

Weigh accurately about 0.11 g of arsenic trioxide, which has been previously dried for 2 hours, at 105℃. Dissolve in 4 ml of 1 mol/L sodium hydroxide by warming if necessary. Dilute with 20 ml of water, and add a drop of phenolphthalein indicator and 1 mol/L sulfuric acid until solution is faintly acid. Then add 2 g of sodium bicarbonate, dilute with 30 ml of water, and add 2 ml of starch indicator. Slowly add the iodine solution from a burette to the first blue color. From the data obtained calculate the concentration of the iodine solution as follow:

$$c_{I_2} = \frac{2W_{As_2O_3}}{V_{I_2} \times M_{As_2O_3}/1\ 000} \qquad M_{As_2O_3} = 197.84 \text{ g/mol}$$

NOTES

1. Iodine must be first dissolved in concentrated KI solution, and then diluted with water.

2. Iodine solution attacks rubber, so it should always be handled with burettes fitted with glass taps.

QUESTIONS

1. Why must an excess of KI be used in the preparation of iodine solution?

2. What is the use of $NaOH$, H_2SO_4 and $NaHCO_3$ respectively in the titration of iodine solution against arsenic trioxide?

实验 10　维生素 C 的含量测定

【目的与要求】

进一步掌握碘量法操作。

【原理】

维生素 C 和 I_2 的反应如下：

$$\text{(结构式) } + I_2 = \text{(结构式) } + 2HI$$

此反应向右进行很完全。由于维生素 C 的还原性相当强，易被空气氧化，特别是在碱性溶液中，所以加稀醋酸使它保持在酸性溶液中，以减少副反应。

【试剂与仪器】

1. 试剂

(1) 维生素 C：药用。

(2) 稀 HAc：6 mol/L。

(3) 淀粉指示液：0.5％水溶液。

(4) 碘溶液：0.05 mol/L。

(5) 碘化钾。

2. 仪器

酸式滴定管（50 ml），锥形瓶（250 ml），量筒（100 ml）。

【操作步骤】

取本品约 0.2 g，精密称定，加新煮沸放冷的蒸馏水 100 ml 与稀 HAc 10 ml 的混合液使溶解，加淀粉指示液 1 ml，立即用碘溶液（0.05 mol/L）滴定至溶液显持续的蓝色。

按下式计算维生素 C 的含量：

$$维生素 C\% = \frac{c_{I_2} V_{I_2} \times \dfrac{M_{C_6H_8O_6}}{1\,000}}{W_{样}} \times 100\% \qquad (M_{C_6H_8O_6} = 176.1 \text{ g/mol})$$

【注意事项】

1. 维生素 C 的滴定反应多在 HAc 酸性溶液中进行，因在酸性介质中，维生素 C 受空气中氧的氧化速度稍慢，较为稳定，但样品溶于稀酸后，仍需立即进行滴定。

2. 量取稀醋酸和淀粉的量筒不得混用。

【思考题】

1. 为什么维生素 C 含量可以用直接碘量法测定？

2. 如果需要，应如何干燥维生素 C 样品？

3. 溶解时为什么用新煮沸放冷的蒸馏水？

4. 维生素 C 本身就是一种酸，为什么测定时还再加酸？

EXPERIMENT 10 DETERMINATION OF THE VITAMIN C(ASCORBIC ACID)

PURPOSE

For a further understanding of the procedure of iodimetry.

THEORY

Vitamin C

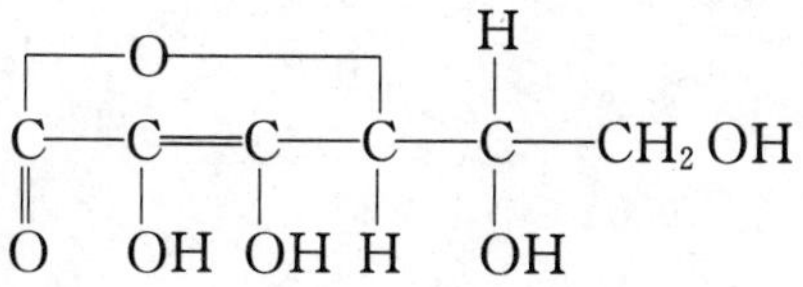

$$(M_{C_6H_8O_6} = 176.1 \text{ g/mol})$$

The reaction of Vitamin C with iodine takes place quantitatively as follow:

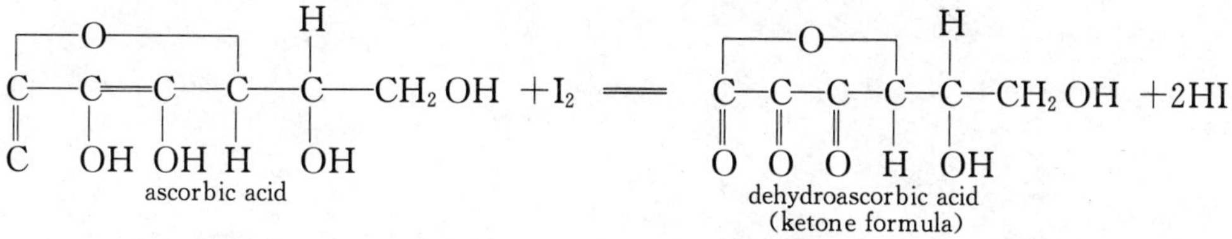

It will proceed from left to right almost to completion even though iodine is not added. Vitamin C is easily oxidized by air, especially in alkaline solutions owing to its strong reducing properties and the reaction should be performed in a dilute acetic acid solution to prevent side-reaction.

REAGENTS AND SOLUTIONS

Iodine solution (0.05 mol/L), Vitamin C, Potassium iodide,

Diluted acetic acid, Starch solution (a 0.5% aqueous solution).

APPARATUS

Buret, measuring cylinder(100 ml), pyrex(250 ml×3).

PROCEDURES

Weigh out accurately about 0.2 g of Vitamin C. Dissolve in a mixture of 100 ml of freshly boiled and cooled distilled water and 10 ml of dilute acetic acid. Titrate the solution at once with 0.05 mol/L iodine standard solution using 1 ml of starch solution as indicator until a persistent blue color is obtained.

Calculate the percentage of Vitamin C:

$$\text{Vitamin C}\% = \frac{c_{I_2} V_{I_2} \times \dfrac{M_{C_6H_8O_6}}{1\,000}}{W_{\text{sample}}} \times 100\%$$

$$M_{C_6H_8O_6} = 176.1 \text{ g/mol}$$

NOTES

1. Vitamin C is more stable against air oxidation in acidic solution, but it is still necessary to perform the standardization immediately after the dissolution of Vitamin C.

2. Don't confuse the measuring cylinders for dilute acetic acid and starch solution.

QUESTIONS

1. Why can iodimetry be cited as a method of measuring the percentage of Vitamin C?

2. How to dry a sample of Vitamin C if necessary?

3. Why is it necessary to dissolve the sample with cold, fresh boiled distilled water?

4. Vitamin C is an acid. What is the use of acetic acid when measuring Vitamin C?

实验 11 用酸度计测定药物液体制剂的 pH 值

【目的与要求】

掌握用 pH 计测定溶液 pH 值的原理及方法。

【原理】

电位法测定 pH 值目前都用玻璃电极为指示电极，将它作为负极，饱和甘汞电极为参比电极，将它作为正极，组成电池。

$$(-) \text{Ag}, \text{AgCl}(\text{固}) | \text{HCl}(0.1 \text{ mol/L}) | \text{H}^+ (x \text{ mol/L}) | | \text{KCl}(\text{饱和}) | \text{Hg}_2\text{Cl}_2 \cdot \text{Hg}(+)$$

　　　　　玻璃电极　　　　　　　　　　　　盐桥　　　　饱和甘汞电极

电池的电动势为：

$$E = E_+ - E_- = E_甘 - E_玻$$
$$= E_{SCE} - E_{AgCl/Ag} - K' + \frac{2.303 RT}{F} pH$$
$$= K + \frac{2.303 RT}{F} pH$$
$$= K + 0.059 \, pH (25℃)$$

上式说明，测得电池的电动势与溶液 pH 值呈线性关系，斜率为 $\frac{2.303RT}{F}$，其值随温度而改变，因此，pH 计上都设有温度调节钮来调节温度，使适合上述要求。

上式中 K 值是由内外参比电极及难于计算的不对称电位和液接电位所决定的常数，其值不定，不易求得，因此实际工作中，都采用两次测定法，即先用标准缓冲溶液来校正酸度计（也叫"定位"）。校正时应选用与被测溶液 pH 值接近的标准缓冲溶液。有些玻璃电极或酸度计的性能可能有缺陷，因此，有时要用两种标准缓冲溶液来校正酸度计。

应用校正后的酸度计，就可测定待测溶液的 pH 值。

【试剂与仪器】

1. 试剂

标准缓冲液，注射用葡萄糖溶液，生理盐水。

2. 仪器

pHS-25 型酸度计，221 型玻璃电极，222 型饱和甘汞电极或复合电极，烧杯（25 ml）。

【操作步骤】

1. 按仪器使用说明进行安装和操作。

2. 实验测量

（1）校准：用邻苯二甲酸氢钾缓冲溶液按 pH 计的使用方法定位，再测定混合磷酸盐的 pH 值，观察与理论值的差值。

（2）测定：用校准过的 pH 计测定注射用葡萄糖溶液和生理盐水，各读取测定的 pH 值 3 次。

【注意事项】

1. 玻璃电极下端的玻璃球很薄，所以切忌与硬物接触，一旦破裂，则电极完全失效。

2. 玻璃电极使用前,应把玻璃球部位浸泡在蒸馏水中至少一昼夜。若在 50℃蒸馏水中保温 2 h,冷却至室温后可当天使用。不用时也最好浸泡在蒸馏水中,供下次使用。

3. 玻璃电极测定碱性溶液时,应尽量快测,对于 pH>9 的溶液的测定,应使用高碱玻璃电极。在测定胶体溶液、蛋白质或染料溶液后,玻璃电极宜用棉花或软纸沾乙醚小心地轻轻擦拭,然后用酒精洗,最后用水洗。电极若沾有油污,应先浸入酒精中,最后用水洗。

4. 甘汞电极不使用时,要用橡皮套把下端毛细管口套住,存放于电极盒内。测定时侧管套子应拿掉。

5. 甘汞电极内装饱和 KCl 溶液,并应有少许 KCl 结晶存在。注意不要使饱和 KCl 溶液放干,以防电极损坏。

6. 安装电极时,应使甘汞电极下端较玻璃电极下端稍低约 2~3 mm,以防玻璃电极碰触杯底而破损。

7. 校准仪器时应尽量选择与被测溶液 pH 值接近的标准缓冲溶液,pH 值相差不应超过 3 个单位。校准仪器的标准溶液与被测溶液的温度相差不应大于 1℃。

8. 仪器使用后,电源开关应在关处,量程选择开关应在"0"。本仪器应置于干燥环境,并防止灰尘及腐蚀性气体侵入。

【思考题】

1. 说明为什么要用与待测溶液 pH 值接近的标准缓冲液来校准仪器?

2. 一个缓冲溶液是一个共轭酸和碱的混合物,那么,邻苯二甲酸氢钾、硼砂为什么也可看作一个缓冲溶液?

3. 电极安装时,应注意哪些问题?

EXPERIMENT 11   pH MEASUREMENT OF LIQUID DRUG PREPARATION WITH PH METER

PURPOSE

Grasp the principle and method of pH measurements with pH meter.

THEORY

Presently pH measurements by direct potential method usually constitutes electrochemical cell, in which a glass electrode is employed as the measuring electrode (cathode), and a saturated calomel electrode is used as the reference electrode(anode) and these two electrodes are immersed in the solution.

$(-)$Ag, AgCl(s)$|$HCl(0. 1 mol/L)$|$H$^+$(x mol/L) $\|$ KCl(saturated)$|$Hg$_2$Cl$_2$,Hg($+$)

the potential for the cell is:

$$E = E_+ - E_- = E_{SCE} - E_{glass}$$
$$= E_{SCE} - \left(K_{glass} - \frac{2.303RT}{F}pH\right)$$
$$= K + \frac{2.303RT}{F}pH$$

$$=K+0.059\mathrm{pH}(25^\circ C)$$

The above formula shows, the cell potential(E) is linear with the pH of the solution. Because the slope is $\dfrac{2.303RT}{F}$, which will change with the temperature, thus there is temperature-adjusting knob on pH meter to adjust the temperature. In the practice, as the asymmetry potential will affect the K value and it is difficult to obtain accurately, the method of twice measurements is commonly used when measuring pH value with pH meter. First calibrate the pH meter against a standard buffer solution(which is called "orientation")

$$E_s=K+\frac{2.303RT}{F}\mathrm{pH_s}$$

$$E_x=K+\frac{2.303RT}{F}\mathrm{pH_x}$$

Subtract the two formulas as each other and we can obtain:

$$E_s-E_x=\frac{2.303RT}{F}(\mathrm{pH_s}-\mathrm{pH_x})$$

$$\mathrm{pH_x}=\mathrm{pH_s}+\frac{E_s-E_x}{2.303RT/F}$$

When calibrating, in order to reduce the deviation caused by the residue liquid junction potential, pH of the buffer solution we selected should be close to pH of the solution. The capability of some glass electrode or pH meter may have limitation, so before measuring the solution pH, the calibration should be done by two buffers with different pHs.

With the pH meter which have been orientated, the solution pH value can be directly determined.

REAGENTS AND SOLUTIONS

Potassium hydrogen phthalate standard buffer solution(0.05 mol/L)

Mixed phosphate standard buffer solution

Glucose solution for injection

Physiological saline.

APPARATUS

Model 25 pH meter(or pHS-25 pH meter), model 221 glass electrode(or model 231 glass electrode), model 222 saturated calomel electrode(or model 232 saturated calomel electrode), plastic beaker or glass beaker(25~50 ml).

PROCEDURES

1. Install and manipulate the pH meter according to the operating rules on the manual (refer to the direction for use of the pH meter in *Analytical Chemistry*).

2. Experimental measurements

Calibration: After orientate the pH meter by potassium hydrogen phthalate standard buffer solution, measure the pH value of the mixed phosphate standard buffer solution, compare with theoretical value.

Measurements: With the pH meter which has been orientated above, measure the pH value of the glucose solution and the physiological saline, record the measured pH value three times.

3. After finished the measurements, cleanse the electrode and the beaker, repristinate the apparatus and turn off the power.

NOTES

1. The glass ball at the lower end of the glass electrode is very thin, so be sure not to touch the hard materials.

2. Before use the glass electrode, the glass ball should be immersed in the distilled water at least one day. If keep warm in 50℃ distilled water for 2h, after cooled down to the room temperature, it can be used the very day. The glass ball is better to immerse in the distilled water for the next time usage.

3. When measuring the alkaline solution with glass electrode, do as quick as you can. As to measure the pH>9.0 solution, the high alkali glass electrode should be used(such as model 231 glass electrode). If measuring with the sodium difference electrode, the alkali difference should be calibrated. After the pH value of colloidal solution, peptide and dyes are measured, the glass electrode is better to wipe carefully by soft paper or cotton dipped with ether first, then cleanse by ethanol and at last cleanse by distilled water. If the electrode is dirtied by oil stain, it should first immersed in ethanol, transfer into CCl_4 or ether, then put into ethanol again, and at last immersed in the distilled water.

4. When use the calomel electrode, the rubber cap at the side of the electrode tube and the rubber cover at the end of the bent tube should be removed.

5. The special tip(porous fiber sealed in glass) at the end of the saturated calomel electrode should be avoided to be blocked. There should be some KCl crystals in the saturated KCl solution and no air bubble to interdict the solution in the bent tube that will interdict the electro-circuit of the electrode.

6. When install the electrode, the end of the glass electrode should be $2 \sim 3$ mm higher than the saturated calomel electrode to avoid the glass electrode destroyed by touching the bottom of the beaker.

7. The pH of the selected standard buffer solution for calibrate the pH meter should be close to the pH value of the solution to be measured(ΔpH$\leqslant$3). The temperature difference of the two solutions should be lower than 1℃.

8. After finish using the pH meter, the power should be turn off, the measurement range selector should be turn to "0", and the apparatus should be put in the dry environment and avoid the invasion of dust and corrosive gas.

QUESTIONS

1. Why should the pH meter be calibrated by the standard buffer solution which pH

is close to the pH value of the solution to be measured?

2. Usually, a kind of buffer solution means a mixture of the conjugated acid and alkali, then why potassium hydrogen phthalate and sodium borate also can be regarded as buffer solutions?

3. What should we pay attention to when we install the electrode?

实验 12　磷酸的电位滴定

【目的与要求】

1. 掌握电位滴定的方法及确定计量点的方法。
2. 学会用电位滴定法测定弱酸的 pK_a。

【原理】

1. 离解常数测定　磷酸在水溶液中会发生如下离解：

$$H_3PO_4 + H_2O \Longrightarrow H_3O^+ + H_2PO_4^-$$
$$H_2PO_4^- + H_2O \Longrightarrow H_3O^+ + HPO_4^{2-}$$
$$HPO_4^{2-} + H_2O \Longrightarrow H_3O^+ + PO_4^{3-}$$

当磷酸的第一个氢被滴定一半时，$[H_2PO_4^-]=[H_3PO_4]$，$[H_3O^+]=K_1$（$pH=pK_1$）。同样道理，当磷酸的第二个氢被滴定一半时，$[HPO_4^{2-}]=[H_2PO_4^-]$，$[H_3O^+]=K_2$（$pH=pK_2$）。

2. 滴定终点确定　有许多方法可以用来确定电位滴定的等当点。其中最简单的是通过以 pH 或电位对滴定剂体积作图，找到图上斜率最大点即滴定终点。当终点附近滴定曲线斜率很陡时，斜率最大点很容易准确确定。然而当曲线作出来，斜率并不陡时，使用偏微分的方法将使终点确定的误差减少一些。最常用的是二级微商法（$\Delta^2 pH/\Delta V^2 - V$）。

3. pH 的测定　实际测定 pH 时，pH 计须先用缓冲液校正。缓冲液的 pH 应与被测值接近。电极先要用一个缓冲液校正检验，然后测定另一个缓冲液，pH 计读数与标准值相差应在 0.05pH 之内。

要从一个新的玻璃电极得到稳定读数，须将其浸入缓冲液 3 h，然后储存于水中。要使电极始终保存于水中。如果观察到电极响应不再与 pH 呈线性关系，将其用稀 HF 短暂地处理一下。

【试剂与仪器】

1. 试剂

(1) 邻苯二甲酸氢钾标准缓冲液（0.05 mol/L），NaOH 标准溶液（0.1 mol/L）。

(2) 磷酸样品溶液（0.1 mol/L）。

2. 仪器

pHS-25 型酸度计，221 型玻璃电极，222 型饱和甘汞电极，电磁搅拌器，搅拌子，移液管（10 ml），烧杯（100 ml），碱式滴定管（25 ml）。

【操作步骤】

1. 用 0.05 mol/L 邻苯二甲酸氢钾（pH=4.00,25℃）标准缓冲液校准 pH 计。

2. 精密吸取磷酸样品溶液 10.00 ml，置于 100 ml 烧杯中，加蒸馏水 20 ml，插入甘汞电极与玻璃电极。用 NaOH（0.1 mol/L）标准液滴定，10.00 ml 前每加 2.00 ml 记录 pH 值，在接近计量点时（即加入 NaOH 溶液引起溶液的 pH 值变化逐渐变大），每次加入 NaOH 液体体积逐渐减小，在计量点前后以每加入 0.1 ml 或 0.2 ml 记录 pH 值，这样每次加入体积相等为好，便于处理数据。继续滴定至过了第 2 个计量点为止。

3. 数据处理

（1）按下表记录滴定体积及对应的 pH 值,并按 $\Delta^2 pH/\Delta V^2 - V$ 曲线法(二级微商法)求出第 1、第 2 计量点消耗的滴定剂体积,需要时,可用内插法计算,并由此求得第 1,第 2 半中和点所消耗滴定剂的体积。

（2）绘制 pH - V 曲线,第 1、第 2 半中和点体积所对应的 pH 值,则为 H_3PO_4 的 pK_{a_1}、pK_{a_2}。

（3）求 H_3PO_4 的物质的量浓度。

V/ml	pH 值	ΔpH	ΔV	$\Delta pH/\Delta V$	$\bar{V}$	$\Delta(\dfrac{\Delta pH}{\Delta V})$	ΔV	$\Delta^2 pH/\Delta V^2$

【注意事项】

1. 滴定剂加入后,要充分搅拌溶液,待读数稳定再记录。

2. 为了准确加入 NaOH,可使用玻璃棒。

3. 搅拌速度略慢些,以免溶液溅出。

【思考题】

1. 在滴定过程中能否用 E 的变化代替 pH 值变化?

2. 磷酸的第 3 解离常数可以从滴定曲线上求得吗?

3. K_{a_1} 和 K_{a_2} 哪个更准确?

EXPERIMENT 12　POTENTIOMETRIC TRITRATION OF PHOSPHORIC ACID

PURPOSE

1. Grasp the method of potentiometric titration and the way for determination the end point.

2. Master the method for calculation of the ionization constants from the potentiometric titration curve.

THEORY

1. Determination of pK_a

Phosphoric acid ionizes when placed in aqueous solution as follows:

$$H_3PO_4 + H_2O \Longrightarrow H_3O^+ + H_2PO_4^-$$
$$H_2PO_4^- + H_2O \Longrightarrow H_3O^+ + HPO_4^{2-}$$
$$HPO_4^{2-} + H_2O \Longrightarrow H_3O^+ + PO_4^{3-}$$

When the first hydrogen of phosphoric acid is half-titrated, $[H_2PO_4^-]=[H_3PO_4]$ and $[H_3O^+]=K_1$ ($pH=pK_1$). In the same fashion, when the second hydrogen of phosphoric acid is half-titrated, $[HPO_4^{2-}]=[H_2PO_4^-]$ and $[H_3O^+]=K_2$ ($pH=pK_2$).

2. Determination of end point

There are several methods which can be used to determine the equivalence point of a potentiometric titration. In the simplest method, pH or voltage is plotted vs titrant volume and the end point is determined by locating the point of maximum slope. Locating the point of maximum slope is easy and accurate when the slope of the titration curve is very steep in the vicinity of end point. When the curve is drawn out and the slope is not steep, a derivative method may offer less error in locating the end point. A second derivative plot of $\Delta^2 pH/\Delta V^2$ vs milliliters of titrant is often used to locate end point of the titration.

3. Measurement of pH

To make a practical measurement of pH, pH must first be standardized with a buffer whose pH is near the value to be measured.

An electrode should be checked by standardization at one pH, the meter should read the pH of the second buffer within 0.05 pH unit.

To achieve stable operation from a new glass electrode soak it in buffer solution for 3 hr, then store it in water. Always keep the electrode immersed in water. If an electrode is observed no longer to give a linear response with pH, treat it very briefly with diluted HF solution.

REAGENTS AND SOLUTIONS

Standard NaOH: 0.1 mol/L.

Phosphoric acid(approximately 0.1 mol/L).

Potassium hydrogen phthalate solution(0.05 mol/L) pH 4.00.

APPARATUS

A pH meter with a compound electrode made of a glass and a calomel electrode, magnetic stirrer with a Teflon-coated stirring bar, buret: 25 ml, beaker: 100 ml, volumetric pipet: 10 ml.

PROCEDURE

1. Standardization the pH meter using a potassium hydrogen phthalate solution (0.05 mol/L), pH 4.00. Wash the electrodes thoroughly.

2. Into a 100 ml flask, pipet a 10 ml portion of 0.1 mol/L phosphoric acid and dilute with 20 ml distilled water. Place the electrode and a magnetic stirring bar into the beaker. (CAUTION: Make sure the bar does not hit the electrode.) Add 0.1 mol/L NaOH solution from buret and take reading after each addition. In the beginning add large volumes(2 ml at a time), but reduce the additions to 0.1 ml in the neighborhood of stoichiometric points(when the pH begins to change rapidly). Repeat the titration to check the results obtained above.

3. Calculations

(1) Calculate $\Delta^2 pH/\Delta V^2$ vs milliliters of NaOH, milliliters of NaOH at the two equivalence points.

(2) Plot pH vs milliliters of NaOH. Determine pK_{a_1} and pK_{a_2} from the titration curve according to milliliters of NaOH at the two equivalence points.

(3) Calculate the $c_{H_3PO_4}$.

NOTES

1. After each addition of NaOH, wait a few seconds till the reading of pH is stable, then record the data.

2. To add accurate volumes of NaOH(0.1 ml) near the stoichiometric points, use a glass stirring rod for help.

3. Choose a proper speed of stirring to avoid the splash of titrate.

QUESTIONS

1. In potentiometric titration, can potential be used to indicate end point in substitution of pH?

2. Can K_{a_3} be obtained from the titration curve?

3. Which is more accurate, in your opinion, between K_{a_1} and K_{a_2}?

实验 13　邻二氮菲吸光光度法测定水中含铁量(标准曲线法)

【目的与要求】

1. 掌握用 721 型分光光度计进行定量测定的方法。

2. 熟悉平行原则的应用。

【原理】

邻二氮菲是测定微量铁的一种较好试剂,它与 2 价铁离子生成稳定的橙红色配离子。

$$Fe^{2+}+3 \quad \longrightarrow \quad [(\quad)_3Fe]^{2+}$$

此反应灵敏度高,是用于定量测量铁离子的良好方法。生成的配合物在 508 nm 处的摩尔吸收系数为 11 000;在 pH 2～9 范围内,颜色深度与酸度无关。该配位离子稳定,颜色深度在很长时间内不变化;比耳定律在此处适用。

反应中铁必须以二价离子形式存在,故于显色前加入还原剂盐酸羟胺:

$$2Fe^{3+}+2NH_2OH+2OH^- \rightleftharpoons 2Fe^{2+}+N_2+4H_2O$$

用氨水或醋酸钠调节 pH 在 6～9 之间。

【试剂与仪器】

1. 试剂

(1) 标准铁溶液(100 μg Fe/ml):准确称取 0.863 4 g $NH_4Fe(SO_4)_2 \cdot 12H_2O$ 置于烧杯中,加入 20 ml HCl 溶液(6 mol/L)和少量水,溶解后,转移至 1 L 量瓶中,以水稀释至刻度摇匀。

(2) 邻二氮菲溶液:0.15％水溶液。

(3) 盐酸羟胺:10％水溶液,新鲜配制。

(4) NaAc 溶液:1 mol/L。

(5) HCl 溶液:6 mol/L。

(6) 水样。

2. 仪器

721 型分光光度计,量瓶(50 ml、100 ml),吸量管(5 ml),量杯(10 ml)。

【操作步骤】

1. 标准曲线的制作

用移液管吸取标准铁溶液 10.00 ml 于 100 ml 量瓶中,加入 2 ml HCl(6 mol/L),以水稀释至刻度,摇匀。此溶液每毫升含铁 10 μg。

在 6 只 50 ml 量瓶中,分别用吸量管加入 0.00 ml,2.00 ml,4.00 ml,6.00 ml,8.00 ml,10.00 ml 的 10 μg/ml 标准铁溶液,再分别加入 1 ml 10％盐酸羟胺溶液,2.0 ml

0.15%邻二氮菲溶液和5 ml NaAc溶液(1 mol/L),以水稀释至刻度,摇匀。以空白为对照,在400~600 nm间测定某铁溶液的吸光度,在最大吸收波长附近每隔2 nm测定,在其他波长处每隔20 nm测定,记录不同波长处的吸光度。以波长对吸光度作图,选择λ_{max}。在所选择的波长下,用1 cm比色皿,以试剂溶液为空白,测定各溶液的吸收度,以铁的浓度为横坐标,吸光度为纵坐标,绘制标准曲线。

2. 水样测定

以井水、河水或自来水为样品,准确吸取澄清水样5 ml(或适量),置于50 ml量瓶中,按上述制备标准曲线的方法配制溶液并测定吸光度,根据测得的吸光度求出水中含铁量。计算公式:

$$Fe^{2+}(\mu g/L) = \frac{标准曲线中查得的\ Fe^{2+}量(\mu g/50\ ml) \times 50\ ml}{V_{样}(ml)} \times 1\ 000$$

3. 数据处理

(1) 绘制标准曲线,根据水样测得的吸收度查得水中含铁量。按下式计算铁离子的含量:

$$Fe^{2+}的含量 = \frac{c_{Fe^{2+}}(\mu g/ml) \times 50\ ml}{V_{样}(ml)} \times 1\ 000(\mu g/ml)$$

式中:$c_{Fe^{2+}}$为标准曲线上查得的水样中Fe^{2+}浓度。

(2) 用最小二乘法求出回归直线方程式及相关系数(r)。

$$A = a + bc(c\ 的单位为\ \mu g/ml) \quad r = \underline{\hspace{2cm}}$$

根据水样测得的吸收度$A_{样}$,则可求得$c_{样}$:

$$c_{样} = \frac{A_{样} - a}{b}$$

则 $$Fe^{2+}的含量 = \frac{c_{样} \times 50\ ml}{V_{样}(ml)} \times 1\ 000(\mu g/ml)$$

EXPERIMENT 13　DETERMINATION OF IRON WITH 1,10-PHENANTHROLINE

PURPOSE

1. Master the method of quantitive analysis with 721 spectrophotometer.

2. Learn the parallel principle for experiment.

THEORY

The reaction between iron(Ⅱ) and 1,10-phenanthroline to form a red complex serves as a good sensitive method for determining iron. The molar absorptivity of the complex is 11,000 at 508 nm. The intensity of the color is independent of pH in the range 2 to 9. The complex is very stable and the color intensity doesn't change over very long periods of time. Beer's law is obeyed.

$$Fe^{2+} + 3 \quad \text{[structure]} \quad \longrightarrow \quad [(\text{structure})_3 Fe]^{2+}$$

The iron must be in the $+2$ oxidation state, and hence a reducing agent is added before the color is developed. Hydroxylamine as its hydrochloride, can be used, the reaction being.

$$2Fe^{3+} + 2NH_2OH + 2OH^- = 2Fe^{2+} + N_2 \uparrow + 4H_2O$$

The pH is adjusted to a value between 6 and 9 by addition of ammonia or sodium acetate.

REAGENTS AND SOLUTIONS

1,10-Phenanthroline solution.

Standard iron solution: 100 μg Fe/ml.

Sodium acetate solution: 10% aqueous solution.

Hydroxylamine hydrochloride solution.

Water Sample.

APPARATUS

Type-721 photometer, volumetric bottles(50 ml, 100 ml), pipets(1 ml, 2 ml, 5 ml, 10 ml, 20 ml).

PROCEDURE

(1) The preparation of the standard line

Into a 100 ml flask, pipet 10.00 ml standard iron solution, add HCl(6 mol/L) 2 ml, dilute to the mask and mix well.

Into six 50 ml volumetric flasks, pipet 0 ml, 2 ml, 4 ml, 6 ml, 8 ml, and 10 ml portions of the standard iron solution(100 μg Fe/ml). To each flask add 1 ml of the hydroxylamine hydrochloride solution, 2 ml of the 1,10-phenanthroline solution, and 5 ml of the sodium acetate solution, then dilute all the solutions to the 50 ml marks and allow them stand for 10 min.

Using the blank as the reference and one of the iron solutions, measuring the absorbance at different wavelength in the interval 400 to 600 nm. Take readings about 20 nm apart except in the region of maximum absorbance where intervals of 2 nm are used. Plot the absorbance vs wavelength and connect the points to form a smooth curve. Select the wavelength of maximum absorbance to use for the determination of iron with 1, 10-phenanthroline.

Using the selected wavelength, measure the absorbance of each of the standard solutions and the unknown. Plot the absorbance of the standards vs concentration.

(2) The determination of water sample

Into a 50 ml volumetric flask, pipet 5 ml of water sample. Prepare the sample solution in the same manner as the standard solutions are prepared and measure its absorbance. From the absorbance of the unknown solution, calculate the concentration of iron in the original solution.

CALCULATIONS

1. Plot standard curve and calculate the content of iron in water from the absorbance of water sample as following.

$$Fe^{2+} (\mu g/L) = \frac{\text{concentration of sample from standard curve}(\mu g/ml)}{V_{sample}(ml)} \times 1\ 000$$

2. Calculate regression equation and correlation coefficient (r) by least-square method.

$$A = a + bc(\frac{\mu g}{ml}) \quad r = \underline{\qquad}$$

$$c_{sample} = \frac{A_{sample} - a}{b}$$

$$Fe^{2+} (\mu g/L) = \frac{c_{sample} \times 50\ ml}{V(ml)} \times 1\ 000 (\mu g/ml)$$

实验 14 原料药扑尔敏的吸光系数测定

【目的与要求】

掌握测定药物吸光系数的知识和操作方法。

【原理】

有紫外吸收的物质可用分光光度计测其吸收系数。药品的吸收系数经 5 台以上不同型号的紫外分光光度计测定,所得结果再经数理统计方法处理,相对偏差在 1% 以内,最后确定吸收系数值。药品应事先干燥至恒重(或测定干燥失重,在计算中扣除)。分光光度计及天平、容量瓶、移液管都必须按鉴定标准经过校正。

溶解药物配成溶液使其吸收度在 0.7~0.8 之间,稀释一倍使其吸收度在 0.3~0.4 之间。按浓溶液和稀溶液计算的吸收系数之间差值也应在 1% 以内。

【仪器和试剂】

1. 试剂

(1) 扑尔敏储备液:取扑尔敏 0.15 g,精密称定,置 100 ml 量瓶中,用 H_2SO_4 溶液(0.05 mol/L)溶解并定容至刻度。

(2) H_2SO_4 溶液(0.05 mol/L)。

2. 仪器

752 紫外分光光度计,量瓶(50 ml,100 ml),移液管(5 ml,10 ml)。

【操作步骤】

1. 溶液的配制 取两只 50 ml 容量瓶,用移液管分别加入 5.00 ml 和 10.00 ml 扑尔敏储备液,用 H_2SO_4 溶液(0.05 mol/L)稀释至刻度,摇匀,作为扑尔敏样品溶液。

2. 吸收系数的测定 使用空白(0.05 mol/L H_2SO_4 溶液)作为参比,测定任一扑尔敏溶液在 264 nm 附近不同波长处的吸收度,以 2 nm 为间隔记录读数。选择吸收度最大的波长作为检测波长,以选定的波长测定各溶液的吸收度。计算浓、稀样品溶液的吸收系数,其差值应在 1% 以内。

【注意事项】

1. 样品若非干燥至恒重的样品,应扣除干燥失重,即:样重 = 称量值 × (1 − 干燥失重%)。

2. 应使用同一批号溶剂稀释。

【思考题】

1. 根据稀、浓溶液计算所得的吸收系数的差值为什么不得大于 1%?

2. 确定一个药品的吸光系数为什么要这样多的要求?在什么条件下吸收系数才能用作物理常数?

EXPERIMENT 14　DETERMINATION OF THE ABSORPTION COEFFICIENT OF CHLORPHENAMINE

PURPOSE

The experiment demonstrated the measurement of the absorption coefficients of drugs.

THEORY

The absorption coefficient of compounds which absorb UV-Vis light can be measured by a photometer. For a drug, the absorption coefficient is achieved by averaging the results on five photometers of different type and the relative standard deviation must be not more than 1%. Drugs must be purified by recrystallization of other methods to achieve acute melting point and dried to constant weight before use. Photometers, the balance, volumetric flask and pipets must be calibrated.

Dissolve a drug to prepare a solution which has an absorption of 0. 7-0. 8 and dilute to prepare a solution of exact half concentration, which has an absorption of 0. 3-0. 4. The relative deviation between the two coefficients must below 1%.

REAGENTS AND SOLUTIONS

Chlorphenamine stock solution: Into a 100 ml volumetric flask weigh approximately 0. 150 0 g of chlorphenamine and dilute to the mark with 0. 05 mol/L sulfuric solution.

Sulfuric solution: 0. 05 mol/L.

APPARATUS

Type-752 photometer, volumetric bottle(50 ml,100 ml), pipets(5 ml, 10ml).

PROCEDURE

1. The preparation of solutions

Into two 50 ml volumetric flasks, pipet 5 ml and 10 ml portions of chlorphenamine stock solution and dilute to the mark with 0. 05 mol/L sulfuric solution.

2. Determination of absorption coefficient

Using the blank as the reference and any one of the chlorphenamine solutions, measuring the absorbance at different wavelength near 264 nm. Take readings about 2 nm apart. Select the wavelength of maximum absorbance to use for the measurement. Using the selected wavelength, measure the absorbance of each of the solutions.

NOTES

1. If not heated to constant weight the loss of weight on dryness must be calibrated.
2. Dilute the concentrated solution with solvent in the same batch number.

QUESTIONS

1. Why must the relative deviation between the coefficient of thick and dilute solution be not more than 1%?

2. Why are there so much requirements to meet in assaying the absorption coefficient of a drug? In what instance a absorption coefficient of a drug can be cited as a physical constant?

实验 15　固体药物红外光谱的测定

【目的与要求】

1. 了解红外光谱的测绘方法及红外光谱仪的使用方法。
2. 了解固体样品的制备方法。

【原理】

红外吸收光谱是由分子的振动－转动能级跃迁产生的光谱。化合物中每个官能团都有几种振动形式,在中红外区相应产生几个吸收峰,因而特征性强。除了极个别化合物外,每个化合物都有其特征红外光谱,所以,红外光谱是定性鉴别的有力手段。本实验以乙酰水杨酸(或肉桂酸)为例,学习固体样品的制备及红外光谱的测绘方法。

【试剂与仪器】

1. 试剂

肉桂酸:A. R;乙酰水杨酸:药用;溴化钾:光谱纯;95％乙醇:A. R。

2. 仪器　岛津 FTIR-8400S 红外光谱仪,红外灯,压片模具,玛瑙研钵。

【操作步骤】

1. 样品红外光谱的测绘

称取干燥样品 1~2 mg 和光谱纯 KBr 粉末 200 mg(事先干燥过 200 目筛),置于玛瑙研钵中,在红外灯照射下,研磨均匀,倒入压片模具(Φ13mm)中,铺匀,装好模具,连接真空系统,置油压机上,先抽气 5 min 以除去混在粉末中的湿气及空气,再边抽气边加压至 8 t 并维持约 5 min。除去真空,取下模具,冲出 KBr 样片,即得一均匀透明的薄片,置于样品框上,测绘光谱图。

2. 数据处理

(1) 根据红外光谱图,找出特征吸收峰的振动形式,并由相关峰推测该化合物含有什么基团。

(2) 从红外光谱图上找出样品分子中主要基团的吸收峰。

【注意事项】

1. 样品研磨应在红外灯下进行,以防样品吸水。
2. KBr 压片法制样要均匀,否则制得样片有麻点,使透光率降低。
3. 制样过程中,加压抽气时间不宜太长。除真空要缓缓除去,以免样片破裂。
4. 药典规定,测定红外光谱时,扫描速度为 10~15 min。基线应控制在 90％透光率以上,最强吸收峰在 10％透光率以下。
5. 若使用不同型号的仪器,应首先用该仪器绘制聚苯乙烯红外光谱图,以检查其分辨率是否符合要求。分辨率高的仪器在 3 100~2 800 cm^{-1} 区间能分出 7 个碳氢伸缩振动峰。

【思考题】

1. 比较红外分光光度计与紫外分光光度计部件上的差别。
2. 解析乙酰水杨酸(或肉桂酸)的红外光谱图。
3. 测定红外光谱时对样品有什么要求?

EXPERIMENT 15 DETERMINATION OF THE DRUG CHEMICAL STRUCTURE BY IR SPECTROPHOTOMETRY

PURPOSE

1. Know the method of plotting IR spectrum and the usage of IR spectrophotometer.

2. Know the preparation of solid sample.

THEORY

The infrared absorption spectrum is caused by the energy level transition of molecular's vibration and rotation. Every functional group in compound has several vibration styles. These vibrations can absorb light of a particular frequency in middle infrared and has obvious characteristics. Except few special ones, each compound has its respective IR spectrum. So IR spectrophotometry is an important method for qualitative analysis. In this experiment, we will take acetylsalicylic acid(or cinnamylic acid) for an example to learn the preparation of solid sample and the plotting of IR spectrum.

REAGENTS AND SOLUTIONS

Cinnamylic acid(A. R), acetylsalicylic acid(official), potassium bromide(spectrum reagent), 95% ethanol(A. R).

APPARATUS

Shimadzu FTIR-8400S infrared spectrophotometer, infrared lamp, compression mold, agate mortar.

PROCEDURE

1. Plotting of the IR spectrum of sample

Weigh 1-2 mg dry sample, mix it with 200 mg KBr(spectrum reagent, dried and sieved by 200 item sieve) in an agate mortar and triturate the mixture under infrared lamp. Then pour it into compression mold(Φ13mm) and connect the mold with a vacuum pump. Pump first for 5 min to eliminate moisture and air, and then add pressure to 8 t step by step while pumping and keep for 5 min. Remove pump, take the mold and then an even and transparent slice of KBr with sample is obtained. Put it into sample basket, scan and plot the IR spectrum.

2. Analysis

(1) According to the IR spectrum of sample, find out the vibration style causing characteristic absorption and deduce what functional group the compound may be composed of.

(2) Find out the absorption frequency of the primary functional group of compound in the IR spectrum of sample.

NOTES

1. Triturate the sample under infrared light to avoid moisture absorption.

2. KBr slice with sample should be homogeneous. Otherwise there will be some pocks in the sample slice and transmittance will lower.

3. In the process of sample slice preparation, the pumping time under pressure should not be too long and the vacuum eliminating process should be slow to avoid the crack-up of sample slice.

4. According to pharmacopoeia, the scan time for mapping IR spectrum should last for $10\sim15$ min. The transmittance of baseline should be above 90% and that of strongest absorption peak should be below 10%.

5. When another type infrared spectrophotometer is used, IR spectrum of polythene should be plotted first using this device so as to check whether its resolution is qualified or not. An infrared spectrophotometer with high resolution can distinguish 7 C-H stretch vibrations between $3\ 100\sim2\ 800$ cm^{-1}.

QUESTIONS

1. Compare the device structure between IR spectrophotometer and UV spectrophotometer.
2. Analyze the IR spectrum of acetylsalicylic acid(or cinnamylic acid).
3. What kind of sample can be used to plot IR spectrum?

实验 16　纸色谱法分离鉴定蛋氨酸和甘氨酸

【目的与要求】
1. 巩固纸色谱法分离鉴定原理。
2. 了解纸色谱法的基本操作方法。

【原理】
纸色谱法以纸为载体。固定相为结合于滤纸纤维中的 $20\%\sim25\%$ 的水,其中 6% 左右的水通过氢键与纤维素上的羟基相结合,形成液－液分配色谱固定液;流动相为与水不相混溶的有机溶剂,但是在实际工作中也常用与水相混溶的有机溶剂。分离由组分在流动相和纸上水中的分配系数不同所致。即由于蛋氨酸和甘氨酸在正丁醇-冰醋酸-水(4:1:1)为展开剂与水中的分配系数 K 不同。在色谱过程中的移行速度不同,从而达到分离。组分的移行行为可以用比移值 R_f 来表示,其定义为:

$$R_f = \frac{\text{起始线至斑点中心的距离}}{\text{起始线至溶剂前沿的距离}}$$

在相同条件下,某一物质的 R_f 值可以作为定性参数之一。

本实验中流动相为正丁醇-冰醋酸-水(4:1:1),以上行展开法分离蛋氨酸与甘氨酸。蛋氨酸与甘氨酸结构相似,但两者碳链长短不同,在滤纸上结合水形成氢键的能力不同,所以能够分离。甘氨酸极性大于蛋氨酸,R_f 值较小。两者与茚三酮的显色反应如下:

最后产物为蓝色、紫色或紫红色。

【试剂与仪器】
1. 试剂

(1) 蛋氨酸、甘氨酸标准溶液(0.4 mg/ml),样品溶液。

(2) 展开剂:正丁醇-冰醋酸-水(4:1:1)。

(3) 显色剂:茚三酮溶液(0.15 g 茚三酮＋30 ml 冰醋酸＋50 ml 丙酮溶解)。

2. 仪器

色谱缸,中速色谱纸,毛细管(或微量注射器),烘箱。

1. 点样　取长 20 cm、宽 6 cm 的中速色谱纸一张,在距底边约 2 cm 处用铅笔轻画起始线,在起始线上记 3 个"×"号,间距约为 1.5 cm,用毛细管(或微量注射器)分别点加上述标准溶液及样品混合液 3~4 次,斑点直径约 2 mm,晾干(或用冷风吹干)。

2. 展开　在干燥的层析缸中加入 35 ml 展开剂,把点样后的滤纸垂直悬挂于层析缸内,盖上缸盖,饱和 10 min。然后使滤纸底边浸入展开剂内约 0.3~0.5 cm,进行展开。

3. 显色　待溶剂前沿展开至合适的部位(约 15 cm),取出色谱纸,立即用铅笔画下溶剂前沿的位置。晾干后,喷茚三酮显色剂,再置色谱纸于 60℃ 烘箱内显色 5 min,或在电炉上方小心加热,即可看出红紫色斑点。

4. 定性分析　用铅笔将各斑点的范围标出,找出各斑点的中心点,用米尺量出各斑点的中心到起始线的距离 a,再量出起始线至溶剂前沿的距离 b,则:

$$R_f = a/b$$

分别求出混合物及标准品斑点 R_f 值,对混合样品组分进行定性。

【注意事项】

1. 点样时每点 1 次一定要吹干后再点第 2 次。点样次数视样品溶液浓度而定。

2. 氨基酸的显色剂茚三酮对体液如汗液等均能显色,为了保持色谱纸的清洁,不要任意手拿色谱纸,只能拿在纸边处。

3. 茚三酮显色剂应临用前配制,或配后冷藏备用 1~2 d。

【思考题】

1. 影响 R_f 值的因素有哪些?

2. 在色谱实验中为何常采用标准品对照?

3. 若有下列 3 种酸在正丁醇-甲酸-水(10：4：1)的溶剂系统中展开,推断三者的 R_f 值从小到大的顺序。

COOH | COOH	COOH | CH₂ | COOH	COOH | CH₂ | CH₂ | COOH
乙二酸	丙二酸	丁二酸

EXPERIMENT 16　SEPARATION AND IDENTIFICATION OF METHIONINE AND GLYCINE BY PAPER CHROMATOGRAPHY

PURPOSE

1. Grasp the basic principle of paper chromatography.

2. Grasp the operation of paper chromatography.

THEORY

Paper chromatography is one of partition chromatography. Filter paper is regarded as the inert carrier. The solid phase is the water absorbed by the paper fiber(about $20\% \sim 25\%$), 6% of which combines with the cellulose's hydroxy into compounds through the H-bonds. Mobile phase is organic solvent. The substances to be separated are distributed between the solid phase and mobile phase. Generally the R_f is used to describe the position of each component in filter paper, as follows:

$$R_f = \frac{\text{distance between the center of the solute zone and the start line}}{\text{distance between the solvent front and the start line}}$$

Under the same experiment condition, the R_f of each component is constant. So the substance can be identified by the R_f value.

In this experiment, the mixture of n-butyl alcohol : ice acetic acid : water($4 : 1 : 1$) is used as mobile phase. Methionine $[CH_3SCH_2CH_2CH(NH_2)COOH]$ and glycine $[NH_2CH_2COOH]$ will be developed and separated. The structures of these two compounds are very similar, but the length of the carbon chain for them is different. So their combination ability with water on the filter paper is different. Glycine has stronger polarity than methionine, and moves more slowly on the filter paper. So glycine's R_f is smaller than the methionine's. After development, make them react with ninhydrin under $60°C$ and then magenta spots will appear on the paper. The color reaction between α-amino acid and ninhydrin is as follows:

The product's color is blue, purple or magenta.

REAGENTS AND SOLUTIONS

Developing solvent: n-butyl alcohol : ice acetic acid : water($4 : 1 : 1$). Colouration reagent: ninhydrin solution(0.15 g ninhydrin $+$ 30 ml ice HAc $+$ 50 ml acetone). Methionine standard solution: 0.4 mg/ml aqueous solution. Glycine standard solution: 0.4 mg/ml aqueous solution. Mixed solution of methionine and glycine.

APPARATUS

Chromatography tank(or sample tank), middle speed chromatographic paper, capillary(or microsyringe), oven(or electric stove).

PROCEDURE

1. Spotting   Take a middle speed chromatographic paper which is 20 cm long and 6 cm wide, rule a light starting line 2 cm above the bottom in pencil. Draw three "×" on the line and make the space between "×" 1.5 cm. Spot standard solution and sample solution by capillary(or microsyringe) 3~4 times to make the spots' diameter 2 mm and air them(or use cold wind to dry them).

2. Development   Add 35 ml developing solvent into the dry chromatographic tank, append the spotted filter paper in the tank and cover it to saturate the paper for 10 minutes. Then dip the paper's edge into the solvent about 0.3~0.5 cm and develop it.

3. Coloration   After the solvent front reaches proper position above starting line (nearly 15 cm), take out paper and write down the solvent front by pencil immediately. Allow paper to dry and then spray the ninhydrin solution on it. Put the paper in oven and let coloration last 5 min under 60℃, or heat it on the electric stove carefully, and then the magenta spots appear.

4. Qualitative analysis   Line out the range of spots and find out the center of spots. Measure the distance a between the center and the start line, and the distance b between the start line and the solvent front. Then:

$$R_f = \frac{a}{b}$$

Calculate the R_f of mixture and standard substances respectively, then the components of mixture are identified.

NOTES

1. Each spot must be dry before another spotting and the spot diameter must be 2 mm around. Spotting times vary according to the concentration of sample solution.

2. The colouration reagent for amino acid ninhydrin can react with body fluid, for example sweat, so take the edge when pick up the filter paper to avoid impurity in paper.

3. Ninhydrin solution should be prepared before use or stored in refrigerator.

QUESTIONS

1. What influence the R_f?

2. Why are standard substances often used as reference in the chromatographic experiment?

3. Compare the R_f of the following three acid when the mixed solution of n-butyl alcohol : formic acid : water(10 : 4 : 1) was used as developing solvent.

COOH	COOH	COOH
COOH	CH₂	CH₂
	COOH	CH₂
		COOH

实验 17 薄层色谱法分离复方新诺明中 TMP 及 SMZ

【目的与要求】

1. 学习薄层板的铺制方法。
2. 了解复方制剂的薄层色谱分离方法。
3. 掌握 R_f 值及分离度的计算方法。

【原理】

薄层色谱法系指将吸附剂或载体均匀地涂布于玻璃板上形成薄层,待点样展开后与相应的对照品按同法所得的色谱图作对比,用以进行药物的鉴别、杂质检查和含量测定的方法。

复方新诺明为复方制剂,含磺胺甲噁唑(SMZ)和甲氧苄氨嘧啶(TMP),可在硅胶 GF_{254} 荧光薄层板上,用氯仿-甲醇-二甲替甲酰胺(20:20:1)为展开剂,利用硅胶对 SMZ 和 TMP 具有不同的吸附能力,流动相(展开剂)对两者具有不同的溶解能力而分离。利用 SMZ 和 TMP 在荧光薄层板上产生暗斑,与同板上的对照品比较进行定性,并计算在本色谱条件下两者的分离度 R_s:

$$R_s = \frac{相邻色斑的移行距离之差}{(W_1 + W_2)/2}$$

W_1、W_2 分别为两色斑的纵向直径(cm)。

【试剂与仪器】

1. 试剂

磺胺甲噁唑(SMZ)对照品:4 mg/ml;复方新诺明样品溶液;甲氧苄氨嘧啶(TMP)对照品:2 mg/ml;展开剂:氯仿-甲醇(9:1);硅胶 GF_{254};羧甲基纤维素钠溶液 0.75%(W/V)。

2. 仪器

色谱缸,玻璃板(10 cm×7 cm),紫外线分析仪(253.7 nm),微量注射器(5 μL),乳钵。

【操作步骤】

1. **黏合薄层板的铺制** 称取羧甲基纤维素钠 0.75 g,置于 100 ml 水中,加热使溶,混匀,放置数天,待澄清备用。

取上述 CMC-Na 上清液 30 ml,置乳钵中,取 10 g 硅胶 GF_{254},分次加入乳钵中,充分研磨均匀后,分别加到 5 块备用玻璃板上,轻轻振动玻板,使调好的悬浊液充分涂布整块玻板上,而获得均匀的薄层板,晾干。再在 110℃活化 1 h,贮于干燥器中备用。

2. **点样展开** 在距薄层板底边 1.5 cm 处,用铅笔轻轻画一起始线。用微量注射器分别点 SMZ、TMP 对照液,样液各 4 μL。样斑直径不超过 2~3 mm。将点样后的薄层板置于盛有展开剂的容器中饱和 15 min 后,再将点有样品的一端浸入展开剂约 0.3~0.5 cm,展开,待展开剂移行 7~8 cm 左右取出薄板,画出溶剂前沿,等展开剂挥散后,在紫外线分析仪中(253.7 nm)观察,标出色斑位置,测量 R_f 值及两色斑的分离度 R_s。

【注意事项】

1. 色谱缸必须密闭,否则溶剂挥发影响分离效果。

2. 展开剂量不宜过多,否则移行过快,分离效果受影响,但也不可过少,以免分析时间过长,一般只需浸入薄层板 0.3～0.5 cm 即可。

3. 勿将样品点浸入展开剂中。

4. 展开剂不可倒入水槽,需回收。

【思考题】

1. 物质发生荧光的条件是什么?

2. 薄层板的主要显色方法有哪些?

3. R_f 值与 R_{std}(相对比移值)有何不同?

EXPERIMENT 17 SEPARATION OF TMP AND SMZ IN SELECTRIN BY THIN LAYER CHROMATOGRAPHY

PURPOSE

1. Grasp the preparation of thin layer plate.

2. Know the application of TLC in separation and identification of the compound pharmaceutical preparation.

3. Grasp the calculation method of R_f and R_s.

THEORY

Thin layer chromatography is a method for qualitative and quantitative analysis of pharmaceuticals by first coating the glass board with the sorbent to form thin layer, then spotting and developing and last comparing with the chromatogram of the corresponding reference substance.

The Sinomin Composite has two ingredients of TMP and SMZ. Because TMP and SMZ have different absorption by silica and different dissolvability in mobile phase (developing solvent), they can be separated by developing solvent of chloroform-methanol-N, N-dimethylformamide (20 : 20 : 1) on silica GF_{254} fluorescent thin layer plate. Identification of SMZ and TMP in Sinomin Composite can be performed by comparing the dark spots produced by TMP and SMZ with those produced by reference substances on the same fluorescent thin layer plate. The resolution of TMP and SMZ under this chromatographic condition is calculated as follows:

$$R_s = \frac{\text{distance between the center of the solute zones}}{\dfrac{W_1 + W_2}{2}}$$

In above equation W_1 and W_2 are the diameter of 2 solute spots respectively.

REAGENTS AND SOLUTIONS

CMC-Na solution(0.75%), silica GF_{254}, Developing solvent: chloroform : Methanol (9 : 1)

SMZ standard solution(4 mg/ml), TMP standard solution(2 mg/ml)

Sinomin composite sample solution

APPARATUS

Developing tanks, glass plate(10 cm×7 cm), ultraviolet lamp, capillary, mortar.

PROCEDURE

1. Preparation of thin layer plate   Weigh 0.75 g CMC-Na and heat to dissolve it in 100 ml water. Mix and then lay up for a week. Add 30 ml supernatant liquid of CMC-Na solution to a mortar, mix it with 10 g silica GF_{254} and grind. Pour appropriate amount of the slurry onto a glass plate and spread the slurry to all the plate edges by tilting the plate until a uniform thickness of thin layer is obtained. Dry the plate flatways, activate it at 110℃ for 1 h and then store it in a desiccator.

2. Spotting and development   Write a start line about 1.5 cm from the edge of the thin layer plate. Spot 5 μl of SMZ standard solution, TMP standard solution and Sinomin Composite sample solution respectively on thin layer plate by microsyringe with diameter no more than 2 ～ 3 mm. After the solvent evaporates, saturate the plate in the chromatographic tank containing 30 ml developing solvent for 15 min and then dip the spotted plate into the developing solvent 0.3～0.5 cm deep to develop it. When solvent front moves about 10 cm from the bottom, withdraw the plate and line out the solvent front in pencil immediately. After the developing solvent evaporates, examine and mark the shape and position of the spots under UV analyzer to calculate the R_f value.

NOTES

1. Cover the tank with a ground glass to avoid the evaporation of solvent.

2. The solvent climbers so fast that poor resolution is achieved if excessive amount of solvent is added into the tank. It takes too long a time if insufficient solvent is used.

3. Keep the spots above the solvent level.

4. To pour the solvent directly into the sewer is forbidden. Recycle the solvent.

QUESTIONS

1. In what conditions can the substance emit fluorescence?

2. How many methods are used to color the solute in TLC?

3. In what aspects does R_f differ from R_s?

实验18　酊剂中乙醇含量的气相色谱测定

【目的与要求】
1. 了解气相色谱仪的操作使用方法。
2. 掌握内标对比法的定量方法。

【原理】
许多有机化合物的校正因子未知,此时可采用已知浓度对照法,先配制已知浓度的标准样品,加入一定量内标物,再将未知浓度的检品按相同比例加入内标物。分别进样,由下式可求出检品的含量。

$$(c_i\%)_{样品} = \frac{(A_i/A_s)_{样品}}{(A_i/A_s)_{标准}} \times (c_i\%)_{标准}$$

式中:$c_i\%$为待测组分的含量;A_i,A_s分别为被测组分和内标物的峰面积。

【试剂与仪器】
1. 试剂

无水乙醇 A.R;无水丙醇 A.R;酊剂检品。

2. 仪器

岛津 GC－14B 型气相色谱仪,微量注射器(1 μL),移液管(5 ml,10 ml),量瓶(100 ml)。

【操作步骤】
1. 实验条件

(1) 色谱柱:10%PEG 20M,上试 102 白色担体,2 m×3 mm I.D.。

(2) 柱温:90℃。

(3) 气化室温度:180℃。

(4) 检测器 FID:200℃。

(5) 载气(N_2):9.8×10^4Pa(M 表头)。

(6) H_2:5.88×10^4Pa。

(7) 空气:4.90×10^4Pa。

(8) 灵敏度:2。

2. 溶液配制

(1) 标准溶液配制:准确吸取无水乙醇 5.00 ml 及正丙醇内标物 5.00 ml,置 100 ml 量瓶中,加水稀释至刻度,摇匀。

(2) 样品溶液配制:准确吸取样品 10.00 ml 及正丙醇内标物 5.00 ml,置 100 ml 量瓶中,用水稀释至刻度,摇匀。

3. 进样

在选定的仪器操作下,将标准溶液和样品溶液分别进样 0.5 μL。

4. 数据处理

$$(c_i\%)_{检品}=\frac{(A_i/A_s)_{检品}\times 10}{(A_i/A_s)_{标准}}\times 5.00\%$$

式中:A_i,A_s 分别为被测组分和内标物的峰面积;5.00% 为$(c_i\%)$标准的值;10 为稀释倍数。

【注意事项】

1. 使用 1 μL 微量注射器,注意不要把针芯拉出针筒外。

2. 吸取样品的注射器,用前需用样品溶液润洗十多次。

【思考题】

1. 热导和氢火焰离子化检测器各属何种类型检测器? 它们各有什么特点?

2. 如何选择柱温、气化室温度及检测器温度? 为什么检测器温度必须高于柱温?

3. 载气流速变化对结果有何影响?

EXPERIMENT 18   DETERMINATION OF ALCOHOL IN TINCTURE

PURPOSE

1. Grasp the operation for GC system.

2. Grasp the quantitative method for internal standardization comparison.

THEORY

Internal standardization comparison is generally used for quantitative analysis in gaschromatography because corrective factors of many organic compounds are unknown. First, standard solution of known concentration is prepared, to which internal standard compound is added. Then sample solution is prepared, which contains internal standard compound of same concentration. After injection these solutions are separated by gas chromatographic system. The concentration of analyte in sample solution can be calculated according to the following formula:

$$(c_i\%)_{sample}=\frac{(A_i/A_s)_{sample}}{(A_i/A_s)_{standard}}\times(c_i\%)_{standard}$$

Where $c_i\%$ is the concentration of analyte, A_i and A_s are the peak area of analyte and internal standard compound respectively.

REAGENTS AND SOLUTIONS

Absolute Alcohol: A. R.

Absolute Propyl Alcohol: inner standard.

Tincture Sample.

APPARATUS

Shimadzu GC-14B gas Chromatographic system, microsyringe(1 μl), pipets(5 ml, 10 ml), volumetric flask(100 ml).

PROCEDURE

1. Operating conditions

Column: 10%PEG20M   102 white supporter   2m×3mm I. D.

Injection temperature   180℃

Column temperature(oven temperature)   90℃

Detector temperature   200℃

N_2(carrier gas) $9.8×10^4 Pa(1\ kg/cm^2)$

H_2 $5.88×10^4 Pa(0.6\ kg/cm^2)$

Air $4.90×10^4 Pa(0.5\ kg/cm^2)$

Range   2

2. Preparation of solutions

(1) Standard solution: Into a 100 ml volumetric flask pipet 5.00 ml of absolute alcohol and 5.00 ml of propyl alcohol, dilute to the mark with distilled water and mix.

(2) Test solution: Into a 100 ml volumetric flask pipet 10.00 ml of sample and 5.00 ml of propyl alcohol, dilute to the mark with distilled water and mix.

3. Into the column, inject 0.5 μL of standard solution and 0.5 μL of test solution respectively.

CALCULATIONS

$$(c_i\%)_{sample} = \frac{(A_i/A_s)_{sample} × 10}{(A_i/A_s)_{standard}} × 5.00\%$$

NOTES

1. Don't pull the valve out of microsyringe's tube.

2. Rinse the microsyringe over ten times with the sample before filling the sample.

QUESTIONS

1. What is characteristic of a flame ionization detector and a thermal conductivity detector?

2. How to fix the temperature of the column, the injector and the detector? Why must the temperature of the detector be higher than that of the column?

3. What occurs to the peak area if carrier gas flow varies?

实验19 高效液相色谱柱的性能考查及分离度测试

【目的与要求】

1. 掌握考查色谱柱基本特性的方法和指标。
2. 掌握色谱柱理论塔板数、理论塔板高度和色谱峰拖尾因子的计算方法。
3. 掌握如何应用色谱图计算分离度。

【原理】

评价色谱柱的性能好坏,有不同的方法和考查指标。一般从以下几个基本特征来考查:理论塔板数或理论塔板高度、峰对称性等。这里主要介绍理论塔板数和理论塔板高度、峰对称性、分离度。

1. 理论塔板数 n 和理论塔板高度 H 在色谱柱性能测试中,理论塔板数是最重要的指标,它反映色谱柱本身的特征,一般均用它来衡量柱效能。塔板数愈多,板高愈小,柱效愈高。

2. 峰对称性 色谱柱的热力学性质和柱填充得均匀与否,将影响色谱峰的对称性。色谱峰的对称性用拖尾因子 f_s 来衡量。

3. 分离度 分离度是从色谱峰判断相邻两组分在色谱柱中总分离效能的指标,用 R 表示。

【试剂及仪器】

1. 试剂

苯,甲苯,甲醇(均为分析纯或色谱纯),新鲜的二次蒸馏水。

2. 仪器

高效液相色谱仪(岛津 LC-10A),紫外检测器,C_{18} 反相键合相色谱柱(150 mm × 4.6 mm),微量注射器(25 μl)。

【操作步骤】

1. 样品溶液的配制 配制苯、甲苯的甲醇溶液作为样品溶液。
2. 色谱条件 流动相:甲醇—水(80:20),固定相:C_{18} 反相键合相色谱柱(150 mm × 4.6 mm),检测波长:254 nm,流速:1 ml/min。
3. 进样 在选定的实验条件下,将样品溶液进样 10 μl,记录色谱图。
4. 结果处理

(1) 根据苯、甲苯色谱峰的 t_R 和 $W_{1/2}$ 的数值,按下式计算色谱柱的理论塔板数。

$$n = 5.54 \left(\frac{t_R}{W_{\frac{1}{2}}} \right)^2$$

(2) 根据色谱峰,按下式计算各组分的拖尾因子 f_s。

$$f_s = \frac{W_{0.05h}}{2A}$$

(3) 根据色谱图,按下式计算苯和甲苯的分离度。

$$R = \frac{2(t_{R_2} - t_{R_1})}{W_1 + W_2}$$

【注意事项】

1. 高效液相色谱中所用的溶剂均需纯化处理。水用新鲜的二次蒸馏水或蒸馏水经脱离子处理。甲醇的处理方法:1 kg甲醇需加3 g氢氧化钠、1 g硝酸银,回流加热1 h后蒸出备用。

2. 流动相经脱气后方可使用。常用的脱气方法有水泵减压抽吸脱气法、加热回流脱气法、超声波脱气法和吹氦脱气法。

3. 取样时,先用样品溶液清洗微量注射器几次,然后吸取过量样品,将微量注射器针尖朝上,赶去可能存在的气泡并将所取样品调至所需数值。用毕,微量注射器用甲醇或丙酮洗涤数次。

4. 实验结束后,反相色谱柱需用甲醇冲洗20～30 min。若流动相中含盐或缓冲溶液,则先用水冲洗,再用甲醇冲洗,以保护色谱柱。

【思考题】

1. 根据反相色谱机理,说明苯、甲苯在反相色谱中的流出顺序。

2. 流动相在使用前为什么要脱气?

3. 用苯和甲苯表示的同一色谱柱的柱效能是否一样?

4. 反相色谱中,流动相pH值应控制在什么范围内?

EXPERIMENT 19 EVALUATION OF THE PERFORMANCE OF HPLC COLUMN AND DETERMINATION OF RESOLUTION

PURPOSE

1. Grasp the parameters to express the basic performance of HPLC column and the method for determination of these parameters.

2. Grasp calculation of theoretical plate number, theoretical plate height and peak tailing factor.

3. Grasp calculation of resolution based on chromatograms.

THEORY

There are different methods and parameters to evaluate the performance of chromatographic column. Generally the following basic parameters are used: theoretical plate number or theoretical plate height, peak symmetry, etc. Theoretical plate number, theoretical plate height, peak symmetry and resolution are discussed as follows.

1. Theoretical plate number(n) and theoretical plate height(H) Theoretical plate number is a most important index in all parameters of the column performance. It reflects the characteristic of the column, so it is usually used to evaluate the efficiency of column. The more theoretical plate number, the smaller theoretical plate height and the higher the

efficiency of column.

2. Peak symmetry   The thermodynamic characteristics and packing uniformity of the chromatographic column will affect peak symmetry. Peak symmetry is expressed by peak tailing factor f_s.

3. Resolution   Resolution (R) is an index used to evaluate the total separation efficiency of the neighboring two components in the chromatographic column.

REAGENTS AND SOLUTIONS

Benzene, toluol and methanol(A. R or chromatographic reagent); fresh twice distilled water.

APPARATUS

HPLC system(Shimadzu LC-10A), UV detector, C_{18} column(150 mm×4. 6 mm), microsyringe(25 μl).

PROCEDURE

1. Preparation of sample solution

The solution of benzene and toluol in methanol is used as sample solution.

2. Chromatographic conditions

Mobile phase: methanol-water (80 : 20), solid phase: C_{18} column (150 mm× 4. 6 mm), Detection wavelength: 254 nm, Flow rate: 1 ml/min.

3. Injection

Inject 10 μl of sample solution under the above conditions and then record the chromatogram.

4. Calculation

(1) Based on the t_R, $W_{1/2}$ value of the chromatographic peak of benzene and toluol, calculate theoretical plate number as follows:

$$n = 5.54 \left(\frac{t_R}{W_{\frac{1}{2}}} \right)^2$$

(2) According to the chromatographic peak of benzene and toluol, calculate peak tailing factor(f_s) of each component as follows:

$$f_s = \frac{W_{0.05h}}{2A}$$

(3) Calculate the resolution R of benzene and toluol based on their peaks as follows:

$$R = \frac{2(t_{R_2} - t_{R_1})}{W_1 + W_2}$$

NOTES

1. Solvents used in HPLC must be purified. Water must be distilled twice or deionized before use.

2. Mobile phase must be degassed before use. The degassing methods often used are

water-pump suction decompression degassing, heating reflux degassing, ultrasonic degassing and He-blowing degassing.

3. Before suction of sample solution, rinse microsyringe several times with sample solution first. Then take up excessive sample, expel bubbles with needlepoint upward and remain the desired amount of sample for experiment. After use, rinse the microsyringe several times with acetone or methanol.

4. Rinse C_{18} column with methanol for $20\sim30$ min after experiment. If mobile phase contains salt or buffer, rinse the column first with water and then with methanol in order to protect it.

QUESTIONS

1. According to the principle of reverse phase chromatography, explain the elution order of benzene and toluol.

2. Why must mobile phase be degassed before use?

3. Are the efficiency of column expressed by benzene the same as that expressed by toluol in one column?

4. In what range must the pH of mobile phase be kept in reverse phase chromatography?

实验 20 高效液相色谱法测定阿司匹林胶囊中的乙酰水杨酸和水杨酸

【目的与要求】

掌握用外标法测定阿司匹林胶囊的成分的方法。

【原理】

阿司匹林是一类常用的镇痛药,在储存时会分解为水杨酸。阿司匹林胶囊的各成分含量可以通过与标准品的峰面积比较而得到。流动相要调至酸性以避免阿司匹林和水杨酸的峰拖尾。

【试剂与仪器】

1. 试剂

(1) 标准溶液:用甲醇配制约含阿司匹林 0.4 mg/ml,乙酰水杨酸 0.01 mg/ml 的溶液。

(2) 测试液:称量至少 10 份胶囊粉末。准确移取一定量的粉末(约含阿司匹林 400 mg)至一 100 ml 容量瓶。用甲醇稀释至刻度,用机械方式搅拌 15 min。将上述溶液一部分用砂芯漏斗过滤(孔径不大于 0.5 μm),滤液作为测试液。

2. 仪器

HPLC 仪,ODS 柱,容量瓶,微量注射器,移液管。

【操作步骤】

1. 色谱系统

5 μm ODS 柱(4.6 m×25 cm)

流动相:用 150 ml 水和 850 ml 甲醇混合,用冰醋酸调至 pH 3.4

流速:1 ml/min

检测波长:254 nm

2. 系统适应性 乙酰水杨酸的相对保留时间为 0.6,阿司匹林为 1.0,阿司匹林峰响应的相对标准偏差不大于 2.0%。

3. 实验内容 分别进相同体积(20 μL)的标准溶液和测试液各 5 次进入色谱仪。记录色谱图,测定主要峰的响应值。按下式计算每粒胶囊阿司匹林和水杨酸的含量(以 mg 计算):

$$\frac{100\ c \times W_{平均} \times A_U}{W \times A_s}$$

式中:c 是标准液浓度(mg/ml);A_U 和 A_s 分别是标准液和测试液的峰响应值;W 为所用于配制测试液的胶囊粉末质量;$W_{平均}$ 为平均每粒胶囊含有的粉末质量。

【注意事项】

1. 溶剂在使用前须过滤和除气泡。

2. 实验结束后要用甲醇冲洗色谱柱。

3. 在换流动相之前应停泵。

4. 外标法的准确性取决于操作条件的稳定性和进样量的重现性。因此要特别注意进样的操作。

5. 和气相色谱法相比，由于高效液相色谱采用了六通阀进样，进样的准确性大为提高。

【思考题】

为什么高效液相色谱可以用外标法定量？和内标法相比，哪个更准确？

EXPERIMENT 20 ASSAY OF ASPIRIN AND SALICYLIC ACID IN ASPIRIN BOLUSES BY HPLC

PURPOSE

Grasp the method of assay of compositions in aspirin boluses by external standard.

THEORY

Aspirin is a kind of commonly used analgesics which will decomposes into salicylic acid in storage. The compositions in aspirin boluses are quantitatively determined by comparison of peak areas with those of the standards. Mobile phase is adjusted to acidic to inhibit the peak tailing of aspirin and salicylic acid.

REAGENTS AND SOLUTIONS

Standard preparation: Prepare a solution in methanol having known concentration of about 0. 4 mg of aspirin RS and 0. 01 mg salicylic acid RS per ml.

Assay preparation: Weigh and finely powder not less than 10 boluses. Transfer an accurately weighed portion of powder, equivalent to about 400 mg of aspirin, to a 100 ml volumetric flask, dilute with methanol to volume, and stir by mechanical means for 15 minutes. Filter a portion of this solution through a filter having a porosity of 0. 5 μm or finer, and use the filtrate as the Assay preparation.

APPARATUS

HPLC apparatus, ODS column, 25 ml volumetric flasks, pipet, microsyringe.

PROCEDURES

1. Chromatographic system

Column: Packing 5 μm ODS(4. 6 m$\times$25 cm)

Mobile Phase: Mix 150 ml of water and 850 ml of methanol, and adjust with glacial acid to a pH of 3. 4.

Velocity: 1 ml/min

Detecting Wavelength: 254 nm

2. System suitability

The relative retention times are about 0. 6 for salicylic acid and 1. 0 for aspirin, and the relative standard deviation of the aspirin peak response for replicate injections is not more than 2. 0%.

3. Procedure   Separately inject equal volumes(about 20 μL) of the standard and

assay solutions into HPLC apparatus for 5 times. Record the chromatogram, and measure the responses for the major peaks. Calculate the quantity, in mg, of aspirin and salicylic acid in a bolus taken by formula:

$$\frac{100c \times W_{average} \times A_U}{W \times A_s}$$

in which c is the concentration, in mg per ml, and A_U, A_s are the peak responses obtained from the Assay preparation and Standard preparation respectively. W is the mass of drug powder taken to prepare Assay preparation, $W_{average}$ is the average mass of drug powder that a bolus hold.

NOTES

1. Solvents should be filtered and degassed before use.

2. Rinse the column with methanol after the experiment is over.

3. Stop the pump before changing mobile phase.

4. The accuracy of external standard method is dependent on the stability of operating conditions and the reproducibility of inject volumes. So pay attention to injecting samples.

5. Compared with GC, due to the application of six-port valve in HPLC, the accuracy of inject volume is greatly improved.

QUESTIONS

Why can the method of external standard be used for quantitative analysis in HPLC? Which is more accurate, compared with the method of inner standard?

附　录

附录1　中国药典(2005年版二部)凡例

《中华人民共和国药典》简称《中国药典》,是国家监督管理药品质量的法定技术标准。

《中国药典》一经国务院药品监督管理部门颁布实施,同品种的上版标准或其原国家标准即同时停止使用。除特别注明版次外,《中国药典》均指现行版《中华人民共和国药典》。

"凡例"是解释和正确使用《中国药典》进行质量检定的基本原则,并把与正文品种、附录及质量检定有关的共性问题加以规定,避免在全书中重复说明。"凡例"中的有关规定具有法定的约束力。

凡例和附录中采用"除另有规定外"这一用语,表示存在与凡例或附录有关规定不一致的情况时,则在正文品种中另作规定,并按此规定执行。

药典中引用的药品系指本版药典收载的并符合规定的品种。

附录中收载的指导原则,是为执行药典、考查药品质量、起草与复核药品标准所制定的指导性规定。

名称及编排

一、正文品种收载的中文药品名称系按照《中国药品通用名称》推荐的名称及其命名原则命名,《中国药典》收载的中文药品名称均为法定名称;英文名除另有规定外,均采用国际非专利药名(INN)。

有机药物化学名称应根据中国化学会编撰的《有机化学命名原则》命名,母体的选定与国际纯粹与应用化学联合会(IUPAC)的命名系统一致。

二、药品化学结构式采用世界卫生组织(WHO)推荐的"药品化学结构式书写指南"书写。

三、正文品种按中文药品名称笔画顺序排列,同笔画数的字按起笔笔形一丨丿、一的顺序排列;单方制剂排在其原料药后面;药用辅料集中编排;附录包括制剂通则、通用检测方法和指导原则,按分类编码;索引按汉语拼音顺序排序的中文索引、英文名和中文名对照索引排列。

四、每一正文品种项下根据品种和剂型的不同,按顺序可分别列有:(1) 品名(包括中文名、汉语拼音名与英文名);(2) 有机药物的结构式;(3) 分子式与相对分子质量;(4) 来源或有机药物的化学名称;(5) 含量或效价规定;(6) 处方;(7) 制法;(8) 性状;(9) 鉴别;(10) 检查;(11) 含量或效价测定;(12) 类别;(13) 规格;(14) 贮藏;(15) 制剂等。

项目与要求

五、性状项下记载药品的外观、臭、味、溶解度以及物理常数等。

（1）外观性状是对药品的色泽和外表感观的规定。

（2）溶解度是药品的一种物理性质。各品种项下选用的部分溶剂及其在该溶剂中的溶解性能，可供精制或制备溶液时参考；对在特定溶剂中的溶解性能需作质量控制时，在该品种检查项下另作具体规定。药品的近似溶解度以下列名词术语表示：

极易溶解	系指溶质 1 g(ml)能在溶剂不到 1 ml 中溶解；
易溶	系指溶质 1 g(ml)能在溶剂 1～不到 10 ml 中溶解；
溶解	系指溶质 1 g(ml)能在溶剂 10～不到 30 ml 中溶解；
略溶	系指溶质 1 g(ml)能在溶剂 30～不到 100 ml 中溶解；
微溶	系指溶质 1 g(ml)能在溶剂 100～不到 1 000 ml 中溶解；
极微溶解	系指溶质 1 g(ml)能在溶剂 1 000～不到 10 000 ml 中溶解；
几乎不溶或不溶	系指溶质 1 g(ml)在溶剂 10 000 ml 中不能完全溶解。

试验法：除另有规定外，称取研成细粉的供试品或量取液体供试品，置于 25℃±2℃ 一定容量的溶剂中，每隔 5 分钟强力振摇 30 秒钟；观察 30 分钟内的溶解情况，如无目视可见的溶质颗粒或液滴时，即视为完全溶解。

（3）物理常数包括相对密度、馏程、熔点、凝点、比旋度、折光率、黏度、吸收系数、碘值、皂化值和酸值等；测定结果不仅对药品具有鉴别意义，也反映药品的纯度，是评价药品质量的主要指标之一。

六、鉴别项下规定的试验方法，仅反映该药品某些物理、化学或生物学性质的特征，不完全代表对该药品化学结构的确证。

七、检查项下包括反应药品的安全性与有效性的试验方法和限度，均一性与纯度等制备工艺要求等内容；对于规定中的各种杂质检查项目，系指该药品在按既定工艺进行生产和正常贮藏过程中可能含有或产生并需要控制的杂质（如残留溶剂、有关物质等）；改变生产工艺时需另考虑增修订有关项目。

供直接分装成注射用无菌粉末的原料药，应按照注射剂项下相应的要求进行检查，并应符合规定。

各类制剂，除另有规定外，均应符合各制剂通则项下有关的各项规定。

八、含量测定项下规定的试验方法，用于测定原料及制剂中有效成分的含量，一般可采用化学、仪器或生物测定方法。

九、类别系按药品的主要作用与主要用途或学科的归属划分，不排除在临床实践的基础上作其他类别药物使用。

十、制剂的规格，系指每一支、片或其他每一个单位制剂中含有主药的重量（或效价）或含量（％）或装量。注射液项下，如为"1 ml：10 mg"，系指 1 ml 中含有主药 10 mg；对于列有处方或标有浓度的制剂，也可同时规定装量规格。

十一、贮藏项下的规定，系对药品贮存与保管的基本要求，以下列名词术语表示：

遮光　系指用不透光的容器包装，例如棕色容器或黑纸包裹的无色透明、半透明容器；

密闭 系指将容器密闭,以防止尘土及异物进入;

密封 系指将容器密封以防止风化、吸潮、挥发或异物进入;

熔封或严封 系指将容器熔封或用适宜的材料严封,以防止空气与水分的侵入并防止污染;

阴凉处 系指不超过 20℃;

凉暗处 系指避光并不超过 20℃;

冷处 系指 2～10℃;

常温 系指 10～30℃。

十二、制剂中使用的原料药和辅料,均应符合本版药典的规定;本版药典未收载者,必须制定符合药用要求的标准,并需经国务院药品监督管理部门批准。

同一原料药用于不同制剂(特别是给药途径不同的制剂)时,需根据临床用药要求制定相应的质量控制项目。

检验方法和限度

十三、本版药典收载的原料药及制剂,均应按规定的方法进行检验;如采用其他方法,应将该方法与规定的方法做比较试验,根据试验结果掌握使用,但在仲裁时仍以本版药典规定的方法为准。

十四、标准中规定的各种纯度和限度数值以及制剂的重(装)量差异,系包括上限和下限两个数值本身及中间数值。规定的这些数值不论是百分数还是绝对数字,其最后一位数字都是有效位。

试验结果在运算过程中,可比规定的有效数字多保留一位数,而后根据有效数字的修约规则进舍至规定有效位。计算所得的最后数值或测定读数值均可按修约规则进舍至规定的有效位,取此数值与标准中规定的限度数值比较,以判断是否符合规定的限度。

十五、原料药的含量(%),除另有注明者外,均按重量计。如规定上限为 100% 以上时,系指用本药典规定的分析方法测定时可能达到的数值,它为药典规定的限度或允许偏差,并非真实含有量;如未规定上限时,系指不超过 101.0%。

制剂的含量限度范围,系根据主药含量的多少、测定方法、生产过程和贮存期间可能产生的偏差或变化而制定的,生产中应按标示量 100% 投料。如已知某一成分在生产或贮存期间含量会降低,生产时可适当增加投料量,以保证在有效期(或使用期限)内含量能符合规定。

标准品、对照品

十六、标准品、对照品系指用于鉴别、检查、含量测定的标准物质。标准品与对照品(不包括色谱用的内标物质)均由国务院药品监督管理部门指定的单位制备、标定和供应。标准品系指用于生物检定、抗生素或生化药品中含量或效价测定的标准物质,按效价单位(或 μg)计,以国际标准品进行标定;对照品除另有规定外,均按干燥品(或无水物)进行计算后使用。

标准品与对照品的建立或变更其原有活性成分和含量,应与原标准品、对照品或国际标准品进行对比,并经过协作标定和一定的工作程序进行技术审定。

标准品与对照品均应附有使用说明书、质量要求(包括水分等)、使用效期和装量等。

计　　量

十七、试验用的计量仪器均应符合国务院质量技术监督部门的规定。

十八、本版药典采用的计量单位

(1) 法定计量单位名称和单位符号如下:

长度　　　　米(m)　　　分米(dm)　　厘米(cm)　毫米(mm)　微米(μm)　纳米(nm)

体积　　　　升(L)　　　毫升(ml)　　微升(μl)

质(重)量　　千克(kg)　　克(g)　　　毫克(mg)　微克(μg)　　纳克(ng)

压力　　　　兆帕(MPa)　千帕(kPa)　帕(Pa)

动力黏度　　帕秒(Pa·s)

运动黏度　　平方毫米每秒(mm^2/s)

波数　　　　负一次方厘米(cm^{-1})

密度　　　　千克每立方米(kg/m^3)　　　克每立方厘米(g/cm^3)

放射性活度　吉贝可(GBq)　　　　　　兆贝可(MBq)　　千贝可(kBq)　　贝可(Bq)

(2) 本版药典使用的滴定液和试液的浓度,以 mol/L(摩尔/升)表示者,其浓度要求精密标定的滴定液用"XXX 滴定液(YYYmol/L)"表示;作其他用途不需精密标定其浓度时,用"YYYmol/L XXX 溶液"表示,以示区别。

(3) 温度以摄氏度(℃)表示

水浴温度　除另有规定外,均指 98～100℃;

热水　系指 70～80℃;

微温或温水　系指 40～50℃;

室温　系指 10～30℃;

冷水　系指 2～10℃;

冰浴　系指约 0℃;

放冷　系指放冷至室温。

(4) 百分比用"％"符号表示,系指重量的比例;但溶液的百分比,除另有规定外,系指溶液 100 ml 中含有溶质若干克;乙醇的百分比,系指在 20℃时容量的比例。此外,根据需要可采用下列符号:

％(g/g)　表示溶液 100 g 中含有溶质若干克;

％(ml/ml)　表示溶液 100 ml 中含有溶质若干毫升;

％(ml/g)　表示溶液 100 g 中含有溶质若干毫升;

％(g/ml)　表示溶液 100 ml 中含有溶质若干克。

(5) 液体的滴,系在 20℃时,以 1.0 ml 水为 20 滴进行换算。

(6) 溶液后标示的"(1→10)"等符号,系指固体溶质 1.0 g 或液体溶质 1.0 ml 加溶剂使成

10 ml 的溶液;未指明用何种溶剂时,均系指水溶液;两种或两种以上液体的混合物,名称间用半字线"—"隔开,其后括号内所示的":"符号,系指各液体混合时的体积(重量)比例。

(7) 本版药典所用药筛,选用国家标准的 R40/3 系列,分等如下:

筛号	筛孔内径(平均值)	目号
一号筛	2 000 $\mu m \pm 70$ μm	10 目
二号筛	850 $\mu m \pm 29$ μm	24 目
三号筛	355 $\mu m \pm 13$ μm	50 目
四号筛	250 $\mu m \pm 9.9$ μm	65 目
五号筛	180 $\mu m \pm 7.6$ μm	80 目
六号筛	150 $\mu m \pm 6.6$ μm	100 目
七号筛	125 $\mu m \pm 5.8$ μm	120 目
八号筛	90 $\mu m \pm 4.6$ μm	150 目
九号筛	75 $\mu m \pm 4.1$ μm	200 目

粉末分等如下:

最粗粉　指能全部通过一号筛,但混有能通过三号筛不超过 20% 的粉末;

粉　　　指能全部通过二号筛,但混有能通过四号筛不超过 40% 的粉末;

中　粉　指能全部通过四号筛,但混有能通过五号筛不超过 60% 的粉末;

细　粉　指能全部通过五号筛,并含能通过六号筛不少于 95% 的粉末;

最细粉　指能全部通过六号筛,并含能通过七号筛不少于 95% 的粉末;

极细粉　指能全部通过八号筛,并含能通过九号筛不少于 95% 的粉末。

(8) 乙醇未指明浓度时,均系指 95%(ml/ml)的乙醇。

十九、计算相对分子质量以及换算因子等使用的相对原子质量均按最新国际相对原子质量表推荐的相对原子质量。

精　确　度

二十、本版药典规定取样量的准确度和试验精密度。

(1) 试验中供试品与试药等"称重"或"量取"的量,均以阿拉伯数码表示,其精确度可根据数值的有效数位来确定,如称取"0.1 g",系指称取重量可为 0.06~0.14 g;称取"2 g",系指称取重量可为 1.5~2.5 g;称取"2.0 g",系指称取重量可为 1.95~2.05 g;称取"2.00 g",系指称取重量可为 1.995~2.005 g。

"精密称定"系指称取重量应准确至所取重量的千分之一;"称定"系指称取重量应准确至所取重量的百分之一;"精密量取"系指量取体积的准确度应符合国家标准中对该体积移液管的精密度要求;"量取"系指可用量筒或按照量取体积的有效数位选用量具。取用量为"约"若干时,系指取用量不得超过规定量的 ±10%。

(2) 恒重,除另有规定外,系指供试品连续两次干燥或炽灼后称重的差异在 0.3 mg 以下的重量;干燥至恒重的第二次及以后各次称重均应在规定条件下继续干燥 1 小时后进行;炽灼至恒重的第二次称重应在继续炽灼 30 分钟后进行。

(3) 试验中规定"按干燥品(或无水物,或无溶剂)计算"时,除另有规定外,应取未经干燥(或未去水,或未去溶剂)的供试品进行试验,并将计算中的取用量按检查项下测得的干燥失重(或水分,或溶剂)扣除。

(4)试验中的"空白试验",系指在不加供试品或以等量溶剂替代供试液的情况下,按同法操作所得的结果;含量测定中的"并将滴定的结果用空白试验校正",系指按供试品所耗滴定液的量(ml)与空白试验中所耗滴定液量(ml)之差进行计算。

(5)试验时的温度,未注明者,系指在室温下进行;温度高低对试验结果有显著影响者,除另有规定外,应以 25℃±2℃ 为准。

试药、试液、指示剂

二十一、试验用的试药,除另有规定外,均应根据附录试药项下的规定,选用不同等级并符合国家标准或国务院有关行政主管部门规定的试剂标准。试液、缓冲液、指示剂与指示液、滴定液等,均应符合附录的规定或按照附录的规定制备。

二十二、试验用水,除另有规定外,均系指纯化水。酸碱度检查所用的水,均系指新沸并放冷至室温的水。

二十三、酸碱性试验时,如未指明用何种指示剂,均系指石蕊试纸。

动物试验

二十四、动物试验所使用的动物及其管理应按国务院有关行政主管部门颁布的规定执行。

动物品系、年龄、性别等应符合药品检定要求。

随着药品纯度的提高,凡是有准确的化学和物理方法或细胞学方法能取代动物试验进行药品质量检测的,应尽量采用,以减少动物试验。

说明书、包装、标签

二十五、药品说明书应符合《中华人民共和国药品管理法》及国务院药品监督管理部门对说明书的规定。

二十六、直接接触药品的包装材料和容器应符合国务院药品监督管理部门的有关规定,均应无毒、洁净,与内容药品应不发生化学反应,并不得影响内容药品的质量。

二十七、药品标签应符合《中华人民共和国药品管理法》及国务院药品监督管理部门对包装标签的规定,不同包装标签其内容应根据上述规定印制,并应尽可能多地包含药品信息。

二十八、麻醉药品、精神药品、医疗用毒性药品、放射性药品、外用药品和非处方药品的说明书和包装标签,必须印有规定的标志。

附录 2 中国药典附录目次(2005 年版二部)

附录 3 咖啡因质量标准(中国药典 2005 年版二部)

Kafeiyin

Caffeine

$$M_r(C_8H_{10}N_4O_2 \cdot H_2O) \quad 212.21$$

本品为 1,3,7-三甲基-3,7-二氢-1H-嘌呤-2,6-二酮一水合物。按干燥品计算,含 $C_8H_{10}N_4O_2$ 不得少于 98.5%。

【性状】 本品为白色或带极微黄绿色、有丝光的针状结晶;无臭、味苦;有风化性。

本品在热水或氯仿中易溶,在水、乙醇或丙酮中略溶,在乙醚中极微溶解。

熔点 本品的熔点(附录 Ⅵ C)为 235~238℃。

【鉴别】 (1) 取本品约 10 mg,加盐酸 1 ml 与氯酸钾 0.1 g,置水浴上蒸干,残渣遇氨气即显紫色;再加氢氧化钠试液数滴,紫色即消失。

(2) 取本品的饱和水溶液 5 ml,加碘试液 5 滴,不生成沉淀;再加稀盐酸 3 滴,即生成红棕色的沉淀,并能在稍过量的氢氧化钠试液中溶解。

(3) 本品的红外光吸收图谱应与对照的图谱(光谱集 250 图)一致。

【检查】 溶液的澄清度 取本品 1.0 g,加水 50 ml,加热煮沸,放冷,溶液应澄清。

有关物质 取本品,加氯仿-甲醇(3:2)制成每 1 ml 中含 20 mg 的溶液,作为供试品溶液;精密量取适量,加上述溶剂稀释成每 1 ml 中含 0.10 mg 的溶液,作为对照溶液。照薄层色谱法(附录 Ⅴ B)试验,吸取上述两种溶液各 10 μL,分别点于同一硅胶 GF$_{254}$ 薄层板上,以正丁醇-丙酮-氯仿-浓氨溶液(40:30:30:10)为展开剂,展开后,取出,晾干,在紫外光灯(254 nm)下检视。供试品溶液如显杂质斑点,与对照溶液的主斑点比较,不得更深。

干燥失重 取本品,在 105℃ 干燥至恒重,减失重量不得过 8.5%;如为无水咖啡因,减失重量不得过 0.5%(附录 Ⅷ L)。

炽灼残渣 不得过 0.1%(附录 Ⅷ N)。

重金属 取本品 0.5 g,加水 20 ml,加热溶解后,放冷,加醋酸盐缓冲液(pH3.5) 2 ml 与水适量使成 25 ml(必要时滤过),依法检查(附录 Ⅷ H 第 1 法),含重金属不得过百万分之十。

【含量测定】 取本品约 0.15 g,精密称定,加醋酐-冰醋酸(5:1)的混合液 25 ml,微热使溶解,放冷,加结晶紫指示液一滴,用高氯酸滴定液(0.1 mol/L)滴定,至溶液显黄色,并将滴定的结果用空白试验校正。每 1 ml 高氯酸滴定液(0.1 mol/L)相当于 19.42 mg 的 $C_8H_{10}N_4O_2$。

【类别】 中枢兴奋药。

【贮藏】 密封保存。

附录 4　头孢唑林钠质量标准(中国药典 2005 年版二部)

Toubaozuolinna

Cefazolin Sodium

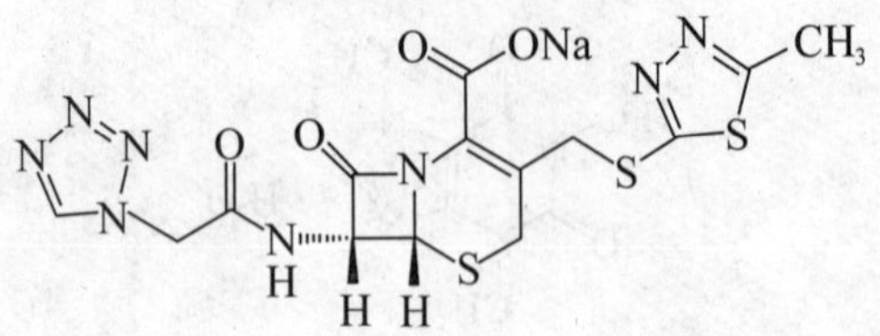

$M_r(C_{14}H_{13}N_8NaO_4S_3)$　476.50

本品为(6R,7R)-3-[[(5-甲基-1,3,4-噻二唑-2-基)硫]甲基]-7-[(1H-四唑-1-基)乙酰氨基]-8-氧代-5-硫杂-1-氮杂双环[4.2.0]辛-2-烯-2-甲酸钠盐。按无水物计算,含头孢唑林($C_{14}H_{14}N_8O_4S_3$)不得少于 86.0%。

【性状】　本品为白色或类白色粉末或结晶性粉末;无臭,味微苦;易引湿。

本品在水中易溶,在甲醇中微溶,在乙醇、丙酮或苯中几乎不溶。

比旋度　取本品,精密称定,加水溶解并定量稀释成每 1 ml 含 50 mg 的溶液,依法测定(附录Ⅵ E),比旋度为—15°～—24°。

吸收系数　取本品,精密称定,加水溶解并定量稀释成每 1 ml 中约含 16 μg 的溶液,照紫外—可见分光光度法(附录Ⅳ A),在 272 nm 的波长处测定吸光度,吸收系数($E_{1cm}^{1\%}$)为 264～292。

【鉴别】　(1) 在含量测定项下记录的色谱图中,供试品溶液主峰的保留时间应与对照品溶液主峰的保留时间一致。

(2) 取本品适量,加水制成每 1 ml 中约含 16 μg 的溶液,照紫外—可见分光光度法(附录Ⅳ A)测定,在 272 nm 的波长处有最大吸收。

(3) 本品的红外光吸收图谱应与对照的图谱(光谱集 127 图)一致。

(4) 本品显钠盐的火焰反应(附录Ⅲ)。

【检查】　酸度　取本品,加水制成每 1 ml 中含 0.1 g 的溶液,依法测定(附录Ⅵ H),pH 值应为 4.5～6.5。

溶液的澄清度与颜色　取本品 5 份,各 0.6 g,分别加水 5 ml 溶解后,溶液应澄清无色;如显浑浊,与 1 号浊度标准液(附录Ⅸ B)比较,均不得更浓;如显色,与黄色或黄绿色 3 号标准比色液(附录Ⅸ A 第 1 法)比较,均不得更深。

有关物质　取本品适量,精密称定,用流动相 A 溶解并制成每 1 ml 中含 2.5 mg 的溶液,作为供试品溶液;精密量取 1 ml,置 100 ml 量瓶中,加流动相 A 稀释至刻度,摇匀,作为对照溶液。照高效液相色谱法(附录Ⅴ D)测定,用十八烷基硅烷键合硅胶为填充剂;流动相 A 为磷酸盐缓冲液(取磷酸氢二钠 14.54 g 与磷酸二氢钾 3.53 g,加水溶解并稀释至 1 000 ml),流动相 B 为乙腈,流速为每分钟 1.2 ml,线性梯度洗脱;柱温为 45℃;检测波长为 254 nm。取本品约 10 mg,加 0.2%氢氧化钠溶液 10 ml 使溶解,静置 15～30 分钟,精密量取 1 ml,置 10 ml 量瓶中,加流动相 A 稀释至刻度,摇匀,作为系统适用性试验溶液,取

10 μl 注入液相色谱仪,头孢唑林峰和相邻杂质峰的分离度应符合要求。另取对照溶液 10 μl 注入液相色谱仪,调节检测灵敏度,使主成分色谱峰的峰高约为满量程的 20%。精密量取供试品溶液与对照溶液各 10 μl,分别注入液相色谱仪,记录色谱图。供试品溶液色谱图中如有杂质峰,单个杂质峰面积不得大于对照溶液的主峰面积(1.0%),各杂质峰面积的和不得大于对照溶液主峰面积的 3.5 倍(3.5%)。(供试品溶液中任何小于对照溶液主峰面积 0.05 倍的峰可忽略不计)

时间(分钟)	流动相 A(%)	流动相 B(%)
0	98	2
2	98	2
4	85	15
10	60	40
11.5	35	65
12	35	65
15	98	2
21	98	2

头孢唑林聚合物 照分子排阻色谱法(附录 V H)测定。

色谱条件与系统适用性试验 用葡聚糖凝胶 G-10(40～120 μm)为填充剂,玻璃柱内径 1.3～1.6 cm,柱高度 30～40 cm。以 pH7.0 的 0.1 mol/L 磷酸盐缓冲液[0.1 mol/L 磷酸氢二钠溶液－0.1 mol/L 磷酸二氢钠溶液(61:39)]为流动相 A,以水为流动相 B,流速约为每分钟 1.5 ml,检测波长为 254 nm。分别以流动相 A、B 为流动相,取 0.1 mg/ml 蓝色葡聚糖 2000 溶液 200 μl,注入液相色谱仪,理论板数按蓝色葡聚糖 2000 峰计算均不低于 700,拖尾因子均应小于 2.0。在两种流动相系统中蓝色葡聚糖 2000 峰保留时间的比值应在 0.93～1.07 之间,对照溶液主峰和供试品溶液中聚合物峰与相应色谱系统中蓝色葡聚糖 2000 峰的保留时间的比值均应在 0.93～1.07 之间。另以流动相 B 为流动相,精密量取对照溶液 200 μl,连续进样 5 次,峰面积的相对标准偏差应不大于 5.0%。

对照溶液的制备 取头孢唑林对照品约 20 mg,精密称定,加水溶解定量稀释制成每 1 ml 中约含 10 μg 的溶液。

测定法 取本品约 0.2 g,精密称定,置 10 ml 量瓶中,加水溶解并稀释至刻度,摇匀,立即精密量取 200 μl 注入液相色谱仪,以流动相 A 为流动相进行测定,记录色谱图。另精密量取对照溶液 200 μl 注入液相色谱仪,以流动相 B 为流动相,同法测定。按外标法以峰面积计算,含头孢唑林聚合物以头孢唑林计,不得过 0.03%。

水分 取本品,照水分测定法(附录 Ⅷ M 第 1 法 A)测定,含水分不得过 2.5%。

细菌内毒素 取本品,依法检查(附录 Ⅺ E),每 1 mg 头孢唑林中含内毒素的量应小于 0.1 EU。

无菌 取本品,用适宜溶剂溶解后,转移至不少于 500 ml 的 0.9% 无菌氯化钠溶液中使溶解,用薄膜过滤法处理后,依法检查(附录 Ⅺ H),应符合规定。

【含量测定】 照高效液相色谱法(附录 V D)测定。

色谱条件与系统适用性试验 用十八烷基硅烷键合硅胶为填充剂;以磷酸氢二钠、枸橼酸溶液(取无水磷酸氢二钠1.33 g与枸橼酸1.12 g,加水溶解并稀释成1 000 ml)－乙腈(88∶12)为流动相;检测波长为254 nm;头孢唑林的保留时间约为7.5分钟。

测定法 取本品适量,精密称定,加流动相溶解并定量制成每1 ml中约含0.1 mg的溶液,摇匀,精密量取10 μl注入液相色谱仪,记录色谱图;另取头孢唑林对照品适量,加磷酸盐缓冲液(pH7.0)5 ml溶解后,再用流动相稀释,同法测定。按外标法以峰面积计算供试品中 $C_{14}H_{14}N_8O_4S_3$ 的含量。

【**类别**】 β-内酰胺类抗生素,头孢菌素类。

【**贮藏**】 严封,在凉暗干燥处保存。

【**制剂**】 注射用头孢唑林钠。

附录 5 维生素 C 和维生素 C 片质量标准

维生素 C

Weishengsu C

Vitamin C

$M_r(C_6H_8O_6)$ 176.13

本品为 L-抗坏血酸。含 $C_6H_8O_6$ 不得少于 99.0%。

【性状】 本品为白色结晶或结晶性粉末;无臭,味酸;久置色渐变微黄;水溶液显酸性反应。

本品在水中易溶,在乙醇中略溶,在三氯甲烷或乙醚中不溶。

熔点 本品的熔点(附录Ⅵ C)为 190~192℃,熔融时同时分解。

比旋度 取本品,精密称定,加水溶解并定量稀释制成每 1 ml 中约含 0.10 g 的溶液,依法测定(附录Ⅵ E),比旋度为+20.5°~+21.5°。

【鉴别】 (1)取本品 0.2 g,加水 10 ml 溶解后,分成两等份,在一份中加硝酸银试液 0.5 ml 即生成银的黑色沉淀。在另一份中,加二氯靛酚钠试液 1~2 滴,试液的颜色即消失。

(2)本品的红外光吸收图谱应与对照的图谱(光谱集 450 图)一致。

【检查】 溶液的澄清度与颜色 取本品 3.0 g,加水 15 ml,振摇使溶解,溶液应澄清无色;如显色,将溶液经 4 号垂熔玻璃漏斗滤过,取滤液,照紫外－可见分光光度法(附录Ⅳ A),在 420 nm 的波长处测定吸光度,不得过 0.03。

炽灼残渣 不得过 0.1%(附录Ⅷ N)。

铁 取本品 5.0 g 两份,分别置 25 ml 量瓶中,一份中加 0.1 mol/L 硝酸溶液溶解并稀释至刻度,摇匀,作为供试品溶液(B);另一份中加标准铁溶液(精密称取硫酸铁铵 863 mg,置 1 000 ml 量瓶中,加 1 mol/L 硫酸溶液 25 ml,加水稀释至刻度,摇匀,精密量取 10 ml,置 100 ml 量瓶中,加水稀释至刻度,摇匀)1.0 ml,加 0.1 mol/L 硝酸溶液溶解并稀释至刻度,摇匀,作为对照溶液(A)。照原子吸收分光光度法(附录Ⅳ D),在 248.3 nm 的波长处分别测定,应符合规定。

铜 取本品 2.0 g 两份,分别置 25 ml 量瓶中,一份中加 0.1 mol/L 硝酸溶液溶解并稀释至刻度,摇匀,作为供试品溶液(B);另一份中加标准铜溶液(精密称取硫酸铜 393 mg,置 1 000 ml 量瓶中,加水稀释至刻度,摇匀,精密量取 10 ml,置 100 ml 量瓶中,加水稀释至刻度,摇匀)1.0 ml,加 0.1 mol/L 硝酸溶液溶解并稀释至刻度,摇匀,作为对照溶液(A)。照原子吸收分光光度法(附录Ⅳ D),在 324.8 nm 的波长处分别测定,应符合规定。

重金属 取本品 1.0 g,加水溶解成 25 ml,依法检查(附录Ⅷ H 第 1 法),含重金属不得过百万分之十。

细菌内毒素 取本品,加碳酸钠(170℃加热 4 小时以上)适量,使混合,依法检查(附录Ⅺ E),每 1 mg 维生素 C 中含内毒素的量应小于 0.02 EU(供注射用)。

【含量测定】 取本品约 0.2 g,精密称定,加新沸过的冷水 100 ml 与稀醋酸 10 ml 使溶解,加淀粉指示液 1 ml,立即用碘滴定液(0.05 mol/L)滴定,至溶液显蓝色并在 30 秒钟内不褪。每 1 ml 碘滴定液(0.05 mol/L)相当于 8.806 mg 的 $C_6H_8O_6$。

【类别】 维生素类药。

【贮藏】 遮光,密封保存。

【制剂】 (1)维生素 C 片 (2)维生素 C 泡腾片 (3)维生素 C 泡腾颗粒 (4)维生素 C 注射液 (5)维生素 C 颗粒

维生素 C 片

Weishengsu C Pian
Vitamin C Tablets

本品含维生素 C($C_6H_8O_6$)应为标示量的 93.0%～107.0%。

【性状】 本品为白色或略带淡黄色片。

【鉴别】 取本品的细粉适量(约相当于维生素 C 0.2 g),加水 10 ml,振摇使维生素 C 溶解,滤过,滤液照维生素 C 项下的鉴别(1)项试验,显相同的反应。

【检查】 **溶液的颜色** 取本品的细粉适量(相当于维生素 C 1.0 g)加水 20 ml,振摇使维生素 C 溶解,滤过,滤液照紫外—可见分光光度法(附录Ⅳ A),在 440 nm 的波长处测定吸光度,不得过 0.07。

其他 应符合片剂项下有关的各项规定(附录Ⅰ A)。

【含量测定】 取本品 20 片,精密称定,研细,精密称取适量(约相当于维生素 C 0.2 g),置 100 ml 量瓶中,加新沸过的冷水 100 ml 与稀醋酸 10 ml 的混合液适量,振摇使维生素 C 溶解并稀释至刻度,摇匀,经干燥滤纸迅速滤过,精密量取续滤液 50 ml,加淀粉指示液 1 ml,用碘滴定液(0.05 mol/L)滴定,至溶液显蓝色并持续 30 秒钟不褪。每 1 ml 碘滴定液(0.05 mol/L)相当于 8.806 mg 的 $C_6H_8O_6$。

【类别】 同维生素 C。

【规格】 (1)25 mg (2)50 mg (3)100 mg (4)250 mg

【贮藏】 遮光,密封保存。

附录 6 国际原子量表(1999)

(按照原子序数排列,以 $A_r(^{12}C)=12$ 为基准)

符号	名称	英文名	原子序	原子量	符号	名称	英文名	原子序	原子量
H	氢	Hydrogen	1	1.007 94(7)	Sr	锶	Strontium	38	87.62(1)
He	氦	Helium	2	4.002 602(2)	Y	钇	Yttrium	39	88.905 85(2)
Li	锂	Lithium	3	6.941(2)	Zr	锆	Zirconium	40	91.224(2)
Be	铍	Beryllium	4	9.012 182(3)	Nb	铌	Niobium	41	92.906 38(2)
B	硼	Boron	5	10.811(7)	Mo	钼	Molybdenum	42	95.94(1)
C	碳	Carbon	6	12.010 7(8)	Tc	锝	Technetium	43	[98]
N	氮	Nitrogen	7	14.006 7(2)	Ru	钌	Ruthenium	44	101.07(2)
O	氧	Oxygen	8	15.999 4(3)	Rh	铑	Rhodium	45	102.905 50(2)
F	氟	Fluorine	9	18.998 403 2(5)	Pd	钯	Palladium	46	106.42(1)
Ne	氖	Neon	10	20.179 7(6)	Ag	银	Silver	47	107.868 2(2)
Na	钠	Sodium	11	22.989 770(2)	Cd	镉	Cadmium	48	112.411(8)
Mg	镁	Magnesium	12	24.305 0(6)	In	铟	Indium	49	114.818(3)
Al	铝	Aluminium	13	26.981 538(2)	Sn	锡	Tin	50	118.710(7)
Si	硅	Silicon	14	28.085 5(3)	Sb	锑	Antimony	51	121.760(1)
P	磷	Phosphorus	15	30.973 761(2)	Te	碲	Tellurium	52	127.60(3)
S	硫	Sulfur	16	32.065(5)	I	碘	Iodine	53	126.904 47(3)
Cl	氯	Chlorine	17	35.453(2)	Xe	氙	Xenon	54	131.293(6)
Ar	氩	Argon	18	39.948(1)	Cs	铯	Cesium	55	132.905 45(2)
K	钾	Potassium	19	39.098 3(1)	Ba	钡	Barium	56	137.327(7)
Ca	钙	Calcium	20	40.078(4)	La	镧	Lanthanum	57	138.905 5(2)
Sc	钪	Scandium	21	44.955 910(8)	Ce	铈	Cerium	58	140.116(1)
Ti	钛	Titanium	22	47.867(1)	Pr	镨	Praseodymium	59	140.907 65(2)
V	钒	Vanadium	23	50.941 5(1)	Nd	钕	Neodymium	60	144.24(3)
Cr	铬	Chromium	24	51.996 1(6)	Pm	钷	Promethium	61	[145]
Mn	锰	Manganese	25	54.938 049(9)	Sm	钐	Samarium	62	150.36(3)
Fe	铁	Iron	26	55.845(2)	Eu	铕	Europium	63	151.964(1)
Co	钴	Cobalt	27	58.933 200(9)	Gd	钆	Gadolinium	64	157.25(3)
Ni	镍	Nickel	28	58.693 4(2)	Tb	铽	Terbium	65	158.925 34(2)
Cu	铜	Copper	29	63.546(3)	Dy	镝	Dysprosium	66	162.50(3)
Zn	锌	Zinc	30	65.39(2)	Ho	钬	Holmium	67	164.930 32(2)
Ga	镓	Gallium	31	69.723(1)	Er	铒	Erbium	68	167.259(3)
Ge	锗	Germanium	32	72.64(1)	Tm	铥	Thulium	69	168.934 21(2)
As	砷	Arsenic	33	74.921 60(2)	Yb	镱	Ytterbium	70	173.04(3)
Se	硒	Selenium	34	78.96(3)	Lu	镥	Lutetium	71	174.967(1)
Br	溴	Bromine	35	79.904(1)	Hf	铪	Hafnium	72	178.49(2)
Kr	氪	Krypton	36	83.80(1)	Ta	钽	Tantalum	73	180.947 9(1)
Rb	铷	Rubidium	37	85.467 8(3)	W	钨	Tungsten	74	183.84(1)

续表

元素			原子序	原子量	元素			原子序	原子量
符号	名称	英文名			符号	名称	英文名		
Re	铼	Rhenium	75	186.207(1)	Th	钍	Thorium	90	232.038 1(1)
Os	锇	Osmium	76	190.23(3)	Pa	镤	Protactinium	91	231.035 88(2)
Ir	铱	Iridium	77	192.217(3)	U	铀	Uranium	92	238.028 91(3)
Pt	铂	Platinum	78	195.078(2)	Np	镎	Neptunium	93	[237]
Au	金	Gold	79	196.966 55(2)	Pu	钚	Plutonium	94	[244]
Hg	汞	Mercury	80	200.59(2)	Am	镅	Americium	95	[243]
Tl	铊	Thallium	81	204.383 3(2)	Cm	锔	Curium	96	[247]
Pb	铅	Lead	82	207.2(1)	Bk	锫	Berkelium	97	[247]
Bi	铋	Bismuth	83	208.980 38(2)	Cf	锎	Californium	98	[251]
Po	钋	Polonium	84	[209]	Es	锿	Einsteinium	99	[252]
At	砹	Astatine	85	[210]	Fm	镄	Fermium	100	[257]
Rn	氡	Radon	86	[222]	Md	钔	Mendelevium	101	[258]
Fr	钫	Francium	87	[223]	No	锘	Nobelium	102	[259]
Ra	镭	Radium	88	[226]	Lr	铹	Lawrencium	103	[262]
Ac	锕	Actinium	89	[227]					

注：录自 1999 年国际原子量表(IUPAC Commission on Atomic Weights and Isotopic Abundances. Atomic Weights of the Elements，1999，*Pure Appl. Chem.*，2001,73:667—683).（ ）表示原子量最后一位的不确定性,[ ]中的数值为没有稳定同位素元素的半衰期最长同位素的质量数。

附录 7 常用分子式、相对分子质量表

（根据 1999 年公布的原子量计算）

分子式	相对分子质量	分子式	相对分子质量
$AgBr$	187.772	KOH	56.106
$AgCl$	143.321	K_2PtCl_6	486.00
AgI	234.772	$KSCN$	97.182
$AgNO_3$	169.873	$MgCO_3$	84.314
Al_2O_3	101.961 2	$MgCl_2$	95.211
As_2O_3	197.841 4	$MgSO_4 \cdot 7H_2O$	246.476
$BaCl_2 \cdot 2H_2O$	244.263	$MgNH_4PO_4 \cdot 6H_2O$	245.407
BaO	153.326	MgO	40.304
$Ba(OH)_2 \cdot 8H_2O$	315.467	$Mg(OH)_2$	58.320
$BaSO_4$	233.391	$Mg_2P_2O_7$	222.553
$CaCO_3$	100.087	$Na_2B_4O_7 \cdot 10H_2O$	381.372
CaO	56.077 4	$NaBr$	102.894
$Ca(OH)_2$	74.093	$NaCl$	58.489 0
CO_2	44.010 0	Na_2CO_3	105.989 0
CuO	79.545	$NaHCO_3$	84.007 1
Cu_2O	143.091	$Na_2HPO_4 \cdot 12H_2O$	358.143
$CuSO_4 \cdot 5H_2O$	249.686	$NaNO_2$	69.00
FeO	71.85	Na_2O	61.979 0
Fe_2O_3	159.69	$NaOH$	39.997 1
$FeSO_4 \cdot 7H_2O$	278.017 6	$Na_2S_2O_3$	158.110
$FeSO_4 \cdot (NH_4)_2SO_4 \cdot 6H_2O$	392.142 9	$Na_2S_2O_3 \cdot 5H_2O$	248.186
H_3BO_3	61.833 0	NH_3	17.03
HCl	36.460 6	NH_4Cl	53.49
$HClO_4$	100.458 2	$NH_3 \cdot H_2O$	35.05
HNO_3	63.012 9	$(NH_4)_3PO_4 \cdot 12MoO_3$	1 876.35
H_2O	18.015 31	$(NH_4)_2SO_4$	132.141
H_2O_2	34.014 7	$PbCrO_4$	323.19
H_3PO_4	97.995 3	PbO_2	239.20
H_2SO_4	98.079 5	$PbSO_4$	303.26
I_2	253.809	P_2O_5	141.945
$KAl(SO_4)_2 \cdot 12H_2O$	474.390 4	SiO_2	60.085
KBr	119.002	SO_2	64.065
$KBrO_3$	167.000 5	SO_3	80.064
KCl	74.551	ZnO	81.39
$KClO_4$	138.549	CH_3COOH(醋酸)	60.05
K_2CO_3	138.206	$H_2C_2O_4 \cdot 2H_2O$	126.07
K_2CrO_4	194.194	$KHC_4H_4O_6$(酒石酸氢钾)	188.178
$K_2Cr_2O_7$	294.188	$KHC_8H_4O_4$(邻苯二甲酸氢钾)	204.224
KH_2PO_4	136.086	$K(SbO)C_4H_4O_6 \cdot 1/2H_2O$(酒石酸锑钾)	333.928
$KHSO_4$	136.170	$Na_2C_2O_4$(草酸钠)	134.00
KI	166.003	$NaC_7H_5O_2$(苯甲酸钠)	144.11
KIO_3	214.001	$Na_3C_6H_5O_7 \cdot 2H_2O$(枸橼酸钠)	294.12
$KIO_3 \cdot HIO_3$	389.91	$Na_2H_2C_{10}H_{12}O_8N_2 \cdot 2H_2O$	372.240
$KMnO_4$	158.034	(EDTA 二钠二水合物)	
KNO_2	85.10		

附录8 酸、碱在水中的离解常数

无机酸、碱

化合物	温度(℃)	分步	K_a(或 K_b)	pK_a(或 pK_b)
砷酸	18	1	5.62×10^{-3}	2.25
		2	1.70×10^{-7}	6.77
		3	2.95×10^{-12}	11.60
亚砷酸	25		6×10^{-10}	9.23
硼酸	20	1	7.3×10^{-10}	9.14
碳酸	25	1	4.30×10^{-7}	6.37
		2	5.61×10^{-11}	10.25
铬酸	25	1	1.8×10^{-1}	0.74
		2	3.20×10^{-7}	6.49
氢氟酸	25		3.53×10^{-4}	3.45
氢氰酸	25		4.93×10^{-10}	9.31
氢硫酸	18	1	5.1×10^{-8}	7.29
		2	1.2×10^{-15}	14.92
过氧化氢	25		2.4×10^{-12}	11.62
次溴酸	25		2.06×10^{-9}	8.69
次氯酸	18		2.95×10^{-8}	7.53
次碘酸	25		2.3×10^{-11}	10.64
碘酸	25		1.69×10^{-1}	0.77
亚硝酸	12.5		4.6×10^{-4}	3.37
高碘酸	25		2.3×10^{-2}	1.64
磷酸	25	1	7.52×10^{-3}	2.12
	25	2	6.23×10^{-8}	7.21
	18	3	2.2×10^{-13}	12.67
亚磷酸	18	1	1.0×10^{-2}	2.00
	18	2	2.6×10^{-7}	6.59
焦磷酸	18	1	1.4×10^{-1}	0.85
		2	3.2×10^{-2}	1.49
		3	1.7×10^{-6}	5.77
		4	6×10^{-9}	8.22
硒酸	25	2	1.2×10^{-2}	1.92
亚硒酸	25	1	3.5×10^{-3}	2.46
	25	2	5×10^{-8}	7.31
硅酸	30	1	2.2×10^{-10}	9.66
		2	2×10^{-12}	11.70
		3	1×10^{-12}	12.00
		4	1×10^{-12}	12.00
硫酸	25	2	1.02×10^{-2}	1.92
亚硫酸	18	1	1.54×10^{-2}	1.81
		2	1.20×10^{-7}	6.91
氨水			1.76×10^{-5}	4.75

续表

化合物	温度(℃)	分步	K_a(或 K_b)	pK_a(或 pK_b)
氢氧化钙	25	1	3.74×10^{-3}	2.43
	30	2	4.0×10^{-2}	1.40
羟胺	20		1.70×10^{-8}	7.97
氢氧化铅	25		9.6×10^{-4}	3.02
氢氧化银	25		1.1×10^{-4}	3.96
氢氧化锌	25		9.6×10^{-4}	3.02

有机酸、碱(25℃)

化合物	分步	K_a(或 K_b)	pK_a(或 pK_b)
甲酸		1.77×10^{-4}	3.75
乙酸		1.75×10^{-5}	4.76
枸橼酸(柠檬酸)	1	8.7×10^{-4}	3.06
	2	1.8×10^{-5}	4.74
	3	4.0×10^{-6}	5.40
乳酸		1.4×10^{-4}	3.85
草酸	1	6.5×10^{-2}	1.19
	2	6.1×10^{-5}	4.21
酒石酸	1	9.6×10^{-4}	3.02
	2	2.9×10^{-5}	4.54
琥珀酸	1	6.4×10^{-5}	4.19
	2	2.7×10^{-6}	5.57
甘油磷酸	1	3.4×10^{-2}	1.47
	2	6.4×10^{-7}	6.19
甘氨酸		1.67×10^{-10}	9.78
羟基乙酸		1.52×10^{-4}	3.82
顺丁烯二酸	1	1.0×10^{-2}	2.00
	2	5.5×10^{-7}	6.26
丙二酸	1	1.6×10^{-3}	2.80
	2	8.0×10^{-7}	6.10
一氯醋酸		1.5×10^{-3}	2.82
三氯醋酸		1.3×10^{-1}	0.89
苯甲酸		6.3×10^{-5}	4.20
樟脑酸	1	2.7×10^{-1}	0.57
	2	8×10^{-6}	5.10
二乙基巴比妥酸		3.7×10^{-8}	7.43
棓酸(五倍子酸)		4×10^{-5}	4.4
对羟基苯甲酸	1	3.3×10^{-5}	4.48
	2	4.0×10^{-10}	9.40
邻苯二甲酸	1	1.3×10^{-3}	2.89
	2	3.9×10^{-6}	5.41
棓味酸		4.2×10^{-1}	0.38
水杨酸	1	1.06×10^{-3}	2.98
	2	3.6×10^{-14}	13.44

化合物	分步	K_a(或 K_b)	pK_a(或 pK_b)
氨基磺酸		6.5×10^{-4}	3.19
正丁胺		4.1×10^{-4}	3.39
二乙基胺		1.26×10^{-3}	2.90
二甲基胺		5.12×10^{-4}	3.29
乙基胺		5.6×10^{-4}	3.25
乙二胺		8.5×10^{-5}	4.07
氨乙酸		2.26×10^{-12}	11.65
氨基乙醇		2.77×10^{-5}	4.56
三乙胺		5.65×10^{-4}	3.25
尿素		1.5×10^{-14}	13.82
苯胺		3.82×10^{-10}	9.42
联苯胺	1	9.3×10^{-10}	9.03
	2	5.6×10^{-11}	10.25
α-萘胺		8.36×10^{-11}	10.08
β-萘胺		1.29×10^{-10}	9.89
奴佛卡因		7×10^{-6}	5.15
对乙氧基苯胺		2.2×10^{-9}	8.66
对苯二胺	1	1.1×10^{-8}	7.96
		3.5×10^{-12}	11.46
乌头碱		1.3×10^{-6}	5.89
脱水吗啡		1.0×10^{-7}	7.00
马钱子碱	1	9×10^{-7}	6.05
	2	2×10^{-12}	11.7
异辛可宁	1	1.6×10^{-6}	5.80
	2	8.4×10^{-11}	10.08
辛可宁	1	1.4×10^{-6}	5.85
		1.1×10^{-10}	9.96
古柯碱		2.6×10^{-6}	5.6
可待因		9×10^{-7}	6.05
秋水仙碱		4.5×10^{-13}	12.35
毒芹碱		1×10^{-3}	3.0
二甲氨基安替比林		6.9×10^{-10}	9.16
吐根碱	1	1.7×10^{-6}	5.77
	2	2.3×10^{-7}	6.64
黄连碱		1.7×10^{-8}	7.77
氢化奎宁		4.7×10^{-6}	5.33
吗啡		7.4×10^{-7}	6.13
那可汀		1.5×10^{-8}	7.82
烟碱	1	7×10^{-7}	6.15
		1.4×10^{-11}	10.85
罂粟碱		8×10^{-9}	8.1
毒扁豆碱	1	7.6×10^{-7}	6.12
		5.7×10^{-13}	12.24
毛果云香碱	1	7×10^{-8}	7.15

化合物	分步	K_a(或 K_b)	pK_a(或 pK_b)
	2	2×10^{-13}	12.7
胡椒碱		1.0×10^{-14}	14.0
吡啶		1.4×10^{-9}	8.85
异奎宁	1	3.5×10^{-6}	5.46
	2	1×10^{-10}	10.0
奎宁	1	1×10^{-6}	6.0
	2	1.3×10^{-10}	9.89
喹啉		6.3×10^{-10}	9.20
龙葵碱		2.2×10^{-7}	6.66
金花雀碱	1	5.7×10^{-3}	2.24
	2	1×10^{-6}	6.0
番木鳖碱	1	1×10^{-6}	6.0
	2	2×10^{-12}	11.7
蒂巴因		9×10^{-7}	6.05
藜芦碱		7×10^{-6}	5.15

附录9 标准电极电位及氧化还原电对条件电位表

(选自孙毓庆等. 分析化学. 第2版. 北京:科学出版社,2006)

附表 9-1 标准电极电位(25℃)表

电 极 反 应	$\varphi^{\ominus}/V$
$F_2 + 2e^- \Longrightarrow 2F^-$	$+2.87$
$O_3 + 2H^+ + 2e^- \Longrightarrow O_2 + H_2O$	$+2.07$
$S_2O_8^{2-} + 2e^- \Longrightarrow 2SO_4^{2-}$	$+2.0$
$H_2O_2 + 2H^+ + 2e^- \Longrightarrow 2H_2O$	$+1.77$
$Ce^{4+} + e^- \Longrightarrow Ce^{3+}$	$+1.61$
$2BrO_3^- + 12H^+ + 10e^- \Longrightarrow Br_2 + 6H_2O$	$+1.5$
$MnO_4^- + 8H^+ + 5e^- \Longrightarrow Mn^{2+} + 4H_2O$	$+1.51$
$PbO_2(固) + 4H^+ + 2e^- \Longrightarrow Pb^{2+} + H_2O$	$+1.46$
$BrO_3^- + 6H^+ + 6e^- \Longrightarrow Br^- + 3H_2O$	$+1.44$
$Cl_2 + 2e^- \Longrightarrow 2Cl^-$	$+1.358$
$Cr_2O_7^{2-} + 14H^+ + 6e^- \Longrightarrow 2Cr^{3+} + 7H_2O$	$+1.33$
$MnO_2(固) + 4H^+ + 2e^- \Longrightarrow Mn^{2+} + 2H_2O$	$+1.23$
$O_2 + 4H^+ + 4e^- \Longrightarrow 2H_2O$	$+1.229$
$2IO_3^- + 12H^+ + 10e^- \Longrightarrow I_2 + 6H_2O$	$+1.19$
$Br_2 + 2e^- \Longrightarrow 2Br^-$	$+1.08$
$VO_2^+ + 2H^+ + e^- \Longrightarrow VO^{2+} + H_2O$	$+0.999$
$HNO_2 + H^+ + e^- \Longrightarrow NO + H_2O$	$+0.98$
$NO_3^- + 3H^+ + 2e^- \Longrightarrow HNO_2 + H_2O$	$+0.94$
$Hg^{2+} + 2e^- \Longrightarrow Hg$	$+0.845$
$Ag^+ + e^- \Longrightarrow Ag$	$+0.7994$
$Hg_2^{2+} + 2e^- \Longrightarrow 2Hg$	$+0.792$
$Fe^{3+} + e^- \Longrightarrow Fe^{2+}$	$+0.771$
$O_2 + 2H^+ + 2e^- \Longrightarrow H_2O_2$	$+0.69$
$2HgCl_2 + 2e^- \Longrightarrow Hg_2Cl_2 + 2Cl^-$	$+0.63$
$MnO_4^- + 2H_2O + 3e^- \Longrightarrow MnO_2 + 4OH^-$	$+0.588$
$MnO_4^- + e^- \Longrightarrow MnO_4^{2-}$	$+0.57$
$H_3AsO_4 + 2H^+ + 2e^- \Longrightarrow HAsO_2 + 2H_2O$	$+0.56$
$I_3^- + 2e^- \Longrightarrow 3I^-$	$+0.54$

电 极 反 应	$\varphi^{\ominus}/V$
$I_2(固)+2e^-\rightleftharpoons 2I^-$	$+0.535$
$Cu^++e^-\rightleftharpoons Cu$	$+0.52$
$Fe(CN)_6^{3-}+e^-\rightleftharpoons Fe(CN)_6^{4-}$	$+0.355$
$Cu^{2+}+2e^-\rightleftharpoons Cu$	$+0.34$
$Hg_2Cl_2+2e^-\rightleftharpoons 2Hg+2Cl^-$	$+0.268$
$SO_4^{2-}+4H^++2e^-\rightleftharpoons H_2SO_3+H_2O$	$+0.17$
$Cu^{2+}+e^-\rightleftharpoons Cu^+$	$+0.17$
$Sn^{4+}+2e^-\rightleftharpoons Sn^{2+}$	$+0.15$
$S+2H^++2e^-\rightleftharpoons H_2S$	$+0.14$
$S_4O_6^{2-}+2e^-\rightleftharpoons 2S_2O_3^{2-}$	$+0.09$
$2H^++2e^-\rightleftharpoons H_2$	0.00
$Pb^{2+}+2e^-\rightleftharpoons Pb$	-0.126
$Sn^{2+}+2e^-\rightleftharpoons Sn$	-0.14
$Ni^{2+}+2e^-\rightleftharpoons Ni$	-0.25
$PbSO_4(固)+2e^-\rightleftharpoons Pb+SO_4^{2-}$	-0.356
$Cd^{2+}+2e^-\rightleftharpoons Cd$	-0.403
$Fe^{2+}+2e^-\rightleftharpoons Fe$	-0.44
$S+2e^-\rightleftharpoons S^{2-}$	-0.48
$2CO_2+2H^++2e^-\rightleftharpoons H_2C_2O_4$	-0.49
$Zn^{2+}+2e^-\rightleftharpoons Zn$	-0.7628
$SO_4^{2-}+H_2O+2e^-\rightleftharpoons SO_3^{2-}+2OH^-$	-0.93
$Al^{3+}+3e^-\rightleftharpoons Al$	-1.66
$Mg^{2+}+2e^-\rightleftharpoons Mg$	-2.37
$Na^++e^-\rightleftharpoons Na$	-2.713
$Ca^{2+}+2e^-\rightleftharpoons Ca$	-2.87
$K^++e^-\rightleftharpoons K$	-2.925
$Li^++e^-\rightleftharpoons Li$	-3.045

附表 9-2　氧化还原电对条件电位(25℃)表

电极反应	$\varphi^{\ominus\prime}/V$	介质条件
$Ag^{2+}+e^-\rightleftharpoons Ag^+$	2.00	4 mol/L $HClO_4$
	1.93	3 mol/L HNO_3
$Ce(Ⅳ)+e^-\rightleftharpoons Ce(Ⅲ)$	1.74	1 mol/L $HClO_4$
	1.45	0.5 mol/L H_2SO_4
	1.28	1 mol/L HCl
	1.60	1 mol/L HNO_3
$Co(Ⅲ)+e^-\rightleftharpoons Co(Ⅱ)$	1.95	4 mol/L $HClO_4$
	1.86	1 mol/L HNO_3
$Cr_2O_7^{2-}+14H^++6e^-\rightleftharpoons 2Cr^{3+}+7H_2O$	1.03	1 mol/L $HClO_4$
	1.15	4 mol/L H_2SO_4
	1.00	1 mol/L HCl
$Fe(Ⅲ)+e^-\rightleftharpoons Fe(Ⅱ)$	0.75	1 mol/L $HClO_4$
	0.70	1 mol/L HCl
	0.68	0.5 mol/L H_2SO_4
	0.51	1 mol/L HCl
$Fe(CN)_6^{3-}+e^-\rightleftharpoons Fe(CN)_6^{4-}$	0.56	0.1 mol/L HCl
	0.72	1 mol/L $HClO_4$
$I_3^-+2e^-\rightleftharpoons 3I^-$	0.545	0.5 mol/L H_2SO_4
$Sn(Ⅳ)+2e^-\rightleftharpoons Sn(Ⅱ)$	0.14	1 mol/L HCl
$Sb(Ⅴ)+2e^-\rightleftharpoons Sb(Ⅲ)$	0.75	3.5 mol/L HCl
$SbO_3^-+H_2O+2e^-\rightleftharpoons SbO_2^-+2OH^-$	−0.43	3 mol/L KOH
$Ti(Ⅳ)+e^-\rightleftharpoons Ti(Ⅲ)$	−0.01	0.2 mol/L H_2SO_4
	0.15	5 mol/L H_2SO_4
	0.10	3 mol/L HCl
$V(Ⅴ)+e^-\rightleftharpoons V(Ⅳ)$	0.94	1 mol/L H_3PO_4
$U(Ⅵ)+2e^-\rightleftharpoons U(Ⅳ)$	0.35	1 mol/L HCl

附录 10 难溶化合物的溶度积(K_{sp})[1]

化合物	K_{sp}	化合物	K_{sp}	化合物	K_{sp}
AgBr	5.0×10^{-13}	Bi_2S_3	1×10^{-97}	$FePO_4$	1.3×10^{-22}
AgCl	$1.56 \times 10^{-10[2]}$	$CaCO_3$	$8.7 \times 10^{-9[2]}$	FeS	3.7×10^{-19}
AgCN	1.2×10^{-16}	CaC_2O_4	4×10^{-9}	$Fe_4[Fe(CN)_6]$	3.3×10^{-41}
AgI	$1.5 \times 10^{-16[2]}$	CaF_2	2.7×10^{-11}	Hg_2Cl_2	1.3×10^{-18}
AgSCN	1.0×10^{-12}	$CaHPO_4$	1×10^{-7}	$Hg_2(CN)_2$	5×10^{-40}
$Ag_2C_2O_4$	2.95×10^{-11}	$Ca(OH)_2$	5.5×10^{-6}	Hg_2I_2	4.5×10^{-29}
Ag_2SO_4	1.4×10^{-5}	$CaSiF_6$	8.1×10^{-4}	Hg_2S	1×10^{-47}
Ag_2CrO_4	1.1×10^{-12}	$CaSO_4$	9.1×10^{-6}	HgS(红)	4.0×10^{-53}
$Ag_2Cr_2O_7$	2.0×10^{-7}	$Ca_3(PO_4)_2$	2.0×10^{-29}	HgS(黑)	1.6×10^{-52}
Ag_2CO_3	8.1×10^{-12}	$Cd(OH)_2$(新)	2.5×10^{-14}	$Hg_2(SCN)_2$	2.0×10^{-20}
Ag_2S	6.3×10^{-50}	CdS	$3.6 \times 10^{-29[2]}$	$K[B(C_6H_5)_4]$	2.2×10^{-8}
Ag_3AsO_4	1.0×10^{-22}	$Cd_2[Fe(CN)_6]$	3.2×10^{-17}	$K_2Na[Co(NO_2)_6] \cdot$	
$Ag_3[CO(NO_2)_6]$	8.5×10^{-21}	$Cd_3(PO_4)_2$	2.5×10^{-33}	H_2O	3.2×10^{-11}
Ag_3PO_4	1.4×10^{-16}	$Co[Hg(SCN)_4]$	1.5×10^{-6}	$K_2[PtCl_6]$	1.1×10^{-5}
$Ag_4[Fe(CN)_6]$	1.6×10^{-41}	$CoHPO_4$	2×10^{-7}	$MgCO_3$	3.5×10^{-8}
$Al(OH)_3$	1.3×10^{-33}	$Co(OH)_2$(新)	1.6×10^{-15}	MgC_2O_4	$8.5 \times 10^{-5[2]}$
$AlPO_4$	6.3×10^{-19}	CoS	$3 \times 10^{-26[2]}$	MgF_2	6.5×10^{-9}
As_2S_3	4.0×10^{-22}	$Co[Fe(CN)_5]$	1.8×10^{-15}	$Mg(OH)_2$	1.9×10^{-13}
$BaCO_3$	$8.1 \times 10^{-9[2]}$	$Co_3(PO_4)_2$	2×10^{-35}	$MgNH_4PO_4$	2.5×10^{-13}
BaC_2O_4	1.6×10^{-7}	$CsCrO_4$	7.1×10^{-4}	$Mg_3(PO_4)_2$	$10^{-28} \sim 10^{-27}$
$BaCrO_4$	1.2×10^{-10}	CuCN	3.2×10^{-20}	$Mn(OH)_2$	1.9×10^{-13}
BaF_2	1.0×10^{-9}	CuS	6.3×10^{-36}	MnS	$1.4 \times 10^{-15[2]}$
$BaHPO_4$	3.2×10^{-7}	CuSCN	4.8×10^{-15}	$Ni(OH)_2$(新)	2.0×10^{-15}
$BaSiF_6$	1×10^{-6}	$Cu_2[Hg(CN)_6]$	1.3×10^{-16}	NiS	$1.4 \times 10^{-24[2]}$
$BaSO_4$	1.1×10^{-10}	$Cu_2P_2O_7$	8.3×10^{-16}	$PbCO_3$	7.4×10^{-14}
$Ba_2P_2O_7$	3.2×10^{-11}	$Cu_3(AsO_4)_2$	7.6×10^{-36}	$PbCl_2$	1.6×10^{-5}
Ba_3AsO_4	8.0×10^{-51}	$Cu_3(PO_4)_2$	1.3×10^{-37}	$PbCrO_4$	$1.8 \times 10^{-14[2]}$
$Ba_3(PO_4)_2$	3.4×10^{-23}	$FeCO_3$	3.2×10^{-11}	PbF_2	2.7×10^{-8}
$Bi(OH)_3$	4×10^{-31}	$Fe(OH)_2$	8.0×10^{-16}	$PbHPO_4$	1.3×10^{-10}
$BiPO_4$	1.3×10^{-23}	$Fe(OH)_3$	$1.1 \times 10^{-36[2]}$	PbI_2	$7.1/10^{-9}$

化合物	K_{sp}	化合物	K_{sp}	化合物	K_{sp}
$Pb(OH)_2$	1.2×10^{-15}	Sb_2S_3	2.9×10^{-59} [3]	$Sr_3(PO_4)_2$	4.0×10^{-28}
PbS	8.0×10^{-28}	SnS	1.0×10^{-25}	$Zn[Hg(SCN)_4]$	2.2×10^{-7}
$PbSO_4$	1.6×10^{-8}	$SrCO_3$	1.6×10^{-9} [2]	ZnS	1.2×10^{-23} [2]
$Pb_2[Fe(CN)_6]$	3.5×10^{-15}	SrC_2O_4	5.6×10^{-8} [2]	$Zn(OH)_2$	1.2×10^{-17}
$Pb_3(AsO_4)_2$	4.0×10^{-36}	$SrCrO_4$	2.2×10^{-5}	$Zn_2[Fe(CN)_6]$	4.0×10^{-16}
$Pb_3(PO_4)_2$	8.0×10^{-48}	SrF_2	2.5×10^{-9}	$Zn_3(PO_4)_2$	9.0×10^{-33}
$Sb(OH)_3$	4×10^{-42} [3]	$SrSO_4$	3.2×10^{-7}		

1) 摘自:J. A. Dean. Lange's Handbook of Chemistry. 11th ed. New York: McGraw-Hill Book Co., 1973

2) 摘自:R. C. Geart. Handbook of Chemistry and Physics. 55th ed. CRC Press, 1974

3) 摘自:余志英. 普通化学常用数据表. 北京:中国工业出版社,1962

附录 11　主要基团的红外特征吸收峰

基　　团	振动类型	波数/cm^{-1}	波长/μm	强度	备注
一、烷烃类	CH 伸	3 000~2 850	3.33~3.51	中、强	分为反称与对称
	CH 弯(面内)	1 490~1 350	6.70~7.41	中、弱	伸缩
	C—C 伸(骨架振动)	1 250~1 140	8.00~8.77	中	不特征
					$(CH_3)_3$C 及
					$(CH_3)_2$C 有
1. —CH$_3$	CH 伸(反称)	2 962±10	3.38±0.01	强	分裂为 3 个峰,此峰最有用
	CH 伸(对称)	2 872±10	3.48±0.01	强	共振时,分裂为 2 个峰,此为平均值
	CH 弯(反称,面内)	1 450±20	6.90±0.1	中	
	CH 弯(对称,面内)	1 380~1 370	7.25~7.30	强	
2. —CH$_2$—	CH 伸(反称)	2 926±10	3.42±0.01	强	
	CH 伸(对称)	2 853±10	3.51±0.01	强	
	CH 弯(面内)	1 465±20	6.83±0.1	中	
3. —CH—	CH 伸	2 890±10	3.46±0.01	弱	
	CH 弯(面内)	~1 340	7.46	弱	
4. —C(CH$_3$)$_3$	CH 弯(面内)	1 395~1 385	7.17~7.22	中	
	CH 弯	1 370~1 365	7.30~7.33	强	
	C—C 伸	1 250~1 200	8.00~8.33	中	骨架振动
	可能为 CH 弯(面外)	~415	24.1	中	
二、烯烃类	CH 伸	3 095~3 000	3.23~3.33	中、弱	
	C=C 伸	1 695~1 540	5.90~6.50	变	C=C=C 则为 2 000~1 925 cm^{-1} (5.0~5.2 μm)
	*CH 弯(面内)	1 430~1 290	7.00~7.75	中	
	CH 弯(面外)	1 010~667	9.90~15.0	强	中间有数段间隔
1. C=C (H, H)(顺式)	CH 伸	3 040~3 010	3.29~3.32	中	
	CH 弯(面内)	1 310~1 295	7.63~7.72	中	
	CH 弯(面外)	770~665	12.99~15.04	强	
2. C=C (反式)	CH 伸	3 040~3 010	3.29~3.32	中	
	CH 弯(面外)	970~960	10.31~10.42	强	

注:＊数据的可靠性差

基　　团	振动类型	波数/cm^{-1}	波长/μm	强度	备注
三、炔烃类	CH 伸	～3 300	～3.03	中	
	C≡C 伸	2 270～2 100	4.41～4.76	中	由于此位置峰多，故无应用价值
	CH 弯（面内）	～1 250	～8.00		
	CH 弯（面外）	645～615	15.50～16.25	强	
1. R—C≡CH	CH 伸	3 310～3 300	3.02～3.03	中	有用
	C≡C 伸	2 140～2 100	4.67～4.76	特弱	可能看不到
2. R—C≡C—R	C≡C 伸	2 260～2190	4.43～4.57	弱	
	① 与 C=C 共轭	2 270～2 220	4.41～4.51	中	
	② 与 C=O 共轭	～2 250	～4.44	强	
四、芳烃类	CH 伸	3 100～3 000	3.23～3.33	变	一般 3、4 个峰
1. 苯环	泛频峰	2 000～1 667	5.00～6.00	弱	苯环高度特征峰
	骨架振动（$\nu_{c=c}$）	1 650～1 430	6.06～6.99	中、强	确定苯环存在最重要峰之一
	CH 弯（面内）	1 250～1 000	8.00～10.0	弱	
	CH 弯（面外）	910～665	10.99～15.03	强	确定取代位置最重要吸收峰
	苯环的骨架振动（$\nu_{c=c}$）	1 600±20	6.25±0.08		
		1 500±25	6.67±0.10		
		1 580±10	6.33±0.04		} 共轭环
		1 450±20	6.90±0.10		
（1）单取代	CH 弯（面外）	770～730	12.99～13.70	极强	5 个相邻氢
		710～690	14.08～14.49	强	
（2）邻双取代	CH 弯（面外）	770～735	12.99～13.61	极强	4 个相邻氢
（3）间双取代	CH 弯（面外）	810～750	12.35～13.33	极强	3 个相邻氢
		725～680	13.79～14.71	中、强	
		900～860	11.12～11.63	中	1 个氢（次要）
（4）对双取代	CH 弯（面外）	860～790	11.63～12.66	极强	2 个相邻氢
（5）1、2、3 三取代	CH 弯（面外）	780～760	12.82～13.16	强	3 个相邻氢与间双易混，参考 δ_{CH} 及泛频峰
		745～705	13.42～14.18	强	
（6）1、3、5 三取代	CH 弯（面外）	865～810	11.56～12.35	强	1 个氢
		730～675	13.70～14.81	强	
（7）1、2、4 三取代	CH 弯（面外）	900～860	11.11～11.63	中	1 个氢
		860～800	11.63～12.50	强	2 个相邻氢
（8）1、2、3、4 四取代	CH 弯（面外）	860～800	11.63～12.50	强	2 个相邻氢

续表

基　团	振动类型	波数/cm^{-1}	波长/μm	强度	备注
(9) 1、2、4、5 四取代	CH 弯(面外)	870～855	11.49～11.70	强	1 个氢
(10) 1、2、3、5 四取代	CH 弯(面外)	850～840	11.76～11.90	强	1 个氢
(11) 五取代	CH 弯(面外)	900～860	11.11～11.63	强	1 个氢
2. 萘环	骨架振动($\nu_{C=C}$)	1 650～1 600	6.06～6.25		
		1 630～1 575	6.14～6.35		相当于苯环的 1 580 cm^{-1}峰
		1 525～1 450	6.56～6.90		
五、醇类	OH 伸	3 700～3 200	2.70～3.13	变	
	CH 弯(面内)	1 410～1 260	7.09～7.93	弱	
	C—O 伸	1 250～1 000	8.00～10.00	强	
	O—H 弯(面外)	750～650	13.33～15.38	强	液态有此峰
(1) OH 伸缩频率					
游离 OH	OH 伸	3 650～3 590	2.74～2.79	变	尖峰
分子间氢键	OH 伸(单桥)	3 550～3 450	2.82～2.90	变	尖峰 ⎫ 稀释移动
分子间氢键	OH 伸(多聚缔合)	3 400～3 200	2.94～3.12	强	宽峰 ⎭
分子内氢键	OH 伸(单桥)	3 570～3 450	2.80～2.90	变	尖峰 ⎫ 稀释无影响
分子内氢键	OH 伸(螯形化物)	3 200～2 500	3.12～4.00	弱	很宽 ⎭
(2) OH 弯或 C—O 伸					
伯醇	OH 弯(面内)	1 350～1 260	7.41～7.93	强	
(—CH$_2$OH)	C—O 伸	～1 050	～9.52	强	
仲醇	OH 弯(面内)	1 350～1 260	7.41～7.93	强	
(＞CHOH)	C—O 伸	～1 100	～9.09	强	
叔醇	OH 弯(面内)	1 410～1 310	7.09～7.63	强	
(＞C—OH)	C—O 伸	～1 150	～8.70	强	
六、酚类	OH 伸	3 705～3 125	2.70～3.20	强	
	OH 弯(面内)	1 390～1 315	7.20～7.60	中	
	Φ—O 伸	1 335～1 165	7.50～8.60	强	Φ—O 伸即芳环上 (ν_{C-O})
七、醚类					
1. 脂肪醚	C—O 伸	1 230～1 010	8.13～9.90	强	
a. RCH$_2$—O—CH$_2$R	C—O 伸	～1 110	～9.00	强	
b. 不饱和醚					
CH$_2$=CH—O—CH$_2$R		1 225～1 200	8.16～8.33	强	

基 团	振动类型	波数/cm⁻¹	波长/μm	强度	备注
2. 脂环醚	C—O 伸	1 250~909	8.00~11.0	中	
a. 四元环	C—O 伸	980~970	10.20~10.31	中	
b. 五元环	C—O 伸	1 100~1 075	9.09~9.30	中	
c. 环氧化物	C—O	~1 250	~8.00	强	
		~890	~11.24		反式
		~830	~12.05		顺式
3. 芳醚	C—O—C 伸(反称)	1 270~1 230	7.87~8.13	强	
	C—O—C 伸(对称)	1 050~1 000	9.52~10.00	中	
	CH 伸	~2 825	~3.53	弱	含—CH₃ 的芳醚 (O—CH₃)
	Φ—O 伸	1 175~1 110	8.50~9.00	中、强	在苯环上 3 或 3 以上取代时特别强
八、醛类 (—CHO)	CH 伸	2 900~2 700	3.45~3.70	弱	一般为两个谱带~2 855 cm⁻¹(3.5 μm) 及~2 740 cm⁻¹ (3.65 μm)
	C=O 伸	1 755~1 665	5.70~6.00	很强	
	CH 弯(面外)	975~780	10.26~12.80	中	
1. 饱和脂肪醛	C=O 伸	1 755~1 695	5.70~5.90	强	CH 伸、CH 弯同上
	其他振动	1 440~1 325	6.95~7.55	中	
2. α,β-不饱和醛	C=O 伸	1 705~1 680	5.86~5.95	强	CH 伸、CH 弯同上
3. 芳醛	C=O 伸	1 725~1 665	5.80~6.00	强	CH 伸、CH 弯同上
	其他振动	1 415~1 350	7.07~7.41	中	与芳环上的取代基有关
	其他振动	1 320~1 260	7.58~7.94	中	
	其他振动	1 230~1 160	8.13~8.62	中	
九、酮类 ($\diagdown$ C=O)	C=O 伸	1 730~1 540	5.78~6.49	极强	
	其他振动	1 250~1 030	8.00~9.70	弱	
1. 脂酮	泛频	3 510~3 390	2.85~2.95	很弱	
(1) 饱和链状酮 (—CH₂—CO—CH₂—)	C=O 伸	1 725~1 705	5.80~5.86	强	
(2) α,β-不饱和酮 (—CH=CH—CO—)	C=O 伸	1 685~1 665	5.94~6.01	强	由于 C=O 与 C=C 共轭而降低 40 cm⁻¹
(3) α-二酮 (—CO—CO—)	C=O 伸	1 730~1 710	5.78~5.85	强	
(4) β-二酮(烯醇式) (—CO—CH₂ CO—)	C=O 伸	1 640~1 540	6.10~6.49	强	宽、共轭螯合作用, 非正常 C=O 峰

基　团	振动类型	波数/cm^{-1}	波长/μm	强度	备注
2. 芳酮类	C＝O 伸	1 700~1 630	5.88~6.14	强	很宽的谱带可能是 $\nu_{C＝O}$ 与其他部分振动的偶合
	其他振动	1 320~1 200	7.57~8.33		
（1）Ar—CO	C＝O 伸	1 700~1 680	5.88~5.95	强	
（2）二芳基酮 （Ar—CO—Ar）	C＝O 伸	1 670~1 660	5.99~6.02	强	
（3）1-酮基-2-羟基或氨基芳酮	C＝O 伸	1 665~1 635	6.01~6.12	强	
3. 脂环酮					
（1）六元、七元环酮	C＝O 伸	1 725~1 705	5.80~5.86	强	
（2）五元环酮	C＝O 伸	1 750~1 740	5.71~5.75	强	
十、羟酸类 （—COOH）					
1. 脂肪酸	OH 伸	3 400~2 500	2.94~4.00	中	二聚体，宽
	C＝O 伸	1 740~1 690	5.75~5.92	强	二聚体
	OH 弯（面内）	1 450~1 410	6.90~7.10	弱	二聚体或 1 440~1 395 cm^{-1}
	C—O 伸	1 266~1 205	7.90~8.30	中	二聚体
	OH 弯（面外）	960~900	10.4~11.1	弱	
（1）R—COOH（饱和）	C＝O 伸	1 725~1 700	5.80~5.88	强	
（2）α-卤代脂肪酸	C＝O 伸	1 740~1 720	5.75~5.81	强	
（3）α,β-不饱和酸	C＝O 伸	1 715~1 690	5.83~5.91	强	
2. 芳酸	OH 伸	3 400~2 500	2.94~4.00	弱、中	二聚体
	C＝O 伸	1 700~1 680	5.88~5.95	强	二聚体
	OH 弯（面内）	1 450~1 410	6.90~7.10	弱	
	C—O 伸	1 290~1 205	7.75~8.30	中	
	OH 弯（面外）	950~870	10.5~11.5	弱	
十一、酸酐					
（1）链酸酐	C＝O 伸（反称）	1 850~1 800	5.41~5.56	强	共轭时每个谱带降 20 cm^{-1}
	C＝O 伸（对称）	1 780~1 740	5.62~5.75	强	
	C—O 伸	1 170~1 050	8.55~9.52	强	
（2）环酸酐 （五元环）	C＝O 伸（反称）	1 870~1 820	5.35~5.49	强	共轭时每个谱带降 20 cm^{-1}
	C＝O 伸（对称）	1 800~1750	5.56~5.71	强	
	C—O 伸	1 300~1 200	7.69~8.33	强	

基　团	振动类型	波数/cm⁻¹	波长/μm	强度	备注
十二、酯类	C=O 伸（泛频）	~3 450	~2.90	弱	
O	C=O 伸	1 770~1 720	5.65~5.81	强	
(—C—O—R)	C—O—C 伸	1 300~1 000	7.69~10.00	强	多数酯
1. C=O 伸缩振动					
(1) 正常饱和酯类	C=O 伸	1 750~1 735	5.71~5.76	强	
(2) 芳香酯及 α,β-不饱和酯类	C=O 伸	1 730~1 717	5.78~5.82	强	
(3) β-酮类的酯类（烯醇型）	C=O 伸	~1 650	~6.06	强	
(4) δ-内酯	C=O 伸	1 750~1 735	5.71~5.76	强	
(5) γ-内酯（饱和）	C=O 伸	1 780~1 760	5.62~5.68	强	
(6) β-内酯	C=O 伸	~1 820	~5.50	强	
2. C—O 伸缩振动					
(1) 甲酸酯类	C—O 伸	1 200~1 180	8.33~8.48	强	
(2) 乙酸酯类	C—O 伸	1 250~1 230	8.00~8.13	强	
(3) 酚类乙酸酯	C—O 伸	~1 250	~8.00	强	
十三、胺	NH 伸	3 500~3 300	2.86~3.03	中	
	NH 弯（面内）	1 650~1 550	6.06~6.45		伯胺强、中;仲胺极弱
	C—N 伸（芳香）	1 360~1 250	7.35~8.00	强	
	C—N 伸（脂肪）	1 235~1 020	8.10~9.80	中、弱	
	NH 弯（面外）	900~650	11.1~15.4		
(1) 伯胺类	NH 伸	3 500~3 300	2.86~3.03	中	2个峰
(C—NH₂)	NH 弯（面内）	1 650~1 590	6.06~6.29	强、中	
	C—N 伸（芳香）	1 340~1 250	7.46~8.00	强	
	C—N 伸（脂肪）	1 220~1 020	8.20~9.80	中、弱	
(2) 仲胺类	NH 伸	3 500~3 300	2.86~3.03	中	1个峰
(C—NH—C)	NH 弯（面内）	1 650~1 550	6.06~6.45	极弱	
	C—N 伸（芳香）	1 350~1 280	7.41~7.81	强	
	C—N 伸（脂肪）	1 220~1 020	8.20~9.80	中、弱	
(3) 叔胺	C—N（芳香）	1 360~1 310	7.35~7.63		
C	C—N（脂肪）	1 220~1 020	8.20~9.80	强	
(C—N—C)				中、弱	
十四、酰胺	NH 伸	3 500~3 100	2.86~3.22	强	伯酰胺双峰 仲酰胺单峰
	C=O 伸	1 680~1 630	5.95~6.13	强	谱带 Ⅰ
	NH 弯（面内）	1 640~1 550	6.10~6.45	强	谱带 Ⅱ
	C—N 伸	1 420~1 400	7.04~7.14	中	谱带 Ⅲ

基　　团	振动类型	波数/cm^{-1}	波长/μm	强度	备注
(1) 伯酰胺	NH 伸(反称)	~3 350	~2.98	强	
	NH 伸(对称)	~3 180	~3.14	强	
	C=O 伸	1 680~1 650	5.95~6.06	强	
	NH 弯(剪式)	1 650~1 250	6.06~8.00	强	
	C—N 伸	1 420~1 400	7.04~7.14	中	
	NH$_2$ 面内摇	~1 150	~8.70	弱	
	NH$_2$ 面外摇	750~600	1.33~1.67	中	
(2) 仲酰胺	NH 伸	~3 270	~3.09	强	
	C=O 伸	1 680~1 630	5.95~6.13	强	
	NH 弯+C—N 伸	1 570~1 515	6.37~6.60	中	NH 面内弯与 C—N 重合
	C—N 伸+NH 弯	1 310~1 200	7.63~8.33	中	NH 面外弯与 C—N 重合
(3) 叔酰胺	C=O 伸	1 670~1 630	5.99~6.13		

十五、不饱和含氮化合物

C≡N 伸缩振动

基　　团	振动类型	波数/cm^{-1}	波长/μm	强度	备注
(1) RCN	C≡N 伸	2 260~2 240	4.43~4.46	强	饱和脂肪族
(2) α、β-芳香氰	C≡N 伸	2 240~2 220	4.46~4.51	强	
(3) α、β-不饱和脂肪族氰	C≡N 伸	2 235~2 215	4.47~4.52	强	

十六、杂环芳香族化合物

基　　团	振动类型	波数/cm^{-1}	波长/μm	强度	备注
1. 吡啶类(喹啉同吡啶)	CH 伸	~3 030		弱	
	环的骨架振动 ($\nu_{C=C}$ 及 $\nu_{C=N}$)	1 667~1 430	6.00~7.00	中	吡啶与苯环类似两个峰 ~1 615~1 500 季铵移至1 625cm^{-1}
	CH 弯(面内)	1 175~1 000	8.50~10.0	弱	
	CH 弯(面外)	910~665	11.0~15.0	强	
	环上的 CH 面外弯				
	① 普通取代基				
	α 取代	780~740	12.82~13.51	强	
	β 取代	805~780	12.42~12.82	强	
	γ 取代	830~790	12.05~12.66	强	
	②吸电子基				
	α 取代	810~770	12.35~13.00	强	
	β 取代	820~800	12.20~12.50	强	
		730~690	13.70~14.49	强	
	γ 取代	860~830	11.63~12.05	强	

基　　团	振动类型	波数/cm^{-1}	波长/μm	强度	备注
2. 嘧啶类	CH 伸	3 060～3 010	3.27～3.32	弱	
	环的骨架振动	1 580～1 520	6.33～6.58	中	
	（$\nu_{C=C}$及 $\nu_{C=N}$）				
	环上的 CH 弯（面内）	1 000～960	10.00～10.42	中	
	环上的 CH 弯（面外）	825～775	12.12～12.90	中	
十七、硝基化合物					
（1）R—NO$_2$	NO$_2$ 伸（反称）	1 565～1 543	6.39～6.47	强	
	NO$_2$ 伸（对称）	1 385～1 360	7.22～7.35	强	
	C—N 伸	920～800	10.87～12.50	中	用途不大
（2）Ar—NO$_2$	NO$_2$ 伸（反称）	1 550～1 510	6.45～6.62	强	
	NO$_2$ 伸（对称）	1 365～1 335	7.33～7.49	强	
	CN 伸	860～840	11.63～11.90	强	
	不明	～750	～13.33	强	

附录 12　相对重量校正因子(f_g)

物质名称	热导	氢焰	物质名称	热导	氢焰
一、正构烷			五、芳香烃		
甲烷	0.58	1.03	苯	1.00	0.89
乙烷	0.75	1.03	甲苯	1.02	0.94
丙烷	0.86	1.02	乙苯	1.05	0.97
丁烷	0.87	0.91	间二甲苯	1.04	0.96
戊烷	0.88	0.96	对二甲苯	1.04	1.00
己烷	0.89	0.97	邻二甲苯	1.08	0.93
庚烷	0.89	1.00	异丙苯	1.09	1.03
辛烷	0.92	1.03	正丙苯	1.05	0.99
壬烷	0.93	1.02	联苯	1.16	
二、异构烷			萘	1.19	
异丁烷	0.91		四氢萘	1.16	
异戊烷	0.91	0.95	六、醇		
2,2-二甲基丁烷	0.95	0.96	甲醇	0.75	4.35
2,3-二甲基丁烷	0.95	0.97	乙醇	0.82	2.18
2-甲基戊烷	0.92	0.95	正丙醇	0.92	1.67
3-甲基戊烷	0.93	0.96	异丙醇	0.91	1.89
2-甲基己烷	0.94	0.98	正丁醇	1.00	1.52
3-甲基己烷	0.96	0.98	异丁醇	0.98	1.47
三、环烷			仲丁醇	0.97	1.59
环戊烷	0.92	0.96	叔丁醇	0.98	1.35
甲基环戊烷	0.93	0.99	正戊醇		1.39
环己烷	0.94	0.99	戊醇-2	1.02	
甲基环己烷	1.05	0.99	正己醇	1.11	1.35
1,1-二甲基环己烷	1.02	0.97	正庚醇	1.16	
乙基环己烷	0.99	0.99	正辛醇		1.17
环庚烷		0.99	正癸醇		1.19
四、不饱和烃			环己醇	1.14	
乙烯	0.75	0.98	七、醛		
丙烯	0.83		乙醛	0.87	
异丁烯	0.88		丁醛		1.61
正丁烯-1	0.88		庚醛		1.30
戊烯-1	0.91		辛醛		1.28
己烯-1		1.01	癸醛		1.25
乙炔		0.94			

续表

物质名称	热导	氢焰	物质名称	热导	氢焰
八、酮			十二、胺与腈		
丙酮	0.87	2.04	正丁胺	0.82	
甲乙酮	0.95	1.64	正戊胺	0.73	
二乙基酮	1.00		正己胺	1.25	
3-己酮	1.04		二乙胺		1.64
2-己酮	0.98		乙腈	0.68	
甲基己戊酮	1.10		丙腈	0.83	
环戊酮	1.01		丙腈	0.83	
环己酮	1.01		丙腈	0.83	
九、酸			正丁胺	0.84	
乙酸		4.17	十三、卤素化合物		
丙酸		2.5	二氯甲烷	1.14	
丁酸		2.09	三氯甲烷	1.41	
己酸		1.58	四氯化碳	1.64	
庚酸		1.64	三氯乙烯	1.45	
辛酸		1.54	1-氯丁烷	1.10	
十、酯			氯苯	1.25	
乙酸甲酯		5.0	邻氯甲苯	1.27	
乙酸乙酯	1.01	2.64	氯代环己烷	1.27	
乙酸异丙酯	1.08	2.04	溴乙烷	1.43	
乙酸正丁酯	1.10	1.81	碘甲烷	1.89	
乙酸异丁酯		1.85	碘乙烷	1.89	
乙酸异戊酯	1.10	1.61	十四、杂环化合物		
乙酸正戊酯	1.14		四氢呋喃	1.11	
乙酸正庚酯	1.19		吡咯	1.00	
十一、醚			吡啶	1.01	
乙醚	0.86		四氢吡咯	1.00	
异丙醚	1.01		喹啉	0.86	
正丙醚	1.00		哌啶	1.06	1.75
乙基正丁基醚	1.01		十五、其他		
正丁醚	1.04		水	0.70	无信号
正戊醚	1.10		硫化氢	1.14	无信号
			氨	0.54	无信号
			二氧化碳	1.18	无信号
			一氧化碳	0.86	无信号
			氩	0.22	无信号
			氮	0.86	无信号
			氧	1.02	无信号

参考文献

1. 倪坤仪．分析化学．北京：人民卫生出版社,1993
2. 孙毓庆．分析化学．北京：科学出版社,2004
3. 刘文英．药物分析.第5版．北京：人民卫生出版社,2003
4. 倪坤仪．中国现代科学全书．药物分析学．长春：长春出版社,2000
5. 李发美．分析化学．北京：人民卫生出版社,2004
6. 严拯宇．分析化学．南京：东南大学出版社,2005
7. 国家药典委员会编．中华人民共和国药典：2005年版．北京：化学工业出版社,2005
8. USP 32 NF27 United States Pharmacopeia Convention, INC. 12601 Twinbrook Parkway, Rockville, MD 20852
9. British Pharmacopoeia 2009. London：Stationery office

习题解答

2 药物的纯度检查和鉴别方法

1. 解:因标准 NaCl 溶液 1 ml 相当于 0.01 mg Cl

$$故氯限量 = \frac{7\ ml \times 0.01\ mg/ml}{5\ 000\ mg} \times 100\% = 1.4 \times 10^{-3}\%$$

2. 解:因标准 Pb 溶液 1 ml 相当于 0.01 mg Pb

$$故\ 10 \times 10^{-6} = \frac{V \times 0.01\ mg/ml}{1 \times 1\ 000(mg)} \quad V = 1\ ml$$

3. 解:因标准砷溶液 1 ml 相当于 0.001 mg(1 μg)As

$$故\ 2 \times 10^{-6} = \frac{V \times 0.001\ mg/ml}{1 \times 1\ 000(mg)} \quad V = 2\ ml$$

4. 解:因标准砷溶液 0.001 mg/ml 即为 10^{-6} g/ml

$$故\ 10^{-6} = \frac{2\ ml \times 10^{-6}\ g/ml}{x} \quad x = 2\ g$$

3 药物分析方法的设计和验证

2. 解:(1) $\bar{x} = \frac{1}{n} \sum x_i = \frac{20.03 + 20.04 + 20.02 + 20.05 + 20.06}{5} = 20.04(\%)$

(2) $\bar{d} = \frac{1}{n} \sum |d_i| = \frac{0.06}{5} = 0.012\%$

(3) 相对平均偏差$(\%) = \frac{\bar{d}}{x} \times 100\% = \frac{0.012}{20.04} \times 100\% = 0.06\%$

(4) 标准偏差 $S = \sqrt{\frac{\sum(x_i - \bar{x})^2}{n-1}} = \sqrt{\frac{0.001\ 0}{5-1}} = 0.016(\%)$

(5) 相对标准偏差 $= \frac{S}{x} \times 100\% = \frac{0.016}{20.04} \times 100\% = 0.08\%$

3. 解:(1) $\bar{x} = \frac{\sum x_i}{10} = 146.6(mm)$

(2) $S = \sqrt{\frac{\sum_{i=1}^{n}(x_i - 146.6)^2}{n-1}} = 2.83(mm)$

(3) $\frac{S}{x} \times 100\% = \frac{2.83}{146.6} \times 100\% = 1.9\%$

4. 甲的准确度与称样准确度是一致的;而乙的准确度大大超过称样准确度,无意义。

5. 解:甲:$\bar{x} = 68.42\%$

$$S = \sqrt{\frac{\sum(x_i - \bar{x})^2}{n-1}} = 0.23\%$$

$$RSD = \frac{0.23\%}{68.42\%} \times 100\% = 0.34\%$$

4 滴定分析法概论

1. 解：$n_{H_2SO_4}=\dfrac{m_{H_2SO_4}}{M_{H_2SO_4}}=\dfrac{1.84\ \text{g/ml}\times1\ 000\ \text{ml}\times96\%}{98.08\ \text{g/mol}}=18.01\ \text{mol}$

$c_{H_2SO_4}=\dfrac{n_{H_2SO_4}}{V_{H_2SO_4}}=18.01\ \text{mol/L}$

$c_1V_1=c_2V_2$

$18.01V_1=0.15\times1$

$V_1=8.3\times10^{-3}\ \text{L}=8.3\ \text{ml}$

2. 解：$W_1=0.1\times20\times\dfrac{204.2}{1\ 000}=0.41\ \text{g}$

$W_2=0.1\times24\times\dfrac{204.2}{1\ 000}=0.49\ \text{g}$

称量范围 $0.41\sim0.49\ \text{g}$

3. 解：$c_{HCl}=\dfrac{T_{HCl}\times1\ 000}{M}=\dfrac{0.004\ 374\ \text{g/ml}\times1\ 000\ \text{ml}}{36.46\ \text{g/mol}}=0.120\ 0\ \text{mol/L}$

$T_{HCl/NaOH}=0.120\ 0\ \text{mol/L}\times\dfrac{40.00}{1\ 000}=4.8\times10^{-3}\ \text{g/ml}$

$T_{HCl/CaO}=0.120\ 0\ \text{mol/L}\times\dfrac{1}{2}\times\dfrac{56.08}{1\ 000}=3.37\times10^{-3}\ \text{g/ml}$

4. 解：$Cr_2O_7^{2-}+6Fe^{2+}+14H^+\Longrightarrow2Cr^{3+}+6Fe^{3+}+7H_2O$

$T_{K_2Cr_2O_7/Fe}=0.020\ 00\times6\times\dfrac{55.85}{1\ 000}=6.702\times10^{-3}\ \text{g/ml}$

$T_{K_2Cr_2O_7/FeO}=0.020\ 00\times6\times\dfrac{71.85}{1\ 000}=8.622\times10^{-3}\ \text{g/ml}$

$T_{K_2Cr_2O_7/Fe_2O_3}=0.020\ 00\times\dfrac{6}{2}\times\dfrac{159.69}{1\ 000}=9.581\times10^{-3}\ \text{g/ml}$

$T_{K_2Cr_2O_7/Fe_3O_4}=0.020\ 00\times\dfrac{6}{3}\times\dfrac{231.54}{1\ 000}=9.262\times10^{-3}\ \text{g/ml}$

5. 解：反应式：$Cr_2O_7^{2-}+6I^-+14H^+\Longrightarrow2Cr^{3+}+3I_2+7H_2O$

$I_2+2S_2O_3^{2-}\Longrightarrow2I^-+S_4O_6^{2-}$

由上式可知 $K_2Cr_2O_7$ 与 $Na_2S_2O_3$ 的物质的量关系为 $1:6$

由 $n_{Na_2S_2O_3}=6n_{K_2Cr_2O_7}$

$(cV)_{Na_2S_2O_3}=6\times\dfrac{0.112\ 8}{\dfrac{294.2}{1\ 000}}$

$c_{Na_2S_2O_3}=\dfrac{6\times0.112\ 8}{22.40\times\dfrac{294.2}{1\ 000}}=0.102\ 7\ \text{mol/L}$

6. 解：$H_2C_2O_4\%=\dfrac{(cV)_{NaOH}\times\dfrac{b}{a}\times\dfrac{M_{H_2C_2O_4}}{1\ 000}}{S_{样}}\times100\%$

$$=\frac{0.110\ 0\times22.90\times\frac{1}{2}\times\frac{90.04}{1\ 000}}{0.160\ 0}\times100\%$$

$$=70.88\%$$

7. 解：$(cV)_{NaOH}=(cV)_{HCl}$

$c_{NaOH}\times20.67=0.502\ 0\times20.00$

$c_{NaOH}=0.485\ 7\ mol/L$

$$CaCO_3\%=\frac{[(cV)_{HCl}-(cV)_{NaOH}]\times\frac{b}{a}\times\frac{M_{CaCO_3}}{1\ 000}}{S_{样}}\times100\%$$

$$=\frac{(0.502\ 0\times25.00-0.485\ 7\times4.20)\times\frac{1}{2}\times\frac{100.1}{1\ 000}}{0.550\ 0}\times100\%$$

$$=95.64\%$$

8. 解：设试样中含 Fe 为 x 克，则 Fe_2O_3 为 $0.225\ 0-x$ 克

$$(cV)_{KMnO_4}=\frac{x}{5\times\frac{M_{Fe}}{1\ 000}}+\frac{0.225\ 0-x}{\frac{5}{2}\times\frac{M_{Fe_2O_3}}{1\ 000}}$$

$$0.019\ 82\times37.50=\frac{x}{5\times\frac{55.84}{1\ 000}}+\frac{0.225\ 0-x}{\frac{5}{2}\times\frac{159.7}{1\ 000}}$$

$x=0.166\ 6\ g$

$$M_{Fe}\%=\frac{0.166\ 6}{0.225\ 0}\times100\%=74.05\%$$

$$M_{Fe_2O_3}\%=100\%-74.05\%=25.95\%$$

9. 解：有关反应如下：

$$2MnO_4^-+5C_2O_4^{2-}+16H^+\Longleftrightarrow2Mn^{2+}+10CO_2\uparrow+8H_2O$$

$$KHC_2O_4+KOH\Longleftrightarrow K_2C_2O_4+H_2O$$

从反应式可知：

$$MnO_4^-\sim\frac{2}{5}KHC_2O_4\sim\frac{2}{5}KOH$$

故　$\frac{5}{2}(cV)_{KMnO_4}=(cV)_{KOH}$

$$\frac{5}{2}\times c_{KMnO_4}\times30.00=0.200\ 0\times25.20$$

$c_{KMnO_4}=0.067\ 20\ mol/L$

10. 解：布洛芬标示量%$=\frac{\frac{b}{a}cV\times\frac{M}{1\ 000}\times平均片重}{供试品重\times标示量}\times100\%$

$$布洛芬标示量\%=\frac{21.20\times\frac{0.101\ 0}{0.100\ 0}\times0.020\ 63\times\frac{2.200}{20}}{0.480\ 0\times0.1}\times100\%=101.2\%$$

5　酸碱滴定法

1. 解：$C_2O_4^{2-}$，$K_{b_1}=\frac{K_w}{K_{a_2}}=\frac{1.0\times10^{-14}}{6.7\times10^{-5}}=1.5\times10^{-10}$

$HC_2O_4^-$，$K_{b_2}=\frac{K_w}{K_{a_1}}=\frac{1.0\times10^{-14}}{6.5\times10^{-2}}=1.5\times10^{-13}$

2. 解:由指示剂变色范围为 pH=pK_{HIn}±1 可知,该指示剂的 pK_{HIn}=5.5

∴K_{HIn}=3.2×10^{-6}

3. 解:$K_{HIn}=\dfrac{K_w}{K_{In}}=\dfrac{1.0\times10^{-14}}{1.5\times10^{-6}}=6.7\times10^{-9}$

pK_{HIn}=$-$lgK_{HIn}=8.2

变色范围为 7.2~9.2

4. 解:$M_{Na_2B_4O_7\cdot10H_2O}$=381.37,$M_{B_2O_3}$=69.62,$M_B$=10.81

盐酸滴定硼砂物质的量之比是 HCl:Na$_2$B$_4$O$_7$·10H$_2$O=2:1

故 Na$_2$B$_4$O$_7$·10H$_2$O%=$\dfrac{0.200\ 0\times24.50\times\frac{1}{2}\times\frac{381.37}{1\ 000}}{1.000}\times100\%$=93.44%

B$_2$O$_3$%=$\dfrac{69.62\times2}{381.37}\times$93.44%=34.11%

B%=$\dfrac{10.81\times4}{381.37}\times$93.44%=10.59%

5. 解:CaCO$_3$+2HCl══CaCl$_2$+H$_2$O+CO$_2$↑ (M_{CaCO_3}=100.09)

HCl+NaOH══NaCl+H$_2$O

故 0.500 0=(50.00×0.228 7$-c_{NaOH}$×6.20)×$\dfrac{1}{2}\times\dfrac{M_{CaCO_3}}{1\ 000}$

解之得 c_{NaOH}=0.232 9 mol/L

6. 解:设试样中含 Na$_2$CO$_3$ 为 x g,则含 K$_2$CO$_3$(1.000$-x$)g

2HCl+CO$_3^{2-}$──H$_2$O+CO$_2$+2Cl$^-$

$\dfrac{x}{\frac{M_{Na_2CO_3}}{1\ 000}}+\dfrac{1.000-x}{\frac{M_{K_2CO_3}}{1\ 000}}=\dfrac{1}{2}\times(cV)_{HCl}$

代入解得 x=0.120 0 g

Na$_2$CO$_3$%=$\dfrac{0.120\ 0}{1.000}\times100\%$=12.00%

K$_2$CO$_3$%=$\dfrac{1.000-0.120\ 0}{1.000}\times100\%$=88.00%

7. 解:CO$_3^{2-}$+HCl──HCO$_3^-$+Cl$^-$

HCO$_3^-$+HCl──H$_2$O+CO$_2$+Cl$^-$

由题意:Na$_2$CO$_3$%=$\dfrac{0.500\ 0\times15.00\times\frac{105.99}{1\ 000}}{1.200}\times100\%$=66.24%

NaHCO$_3$%=$\dfrac{(0.500\ 0\times22.00-0.500\ 0\times15.00)\times\frac{84.01}{1\ 000}}{1.200}\times100\%$=24.50%

杂质%=(100$-$66.24$-$24.50)%=9.26%

8. 解:第一份试样液以甲基橙为指示剂,用标准 HCl 液滴定至橙色,此时 NaOH 和 Na$_2$CO$_3$ 都被滴定。

另一份试样液加入 BaCl$_2$ 使 Na$_2$CO$_3$ 生成 BaCO$_3$ 沉淀,然后以酚酞为指示剂,用 HCl 标准液滴定混合物中 NaOH,故计算式如下:

NaOH%=$\dfrac{cV_2\frac{M_{NaOH}}{1\ 000}}{S_样}\times100\%$

Na$_2$CO$_3$%=$\dfrac{c(V_1-V_2)\times\frac{1}{2}\times\frac{M_{Na_2CO_3}}{1\ 000}}{S_样}\times100\%$

9. 解：$2NH_3 + H_2SO_4 \Longrightarrow (NH_4)_2SO_4$

$2NaOH + H_2SO_4 \Longrightarrow Na_2SO_4 + 2H_2O$

$$丙氨酸\% = \frac{(0.146\ 8 \times 50.00 - 0.092\ 14 \times 11.37 \times \frac{1}{2}) \times \dfrac{2 \times 89.09}{1\ 000}}{2.215} \times 100\%$$

$$= 54.86\%$$

10. 解：$2(NH_4)_2SO_4 + 6HCHO \longrightarrow (CH_2)_6N_4 + 2H_2SO_4 + 6H_2O$

生成的 H_2SO_4 可用 $NaOH$ 标准液进行滴定的化学计量关系为 $1:2$

$$(NH_4)_2SO_4\% = \frac{(0.363\ 8 \times 50.00 - 0.301\ 2 \times 21.64) \times \dfrac{M_{(NH_4)_2SO_4}}{2\ 000}}{1.000} \times 100\%$$

$$= \frac{(0.363\ 8 \times 50.00 - 0.301\ 2 \times 21.64) \times \dfrac{132.13}{2\ 000}}{1.000} \times 100\%$$

$$= 77.10\%$$

6 非水酸碱滴定法

2. (1) 纯水中，$[H^+] = [OH^-] = \sqrt{1.0 \times 10^{-14}} = 1.0 \times 10^{-7}\ mol/L$

   $pH = 7.00$

   纯乙醇中，$[CH_3CH_2OH_2^+][CH_3CH_2O^-] = 10^{-19.10}$

   $\therefore [CH_3CH_2OH_2^+] = [CH_3CH_2O^-] = \sqrt{10^{-19.10}} = 10^{-9.55}$

   $pCH_3CH_2OH_2 = 9.55$

   (2) $HClO_4$ 在纯水中，$[H^+] = 0.01\ mol/L$

   $pH = 2.00, pOH = 12.00$

   $HClO_4$ 在乙醇中，$[C_2H_3OH_2^+] = 0.01\ mol/L$

   $\therefore pC_2H_5OH_2^+ = 2.00, pC_2H_5O^- = 19.10 - 2.00 = 17.10$

3. 苯海索、枸橼酸哌嗪、安定、氟康唑、氧氟沙星采用非水碱量法

   司可巴比妥、苯氟噻嗪采用非水酸量法

4.

样品	溶剂	标准溶液	指示剂
CH₃—CH—COONa | OH	a	d	e
盐酸可乐定	g	d	e
磺胺异噁唑	b	c	f
硫酸胍乙啶	a	d	e

7 沉淀滴定法

1. 解：$20.00 \times c_{AgNO_3} = 21.00 \times c_{NH_4SCN} \cdots\cdots (1)$

   $$30.00 \times c_{AgNO_3} = \frac{\dfrac{0.117\ 3}{58.44}}{1\ 000} + 3.20 \times c_{NH_4SCN} \cdots\cdots (2)$$

   将(1)式变成 $c_{AgNO_3} = \dfrac{21}{20} c_{NH_4SCN} \cdots\cdots (3)$

   将(3)式代入(2)式得：

$$30.00 \times \frac{21}{20} \times c_{NH_4SCN} = \frac{0.117\ 3}{0.058\ 44} + 3.20 \times c_{NH_4SCN}$$

$$c_{NH_4SCN} = 0.070\ 92\ mol/L$$

解得：$c_{AgNO_3} = \frac{21}{20} \times 0.070\ 92 = 0.074\ 47\ mol/L$

2. 解：设样品中含 NaBr x g，则含 NaI$(0.250\ 0 - x)$ g

$$\frac{x}{M_{NaBr}} + \frac{0.250\ 0 - x}{M_{NaI}} = (cV)_{AgNO_3}$$

$$\frac{x}{\frac{102.9}{1\ 000}} + \frac{0.250\ 0 - x}{\frac{149.9}{1\ 000}} = 0.100\ 0 \times 22.01 \quad x = 0.175\ 0\ g$$

$$\therefore NaBr\% = \frac{0.175\ 0}{0.250\ 0} \times 100\% = 70.00\%$$

$$\therefore NaI\% = 30.00\%$$

3. 解：设 NaCl 的毫摩尔数为 x，NaBr 的毫摩尔数为 y，则

$$0.108\ 4 \times 24.48 = x + y \cdots\cdots(1)$$

$$x \times 143.32 + y \times 187.77 = 448.2 \cdots\cdots(2)$$

由(1)得 $\quad y = 2.654 - x \cdots\cdots(3)$

将(3)代入(2)式得

$$143.32x + (2.654 - x) \times 187.77 = 448.2$$

解得 $\quad x = 1.128$

$$y = 2.654 - 1.128 = 1.526$$

故 NaCl 量：$1.128 \times \frac{58.44}{1\ 000} = 0.065\ 92(g)$

NaBr 量：$1.526 \times \frac{102.9}{1\ 000} = 0.157\ 0(g)$

则 NaCl% $= \frac{0.065\ 92}{0.600\ 0} \times 100\% = 10.99\%$

NaBr% $= \frac{0.157\ 0}{0.600\ 0} \times 100\% = 26.17\%$

8 配位滴定法

1. 解：$T_{MgSO_4 \cdot 7H_2O/EDTA} = 0.050\ 00 \times \frac{246.47}{1\ 000} \times 1\ 000 = 12.32\ mg/ml$

$$MgSO_4 \cdot 7H_2O\% = \frac{0.050\ 0 \times 20.00 \times \frac{246.47}{1\ 000}}{0.250\ 0} \times 100\% = 98.59\%$$

2. 解：因 $Ba^{2+} + SO_4^{2-} =\!=\!= BaSO_4 \downarrow$

物质的量之比：1∶1

$$Ba^{2+} + H_2Y^{2-} =\!=\!= BaY^{2-} + 2H^+$$

物质的量之比：1∶1

故 $SO_4^{2-}\% = \dfrac{(0.015\ 0 \times 40.00 - 0.015\ 0 \times 20.00) \times \frac{96.06}{1\ 000}}{0.285\ 0} \times 100\% = 10.11\%$

3. 解：(1) 水的硬度 $= 31.30 \times 0.010\ 60 \times 100.09 \times 10 = 322.1\ mg/L$

(2) $CaCO_3$ 含量：$19.20 \times 0.010\ 60 \times 100.09 \times 10 = 203.7\ mg/L$

$MgCO_3$ 含量：$(31.30-19.20)\times0.01060\times84.31\times10=108.1$ mg/L

4. 解：$Al_2O_3\% = \dfrac{(0.0500\times25.00-0.0500\times15.02)\times\frac{1}{2}\times\frac{101.96}{1000}}{0.3986\times\frac{25}{250}}\times100\% = 63.82\%$

5. 解：$C_{12}H_{22}O_{14}Ca\cdot H_2O\% = \dfrac{0.04985\times24.50\times\frac{448.40}{1000}}{0.5500}\times100\% = 99.57\%$

9 氧化还原滴定法

2. 解：由反应式可知 $KIO_3\sim3I_2\sim6Na_2S_2O_3$

$$\therefore c_{Na_2S_2O_3} = \dfrac{6\times0.8856\times\frac{25}{250}}{24.32\times\frac{214.0}{1000}} = 0.1021 \text{ mol/L}$$

3. 解：由反应式可知，$As_2O_3\sim2I_2$

$$则\quad c_{I_2} = \dfrac{2W_{As_2O_3}}{M_{As_2O_3}\times\frac{V_{I_2}}{1000}} = \dfrac{2\times0.1978}{20.00\times\frac{197.8}{1000}} = 0.1000 \text{ mol/L}$$

4. 解：由反应式可知：$Cr_2O_7^{2-}\sim3I_2\sim6Na_2S_2O_3$

$$\therefore c_{Na_2S_2O_3} = \dfrac{6\times0.1120}{22.52\times\frac{294.18}{1000}} = 0.1014 \text{ mol/L}$$

5. 解：(1) 由反应式可知 $2MnO_4^-\sim5C_2O_4^{2-}$

$$\dfrac{5}{2}(cV)_{KMnO_4} = \dfrac{W_{Na_2C_2O_4}}{\frac{M_{Na_2C_2O_4}}{1000}}$$

$$c_{KMnO_4} = \dfrac{0.1126}{\frac{134.0}{1000}\times20.77}\times\frac{2}{5} = 0.01618 \text{ mol/L}$$

(2) 由 $KMnO_4$ 与 Fe^{2+} 反应式可知 $KMnO_4\sim5Fe^{2+}$

$$T_{Fe^{2+}/KMnO_4} = 5\times c_{KMnO_4}\times Fe^{2+} \text{(mg)}$$
$$= 5\times0.01618\times55.84 = 4.517 \text{ mg/ml}$$

6. 解：由反应式可知 $C_8H_{10}N_4O_2\sim2I_2$

设 1 ml I_2 液相当于 x mg 的咖啡因

$$则 (cV)_{I_2} = 2\times\dfrac{x}{M_{C_8H_{10}N_4O_2}}$$

$$x = \dfrac{1}{2}(cV)_{I_2}\times M_{C_8H_{10}N_4O_2} = \dfrac{1}{2}\times0.1\times1\times194.19$$

$$x = 9.710$$

7. 解：滴定反应式如下：

$$NaOOC\text{—}\bigcirc\text{—}NH_2 + NaNO_2 + 2HCl \Longrightarrow [NaOOC\text{—}\bigcirc\text{—}N\!\!=\!\!N]^+Cl^- + NaCl + 2H_2O$$
$$\quad\ \ \ |\qquad\qquad\qquad\qquad\qquad\qquad\qquad\qquad\ |$$
$$\quad\ \ OH\qquad\qquad\qquad\qquad\qquad\qquad\qquad OH$$

$$(cV)_{NaNO_2} = \dfrac{W}{\frac{M_{C_7H_6O_3NNa}}{1000}}$$

$$V_{NaNO_2} = \dfrac{0.4050}{\frac{175}{1000}\times0.1000} = 23.14 \text{ ml}$$

10 电位法及永停滴定法

1. 解: (1) $E_{Ag^+/Ag} = E^{\ominus}_{Ag^+/Ag} + \dfrac{0.059}{2}\lg a_{Ag}$

将 $E^{\ominus}_{Ag^+/Ag} = 0.7995\ V$，$a_{Ag^+} = 0.001\ mol/L$ 代入，得

$E_{Ag^+/Ag} = 0.7995 + 0.059\lg 0.001 = 0.623\ V$

(2) $E_{AgCl/Ag} = E^{\ominus}_{AgCl/Ag} - 0.059\lg a_{Cl^-}$

将 $E^{\ominus}_{AgCl/Ag} = 0.2223\ V$，$a_{Cl^-} = 0.1\ mol/L$ 代入，得

$E_{AgCl/Ag} = 0.2223 - 0.059\lg 0.1 = 0.281\ V$

(3) $E_{Fe^{3+}/Fe^{2+}} = E^{\ominus}_{Fe^{3+}/Fe^{2+}} + 0.059\lg\dfrac{a_{Fe^{3+}}}{a_{Fe^{2+}}}$

将 $E^{\ominus}_{Fe^{3+}/Fe^{2+}} = 0.771\ V$，$a_{Fe^{3+}} = 0.01\ mol/L$，$a_{Fe^{2+}} = 0.001\ mol/L$

代入，得

$E_{Fe^{3+}/Fe^{2+}} = 0.771 + 0.059\lg\dfrac{0.01}{0.001} = 0.830\ V$

2. 解: 根据二次测量法计算公式

$$pH_x = pH_s + \dfrac{E_x - E_s}{0.059}$$

分别将 E_x、E_s 代入即可解得:

(a) $pH_x = 4.00 + \dfrac{0.312 - 0.209}{0.059} = 5.74\ V$

(b) $pH_x = 4.00 + \dfrac{0.088 - 0.209}{0.059} = 1.95\ V$

(c) $pH_x = 4.00 + \dfrac{-0.017 - 0.209}{0.059} = 0.17\ V$

3. 解: 可用二阶微商计算法求终点体积,计算二阶微商,见下表:

V_{HClO_4}/ml	E/mV	指示剂颜色	ΔE	ΔV	$\Delta E/\Delta V$	$\bar{V}$/ml	$\Delta\bar{V}$	$\dfrac{\Delta^2 E/\Delta V^2}{\left(\dfrac{\Delta(\Delta E/\Delta V)}{\Delta\bar{V}}\right)}$
2.00	290	紫	0	2.00	0	3.00		
4.00	290	紫	70	3.00	2.5	5.50		
7.00	360	紫	38	0.30	127	7.15		
7.30	398	紫	42	0.09	465	7.35	0.20	1 695
7.39	440	紫	60	0.02	3 000	7.40	0.05	50 680
7.41	500	蓝	40	0.03	1 333	7.43	0.03	−55 566
7.44	540	天蓝	25	0.02	125 0	7.45	0.02	−4 150
7.46	565	蓝绿	35	0.04	875	7.48	0.03	
7.50	600	黄绿	60	0.50	120	7.75	0.27	
8.00	660	黄						

显然,终点应在二阶微商 50 680 和 −55 566 之间,即滴定体积 7.39、7.41 之间,设为 x,则:

$$(x-7.39) : (7.41-7.39) = (0-50\ 680) : (-55\ 566-50\ 680)$$
$$x = 7.40 \text{ ml}$$

∴终点时指示剂应显蓝色。

4. 解：$E_{AgCl/Ag} = E^{\ominus}_{AgCl/Ag} + 0.059 \lg \dfrac{1}{[Cl]} = E^{\ominus}_{AgCl/Ag} + 0.059 \lg \dfrac{1}{0.100}$

$$= 0.222\ 3 + 0.059$$

$$E = E_{AgCl/Ag} - E_{H^+/H_2}$$

$$0.568 = 0.222\ 3 + 0.059 - \dfrac{0.059}{2} \lg \dfrac{[H^+]^2}{p_{H_2}}$$

将 $p_{H_2} = 80 \text{ kPa}$ 代入，得

$$[H^+] = 1.24 \times 10^{-5} \text{ mol/L}$$

$$K_{HA} = \dfrac{[H^+][A^-]}{[HA]} = \dfrac{(1.24 \times 10^{-5})^2}{0.500 - 1.24 \times 10^{-5}} = 3.08 \times 10^{-10}$$

11 紫外—可见分光光度法

3. 解：$E^{1\%}_{1cm} = \dfrac{A}{cL} = \dfrac{0.557}{\dfrac{0.496\ 2}{1\ 000} \times 1} = 1\ 123$

$$\varepsilon = \dfrac{M}{10} \times E^{1\%}_{1cm} = \dfrac{236}{10} \times 1\ 123 = 2.65 \times 10^4$$

4. 解：$\varepsilon = \dfrac{A}{cL} = \dfrac{-\lg T}{cL} = \dfrac{-\lg 0.2}{2.0 \times 10^{-4} \times 1} = \dfrac{0.699}{2.0 \times 10^{-4}} = 3.49 \times 10^3$

$$E^{1\%}_{1cm} = \dfrac{10}{M} \times \varepsilon = \dfrac{10}{234} \times 3.49 \times 10^3 = 149$$

5. 解：$E^{1\%}_{1cm\ 245\ nm} = \dfrac{0.551}{\dfrac{0.050\ 0 \times 2}{100} \times 1} = 551$

$$V_c \% = \dfrac{E_{样}}{E_{标}} \times 100\% = \dfrac{551}{560} \times 100\% = 98.4\%$$

6. 解：$-\lg T = EcL$ 当 $L = 2.00 \text{ cm}, T = 60\%$ 得 $Ec = 0.111$

$$L = 1.00 \text{ cm} \quad -\lg T = 0.111 \times 1.00 \quad T = 77.4\%$$

$$L = 3.00 \text{ cm} \quad -\lg T = 0.111 \times 3.00 \quad T = 46.5\%$$

7. 解：$E_{样} = \dfrac{A}{cL} = \dfrac{0.463}{\dfrac{10 \times 10^{-3} \times 5 \times 100}{200 \times 50} \times 1} = 926$

$$咖啡酸\% = \dfrac{926}{927.9} \times 100\% = 99.8\%$$

8. 解：$E^{1\%}_{1cm\ 263\ nm} = \dfrac{10}{M} \times \varepsilon_{263\ nm} = \dfrac{10}{100} \times 12\ 000 = 1\ 200$

$$E_{样} = \dfrac{A}{cL} = \dfrac{-\lg 0.417}{\dfrac{0.050\ 0 \times 2}{250} \times 1} = 950$$

$$样品\% = \dfrac{E_{样}}{E_{标}} \times 100\% = \dfrac{950}{1\ 200} \times 100\% = 79.2\%$$

或

$$c_{测} = \dfrac{A}{EL} = \dfrac{-\lg 0.417}{1\ 200 \times 1} = 3.17 \times 10^{-4} \text{ g/100 ml}$$

$$样品\% = \frac{c_测}{c_配} \times 100\% = \frac{3.17 \times 10^{-4} \text{ g/100 ml}}{\frac{0.0500 \times 2}{250}} \times 100\%$$

$$= 79.2\%$$

9. 解：$\dfrac{\dfrac{0.312}{323} \times \dfrac{1000}{100} \times \dfrac{1.6011}{20}}{0.1518 \times 0.0050} \times 100\% = 101.9\%$

10. 解：$\dfrac{\dfrac{0.434}{141} \times \dfrac{250}{100} \times \dfrac{100}{10} \times \dfrac{4.808}{10}}{0.1502 \times 0.250} \times 100\% = 98.5\%$

11. 解：$E_{1cm}^{1\%} = \dfrac{A}{cL} = \dfrac{-\lg 0.451}{0.001 \times 1} = 346$

$$\varepsilon = E \times \frac{M}{10}$$

$$\therefore M = \frac{10}{E} \times \varepsilon = \frac{10}{346} \times 1.34 \times 10^4 = 387$$

$M_胺 = 387 - 229 = 158(\pm 1\%)$（胺的相对分子质量）

按分子式 $C_n H_{2n+3} N$，胺的相对分子质量为 157

12 红外分光光度法

1. 解：(1) CH_3-CH_3 偶极距变化 $\Delta\mu = 0$，非活性

（2）CH_3-CCl_3 偶极距变化 $\Delta\mu \neq 0$，活性

（3）SO_2 偶极距变化 $\Delta\mu \neq 0$，活性

（4）① $\Delta\mu \neq 0$，活性　② $\Delta\mu = 0$，非活性　③ $\Delta\mu \neq 0$，活性　④ $\Delta\mu = 0$，非活性

2. 解：对 $C=O$　$\mu' = \dfrac{m_A \cdot m_B}{m_A + m_B} = \dfrac{12 \times 16}{12 + 16} = 6.857$

$$\nu_{C=O} = 1302\sqrt{\frac{12.1}{6.857}} = 1730 \text{ cm}^{-1}$$

$$\nu_{OH} = 1302\sqrt{\frac{7.12}{\frac{16 \times 1}{16 + 1}}} = 3580 \text{ cm}^{-1}$$

$$\nu_{C=O} = 1302\sqrt{\frac{5.80}{\frac{12 \times 16}{12 + 16}}} = 1200 \text{ cm}^{-1}$$

由于 $K_{C=O} > K_{C-O}$　$\therefore \nu_{C=O} > \nu_{C-O}$

由于 $\mu_{C-O} > \mu_{OH}$　$\therefore \nu_{OH} > \nu_{C-O}$

原子质量小，振动频率高。

3. 解：应是 4-叔丁基（Ⅲ），因为图中有 2960 cm^{-1}（$\nu_{CH_3}^{as}$）和 2870 cm^{-1}（$\nu_{CH_3}^{s}$）两个归属为 CH_3，故为（Ⅲ）

6. 解：(1) $U = \dfrac{2 + 2 \times 8 - 8}{2} = 5$（可能有苯环）

（2）特征区第一强峰为 1687 cm^{-1}，查光谱九个重要区段表可知，1687 cm^{-1} 是 $\nu_{C=O}$ 峰，它可能是醛、酮、酸或酯，因分子式中只含一个氧原子，不可能是酸或酯。无 2850 cm^{-1} 及 2750 cm^{-1} 醛基的 ν_{CH} 峰，故很可能是芳酮。

（3）找相关峰

吸收峰(cm⁻¹)	振动类型	归属
3 040,3 080	ν_{OH}	
1 600,1 580,1450	$\nu_{C=C}$	
760,692	$\gamma_{\Phi H}$(单取代)	单取代苯
1 430	$\delta^{as}_{CH_3}$	—CH₃
1 363	$\delta^{s}_{CH_3}$	
3 000～2 800(弱峰)	ν_{CH_3}	

故该化合物为 （苯乙酮），原子数及不饱和度验证合理，经与标准谱图核对,两者一致。

7. 解：(1) $U = \dfrac{2+2\times14-14}{2} = 8 > 4$ 可能有苯环

吸收峰(cm⁻¹)	振动类型	归属
3 020	$\nu_{\Phi H}$	
1 600,1 493	$\nu_{C=C}$	
756,702	$\gamma_{\Phi H}$(单取代)	单取代苯
2 918	$\nu^{as}_{CH_2}$	—CH₂—
2 860	$\nu^{s}_{CH_2}$	
1 455	ν_{CH_2}	

该化合物结构为 $\bigcirc$—CH₂—CH₂—$\bigcirc$ (1,2-二苯乙烷)

13 液相色谱法

1. 解：(1) $R_f = \dfrac{7.6\ cm}{16.2\ cm} = 0.47$

(2) 化合物 A 的位置=0.47×14.3=6.7(cm)

2. 解：$R = \dfrac{1}{1+K\dfrac{V_s}{V_m}} = \dfrac{1}{1+0.50\times\dfrac{0.10}{0.33}} = 0.87$

3. 解：A 在流动相中的时间即为 t_m

$$t_m = \dfrac{10\ cm}{0.01\ cm/秒} = 1\ 000\ 秒,即\ 16.7\ 分$$

$$R = \dfrac{t_m}{t_R} = \dfrac{16.7\ 分}{40\ 分} = 0.42$$

4. 解：根据吸附色谱溶质流出色谱柱的次序是极性小的组分先流出，按极性顺序，六种染料的极性次序为:偶氮苯<对甲氧基偶氮苯<苏丹黄<苏丹红<对氨基偶氮苯<对羟基偶氮苯。

所以流出色谱柱的次序为以上次序，偶氮苯最先流出，对羟基偶氮苯极性最大,最后流出。

极性次序的排列则根据它们的分子结构，它们均具有偶氮苯基本母核，根据取代基的极性大小，很易排出这四种染料次序：偶氮苯<对甲氧基偶氮苯<对氨基偶氮苯<对羟基偶氮苯。

苏丹红、苏丹黄及对羟基偶氮苯均带有羟基官能团，但苏丹红、苏丹黄上的羟基上的氢原子易与相邻氮原子形成分子内氢键，而使它们的极性大大下降至对氨基偶氮苯之后，苏丹红极性大于苏丹黄，则因苏丹红的共轭体系比苏丹黄长。

5. 解：(1) 组分 A 在流动相中消耗的时间即为 t_m,也就是组分 x 的 t_g,$t_m=2$分

(2) $t_{R_B} = t_m + t_{s_B}$,10 分＝2 分＋t_{s_B}，t_{s_B}＝8 分

(3) $R = \dfrac{t_m}{t_R} = \dfrac{2}{5} = 0.4$

6. 解:设混合物中含 NaCl 的百分比为 x，含 KBr 为 y

$$\frac{0.256\ 7x}{58.44} + \frac{0.256\ 7(1-x)}{119.0} = 34.56 \times 0.102\ 3 \times 10^{-3}$$

$$x = 61.67\%$$

$$y = 1 - x\% = 38.33\%$$

14 气相色谱法

1. 解:(1) $k = \dfrac{t_R'}{t_M} = \dfrac{5.0 - 1.0}{1.0} = 4.0$

(2) $V_M = t_M \times F_c = 1.0 \times 50 = 50$ ml

(3) $K = k\dfrac{V_M}{V_s} = 4.0 \times \dfrac{50}{2.0} = 100$

(4) $V_R = t_R \times F_c = 5.0 \times 50 = 250$ ml

3. 解:$n = 5.54\left(\dfrac{t_R}{W_{\frac{1}{2}}}\right)^2 = 5.54\left(\dfrac{4.5}{\frac{2}{20}}\right)^2 = 11\ 200$

$H = \dfrac{2\ 000}{11\ 200} = 0.18$ mm

4. 解:(1) $k_A = \dfrac{t_{R_A}'}{t_M} = \dfrac{250 - 10}{10} = 24$

$k_B = \dfrac{t_{R_B}'}{t_M} = \dfrac{310 - 10}{10} = 30$

$\alpha = \dfrac{k_B}{k_A} = \dfrac{30}{24} = 1.25$

(2) $R = \dfrac{\sqrt{n}}{4} \dfrac{\alpha - 1}{\alpha} \dfrac{k_2}{1 + k_2}$ $1.5 = \dfrac{\sqrt{n}}{4} \dfrac{1.25 - 1}{1.25} \dfrac{30}{1 + 30}$

$n = 961$

此柱的理论塔板数最少要 961

6. 解:根据范氏方程式 $H = A + B/u + Cu$

(1) $B/u = Cu = 0$ 则 $H = A$，范氏曲线为一条平行于横轴的直线

(2) $A = Cu = 0$ 则 $H = B/u$，范氏曲线为双曲线

(3) $A = B/u = 0$ 则 $H = Cu$，范氏曲线为通过原点的直线

7. 解:$H_2O\% = \dfrac{A_i f_i W_{内}}{A_s f_s W_{样}} \times 100\%$

$= \dfrac{1.065 \times 5.00 \times 0.15 \times 0.55 \times 0.400\ 0}{1.065 \times 4.00 \times 0.10 \times 0.58 \times 50.00} \times 100\% = 1.42\%$

8. 解:乙苯$\% = \dfrac{120 \times 0.97}{120 \times 0.97 + 75 \times 1.00 + 140 \times 0.96 + 105 \times 0.98} \times 100\% = 27.2\%$

对二甲苯$\% = \dfrac{75 \times 1.00}{428.7} \times 100\% = 17.5\%$

间二甲苯$\% = \dfrac{140 \times 0.96}{428.7} \times 100\% = 31.4\%$

邻二甲苯$\% = \dfrac{105.0 \times 0.98}{428.7} \times 100\% = 24.0\%$

15　高效液相色谱法

1. 解：$n=16(\frac{t_R}{W})^2$，$W^2=16\frac{t_R^2}{n}$，$W_A^2=16\times\frac{25^2}{2\,500}$

$W_A=2.0\text{ mm}$

$W_B^2=16\times\frac{36^2}{2\,500}$，$W_B=2.9\text{ mm}$

2. 解：(1) B 停留在固定相中的时间$=t_{R_B}-t_M=t_{R_B}{}'$

A 停留在固定相中的时间$=t_{R_A}{}'$

$\dfrac{t_{R_B}{}'}{t_{R_A}{}'}=\dfrac{5-1}{2-1}=4$

(2) $\dfrac{K_B}{K_A}=\dfrac{t_{R_B}{}'}{t_{R_A}{}'}=4$

(3) $W^2=16\dfrac{t_R^2}{n}$

当 L 为 $2L_原$ 时，$n=2n_原$，$t_R=2t_{R_原}$

$\because W_原^2=16\dfrac{t_{R_原}^2}{n_原}$

$W^2=16\dfrac{4t_{R_原}^2}{2n_原}=2W_原^2$

$\therefore W=\sqrt{2}W_原$

3. 解：柱 Ⅰ　$\alpha=\dfrac{t_{R_2}{}'}{t_{R_1}{}'}=\dfrac{170}{160}=1.063$，$k_2=\dfrac{t_{R_2}{}'}{t_M}=\dfrac{170}{15}=11.33$

$R=\dfrac{\sqrt{n}}{4}\cdot\dfrac{\alpha-1}{\alpha}\cdot\dfrac{k_2}{1+k_2}$

$R=\dfrac{\sqrt{6\,400}}{4}\times\dfrac{1.063-1}{1.063}\times\dfrac{11.33}{1+11.33}=1.09$

柱Ⅱ　$\alpha=\dfrac{1.2}{1.1}=1.09$　$k_2=\dfrac{1.2}{3.0}=0.40$

$R=\dfrac{\sqrt{25\,600}}{4}\times\dfrac{1.09-1}{1.09}\times\dfrac{0.40}{1+0.40}=0.95$

$R_{柱Ⅰ}>R_{柱Ⅱ}$，所以柱 Ⅰ 较好。

4. 解：根据 $R=\dfrac{t_{R_2}-t_{R_1}}{(W_1+W_2)/2}$

设 $W_1=W_2$　　$\therefore R=\dfrac{t_{R_2}-t_{R_1}}{W}$

根据 $n_{有效}=16(\dfrac{t_R{}'}{W})^2$，$W_2=\dfrac{4t_{R_2}{}'}{\sqrt{n_有}}$，代入上式，

$R=\dfrac{\sqrt{n_有}}{4}\dfrac{t_{R_2}-t_{R_1}}{t_R{}'}=\dfrac{\sqrt{n_有}}{4}\dfrac{t_{R_2}{}'-t_{R_1}{}'}{t_{R_2}{}'}$，分子分母分别除以 $t_{R_1}{}'$

$\therefore R=\dfrac{\sqrt{n_有}}{4}\cdot\dfrac{\alpha-1}{\alpha}$

5. 解：根据 4 题求得公式 $R=\dfrac{\sqrt{n_有}}{4}\cdot\dfrac{\alpha-1}{\alpha}$

$n_有=16R^2(\dfrac{\alpha}{\alpha-1})^2$　$L=n_有\cdot H_有$

$$L = 16R^2 \left(\frac{\alpha}{\alpha-1}\right)^2 H_{有}$$

$$= 16 \cdot 1.5^2 \left(\frac{1.25}{1.25-1}\right)^2 \cdot 0.1$$

$$= 90(\text{mm})$$

需 9 cm 长色谱柱能将两组分完全分离。